WILDES TEXAS

Roman

R. S. Stone

APEX

neobooks

Impressum

Text:	© Copyright by R. S. Stone/ Apex-Verlag. Mit freundlicher Genehmigung der Edition Bärenklau.
Lektorat:	Dr. Birgit Rehberg.
Umschlag:	© Copyright by Christian Dörge.
Verlag:	Apex-Verlag Winthirstraße 11 80639 München www.apex-verlag.de webmaster@apex-verlag.de
Druck:	epubli, ein Service der neopubli GmbH, Berlin

Printed in Germany

Inhaltsverzeichnis

Das Buch

Nach Ende des blutigen Bürgerkrieges zwischen Nord- und Südstaaten liegt Texas geschlagen am Boden. Unions-Truppen haben das Land besetzt, und es herrscht nach wie vor das Kriegsrecht. Wer sich zur Wehr setzt, wird gnadenlos verfolgt, verurteilt und eingesperrt. Hohe Steuern ruinieren zahlreiche Rancher und Farmer.

Auch Jedrow Nolan ist gegen Ende des Krieges nach Spanish Crossing zurückgekehrt und muss erkennen, dass die Ranch seiner Familie längst einen neuen Besitzer hat. Und die Frau, die er einst liebte, hat einen anderen geheiratet – Stuart Conroy, der sich auch die Nolan-Ranch unter den Nagel gerissen hat.

In dieser Notlage muss Jed Nolan handeln.

Gemeinsam mit einigen Gefährten beschließt er, Rinder zusammenzutreiben und dann mit der Herde auf den Trail nach New Orleans zu gehen. In Texas ist ein Rind nichts mehr wert – im fernen New Orleans hingegen schon.
Aber auf dem Weg dorthin lauern noch zahlreiche Gefahren auf Jed Nolan und seine Kameraden – und der Hass Stuart Conroys verfolgt ihn ebenfalls...

Dies ist der Auftakt eines ebenso spannenden wie epischen Western-Romans aus der Feder von R. S. Stone (TRAIL-LEGENDEN, SAN ANGELO COUNTRY).

WILDES TEXAS

Erster Teil: GLÜHENDE EISEN

Erstes Kapitel

Jedrow Nolan sah mit ausdruckslosem Gesicht auf das Treiben der Main Street von Spanish Crossing. Müßiggänger und Heimkehrer des Krieges lungerten auf den Gehsteigen, Frachtwagen standen an den Straßenrändern und wurden be- und entladen. Menschengruppen hatten sich hier und da gebildet und in ihren Gesichtern spiegelten sich Resignation und Unzufriedenheit wider, die das gesamte Land in Texas dieser Zeit beherrschte.

Es war zur Mittagszeit und Nolan hatte seinen Texashut tief in die Stirn gezogen, um seine Augen vor dem gleißenden Sonnenlicht zu schützen, das von den Dächern der zahlreichen Adobebauten reflektiert wurde. Lässig lehnte seine hagere, hochgewachsene Gestalt mit den breiten Schultern und den schmalen Hüften eines Mannes, der die meiste Zeit seines Lebens im Sattel verbracht hatte, an einem verwitterten Stützpfeiler vor Ben Curwoods Store. In seinem rechten Mundwinkel klemmte eine dünne Zigarette, an der er ab und zu zog, ohne sie aus seinem schmallippigen Mund zu nehmen. Er inhalierte dann den Rauch tief ein und stieß ihn aus der Nase wieder aus.

Er trug die unverwechselbare Kleidung der Buschreiter von Süd-Texas. Über seinem grauen, verschlissenen Baumwollhemd trug er eine braune Wildlederweste. In seinem Patronengurt lugte der abgenutzte Griff eines .45er Colts heraus und seine langen Beine steckten in speckigen, abgetragenen Chaparajos aus schwerem Rohleder, auf denen das Fett von tausend Mahlzeiten glänzte. Ohne diese Chaparajos wäre jeder Reiter da draußen im Busch den mörderischen Stacheln der wild wuchernden Chaparrals, Stachelbirnen, Katzenklauen, Mesquite und dutzend anderer Pflanzen hilflos ausgeliefert.

Nolans Gesicht war durch die erbarmungslos harte Arbeit draußen im Busch hager geworden. Unter seinen rauchgrauen Augen und Wangenknochen lagen dunkle Schattenlöcher. Zahllose Lassonarben zeigten sich an seinen rauen, großen Händen, die nie etwas anderes gekannt hatten, als harte Arbeit.

»Wir sind fertig, Boss.«

Nolan wandte seinen Kopf Luis Santero zu, der plötzlich neben ihm auf dem staubigen Gehsteig stand und erwartungsvoll zu ihm aufsah. Dabei hatte er seine Hände zu Fäusten geballt in die Hüften gestemmt. Luis Santero war mindestens einen Kopf kleiner als Jed Nolan und wirkte wesentlich schmächtiger. Sein jugendliches Gesicht, das ein schmales, schwarzes Oberlippenbärtchen zierte, war von der Süd-Texassonne ebenfalls tiefbraun gefärbt. Zwei wachsame, helle Augen lugten unter seinem Sombrero hervor. Wer Luis Santero nicht kannte, hätte ihn unmöglich für einen der harten und zähen Burschen gehalten, der die meiste Zeit draußen im Buschland verbrachte und wild umherstreunende Rinder zusammentrieb. Es gab nur ganz wenige Männer, die sich auf diese Knochenarbeit verstanden. Und das waren Männer, die hier aufgewachsen waren und sich von frühen Kindesbeinen an das Leben in der Brasada vertraut gemacht hatten – eben Männer wie Jed Nolan und Luis Santero.

Jed Nolans tiefe, sonore Stimme drang an Santeros Ohren: »Fein, dann können wir ja aufbrechen, Amigo!«

Nolan sprach diesen Satz, ohne dabei seine dünne Zigarette aus dem Mund zu nehmen. Der Mund des Mexikaners verzog sich enttäuscht nach unten.

»Boss, es ist verdammt heiß und die Kehlen sind trocken. Wir sollten doch wenigstens noch etwas trinken, bevor wir die Stadt verlassen.«

Nolan wandte den Blick nach hinten. Dort stand Chico Morales, Luis Santeros Vetter, und rieb sich erwartungsvoll die Hände. Er lehnte am Hinterrad des Chuckwagens, den sie eben mit frischem Proviant aus Curwoods Store beladen hatten. Nolan wandte sich Santero zu, nahm einen Zug aus der Zigarette und warf den Stummel dann auf den Bretterboden. Mit dem von Alkalistaub überzogenem Stiefel trat er sie aus und meinte: »All right, einen Drink, Jungs. Dann müssen wir zurück ins Camp. Wir haben noch vier Stunden Fahrt vor uns, bis wir es erreicht haben. Und die Männer da draußen haben nichts zu essen.«

Luis Santeros Mundwinkel zogen sich nach oben zu einem erfreuten Grinsen, das urplötzlich erstarb. Er sah an Nolan vorbei über die Main-Street und seine Hand legte sich plötzlich auf Nolans Schulter. Jed Nolan folgte dem Blick des Mexikaners und sah den schwarzen Zweispänner aus nördlicher Richtung in die Stadt fahren. Sofort pressten sich Nolans Lippen zusammen und sein Gesichtsausdruck verdüsterte sich. Unwillkürlich sank seine Rechte herab und berührte den Kolben seines .45ers. Er stieß sich vom Holzpfeiler ab und seine gesamte Haltung spannte sich. Neben ihm stieß Luis

Santero den Atem geräuschvoll aus. Aber das nahm Jed Nolan nur unbewusst wahr. Sein steinerner Blick war auf den herannahenden Zweispänner gerichtet, in dem zwei Personen saßen, gefolgt von einer Reiterschar von ungefähr fünfzehn Mann.

Stuart Conroy saß majestätisch gerade auf dem Bock und sein Gesicht zeigte die typische Arroganz eines Mannes, der es gewohnt war, Macht auszuüben und Befehle zu erteilen. Er war wie immer elegant gekleidet und seine Finger, fest die Zügel des Gespanns haltend, steckten in schwarzen, ledernen Handschuhen. Auf dem Kopf trug er einen schwarzen, randlosen Hut, der seinem Gesicht rundliche Züge verlieh. Neben Stuart Conroy saß June Walsh in einem weißen Kleid und einem passenden Hut, den sie keck schräg auf dem Kopf trug. Ihre langen, kastanienbraunen Haare fielen lose auf die Schultern herab. Sie hielt ihre Hände im Schoß gefaltet und als sie Jed Nolan vor dem Store stehen sah, biss sie sich unwillkürlich auf die Lippen. Nolan sah von Stuart zu June und bei ihr blieb sein Blick eine Zeitlang haften. Fast gebannt sah er ihr entgegen und dabei fiel ihm auf, dass sie zu einer wahren Schönheit herangereift war. Er konnte sich nicht dagegen wehren, den Blick von ihr zu nehmen. Etwas krampfte sich in ihm zusammen.

Nolan wusste nur zu gut, was dieser Aufmarsch bedeutete: es war der Hochzeitstag von Stuart Conroy und June Walsh.

June senkte ihre Augen unter seinem Blick, als der Zweispänner ihn passierte. Conroy hatte Jed Nolan nicht eines einzigen Blickes gewürdigt, obwohl Jed haargenau wusste, dass er ihn dort vor dem Store stehen gesehen hatte.

Eine unbändige Wut keimte in ihm auf und am liebsten hätte er seinem Ärger Luft gemacht, indem er Conroy vom Bock des Zweispänners geholt hätte, um ihn in den Staub der Main-Street zu treten.

In den meisten Gesichtern der Reiter, die dem Zweispänner folgten, lag ein hämischer Ausdruck, als sie Nolan und Santero passierten.

Unter ihnen waren Whitey Albrigt, Les Pandero, Stagg Ogrum, Leach Van Allen und Conroys Verwalter Phil Jordan – Nolan kannte sie kaum, aber ihre Namen hatten sich wie Säure in ihn hineingefressen. Es waren ehemalige Yankee-Soldaten, die sich jeder vor dem Krieg als Revolvermänner einen Namen gemacht hatten und nun im Dienste von Stuart Conroy standen.

Diese verdammte Yankee-Brut, dachte Nolan bitter. Sie fielen wie Heuschrecken in Texas ein und bluteten das ohnehin schon vom Krieg schwer getroffene Land bis zum Letzten aus: Beutelschneider, Spekulanten und Landräuber – Landräuber wie Stuart Conroy, dem es gelang mit Hilfe der militärischen Herrschaft der Unionssoldaten sich das Nolan-Anwesen anzueignen, das während des Krieges herrenlos war.

Jeds Eltern waren tot. Big Dan starb wenige Monate vor Kriegsausbruch und Myra im Jahr 1864, ein Jahr vor Kriegsende. Das hatte Jed durch Zufall erfahren, als er in einem Lazarett eine Verwundung auskurierte, die ihm beinahe das rechte Bein gekostet hätte. Jeds Brüder Amos, Tom und Johnny waren nacheinander ebenfalls in den Krieg gezogen. Von ihnen hatte Jed bis zum heutigen Tag nichts mehr gehört.

Als Nolan vor etwa einem Dreivierteljahr aus der Südstaatenarmee entlassen wurde, fand er die Ranch, die sein Vater Big Dan lange vor dem Krieg gegründet hatte, mit Fremden besetzt vor und Stuart Conroy hatte ihm noch ins Gesicht gelacht und ihn der Ranch verwiesen. Es war der Piratenstreich eines Mannes, der aus dem Norden kam, viel Geld mitbrachte und es sich in Texas nun auf der Nolan-Ranch gemütlich machte.

Mit Hilfe der Armee ließ sich das machen.

Viele texanische Rancher wurden durch die Besatzungsmächte enteignet oder mussten derart hohe Steuern aufbringen, dass sie freiwillig aufgaben. Das war für Jed Nolan ein bitterer Tag, dessen Beigeschmack immer noch auf der Zunge lag. Rechtlich ließ sich da nichts machen, zumal die Verwaltung und Behörden in der Hand der Unionstruppen lagen. Dan Nolan hatte seinen Besitz nicht eintragen lassen, folglich hatte Jed also keinen Anspruch auf den Besitz. So wurde ihm die Sache erklärt und damit musste er sich nun einmal abfinden.

Umso härter traf es ihn, als er einige Tage später erfuhr, dass sich June Walsh mit Stuart Conroy verlobt hatte. Seit diesem Tag keimte ein unüberwindbarer Hass in Jed Nolan. Und er hatte sich geschworen, die Ranch wiederzuholen.

Stuart Conroy thronte wie ein König auf der Nolan Ranch und hatte sich inzwischen eine unumstrittene Machtposition um Spanish Crossing aufgebaut. Das machte die Sache für Jed Nolan schwierig. Er besaß zwar die unbedingte Eigenschaft eines Kämpfers – aber er hatte kein Geld.

So wie die meisten Menschen in diesem Land.

Und so blieb ihm bis zum jüngsten Tag nichts anderes übrig, als hart zu arbeiten, um seine Ziele, die er sich gesteckt hatte, zu verfolgen.

Eines Tages, dachte er bitter, *eines Tages...*

Nolan ballte seine Fäuste zusammen, so dass die Knöchel weiß wurden. Er hatte die Lippen fest aufeinandergepresst und wie aus weiter Ferne hörte er Luis Santero sagen: »Boss! Dieser Hombre macht es wirklich wahr! Noch ist es Zeit. Noch kannst du June...«

Nolan schüttelte den Kopf.

»Nein, Luis, mein Freund«, sagte er rau, »es ist ihre Entscheidung und die ist zu akzeptieren.«

Das war endgültig. Keinem der beiden Männer, am wenigsten Nolan, passte diese unumwindbare Tatsache. Dennoch ließ sich nicht daran rütteln.

Luis Santero sah zu seinen Boss hoch und schüttelte leicht den Kopf.

»Er stiehlt dein Land und nimmt dein Mädchen. Was soll noch alles geschehen, Boss?«

Nolan zog seinen ledernen Tabaksbeutel aus der Hemdbrusttasche und drehte sich gemächlich eine neue Zigarette. Er entfachte ein Streichholz am Holzpfeiler und hielt es mit der hohlen Hand an die Zigarette, bis diese aufglomm. Dann warf er das Streichholz achtlos auf den Boden, wo es erlosch.

Nolan legte Santero die Hand auf die Schulter. »Du weißt, weshalb wir uns die Mühe machen, diese verdammten Rinder aus dem Busch zusammenzutreiben, nicht wahr?«

Luis nickte. »Es ist ein langer und beschwerlicher Weg, um sich etwas aufzubauen, Boss. Unterdessen demütigt Conroy dich immer weiter. Was muss ein Mann denn noch ertragen? Wann werden wir diesen üblen Hombre in den Staub treten? Ihn und seine Mannschaft von Yankee-Revolverschwingern?«

»Der Tag wird kommen, Freund.«

Der Zweispänner hatte inzwischen direkt vor der alten Missionskirche gehalten, ebenso die Reiter. Das Gebäude war vor etwa hundert Jahren von den Spaniern erbaut worden und bestand – so wie die meisten Häuser dieser Stadt auch – aus rotem Adobelehm.

Nolan sah, dass viele Leute ihn beobachteten, gespannt darauf, was er unternehmen würde. Die Menschen, die in Spanish Crossing lebten, hassten genauso wie er die Yankees, aber keiner konnte etwas unternehmen. Der Krieg war für den Süden verloren. Die Texaner hatten sich zwar bis zum bitteren Ende gewehrt, aber auch das letzte, verzweifelte Aufbäumen von Palomito Hill konnte nichts daran ändern.

Es war die letzte Schlacht des Krieges, die nahe der mexikanischen Grenze gefochten worden war.

Die laute Stimme Stuart Conroys drang über die Main-Street: »Hört her, ihr Leute aus Spanish Crossing! Heute ist ein ganz besonderer Tag! Miss June Walsh und ich werden heute heiraten. Es ist ein ganz besonderer Tag – für uns beide. Ihr seid alle eingeladen. Nach der Trauung wird es im *Chronicle* ein Fest geben. Ihr seid alle herzlich eingeladen. Esst und trinkt auf meine Kosten!«

Santero wandte sich an Nolan: »Er hat Mut dieser Gringo, das muss man ihm lassen. Er traut sich viel. Glaubt er denn, dass die Leute diese Einladung annehmen?«

Nolan zuckte mit den Schultern. »Wenn es um freie Kost und Getränke geht, dann vergessen viele Menschen für einen Augenblick ihren Hass.«

»Die Menschen haben kein Rückgrat, Boss.«

Nolan antwortete nicht. Er sah stumm zu June herüber, die in ihrem strahlend weißen Hochzeitskleid neben Stuart Conroy vor der alten Mission stand. Ihr Gesicht wirkte ausdruckslos und Nolan fragte sich in diesem Augenblick, ob eine Frau an ihrem Hochzeitstag nicht glücklicher aussehen sollte. Sie lächelte. Aber dieses Lächeln erreichte ihre Augen nicht..

Inzwischen hatten sich viele Menschen vor der alten Mission versammelt. In vielen Gesichtern konnte Nolan den Hass auf Stuart Conroy erkennen. Für sie verkörperte dieser Mann all das, was zu ihrer augenblicklich schlechten Lage dazugehörte. Nolan wusste, dass es für June schwer war und noch werden würde. Sie war hier im Land geboren und hatte durch ihre Bindung mit Conroy die Menschen und auch ihr Land verraten – so sah man es an. Und auch Jed Nolan konnte nicht umhin, dem beizustimmen, obgleich er eine tiefe Zuneigung für das Walsh-Mädchen empfunden hatte. Das

Walsh-Anwesen grenzte einige Meilen südlich an die Nolan-Ranch, einst ebenfalls stolz und reich an großen Baumwollfeldern.

Reverend Algernon Nightingale bahnte sich einen Weg durch die Menschentraube und schritt auf das Brautpaar zu. In wenigen Augenblicken würde in der alten Missionskirche die Trauung stattfinden und June Walsh würde als Mrs. Conroy die Kirche wieder verlassen. Zusammen mit dem Mann, den Jed Nolan abgrundtief hasste.

Diese Tatsache nagte an Jed und fraß sich wie eine Säure durch seinen Körper. Und dennoch: June hatte ihre Wahl getroffen.

Nolan wandte sich Santero zu. »Kommt, Jungs, wir trinken einen Whisky. Hab nen verdammt bitteren Geschmack auf der Zunge.«

Ein flüchtiges Grinsen huschte über Santeros jugendliches Gesicht. Chico Morales stieß sich vom Wagenrad des Chuckwagens ab und schlenderte lässig auf die beiden Männer zu. Er kickte dabei einen kleinen Stein über die Straße. Gemeinsam schritten sie über die Main-Street in Richtung des Opera-Saloons, der in südlicher Richtung in einer kleinen Nebengasse lag. Ein kleines, unauffälliges Etablissement, das von Ma Leona geführt wurde und wohin sich kein Yankee sich verirren würde. Der Opera-Saloon galt insgeheim als Treffpunkt der vielen Kriegsheimkehrer und Männer, die unter sich sein wollten.

»Nolan!«

Nolan verhielt inmitten der Bewegung und wandte sich um. Auf der gegenüberliegenden Straßenseite standen ein grauhaariger Mann und eine zierliche Frau vor dem *Chronicle*, einem dreistöckigen Gebäude, das Charles Blaisdell gehörte. Im Gegensatz zu den meisten anderen Bauten bestand das Restaurant und gleichzeitig als Hotel dienende Haus komplett aus massivem Holz, welches durchgehend mit roter Farbe gestrichen war. Die Aufschrift auf einem prunkvollem Schild bestand aus goldfarbenen Buchstaben.. Über der dritten Etage war eine falsche Fassade angebracht, so dass dieses Gebäude einen noch größeren Anschein erweckte, als es ohnehin schon hatte.

Nolan erkannte den Grauhaarigen, der verlegen zu ihm herübersah und dabei nervös an den Rockaufschlägen seines schwarzen Anzuges zupfte.

»Hallo, Mort«, grüßte Nolan kühl, sah zu der Frau und lüftete den Hut. »Miss Walsh.«

Die Frau nickte Nolan stumm zu, während sie dicht hinter dem Grauhaarigen stehenblieb. Mortimer Walsh räusperte sich und sagte: »Auf ein Wort, Nolan.«

Mort Walsh zupfte verlegen an den Rockaufschlägen seines schwarzen Anzuges und ging zögernd auf Nolan zu. Jed erkannte das nervöse Flackern in den blassen Augen und er sah noch etwas: Mortimer Walsh war über Jahre gealtert. War er einst ein vitaler und vor Kraft strotzender Mann gewesen, so wirkte er in diesem Augenblick eingefallen. Die Jahre waren auch an ihm nicht spurlos vorübergegangen. Tiefe Furchen hatten sich in sein faltenreiches Gesicht gegraben, tiefe, dunkle Ringe lagen unter seinen Augen verborgen und gaben dem Mann ein kränkliches Aussehen.

Gwyn Walsh blieb drüber vor dem *Chronicle* stehen. Unentwegt sah sie zu dem hochgewachsenen Jed Nolan herüber. Ihre Augen lagen im Schatten ihres Hutes verborgen, so dass Jed ihren Blick nicht erkennen konnte.

Mort Walsh räusperte sich und sagte mit spröder Stimme: »Es ist viel geschehen, Jed. Und vieles davon war nicht gut. June heiratet heute, wie du sicherlich weißt. Gwyn und ich sind bereits gestern angereist.«

Er machte eine Pause und wartete, dass Nolan etwas sagen würde. Doch der blieb stumm. Walsh holte tief Luft und sagte dann: »Was wirst du unternehmen, Nolan? Ich will, dass es zwischen uns keine Missverständnisse gibt.«

Nolan schüttelte leicht den Kopf. Er hatte beide Hände zu Fäusten geballt in die Hüften gestützt und sah dem Vater von June geradewegs in die Augen.

»Wir beide sind all right, Mort. Du hast dir einen reichen Schwiegersohn ins Haus geholt und wahrscheinlich denkst du, dass damit deine Ranch gerettet ist. Deine Sache, Mort. Damit habe ich nichts zu schaffen. Und dass June heute heiratet ist vollkommen ihre Entscheidung. Ich muss es akzeptieren.«

Mort Walsh nickte leicht. Doch bei Jed Nolans folgenden Worten zuckte er etwas zusammen:

»Was deinen Schwiegersohn betrifft, Mort, so kann ich für nichts garantieren. Er sitzt auf Eigentum, was ihm nicht gehört. Er sitzt auf der Nolan-Ranch. Und zur Hölle, da wird er nicht mehr lange sitzen bleiben. Die Ranch gehört ihm nicht, auch wenn die verdammten Yankees glauben können, dass ich es mir gefallen lasse, einfach so enteignet zu werden. Ich werde mir die Ranch zurückholen, Mort Walsh, und zwar mit jedem Millimeter, der dazu gehört. Und das schreibe dir hinter die Ohren: Ich werde keine Rücksicht auf Stuart Conroy nehmen. Weder auf ihn, noch auf irgendjemand anderen, der sich mir dabei in den Weg stellten sollte.«

Während er sprach, drangen Jed Nolans Worte laut zu Mort Walsh herüber.

Etwas leiser sagte Nolan: »Ebenso wenig wie auf June, wenn der Tag kommen wird, an dem die Nolan-Ranch wieder zum rechtmäßigen Besitzer gelangt.«

Mort Walsh schluckte schwer und sein Gesicht nahm eine wächserne Farbe an. Er räusperte sich und brachte mühsam hervor: »Mein Gott, Jed Nolan! Es ist schon so viel gekämpft worden und zu viel Blut geflossen. Du wirst alleine nicht gegen Stuart Conroy ankommen können. Wähle den Weg der Vernunft und...«

»Du meinst, lieber mit den Wölfen heulen, als untergehen?« Nolan lachte rau auf. »Nein, Mort! Das mag vielleicht auf dich zutreffen. Du hast dem Teufel deine Seele verkauft und wahrscheinlich einer Hochzeit mit June und Conroy nur zugestimmt, damit er dich in Ruhe lässt. Der Mann ist gierig und es ist bekannt, dass er auch die Fühler nach deiner Ranch ausgestreckt hast. Gratuliere, Mort! Aber auf einen Nolan trifft das nicht zu. Niemals. Conroy mag zur Stunde noch die Oberhand haben. Aber ein Nolan lässt sich nicht von seinem Land vertreiben – schon gar nicht mit solch üblen Tricks. Schade, Mort, ich dachte, du hättest meinen Vater besser gekannt, denn sonst wüsstest du, dass Big Dan das gleiche gedacht und gesagt hätte. Und ich bin Big Dans ältester Sohn. Vergiss das nicht.«

»Ich will keinen Ärger«, antwortete Mort Walsh lahm und Jed Nolan kam es im Augenblick so vor, als hätte dieser einst so vitale Mann auch den Rest seines Stolzes verloren. Mort Walsh war nur noch ein Schatten seiner selbst und er tat Nolan leid. Trotzdem klangen Jeds Worte hart, als er sagte: »Dann stell dich mir nicht in den Weg.«

»Du hast deinen Standpunkt klar dargelegt, Jed Nolan«, antwortete Mort Walsh und straffe seine Schultern zurück.

»Geh zur Hochzeit, Mort und lass dir weiter Sand in die Augen streuen.«

Jed Nolan wandte sich abrupt ab und ließ Mortimer Walsh einfach stehen. Er ging an Luis Santero und Chico Morales vorbei und deutete mit einem energischen Kopfnicken, ihm zu folgen, was sie dann auch stumm taten.

Zweites Kapitel

Vom Fenster seines Büros sah Charles Blaisdell hinunter auf die Straße. Zwischen seinen fleischigen Lippen klemmte eine lange, dünne Zigarre und in seinem Gesicht, das von einem rabenschwarzen Bart umrahmt war, zeigte sich ein zufriedener Ausdruck ab. Er rieb sich die Hände, paffte ein paar Züge und sagte: »Ist ein schwarzer Tag für Jed Nolan. Conroy drückt ihm mächtig seinen Stempel auf.«

»Und das freut dich sehr, nicht wahr, Charley?« Lilly Gant stand hinter ihm. Ihre schmalen Finger massierten seine Schulterblätter. Ohne den Blick vom Fenster zu nehmen, meinte Blaisdell:

»Natürlich, mein Täubchen. Ich kann dir gar nicht sagen, wie mich das erfreut.«

»Du hasst diesen Nolan, nicht wahr?«

»Nicht nur ihn – die ganze, verdammte Nolan-Sippe. Ich hatte gehofft, der Krieg hätte sie allesamt ausgelöscht, diese Brut. Aber Jed Nolan ist zurückgekommen. Er ist zäher, als ich dachte.«

Ein grimmiger Ausdruck erschien in seinem Gesicht. »Aber er steht jetzt ganz alleine und gegen Conroy ist er machtlos. Der wird ihn an die Wand drücken, sollte er irgendetwas unternehmen.?«

»Du meinst, dass er das tun wird, Charley?«, fragte Lilly spitz. »Bislang hat er doch noch keinen Finger gerührt, um etwas zu unternehmen.«

Jetzt erst wandte sich Blaisdell vom Fenster ab und sah sie an.

»Honey«, sagte er und strich über ihr feuerrotes Haar, »du kennst die Nolans nicht, und du kennst erst recht Jed Nolan nicht. Glaube mir, der wird sich das nie und nimmer gefallen lassen, dass ihm jemand sein Eigentum wegnimmt. Der brütet etwas aus, sei dir dessen sicher.«

»Meinst du mit Eigentum die Ranch – oder diese June Walsh?«

Ein lauerndes Lächeln umspielte Lillys rot angemalte Lippen. »Sowohl das eine, als auch das andere. Aber das Walsh-Mädchen hält es eher mit der Gewinner-, statt der Verliererseite.«

»Ich kann diese June Walsh irgendwie verstehen«, sagte Lilly. Sie wandte sich von Blaisdell ab und ging mit hüftschwingenden Bewegungen hinüber zu dem Glastisch, auf dem mehrere Flaschen und einige Gläser standen, wobei der Saum ihres enganliegenden, trägerlosen Samtkleides raschelte. Blaisdell beobachtete dabei jede ihrer graziösen Bewegungen. Lilly war eines der höchstbezahltesten Saloonmädchen und Blaisdell hatte sie für sich persönlich auserkoren, um ihm das Leben etwas mehr zu versüßen. Anfänglich hielt er sie für naiv, gestand sich von Zeit zu Zeit allerdings immer mehr ein, dass sie über einen messerscharfen Verstand verfügte. Das war etwas, was ihn verunsicherte, aber auch ein gewisses Interesse an ihr steigern ließ. Sie verstand es ausgezeichnet, die Männer um ihre Finger zu wickeln. Zudem war sie außergewöhnlich hübsch und diese Kombination war natürlich gut für das Geschäft.

»Dieser Stuart Conroy ist ein reicher und einflussreicher Mann, Charley. Er hat viel Geld und ist dabei, sich sehr zu vergrößern..«

Lilly sah mit listigen Augen zu Blaisdell herüber, der am Fensterrahmen stand und die Arme ineinander verschränkt hielt. Sie war sich seiner gierigen Blicke bewusst, die er ihr zusandte, während sie sich ein Glas nahm, es spielerisch in den Fingern drehte, um es dann mit Whisky zu füllen. Bei ihren Worten zeigte sich eine Falte auf seiner Stirn und er fragte unvermittelt: »Wie meinst du das?«

»Mister Stuart Conroy ist ein sehr ehrgeiziger und auch gefährlicher Mann, Charley. Wie stehst du zu ihm?«

Sie füllte ein zweites Glas, wobei ihre listigen Augen auf ihn gerichtet waren.

»Ich koche mein eigenes Süppchen, Honey«, antwortete Blaisdell. »Das solltest du doch längst gemerkt haben.«

Mit schwingenden Hüften ging sie auf ihn zu und reichte ihm das halbgefüllte Whiskyglas. Er nahm es ihr aus den Händen, nahm einen Schluck und stellte das Glas dann auf die Fensterbank, ohne den Blick von ihr abzuwenden. Lilly hatte ihre roten Lippen halb geöffnet und sah zu ihm empor. Sie war eine verführerische Frau, der sich kaum ein Mann entziehen konnte. Und sie war sich ihrer Wirkung vollkommen bewusst. Blaisdell umfasste ihre nackten Schultern. Seine Lippen formten sich zu einem seltsamen Grinsen, während er sie ansah. Plötzlich stieß er sie von sich weg. Das Grinsen erlosch und der Ausdruck seiner Augen verdunkelte sich.

»Du stellst zu viele komische Fragen, mein Täubchen«, sagte er rau. »Was bezweckst du damit?«

Unschuldig hoben und senkten sich ihre nackten Schultern.

»Ich weiß nicht, was du meinst, Charley.«

Er machte einen langen Schritt auf sie zu. Seine Hand presste sich um ihre Wangen. »Du denkst zu viel, Honey«, zischte er. »Das gefällt mir nicht.«

»Ich habe Augen im Kopf, Charles – das ist alles«, sagte sie. Plötzlich war ihr Gesicht eine ausdruckslose Maske. »Du tust mir weh, Charley.«

»Ich bin der Boss«, sagte er und sein rechtes Auge zuckte nervös. Ein Zeichen dafür, dass Charles Blaisdells Jähzorn aufflammte. Lilly hatte es schon einige Male bei ihm beobachten können und wusste, dass dieser Mann dann sehr gefährlich werden konnte. Sein Griff um ihre Wangen löste sich und er ließ den Arm sinken.

»Ich bin der Boss«, wiederholte er, »vergiss das nicht. Vergiss es niemals.« Er machte eine abweisende Handbewegung. »Geh jetzt. Lass mich allein.«

Lilly fuhr sich über ihre Wangen, an denen sich zwei rote Druckstellen gebildet hatten. Ohne ein Wort zu sagen, wandte sie sich ab und ging zur Tür.

»Warte.«

Sie drehte sich um. Ihre Hand, die sie bereits auf die Türklinke gelegt hatte, fiel lose herab.

»Sage Brick Wilson, dass er zu mir ins Büro kommen soll.« Sie nickte leicht und verließ das Büro. Für einige Augenblicke starrte Blaisdell auf die Tür, wandte sich dann abrupt ab und ergriff sein Whiskyglas. Er kippte den Drink in einem Zug und knallte das Glas auf die Fensterbank. Das Flackern in seinem Auge ließ nach und er spürte die warme Wirkung des Alkohols in seinem Körper. Lilly hatte mit ihrer Frage vorhin einen wunden Punkt getroffen, und er wusste haargenau, dass sie es absichtlich tat. Sie war berechnend und spielte mit dem Feuer. Jedoch war Charles Blaisdell nicht der Mann, der mit sich spielen ließ.

»Ich bin der Boss«, sagte er erneut und warf wieder einen Blick aus dem Fenster hinunter auf die Main-Street, über die gerade in diesem Augenblick ein Trupp Soldaten geritten kam.

Zehn der elf Reiter waren Unionssoldaten. Sie trugen blaue, gelbgefütterte Umhänge über ihren Uniformen. Ihre schweren Kavalleriesäbel waren am Sattelfutter festgeschnallt. Ihre müden Pferde waren über und über mit einer rötlichen

Staubschicht bedeckt, die auch an den Uniformen der Soldaten haftete.

Auf einem abgehetzten Pferd saß inmitten der Kavalkade ein Reiter, dem die Hände an das Sattelhorn gefesselt waren. Der Reiter hatte mutlos seinen Kopf gesenkt, hellbraunes Haar hing ihm wirr in die Stirn. Er trug eine schmutzige, an den Ärmeln gerissene, graue Jacke und eine graue Reithose mit gelben Streifen.

Jed Nolan, der gerade im Begriff stand, sich in den Sattel seines Braunen zu schwingen, zog den Fuß wieder aus dem Steigbügel und beobachtete mit argwöhnischen Blicken die Kavalkade über die Main-Street reiten. Seine Hände umschlossen den Revolvergurt und seine Lippen pressten sich unweigerlich zusammen. Der Bursche in der verschlissenen, grauen Uniform hob für einen Augenblick den Kopf und Nolan sah den blutverkrusteten Streifen über der Stirn des Mannes. Unter dem Jochbein seines scharfgeschnittenen Gesichtes zeichnete sich eine bläuliche Verfärbung ab.

Auch Luis Santero glitt aus dem Sattel und blieb neben Nolan stehen. Ein grunzender Laut aus seiner Kehle gab zu verstehen, dass auch er die Misshandlungen im Gesicht des Reiters gesehen hatte. Chico Morales nahm seinen Fuß vom Tritt des Chuckwagens und stierte gebannt in die Richtung der Soldaten, die vor dem Stadtgefängnis ihre Pferde zum Stehen brachten. Das Stadtgefängnis war zusammen mit dem Büro des hiesigen Marshals in einem gedrungenen, aus roten Adobeziegeln erbauten Gebäude mit vergitterten Fenstern untergebracht. Von allen Seiten zeigten sich Schaulustige. Es waren Menschen, die kein Interesse an der in der alten Militärmission abgehaltenen Trauung hegten.

Neugier und Hass vermischten sich in den einzelnen Gesichtern. Den Soldaten entging nicht die Welle des Hasses, die ihnen in diesem Augenblick entgegenschlug. Sie hielten ihre Hände nahe an den Waffen. Einer der Reiter – ein bulliger Kerl mit dem Rangabzeichen eines Lieutenants – glitt schwerfällig aus dem Sattel. Er stampfte ein paarmal auf den Boden auf, um die Steifheit seiner Glieder zu vertreiben. Dabei wanderten seine Augen immer wieder in drohender Wachsamkeit nach links und rechts. Seine Stiefel polterten schwerfällig auf den Planken des Gehsteigs, als er sich auf das Marshal-Büro zubewegte. Ohne vorher anzuklopfen, drückte er die Türklinke nach unten und wollte mit dem Schwung, den er innehatte, die Tür nach innen aufstoßen. Doch er prallte zurück. Die Tür war verschlossen. Der Lieutenant stieß einen wilden Fluch aus und hämmerte dann mit der Faust energisch gegen die Tür. Dabei brüllte er: »Marshal! Machen Sie die verdammte Tür auf. Wir haben hier einen Gefangenen, der morgen nach Huntsville gebracht werden soll.«

Aus dem Inneren des Gebäudes kam keine Reaktion. Der Lieutenant wartete einen Augenblick, dann schlug er erneut ungeduldig gegen die Tür.

»Aufmachen!«, brüllte er. »Sitzen Sie auf Ihren Ohren, verdammt?«

Als immer noch keine Reaktion kam, erkannte der bullige Lieutenant endlich, dass das Büro nicht besetzt war. Sein massiger Körper vollzog eine Drehung und seine Blicke glitten über die vielen Schaulustigen auf dem Gehsteig gegenüber.

»Habt ihr in diesem verdammten Nest keinen Marshal?« brüllte er ihnen entgegen. »Wo steckt der Kerl. Wir haben hier einen Gefangenen, der für diese Nacht ins Gefängnis gesteckt werden soll.«

Der Lieutenant nahm seine blaue Mütze vom Kopf, hielt sie in der Linken und wischte sich mit dem Ärmel seiner staubigen Uniform den Schweiß von der Stirn. Seine Rechte ruhte nahe seiner schwarzen Pistolentasche, die geöffnet war und aus der der Griff eines.36er Navy-Colts ragte. Er stülpte die Mütze auf den Kopf, stemmte die Hände in die Hüften und sah drohenden Blickes in die Menschenmenge. Eine schweigende, feindselige Atmosphäre schlug ihm entgegen. Sie war zum Greifen nahe, aber dennoch schien sie wirkungslos von dem bulligen Lieutenant vor dem Office abzuprallen.

Kein Mensch war bereit, Auskunft zu geben.

Jedrow Nolan wechselte einen kurzen Blick mit Luis Santero und sah dann flüchtig zu Chico Morales herüber, der breitbeinig vor dem Chuckwagen stand. Die Soldaten saßen gespannt auf ihren abgekämpften Pferden und der Lieutenant vor dem Marshal-Office stehend, hatte immer noch seine massigen Fäuste in die Hüften gestemmt. Er hatte ein brutales Gesicht, das jetzt vor Zorn und hilfloser Wut dunkelrot angelaufen war. Die feindselige Stimmung lastete über Spanish-Crossing und glich einem Pulverfass. Die Soldaten wirkten übermüdet und gereizt und Nolan spürte, dass ein Funke genügen würde, um den Ansturm der schweigenden Rebellion gewaltsam zu durchbrechen.

Der Gefangene in der grauen Uniform hatte sein Haupt erhoben. Ein seltsames Grinsen umspielte seine Lippen. Die hasserfüllten Augen wanderten zu dem Lieutenant herüber. Unwillkürlich zog er an den Fesseln, die tief in seine Handgelenke schnitten. Dann glitt der Blick seiner blutunterlaufenen Augen durch die Menge und es schien, als wäge er in diesem Augenblick all seine Chancen ab. Dennoch war eine Flucht unmöglich. Er war eingekeilt zwischen den Unionssoldaten, die ihn beim geringsten Fluchtversuch sofort aus dem Sattel geschossen hätten.

Nolan sah, wie sich die Lippen des Mannes fest zusammenpressten. Er schien darauf zu lauern, dass es zu einer Auseinandersetzung kommen würde, die ihm die Chance auf eine schnelle Flucht ermöglichen könnte. Die dröhnende Stimme des Lieutenants pflügte erneut über die Main-Street: »Ich bin es nicht gewohnt, mich zu wiederholen. Aber für euch Sturköpfe mache ich einmal eine Ausnahme! Also: wo, zum Teufel, steckt der Marshal dieser Stadt?«

Weit hinter dem Geschehen öffneten sich die großen, schweren Tore der Militärmission und einige Menschen traten heraus. Die Trauung war beendet. Vor der Mission sammelte sich eine Traube von Menschen, die sich in eine Zweierreihe formierte, um das frisch vermählte Brautpaar passieren zu lassen.

Nolans Augen wanderten zur Mission herüber und er sah, wie Stuart Conroy plötzlich abrupt stehenblieb und sich dem Geschehen vor dem Marshal-Office widmete. Er wies mit dem Zeigefinger in die Richtung. June Walsh hatte ihre Hände in den Schoß gelegt und stand ruhig neben ihrem Ehemann. Die Entfernung war zu weit, deshalb war es Nolan nicht möglich, ihren Gesichtsausdruck zu erkennen. Jemand rief aus der Hochzeitsgruppe heraus: »Marshal Donnahue!«

Die kleine, gedrungene und fettleibige Gestalt Marshal Wayne Donahues löste sich aus der Traube. Es wirkte, als würde ein Fass mit zu kurz geratenen Armen und Beinen über die Main-Street laufen. Mit unsicheren Schritten schritt er den Unionssoldaten entgegen. Dicht vor dem Lieutenant blieb Donahue stehen. Er zog ein Taschentuch aus der Innentasche seines braunen Jacketts und wischte sich den Schweiß von der Stirn. Sein rundlicher Schädel, auf dem ein Bowler-Hut thronte, glühte wie ein Lampion. Tapfer stierte er zu dem massigen Lieutenant hoch und sagte mit kehliger Stimme: »Ich bin Marshal Wayne Donahue. Darf ich fragen, um was es hier geht?«

»Mein Name ist Lieutenant Roscoe MacAllister, Marshal. Ich habe Befehl, den entflohenen Sträfling Jim Harland nach

Huntsville zu überführen, wo ihm der Prozess gemacht werden soll.« Der Lieutenant wies mit seinem behandschuhten Finger auf den Gefangenen, der mit zusammengepressten Lippen und mutlos wirkenden Augen auf seinem Pferd saß.

»Was wird ihm zur Last gelegt, Lieutenant?« wollte Donahue wissen.

»Dieser Hundesohn hat in Galveston auf zwei Unionssoldaten geschossen und sie getötet. Dann ist er geflohen. An der Furt des Rio-River haben wir ihn dann geschnappt, wobei er einen weiteren Soldaten aus dem Sattel schoss. Wir bringen ihn nach Huntsville. Dort soll das Schwein hängen!«

Die Worte MacAllisters drangen laut über die Straße, so dass jeder sie hören konnte. Donahue sah an Mac Allister vorbei auf den Gefangenen, der sich etwas im Sattel aufgerichtet hatte, und entschied, dass dieser einen stark mitgenommenen Eindruck machte. Bevor Donahue etwas sagen konnte, sagte MacAllister: »Die Männer und Pferde brauchen eine Nacht Ruhe. Deshalb muss der Gefangene diese Nacht in Ihrem Gefängnis in Gewahrsam genommen werden. Morgen früh geht es dann weiter nach Huntsville.«

»Du vergisst, Yankee, dass diese Burschen in Galveston Streit gesucht und dann zuerst zu den Waffen gegriffen haben. Ich hatte keine andere Wahl, als mich zu verteidigen. Mein Glück war, dass ich schneller zog, als die beiden verdammten Blaubäuche.«

Es waren die ersten Worte aus dem Munde Jim Harlands. Und alle Blicke richteten sich nun auf ihn.

»Halt dein verlogenes Maul, Rebellen-Schwein!«, stieß der Soldat, ein Sergeant, links neben Harland hervor. Er riss seinen .44er heraus und schlug mit dem Lauf nach Harlands Gesicht. Harland sah den Schlag kommen und riss seinen Kopf nach hinten. Der Schlag verfehlte sein Gesicht nur um Millimeter und traf mit voller Wucht seine Schulter. Harland stieß einen lauten Schrei aus und sank nach vorne. Der Sergeant holte abermals zum Schlag aus, als ein Schuss krachte. Der Sergeant spürte einen heißen Luftzug und seine Mütze wurde ihm vom Kopf gerissen.

Jed Nolan trat mit rauchender Waffe näher und rief: »Noch ein Schlag, Blaubauch und der nächste Schuss trifft deinen verdammten Schädel!«

Ein Tumult entstand in der Gruppe. Die Pferde scheuten und die Soldaten hatten Mühe, sie schnell wieder zur Räson zu bringen. Der Sergeant stierte mit aufgerissenen Augen zu Nolan herüber und Lieutenant MacAllisters Hand sauste an den Kolben seines.36er Navys. Aber zum Ziehen kam er nicht, denn er blickte plötzlich in die Mündung von Luis Santeros Waffe.

Auch Chico Morales war schnell in Aktion getreten. Als er sah, dass Nolan schoss, hatte er sich schnell die auf dem Fahrerbock des Chuckwagens befindende Schrotflinte heruntergerissen und sie sofort in Anschlag gebracht.

Das alles geschah innerhalb weniger Sekunden und als die Soldaten es gerade geschafft hatten, ihre Pferde wieder zu beruhigen, sahen sie drei Männer mit ihren Waffen im Anschlag auf dem Gehsteig stehen.

»Wenn einer von euch Yankees jetzt zur Waffe greift, ist euer Lieutenant der erste, den's erwischt!« rief Luis Santero. Der schwitzende Kugelkopf des Marshals fuhr nach links und rechts. Die Soldaten sahen hilfesuchend zum Lieutenant herüber, dessen Haltung wie aus Eis erstarrt zu sein schien. Er hielt zwar immer noch seine behandschuhte Rechte in der Nähe seiner Waffe, aber er ließ sie dort ruhen.

Er fasste sich schnell und rief: »Was ist das? Eine Revolte? Hier herrscht das Kriegsrecht. Dafür könnt ihr drei Vögel an den Galgen kommen!«

Nolan, der immer noch den Sergeanten mit seinem .45er in Schach hielt, verzog sein Gesicht zu einem zynischen Grinsen. »Sie sind ja ein richtig mutiger Mann, Sergeant. Einen Gefangenen mit dem Revolverlauf zusammenzuschlagen – dazu gehört wirklich eine große Portion Mut. Ja, jetzt wundert es mich natürlich nicht mehr, dass ihr Yankees uns Südstaatler besiegt habt. Sie sind ein tüchtiger Bursche, Sergeant. Davor ziehe ich sogar den Hut.«

Einige laute Lacher kamen aus der Menschenmenge. Das Gesicht des Sergeanten lief vor Wut rot an.

Marshal Donahue rief: »Nolan! Es ist genug! Stecken Sie Ihre Waffe wieder weg. Das gleiche gilt auch für ihre beiden mexikanischen Freunde. Lieutenant, bringen Sie um Himmels Willen den Gefangenen ins Gefängnis rein, bevor es hier noch zu weiteren Tumulten kommt.«

Donahue ergriff wieder sein Taschentuch, um sich den Schweiß, der in Strömen lief, aus seinem feisten Gesicht zu wischen.

Nolan sagte: »Wer sagt denn, dass diese mutige Yankeebande nicht auf uns ballern wird, wenn wir die Eisen wegstecken, Donahue?«

Lieutenant MacAllisters Blicke wanderten von Nolan zu Santero und dann zu den vielen Menschen, die auf den Gehsteigen standen. Durch das plötzliche Einmischen dieser drei Männer hatte sich das Blatt nun völlig gegen ihn und seine Soldaten gewendet. Jede weitere Aktion würde nur die Operation gefährden. Dessen war es sich bewusst. Sein scharfer Befehl drang zu seinen Männern herüber: »Sergeant Lane! Corporal Winthrope! Bringen Sie den Gefangenen ins Jail.«

Nolan ließ die Trommel des .45ers aufschnappen und warf die leere Patronenhülse aus der Kammer. Er ersetzte sie durch eine neue aus der Gürtelschlaufe und ließ die Waffe dann mit einer geschickten Drehung in den Halfter gleiten.

Der Sergeant warf Nolan einen bitterbösen Blick zu. Der pure Hass stand in seinem stupiden Gesicht geschrieben. Schwerfällig ließ er sich aus dem Sattel gleiten.

Nur widerwillig löste er dem Gefangenen Harland die Fesseln. Er raunte ihm zu: »Runter vom Gaul, Rebell. Und mache keine falsche Bewegung. Ich würde nur darauf warten.«

Mühsam glitt Harland vom Pferd und wurde dann vom Sergeanten und dem Corporal zum Jail geführt.

»Den Burschen müssen wir im Auge behalten, Mister Conroy.«

Stuart Conroy sah an Phil Jordan vorbei in die Richtung von June, die von einer kleinen Menschentraube umringt, etwas abseits stand. Stuart Conroys Hände umschlossen die Rockaufschläge seines teuren, schwarzen Anzuges. Er war ein Mann, der sich stets seiner Sache sicher war. In Bezug auf Jedrow Nolan hatte er sich kaum Gedanken gemacht. Dieser Fall war für ihn sonnenklar und bislang hielt er den Mann für ungefährlich.

Was sollte auch schon ein Bursche, der nichts besaß außer seinem Sattel, den Waffen und dem Pferd, gegen ihn ausrichten können? Gegen ihn, Stuart Conroy, der über Einfluss, Macht und einer Mannschaft kampferprobter Männer verfügte?

Conroy sah die steile Falte in dem hageren, vogelartigen Gesicht des Vormannes.

»Sie haben doch nicht etwa Angst vor Jed Nolan, Phil?«, fragte er.

Jordan schüttelte den Kopf. »Nein, Mister Conroy. Ich habe vor niemandem Angst, das sollten Sie wissen. Aber Sie unterschätzen den Mann gewaltig. Das sollten Sie nicht tun.«

»Zugegeben, sein Auftritt vorhin war recht imposant.«, erwiderte Conroy und ein arrogantes Lächeln breitete sich in seinem Gesicht aus, das ein dünnes, schwarzes Schnurrbärtchen zierte. »Aber er ist enteignet worden – und er steht völlig alleine da. Er hat weder Geld noch die nötigen Männer, um sich mit uns anlegen zu können. Eine bittere Medizin, die der Mann schlucken muss, zugegeben. Aber er wird sich letzten Endes damit abfinden müssen. Ich unterschätze ihn keinesfalls, Jordan. Aber der Mann hat nicht die geringste Chance. Also kein Grund, sich unnötige Sorgen zu machen. Ich habe weitgreifende Ziele vor Augen, mein Lieber. Und da wäre es die reinste Zeitverschwendung, wenn ich mich um die Belange eines einzelnen Mannes kümmern würde, dem mal auf die Zehen getreten wurde.« Er klopfte dem Vormann auf die Schulter und fügte hinzu: »Außerdem ist heute mein Hochzeitstag, Jordan. Ich muss mich um meine Frau kümmern.« Er lachte dabei laut und ließ Phil Jordan stehen.

Dieser zuckte nur mit den Schultern. Seine harten Augen wanderten in Richtung Stadtausgang. Nur drei kleine schwarze Punkte am Horizont waren von Jed Nolan und den beiden Mexikanern noch zu erkennen.

»Sie irren sich«, sagte Jordan leise vor sich hin, »und das werden Sie bald merken, Mister Stuart Conroy.«

Drittes Kapitel

Südlich vom Nueces River bis zum Rio Grande dehnt sich das Buschland von Texas, eine von Kakteen, Chaparral- und Mesquitebüschen und Dornbüschen bedeckte Wildnis. Die Brasada. Ein fast undurchdringlicher Trockendschungel, der in der Zeit nach dem Krieg voll von ungebrannten Rindern war, die keinen Besitzer hatten.

Es war eine qualvolle Arbeit, diese Rinder aus dem Dickicht zu treiben. Monatelang hatten Jed Nolan und seine Handvoll Männer unter Aufbringung sämtlicher Kräfte geschuftet. Unermüdlich kämpften sie gegen die sengende Hitze, unüberwindbares Gestrüpp und die spitzen, gefährlichen Dornen an.

Jedrow Nolan war peinlich darauf bedacht, dass dieses Unterfangen nicht an die große Glocke gehängt wurde. Das war ein Teil seines Planes.

In einer Talsenke inmitten dieses dornenüberwucherten Dschungels und nahe der ersten Ausläufer des Rio Grande, waren die Tiere zusammengetrieben und mit einem Brandzeichen versehen worden – mit dem Nolan-Brand, einem N in einem Kreis. Mittlerweile waren es fast tausendzweihundert Tiere.

In diesem Landstrich lebten nur wenige Menschen. Unter ihnen die Familie von Luis Santero und Cico Morales, die in der Nähe des Nueces ihr kleines Reich geschaffen hatten und von dem lebten, was das Buschland hergab.

Die Abenddämmerung im Busch war von einer ganz eigenwilligen Stimmung erfüllt. Um diese Zeit lastete eine seltsame Stille über der Brasada. Ein ganz leichter Wind trug den würzigen Geruch der verschiedenen Pflanzen zu den Männern vom Rio Grande herüber. Die Männer saßen am Lagerfeuer. Eine Eule schrie ein paarmal aus einem Beerenbusch in einer kleinen Schlucht. Ab und zu muhte eines der Rinder und der monotone Gesang der mexikanischen Nachtwache drang zu den Männern am Feuer herüber. Jed Nolan kauerte auf seinen Absätzen und hielt seinen Becher Kaffee in beiden Händen. Stumm blickte er zu Luis Santero herüber, der an einem Stück Holz schnitzte. Mit Nolan umfasste die kleine Mannschaft sechs Mann – es waren bis auf Nolan und den kleinen Burschen namens Pecos ausschließlich Mexikaner und der Familie von Luis Santero angehörig. So waren also Luis, der Vetter Chico Morales, Diego und Gonzales, die beiden Brüder von Luis dabei. Die beiden letzteren ritten gerade Herdenwache. Die Freundschaft mit dieser Familie reichte bis weit vor dem Krieg. Der alte Dan und Luis Vater Rafaelo hatten sie einst gegründet und an Jed und seine verschollenen Brüder weitergeben. Als Kinder waren sie bereits unzertrennlich; Jed Nolan und Luis Santero durchkämmten die wilde Brasada und kannten beinahe jeden einzelnen Strauch.

Chico Morales, der dünne Bursche mit seinem spitzen Gesicht und dem buschigen Schnurrbart, hatte sich etwas abseits ins Gras gesetzt. Sein Kopf lehnte an der Wagendeichsel des Chuckwagens und seine Augen blickten gedankenverloren zum sternenüberhangenen Himmel empor. Es war eine klare, wolkenlose Nacht.

In die Stille der Männer hinein sagte Nolan: »Bevor wir mit dem Auftrieb beginnen, werde ich mich nach einem neuen Koch umsehen müssen. Chicos Kaffee schmeckt, als solle er Tote zum Leben erwecken.« Er schüttete den Rest aus seinem Zinnbecher ins Feuer.

Ein leichtes Kichern drang aus Pecos Kehle. Jed Nolan hatte die letzten beiden Kriegsjahre mit Pecos zusammen verbracht. Gemeinsam kehrten sie zurück in dieses Land, nachdem Lee bei Appomattox seine Waffen gestreckt hatte.

Pecos war ein schweigsamer Mann mit abenteuerlicher Vergangenheit. Das einzige, was Nolan über die Herkunft dieses Mannes wusste war, dass er aus El Paso stammte, seine Eltern frühzeitig verlor und bei einem mexikanischen Ranchero aufgewachsen war, der ihm – aus welchen Gründen auch immer – den Namen Pecos gab. Der Ranchero war ein strenger, religiöser Mann. Und irgendwann hatte Pecos es bei ihm nicht mehr ausgehalten. In einer Nacht hatte er sein Pferd gesattelt und war davongeritten.

»Tejanos«, stieß Chico hervor, »ihr seid nie zufrieden mit dem, was ihr habt. Wenn euch Amigos mein Kaffee nicht schmeckt, braucht ihr ihn nicht zu trinken.« Er unterstrich seine Worte mit einer nachfolgenden Welle von mexikanischen Flüchen und begann, sich eine Pfeife zu stopfen.

»Noch dringender als ein neuer Koch wären Pferde, Jed«, sagte Pecos grinsend, aber er meinte die letzten Worte ernst. »Wenn wir noch ein paar Dollar an den Rindern verdienen wollen, müssen wir bald aufbrechen. Aber das, was wir an Pferden haben, dürfte nie und nimmer ausreichen.«

Nolan nickte und starrte düster in die Flammen. In den letzten Monaten waren sie ausnahmslos damit beschäftigt gewesen, Rinder aus der Brasada zu treiben und ihnen den Brand aufzudrücken. Sie hätten sich längst um Pferde kümmern müssen. Es gab genügend Wildpferde, die man einfangen konnte. Aber sie mussten auch zugeritten werden. Und dazu waren sie einfach zu wenig. Hinzu kam die Zeit. Der nächste Markt, den es für Rinder gab, war New Orleans. Hier in Texas war ein Rind derzeit kaum 2 Dollar wert. In New Orleans konnte man immerhin noch bis zu 15 Dollar pro Stück erzielen, wenn man schnell genug war. Die Armee zahlte in Forth Worth vielleicht 8 Dollar pro Rind. Aber Jed Nolan hätte die Tiere lieber verschenkt, als sie den verhassten Yankees zu überlassen.

»Wir brechen in drei Tagen nach New Orleans auf«, sagte Nolan. »Es geht nicht anders. Wenn wir zu spät eintreffen, haben andere schon das Geschäft gemacht. Und dann könnte man die gesamte Herde schon fast verschenken. Wir müssen unterwegs Pferde einfangen und sie zureiten. Wir sind halt zu wenige Männer. Es geht nicht anders.«

»Herzlichen Glückwunsch«, sagte Pecos, zog einen glühenden Ast aus dem Feuer und zündete sich damit eine Zigarette an.

»Ich habe von Anfang an gesagt, dass es kein Spaziergang werden wird, Pecos«, meinte Nolan.

»Ich bin's gewohnt, aus dem Unmöglichen das Mögliche zu machen, Jed. Du kennst mich«, antwortete Pecos. Er warf den Ast wieder ins Feuer und ließ seine Zigarette aufglimmen. »Wir haben uns in diesem verdammten Krieg mächtig tapfer geschlagen, meinst du nicht auch? Und da sollte uns doch ein kleiner Viehtrieb mit mangelnder Ausrüstung nicht gleich aus der Bahn werfen.«

»Das sind die Worte, die ich von dir hören will, Partner«, brummte Nolan. Er sah von Pecos zu Luis, der bislang schweigend zu seinem Platz saß und nachdenklich in das prasselnde Feuer starrte. Ohne den Blick von den Flammen abzuwenden, nickte er. Luis Santero war ein Mann, der nie besonders viel Worte machte. Für ihn zählten die Freundschaft und die damit verbundene Treue. Jed Nolan wusste, dass er auf Luis Santero zählen konnte.

Und er wusste auch, dass die anderen Männer seiner kleinen Mannschaft in dem Punkt Santero nicht viel nachstanden.

Der Morgen graute. Purpurne Farben zeichneten sich bereits am dunklen Himmel ab. Gil Fuller fühlte, wie sich das Pferd unter ihm wie eine Bogensehne spannte, als er es den steil ansteigenden Hang hinaufzwang. Pferd und Reiter waren völlig am Ende ihrer Kräfte angelangt. Das Tier keuchte in kurzen Stößen. Der flockige Schaum legte sich wie ein weißer Teppich um den Hals. Gil Fuller beugte sich weit über das Sattelhorn, um dem keuchenden Tier eine Hilfe zu geben, damit es den Anstieg leichter schaffen konnte. Obwohl es zu dieser Stunde noch sehr kühl war, lief auch ihm der Schweiß in Strömen vom Gesicht. Fuller presste seine Zähne hart aufeinander. Sein Gesicht war verzerrt, während er mit den Enden der Zügel auf den vorgestreckten Hals seines Pferdes peitschte.

»Du schaffst es!«, schrie er auf das Tier ein, »verdammt! Es sind noch ein paar Yards bis zum Fluss. Komm, Grauer! Leg dich noch einmal ins Zeug!«

Als wenn das Tier die Worte des Reiters verstanden hätte, zog es noch einmal an. Kleine Steinlawinen lösten sich unter den Hufen und sausten polternd nach unten. Der Graue holte seine letzten Kraftreserven aus sich heraus. Gerade hatten sie den höchsten Punkt des Hanges erreicht, als plötzlich das Pferd unter Fuller zusammenzuckte. Den Knall der Schüsse hörte er einige Sekunden später, als der Boden unter den Hufen des Tieres schon nachzugeben schien. Das Pferd stieß ein lautes Wiehern aus und wurde wie von einer unsichtbaren Faust herumgewirbelt. Instinktiv riss Fuller seine Stiefel aus den Steigbügeln. Er zog seinen Henry aus dem Scabbard. Im allerletzten Moment warf er sich aus dem Sattel. Er schlug hart auf. Neben ihm krachte der schwere Körper des Grauen zu Boden und überschlug sich. Fuller warf sich mit einem Aufschrei zur Seite, um nicht von dem Pferd überrollt zu werden. Dabei hielt er das Gewehr fest in beiden Händen. Das Tier sauste den Hang hinunter, Steine und Geröll mit sich reißend. Es überschlug sich ein paar Male und blieb dann unten regungslos liegen. Keuchend richtete sich Fuller auf. Er war vom Sturz noch ganz benommen, als ein Schuss krachte und dicht neben ihm ein paar Kieselsteine hochspritzten. Fullers Kopf flog herum. Die Reiter waren bereits auf Gewehrschussweite herangekommen und preschten in voller Karriere auf ihn zu. Ein Windhauch trieb den Geruch des

Wassers zu Fuller herüber. Der Fluss war zum Greifen nahe. Noch hatten sie ihn nicht gestellt.

Fuller überlegte nicht lange. Zum Überlegen blieb auch keine Zeit mehr. Wenn er den Rio Grande erreichen würde, wäre er gerettet. Das schoss ihm blitzartig durch den Kopf. Er konnte es schaffen. Es war nicht mehr weit. Hundert Yards vielleicht, oder hundertfünfzig.

Fuller begann zu laufen. Mühsam zwang er sich wieder den Hang hinauf. Sein Atem ging keuchend und stoßweise. Sein Hals war trocken.

Immer näher kam der Geruch des Wassers. Er hörte es unten schon rauschen und die leichten Wellen ans Ufer klatschen. Schüsse krachten. Die Geschosse fuhren in den Boden, rissen Steinsplitter hoch, die ihm an die Füße und Beine schlugen. Querschläger jaulten. Plötzlich verhakte sich sein rechter Stiefel unter einer Pflanzenwurzel. Fuller stolperte und schlug der Länge nach hin. Ein Geschoss jagte dicht über seinem Kopf hinweg und pflügte in den Boden.

Die Entfernung zwischen ihm und dem vordersten Verfolger mochte vielleicht noch neunzig Yards betragen. Und zwischen diesem und den sechs anderen Burschen lagen vielleicht noch etwa dreißig oder vierzig Yards.

Fuller rappelte sich auf die Knie, brachte den Henry in Anschlag. Er versuchte seinen Atem ruhig zu halten. Sein Herz pochte wild. Seine Hände zitterten leicht, als er den Finger um den Abzug legte. Er visierte den vordersten Reiter an, der sein Pferd brutal den Hang hinauftrieb. Fuller sah, dass der Bursche einen Säbel aus der Scheide gerissen hatte. Er fluchte in mexikanischer Sprache auf das Tier ein.

Fuller spürte den Rückstoß an seiner Schulter. Pulverrauch stieg auf. Der Kopf des Mexikaners ruckte nach hinten. Der Mann drehte einen Salto und stürzte vom Pferd. Der Säbel flog durch die Luft und landete klirrend auf einem Haufen

Geröll. Während der Mexikaner den Hang hinunterrollte, sprang Fuller auf. Für den Bruchteil einer Sekunde zog er es in Erwägung, zu dem reiterlosen Pferd zu laufen. In wilder Hast schätzte er die Entfernung zwischen ihm un den restlichen Verfolgern ab. Er schüttelte den Kopf. Das Pferd würde er nicht mehr erreichen, dazu waren die Mexikaner schon zu nah. Die ersten Reiter erreichten den unteren Anstieg des Hanges. Fuller riss das Gewehr an die Wange und feuerte das ganze Magazin leer. Die Reiter stoben auseinander, zwei Mann sprangen von ihren Pferden. Das hielt sie für einige wertvolle Sekunden auf.

Fuller warf das leergeschossene Gewehr weg und begann zu laufen. Er stolperte einige Male, weil seine Stiefel immer wieder über glattes Gestein glitten. Schüsse krachten hinter ihm, begleitet von dem wilden Fluchen der Verfolger, die ihre Pferde in blinder Wut den Hang hinauftrieben.

Fuller erreichte den Hügelrücken. Nun ging es bergab. Mehr stolpernd als laufend sauste er den Hang abwärts. Er stürzte, überschlug sich und rollte den Rest des Hanges herunter, fing sich und landete wie eine Katze auf allen Vieren. In seinem Kopf pulsierte das Blut, das Herz schlug bis zum Hals. Sein Mund war trocken und die Sinne drohten zu schwinden. Dennoch rappelte er sich hoch. Er wagte es nicht, sich nach den Verfolgern umzudrehen. Er wusste auch so, dass sie da waren. Und als wieder Schüsse krachten, wusste er, dass sie den Hügelrücken erreicht hatten. Er war am Ende seiner Kraft und trotzdem trieb es ihn vorwärts.

Überall vor ihm waren dürre Büsche zu sehen; Mesquite, Kreosot, Katzenkrallen und Chaparrals, dazwischen Felstrümmer und loses Gestein. Der Geruch von Wasser stieg ihm deutlicher denn je in die Nase. Er zwang sich durch das dornige Gebüsch. Die scharfen, spitzen Stacheln bohrten sich durch seine Kleidung, drangen in die Haut. Sie piekten, stachen und rissen. Schützend hielt Fuller die Arme vors Gesicht, während es ihn immer weiter durch dichter werdendes Buschwerk trieb. Und dann tauchte vor ihm der Fluss auf. Wie eine rauschende, schwarzglänzende Masse floss er dahin, trennte Mexiko von den Staaten. Schemenhaft konnte er das andere Ufer erkennen. Keuchend stolperte er auf den Rio Grande zu. Am Ufer blieb er stehen und verschnaufte für eine kurze Weile. Sein Atem ging rasselnd und er hatte das Gefühl, sein Herz würde ihm aus dem Hals springen wollen.

Von der augenblicklichen Stelle bis zum rettenden, anderen Ufer betrug die Entfernung kaum fünfzehn oder zwanzig Yards. Er hatte also Glück, denn der Übergang war sehr schmal.

Hinter ihm brachen die ersten Verfolger durch die Büsche. Er hörte das Getrappel der Hufe, das Knacken von Geäst und das laute und wilde Fluchen der Reiter. Gil Fuller war nie ein guter Schwimmer gewesen. Und mit seiner Kleidung, dem Colt und den Stiefeln war es fraglich, ob er die Stromrinne bis zum rettenden Ufer überqueren konnte. Da krachten die ersten Schüsse und pflügten in den Boden. Und nun zögerte Gil Fuller keine Sekunde mehr, kämpfte seine Erschöpfung nieder und sprang in das dunkle Wasser. Er dachte in dieser Sekunde gar nicht daran, dass ihn die Strömung wegtreiben oder ein Strudel ihn erfassen und durch den Sog nach unten ziehen könnte. Er wollte nur noch ans andere Ufer. Das war sein Ziel. Mehr gab es für ihn nicht.

Das Wasser war eiskalt und die Kälte drohte, ihn zu lähmen. Er japste nach Luft, eine Panik durchflutete ihn. Ihm war, als würde sein Kopf zerspringen.

Er kämpfte seine Panik nieder und begann zu schwimmen. Dicht neben ihm schlugen die Geschosse seiner Verfolger ins Wasser. Fontänen spritzten hoch. Fuller tauchte unter und schwamm unter Wasser weiter, bis seine Lungen zu platzen drohten und er wieder an die Oberfläche musste.

Und hinter ihm trieben die Mexikaner ihre Pferde in das kalte Wasser des Rio Grande.

Das Krachen vereinzelter Schüssen riss ihn aus seinem Schlaf. Jed Nolan schreckte hoch und warf mit einem Ruck die Decke vom Körper. Die Kälte des frühen Morgens erfasste ihn und er fluchte. Seine Hand griff instinktiv zum Revolvergurt und er schnallte ihn um. Gleichzeitig waren auch die anderen Männer wach und blitzschnell auf den Beinen.

»Was, zum Teufel, ist los?« brummte Pecos, während er sich mit gezogener Waffe nach allen Seiten umsah. Einige der Rinder gaben unruhige Laute von sich und Bewegung kam in die träge Masse, die in der Talsenke weidete. Das Krachen der Schüsse hatte auch sie aufgeschreckt und nervös gemacht. Nolan sah die schattenhaften Gestalten von Diego und Gonzales, wie sie die Herde umritten und mit sonorem Gesang zur Ruhe brachten.

Dann trat Stille ein. Die wachsamen Blicke der Männer wanderten umher. Nichts war zu sehen, was auf eine unmittelbare Gefahr deuten konnte.

»Die Schüsse kamen vom Fluss und waren ganz nah«, stellte Luis Santero fest. Er überprüfte das Magazin seines Henry-Gewehres, nahm die Waffe in die Rechte und lauschte angestrengt in die Stille hinein. Und in diesem Augenblick krachten wieder einige Schüsse dicht hintereinander.

»Hört sich verdammt nicht gut an«, bemerkte Pecos trocken. »Wir sollten uns das mal ansehen.«

»Los, Jungs, in dic Sättcl«, rief Jed Nolan kurzerhand. »Chico, du bleibst hier bei Diego und Gonzales und hilfst ihnen dabei, die Herde ruhig zu halten. Nicht, dass die Biester noch in eine Stampede geraten.«

In Windeseile warfen sie ihren Pferden die Sättel über und galoppierten dann durch dichtes Buschwerk hindurch in die Richtung, aus der die Schüsse fielen. Sie brauchten nicht lange reiten. Als sie das Ufer des Flusses erreichten, stoppten sie ihre Pferde und spähten hinüber zum anderen Ufer. Dort sahen sie fünf Mexikaner, deren Pferde bis zu den Bäuchen im Wasser standen. Mündungsfeuer ihrer Gewehre blitzten auf. Ungefähr in der Mitte des Flusses lugte der Kopf eines Mannes auf, der in verzweifelter Hast das Ufer der amerikanischen Seite zu erreichen versuchte. Die Geschosse der Mexikaner schlugen ins Wasser und in unmittelbarer Nähe des Schwimmers sausten kleine Wasserfontänen nach oben. Plötzlich bewegten sich drei Pferde der mexikanischen Verfolger weiter durch den Fluss auf den Fliehenden zu.

Die Burschen wollten unbedingt seinen Skalp, das erkannte Nolan sofort. Die Bewegungen des Fliehenden wurden langsamer. Der Mann war am Ende seiner Kraft. Sein Kopf tauchte plötzlich unter Wasser. Nolan befürchtete schon, dass der Mann von einer Kugel seiner Verfolger, die sich nun auf schwimmenden Pferden der amerikanischen Grenze näherten, getroffen wurde. Immer wieder blitzte das Gewehrfeuer der Mexikaner auf. Und immer wieder spritzten kleine Wasserfontänen hoch. Da tauchte der Kopf des Mannes wieder auf. Nolan erkannte das erschöpfte Gesicht. Er sah, wie die Bewegungen des Mannes erlahmten und die Mexikaner immer näher kamen. Es würde nicht mehr lange dauern, und die Burschen hätten ihn eingeholt.

»Jed! Der Hombre braucht Hilfe«, stellte Pecos in seiner trockenen Art fest. Er riss seine Sharps aus dem Scabbard. Nolan nickte grimmig. Er wusste, dass der Bursche dort im Wasser kaum eine Chance hatte, das Ufer lebend zu erreichen. Und die Mexikaner scherten sich einen Dreck um die Grenzverletzung. Er rief seinen Männern zu: »Aus den Sätteln, Jungs. Verteilt euch hinter den Büschen und treibt die Burschen zurück!«

Jed Nolans Männer ließen sich das nicht zweimal sagen. Sie alle hatten ihre Gewehre in den Händen, waren aus den Sätteln gesprungen und verteilten sich hinter schützendes Buschgestrüpp, das am Ufer wucherte.

Nolan hatte sich hinter einem Granitblock geworfen. Seine Hände umklammerten sein Henry-Gewehr. Er spähte zum Kampfgeschehen hinüber und beobachtete, dass sich einer der Mexikaner nur noch einige Yards hinter dem Flüchtenden befand. In seiner Hand hatte er eine Machete erhoben und trieb sein schwimmendes Pferd immer näher an den Mann heran, dessen schwimmende Bewegungen inzwischen aufgehört hatten. Gegen den Mexikaner mit seiner Machete hatte er keine Chance.

Nolan riss sein Gewehr an die Wange. Er visierte den Kopf des Mexikaners an. Sein Finger krümmte sich um den Abzug und drückte ab. Pulverrauch wölkte auf und im gleichen Augenblick ruckte der Kopf des Mexikaners nach hinten. Die Machete entglitt der schlaffen Hand und fiel ins Wasser. Der leblose Körper des Mexikaners kippte nach vorne und rutschte vom Pferd.

Und in diesem Augenblick nahmen Nolans Männer die anderen vier Burschen unter heftigen Beschuss. Aufgebrachte Schreie drangen zu ihnen herüber, als die Mexikaner unter plötzliches Gewehrfeuer gerieten. Einer von ihnen stieß einen gellenden Schrei aus und wurde vom Pferd katapultiert. Die anderen drei rissen Hals über Kopf ihre Pferde herum und trieben sie in panischer Hast zurück ans mexikanische Ufer.

Wenige Augenblicke später zog Jed Nolan den total erschöpften Mann aus dem Wasser, dem gerade das Leben gerettet worden war.

Viertes Kapitel

Chico Morales hatte sich breitbeinig vor Gil Fuller gestellt, der auf einem Baumstumpf vor dem Lagerfeuer saß. In seiner Rechten hielt Chico eine dampfende Kanne Kaffee.

»Noch etwas Kaffee, Señor?«

Fuller hielt ihm grinsend seine leere Blechtasse hin und Chico füllte sie bis zum Rand. Fuller hatte sich innerhalb von einigen Stunden wieder recht gut erholt. Er war ein hochgewachsener, sehniger Mann mit breiten Schultern und einer schmalen Taille, etwas größer noch als Jed Nolan. Kurzes, dunkles Haar lugte widerspenstig unter seinem verbeulten Stetson hervor, den er weit in den Nacken geschoben hatte. Sein hageres Gesicht mit dem ausgeprägten Kinn war von Bartstoppeln übersät. Er hatte dunkle Augen, die im Augenblick von der Erschöpfung gerötet waren, und einen schmallippigen Mund, um den sich zwei Kerben gegraben hatten. Seine Kleidung war verschlissen. Es war nicht die typische Kleidung eines Weide- oder Buschreiters. Sein Revolvergurt war aus braunem Leder, aus dem der mit Perlmutt versehene Kolben eines .51er Navy-Colts herausragte. Er trug eine abgewetzte, blaue Baumwollhose und an seinen Stiefeln befanden sich zwei großrädrige Sporen, die verrieten, dass Gil Fuller aus Texas stammte.

»Der Amigo scheint deinen Kaffee zu mögen, Chico«, bemerkte Luis Santero, der sich Fuller genau gegenüber befand. Luis kauerte auf den Absätzen seiner mexikanischen Stiefel und hielt einen dünnen Zweig spielerisch in die Flammen. »Es ist schon der dritte Becher.«

»Hölle!«, brummte Pecos, »die Mexikaner haben ihn nicht geschafft – also wird es Chicos Kaffee auch nicht.« Er grinste breit zu Fuller herüber.

»War aber verdammt knapp«, sagte Jed Nolan, der lässig am Chuckwagen lehnte und seine Beine mit den rohledernen Chaparajos übereinandergeschlagen hatte. »Was war eigentlich los?«

Fuller sah über den Rand des Kaffeebechers zu Nolan herüber. »War 'ne üble Geschichte, Nolan.« Er machte eine kurze Pause und nippte an dem heißen Kaffee. Jed fiel auf, dass Fuller über eine betont langsame Sprechweise verfügte. Dann fuhr Fuller fort: »Hatte mich nach dem Krieg mit meinem Partner Tracy nach Mexiko abgesetzt. Der Krieg hatte uns ausgebrannt und so ziemlich alles genommen, was man uns nehmen konnte. Na, Sie kennen das ja, nehme ich an. Jedenfalls haben Tracy und ich ein paar Monate als Söldner für Maximilian drüben gearbeitet. Wurde verdammt nicht schlecht bezahlt, der Job. Zweimal sind wir als Begleitschutz eines Goldtransports rauf bis zur Küste nach Vera Cruz. Nur ein paarmal hatten wir ein paar brenzlige Situationen zu meistern. Irgendwann glaubten Tracy und ich, genügend Geld verdient zu haben. Wir haben dann bei Max Verein gekündigt und sind dann wieder in Richtung Grenze. In irgendeinem Kaff hatten wir einen Stop eingelegt, abends ein paar Tequilas hinter die Binde gegossen und mit zwei feurigen Ladies die Nacht verbracht. Yeah, das waren wirklich zwei Ladies, sage ich euch. Die hatten nichts Besseres zu tun, als uns an eine üble Banditenmannschaft zu verpfeifen, die scharf auf unsere Dollars warfen. Als Tracy und ich am nächsten Morgen, verkatert wie wir waren, aus dieser üblen Spelunke verschwinden wollten, standen unten in der Cantina drei schwerbewaffnete Hombres, grinsten dreckig und baten um die Herausgabe unseres schwerverdienten Geldes. Sie werden's kaum glauben, Nolan, aber Maximilian hat uns tatsächlich in amerikanischen Dollars bezahlt. Wie dem auch sei; Tracy und ich standen noch oben am Treppengeländer, als die drei schwerbewaffneten Amigos mit ihren Colts im Anschlag unten auf uns warteten. Die beiden besagten Ladies hatten sich gemütlich an einen Tisch gesetzt und warteten gespannt und voller Neugier. Tracy und ich steckten da in einer wirklich üblen Klemme.«

Nolan entfachte ein Streichholz und hielt es mit der hohlen Hand an eine dünne Zigarette. Er zog daran und fragte, ohne sie aus dem Mund zu nehmen: »Was ist dann passiert? Wie konnten Sie aus dieser Lage entkommen, Fuller?«

Fullers Blicke wanderten zu den Männern in der Runde, die gebannt seinen Worten lauschten. Seine Augen blieben auf Jed Nolan haften, als er in seiner gedehnten Sprechweise fortfuhr: »Wir hatten Glück. In der Küche ließ jemand einen Haufen Teller fallen. Das Krachen lenkte die drei Hombres für einen Moment lang ab. Tracy und ich nutzten das aus und wir schossen uns den Weg frei und raus aus dieser dreckigen Spelunke. Tracy hatte jedoch ein Ding abgekriegt. Wie schlimm, wusste ich da noch nicht. Jedenfalls sind wir in Windeseile zu unseren Gäulen und dann raus aus dem Kaff. Aber in kürzester Zeit waren uns neun hartgesottene Burschen von der Bande auf den Fersen. Sie hatten sich wohl unmittelbar in der Nähe aufgehalten.«

Fuller rieb sich übers stoppelbärtige Gesicht und trank noch einen Schluck Kaffee. Während der Zeit, in der er gesprochen hatte, hielt er unentwegt seinen Blick auf Jed Nolan gerichtet. Jetzt wanderten seine dunklen Augen zu den am Feuer sitzenden Männern, die darauf warteten, dass er weitersprach.

Und so setzte er fort: »Tracy hatte es übel erwischt – schlimmer, als ich angenommen hatte. Wir kamen sehr langsam voran und die Banditen holten gewaltig auf. Irgendwann ist Tracy aus dem Sattel gekippt. Die verdammte Kugel hatte seine Lunge erwischt und es war überhaupt ein Wunder, dass er noch so lange aushalten konnte. Er drückte mir ein Bündel blutverschmierte Geldscheine in die Hand. Es war sein Lohn von Max. Dann meinte er, ich solle ihn liegenlassen und mich aus dem Staube machen. Alleine hätte ich eine Chance – aber nicht zu zweit. Nolan, ich schwör's: es hat verdammt lange gedauert, bis ich das intus hatte. Das können Sie mir glauben. Aber ich habe dann Tracy angesehen und sah sein wächsernes Gesicht. Und auch das Blut, das ihm aus dem Mund lief. Da wusste ich, dass er Recht hatte. Mir blieb nichts anderes übrig, als mich auf mein Pferd zu schwingen und davonzujagen. Ich ließ einen verdammt guten Weggefährten zurück. Es krachte hinter mir ein paar Male und da wusste ich, dass sie Tracy erwischt hatten. Aber bevor er starb, hatte er noch drei von den Burschen aus dem Sattel geholt. Es verfolgten mich nun keine neun Männer mehr, sondern nur noch sechs.«

»Sie hatten wirklich mächtiges Glück, dass wir in der Nähe waren, Fuller«, sagte Nolan. Er warf seinen aufgerauchten Zigarettenstummel auf den Boden und trat ihn mit der Stiefelspitze aus. »Sie hätten's sonst nicht geschafft.«

Fuller nickte ernst. »Yeah. Ich hatte Glück, Nolan! Tracy nicht.«

Er trank seinen Becher aus und hielt ihn noch einmal Chico hin, der grinsend nachschenkte. »Ist wirklich ein sehr guter Kaffee, Amigo. Der drüben in Mexiko war nicht so gut.« Ein schiefes Grinsen legte sich um seine schmalen Lippen, das aber sogleich wieder erlosch.

»Was ich bei dieser Geschichte nicht verstehe, Fuller, ist, dass sich die beiden Frauen nicht das Geld von Ihnen und Ihrem Partner an sich genommen hatten. Das wäre doch sicherlich ein Leichtes für die beiden Damen gewesen, oder etwa nicht?«, fragte Nolan, während er sich eine neue Zigarette drehte.

»Ja, darüber hatte ich mich auch gewundert«, gab Fuller zu. »Aber ich denke, dass es zwei ganz arme Putas waren, die zu dieser Bande gehörten. Wenn sie wirklich das Geld von mir und Tracy genommen und es verschwiegen hätten, wären die Burschen sicherlich nach 'ner Weile darauf gestoßen. Irgendwann wäre das sicherlich aufgefallen. Und glauben Sie mir, Nolan; diese Burschen sind dann bei einer solchen Sache nicht gerade zimperlich mit ihren Frauen.«

Fuller sah während des Sprechens zu Luis Santero herüber, der bei seinen Worten zustimmend nickte.

»Si, Señor Fuller«, sagte dieser, »da kann ich Ihnen nur beipflichten.«

Ein Streichholz ratschte, als Jed Nolan es an der Deichsel des Chuckwagens entfachte. Er ließ es für einen kurzen Augenblick aufflammen, dann hielt er es an seine Zigarette. Er inhalierte tief und blies das Hölzchen mit dem ausstoßenden Rauch aus. Achtlos glitt es zu Boden und verglühte.

»Was haben Sie jetzt vor, Fuller?«

»Erst einmal werde ich mir von Ihrem Tabak eine Zigarette drehen.«

Nolan zog grinsend seinen ledernen Tabaksbeutel aus der Brusttasche und warf ihn Fuller zu, der ihn geschickt auffing, die Bändchen auseinanderzog und Tabak und Papier herausnahm.

»Und dann?«

Fuller zuckte mit den Schultern. »Offengestanden – ich weiß es noch nicht. Hatte in der letzten Zeit keine Gelegenheit, ernsthaft darüber nachzudenken. Wissen Sie, Nolan, ich bin kein sentimentaler Mensch, aber der Tod von Tracy geht mir doch mächtig an die Nieren. Er war ein verdammt guter Mann, müssen Sie wissen. Es gibt nicht viele Freunde auf der Welt. Aber Tracy war einer. Wie auch immer; wir wollten in Mexiko Geld verdienen und hier in Texas sesshaft werden.

Waren schließlich lange genug unterwegs gewesen und haben den Kopf für andere hingehalten.«

Fuller klopfte die fertig gedrehte Zigarette auf einem Stein fest, dann steckte er sie sich zwischen die Lippen. Er warf Nolan den Beutel zurück, der ihn geschickt mit der Rechten zu fassen bekam und in seine Brusttasche verstaute. Fuller ergriff einen dünnen Zweig und hielt ihn ins Feuer. Als das Hölzchen Feuer fing, zündete er sich damit die Zigarette an und warf es dann in die Flammen.

»Aus der Traum von einer Ranch mit Partner«, murmelte er. Sein linker Zeigefinger legte sich dabei um den Henkel der Blechtasse und hob sie an die Lippen. Er trank den Kaffee aus und stellte die Tasse neben sich auf den Boden.

Jed Nolan beobachtete mit scharfen Augen den Mann. Eine steile Falte bildete sich zwischen den Augenbrauen und er schien sich über Gil Fuller klar werden zu wollen. Er zweifelte nicht an dessen Geschichte, aber ihm war klar, dass Fuller ein Mann mit Vergangenheit war. Ein Blick auf die Art, wie Fuller seine Waffe im Halfter trug, genügte, um zu wissen, dass dieser Mann damit sehr gut umzugehen verstand.

Spät am Abend saß Jed Nolan am Lagerfeuer und blickte düster in die Flammen. Der Himmel hatte sich wie ein schwarzes Tuch über die Brasada gelegt, der Mond tauchte das Land in silbriges, gespenstisches Licht. Sternklar war die Nacht und kühl. Die Herde war ruhig, nur der monotone Gesang der Herdenwache von Luis und Pecos drang zu Nolan herüber. Chico, Diego und Gonzales lagen in ihren Decken und schnarchten. Die hochgewachsene Gestalt Gil Fullers tauchte aus der Dunkelheit auf und näherte sich dem Lagerfeuer. Er rieb seine Hände über den Flammen zusammen.

»Verdammt kalte Nacht«, bemerkte er und ließ sich in kauernder Haltung neben Jed Nolan nieder. Nolan sah zu ihm rüber, nickte, sagte aber nichts.

»Wann wollen Sie mit dem Auftrieb beginnen?« wollte Fuller wissen. Er nahm sich dabei einen kleinen Ast und zeichnete damit kleine Muster in den sandigen Boden vor seinen Füßen.

»In zwei Tagen«, antwortete Nolan.

Fuller nickte stumm. Der Ast in seinen Fingern zerbrach und er warf ihn ins Feuer. Nach einer Weile sagte er: »Hören Sie, Nolan! Ich habe nachgedacht. Sie haben vorhin Ihre Geschichte erzählt und sie klang bitter. Ich kann Ihr Vorhaben verstehen. Hätt's an Ihrer Stelle auch nicht anders gemacht. Ich würde mir auch nicht die Ranch wegnehmen lassen. Sie werden natürlich nur dann gegen diesen Conroy und seine Mannschaft eine haben, wenn Ihnen ebenfalls eine kampferprobte Mannschaft zur Seite steht. Augenblicklich seid ihr zu wenig – auch zu wenig für das anstehende Treiben. Pferde...«

»Ich weiß, Fuller«, unterbrach ihn Nolan düster. »Ich weiß, dass ich mindestens für den anstehenden Viehtrieb sechs weitere Männer haben müsste. Und was die Pferde anbelangt, nun, unsere Remuda umfasst zurzeit sechs Tiere, die zugerechnet zu denen, die wir unterm Sattel haben. Das ist zu wenig. Klar. Aber meine finanziellen Möglichkeiten sind erschöpft. Und die meiner Leute auch, Fuller. Wir kamen gerade mit dem hin, was übrig war. Und glauben Sie mir; in der gesamten Umgebung würde keiner daran denken, in der augenblicklichen Zeit einen Kredit zu gewähren. Es würden sich derzeit auch kaum gute Männer finden, um sich auf ein wackeliges Unternehmen, wie ich's durchführen will, einzulassen.«

Nolan machte eine kleine Pause, warf mit resignierter Gebärde einen Kieselstein ins Feuer und fügte hinzu: »Aber den Auftrieb zu verschieben würde bedeuten, dass ich die Rinder in New Orleans nur noch für einen Spottpreis an den Mann bringen könnte. Sie wissen ja, wie das ist, Fuller: wer zuerst kommt, der malt zuerst. Und uns läuft die Zeit davon. Wenn wir jetzt nicht starten, dann würde es eine Verzögerung von gut einem Jahr bedeuten. Und ich werde alles tun, nur nicht ein ganzes Jahr zusehen, wie es sich Stuart Conroy auf der Ranch meines Vaters bequem macht und noch größer wird.«

»Das kann ich gut verstehen, Nolan.« Fuller rieb sich die Hände an seinen Oberschenkeln, sah Nolan direkt an und meinte dann: »Ich stehe verdammt in Ihrer Schuld, Nolan. Wenn Sie und Ihre Männer nicht am Ufer gewesen wären, dann würde ich jetzt auf dem Grund des Rio Grande liegen. Deshalb biete ich Ihnen meine Hilfe an. Ich will dabei sein, wenn Sie und die Männer die Herde nach New Orleans treiben und will dabei sein, wenn Sie sich Ihre Ranch wieder zurückerobern. Tracy und ich haben in Mexiko recht gutes Geld verdient. Und bei Gott, Nolan, wenn er noch leben würde, hätte er nicht anders gehandelt, als ich jetzt, denn ich werde Ihnen das Geld zur Verfügung stellen. Es sind tausend Dollar.«

Nolans Blick schnellte zu Fuller. Der Mann meinte es ernst, daran gab es keinen Zweifel. Und dennoch schüttelte Nolan den Kopf.

»Vergessen Sie's Fuller. Das kann ich nicht annehmen.«

»Seien Sie kein Narr, Nolan! Sie brauchen Startkapital für das, was Sie vorhaben.«

»Fuller, in meinem ganzen Leben habe ich mit dem auskommen müssen, was ich hatte, und...«

»Hol's der Teufel mit Ihrer Sturheit«, brummte Fuller ärgerlich. »Wir leben in üblen Zeiten. Und ein Mann wie Conroy wartet nicht. Wie Sie schon sagten; der Mann wird sich nicht damit begnügen, sich auf das auszuruhen, was er hat. Ich kenne diesen Schlag genau, Nolan! Der Mann will Macht. Der greift nach den Sternen und dafür ist ihm jedes Mittel recht. Ihre Ranch hat er schon, und auch Ihr Mädel. Aber damit wird er sich nicht begnügen wollen. Solche Burschen werfen große Schatten, Nolan. Das wissen wir beide ganz genau. Sie sind der richtige Mann, um Typen wie Conroy auf ihre reale Größe zurechtzustutzen. Aber das schaffen Sie nicht alleine – und nicht ohne Geld.«

Nolan nickte stumm. »Ich werde darüber nachdenken, Fuller.«

Fünftes Kapitel

Das ehemalige Nolan-Anwesen, das jetzt den stolzen Namen Circle-C trug, bestand neben dem Hauptgebäude aus zwei Corrals, einem Bunkhouse, einer Schmiede und einem Schlafhaus für den Vormann und einem großen Windrad, das für Wasser aus der Tiefe sorgte.

Das Hauptgebäude war – im Gegensatz zu den meisten Bauten im südlichen Texas – nicht aus Adobelehm erbaut worden, sondern bestand hauptsächlich aus massivem Holz. Lediglich der Kamin, der an der Seite des Ranchgebäudes angebracht war, bestand aus Adobe. Das Haus war nicht allzu groß, dafür aber praktisch errichtet worden. So waren noch die Schießscharten zu erkennen, die damals als Vorsichtsmaßnahmen gegen kriegerische Comanchenhorden oder räuberische Desperados eingebaut wurden. Die Veranda war großzügig überdacht und spendete Schatten gegen die oft herrschende Sonnenglut. Es war ein weitreichendes Land, auf dem die Ranch lag. Nördlich grenzte sie an das Buschland, während westlich die ersten Ausläufer von zahlreichen Hügelketten emporstiegen, in denen sich kleine Waldgruppen befanden, durch die der Nueces floss.

Stuart Conroy stand auf der Veranda. Er war wie immer tadellos gekleidet. Zwischen seinen fleischigen Lippen klemmte eine lange Zigarre. Er hatte seine Hände hinter die Rockaufschläge seines schwarzen Anzuges gelegt. Er war ein mittelgroßer, stämmiger Mann von attraktiver Erscheinung, an dem sich allerdings bereits langsam der leichte Ansatz zur Fettleibigkeit abzeichnete. Die obere Hälfte seines rundlichen Gesichtes lag augenblicklich im Schatten seines schwarzen Hutes verborgen, während er zu den beiden Männern herübersah, die beide an zwei Pfähle gebunden waren. Ihre nackten Oberkörper glänzten in der Sonne. Eine Gruppe der Circle-C-Mannschaft stand um diese Männer herum und einige Meter weiter, direkt hinter den Angebundenen, hatte sich die hagere Gestalt Phil Jordans postiert. In seinen Händen hielt der Vormann der Circle-C eine zusammengerollte Peitsche. In erwartungsvoller Haltung blickte Jordan zu Conroy herüber, der langsam über den Hof direkt zu den Männern schritt.

»Bleiben die Burschen dabei, Jordan?«, fragte er eisig.

Der Vormann nickte. »Obwohl sie bei frischer Tat ertappt wurden? Das ist ungeheuerlich.« Stuart Conroy nahm seine Zigarre aus dem Mund, während er die beiden Männer genauer inspizierte. Er tat es so, als handelte es sich dabei um irgendeinen Gegenstand.

»Sie haben kein Recht, uns hier anzubinden und auspeitschen zu lassen, Mister. Wir haben die beiden Kühe nicht gestohlen. Die Tiere trugen nicht Ihr Brandzeichen. Sie trugen überhaupt kein Brandzeichen!«, rief einer der beiden angebundenen Männer hitzig. In der Gegend war er als Shorty Rounds bekannt, ein Mann, der in der Nähe des Nueces mit seinem jüngeren Bruder Seth eine kleine Farm bewirtschaftete. Zwei unauffällige Männer, die sich nur um ihre Angelegenheiten kümmerten.

Conroy wandte sich an Jordan. Dieser schüttelte den Kopf. »Die beiden Kühe befanden sich auf unserer Weide, Mister Conroy. Folglich waren es unsere Tiere.«

»Verdammt!«, schrie Rounds und zerrte wütend an den Fesseln. »Du kennst genauso gut wie ich das ungeschriebene Gesetz der Weide. Rinder ohne Brandzeichen sind für jedermann zugänglich. Du weißt es genau!«

Mitleidlos sah Conroy zu dem Mann herüber. »Das Gesetz hat sich geändert.«

»Seit wann, Mister?«

»Seit heute.« Conroy sah Phil Jordan an. »Also ein klarer Fall von Diebstahl.«

Jordan nickte. »Wieviel?«

»Jeder zwanzig. Das sollte sie lehren, Circle-C-Rinder in Zukunft in Ruhe zu lassen.«

Rounds schrie: »Gebt mir einen Revolver und wir tragen die Sache richtig aus. Ich lasse mich nicht wie ein Tier peitschen, Mister. Dazu haben Sie kein Recht. Also: gebt mir einen Revolver!«

Phil Jordan rollte die Peitsche aus. Er biss auf seine Unterlippe und sah noch einmal auf Conroy. Dieser sagte ungeduldig: »Machen Sie schon, Jordan! Wir haben nicht den ganzen Tag Zeit.«

Die umherstehenden Reiter der Circle-C machten betretene Gesichter. Sie hatten Rounds Worte klar und deutlich vernommen. Sie kannten die ungeschriebenen Gesetze der Weide. Auch wenn Stuart Conroy nicht aus Texas stammte – er kannte ebenfalls diese Gesetze.

Der junge Seth Rounds sah zu seinem Bruder und rief: »Shorty!«

»Beiß die Zähne zusammen, Junge«, raunte Shorty ihm zu. »Es wird nicht ewig dauern. Und irgendwann kommt der Tag, da brennen wir diesen Schweinen unser Brandzeichen auf!«

Der zischende Laut der hochfahrenden Peitsche fuhr durch die Luft und einige Augenblicke später landete sie mit lautem, klatschendem Geräusch auf Shorty Rounds entblößtem Rücken.

Stuart Conroy hatte sich bereits abgewandt und stieg langsam die Stufen zur Veranda hinauf, als er den lauten Aufschrei des Mannes hörte, dem die Peitsche über den Rücken fuhr. Auf der Veranda stand June. Sie hatte ihre Lippen fest aufeinandergepresst und sah Stuart Conroy hasserfüllt entgegen.

»Du bist roh!«, herrschte sie ihn anklagend an. »Ich hätte nie gedacht, wie roh und grausam du sein kannst, Stuart!«

»Geh ins Haus«, sagte er und seine freundlichen Worte klangen höhnend zu ihr herüber, »das ist eine Sache, die du lieber nicht mitansehen solltest, June.«

»Und was ist mit dir, Stuart?« stieß sie ihm gepresst entgegen. »Willst du es dir nicht ansehen? Schließlich war es deine Idee, die Männer auspeitschen zu lassen. Dreh dich um und sieh es dir an, Stuart Conroy.«

»June.« Conroy hob beschwichtigend die Hände. »Sicher ist es nicht schön – erst recht nicht für eine Frau. Aber du weißt, wie die kleinen Leute sind, die immer wieder Diebstähle begehen. Wenn ich nicht hart durchgreife, dann werden sie uns ruinieren. Circle-C ist meine Ranch. Ich muss sie mit harter Hand verteidigen, damit sie bestehen bleiben kann. Du weißt, wie die Zeiten im Augenblick sind, und...«

»Ist sie das wirklich, Stuart?« Junes Augen sprühten Funken. Sie wandte sich abrupt von ihm ab und ging ins Haus.

Mit bebenden Lippen stand June Conroy am Fenster ihres Schlafzimmers und sah hinaus auf den Hof. Sie sah, wie die schlaffen Gestalten mit den zerschundenen Rücken von den Pfählen losgebunden wurden. Tränen füllten Junes Augen und liefen ihre Wangen herab. Es waren Tränen hilfloser Wut und Verzweiflung.

Stuart Conroy hatte zum ersten Mal sein wahres Gesicht gezeigt – das Gesicht einer erbarmungslosen, gefühllosen Bestie. Etwas derart Grausames hatte June in ihrem ganzen Leben noch nicht gesehen. Und ausgerechnet der Mann, dem sie vor wenigen Tagen in Spanish Crossing ihr Jawort gab, trug die Verantwortung dafür.

Junes Blicke hingen gebannt an dem Geschehen dort unten im Hof. Während einige Circle-C-Reiter die schlaffen Körper der beiden Rounds-Brüder zu ihren Pferden schleppten, sah sie, wie Phil Jordan seelenruhig die Peitsche zusammenrollte. Er tat dies so, als würde er ein Lasso zusammenrollen, das er zuvor beim Einfangen eines Rindes benutzt hatte.

Sie hasste Jordan von Anfang an. Sie hatte sich schon immer vor diesem Mann gefürchtet, dessen Augen so kalt wie Eis waren und mit dem Mund, der nie zu lächeln schien.

Zweifel nagten an ihr und fraßen sich wie eine Säure durch sie hindurch. Stuart Conroy hatte ihr den Himmel auf Erden versprochen – und sie hatte ihm seine Worte geglaubt.

Sieht so der Himmel auf Erden aus? fragte sie sich bitter und biss sich auf den Zeigefinger.

Sie dachte plötzlich an Jedrow Nolan, den sie verraten hatte und der irgendwo da draußen war, Zielen nachging, von denen keiner etwas Genaues wusste.

In dieser Sekunde schlug June Conroy die Hände vors Gesicht und begann bitterlich zu schluchzen. Ihr ganzer Körper war ein einziges Beben und Zucken, während von draußen im

Hof das Schnauben mehrerer Pferde und das Rasseln von Gebissketten zu ihr nach oben drang.

Die bullige Gestalt Lieutenant McAllisters drehte sich leicht in seinem hochbordigen McCLellan-Sattel um und sah die beiden Pferde an der Reihe seiner Soldaten vorbeipreschen. Der erste der beiden Männer hielt sich, vor Schmerzen gekrümmt, weit im Sattel vorgebeugt, während der andere Mann, offensichtlich bewusstlos, einfach quer über den Sattel des Pferdes gelegt worden war. Dann drehte sich der Lieutenant wieder um und hielt auf Phil Jordan zu.

»Hier hat eine kleine Partie stattgefunden, was?«, fragte er und legte ein schiefes Grinsen in sein brutales Gesicht. Jordan erwiderte das Grinsen, legte die Peitsche über seine Schulter und sagte: »So kann man's nennen, Lieutenant.« Er sah an McAllister vorbei auf die Reihe der Kavalkade, die mit McAllister in den Hof eingeritten war. Unter den Soldaten erkannte der Vormann Marshal Wayne Donahue, dessen ohnehin schon feistes Gesicht an der linken Hälfte blaurot angeschwollen war. Neben dem Marshal saß – wie immer in eleganter Kleidung – der Saloon- und Hotelbesitzer Charles Blaisdell. Blaisdell tippte grüßend an die schmale Krempe seines Bowler-Hutes.

»Ist es Ihnen im Saloon zu stickig geworden, Charley? Haben die Soldaten Sie zu einem Ausritt eingeladen, damit Sie mal wieder an die frische Luft kommen?«, lachte der Vormann.

»Ohne den Gentlemen hier nahe treten zu wollen, Phil; aber ich bin nicht zum Vergnügen mitgeritten«, antwortete Blaisdell und setzte dabei sein oft von ihm angewandtes, gewinnendes Lächeln auf.

»Sind Sie der Vormann?«, fragte McAllister mit seiner dröhnenden Stimme.

»Ja, ich bin Phil Jordan. Was kann ich für Sie tun, Lieutenant?«

»Mister Blaisdell war so freundlich, uns zu Ihrer Ranch zu begleiten, Mister Jordan. In der vergangenen Nacht ist es dem Gefangenen Jim Harland, der ein sehr gefährlicher und skrupelloser Verbrecher ist, aus dem Gefängnis zu fliehen. Alle Anzeichen und bisherige Spuren deuten darauf hin, das Harland ins Buschland geflohen ist. Die Sache ist die, Jordan; weder ich noch meine Soldaten kennen sich in diesem verdammten Buschland aus.«

Stuart Conroy erschien wieder auf der Veranda. Er hatte die Worte des Lieutenants gehört, richtete seine Augen auf den Marshal mit seinem lädierten Gesicht und sagte: »Wie konnte der Mann entfliehen, Donahue? Er war doch in Ihrem Gewahrsam?«

Mit schuldbewusster Miene rutschte Donahue unruhig im Sattel hin und her. Er begann wieder fürchterlich zu schwitzen und zog ein Taschentuch hervor. Vorsichtig wischte er sich über sein lädiertes Gesicht.

»Nun, Mister Conroy«, begann er mit seiner kehligen Whiskystimme, »irgendjemand muss diesem Burschen in der Nacht einen Knüppel durchs Gitterfenster geworfen haben. Jedenfalls rief er mich zu sich in die Zelle. Und ehe ich mich versah, schlug er mir eins über den Schädel. Von da an weiß ich nichts mehr.«

»Donnerwetter!«, rief Conroy erstaunt aus, »wenn das Türmen von Gefangenen so einfach ist, dann brauchen wir ja bald keine Gefängnisse mehr. Alle Achtung, Donahue! Da haben Sie wirklich eine Meisterleistung hingelegt. Ich schätze, Sie hatten den Kanal wieder mal voll Whisky, stimmt's? Und dieser Harland wird sich nicht damit begnügt haben, einfach abzuhauen, sondern ist jetzt sicherlich auch noch bewaffnet, stimmt's?«

Donahue wurde knallrot und senkte beschämend den Kopf. Das war Antwort genug.

Natürlich hatte sich Jim Harland rasch bewaffnet. Im Office des Marshals fehlte ein Gewehr vom Gewehrständer, ein Revolver und zwei Schachteln Munition, die Donahue in einem Wandschrank neben dem Gewehrständer untergebracht hatte. Das verschwieg Donahue natürlich in diesem Augenblick geflissentlich.

»So spaßig, wie Sie es ansehen, ist die Sache leider nicht! Ich hatte einen Wachtposten vor dem Gefängnis postiert. Der Mann wurde von hinten niedergeschlagen. Der verdammte Harland musste also in Spanish Crossing einen guten Freund gehabt haben, Mister...«

»Mein Name ist Stuart Conroy, Lieutenant, und mir gehört die Circle-Ranch. Nun, Sie wissen, dass die Texaner nicht gerade gut auf Unionssoldaten zu sprechen sind. Sie hätten wahrscheinlich zur Sicherheit nicht nur einen, sondern gleich zwei Mann vor dem Jail postieren müssen. Sagen Sie, Lieutenant: vermuten Sie den Gefangenen etwa hier auf meiner Ranch?«

McAllister schüttelte den Kopf »Keineswegs«, antwortete er, Conroys Zurückweisung ignorierend, »aber von Mister Blaisdell haben wir erfahren, dass es in Ihrer Mannschaft ein paar buscherfahrene Männer gibt, die sich bestens auskennen.«

Conroy sah zu Jordan, der zustimmend nickte. »Ja. Matt Hayes und Nick Wallis. Die beiden kennen hier so ziemlich jeden Strauch. Außerdem sind sie hervorragende Fährtenleser.«

McAllister wandte sich an Conroy. »Würde es Ihnen etwas ausmachen, mir diese Männer zur Verfügung zu stellen? Wir sind der Auffassung, dass sich Harland nach Mexiko absetzen will. Das wäre augenblicklich die einzige Chance für diesen Banditen, um vor der Armee in Sicherheit zu sein.«

»Und das wollen Sie natürlich verhindern, nicht wahr, Lieutenant?«

McAllisters brutales Gesicht nahm einen zornigen Ausdruck an. »Ich will diesen Mann, Mister Conroy – tot oder lebend!«

Conroy erkannte, dass es etwas Persönliches gab, was den bulligen Lieutenant die Hetzjagd so inbrünstig betreiben ließ. Er lächelte und zeigte dabei eine Reihe tadellos weißer Zähne. »Selbstverständlich stelle ich Ihnen meine beiden Männer für Ihre Jagd zur Verfügung.«

McAllister tippte an seine Mütze. »Ich bin Ihnen sehr verbunden, Mister Conroy.«

»Sicher wird Ihre Zeit sehr knapp sein, meine Herren«, sagte Conroy in gönnerhafter Tonart, »aber ich möchte Sie dennoch zu einer kleinen Erfrischung ins Haus zu bitten.«

McAllister schüttelte ablehnend den Kopf. »Bedaure, Sir, aber das geht leider beim besten Willen nicht. Ein andermal werde ich gerne auf Ihr Angebot zurückkommen.«

Conroy legte ein verständnisvolles Lächeln auf die Lippen, wandte sich an Jordan und sagte: »Phil, bringen Sie Hayes und Wallis her. Der Stallmann soll ihre Pferde satteln und den beiden Jungs ihre Ausrüstung geben.«

»In Ordnung, Boss«, sagte Jordan, rückte seinen Revolvergurt zurecht und wandte sich ab.

Sechstes Kapitel

Als Jim Harland das Geräusch von herannahenden Pferden vernahm, lenkte er sofort sein Pferd hinter eine dichtbewachsene Buschgruppe. Er zog den im Marshal-Office von Spanish Crossing erbeuteten 1860er Henry-Karabiner mit einer raschen, gleitenden Bewegung aus dem Scabbard. Das Gewehr wechselte von der rechten zur linken Hand. Seine Rechte legte sich um die Nüstern des Pferdes, damit es keine Geräusche von sich geben konnte und er spähte vorsichtig durch die dornenüberzogenen Äste. Das raschelnde Geräusch auf dem laubüberzogenen Boden kam näher und kurze Zeit später tauchte ein Reiter einige Yards von Harlands Versteck aus einer Lichtung kommend auf. Der Mann saß zusammengekrümmt im Sattel. Das graue Hemd, das der Mann trug, war am Rücken blutdurchtränkt. Ihm folgte ein zweites Pferd, auf dessen Rücken eine Gestalt quer über dem Sattel lag. Unendlich langsam zogen sie an Harland vorbei. Harland ließ die beiden passieren und wartete, ob nicht noch jemand folgte. Das war nicht der Fall. Eine Gefahr war also nicht zu erwarten, und so beförderte Jim Harland seinen Karabiner wieder zurück in den Scabbard. Unschlüssig spähte er auf das Duo, das offensichtlich schwer verwundet worden war. Er selbst war auf der Flucht und wusste nicht, wie dicht ihm McAllister und seine Soldaten schon auf der Fährte lagen. Sein großes Glück war, dass McAllister sich im hiesigen Buschland nicht auskannte, im Gegensatz zu ihm. Und ob dieser Hilfe von anderen bekommen würde, war fraglich.

Die Unionsarmee war hierzulande verhasst wie die Pest.

Harland schätzte die Entfernung bis zum Rio Grande auf etwa vier oder fünf Meilen.

Er war hart und scharf geritten. Er hatte Haken geschlagen und immer wieder war er auf Wegen geritten, die durch tiefstes Buschland führten. Der Boden war meist knöcheltief von fauligem Laub bedeckt. Selbst ein erfahrener Fährtenleser mit ausreichenden Ortskenntnissen hätte es sehr schwer, seiner Spur zu folgen.

Sicher ahnte McAllister, dass sich Harland nach Mexiko absetzen würde.

McAllister war kein Dummkopf.

Aber für den gebietsunerfahrenen Lieutenant kämen zahlreiche Varianten in Betracht, die Harland wählen konnte. Und das würde die Suche nach ihm um ein Vielfaches erschweren.

Harlands Chancen standen also nicht schlecht. Dennoch wollte er kein unnötiges Risiko eingehen. Doch da vorne waren zwei verwundete Männer, die allen Anschein nach dringend Hilfe benötigten. Harland zerbiss einen Fluch auf den Lippen. Wenn er jetzt zu den beiden Männern da vorne reiten würde, gäbe es unter Umständen eine Verzögerung, die seine Flucht gefährdete. Konnte er das riskieren?

Zum Teufel, dachte er grimmig, *bisher habe ich Glück gehabt. Warum soll das nicht anhalten? Meine Chancen und mein Vorsprung stehen gut. Zum Teufel mit McAllister! Der wird mich nicht kriegen!*

Harland trieb seinen Schecken, den er sich auf der Flucht aus dem Mietstall von Spanish Crossing geborgt hatte, mit einem leichten Schenkeldruck aus dem Gebüsch und rief: »Halt!«

Der erste Reiter zuckte merklich im Sattel zusammen. Mühsam versuchte er, sich im Sattel nach Harland umzudrehen. Dabei versuchte er, an seinen Colt im Halfter zu gelangen. Jim Harland lenkte den Schecken an die Seite des offensichtlich verwundeten Mannes, der ihn aus glasigen, fiebrigen Augen anstierte. Sein Gesicht war schmerzverzerrt.

Harland erkannte sofort, dass man diesem und auch dem anderen Mann, der quer über dem Sattel seines Pferdes lag, übel mitgespielt hatte.

Harland sagte: »Lassen Sie das Schießeisen stecken. Ich habe nicht die Absicht, Ihnen Ärger zu machen.«

»Wer sind Sie?«

»Mein Name ist Jim Harland. Was ist mit Ihnen und dem Mann da hinter Ihnen passiert?«

»Conroy!«, stieß der Mann stöhnend hervor, »dieses Schwein. Er hat mich und meinen Bruder auspeitschen lassen.« Kaum hatte er den Satz zu Ende gesprochen, kippte sein Körper aus dem Sattel. Jim Harland gelang es gerade noch, den Mann aufzufangen.

Der erste Tag des Auftriebs war voller Mühe. Die Rinder waren es nicht gewohnt, pausenlos vorangetrieben zu werden. Die Männer hatten alle Hände voll zu tun, um ausscherende Tiere wieder einzufangen und in die Marschrichtung zurückzudrängen. Hier zeigte sich das Können der Männer. Jed Nolan und seine Männer waren zwar völlig unterbesetzt, dennoch erwies sich jeder einzelne von ihnen als hervorragender Treiber und leistete die Arbeit von zweien. Der erste Tag führte sie aus dem Buschland hinaus in eine freie Ebene, die nur aus losem Geröll, Sand und vereinzelten Kakteen, Mesquitesträuchern und spärlichem Gras bestand. Staub und Hitze setzten den Männern zusätzlich arg zu und jeder hatte sein Halstuch bis unter die Augen gezogen. Am schlimmsten waren die Schlussreiter betroffen, die der ganzen Zeit über dem aufwirbelnden Staub und dem Gestank vom Kot der Rinder ausgeliefert waren.

Jed Nolan war von einer inneren Unruhe erfüllt. Er wusste, dass er es rechtzeitig schaffen musste, wenn er die tausendzweihundert Rinder mit Gewinn verkaufen wollte.

Jeder in der Mannschaft wusste, dass dieser Auftrieb ein großes Wagnis war. Dennoch waren sie felsenfest entschlossen, den Auftrieb mit aller Macht durchzuziehen.

Ein Vorteil war, dass Jed Nolan vor dem Krieg zusammen mit seinen Brüdern Rinder nach New Orleans getrieben hatte. So kannte er die Route.

So zog die gehörnte Flut Meile um Meile voran, getrieben von den wilden Rufen der Treiber. Bis nach New Orleans waren es etwa sechshundert Meilen und am ersten Tag schafften sie gerade fünfzehn und sie lagerten an einer Wasserstelle. Die völlig erschöpften Stiere ließen sich zu Boden fallen und kauten träge wider. Die Tiere waren froh, endlich Ruhe zu haben. Die Männer kamen bis auf zwei Wachen nacheinander zum Abendessen ins Lager.

Am Abend sagte Nolan zu Gil Fuller: »Morgen kommen wir in ein Gebiet, in dem Cole Manyard eine Pferderanch besitzt. Jedenfalls war's vor dem verdammten Krieg so. Manyard hatte damals eine erstklassige Zucht von Pferden. Wenn ich Sie nicht beim Trail dabei gehabt hätte, Fuller, wäre ich einfach weitergezogen, ohne Manyard einen Besuch abzustatten.«

Gil Fuller hob überrascht die Augenbrauen. »Sie wissen, wo Sie Pferde bekommen können und erwähnen das erst jetzt, Nolan?«

Nolan nickte grimmig. »Manyard ist schwer zu nehmen, Fuller. Ohne einen Cent würde er nicht einmal den müdesten Gaul rausrücken.«

Ein verständnisvolles Grinsen huschte über Gil Fullers scharfgeschnittenes Gesicht. »Dann haben Sie sich also mein Angebot überlegt?«

»Yeah. Sie bekommen das Geld sofort zurück, wenn wir die Tiere verkauft haben – mein Wort drauf.«

Fuller schüttelte den Kopf. »Das hat keine Eile.«

Nolan klopfte Fuller auf die Schulter. Aber er sagte nichts.

Jim Harland schirmte seine Augen vor den grellen Sonnenstrahlen ab und spähte von der Anhöhe aus zu der kleinen Pferderanch hinunter. Dort unten war es ruhig.

Keine Menschenseele war zu sehen. In dem offenen Corral weideten an die dreißig erstklassige Pferde.

Harland wandte sich um. Shorty Rounds hing weit vorgebeugt im Sattel und sah mit schmerzverzerrtem Gesicht zu ihm herüber. Schweiß lief in Strömen über sein kalkweißes Gesicht. Der Mann war am Ende seiner Kraft. Ein unbeugsamer Lebenswille hatte ihn vorangetrieben.

Viel hatte Jim Harland für die beiden Brüder, die Stuart Conroy auspeitschen ließ, nicht tun können. Er hatte notdürftig die Wunden gesäubert. In Shortys Satteltaschen hatte er dann etwas Leinen gefunden, das gerade ausreichte, um die Wunden der beiden Männer zu verbinden. Shorty Rounds war der zähere der beiden Brüder. Seth lag auf einer notdürftig von Harland erbauten Bahre, die Jim Harland durch ein ans Sattelhorn gebundenes Seil hinter seinem Pferd herzog.

Der Junge war immer noch ohne Bewusstsein und es war fraglich, ob er überleben würde. Die beiden Brüder brauchten dringend ärztliche Hilfe, Seth wesentlich mehr als sein älterer Bruder Shorty.

Von Shorty hatte Jim Harland erfahren, dass es in der Nähe eine Pferderanch gab, dessen Besitzer früher einmal Arzt gewesen war.

Das war großes Glück, denn im Umkreis von zwanzig Meilen war nichts in der Nähe, was Hilfe für die beiden Brüder bedeutet hätte.

Für Harland ein riskantes Unterfangen, denn er hatte nicht die leiseste Ahnung, wo sich seine Verfolger derzeit aufhalten konnten. Dennoch dachte er nicht im Traum daran, die beiden Brüder ihrem Schicksal zu überlassen.

Jim Harland gab dem Schecken einen leichten Schenkeldruck und lenkte es den leicht abfallenden Hang auf die Gebäude zu. Das Seil straffte sich und die Bahre mit dem bewusstlosen Seth Rounds glitt über den unebenen Boden.

Mühsam ergriff Shorty Rounds die Zügel seines Pferdes und folgte Harland.

Sie hatten gerade den Hof der Pferderanch erreicht, als sich die Tür mit quietschendem Laut öffnete und ein untersetzter, ungepflegter Mann mit eisgrauem Bart und lichtem Haar auf die Veranda trat.

In beiden Händen hielt er ein Sharps-Gewehr, das er sofort auf Harland anlegte.

»Das ist nahe genug!«, rief der Graubärtige Harland zu, der instinktiv seinen Schecken zum Stehen brachte und mit zusammengekniffenen Augen in die drohende Mündung der Sharps blickte.

Die misstrauischen Augen des Graubärtigen wanderten von Harland hin zur Bahre und blieben dann auf den im Sattel zusammengesunkenen Shorty Rounds haften, den er zu erkennen schien.

»Was wollt ihr?«, fragte er barsch. Er machte dennoch keinerlei Anstalten, die Mündung der Waffe zu senken.

»Ich habe zwei Männer, denen übel mitgespielt wurde. Sie brauchen dringend Hilfe«, rief Harland zu dem Mann mit der Sharps herüber.

»Die Rounds-Brüder«, sagte der Graubärtige und spie einen Strahl braunen Tabaksaft auf den schmutzigen Boden der Veranda. »Hat man euch das Fell gegerbt, ja?«

»Sie wurden ausgepeitscht, Mister!«, sagte Harland und Zorn stieg in sein Gesicht.

»Keine schöne Sache, das«, brummte der Graubart, dessen Name Cole Manyard war. Er ließ den Lauf der Sharps etwas sinken, aber nur so viel, dass er schnell wieder auf Harland anlegen konnte, sollte es erforderlich sein. Dann deutete er mit dem Gewehr auf den bewusstlosen Seth auf der Bahre.

»Was ist mit dem da. Ist er tot?«

Harland schüttelte den Kopf und richtete sich auf, um aus dem Sattel zu gleiten. Sofort war die Sharps wieder auf ihn gerichtet und der Graubart rief: »Habe nichts von absteigen gesagt, Mister!«

Harlands Augen funkelten drohend zu Manyard herüber. »Verdammt, Mister! Lassen Sie das verdammte Theater und helfen Sie mir, die beiden Verwundeten ins Haus zu bringen.«

»Einen Dreck werde ich!«, stieß Manyard böse hervor. »Ich will erst mal ein paar Scheine sehen, bevor ich meinen Hintern für diese beiden Burschen bewege. Ist das klar?«

»Wir haben kein Geld, verdammt!«, stieß Harland zwischen den Zähnen hervor.

»Dann trollt euch von hier. Ich bin schließlich kein Wohltätigkeitsverein. Los, macht, dass ihr verschwindet!«

Manyard fuchtelte mit dem Gewehr herum. Plötzlich gab Harland dem Schecken einen heftigen Schenkeldruck. Mit einem Satz sprang das Pferd auf Manyard zu. Ehe er die Sharps hochreißen konnte, riss Harland seinen rechten Fuß aus dem Steigbügel. Die Stiefelspitze knallte mit voller Wucht gegen Manyards Kinn, sein Kopf ruckte nach hinten und krachte gegen einen Stützpfeiler der Veranda. Die Sharps entglitt seinen Händen und Manyard sackte mit verdrehten Augen am Pfeiler entlang zu Boden. Harland sprang aus dem Sattel auf Manyard zu und riss ihn an den Rockaufschlägen seiner verschmutzten und zerschlissenen Jacke hoch und drückte ihn gewaltsam gegen den Pfeiler.

»Pass auf, du graubärtiges, verkommenes Subjekt!«, stieß Harland mit zusammengepressten Zähnen hervor, »du wirst das tun, was ich dir sage. Und du wirst freundlich sein. Wenn nicht, nehme ich dich hier auseinander und mache Futter für deine Pferde aus dir. Comprende, amigo?« Zur Unterstreichung zog er den.36er Navy aus dem Halfter und hielt den Lauf direkt unter Manyards Nase.

»Okay, Mister«, brummte der Pferdezüchter und der saure Atem von Whisky stieg Harland empfindlich in die Nase. »War nicht so gemeint. Man wird ja wohl noch 'nen kleinen Spaß machen dürfen, oder?«

»Sicher«, antwortete Harland und grinste. »Sicher. Ein Spaß ist immer eine mächtig feine Sache. Und nun kümmern wir uns um die beiden Brüder. Pronto!«

»Harland!« Die keuchende Stimme von Shorty Rounds ließ Harland herumwirbeln. Er sah Shorty neben der Bahre seines Bruders kauern und mit verzweifelter Miene den Kopf schütteln. »Mein Bruder – er atmet nicht mehr!«

Im gleichen Augenblick vernahmen sie das Trommeln herannahender Pferde.

Siebtes Kapitel

Jed Nolan und Gil Fuller erreichten das Manyard-Anwesen, als sich im Hof einige Männer befanden, von denen zwei verletzt zu sein schienen. Jed hatte Santero kommissarisch die Leitung der Herde übergeben, die langsam erst in Richtung San Antonio zog, um dann scharf rechts nach Louisiana zu gelangen, während er und Fuller den Abstecher zur Manyard-Ranch machten, um Pferde zu kaufen, die dringend zur Auffrischung der Remuda benötigt wurden.

Schon beim Einreiten in den Hof erkannte Nolan den reglosen Körper eines Mannes, der auf einer Bahre lag. Ein zweiter Mann hatte sich in verzweifelter Haltung tief über den Reglosen gebeugt und sein Körper war von einem heftigem Beben erfüllt.. Daneben stand Jim Harland, dessen Haltung sich sofort beim Eintreffen der beiden Reiter versteifte. Cole Manyard stand etwas abseits und passte nicht so ganz in das Geschehen, das sich vor Nolan und Fullers Augen abspielte.

Erst als Harland in Nolan den Mann erkannte, der ihn in Spanish Crossing vor den Schlägen des Sergeanten gerettet hatte, löste sich der Griff um den Revolver und seine Haltung entspannte sich. Auch Nolan schien Harland sofort zu erkennen, denn er tippte lässig an die Krempe seines Texas-Hutes und meinte: »Bisschen weit von Spanish Crossing entfernt, was, Mister.«

Harland lächelte grimmig. »Hatte das Klima dort nicht sonderlich vertragen. Zu viele Blauuniformierte.«

Harland sah in Nolans Gesicht, dass sich dieser wohl fragte, wie es ihm, Harland, möglich gewesen war, aus dem Gefängnis zu entkommen. Aber Jed Nolan sagte nichts, sondern richtete seine Blicke auf den am Boden kauernden Shorty Rounds, der von einem heftigen Weinkrampf erfüllt war. Nur unschwer ließ sich für Jed Nolan erkennen, dass der Mann auf der Bahre tot sein musste. Nolan presste die Lippen hart aufeinander und sah fragend zu Harland herüber.

Dieser sagte: »Fand die beiden Männer mitten im Buschland. Ein Rancher namens Stuart Conroy hat ihnen sein Brandzeichen aufgetragen. Zwanzig Peitschenhiebe für jeden. Der Junge hat's nicht überlebt.«

»Conroy!«, sagte Jed Nolan nur und es klang wie ein bitterböser Fluch.

»Sie kennen diesen Mann?«, fragte Harland.

»Yup!«, sagte Nolan nur und schwang sich aus dem Sattel. Er ging auf Shorty Rounds zu, den er nur flüchtig aus der Gegend kannte und blieb vor ihm stehen.

»Üble Geschichte, Rounds«, sagte Jed Nolan gepresst. »Mein Beileid.«

Shorty Rounds tränenverschmiertes Gesicht blickte zu Nolan auf. Mit bebender Stimme krächzte er: »Dafür wird das Schwein büßen, Nolan! Mein Wort drauf! Dafür wird das Schwein büßen.«

Nolan sah, dass dieser Mann völlig am Ende seiner Kräfte war. Er zitterte am ganzen Körper. Teils durch seine ihm beigefügten Peitschenwunden, teils vor Trauer um den Tod des jüngeren Bruders.

Mit zitternden Knien kam Shorty Rounds auf die Beine. Doch dann brach er endgültig zusammen. Nolan fing den fallenden Körper des Mannes auf und legte ihn auf den Boden.

»Okay«, sagte nun Cole Manyard, »bringen wir den Burschen ins Haus. Ich will mir seine Wunden ansehen.«

»Das wurde auch verdammt Zeit«, herrschte Harland den Pferdezüchter an. Nolan, überrascht durch den plötzlich barschen Tonfall in Harlands Stimme, blickte zu dem Mann herüber. Aber Harland sah ihn nicht, sondern griff mit beiden Händen unter die Kniekehle des bewusstlosen Shorty Rounds und trug ihn gemeinsam mit Manyard ins Haus.

»Ihr Freund Conroy hinterlässt Spuren«, bemerkte Gil Fuller, während er noch im Sattel saß, eine Zigarette drehte und auf Nolan herunterschaute, dessen Blick auf den toten Seth Rounds gerichtet war.

»Der Junge war noch nicht einmal achtzehn Jahre alt, Fuller«, sagte Jed mit tiefer Bitterkeit in der Stimme. »Der Schatten, den dieser Bastard Conroy wirft, wird immer größer.«

»Dann wird's Zeit, dass ihn jemand mal gehörig auf die Füße tritt. Einen Mann auspeitschen zu lassen ist eine verdammt niederträchtige Angelegenheit.«

Fuller warf Nolan den Tabaksbeutel zu, den dieser geschickt mit der Rechten auffing.

»Da gebe ich Ihnen Recht, Fuller. Ein Grund mehr, die Herde in Windeseile nach Louisiana zu treiben. Jeder Tag zählt.«

Fuller entfachte ein Streichholz am Sattelknauf und setzte seine Zigarette mit der hohlen Hand geschützt, in Brand. Mit geschmeidiger Bewegung glitt er aus dem Sattel. Er warf einen Blick auf den toten Seth Rounds, ging auf die Bahre zu und zog dem Toten die Decke über den Kopf. Gemeinsam mit Nolan ging er in die Hütte des Pferdehändlers.

Ein übler Gestank erfasste sie, als sie eintraten. Es roch ungelüftet, nach Whisky und nach Schweiß. Der Raum, der gleichermaßen als Küche und Wohnraum diente, war dunkel und unfreundlich. Eine mexikanische Frau stand in der Ecke am Herd. Shorty Rounds hatte man auf den roh zusammengezimmerten Küchentisch gelegt. Sein Rücken war frei und entblößte die hässlichen Striemen der Peitschenhiebe.

Manyard, vor wenigen Augenblicken noch mürrisch und unfreundlich, riss einige weiße Leinentücher zurecht und bestrich sie mit einer übelriechenden, braunen Salbe. Jim Harland hielt seine Arme ineinander verschränkt, lehnte an einem alten Küchenschrank und blickte stumm auf den verwundeten Rounds dort auf dem Tisch. Die Mexikanerin musterte Nolan und Fuller mit stummer Miene und sah dann auf den langbeinigen Jim Harland. Sie war eine herbe Frau, jünger als Manyard. Dennoch hatten sich tiefe Spuren in ihr Gesicht gegraben und ließen es älter erscheinen, als sie war. Offensichtlich war sie Manyards Frau.

Manyard blickte kurz auf, als Nolan und Fuller eintraten, warf einen kurzen, unfreundlichen Blick auf die Mexikanerin und brummte: »Koche Kaffee!«

Nolan sah zu Harland herüber. Eine tiefe Sorgenfalte hatte sich zwischen die Brauen gegraben und er sah düster aus dem schmutzigen Fenster. Offensichtlich rechnete er jeden Augenblick mit dem Auftauchen seiner Verfolger. Obwohl Jim Harland auf der Flucht war, hatte er sich um die Rounds-Brüder gekümmert. Für Jed Nolan bedeutete diese Tatsache, dass Harland kein Verbrecher war.

»Wie geht's mit Ihnen weiter, Harland?«, fragte Nolan nach einer Weile. Harland sah überrascht zu Nolan herüber. »Sie kennen meinen Namen?«

Nolan nickte.

Manyard blickte von dem Verwundeten auf und sein Kopf bewegte sich in Harlands Richtung. »Auf der Flucht, was?«

»Wer sagt das?«

Ein listiges Grinsen zog sich durch den grauen, ungepflegten Bart des Pferdehändlers.

»Habe Augen im Kopf, Mister. Sie sind 'n ganz nervöser Typ. Außerdem kann ich eins und eins zusammenzählen.«

»Dann täten Sie verdammt gut daran, Ihr Maul zu halten«, sagte Harland scharf. Er stieß sich vom Küchenschrank ab, schob sich zwischen Fuller und Nolan hindurch und verließ den Raum.

Nolan und Fuller wechselten einen kurzen, stummen Blick miteinander, während Manyard dem Verwundeten die mit Salbe bestrichenen Leinen umwickelte.

Dabei sagte er: »Was ist eigentlich mit euch beiden Vögeln? Wieso seid ihr hier?«

»Wir brauchen Pferde«, sagte Nolan.

Manyard drehte sich zu ihm um.

»Pferde? Wieviel?«

»Mindestens fünfzehn.«

Manyard musterte Nolan mit den Blicken eines Mannes, der ein gutes Geschäft witterte. Seine Brauen zogen sich für einen Augenblick zusammen.

»Ist eine ganze Menge«, sagte er und Nolan bemerkte, dass er innerlich schon anfing zu rechnen. »Wofür brauchen Sie fünfzehn Pferde?«

»Meine Sache«, sagte Nolan.

»Ich kann Ihnen die Tiere verkaufen, Mister – für achthundert Dollar.«

Nolan biss die Lippen zusammen und Fuller pfiff durch die Zähne. »Ist ein stolzer Preis«, sagte Fuller.

»Sind auch verdammt gute Pferde, Mister. Versuchen Sie mal, in der Gegend solche Pferde zu bekommen.«

»Die Armee zahlt 25 Dollar pro Stück«, warf Nolan ein.

»Mister. Sie akzeptieren oder lassen es. Sie haben die Wahl.«

Nolan wechselte einen Blick mit Fuller. Dieser nickte leicht. Er zog ein Bündel Geldscheine aus der Tasche, zählte es ab und reichte es der offenen Hand, die Manyard ihm gierig entgegenstreckte. Eine einzelne Geldnote stopfte Fuller ihm in die Brusttasche seiner schmutzigen Jacke und meinte: »Dafür, dass Sie weder uns, noch den langbeinigen Hombre je gesehen haben, der gerade rausgegangen ist.«

Ein breites Grinsen zeigte sich in Cole Manyards sonst so unfreundlichem Gesicht. Er kicherte, verstaute das Geld in seiner Hosentasche und meinte: »Sie haben mein Wort, Mister. Werde schweigen, wie ein Grab. Sie können sich auf den alten Cole verlassen.«

»Das will ich Ihnen geraten haben. Wir kämen sonst wieder. Aber dann nicht, um Pferde zu kaufen.«

Die unausgesprochene Drohung und der Blick aus Gil Fullers Augen gaben Cole Manyard Aufschluss darüber, dass dieser Mann es ernst meinte. Und Manyard kannte Männer vom Schlage Gil Fullers.

Manyard sah zu der Frau herüber, die am Herd stand.

»Was ist mit dem verdammten Kaffee!«, herrschte er sie an. Wortlos ergriff die Mexikanerin ein Tablett, stellte Blechtassen und eine Kanne darauf und kam zu den Männern. Manyard wandte sich ab und öffnete eine schwere Holztür, hinter der der Schlafraum verborgen war. Er ging hinein und zog die Tür hinter sich zu.

»Warum haben Sie das getan, Fuller? Warum haben Sie Manyard das Geld für sein Schweigen in die Tasche gestopft?«, fragte Nolan, während er sich eine Blechtasse mit Kaffee füllte.

Fuller zuckte gleichmütig mit den Schultern. »Der Bursche da draußen ist alles andere als ein Gauner. Nolan. Schätze, Sie wissen das. Und er ist Texaner – genau wie wir. Und wieso sollte ein Texaner auf der Flucht sein, wenn nicht vor Unionssoldaten?«

Nolan lachte rasselnd auf. »Verdammt, Amigo, Sie haben den Nagel genau auf den Kopf getroffen.«

Fuller grinste. »Sehen Sie.«

»Sie sind schon ein mächtig scharfsichtiger Bursche, Fuller. Das muss man Ihnen lassen.«

Manyard kam zurück. In seiner Rechten hielt er einen Krug Whisky.

»Ein gutes Geschäft muss mit einem guten Schluck besiegelt werden«, sagte er und wirkte dabei ganz und gar nicht mehr so mürrisch und unfreundlich wie sonst.

Jim Harland trat in den Raum, und sah die Männer ihren Kaffee trinken, den sie mit einem ordentlichen Schluck aus Manyards Krug verdünnt hatten. Sämtliche Blicke richteten sich auf ihn und Manyard, dessen Gesicht vom Whisky gerötet war, sagte: »Nichts für ungut, Mister. Schätze ich war vorhin nicht besonders höflich.« Er reichte ihm den Krug.

Harland wunderte sich über die plötzliche Veränderung des Mannes und schloss daraus, dass sie mit Nolan und dem hageren Mann an dessen Seite zu tun haben musste. Er sagte aber nichts, sondern nickte nur und nahm den von Manyard angebotenen Krug. Er zog den Korken heraus und trank einen ordentlichen Schluck. Mit dem Hemdsärmel seiner verschlissenen, grauen Uniformjacke wischte er sich über den Mund und gab Manyard den Krug zurück. Er sah auf Shorty Rounds, der inzwischen das Bewusstsein wiedererlangt hatte und mit schmerzverzerrtem Gesicht auf dem Tisch saß.

»Schätze, Sie werden wieder in Ordnung kommen, Mister«, sagte Harland zu ihm. »Tut mir leid, dass ich nicht mehr für Sie und Ihren Bruder tun konnte.«

»Sie haben mehr getan, als ein anderer Mann getan hätte, Harland. Meinen aufrichtigen Dank dafür«, antwortete Rounds. Er sah eingefallen, müde und völlig fertig aus – ein Mann, der höllische Qualen erlitt und doch versuchte, mit aller Macht aufrecht zu sitzen, um seinen Schmerzen zu trotzen.

Harlands Blick glitt zu den einzelnen Männern. »Ich darf mich dann wohl verabschieden. Schätze, die kleine Verschnaufpause hat meinem Gaul da draußen gut getan. Ich muss weiter«, sagte er und tippte mit der Hand an die Krempe des Hutes. Als er sich abwenden wollte, hielt ihn Jed Nolans Stimme zurück.

»Einen Augenblick, Harland.«

Harland drehte sich zu ihm um.

»Wie geht's jetzt weiter?« wollte Nolan wissen.

»Nun, wie ich den verdammten McAllister kenne, kämmt er das ganze Land nach mir ab. Mein Vorteil ist, dass er sich hier im Buschland nicht sonderlich auskennt. Aber trotzdem bleibt mir der Hundesohn auf den Fersen. Werde wohl weiter nach Mexiko ziehen, schätze ich.«

»Das ist eine Möglichkeit«, antwortete Nolan.

»Und die andere?«

»Ich treibe eine Herde nach New Orleans und brauche noch einen guten Mann. Wie wär's Harland: wären Sie interessiert?«

»Nolan, Sie wissen doch, dass ich von einer Truppe Yankeesoldaten verfolgt werde. Dieser McAllister ist scharf auf meinen Skalp. Er weiß zwar, dass ich in Galveston in Notwehr zum Revolver greifen musste und zwei Yankees dadurch erschoss. Aber das ist ihm völlig egal, denn einer der beiden Burschen war mit ihm eng befreundet.«

Nolan nickte. »Verstehe.«

»Ich will Sie nicht unnötig mit Problemen belasten, Nolan. Danke für das Angebot. Zu jeder anderen Zeit gerne. Aber in diesem Falle...«

»In diesem Falle sind Sie bei uns sicher«, antwortete Nolan hartnäckig. Er hatte seinen ledernen Tabaksbeutel aus der Tasche gezogen und begann, sich eine dünne Zigarette zu drehen. »McAllister, oder wie dieser Bursche heißt, wird glauben, dass Sie sich nach Mexiko absetzen. Wir ziehen in die ganz andere Richtung, nach New Orleans. Bei einer Rinderherde werden die Soldaten Sie nicht vermuten.« Er machte eine Pause und wies auf Harlands graue Uniform. »Von der da allerdings sollten Sie sich mächtig schnell trennen. Aber passende Kleidungsstücke für Sie zu finden, dürfte kein Problem sein. Denken Sie darüber nach.«

Harland schien zu überlegen.

Nach einer Weile sah er zu Manyard herüber, der rittlings auf einem Stuhl saß und einen großzügigen Schluck Whisky in seine Blechtasse füllte.

Manyard erwiderte Harlands Blick und schien dessen Gedanken zu erraten.

Er sagte: »Okay, Mister. Geb zu, dass ich vorhin nicht besonders höflich war. Aber so, wie ich die Sache mitbekommen habe, sind Sie auf der Flucht vor den verdammten Yankees. Und ich hasse nichts mehr, als Yankeesoldaten in blauer Uniform. Hatte einen Sohn und der ist bei Richmond von einer Yankeekugel erschossen worden. Ich habe Sie also nie gesehen, Mister.« Er wandte seinen Blick zu der Frau, die sich die ganze Zeit über teilnahmslos am Herd aufgehalten hatte. »Und was Consuela betrifft: sie tut, was ich sage. Kein Sterbenswörtchen wird über ihre Lippen kommen.« Manyard griff seinen Blechbecher und trank ihn in einem Zug leer, rülpste laut und sagte dann laut: »Nicht wahr, mein Täubchen?«

Die Frau sagte nichts, sondern senkte nur den Blick.

Harland wandte sich an Nolan: »Schätze, Sie haben mich überzeugt. Sie haben einen Mann mehr in der Mannschaft. Mit Rindern kann ich umgehen.«

»Ich freue mich, dass Sie's so ansehen, Harland«, antwortete Nolan und entfachte ein Streichholz an der rohen Tischkante. Dabei sah er auf Shorty Rounds, der nach dem Whiskykrug greifen wollte. Nolan wollte den Krug gerade anreichen, aber da hatte Manyard ihn bereits ergriffen. Er füllte einen Blechbecher voll und reichte ihn dem Verwundeten. Dankbar nahm Shorty Rounds den Becher in beide Hände und trank gierig in großen Schlucken.

»Nolan«, sagte Shorty Rounds mit krächzender Stimme, »Conroy hat mir und meinem Bruder höllisch zugesetzt. Seth ist dran gestorben, aber ich lebe. Und ich werde wieder in Ordnung kommen. Nolan, ich kann mir denken, was Sie vorhaben und das ist verdammt auch richtig so. Es hat sich in diesem verdammten Land rumgesprochen, dass man Sie enteignet und Conroy Ihren Besitz zugeschoben hat. Und ich will verdammt sein, wenn ich nicht wüsste, dass Sie sich das nicht gefallen lassen.« Er machte eine Pause. Das Sprechen fiel ihm schwer. Er griff nach dem Blechbecher und Manyard schenkte ihm noch einen Schluck ein. Nachdem Rounds getrunken hatte, fuhr er fort: »Nolan! Mein Bruder und ich haben diesem Schwein von Conroy nichts getan. Er hatte kein Recht, uns auszupeitschen. Ich will mit Conroy abrechnen. Genau, wie Sie mit ihm abrechnen wollen. Nehmen Sie mich mit auf Ihren Trail. In ein paar Tagen bin ich bestimmt wieder soweit hergestellt, dass ich beim Treiben helfen kann. Und ich weiß, dass Sie im Augenblick jeden Mann gebrauchen können. Verdammt, Nolan! Alleine habe ich gegen Conroy keine Chance. Aber wenn wir uns zusammentun, dann...«

»Scheint Ihr Glückstag zu sein, Nolan«, sagte Fuller in die Worte Shorty Rounds hinein. Nolan presste die Lippen aufeinander und sah zu Rounds. Der Mann war zäh. Sein jüngerer Bruder Seth war an den Verletzungen der Peitschenhiebe gestorben. Möglicherweise hatten sich die Wunden entzündet und das den Tod des Jungen herbeigeführt. Dennoch zweifelte Nolan daran, dass sich Shorty Rounds in ein paar Tagen wieder in einen Sattel schwingen könnte.

»Rounds«, sagte Nolan, »Ihnen ist übel mitgespielt worden. Und die Wunden werden sicherlich nicht in ein paar Tagen verheilt sein. Ich denke, Sie brauchen etwas länger, um...«

»Er muss ja nicht gleich Bäume ausreißen können, Nolan«, unterbrach ihn Fuller. »Er kann ja die erste Zeit im Chuckwagen mitfahren, bis er wieder soweit hergestellt ist, um auf einen Gaul zu steigen. Wir sind knapp an Männern, Nolan, und das wissen Sie!«

Jed Nolan kratzte sich am Hinterkopf, schürzte die Lippen, überlegte eine Weile und meinte dann: »Ich kann tatsächlich jeden Mann gebrauchen, Rounds. Ich kenne Sie zwar nur flüchtig, aber das, was ich von Ihnen weiß, ist, dass Sie sich nie etwas zuschulden kommen lassen haben. Okay, Sie sind dabei.«

Shorty Rounds senkte den Kopf.

»Ich danke Ihnen, Nolan,. Ich danke Ihnen sehr! Sie werden es nicht bereuen, das verspreche ich.«

Nolan winkte ab. »Schon gut, Rounds«, sagte er, »wenn ich mich recht erinnere, liegt Ihre Farm in östlicher Richtung. In diese Richtung müssen wir, um die Herde zu erreichen. Schätze, es ist in Ihrem Sinne, wenn wir Ihren Bruder auf der Farm beerdigen, nicht wahr?«

Rounds nickte. Er schluckte hart, räusperte sich und antwortete mit belegter Stimme: »Ja. Seth hätte es sicher auch so gewollt, Mister Nolan.«

Nolan sah, dass der Mann mit den Tränen kämpfte. Der Tod des jüngeren Bruders ging ihm verdammt nahe.

Achtes Kapitel

Stuart Conroy lehnte am Kamin und nippte an seinem Whisky. Er sah über den Rand des Glases hinweg zu June herüber und spürte deutlich ihre ablehnende Haltung ihm gegenüber. Seit jenem Vorfall draußen im Hof, als die beiden Männer ausgepeitscht wurden, hatte June es gewissenhaft verstanden, ihm aus dem Weg zu gehen. Sie hatten kaum ein Wort miteinander gewechselt, auch die gemeinsamen Mahlzeiten blieben ohne Konversation. Conroy hatte es geschehen lassen, in dem Glauben, June würde sich nach ein paar Tagen wieder beruhigen.

Aber das war nicht der Fall. Auch jetzt, als sie sich alleine in dem Wohnraum gegenüberstanden, spürte er ihre Ablehnung. June hatte ihre Arme ineinander verschränkt. Sie blickte zu Conroy herüber, ihre Augen hatten dabei jeglichen Glanz verloren. Sie schien durch ihn hindurch zu starren. Das machte ihn wütend.

»Dir gefallen die Dinge nicht, wie ich sie anpacke?«, fragte er plötzlich rau und unvermittelt.

»Mir gefällt es nicht, dass du Menschen auspeitschen lässt wie Vieh«, gab sie schroff zurück. »Wer gibt dir das Recht zu derartigen Grausamkeiten?«

Conroy leerte das Glas und stellte es auf den Kaminsims. Er wischte sich über den Mund und breitete die Arme in einer theatralischen Geste aus.

»Was erwartest du von mir, June?« rief er aus. »Soll ich es mir gefallen lassen, dass man mir die Rinder von der Weide stiehlt? Mit Gutmütigkeit kommt man nicht weiter. Du weißt selbst, was derzeit in diesem Land los ist. Die Circle-C-Ranch ist kein Wohltätigkeitsbasar, bei dem man sich nach Herzenslust bedienen kann. Verdammt, June! Ich habe es mir als Ziel gesetzt, mir ein Imperium zu schaffen. Nur, wer wirklich Macht besitzt, gilt etwas im Leben. Und ich will Macht. Du wusstest das von Anfang an. Und du hast mir auch gesagt, dass du niemals das Leben einer armen Frau führen würdest – um keinen Preis der Welt. Aber sei dir über eines im Klaren, meine Liebe: man bekommt nichts im Leben geschenkt. Für alles muss man hart kämpfen. Und je mehr man erreichen will, desto härter wird der Kampf.«

Conroy steigerte sich in seinen Wortschwall hinein, seine theatralischen Gebärden umrissen seine Worte und June war mit einem Male klar, dass dieser Mann sein Bestreben mit aller Macht durchsetzen würde, egal, was es kostete. Sie erkannte auf einmal die Gier nach Macht in ihm. Seine unwirkliche Fassade von Galanterie war abgebröckelt und vor ihr stand der Mann, der er in Wirklichkeit war. Anfänglich hatte ihr sein Ehrgeiz imponiert. Doch nun war ihr klar, dass weitaus mehr dahintersteckte, als nur der Ehrgeiz eines Mannes, der es zu etwas bringen wollte. Sie blickte in seine Augen und erschrak – darin lag deutlich der Ausdruck unbändiger Gier und Habsucht.

Hatte sie sich denn so in Stuart Conroy getäuscht?

Unmerklich wich sie vor ihm zurück. Ihr Gesicht verlor jegliche Farbe und am liebsten hätte sie sich auf den Absätzen umgedreht und wäre davongelaufen. Conroy spürte, dass er sie verängstigt hatte und lenkte mit sanfteren Worten ein: »Ich habe dich geheiratet, June, weil ich eine kluge, schöne und starke Frau an meiner Seite haben wollte. Und weil ich dich liebe. Nichts würde mich stärker verletzen, als dass du dich von mir abwendest. Doch bitte versuche mich zu verstehen. Ich habe dich auf meine Ranch geholt, damit du glücklich bist und ich dir etwas bieten kann.«

»Deine Ranch?« rief sie und der Hohn schlug ihm mit aller Gewalt entgegen. Stuart Conroys Augen verdunkelten sich. Eine Welle aufsteigenden Zorns durchflutete seinen Körper. »Ja«, antwortete er mit einer Sanftheit, die wie eine Drohung zu June drang, »meine Ranch. Willst du das etwa in Frage stellen, June?«

»Wir leben auf einer Ranch, die uns im Grunde gar nicht gehört, Stuart, und du weißt das ganz genau. Sie gehört rechtmäßig den Nolans.«

»Sie waren Rebellen und wurden enteignet. *Ich* habe diese Ranch rechtmäßig bekommen. Außerdem sind doch alle Nolans entweder tot oder verschollen. Außer diesem Jed Nolan. Und der hat sich in ein Mauseloch verkrochen. Außer zu ein paar wilden Drohungen war dieser Mann bislang zu nichts fähig.«

»Ha, du täuschst dich sehr, Stuart. Ja, du täuschst dich, wenn du annimmst, dass Jed Nolan nichts unternehmen wird.

Ich kenne ihn – besser, als du denkst. Du bist dir deiner so sicher, Stuart. Was gibt dir das Recht dazu?«

»Ja, June. Ich weiß, dass du Jed Nolan kennst – sehr gut sogar kennst. Und das gefällt mir nicht. Und mir gefällt es auch nicht, wie du von diesem Mann sprichst. Empfindest du etwa noch etwas für ihn?«

Der letzte Satz klang wie eine weitere Drohung. June stemmte ihre Hände in die Hüften. Aus ihren großen, braunen Augen schossen Blitze und ihr weiches, hübsches Gesicht verhärtete sich. Sie hatte jetzt etwas, das sie als Waffe gegen Stuart Conroy benutzen konnte – nämlich seine Eifersucht.

»Und wenn es so wäre, Stuart?« zischte sie ihm entgegen. »Was würdest du tun? Würdest du ihn auch auspeitschen lassen – oder gar mich?«

»Rede gefälligst nicht so mit mir«, herrschte er sie an. Er ballte wütend die Hände zu Fäusten. June sah mit einer tiefen Befriedigung, wie seine Selbstsicherheit zu bröckeln begann. Dieser selbstgefällige Mann, der es gewohnt war, dass alles nach seinem Willen ging, hatte eine schwache Stelle. Sie hatte sie getroffen. Aber sofort taten June ihre Worte leid. Sie sagte: »Stuart, ich habe dich und nicht Jed Nolan geheiratet.«

»Aber er scheint dir noch im Kopf zu spuken«, stellte Conroy fest.

»Zwischen mir und Jed Nolan ist nichts mehr«, antwortete June mit einer Klarheit, die sie selbst erstaunte. »Ich bin deine Frau – und nicht die von Jed Nolan, Stuart!«

Conroy starrte eine Zeitlang stumm in ihr Gesicht. Sie erwiderte seinen Blick. Der Zorn ihrer Augen hatte sich gelegt. Dennoch legte sich eine skeptische Falte zwischen Stuarts Augen. Er fragte sich, ob er ihr glauben und vertrauen konnte. Natürlich wusste er, dass sie einst etwas für Jed Nolan empfunden hatte – doch das war vor dem Krieg gewesen.

Bislang war sich Stuart Conroy seiner Sache in Bezug auf June stets sicher gewesen.

Seine Augen suchten in ihrem Gesicht ein Anzeichen von Spuren, die ihre wirklichen Gefühle verraten würden. Aber er fand nichts. Junes Gesicht war ausdruckslos. Sie stand stumm vor ihm – eine auffallend hübsche Frau mit langem, blonden Haar, das sie hochgesteckt hatte, damit ihr ebenmäßiges Gesicht besser zur Geltung kam. Sie war für eine Frau recht groß und reichte ihm fast bis ans Kinn. Sie war eine kühle, eher berechnende Frau und verfügte dennoch über ein ungezügeltes Temperament, das im Widerschein zu ihrer eigentlichen Kühle lag. Und gerade diese Zwiespältigkeit ihrer Eigenschaft war es, die Stuart Conroys Blut zum Kochen brachte. Bislang hatte es keinen Menschen gegeben, der es fertig bringen konnte, Stuart Conroy zu verunsichern.

»Ich möchte gerne deine Gedanken lesen können, June«, sagte Conroy, während er seinen Blick von ihr nahm und sich einen Whisky einschenkte.

Im gleichen Augenblick ertönte ein sporenklingendes Geräusch im Patio und kurze Zeit später erschien die hagere Gestalt Phil Jordans im Wohnraum. Der Vormann schob seinen breitkrempigen Stetson aus dem Gesicht, während seine unruhigen Augen von Conroy zu June wanderten und registrierten, dass sich das Ehepaar in einem ernsten Gespräch befand. Jordan brummte so etwas wie eine Entschuldigung, als er die Blicke beider auf sich gerichtet sah. Sicherlich wusste Jordan, dass er im Augenblick störte, aber er war ein rauer und ungeschlachter Mann, der sich darüber hinwegzusetzen wusste.

Etwas ärgerlich über das plötzliche Auftauchen des Vormannes sagte Conroy: »Was gibt es, Jordan?«

Jordans Blick glitt zu June und sie sah, wie ein kurzes, böses Flackern in seine Augen trat. Dieser Mann hatte etwas

Unheimliches an sich, etwas Bösartiges. Sie hasste ihn und wusste, dass dies auf Gegenseitigkeit beruhte. Sein ganzes Auftreten und seine Gebärden signalisierten ganz deutlich, dass er sie nicht akzeptierte. Ein Mann wie Phil Jordan hatte keine Achtung vor einer Frau. Das hatte June bereits gewusst, als sie diesen Mann zum ersten Male sah. Der Vormann wandte sich Conroy zu und sagte in seinem lässigen, schleppenden Tonfall: »Ich habe ein paar Neuigkeiten, die Sie sehr interessieren dürften, Mister Conroy.«

»Hat das nicht Zeit bis morgen, Jordan, Sie sehen doch...«

Jordan schüttelte den Kopf: »Ich denke, das sollten Sie jetzt wissen, Mister Conroy.«

Er sah von Jordan zu June, die ein unechtes Lächeln auf ihre Lippen legte und sagte:

»Ist schon in Ordnung, Stuart. Wir setzen unsere Unterhaltung später fort. Gute Nacht.«

»Gute Nacht, June«, sagte Stuart etwas steif und Phil Jordan tippte in übertriebener Höflichkeit an seine Hutkrempe.

»Ma'am«, sagte er nur und grinste dabei leicht und unverschämt. Sie beachtete ihn nicht, ging an Conroy vorbei und stieg die Treppen in die obere Etage empor. Erst als eine Tür leise ins Schloss fiel, sagte Conroy: »Okay, Jordan. Was gibt es denn so Wichtiges?«

Der Vormann angelte eine Zigarre aus der Brusttasche und zündete sie an. Schwere Rauchwolken zogen an die Decke. Er deutete auf den Glastisch, auf dem mehrere angebrochene Flaschen und einige Gläser standen.

»Sie erlauben doch?«

»Bedienen Sie sich, Jordan.«

Jordan goss sich einen Drink ein und nahm einen Schluck. Er stellte das Glas auf den Tisch und sagte dann ohne Umschweife: »Zwei Männer des alten Rafaelo Santero waren heute in Spanish Crossing – der alte Estaban und ein jüngerer Bursche.«

Conroy zog die Augen zusammen.

»Und?«

»An sich nichts Ungewöhnliches. Aber ungewöhnlich war nur, dass sie mit einem Studebaker-Wagen vorfuhren und diesen voll mit Proviant beluden. Das hatte mich stutzig gemacht. Am Tag Ihrer Hochzeit war bereits dieser Jed Nolan in der Stadt und hatte Proviant für ne ganze Armee eingekauft.«

»Zum Teufel, Jordan, das weiß ich«, sagte Conroy gereizt. »Was ist daran denn nun so wichtig?«

»Nun, Mister Conroy: ich habe mich gefragt, weshalb dieser Santero kurze Zeit später seinen verdammten Studebaker vollladen lässt, wenn doch schon Nolan vorher Proviant gekauft hatte. Das ergab für mich keinen Sinn. Also bin ich hin und habe mir den alten Estaban vorgenommen. Das Ergebnis war, dass Jed Nolan gar nicht bei Santero gewohnt hat, sondern eine verdammte Herde von über tausend Stück Vieh aus dem Busch geholt hat, die er jetzt gerade auf den Markt bringen will.«

»Das hat der Alte gesagt?«, fragte Conroy, nun wesentlich mehr interessiert.

»Ja. Er hat sich verplappert, dieser alte Dummkopf mit seinem Holzbein. Ich brauchte nicht einmal rau zu werden, Mister Conroy. Er hat sich ganz einfach verplappert. Und als er's merkte, hätte er sich am liebsten auf die Zunge gebissen, der Idiot. Aber da war's schon raus«, sagte Jordan kopfschüttelnd und lachte rasselnd.

Conroy machte eine abwehrende Geste. »Und wenn schon! Im Augenblick ist in Texas ein Rind nicht mal zwei verdammte Dollar wert.«

»Wir reden nicht von Texas, Mister Conroy.«

»Sondern?«

»Nolan treibt die Herde nach New Orleans.«

Conroy lachte schallend auf. »Was denn? Er ganz alleine? Tausend Rinder? Sie scherzen, Jordan!«

Der Vormann schüttelte den Kopf. »Nolan hat ein paar Männer dabei.«

»Das war also der Grund, weshalb wir nichts von diesem Burschen gehört haben. Ich hatte mich gewundert und ihn für einen Mann gehalten, der nur großspurig daherredet. Wenn es ihm gelingt, die Herde nach New Orleans zu treiben, dann...«

»Würde er etwa fünfzehn Dollar pro Rind kassieren. Vorausgesetzt, er schafft es noch rechtzeitig, bevor andere Herden dort eintreffen«, vervollständigte der Vormann Conroys angefangenen Satz.

»Ergibt ein ganz hübsches Sümmchen«, stellte Conroy fest.

»Yeah. Und mit diesem Sümmchen ließe sich allerhand auf die Beine stellen. Verdammt, Mister Conroy: Ich hatte Ihnen von Anfang an gesagt, dass Sie diesen Mann nicht unterschätzen dürfen. Die Zeit ist günstig, dass er New Orleans erreicht, bevor es andere Herden schaffen. Er hat alles genau einkalkuliert, schätze ich. Und mit einer Summe von etwa fünfzehntausend Dollar ist er imstande und wirbt eine harte Mannschaft an, die uns gefährlich werden kann. Ich habe die ganze Zeit gewusst, dass er etwas im Schilde führt. Wusste nur nicht was – jetzt weiß ich es.«

»Ich gebe zu, dass ich diesen Mann unterschätzt habe«, sagte Conroy, nippte an seinem Whisky und schürzte überlegend die Lippen.

»Er will die Ranch zurück, das sollte Ihnen deutlich genug klar werden, Boss. Nur deshalb treibt er diese verdammte Herde nach New Orleans.«

»Er hat uns die ganze Zeit an der Nase herumgeführt, und ich habe es nicht gemerkt. Offensichtlich war ich zu sehr mit anderen Dingen beschäftigt. Ich habe diesen Mann einfach nicht ernst genug genommen. Okay, mein Fehler. Da ich ja nun weiß, was Jed Nolan vorhat, darf er auf keinen Fall damit durchkommen.«

Jordan nickte. »Das sehe ich genauso, Mister Conroy.« Wie zufällig berührte seine Rechte, die die Zigarre hielt, den abgenutzten Kolben seines Revolvers im Halfter. Er ergriff sein Glas vom Tisch und leerte es in einem Zug. Dann sah er erwartungsvoll zu Conroy herüber, der die ganze Zeit über am Kamin gestanden hatte. Nun drehte er das leere Whiskyglas in seiner rechten Hand und tippte ein paarmal rasch hintereinander mit dem Fuß auf den Boden. Jordan erkannte in seinem Gesicht, wie es zu arbeiten begann, um Pläne zu schmieden.

»Wie viele Männer hat Nolan als Treiber dabei?«

»Vielleicht eine Handvoll – höchstens.«

Conroy legte die Stirn in Falten. »Sicher?«, fragte er.

Jordan machte eine abwertende Geste. »Der Mann hat kein Geld, Mister Conroy. Woher soll er sich also eine Treibermannschaft beschaffen? Er wird ein paar von Rafaelos Mexikanern dabeihaben – mehr nicht.«

»Umso leichter wird es für uns sein, Jordan«, bemerkte Conroy und sein gewohnt siegessicheres Lächeln trat in sein Gesicht, das von der Hitze des Kamins und dem Whisky leicht gerötet war. »Beauftrage Les Pandero. Er soll sich sechs Männer nehmen und dafür sorgen, dass diese verdammte Herde New Orleans nicht erreicht.«

Jordan zog ein enttäuschtes Gesicht. »Les ist ein zuverlässiger Mann, Mister Conroy – keine Frage. Aber sollte ich nicht selbst...«

Conroy schüttelte den Kopf und machte eine schneidende Handbewegung. »Nein, Jordan. Sie brauche ich hier. Es wird Zeit, dass sich das Land der Circle-C-Ranch etwas erweitert. Südlich in den Wolf Think Sicketts gibt es verdammt gutes Land um unsere Herden dort weiden zu lassen, bis sich der verdammte Markt hier etwas beruhigt hat. Ein paar Mexikaner mit kleineren Farmen leben dort. Ich will das Land, Jordan. Diese Aufgabe dürfte eher nach Ihrem Geschmack sein.«

Jordan nickte. Seine Rechte sank herab und berührte wie zufällig den Kolben seines Revolvers. Conroy sah diese Geste, sagte aber nichts.

Im gleichen Augenblick hörten sie draußen im Hof den Hufschlag eines schnell galoppierenden Pferdes und kurze Zeit später tauchte ein völlig abgehetzer Mann im Ranchhaus auf. Völlig atemlos blieb er im Patio stehen. Sein Hemd war zerrissen und am rechten Oberarm blutverschmiert.

»Verdammt, Hayes!«, entfuhr es Jordan. »Was ist passiert?«

Matt Hayes war einer der beiden Männer, die Stuart Conroy Lieutenant McAllister als Fährtenleser für dessen Verfolgung auf den entflohenen Harland mitgegeben hatte. Das war bereits einige Tage her und man hatte sich schon gewundert, weshalb die beiden Männer so lange weggeblieben waren.

Hayes stierte gebannt auf den Glastisch mit den gefüllten Flaschen.

»Ein Drink«, keuchte er. »Verdammt, meine Kehle ist trocken. Ich brauche einen Drink!«

Er wankte auf den Glastisch zu und goss sich mit zitternder Hand ein Glas Whisky ein. Er nahm dabei die Flasche, die ihm am nächsten stand. Er stürzte den scharfen Alkohol hinunter, als wäre es Wasser. Conroy und Jordan beobachteten ihn stumm und fragend zugleich, wobei Conroy seine Arme ineinander verschränkte und einen genervten Eindruck machte. Hayes schenkte noch einmal nach, doch diesmal trank er langsamer.

»Verdammt, Hayes!«, rief Conroy, »Sie platzen hier herein als wäre Weltuntergang und vergreifen sich an meinem teuren Whisky. Wollen Sie nicht endlich sagen, was dieser Auftritt zu bedeuten hat?«

Hayes wischte sich über sein bärtiges, schmutziges Gesicht. Dann sah er zu Conroy und seine Worte sprudelten förmlich aus ihm heraus, als er sagte: »Dieser verdammte Narr von McAllister. Die ganze Zeit ritten wir ziel- und planlos umher, kämmten das gesamte Gebiet nach diesem entflohenen Hombre ab, bis wir dann zum Rio Grande kamen. Hölle, mir und Nick war vollkommen klar, dass sich dieser Bursche schon längst auf mexikanischem Boden befinden musste. Aber der verdammte Lieutenant glaubte die ganze Zeit, ihn noch vorher erwischen zu können. Wie dem auch sei. Am Fluss gerieten wir in einen Hinterhalt mexikanischer Banditen. Sie hatten uns aufgelauert und eine Falle gestellt. Sie waren scharf auf die Waffen und Pferde, die wir bei uns hatten. Sie mähten alle nieder. Keiner ist entkommen.«

»Was ist mit Nick?« wollte Jordan wissen.

»Den hat's gleich mit einem Kopfschuss aus dem Sattel gerissen!«

»Und wieso bist du als einziger entkommen?«, fragte Conroy. Er runzelte die Stirn und sah den abgehetzten Reiter misstrauisch an.

»Ich ritt die Nachhut und außerdem hatte ich mir was an der Blase geholt. Andauernd musste ich zurückbleiben und Wasser lassen. Das war wohl meine Rettung. Während ich mein Geschäft verrichtete, ging das Geballer schon los. Ich kletterte auf einen Hügel und sah das Dilemma. Überall waren plötzlich Mexikaner. Ich sah, wie's Nick eiskalt erwischt hat.«

»Und dann bist du auf deinen Gaul gestiegen und abgehauen, was?«, höhnte Jordan.

Hayes maß den Vormann mit wütendem Blick: »Zum Teufel, Jordan! Hätte ich mich auch noch massakrieren lassen sollen? Die armen Teufel hatten keine Chance. Ich hätte nichts tun können. Also schwang ich mich auf den Gaul und drückte ihm höllisch die Sporen in die Weichen. Sie hätten's genauso getan!«

Jordan wollte etwas erwidern, aber Conroy brachte ihn mit einer resoluten Handbewegung zum Schweigen.

»Schon gut, Jordan«, sagte er und wandte sich an den erschöpften Hayes. »Pech für McAllister und seine Männer. Natürlich auch Pech für Wallis. War ein guter Mann. Ich verliere nicht gerne gute Männer unter solchen Umständen. Offensichtlich hatten Sie mehr Glück, Hayes. Und das ist erfreulich. Lassen Sie sich vom Koch etwas zu essen und trinken geben und sich die Wunden behandeln.«

Als Hayes gegangen war, sagte Conroy zu Jordan: »Ist eine verdammt merkwürdige Geschichte. Ausgerechnet Mexikaner?«

»Warum nicht? Am Rio Grande wimmelt es von mexikanischen Banditen, die Jagd auf Waffen, Pferde und auch sonst alles Mögliche machen.«

»Nun«, antwortete Conroy, »solange sie nicht Jagd auf die Circle-C-Ranch machen, soll mir das egal sein. Ist nur schade um Nick Wallis. Finden Sie Ersatz für den Mann, Jordan.«

Phil Jordan nickte.

Damit war für Stuart Conroy die Sache auch schon erledigt. Jordan wusste, dass der Mann nie wieder einen einzigen Gedanken an Nick Wallis verschwenden würde.

Neuntes Kapitel

Der Rio Grande lag bereits weit hinter ihnen. Jed Nolans Herde zog sich wie eine lange Kette träge durch das weite Land. Zivilisation schien es kaum zu geben. Ab und zu stießen sie auf verlassene oder zerstörte Ranches. Bilder, die unweigerlich darauf hindeuteten, dass Texas mit grausamer Härte vom Krieg getroffen und völlig ausgebrannt worden war. Es lag eine tiefe Bitterkeit in den Männern, wenn sie an diesen Denkmälern des Schreckens vorbeiritten. Sie waren dann stumm und manchmal drehte sich einer der Reiter noch einmal im Sattel um, so, als könnten sie es nicht glauben, was sich vor ihren Augen abspielte.

Dann zogen sie durch meilenweites, staubiges, ödes Land, in dem es kaum Vegetation zu geben schien. Sie waren umgeben von Sandgestein, Felsen, Staub und sengender Hitze.

Die Männer hatten ihre Halstücher bis unter die Augen gezogen. Flirrende Hitzeschleier zeichneten vor ihren geröteten Augen Bilder, die verzerrt und unwirklich erschienen. Die Sonne tauchte das Land in ein gleißendes Licht. Nicht eine Wolke war am Himmel zu sehen. Jed Nolan hielt sein Pferd auf einer kleinen Anhöhe und sah aus geröteten Augen die Tiere und Reiter vorbeiziehen. Den Rindern hingen teilweise schon die Zungen aus den Mäulern. Rötliche Wolken aus Alkalistaub stiegen auf und waren meilenweit zu sehen. Der beißende Staub stieg Nolan empfindlich in Mund und Nase. Selbst der Tabakrauch seiner Zigarette schien nach Alkali zu schmecken. Angeekelt drückte er die Zigarette am Sattelhorn aus und schnippte den Stummel fort. Neben ihm tauchte Luis Santero auf. Er verhielt sein Pferd dicht neben Nolans Tier, riss die Bandera vom Gesicht und brummte, während er sich mit dem Ärmel übers Gesicht rieb: »Ungefähr noch zehn

Meilen, dann haben wir die Wasserstelle erreicht. Sie liegt hinter den ersten Ausläufern der Hügelkette dort am Horizont.«

Nolan nickte. Er griff nach seiner Wasserflasche, nahm einen Schluck und spülte den Staub aus seinem Mund. Er spie das Wasser auf den rötlichen Sandboden, wischte sich über den Mund und trieb den Korken mit der flachen Hand wieder in die Flasche. Nachdem er sie wieder verstaut hatte, meinte er: »Und in zwei Tagen haben wir San Antonio erreicht. Ich will sehen, dass wir noch ein paar Treiber anwerben können. Proviant brauchen wir auch noch.«

Ein zufriedenes Grinsen zog sich durch sein hageres Gesicht, das über und über mit Bartstoppeln bedeckt war. Bisher waren sie gut vorangekommen, besser, als Jed Nolan gehofft hatte, wenngleich eine innere Unruhe sein ständiger Begleiter war. Dabei war es anfangs schwierig gewesen, die nicht marscherfahrenen Rinder in einer Formation zu halten. Immer wieder brachen Tiere aus und mussten in die Reihe gedrängt werden. Ganz besonders widerspenstige Stiere mussten mit einem zahmeren Tier zusammengebunden werden. Nach einer Weile erkannten diese Tiere dann, dass es weniger anstrengend war, der Herde in die allgemein eingeschlagene Richtung zu folgen.

Gil Fuller und Jim Harland zeigten sich als erstklassige Treiber, wenngleich Jim Harland sich anfänglich mit dieser Arbeit etwas schwertat. Er war kein Rindermann, tat aber sein Bestes, um einer zu werden.

Shorty Rounds hatte seit der Beerdigung seines Bruders kaum gesprochen. Er war noch nicht so weit, dass er sich in den Sattel eines Pferdes schwingen konnte. Dafür litt er noch zu sehr unter den Schmerzen der Peitschenwunden. Aber bereits nach dem dritten Tag saß er vorne neben Chico Morales auf dem Bock des Chuckwagens, statt im Inneren. Nolan wusste, dass ein unbändiger Rachedurst diesen Mann erfüllte Und er verstand ihn nur allzu gut. Selbst in einem rauen Land wie Texas war das Auspeitschen eines Mannes eine üble Sache und schrie nach Vergeltung.

Im versickernden Tageslicht erreichten sie die von Luis Santero ausgekundschaftete Wasserstelle. Sie war nicht allzu groß, aber immerhin so groß, dass alle Tiere den quälenden Durst stillen konnten. Hier nahm die Vegetation wieder zu, Sagegras ersetzte die Monotonie der kargen Wüstenlandschaft, durch die sie über zwei Tage lang getrieben hatten. Chico Morales hatte etwa eine gute Stunde vor Ankunft der Herde mit seinem Chuckwagen die Wasserstelle erreicht und das Abendessen vorbereitet. Der Geruch von frischem Kaffee und gebratenem Speck stieg den Männern verlockend in die Nasen. Sie schlugen das Lager auf und Nolan teilte die Nachtwachen ein. Diego war als Wrangler mit der Pferderemuda eingesetzt worden. Und er verstand sich ausgezeichnet auf diese Aufgabe. Von Manyard hatte Jed Nolan erstklassige Pferde gekauft. Mochte der Mann sein, wie er wollte, von Pferden verstand er etwas. Die Tiere waren ihr Geld wert.

Diego trieb die Pferde in einem offenen Corral zusammen, während Chico den Triangel zum Abendessen schlug. Die Männer saßen am Lagerfeuer und aßen hungrig. Jed Nolan lehnte an der Deichsel des Chuckwagens, trank Kaffee und rauchte eine Zigarette. Im Gegensatz zu den Männern verspürte er an diesem Abend keinen Hunger. Die Stimmen der Cowboys drangen zu ihm herüber. Aber das registrierte er nur am Rande. Eine düstere Stimmung überfiel ihn, wie so oft, wenn er am Abend zur Ruhe kam. Bilder tauchten vor seinem Geiste auf – Bilder aus einer längst vergangenen Zeit.

Er trank den Rest des Kaffees aus und war im Begriff, sich aus dem heißen Topf über dem Feuer die Blechtasse erneut zu füllen, als Luis Santero neben ihm auftauchte.

»Verdammt!«, brummte Nolan, »du schleichst dich an wie ein Apache, amigo!«

»Wenn du nicht so in Gedanken gewesen wärest, hättest du mich kommen hören, Boss«, antwortete der Mexikaner und grinste breit.

»Mag sein«, entgegnete Nolan brummig, zog kräftig an der Zigarette und warf den Stummel auf den Boden. Wortlos nahm ihm Luis den Kaffeebecher aus der Hand und ging zum Feuer. Mit zwei dampfenden Bechern kam er zurück, reichte Nolan den Kaffee und setzte sich stumm neben ihm auf die Wagendeichsel.

»Irgendwann wirst du sie vergessen haben, Boss«, meinte Santero nach einer Weile.

Nolan sah den Mexikaner mit gerunzelter Stirn an. »Woher willst du wissen, dass ich an sie gedacht habe?«

Santero nippte an dem heißen Kaffee. »Ich kenne dich schon ziemlich lange, Jed.«

Seit geraumer Zeit hatte es sich Luis Santero zur Gewohnheit gemacht, Jed Nolan mit »Boss« anzureden. Zum ersten Mal seit längerem benutzte er wieder dessen Vornamen. Nolan registrierte es, sagte aber nichts dazu. Santero hatte seine Eigenarten und Nolan akzeptierte sie, ohne großartige Worte darüber zu verlieren. Jed Nolan war ohnehin nicht der Mann, der viel Worte machte. Es war bezeichnend für seinen Charakter, dass er seine Taten sprechen ließ.

Nolan stellte seinen Kaffeebecher neben Santero auf die Deichsel, um sich eine neue Zigarette zu drehen. »Ja«, sagte er dann nach einer Weile, »du kennst mich ziemlich gut, amigo. Schätze, dir kann ich nichts vormachen, was?«

Santero schüttelte den Kopf. »Nein.«

Nolan reichte Santero den Tabaksbeutel, fertigte die Zigarette mit geschickten Fingern und steckte sie sich zwischen die Lippen. Während seine Hände in den Hosentaschen nach einem Streichholz suchten, meinte er: »Hat mal eine Zeit gegeben, da hätte ich drauf geschworen, dass uns nichts auseinanderbringen könnte. Aber das ist lange her.«

Er fand ein Streichholz und riss es an der Wagendeichsel an. Das Flämmchen erhellte für kurze Zeit das Gesicht des Mexikaners, der Jed mit besorgter Miene ansah. Nolan hielt das Streichholz in der hohlen Hand an die Zigarette, wobei seine Augen auf Santero gerichtet waren. Dann ließ er es zu Boden fallen, wo es erlosch.

Der Geruch von Schwefel und Tabakrauch erfüllte die Luft.

»Und dennoch spukt sie noch in deinem Kopf herum«, stellte Luis Santero trocken fest, nahm Tabak und Papier aus dem ledernen Tabaksbeutel und gab ihn Nolan zurück.

»Ich denke, es war der verdammte Krieg, der uns...«

Santero schüttelte den Kopf.

»Nein, Jed. Mach dir nichts vor. Du hast in June immer etwas gesehen, was es nicht gab. Sie ist nicht die Frau, an die du geglaubt hast. Du weißt das genau, amigo – aber du willst es nicht wahrhaben. Und das quält dich. Kein Mann dürfte das zu dir sagen, Jed. Aber ich bin dein Freund. Wir kennen einander schon viele, viele Jahre. Und als dein Freund nehme ich mir das Recht heraus, offen zu sprechen.«

»Wahrscheinlich hast du Recht, Luis«, erwiderte Nolan. »Du hast es immer gewusst, nicht wahr?«

»Für June wird es nie etwas anderes geben, als das Leben einer großen Lady. Für sie ist es wichtig, dass ein Mann viel Geld hat. Einst war die Nolan-Ranch mächtig. Vor dem Krieg, amigo. June hatte Gefallen daran. Aber dann kam es anders, wie du weißt. Die Nolan Ranch fiel in andere Hände und June wechselte die Fronten. Amigo, das ist die Wahrheit. Sie mag nicht gefallen – dir nicht und mir auch nicht. Aber so ist sie und nicht anders.«

Nolans Antwort war ein langsames und bedächtiges Nicken. Er presste die Lippen hart zusammen, schob sich den staubigen Stetson aus der Stirn und lehnte sich mit beiden Ellenbogen an die Wagendeichsel, dicht neben Luis Santero. Er nahm die Zigarette zwischen Daumen, Zeige- und Mittelfinger und zog heftig daran. Mit jedem einzelnen Wort hatte Luis Santero das ausgesprochen, was ihn seit langem quälte. Er hatte es verdrängen wollen und sich dabei immer tiefer in die Arbeit gestürzt. Aber so eine Sache ließ sich nicht mit einem Schlag verdrängen. Jed Nolan war ein Mann mit einem ausgeprägten, nüchternen Verstand, ein Mann mit Zielen und Vorstellungen – aber auch ein Mann mit Gefühl im Herzen, das er tief in sich verschlossen hielt. Und er wusste, dass Gefühl und Verstand verschiedene Komponenten waren – manchmal wie Feuer und Eis, die sich schwer in harmonischen Einklang bringen ließen. Er hatte June Walsh geliebt. Wahrscheinlich tat er dies immer noch. Aber er wusste, dass June nicht die Frau war, die es zu lieben lohnte – jedenfalls nicht für einen Mann wie ihn. Sie hatte ihn verraten, sich gegen ihn gestellt und ausgerechnet den Mann geheiratet, der ihm die Ranch genommen hatte.

»Wenn June einen anderen Mann geheiratet hätte, dann wäre die Sache vielleicht etwas erträglicher«, gab Nolan nach einer ganzen Weile des Schweigens zu. Und Luis Santero nickte daraufhin mit dem Kopf und erwiderte: »Quien sabe? Wer weiß das schon? Wenn Stuart Conroy nicht ein Mann mit Geld gewesen wäre, dann hätte sie ihn nicht geheiratet. Daran musst du denken, muchacho. Aber egal wie – ihre Wahl ist schlecht getroffen. Kein verdammtes Geld ersetzt den Charakter eines guten Mannes, amigo.« Nolan spürte plötzlich Santeros Hand auf seiner Schulter ruhen. »June wird bald wissen, dass sie einen schlechten Handel gemacht hat. Sie hätte einen muy hombre bekommen können, einen verdammt guten Mann. Irgendwann wird sie daran denken, aber es wird zu spät sein.«

Nolan ergriff die Hand des Freundes, drückte sie und sagte: »Es ist gut, einen Freund wie dich zu haben, Luis. Gracias, amigo.«

Santero winkte etwas verlegen ab. »Por nada!«, gab er nur zurück.

Dann rauchten sie schweigend ihre Zigaretten und lauschten den Klängen der Nacht.

Die Männer am Lagerfeuer hatten sich bereits in ihre Decken gerollt und schliefen.

Zehntes Kapitel

Die Herde war etwa zwei Tagesmärsche vom Atascosa-River entfernt, als ein plötzlicher, heftiger Regen einsetzte. Das geschah hierzulande recht selten und der Boden saugte das Wasser gierig in sich auf. Zuerst glaubte die Mannschaft, es würde sich nur um einen kurzen, heftigen Schauer handeln, aber das war ein Irrtum. Der Regen hielt an und wurde noch stärker.

Als Jed Nolans Mannschaft den Fluss erreichte, war das Wasser bereits über die Ufer getreten und der Atascosa hatte sich in einen reißenden Strom verwandelt.

Ein Übersetzen der Herde war unmöglich geworden.

Nolan wurde ungeduldig.

Sie brauchten unbedingt frischen Proviant und zudem verloren sie kostbare Zeit.

Vom Atascosa-River bis nach San Antonio waren es ungefähr noch knapp zwei Tagesmärsche. Und dennoch waren sie am Ufer gezwungen, die Herde zum Stehen zu bringen. Sie trieben die Tiere hundert Yards vom Ufer entfernt zusammen.

Dann schlug die Mannschaft ihr Lager auf. Sie errichteten einen Unterstand aus Zeltplanen und gegen Mittag kauerten die Männer in ihren Ölhäuten unter dem Unterstand, rauchten Zigaretten und tranken Chico Morales starken Kaffee, wobei Pecos unaufhörlich über den Regen fluchte.

Um eines brauchte sich Jed Nolan vorläufig keine Sorgen zu machen – die Rinder hatten genügend Wasser. Aber da gab es noch etwas anderes, das Jed Nolan beunruhigte; Luis Santero war am frühen Morgen des vergangenen Tages auf Kundschaft gegangen und bisher noch nicht zurückgekommen. Sicher war es möglich, dass der heftige Regen ihn zwang, irgendwo Unterschlupf zu finden. Aber Luis Santero war nicht der Mann, der sich vor Regen graute.

Nolan goss sich seine Blechtasse voll Kaffee und trat zu den Männern an den Unterstand. Er nippte an dem heißen Gebräu und brummte: »Möchte wissen, wo sich Luis so lange aufhält.«

»Der wird sich sicherlich in einer Höhle verkrochen haben«, entgegnete Pecos. Dann stieß er einen erneuten Fluch aus, als bei dem Versuch, sich eine Zigarette zu drehen, das Papier nass wurde und zerriss. Wütend warf er es in den aufgeweichten Schlamm und trat vor Wut gegen einen Kieselstein, der in einer Pfütze lag.

»Im Gegensatz zu dir ist Luis nicht aus Zucker«, antwortete Nolan. »Dem macht das bisschen Regen nichts aus.«

Gil Fuller stieß ein kurzes Lachen aus. Pecos maß ihn mit wütendem Blick und herrschte ihn an: »Das findest du wohl komisch, was?« Mit beleidigter Geste zog er seine Ölhaut noch enger zusammen.

»Ich weiß gar nicht, was du hast, Freund«, sagte Fuller grinsend. Er steckte eine fertig gerollte Zigarette zwischen Pecos Lippen und setzte hinzu: »Tagelang sind wir durch Staub und ewiger Hitze geritten. Jetzt regnet es und du bist immer nur am Fluchen. Sei doch froh, dass du mal keinen verdammten Staub zwischen den Zähnen schmecken brauchst.«

Plötzlicher, dumpfer Hufschlag und das Klirren einer Gebisskette ließen die Männer herumfahren. Luis Santero saß zusammengekauert im Sattel. Seinen Sombrero tief ins Gesicht gezogen, den schwarzen Regenumhang eng um den Körper geschlungen, ritt er ins Camp. Vor Jed Nolan hielt er seinen Schecken. Das Tier war scharf geritten worden und atmete keuchend.

Santero schob sich den Sombrero aus dem Gesicht, wobei wahre Wasserfontänen an ihm herunterliefen und sagte: »Boss, wir sollten uns auf etwas gefasst machen.«

»Was soll das heißen?«

Santero wischte sich das Wasser aus dem Gesicht, glitt aus dem Sattel und reichte Diego die Zügel des Schecken, damit er das Pferd versorgen konnte. Steifbeinig ging Santero zum Kaffeetopf, der über dem Feuer hing, und schenkte sich heißen Kaffee in eine Blechtasse, die ihm Chico Morales reichte.

»Gracias«, nickte er Chico zu und nahm ein paar Schlucke. Dann sagte er: »Wir bekommen Besuch, Boss – wenn wir nicht aufpassen.«

»Was soll das bedeuten?«, brummte Nolan ungehalten, »sprich dich klar aus, Amigo!«

»Elf Mann haben sich auf unsere Fährte geheftet. Ich bin den Burschen in sicherem Abstand gefolgt und konnte ungesehen ziemlich nahe an sie ran. Jed: es sind Stuart Conroys Männer.«

»Bist du sicher?«

»Si. Dieser habichtgesichtige Les Pandero führt sie an.«

»Wer ist noch dabei?«

»Ich habe Slick Meadows, Early Warren, Stagg Ogrum und diese Klapperschlange Leach Van Allen erkannt. Die anderen kenne ich nicht, aber es dürfte klar sein, dass sie vom gleichen Schlage sind, wie die genannten.«

Jed Nolan stieß einen heftigen Fluch aus. Stuart Conroy hatte also von seinem Vorhaben erfahren. Was das jetzt bedeutete, war Nolan völlig klar.

»Wo ist die Bande im Augenblick?«

Luis Santero trank den Kaffee aus und hielt seine Hände zum Aufwärmen über das Feuer, kam zu den Männern zum Unterstand und ließ sich von Gil Fuller Tabak und Papier geben, um sich eine Zigarette zu fertigen. »Sie lagern etwa fünfzehn Meilen von hier in westlicher Richtung. Schätze, für heute Nacht sind wir sicher, aber morgen dürfte uns die Bande eingeholt haben.«

»Und wir können nicht über den Fluss«, sagte Nolan gepresst zwischen den Zähnen. »Wir sitzen hier ganz hübsch in der Falle. Schätze, sie werden wissen, dass wir bei diesem heftigen Regen mit der Herde schwerlich über den Fluss kommen können.«

Mit düsteren Blicken sah Nolan zum Fluss herüber zum anderen Ufer, das von dichten Busch- und Felsengruppen bestückt war.

Wenn man erst mal mit der Herde über diesem verdammten Fluss wäre, könnte man dort drüben einen hübschen Hinterhalt legen, dachte Jed Nolan grimmig.

Wenn...

Er schätzte die Entfernung zum anderen Ufer. Es mochten vielleicht zweihundert Yards sein. Mehr nicht. In jedem anderen Falle wäre das Übersetzen ein Kinderspiel gewesen.

Aber der andauernde Regen hatte den Pegel zum Überlaufen gebracht.

Und das machte ein Übersetzen zu einem mörderischen, fast unmöglichen Risiko.

Und dennoch...

Nolan trank einen Schluck aus der Blechtasse, dann schüttete er den Rest des Kaffees auf den schlammigen, aufgeweichten Boden. Mit grimmiger Geste wischte er sich über den Mund. Die Männer sahen ihn erwartungsvoll an. Jeder schien seine Gedanken zu erraten. Doch sie schwiegen alle und warteten, bis er etwas sagte.

Und das tat er dann auch. Er stemmte die Hände in die Hüften und sein sonorer Bariton pflügte über die Köpfe der umherstehende Mannschaft hinweg: »Okay, Männer. Wir haben, wie's scheint, keine andere Wahl. Die Rinder müssen rüber!«

»Boss!«, rief Pecos, »das ist Wahnsinn. Wir werden die Herde verlieren, wenn...«

»Wir werden die Herde auch verlieren, wenn uns Conroys Männer hier erwischen. Und ich will verdammt sein, wenn ich das zulassen würde.« Wieder glitt sein Blick zum anderen Ufer. In Gedanken maß er den Abstand von einem Ufer zum anderen ab. Das Wasser strömte in reißender Flut.

Yeah, dachte er grimmig, *wenn die Furt doch noch nicht zu tief wäre, dann...*

Er wandte sich an Luis Santero. »Luis, steig auf ein Pferd und reite die Furt entlang. Wir müssen's riskieren, es gibt keine andere Wahl. Wenn das Pferd nur bis zum Bauch eintaucht und du so das andere Ufer erreichst, dann haben wir eine Chance, die Rinder rüberzubringen.«

»Das ist doch heller Wahnsinn!«, begehrte Pecos auf. »Die Viecher brauchen doch nur ins Trudeln zu kommen, dann ist es vorbei, Boss.«

»Pecos hat recht, Mister Nolan«, sagte Shorty Rounds, der sich bislang zurückgehalten hatte. »Ich kann Sie völlig verstehen, aber...«

»Zum Teufel damit!«, herrschte Nolan ihn an. »Wollen wir etwa warten, bis Conroys Männer hier auftauchen? Wir haben hier kaum Deckung. Die Burschen knallen uns ab wie die Hasen und wir könnten nichts dagegen tun.«

»Da ist was Wahres dran«, sagte Fuller. »Ist ein höllisches Risiko, aber ich tät's in diesem Falle auch nicht anders machen.«

Nolan nickte Fuller zu. »Danke, Gil,«, sagte er rau.

Luis Santero sattelte sich ein Pferd aus der Remuda und trabte auf das Ufer zu. Das Pferd, ein stämmiger Grulla, scheute zuerst vor dem schäumenden Wasser. Santero sprach beruhigend auf das Tier ein und trieb es dann mit einem kräftigen Schenkeldruck ins Wasser. Santeros Augen suchten am gegenüberliegenden Ufer einen markanten Punkt, den er anvisieren wollte. Zwischen einigen dichtwachsenden Buschgruppen ragte ein keilförmiger Felsen hervor. Diesen nahm sich Santero als Ziel. Immer weiter trieb er den Grulla ins Wasser. Die Strömung drückte massiv gegen das Pferd, doch Santero war ein höllisch guter Reiter. Immer wieder drückte er das Tier gegen die Strömung, dabei seinen anvisierten Felsen im Auge behaltend. Als er etwa die Hälfte des Flusses überquert hatte, war der Grulla bis zum Bauch im Wasser. Die Männer standen am Ufer und starrten gebannt auf den Reiter, der sich langsam dem anderen Ufer näherte, ständig gegen die massive Strömung ankämpfend. Und als Luis Santero drüben angekommen war, stießen alle einen Jubelschrei aus.

In der Mitte des Flusses hatte der Grulla bis zum Bauch gestanden. Das bedeutete, dass das Wasser trotz der reißenden Strömung noch nicht allzu tief war. Trotzdem gab es überall Strudel und unregelmäßige Tiefen. Santero hatte mächtiges Glück gehabt.

Drüben glitt der Mexikaner aus dem Sattel, ergriff sein Lasso und wickelte es um den Felsen, den er die gesamte Zeit über als Anhaltspunkt im Visier gehabt hatte. Er zog sich in den Sattel, band das andere Ende des Lassos am Sattelhorn fest und überquerte erneut die Furt. Sein Vorhaben war jedem klar; das Lasso sollte als Richtlinie zur Überquerung dienen. Wieder hatte Santero die Hälfte des Flusses erreicht, als sich das Lasso spannte. In diesem Augenblick war Jed Nolan schon im Sattel seines Pferdes und ritt Santero auf halbem Wege entgegen. Als er ihn erreichte und beide Pferde bis zum Bauch im Wasser standen, knotete er sein Lasso mit dem von Santero zusammen.

»Das dürfte reichen, um eine vollständige Richtlinie zu schaffen«, sagte er.

»Si, Boss«, entgegnete der Mexikaner nur und grinste breit. Die Pferde schüttelten das Wasser ab, als sie das Ufer erreichten. Nolan warf Fuller das Lasso-Ende zu, der es geschickt auffing, es um einen Baum wickelte und festzog. Es reichte gerade aus, um eine gespannte Linie von einem Ufer zum anderen zu ziehen.

Pecos schüttelte skeptisch den Kopf.

»Richtschnur hin oder her, Boss: wenn die Rinder von einem Strudel erfasst werden, dann haben wir ein Problem. Außerdem wird es in zwei Stunden dunkel sein, und dann gnade uns Gott.«

»Elender Schwarzseher! Bis dahin ist die Herde schon längst über den Fluss!«, brummte Nolan. »Steig lieber auf deinen Gaul und sieh zu, dass die Tiere über den Fluss kommen!«

Pecos wandte sich fluchend ab. Fuller und Harland blickten ihm grinsend nach.

»Mürrisch wie eine alte Zicke«, sagte Fuller. »Dabei war er es doch ständig gewesen, der uns mit der höllischen Hitze in den Ohren lag.«

»Unser Pecos hat einen Hang zum Pessimismus«, stellte Jed Nolan lakonisch fest. Dabei nahm er den Hut und schüttelte das Wasser ab. »Und trotzdem muss ich ihm recht geben, Jungs. Es ist und bleibt ein Wagnis, die Tiere dort hindurch zu treiben. Jetzt kommt's auf jeden Mann an.« Er wandte sich an Chico Morales, der dicht beim Chuckwagen stand. »Chico, du und der Wagen kommt ihr zuletzt dran.«

»Si, Boss«, war die Antwort des Trailkochs.

»In die Sättel, Jungs!«, brüllte Jed Nolan den Befehl, »treiben wir die Viecher durch die Furt!«

Und wieder erwies es sich, dass Jed Nolans Mannschaft ein gut eingespieltes Team war. Überflüssige Befehle waren nicht nötig. Pecos und Gil Fuller fungierten als Flankenreiter. Sie ließen auf beiden Seiten der Herde ihre Pferde im Schritt laufen. Dadurch zwangen sie die Rinder, sich der Furt in enger Linie zu nähern. Hinter den Longhorns trieben die Schleppreiter – Jim Harland und Shorty Rounds – die Nachzügler an. Sie brüllten mit heiseren Stimmen, schwangen dabei die eingerollten Lassos und ließen ihre Pferde fast auf die stehenden Rinder auflaufen, um die störrischen Tiere in Bewegung zu bringen. Als die ersten Tiere ans Ufer kamen, begann es zu stocken. Die Leitstiere schienen unschlüssig; offensichtlich behagte es ihnen nicht, in das Wasser zu laufen. Sie stießen muhende, klagende Laute aus und weigerten sich, einfach weiterzulaufen. Immer wieder stießen Fuller und Pecos ermunternde Anfeuerungsrufe aus, um die Leitstiere ins Wasser zu bewegen. Und als es schließlich gelang, setzten andere Tiere nach – unwillig zwar, aber durch das ständige Anfeuern parierten sie und die ersten Tiere folgten den Leitstieren.

Die heiseren Rufe der Männer wurden fast vom Dröhnen der Hufe und vom Rauschen des Wassers übertönt.

Nolans Ziel war es, die Tiere in größeren Gruppen über den Fluss zu treiben. Er wusste, dass nur geschlossene Gruppen, die wie Wellenbrecher wirkten, die Tiere vor dem Abtreiben oder Ertrinken bewahren konnten. Das würde zwar mehr Zeit in Anspruch nehmen, bis dann die gesamte Herde über dem Fluss war, aber es war wesentlich sicherer.

»Haltet sie stur in Formation!«, brüllte Jed Nolan über das gesamte Szenario hinweg, »dicht an der Linie! Passt auf, dass sie nicht ausbrechen! Zusammenhalten!«

Wie eine dichtgedrängte, gehörnte Kette setzte die erste Gruppe der Herde über den Fluss. Und dabei war jegliches Geschick eines einzelnen Mannes erforderlich, um sie in Bewegung und gleichzeitig in Formation zu halten. Die Strömung, gegen die sie anzukämpfen hatten, war eine Sache. Eine andere war, dass die Tiere in Bewegung gehalten werden mussten, um nicht im Sand des Flussgrundes einzusinken. Sie brachten die erste Gruppe ohne Verluste bis ans andere Ufer und das steigerte das Vertrauen der Männer. Auch Pecos atmete erleichtert aus.

»Tod und Teufel, Boss!«, rief er vom anderen Ufer zu Nolan herüber, der die ganze Zeit wachsam im Sattel saß und auf alles und jeden achtgab. »Die Tiere sind drüben! Wahrhaftig!«

Die Zeit drängte, in wenigen Stunden würde die Dämmerung einsetzen. Bis dahin musste jedes Rind am anderen Ende sein. Und so trieb Jed Nolan die Mannschaft bis zum äußersten an. Es begann langsam zu dämmern, als die letzte Gruppe der Rinder an die Reihe kam. Es waren noch fünfundzwanzig Stiere und fünfzehn Kühe, die zum anderen Ufer getrieben werden mussten.

Die Männer waren völlig erschöpft, durchnässt bis auf die Knochen, aber sie gaben nicht auf. Unermüdlich gellten ihre

Rufe, mit zusammengerollten Lassos hieben sie auf die Leiber störrischer Tiere ein, die sich nicht schnell genug bewegen wollten.

Ganz plötzlich und unerwartet geriet einer der Stiere aus der Formation, wurde von der Flut erfasst und glitt an Gil Fuller vorbei. Instinktiv wandte sich der hagere Texaner herum, um den Ausbrecher wieder in die Reihe zu bringen. Dabei ließ er für einen kurzen, aber entscheidenden Augenblick die von hinten heranströmenden Tiere außer Acht, von denen einige dem ausbrechenden Stier zu folgen drohten. Mit einem Schlag geriet die Formation außer Kontrolle. Jed Nolan sah das Unheil und gab seinem Pferd einen heftigen Schenkeldruck.

Der Braune sauste ins Wasser und Nolan rief: »Fuller! Halt die Biester zusammen! Sie saufen sonst ab!«

Fullers Lasso sauste durch die Luft und die Schlinge zog sich um die Hörner des ersten Ausbrechers. Das Lasso straffte sich und Fuller zog mit aller Kraft den Stier zurück. Das Tier brüllte wie am Spieß, sah aber ein, dass es wahrlich besser war, sich dem Lasso zu beugen und wieder zurück in die Kolonne zu kehren, statt von der Flut davongetragen zu werden. Nolan und Luis Santero hatten alle Hände voll zu tun, die anderen Ausbrecher wieder in die gewohnte Formation zu drängen. Für zwei der hornlosen Kühe und einen Stier allerdings gab es keine Rettung. Sie wurden von der Flut einfach weggespült. Wenn sich Nolan oder Luis Santero um diese drei Tiere gekümmert hätten, wären wahrscheinlich noch mehr Tiere ausgebrochen. Und das hätte ein Fiasko gegeben. So gelang es den Männern, die Formation wieder herzustellen und die Tiere zogen in Richtung des anderen Ufers.

Wider Erwarten gelang das Übersetzen der Herde unter den schweren Bedingungen erstaunlich gut. Auch mit der anstehenden Pferderemuda gab es kaum nennenswerte Probleme, obgleich es ausschließlich der unermüdlichen Arbeit der Mannschaft zu verdanken war. Die Dämmerung war hereingebrochen und der Regen hatte in diesem Augenblick nachgelassen – ganz plötzlich, so, wie er vor Tagen angefangen hatte. Während Pecos, Diego, Gonzales und Shorty Rounds drüben bei der Herde blieben, um sie weiter vom Ufer weg zu treiben, kehrten Jim Harland, Gil Fuller und Luis Santero wieder zum anderen Ufer zurück, um Chico beim Übergang mit dem Chuckwagen zu helfen. Das Maultiergespann scheute von Anfang an und die Männer hatten ihre Mühe, die Tiere ins Wasser zu bewegen. Während sich Gil Fuller und Jed Nolan rechts vom Wagen aufhielten, hatten Jim Harland und Luis Santero die linke Flanke übernommen. Sie drängten ihre Pferde dicht an das Maultiergespann und trieben sie mit lauten, heiseren Schreien und Peitschen der zusammengerollten Lassos in den flutenden Atascosa hinein. Die Tiere bockten, blieben plötzlich im Wasser stehen und ihre Hufe sanken immer tiefer in den schlammigen Grund des Flusses.

»Lauft, ihr verdammten Mulis!«, schrie Jed Nolan auf sie ein. Die Tiere mussten unbedingt in Bewegung gehalten werden, damit sie nicht weiter einsackten, genauso wie der schwere Chuckwagen. Chico Morales Peitsche sauste über die Köpfe der störrischen Mulis hinweg und auch er schrie wie ein Berserker auf sie ein. Schließlich bewegten sich die Tiere langsam voran. Sie erreichten dann ohne weitere Stockung die Mitte des Überganges, wobei die Männer die ganze Zeit über gegen den starken Druck der Strömung ankämpfen mussten. Ihre Pferde waren am Ende ihrer Kräfte. Lange, das wusste jeder der Männer, würden die Tiere nicht mehr durchhalten können. Es war also höchste Zeit, das andere Ufer zu erreichen. Zudem wurde es immer dunkler. Und aus dieser Dunkelheit heraus sahen sie plötzlich, wie zwei schwere Baumstämme auf sie zurasten.

»Treibholz!«, schrie Jed Nolan, der das Unheil als erster sah. Von jäher Panik ergriffen, erkannte er, dass es zu einer Umkehr zu spät war. Die Holzstämme schossen direkt auf ihn und den Chuckwagen zu. Instinktiv riss Nolan sein Pferd brutal herum. Das Tier stieß ein schrilles Wiehern aus und bäumte sich zur Seite weg. Dabei prallte es gegen Gil Fullers Pferd, das sich dicht hinter Nolan befand. Fullers Pferd geriet ins Wanken und er verlagerte sich blitzschnell aufs Gegengewicht, zog die Zügel herum und schaffte es so, das Tier am Fall zu hindern.

Die Stämme verfehlten Nolans Braunen nur um wenige Zentimeter.

Das Muligespann hingegen hatte weniger Glück. Mit einer fatalen Kraft krachte das Treibholz nacheinander mit dumpfem Aufschlag gegen das vordere, rechte Tier. Mit einem schrillen Aufschrei schlug es gegen das benachbarte Tier. Der Chuckwagen machte eine komplette Vierteldrehung und schlug um. Die Mulis gerieten unter Wasser. Ihre Hufe zappelten hilflos in der Luft. Chico Morales wurde vom Bock katapultiert, stürzte ins Wasser und tauchte unter. Jim Harland und Luis Santero gelang es gerade noch rechtzeitig, ihre Pferde von dem umstürzenden Wagen wegzudrängen.

Hilflos mussten die Männer mitansehen, wie der Chuckwagen mitsamt den Mulis von einem Strudel erfasst und stromabwärts getrieben wurde. Sie hielten nach Chico Ausschau, der immer noch nicht wieder aufgetaucht war, trieben ihre Pferde gegen die Strömung auf die Stelle zu, an der Chico ins Wasser gestürzt war. Der leblose Körper tauchte an der Wasseroberfläche auf und drohte, ebenfalls vom Strudel erfasst zu werden. Nolan trieb seinem Braunen die Schenkel in die Flanken. Das Tier machte den entscheidenden Satz nach vorne, so dass sich Nolan tief aus dem Sattel beugen konnte und den rechten Stiefel von Chico zu fassen bekam. Beinahe wäre er dabei aus dem Sattel gefallen. Seine Rechte packte die Mähne des Braunen und krallte sich daran fest, während sich Nolans Linke fest um den Stiefel des Trailkochs klammerte.

»Verdammt!«, schrie Nolan, »ich kann ihn nicht halten!« Mit weit aufgerissenen Augen sah er den gefährlichen Strudel immer näher kommen und Chico drohte, in den Sog hinein zu geraten. Dann gäbe es keine Chance mehr.

»Nicht loslassen, Nolan!« rief ihm Jim Harland zu. Harland trieb sein Tier neben Nolan. Harlands Oberkörper glitt tief aus dem Sattel und seine Hand erwischte den linken Stiefel Chicos. Mit vereinten Kräften zogen sie Chicos leblosen Körper aus der Gefahrenzone.

Elftes Kapitel

Der gesamte Proviant, alles, was für ärztliche Ausrüstung nötig war und viele verschiedene Dinge mehr von unschätzbarem Wert – wurden nun stromabwärts getrieben. Während sich Gil Fuller aufmachte, um noch ein paar Utensilien aufzutreiben, die er in der Dunkelheit im Fluss zu finden erhoffte, hatten die völlig erschöpften Männer inzwischen ein notdürftiges Lager bezogen.

Die ebenso erschöpfte Herde war einige Meilen vom Lager entfernt in einer Mulde zusammengetrieben worden. Der schweigsame Gonzales und Pecos übernahmen die erste Herdenwache. Diego hatte die Pferderemuda zusammengetrieben und sie mit einem Lasso umspannt.

Nachdem die Männer ihre Ausrüstungen überprüft hatten, kauerten sie dichtgedrängt am Lagerfeuer, um sich aufzuwärmen, ihre nasse Kleidung zu trocknen und ihre Waffen zu reinigen. Shorty Rounds hatte sich an einen Felsen gelehnt und atmete schwer. In seinem Eifer hatte er sich überschätzt; seine Verletzungen waren noch nicht so weit wieder hergestellt, wie er geglaubt hatte. Einige seiner Wunden waren wieder aufgerissen und bluteten.

Jed Nolan hatte den verwundeten Chico Morales in eine Satteldecke gewickelt und ihn dicht neben dem wärmenden Feuer gelegt. Chico war bei Bewusstsein, aber sein Gesicht war bleich und schmerzverzerrt. Er hatte einige Verletzungen davongetragen, von denen noch nicht zu erkennen war, wie schwer sie wirklich waren. Die Verletzungen sahen übel aus. Über der rechten Stirnseite klaffte eine tiefe, hässliche Wunde, die nur durch Jed Nolans Halstuch verbunden werden konnte. Er hatte zahlreiche Quetschungen am Körper. Der stürzende Chuckwagen musste ihn erwischt haben, als er ins Wasser gestürzt war. Chico zitterte am ganzen Körper, und sein rechtes Bein schien gebrochen.

»Du brauchst dringend einen Doc, amigo!«, sagte Nolan.

Unter Chicos mächtigem Schnurrbart zeigte sich ein tapferes Lächeln.

»Ich werd's schon schaffen, Boss«, krächzte er. »Ich muss doch für euch Tejanos den Koch spielen!«

Nolan lachte rau auf. »Was denn«, brummte er, »willst du uns etwa Präriegras kochen oder Sand braten? Es ist nichts mehr da, mein Freund, was wir verzehren könnten. Der gesamte Proviant liegt auf dem Grund des Atascosa.«

»Dabei hatten wir anfangs so viel Glück, Jed«, stöhnte Chico. »Alles ging doch mächtig gut, nicht wahr?«

Nolan nickte bitter. »Ja. Alles in allem hätten wir nur drei Tiere verloren – wenn diese beiden Baumstämme nicht auf uns zugerast wären.«

»Ja. Das war großes Pech.«

Chico schloss die Augen und für einen Moment lang dachte Nolan, er hätte wieder das Bewusstsein verloren. Doch da schlug er die Lider wieder auf und sah zu Jed Nolan auf.

Im gleichen Augenblick tauchte Gil Fuller auf seinem Pferd aus der Dunkelheit auf. Über seinem Sattel hing ein triefender Leinensack. Grinsend zog sich Fuller aus dem Sattel, ergriff das triefende Etwas und meinte: »Schätze, ganz verhungern brauchen wir nicht. Dieser Sack hatte sich in den Ästen eines der beiden Stämme verfangen, die den Chuckwagen gerammt haben. Ist sogar noch Kaffee drin.«

Luis Santero erhob sich vom Feuer und rief: »Das ist verdammt gut. Um den Kaffee kümmere ich mich sofort.« Er nahm Fuller den Leinensack ab, sah hinein und fand Kaffee, Speck, ein paar Dosen und ein bisschen Trockenfleisch. Er schüttelte den Kopf und sagte dann: »Viel ist das ja nicht, was du uns da mitgebracht hast, Fuller. Aber es wird wohl für einen Tag reichen.« Fuller wandte sich an Nolan. »Wie sieht's mit ihm aus?«, fragte er, während er mit einem Kopfnicken auf Chico wies.

»Muss zum Doc«, antwortete Nolan knapp.

Fuller nickte düster. »Hat's bös erwischt, was?«

Nolan antwortete nicht, sondern sah auf das bleiche Gesicht des Trailkochs. Chico hatte die Augen geschlossen und war eingeschlafen. Nolan erhob sich steifbeinig und rieb sich seine Hände an den Chaparajos. Er blickte düster zu dem anderen Ufer hin, während Fuller sein Pferd zur Pferderemuda brachte. Als er ins Lager zurückkam, hielt er eine Flasche Whisky in der Rechten. Er reichte sie Nolan und sagte: »Die hatte ich noch in der Satteltasche. Hatte sie damals von diesem Pferdehändler abgekauft. Eigentlich war sie für andere Zwecke gedacht, aber Chico wird das Zeug im Augenblick wohl am nötigsten brauchen.«

Vom Feuer rief Shorty Rounds herüber: »He, Fuller, wenn du noch etwas übrig hast...«

Fuller wechselte einen Blick mit Nolan und dieser nickte düster.

Shorty Rounds erhob sich mühsam und kam stöhnend und mit schmerzverzerrtem Gesicht auf Nolan und Fuller zu.

»Siehst nicht gut aus, Rounds«, bemerkte Nolan. »Auch du solltest in San Antonio einen Arzt aufsuchen.«

Rounds grinste verzerrt. »Hab mich vielleicht etwas übernommen, Boss – okay. Aber bisher habe ich die Peitschenhiebe überlebt und werde es auch weiterhin.« Er griff nach der Whiskyflasche und nahm einen tüchtigen Schluck. Dann gab er sie Fuller wieder zurück. Als er sich wieder zu seinem Platz am Feuer begeben wollte, sagte Nolan: »Einen Augenblick.«

Rounds drehte sich ihm zu.

»Zieh dein Hemd hoch, Rounds!«

Rounds hob beschwichtigend die Hände. »Eine der Wunden ist wohl wieder aufgebrochen, Boss. Nichts Ernstes. Komme schon klar.«

»Verdammt, Rounds! Sitzt du auf den Ohren? Du sollst dein Hemd hochziehen und mir den Rücken zeigen.«

Nur widerstrebend gehorchte Rounds, drehte Nolan den Rücken zu und schob sein Hemd nach oben. Nolan trat näher an den Mann heran. Er drehte den Mann so, dass er im Mondlicht besser sehen konnte. Shorty Rounds Verband war an mehreren Stellen blutig, und das sagte Nolan, dass nicht nur eine Wunde wieder aufgebrochen war. Er wandte sich an Fuller: »Haben wir noch was von dem Zeug, das Cole Manyard auf seinen Rücken geschmiert hatte?«

Fuller schüttelte den Kopf. »Liegt auch auf dem Grund des Atascosa.«

Nolan kratzte sich am Hinterkopf und rieb sich dann nachdenklich übers unrasierte Kinn.

»Kann ich meine Arme wieder runter nehmen, Mister Nolan?«, fragte Rounds ungeduldig.

»Sind ein paar mehr Wunden wieder aufgebrochen, Rounds – nicht nur eine.«

»Eine, zwei oder drei – was macht das für einen Unterschied?« brummte der Cowboy.

Nolan zuckte hilflos mit den Schultern. Er war kein Arzt und konnte daher keine Diagnosen stellen. Er wusste aber, dass sich die Wunden heftig entzünden konnten und betete innerlich, dass dieser Fall nicht eintreffen würde.

»Gib ihm noch einen Schluck aus der Flasche, Fuller«, brummte Nolan nur und sah zu, wie sich Shorty Rounds wieder das Hemd in die Hose stopfte.

Jim Harland hatte seinen Hut tief in den Nacken geschoben, lag hinter einem Felsen und spähte zum anderen Ufer herüber. Er hatte mit Luis Santero zusammen die erste Wache übernommen und nun warteten sie darauf, dass irgendwann die Reiter der Conroy-Mannschaft dort drüben auftauchen würden. Aber bisher regte sich nichts. Es war ruhig. Nur das monotone Rauschen des dahinströmenden Flusses und die gedämpften Stimmen aus dem Lager drangen an ihre Ohren.

Nach einer Weile sagte Harland: »Bist du sicher, dass sie ausgerechnet hier auftauchen?«

»Si«, erwiderte der Mexikaner in selbstsicherem Tonfall, »sie folgen den Spuren der Herde und müssen zwangsläufig dort drüben am Ufer auftauchen.«

»Und was ist, wenn der gottverdammte Regen die Spuren ausgelöscht hat?«

»Unwahrscheinlich, Jim«, antwortete Luis Santero. »Eine so große Herde hinterlässt tiefe Spuren. Ob Regen oder nicht.«

Harland kratzte sich mit dem kalten Gewehrlauf an der Wange. »Dein Wort in Gottes Ohr«, brummte er und seine Augen glitten wieder über den Fluss hinweg zum anderen Ufer.

Es raschelte im Gebüsch und Jed Nolans Gestalt tauchte aus der Dunkelheit auf. Er ging neben den beiden Männern in die Hocke.

»Wie sieh's aus?«, fragte er.

»Alles ruhig da drüben«, antwortete Harland. »Lassen mächtig auf sich warten, unsere Freunde.«

»Die werden schon noch kommen«, gab Nolan grimmig zur Antwort.

»Fragt sich nur wann«, antwortete Harland. »Lange können wir hier nicht mehr warten.«

»Das weiß ich auch«, antwortete Nolan grimmig. Sie hatten kaum noch Proviant und zudem noch zwei verwundete Männer, die dringend nach San Antonio zu einem Arzt gebracht werden mussten. Dennoch rechnete Nolan mit dem baldigen Auftauchen der Männer, die Stuart Conroy auf seine Fährte gesetzt hatte. Hier zwischen dichtbewachsenem Gestrüpp und zahlreichen Felsvorsprüngen konnte man ihnen eine ausgezeichnete Falle stellen. Wenn Jed Nolan jetzt weiterziehen würde, dann gäbe es möglicherweise keine so günstige Gelegenheit mehr, sich den Conroy-Reitern entgegenzustellen. Das wollte und durfte Jed Nolan nicht riskieren, obgleich der kritische Zustand Chicos ihm erhebliche Sorgen bereitete.

Und noch etwas anderes sorgte ihn. Ein Großteil der Munition war durch die Überquerung des Flusses nass geworden und somit unbrauchbar. Die Männer konnten zwar einiges an Munition retten, aber nun waren sie allesamt recht knapp an brauchbaren Patronen. Nach Luis Worten hatte Stuart Conroy elf seiner kampferprobten Revolvermänner ausgeschickt, um auf Nolan und seine Mannschaft Jagd zu machen.

Wenn es Jed und seinen Männern nicht gelingen sollte, das Überraschungsmoment auf der Seite des hiesigen Ufers erfolgreich auszunutzen...

Ein grimmiges Lächeln zog sich durch Jed Nolans hartes Gesicht. Les Pandero würde nicht vermuten, dass Jed Nolan so verwegen sein würde, um bei starkem Regenfall und den bereits bis an die Ufer getretenen Atascosa, die Herde überzusetzen. Es gehörte wirklich eine tüchtige Portion Verwegenheit dazu, ein solches Wagnis einzugehen. Und eine höllische Portion Glück, es dann auch zu schaffen.

Der Morgen graute, als Jim Harland auf der gegenüberliegenden Seite die ersten Reiter erkannte. Schwarze Silhouetten bewegten sich dort drüben auf den Fluss zu.

Harland stieß Santero leicht mit dem Kolben seines Gewehres an.

»Sie kommen«, raunte er dem Mexikaner zu.

»Hab's schon gesehen, Freund Jim«, gab der Mexikaner gleichmütig zurück. »Ich werde die Männer warnen.« Santero erhob sich aus seiner Deckung und schlich durch das dichtgedrängte Buschwerk ins Lager. Die Männer waren alle wach. Keiner hatte während der ganzen Nacht ein Auge zugetan. Sie saßen am Feuer und blickten stumm und erwartungsvoll auf die dunkle Gestalt des Mexikaners, der sein Gewehr hob und rief: »Männer! Sie kommen. Die ersten Reiter sind gerade aufgetaucht.«

Das war das Signal, auf das alle gewartet hatten. Jeder ergriff seine Waffe. Und jeder wusste, was zu tun war. Jed Nolan hatte es mit ihnen besprochen. Und sie waren bereit. Sie folgten Santero durch den dichtwachsenden Busch hindurch und jeder Einzelne von ihnen suchte sich Deckung hinter den dornigen Chaparrals oder Felsgestein. Mit grimmiger Entschlossenheit sahen sie rüber zum anderen Ufer auf das sich dort anbahnende Szenario von elf Reitern.

Zwölftes Kapitel

Les Pandero beugte sich tief im Sattel seines Grullas herunter und sah ungläubig auf den durchfurchten Boden vor ihm – ein schwerer, klobiger Mann, der eher wie ein Saloonschläger wirkte, als jemand, der die schnelle, geübte Hand eines erstklassigen Revolverhelden besaß.

Nach einer Weile richtete er sich im Sattel auf und spähte zum gegenüberliegenden Ufer. Dabei schüttelte er immer wieder verständnislos mit dem Kopf.

Seine Männer hatten sich inzwischen verteilt und vergeblich nach Jed Nolan und dessen Herde gesucht. Jetzt sammelten sie sich am Flussufer und spähten ebenfalls zur anderen Seite.

»Die haben die Herde tatsächlich rüber getrieben«, stellte Leach Van Allen fest und trieb seinen Schecken dicht an Les Pandero heran.

Les Pandero rieb sich über sein langes, vorstehendes Kinn. Sein langsamer Verstand arbeitete und tiefe Furchen gruben sich in seine Stirn. Er sagte mit seiner kehligen Stimme: »Nur ein Verrückter würde bei diesem Wetter den Fluss überqueren.«

»Ein Verrückter, der es plötzlich sehr eilig zu haben schien«, ergänzte Van Allen, ein dürrer Bursche mit auffallend bleichem Gesicht und tiefliegenden Augen, aus denen die

Pupillen gelblich schimmerten. Pandero warf ihm einen zornigen Blick zu: »Zum Teufel!«, bellte er, »weshalb sollte es dieser Nolan plötzlich eilig haben? Das ergibt verdammt keinen Sinn.«

»So? Und wie erklärst du es dir, dass sich die Herde nicht am hiesigen Ufer befindet, wie wir's angenommen haben?«

»Was weiß ich«, brummte Pandero und spuckte einen Strahl Tabaksaft auf den durchweichten Boden. Er starrte wieder geradeaus auf das gegenüberliegende Ufer. Dort drüben bewegte sich nichts.

»Und wenn Nolan eine andere Richtung eingeschlagen hat?« kam es von einem der Reiter.

Pandero drehte sich im Sattel nach dem Mann um. Seine fleischigen Lippen spannten sich zu einem spöttischen Lächeln. »Und wie erklärst du dir dann die vielen Hufspuren da im Sand, du Neunmalkluger?«

Der Mann schluckte und sah sich plötzlich von hämisch grinsenden Gesichtern umgeben.

»Okay, Les«, gab der Mann kleinlaut zurück, »war wohl ein Bisschen voreilig mit der Bemerkung.«

Weder Les Pandero noch Leach Van Allen – auch nicht den Conroy-Reitern – kam es in den Sinn, dass man ihre Ankunft erwartet haben könnte. Und somit begingen sie einen groben Fehler.

Sie hatten felsenfest damit gerechnet, dass Jed Nolan mit seiner Herde noch am diesseitigen Ufer festsitzen würde, weil die Wetterverhältnisse es nicht zuließen, gefahrlos eine Herde über den Fluss zu treiben. Und das wollten sie ausnutzen und ihren Überfall durchführen. Doch Les Panderos Plan war nicht aufgegangen. Er war wütend darüber, denn es wäre für ihn und seine Mannschaft ein Leichtes gewesen, über Jed Nolan herzufallen, die Männer niederzumachen und die Herde davonzutreiben. So sah sich Les Pandero gezwungen, die

Herde weiter zu verfolgen und irgendwann eine günstige Gelegenheit abzupassen, um losschlagen zu können.

Pandero kratzte sich am rechten Ohr, spie erneut einen Strahl Tabaksaft aus und raunte den Männern zu: »Über den verdammten Fluss, Jungs! Wenn Nolan seine Herde da rüber getrieben hat, wird das Wasser ja wohl nicht sonderlich tief sein.«

Mit einem heftigen Schenkeldruck trieb Pandero seinen Grulla ins kalte Wasser.

Das Tier gehorchte nur widerstrebend, beugte sich aber dem Willen seines Reiters.

Während Van Allen beobachtete, wie sich Panderos Pferd langsam auf das andere Ufer zubewegte, rief er: »Weit kann dieser verdammte Nolan mit seiner Herde ja noch nicht gekommen sein. Holen wir uns ihre Skalps!«

Hinter ihren Deckungen beobachten Jed Nolan und seine Mannschaft mit grimmiger Freude, wie Les Pandero und die anderen Conroy-Reiter in die offene Falle ritten. Sie waren jetzt allesamt im Fluss und näherten sich allmählich auf Schussweite.

»Bleibt hinter euren Deckungen, bis sie nahe genug herangekommen sind«, raunte Nolan den Männern zu. »Und dann gebt es ihnen.«

Gil Fuller, der hinter einem Felsvorsprung rechts neben Nolan seine Deckung bezogen hatte, grinste schief: »Sie geben den Burschen nicht den Hauch einer Chance, was, Nolan?«

»Das hätten sie auch nicht getan«, antwortete Nolan gepresst zwischen den Zähnen. Im gleichen Augenblick visierte er einen der sich nähernden Reiter mit dem Gewehr an, bis er ihn über Messingschloss und Lauf hinweg sehen konnte. Er spürte seinen schnellen Herzschlag pulsieren und ein galliger

Geschmack breitete sich in seinem trockenen Mund aus. Jed Nolan wusste ganz genau, dass diese Burschen dort im Wasser dem sicheren Tod entgegenritten. Jeder von diesen Burschen war ein bezahlter Revolvermann, der sich aufs Töten verstand und dem es nichts ausmachte, auf einen Menschen zu schießen. Das Töten war ihr Geschäft. Und dennoch musste Jed Nolan seinen Zwang niederkämpfen, einen Warnruf auszustoßen. Er durfte es nicht, denn damit würde er seine eigene Mannschaft in Gefahr bringen. Les Pandora und dessen Männer waren eiskalte Burschen, die keine Skrupel hatten – und das durfte Jed Nolan in diesem Falle auch nicht.

Plötzlich hörte er einen der herannahenden Reiter schreien: »Les! Da vorn im Dickicht hat etwas Metallisches aufgeblitzt. Vorsicht!«

Sofort stoppte Pandora sein Pferd. Die Reiter dicht hinter ihm taten das gleiche. Nolan sah, wie sie unruhig wurden und er zerbiss einen Fluch auf den Lippen. Offenbar hatte ein Strahl der frühen Morgensonne eines der Gewehre getroffen und ihn in die Richtung der Conroy-Reiter reflektiert.

Les Pandora reagierte mit dem Instinkt der plötzlichen Gefahr. Er riss seinen Grulla im Wasser herum und schrie: »Eine Falle! Die verdammte Bande hat sich dort zwischen den Büschen versteckt!«

Aber für eine Umkehr war es nun zu spät. Nolan schrie: »Feuer!« Und im gleichen Augenblick flammten den Conroy-Männern heftige Gewehrsalven entgegen. Mündungsfeuer blitzte zwischen den dichtwachsenden Büschen auf, Pulverdampf stieg auf. Kugeln pfiffen den Männern um die Ohren, klatschten ins Wasser. Leach Van Allen wurde von mehreren Kugeln gleichzeitig getroffen. Zuerst tanzte sein Oberkörper wie eine Marionette im Sattel hin und her, dann fiel der leblose Körper vom Pferd und klatschte ins Wasser. Les Pandora riss seine Henry aus dem Sattelschuh. Er riss den Abzugshebel herunter und wieder hoch, feuerte hinüber zum anderen Ufer, repetierte, feuerte, repetierte und feuerte – und das in rasender Geschwindigkeit. Ein richtiges Ziel hatte er nicht vor Augen, denn dort drüben konnte er niemanden sehen. Er sah nur immer wieder das Aufblitzen von Mündungsfeuer, das sich durch die Buschgruppen fraß und in Richtung seiner Reiter gejagt wurde. Neben Pandora stieg ein Pferd wiehernd in die Höhe. Eine Kugel hatte den Kopf des Tieres durchschlagen. Es fiel auf die Seite und riss den Reiter mit sich, der sich in panischer Hast aus den Steigbügeln befreien wollte, damit das schwere Tier ihn nicht unter Wasser drückte. Das misslang und so wurde der Mann dennoch vom Leib des Tieres unter Wasser gedrückt. Ein weiterer Mann warf schreiend die Arme nach oben und stürzte.

Pandoras Schlagbolzen des Henry stieß auf eine leere Hülse. Mit einem gellenden Fluch warf er das leergeschossene Gewehr ins Wasser und riss seine beiden Colts heraus. Das geschah gerade in dem Augenblick, in dem er direkt in das Aufblitzen eines Mündungslichtes sah, das ihm galt. Er spürte einen schweren Schlag gegen die Brust. Sein breiter Mund klappte auf und mit dem Erstaunen im Gesicht eines Mannes, der nicht wahrhaben will, dass er stirbt, kippte er aus dem Sattel. Seine Colts fielen aus den schlaffen Händen und sein schwerer Körper klatschte ins Wasser.

Es war plötzlich alles still. Kein Schuss fiel mehr. Und als sich der beißende Pulverrauch verzog, sah Jed Nolan sieben tote Männer im Fluss liegen. Vier der Conroy-Reiter konnten entfliehen. Ein bitterer Geschmack legte sich erneut auf Jed Nolans Zunge. Grimmig presste er die Lippen aufeinander, so dass sie zu einer dünnen Linie wurden.

Das Töten hatte ihm noch niemals Freude bereitet. Weder damals im Krieg, noch jetzt. Und so sehr er sich auch der

Tatsache bewusst war, dass er keine andere Wahl hatte, als diesen Burschen einen tödlichen Hinterhalt zu stellen, konnte er nicht umhin, sich einzugestehen, dass er sich wünschte, es hätte eine andere Möglichkeit gegeben.

Aber die gab es nicht. Als wenn Gil Fuller seine Gedanke erraten konnte, sagte dieser: »Wenn wir sie nicht erwischt hätten, dann hätten sie uns erwischt, Mister Nolan. Sie waren ausgeschickt worden, uns zu töten und die Herde zu stehlen. Und das hätte diesen Burschen nur ein müdes Grinsen gekostet.«

»Ja. Somit hat Stuart Conroy den Krieg angefangen.« Nolan biss sich auf die Unterlippe, sah zu Fuller und fügte hinzu: »Wenn Luis sie nicht rechtzeitig entdeckt hätte, wären sie über uns hergefallen und hätten uns zusammengeschossen. Und trotzdem...«

Nolan sprach den Satz nicht zu Ende. Stattdessen winkte er müde ab und wandte sich um. Er wechselte sein leergeschossenes Henry-Gewehr von der rechten in die linke Hand und bahnte sich einen Weg durch das Gestrüpp zurück zum Lager. Zweige schlugen ihm ins Gesicht, aber das registrierte er nicht.

Die Männer hatten sich alle aus ihren Deckungen erhoben und folgten ihm schweigend. Sie kamen ins Lager, wo sie Diego aufgebracht erwartete. Diego, war die ganze Zeit über bei Chico Morales geblieben und wachte über ihn, während die anderen am Ufer auf die Conroy-Reiter warteten. Dabei hielt er auch stets ein waches Auge auf die Pferderemuda.

»Señor Boss! Chico! Ihm geht es gar nicht gut. Er muss dringend zu einem Arzt.«

Nolan beugte sich zu Chico herunter, der zitternd unter der Decke lag und mit aschfahlem Gesicht und fiebrigen Augen zu Nolan emporblickte. Der Trailkoch sah zum Fürchten aus.

»Wir bringen dich zu einem Doc nach San Antonio«, sagte Nolan. »Und das rasch.«

»Por dios, Jed«, krächzte Chico mit belegter Stimme. »Habt ihr die Burschen erwischt? War ja ein hübsches Feuerwerk da am Ufer, nicht wahr?«

Nolan nickte und legte ein schiefes Grinsen in sein hageres, von dunklen Bartstoppeln übersätes Gesicht. »Ja, die werden uns vorläufig nicht mehr belästigen.«

»Das ist gut«, sagte Chico leise, schloss die Augen und fiel einige Sekunden später in einen fürchterlichen Hustenanfall. Das klang so schlimm, dass Nolan befürchtete, er würde ersticken. Der Husten legte sich und Chico war eingeschlafen.

Nolan erhob sich und sah in die schmutzigen und völlig erschöpften Gesichter seiner Männer, die in unmittelbarer Nähe standen und ihn stumm und erwartungsvoll ansahen. Nolans Augen glitten zu Luis Santero, dessen sorgenvoller Blick auf Chico Morales gerichtet war.

»Luis«, sagte Nolan, »du übernimmst die Herde und treibst sie bis nach San Antonio. Treibt, so schnell ihr könnt, dann müsstet ihr in zwei Tagen dort sein. Sucht euch vor der Stadt einen guten Platz und richtet dort das Lager auf. Fuller, Sie und ich reiten voraus und bringen Chico dort zu einem Arzt. Wir können es uns nicht leisten, mit der Herde zu ziehen, das würde zu lange dauern.« Nolans Augen suchten nach Shorty Rounds, der auf einem Felsen saß und mit zusammengepressten Zähnen zu ihm aufblickte.

»Sie reiten mit mir und Fuller, Rounds«, sagte Nolan in scharfem Ton, der keinen Widerspruch duldete. Und dennoch schüttelte Shorty Rounds den Kopf. »Ich werde besser bei der Herde bleiben, Mister Nolan. Die Jungs brauchen wirklich jede Hilfe, und...«

Nolans Ton wurde eine Spur schärfer. »Wir diskutieren hier nicht, Rounds. Ich sagte: Sie kommen mit nach San Antonio, und dabei bleibt es.« Etwas gedämpfter fügte er hinzu: »Sie haben vorhin am Fluss verdammt gute Arbeit geleistet, Rounds. Aber ich kann mir nicht noch einen Ausfall leisten. Und Ihre Wunden gefallen mir nicht.«

Rounds hob und senkte hilflos die Schultern. Zwecklos, Widerspruch zu leisten.

»He, Rounds«, kam es von Jim Harland, »trink in San Antonio einen Whisky für mich mit.«

Diego hatte inzwischen drei ausgeruhte, kräftige Pferde aus der Remuda gesattelt und führte sie zum Lagerplatz. Santero trat an Nolan heran, als dieser sein Henry-Gewehr neu aufmunitionierte und es dann in den Scabbard eines der drei Pferde steckte – einem kräftigen, ausdauernden Schecken, der aus der Zucht des Pferdehändlers Manyard stammte.

»Du lässt die vier Hombres einfach laufen, Boss? Meinst du nicht, dass sie zurückkommen könnten?«

Nolan schüttelte den Kopf und sah in die Richtung des Flusses. »Nein, Luis. Die haben genug. Les Pandero war ihr Anführer. Und der liegt jetzt im Fluss. Die vier Burschen, die überlebt haben, werden sich sicher nicht mehr auf unsere Fährte heften. Die reiten zu Conroy zurück und werden beichten, was passiert ist.«

»Damit hat Conroy einen mächtig harten Schlag hinnehmen müssen, Mister Nolan«, bemerkte Gil Fuller und Nolan entging nicht das leichte Aufflackern in den Augen des hageren, dunkelhaarigen Revolvermannes.

»Ja«, erwiderte Nolan und zog die Sattelgurte fest, »aber das war nur ein Teil der gesamten Mannschaft, Gil. Die wirklich üblen Burschen sind noch auf der Ranch. Phil Jordan beispielsweise.«

»Habe von dem Gent gehört«, sagte Fuller, »weshalb hat Conroy ihn nicht mit auf die Jagd nach uns geschickt?«

Nolan zuckte mit den Schultern. »Vielleicht brauchte Conroy Jordan auf der Ranch dringender. Jordan ist schließlich der Vormann dort.«

»Wie auch immer«, sagte Fuller und rieb sich grinsend über sein schmales Gesicht, »einen solchen Schlag wird dieser Mister Conroy wohl kaum hinnehmen.«

»Zumindestens weiß er, dass ich nicht bluffe«, erwiderte Nolan grimmig.

»Zweifellos«, meinte Fuller und schwang sich in den Sattel seines Pferdes.

Chico Morales wurde vorsichtig auf Jed Nolans Pferd gehoben. Nolan nahm den bewusstlosen Trailkoch vor sich in den Sattel, umklammerte die schlaffe Gestalt mit beiden Armen, während Luis ihm die Zügel reichte. Luis sandte einen besorgten Blick zu Chico hoch und sagte: »Finde einen guten Arzt, Boss. Chico ist ein muy hombre.«

Mit einem harten Grinsen auf den Lippen antwortete Jed Nolan: »Worauf du dich verlassen kannst, muchacho.«

Shorty Rounds brauchte einen zweiten Anlauf, um in den Sattel seines Pferdes zu steigen. Jim Harland wollte ihm zur Hand gehen, aber Rounds winkte mürrisch ab.

»Verdammt, Mann«, brummte der Cowboy mit verzerrtem Gesichtsausdruck, »so schlimm ist's mit mir noch nicht, Jim. Ich komme da schon rauf.«

Nur zögernd trat Harland beiseite und Rounds zog sich mit einem schmerzvollen Stöhnen in den Sattel. Er holte tief Luft und dann drang seine Stimme zu Jed Nolan herüber, der inzwischen die Führung übernommen hatte: »Es ist all right, Mister Nolan. Wir können reiten.«

Dreizehntes Kapitel

Doc Joshua Treegarden war ein mittelgroßer, beleibter Mann. Sein wächsernes Gesicht war aufgeschwemmt und zeigte deutlich die Spuren von übermäßigem Whiskygenuss. Kleine, rötliche Augen lagen hinter der Fettschicht verborgen und sein lichtes, schwarzes Haar war von Silber durchzogen.

Er war ein mürrischer Mann ohne Freundlichkeit und als er aus dem Behandlungszimmer seiner Praxis kam, glänzte sein schwammiges Gesicht von Schweiß. Er wischte sich seine Hände in einem Handtuch ab.

Die Männer, die bereits über eine halbe Stunde im Wartezimmer waren, blickten wie auf ein Kommando dem Doc entgegen. Treegarden wandte sich an Nolan, der die ganze Zeit über ruhelos das Wartezimmer durchschritten hatte und nun stehengeblieben war.

»Wie sieht's aus mit ihm?«, fragte Nolan ungeduldig.

»Der Mann ist unheimlich zäh, Mister Trailboss. Ein Wunder, dass er diesen Ritt überstanden hat. Er hat ein paar üble Verletzungen davongetragen. Einige Rippen sind gebrochen und er hat mächtig hohes Fieber. Sein rechtes Bein ist mehrfach gebrochen. Hinzu kommt noch eine schwere Gehirnerschütterung. Ich habe ihm ein Beruhigungsmittel gegeben und er schläft jetzt.«

»Verdammt«, brummte Nolan ungehalten, »wird er's schaffen?«

Der Arzt nickte. »Ja. Allerdings wird er lange Zeit nicht transportfähig sein.«

Treegarden ergriff eine Flasche Whisky und ein Glas von einer Kommode. Er pustete den Staub aus dem Glas und goss sich einen Drink ein, ohne den Männern etwas anzubieten. In diesem Augenblick fragte sich Jed Nolan ernsthaft, ob dieser aufgeschwemmte Kerl der richtige Arzt für Chico Morales und auch für Shorty Rounds war. Treegarden war offensichtlich ein Trinker, denn kaum hatte er das erste Glas geleert, füllte er es erneut, setzte an und kippte den Whisky in einem Zug die Kehle hinunter.

Nolan verwarf seine skeptischen Gedanken, sah den Arzt aus harten Augen an und fragte: »Wie lange?«

Treegarden stellte Flasche und Glas zurück auf die Kommode, wischte sich mit dem Ärmel über die feisten Lippen und antwortete: »Mindestens vier oder fünf Wochen.«

»So lange können wir hier nicht warten«, sagte Nolan, mehr zu seinen Männern, als zum Arzt.

»Dann muss der Mann eben hier bleiben«, entschied Treegarden resolut. »Wenn Sie wollen, dass er wieder gesund wird, ist das die einzige Möglichkeit.«

Nolan rieb sich übers unrasierte Kinn und zerbiss einen heftigen Fluch auf den Lippen.

Wieder ging er im Wartezimmer, das deutlich den Geruch von Arzneien jeglicher Art angenommen hatte, auf und ab. Chico war der Trailkoch.

Ohne ihn...

»Wir müssen uns wohl oder übel vorübergehend nach einem anderen Koch umsehen, Nolan«, riss Fuller den Trailboss aus den Gedanken. Fuller schob seinen Stetson verwegen aus der Stirn und ließ sich ebenfalls rittlings auf einem Stuhl nieder. Dieser schien ein älteres Modell zu sein, denn beim Hinsetzen knackte es bedenklich.

Nolan unterbrach das Durchschreiten des Wartezimmers, blieb vor dem fülligen Arzt stehen und sah aus prüfenden Augen zu ihm herab.

»Wahrscheinlich habe ich keine andere Wahl, als meinen Koch in Ihrer Obhut zu lassen, Doc. Wir müssen dringend weiter nach New Orleans.«

Der Arzt schien die Gedanken des hageren Texaners vor ihm zu erraten, denn seine fleischigen Lippen formten ein Lächeln, als er sagte: »Bei mir ist dieser Mann sehr gut aufgehoben, Cowboy. Ich bin Arzt und verstehe mich auf mein Handwerk.«

»Das möchte ich hoffen, Doc«, antwortete Nolan, brummiger, als er gewollt hatte. Aber er war skeptisch und das klang deutlich aus seiner Stimme heraus. »Wir werden morgen nochmal nach Chico sehen, Doc.«

Der Arzt nickte nur, dann wandte er den Blick von Nolan zu Shorty Rounds, der unbehaglich auf seinem Stuhl saß und die Lippen fest aufeinandergepresst hatte. »Und jetzt werde ich mir mal diesen Gentleman ansehen.«

Shorty Rounds blickte dem Arzt unbehaglich entgegen, der zielstrebig auf ihn zuging. Er untersuchte den von Peitschenstriemen übersäten Rücken, während sich Nolan und Fuller schweigende Blicke zuwarfen. Der Gesichtsausdruck des Arztes verfinsterte sich, als er auf die hässlichen Wunden sah.

»Wann ist das passiert?«, fragte Treegarden und der Whiskyatem des Mannes traf Shortys Gesicht.

»Ist schon fast drei Wochen her«, antwortete Rounds.

»Ein paar der Wunden sind aufgebrochen. Ich werde sie säubern. Wenn Sie sich nicht schonen, werden sie noch verdammt lange etwas davon haben«, mahnte Treegarden. Er wandte sich an Nolan. »Wie steht es mit der ärztlichen Versorgung auf Ihrem Trail, Cowboy?«

Nolan schüttelte den Kopf. »Liegt alles auf dem Grund des Atascosa.«

Treegarden rieb sich seine geröteten Augen und sah dann erneut auf Shorty Rounds geschundenen Rücken. »Nicht selten, dass ein Mann eine derartige Behandlung nicht überlebt. Sie scheinen wirklich ein Eisenfresser zu sein – oder so etwas ähnliches. Aber die Wunden müssen versorgt werden.«

Rounds sagte rau: »Mein Bruder hat es nicht überlebt, Doc.«

Treegarden hob überrascht die Augenbrauen und hörte Jed Nolan sagen: »Er war jünger und wesentlich schmächtiger als er, Doc. Und wahrscheinlich starb er an einer Blutvergiftung.«

»Es gehört schon eine tüchtige Portion an Grausamkeit dazu, einen Mann auszupeitschen«, sagte der Arzt kopfschüttelnd. »Wie lange wollen Sie in San Antonio bleiben?« Die Frage war an Jed Nolan gerichtet.

»Wir brauchen einen neuen Chuckwagen, Proviant und noch ein paar Männer, die mit uns nach New Orleans treiben wollen. Schätze, die Herde wird in zwei Tagen die Stadtgrenze erreicht haben. Und dann sollten wir mit allem durch sein.« Nolan richtete seinen Blick auf Rounds. »Kein Vorwurf, wenn du hier bleiben willst, bis deine Wunden wieder richtig verheilt sind, Rounds.«

»Zum Teufel, Nolan«, zischte Rounds wütend. »Ich lasse den Mann nicht im Stich, der mir geholfen hat, wieder auf die Beine zu kommen. Das sollten Sie langsam wissen, Nolan!«

»Sie bleiben ja auch in der Mannschaft, Rounds«, antwortete Nolan und es klang etwas lahm, »aber Sie nutzen mir mehr, wenn Sie wieder völlig all right sind. Sie bekommen auch den vollen Lohn.«

»Darum geht es mir nicht«, rief Rounds wütend.

»Ihr Trailboss hat recht«, pflichtete Treegarden bei. »Ihre Wunden werden immer wieder aufbrechen, wenn Sie diese nicht vernünftig auskurieren.«

Shorty Rounds sah am Arzt vorbei in Jed Nolans Richtung. »Nolan. Er soll mir was von dem Zeug geben, was dieser Pferdehändler verwendet hat. Damit wird's gehen. Sie werden's sehen.«

Nolan wechselte wieder einen Blick mit Fuller. Dieser zog nur die Stirn in Falten. Statt etwas zu sagen, verschränkte er nur die Arme ineinander und blickte düster auf den Boden. Shorty Rounds würde nicht umzustimmen sein. Das erkannte Jed Nolan ganz klar. Rounds war durch und durch ein Mann, der von einem stark ausgeprägten Pflichtgefühl getrieben wurde. Nichts war ihm mehr verhasst, als das Gefühl, nicht vollständig einsetzbar zu sein. Viel zu früh hatte sich Shorty Rounds bereits mit den Aufgaben der Treiber vertraut gemacht, ohne auf seinen Gesundheitszustand zu achten. Beim Überqueren des Atascosa und der anschließenden Kampfhandlung gegen Les Pandora und dessen Männer hatte sich Rounds allerdings völlig überschätzt.

Nolan machte sich Vorwürfe deswegen; er hätte mehr auf diesen Mann achten sollen. Er sagte deshalb: »Okay, Rounds. Es ist Ihre Gesundheit. Aber ich trage die Verantwortung für meine Männer. Sie können mit uns weiterziehen. Allerdings nur unter der Bedingung, dass Sie bis New Orleans auf dem Chuckwagen mitfahren. Keine anderen Sachen mehr, verstanden?«

»Wenn das die Bedingung ist, willige ich ein«, sagte Rounds mürrisch. Es war ihm deutlich anzusehen, dass ihm dies nicht behagte.

»Ja. Das ist die Bedingung, und bis die Herde angekommen ist, werden Sie hier beim Arzt bleiben. Später holen wir Sie ab«, erwiderte Nolan und der Tonfall in seiner tiefen Stimme duldete keinen Widerspruch. Er setzte seinen Hut auf und ging zur Tür. Fuller folgte ihm, drehte sich noch einmal zu Rounds und sagte: »Vielleicht gibt dir der Doc ein Bisschen von seinem Whisky. Amigo.«

»Spaßvogel!«, brummte Rounds, während Fuller seinen schwarzen Stetson in die Stirn zog und mit einem leichten

Grinsen aus dem Wartezimmer ging. Rounds brummte noch ein paar unverständliche Worte, die ungehört blieben.

An der Tür sagte Doc Treegarden: »San Antonio ist zur Zeit das reinste Tollhaus, Mister. Hier tummelt sich alles Mögliche herum; Müßiggänger, Kriegsheimkehrer ohne Hoffnung, zwielichtiges Gesindel, zweifelhafte Damen, Spieler Abenteurer und Unionssoldaten. Na, die Palette halt rauf und wieder runter. Für meinen Geschmack zu viel des Guten. Wäre ich in Boston geblieben, hätt ich es wahrscheinlich ruhiger gehabt als Arzt. Nun, was ich sagen will: unter all diesen verschiedenen Kreaturen passende Leute zu finden, auf die man sich verlassen kann, wird schwer sein, Mister Trailboss. Aber in der Bison Road gibt es ein Restaurant mit einem mächtig guten Koch. Ist ein seltsamer Kauz, aber ein verdammt guter Koch. Ich weiß es, weil ich dort des Öfteren speise. Der Kerl heißt Hugo St. Marrs. War früher mal Trailkoch. Er kommt mit der Besitzerin des Restaurants nicht klar. Nun, vielleicht könnten Sie dort ja vorsprechen. Der Name des Restaurants ist *Golden Cap.*«

Nolan tippte zum Dank an die Hutkrempe.

»Ich wird's mal versuchen. Wie kommen wir dorthin?«

Der Arzt beschrieb den Weg und draußen auf dem Gehsteig sagte Nolan: »Machen wir Arbeitsteilung, Gil. Ich werde mich dort drüben beim Mietstall schnell nach einem Conestoga-Wagen umsehen und Sie gehen in dieses Restaurant und bestellen uns dort ein gutes Essen. Ich komme dann nach und bei der Gelegenheit werden wir uns mal diesen Koch näher ansehen.«

Im *Golden Cap* war um die Zeit nicht mehr viel los. Nur ein einzelner Gast saß an einem der hinteren Tische und wartete geduldig auf seine Bestellung. Hugo St. Marrs hatte gerade eine Reihe Doughnuts auf einen Teller gelegt, als die Tür aufgerissen wurde und drei verwegen aussehende Burschen hereinkamen.

Sie wirkten ungepflegt.

Sie trugen lange Staubmäntel, die an mehreren Stellen schon gerissen waren. Ihre Sporen klingelten, als sie über den frisch gereinigten Holzfußboden schritten. Keiner der drei Männer hatte sich bestimmt seit Wochen nicht mehr rasiert – geschweige denn ein Bad genommen. Ein penetranter Geruch wehte dem Koch hinter dem Tresen entgegen und er rümpfte die Nase.

Hugo St. Marrs hasste nichts mehr als ungepflegte Menschen.

Er selbst war ein mittelgroßer, dünner Mann mit einer Halbglatze und einem grauen Bart. Er hatte die Angewohnheit, seinen Kopf, der auf einem langen, dünnen Hals saß, immer ein wenig vorzustrecken. Zwei immerzu skeptische, lebhafte Augen zwinkerten dem Trio entgegen, das gerade das Restaurant betreten hatte.

»Pfannenschwenker!«, brüllte einer der drei laut und schlug mit der flachen Hand auf die Theke. »Einen Haufen von diesen Eierkuchen und eine Gallone Kaffee. Wir haben Hunger. Pronto!«

Übler Whiskyatem schlug St. Marrs entgegen und er rümpfte nochmals angeekelt die Nase. Der Kerl vor ihm hatte das Benehmen eines Büffels, und so ähnlich sah der Mann auch aus – eine stämmige Kreatur mit weißen, langen Haaren und schiefen, braunen Zähnen im Mund.

»Wenn Sie und Ihre beiden Brüder hier zu speisen wünschen, McGillen«, sagte St. Marrs und beugte sich weit über den Tresen vor, »dann erbitte ich etwas mehr Höflichkeit. Dies hier ist kein Pöbelladen, so wie Sie und Ihresgleichen es vielleicht gewohnt sind. »

Alec McGillen stierte den Koch für einen Augenblick mit wilden Augen an. Dann wandte er sich zu seinen beiden Brüdern um. »Jungs, habt ihr diesen Pfannenschwenker gehört?«, fragte Alec McGillen mit gespieltem Erstaunen. »Habt ihr gehört, was er gerade gesagt hat?«

Lorn McGillen, etwas schmächtiger und hagerer als der ältere Bruder Alec, aber ebenso ungepflegt, antwortete: »Ja. Er hat gesagt, dass er uns sehr schnell bedienen möchte und es ihm eine große Ehre sein wird, uns zu bedienen.«

Alec McGillen nickte. »Das hat er gesagt, Lorn?«

Lorn nickte eifrig. »Das hat er gesagt, Alec.«

Der dritte McGillen, Nuck, der jüngste, rothaarig und von ähnlicher Statue wie Lorn, stampfte ein paarmal begeistert mit dem Fuß auf. In seinen gelblichen Augen glitzerte es seltsam. Mit schriller Stimme stieß er hervor: »Ich hab das auch so verstanden, Alec. Ganz bestimmt habe ich das.«

Alle drei waren von nicht sonderlich hoher Intelligenz.

Was diese Brüder im Allgemeinen aber auszeichnete, war ihr ausgeprägter Sinn für Boshaftigkeit und Gemeinheit. Die drei McGillen-Brüder waren als üble Schläger verschrien, die auch die Handhabung des Revolvers beherrschten.

Das wusste auch Hugo St. Marrs, aber er hatte keine Angst vor ihnen. Hugo St. Marrs oberstes Gebot galt der Ethik und der Sauberkeit.

Wenn der kauzige Koch sich Elementen gegenübersah, die diese Kriterien nicht erfüllten, machte er seinem Ärger Luft. Dabei war es völlig unerheblich, wer oder was gerade vor ihm stand.

»Pfannenschwenker!«, zischte Alec McGillen durch die Zähne hindurch, wobei er seine Pranken nach den Hemdaufschlägen des Kochs streckte und den Mann näher zu sich heranzog. »Ich wiederhole mich ungerne. Aber für dich werde ich es tun: Wir wollen sofort einen Haufen von deinen lausigen Eierkuchen und eine verdammte Gallone Kaffee dazu. Und das Ganze ein Bisschen hastig. Hast du mich verstanden?«

»Lassen Sie mich sofort los!«, empörte sich St. Marrs und trotzte mit energisch vorgeschobenem Kinn dem drohenden Blick des bulligen Alec McGillen.

Sadie Riordan kam durch die Hintertür in den Tresenbereich. Sie sah Hugo St. Marrs gespannte Haltung, das Kinn weit vorgestreckt und mit angriffslustigen Augen den bulligen Alec McGillen anvisierend. Sofort wusste Sadie, die Besitzerin des Restaurants, dass Ärger bevorstand.

Sadie, eine auf ihre herbe Art hübsch zu nennende Frau Anfang der Dreißig und unverheiratet, wusste ebenfalls über die McGillen-Brüder Bescheid.

Und sie kannte ihren streitlustigen Koch.

Bevor sie jedoch etwas sagen konnte, ging die Tür zum Restaurant auf und ein hochgewachsener Mann in der Tracht der Viehtreiber kam herein. Sofort wanderten Sadies Blicke von dem Geschehen am Tresen zu dem Ankömmling hin.

Gil Fuller sah zuerst auf Sadie, dann auf das Geschehen am Tresen. Das Trio hatte ihm den Rücken zugewandt. Er kam auf den Tresen zu und legte die Hände auf die Theke. Sadie nickte dem neuen Gast stumm zu. Fuller glaubte so etwas wie eine stumme Bitte in ihren großen Augen lesen zu können.

McGillen hielt den Koch immer noch am Hemdkragen fest.

»Mister McGillen«, kam die schneidige Stimme von Sadie Riodan, »es ist nicht notwendig, meinen Koch über die Theke zu ziehen. Sie bekommen selbstverständlich Ihre Bestellung.«

McGillen sandte einen belustigten Blick zu ihr herüber. »Ihr Koch wurde etwas frech, Ma'am. Wir mögen es nicht, wenn jemand frech zu uns wird.«

Mit diesen Worten stieß er den schmächtigen St. Marrs nach hinten, der gegen das Regal mit den Flaschen und Backwaren krachte. Eine Flasche fiel zu Boden und zerbrach.

Ohne auf die gewalttätige Reaktion McGillens zu achten, sagte Sadie so sachlich wie möglich: »Bitte nehmen Sie an einem Tisch Platz, Gentlemen. Das Essen wird Ihnen sofort serviert.«

In diesem Augenblick stieß Lorn McGillen einen wilden Schrei aus: »Alec! Sieh mal, wer das ist!«

Er riss dabei seinen Arm nach vorne und wies mit dem Zeigefinger auf Gil Fuller. Alec McGillen drehte sich nun nach Gil Fuller um und in gleicher Sekunde erhellte sich sein bärtiges Gesicht. »Fuller!«, stieß er laut hervor. Es klang wie ein Fluch. Sofort bewegte er sich vom Tresen weg und seine Hand zuckte nach unten, wo ein schwerer .51er Navy-Colt im Halfter steckte. »Was für eine Überraschung!«

»Die McGillen-Brüder«, sagte Fuller und ein flüchtiges Grinsen huschte über sein verwegenes Gesicht. »Hatte euch gar nicht erkannt. Eure Gesichter sind ja auch mächtig zugewachsen – seit damals!«

Aus den Augenwinkeln sah Fuller, dass sich Sadie und der Koch zurückdrängten. Ihnen war klar, dass diese Begegnung alles andere als eine freundschaftliche Zusammenkunft war.

Lorn und Nuck brachten sich in Position. Sie schoben ihre schmutzigen Staubmäntel hinter die Kolben der Colts und stierten wie gebannt in Gil Fullers Richtung. Für den hageren Texaner am Tresen war es eine brenzlige Situation. Er kannte schließlich die McGillens und deren Ruf zur Genüge. Mit schnellem Blick erfasste er die Situation.

Alec McGillen stand direkt vor ihm, seine beiden Brüder etwas hinter Alec. In Sekundenschnelle rechnete Fuller seine Chancen aus. Sie hatten ihn hier mächtig in der Zange. Ein seltsames Gefühl machte sich in der Magengegend breit.

Dennoch gab sich Gil Fuller nach außen hin gelassen. Er lächelte sogar, als er sagte: »Ist mächtig lange her, Jungs, seit wir uns das letzte Mal sahen.« Alec schnaubte: »Ja, Fuller. Sechs Jahre! Und wir haben bis heute nicht vergessen, dass du Brick in die Hölle geschickt hast. Brick war unser Bruder, Fuller, wie du sicherlich noch weißt.«

Fullers Rechte ruhte noch auf dem Tresen. Er ließ Alec nicht aus den Augen, hatte aber auch die anderen beiden Brüder im Visier. Alec, das wusste Fuller, war der gefährlichste McGillen.

»Brick hatte ein Mädchen verprügelt, Alec«, sagte Fuller. »Keine feine Sache, das.« Seine Stimme drang laut in die Stille, die plötzlich in dem Restaurant herrschte. Der einzelne Gast am hinteren Tisch hatte sich ängstlich bis an die Wand zurückgedrängt und stierte gebannt auf die Szenerie. Hugo St. Marrs und Sadie waren bis an die Hintertür gewichen.

Alec McGillens Stimme drang höhnend durch den Saal: »Und du hast den Retter gespielt und Brick eins übergebrannt, was, Fuller?«

»Brick hatte zuerst gezogen«, antwortete Fuller leidenschaftslos. Alec schüttelte leicht mit dem Kopf. »Brick war unser Bruder!« Seine Rechte schwebte bedrohlich nahe am Kolben des .51er Navys, während seine Lippen zu zucken begannen. »Und du hast ihn umgelegt, Fuller!«

Fuller stieß sich langsam von der Theke ab und seine Revolverhand glitt nach unten.

Ein Kampf war unvermeidlich.

Im gleichen Augenblick ging die Tür auf und Jed Nolan trat herein. Mit einem Blick erfasste er sofort die Situation und blieb im Türrahmen stehen. Das geschah in dcm Moment, als Alec McGillen den Hammer seines Navys zurückzog und gleichzeitig die Waffe aus dem Halfter riss.

Nolan stieß einen Warnruf aus. Das irritierte die drei McGillen-Brüder für einen Sekundenbruchteil, den Gil Fuller ausnutzte. Sie blickten kurz zu dem Fremden am Eingang. Mit unglaublicher Geschwindigkeit hatte Fuller seinen Colt aus dem Halfter gerissen. Die Linke raste über den Abzugshahn. Flammen zuckten aus der Mündung. Das erste Geschoss fraß sich in Alec McGillens Brust. Breitbeinig und nach vorn gebeugt fing McGillen die Kugel auf. Er zog den Abzug durch. Die Kugel jaulte gefährlich nahe an Fuller vorbei und knallte in die Bretterwand dicht neben der Hintertür. Sadie und der Koch warfen sich auf den Boden.

Blut rann McGillen am Mundwinkel herunter. Eine zweite Kugel erwischte ihn und durchschlug seine Stirn. Mit weitaufgerissenen Augen stierte er in Fullers Richtung. Der schwere Navy entglitt seiner Hand und polterte auf den Boden. Wie ein gefällter Baum kippte McGillen nach vorne und schlug mit berstendem Aufprall auf den Holzboden. Fuller warf sich zur Seite. Er entging nur knapp zwei Schüssen der beiden anderen McGillens. Die Kugeln schlugen sich im Holz des Tresens platt. Noch im Fallen erwischte Fuller Lorn McGillen. Der machte eine Drehung und rannte in eine von Jed Nolan abgefeuerte Kugel, der seinerseits seinen Revolver gezogen hatte und das Feuer auf die McGillens eröffnete. Lorn drehte sich wie ein Kreisel. Er verlor die Balance und stürzte über einen Tisch, auf dem er zuckend liegenblieb, während Nuck seine Waffe in beide Hände nahm und wie von Sinnen feuerte. Das Blatt hatte sich in dem Augenblick gewendet, als Jed Nolan auftauchte. Nuck warf seinen Kopf zwischen Fuller, am Boden liegend und Nolan, im Eingang stehend, hin und her. Eines der Geschosse schlug in die Tür. Glas splitterte. Scherben barsten auseinander. Eine Glasscherbe erwischte Jed Nolan an der Wange und riss eine blutige Furche. Nolan spürte den Rückstoß seiner Waffe. Das

Geschoss pflügte dicht neben Nuck in die Wand. Kalk spritze. Aus Gil Fullers Richtung zuckten Mündungsblitze, die auf Nuck zurasten und ihn gegen den Tresen schleuderten. Nucks Abzugshahn schlug auf eine leere Patrone. Ungläubig starrte er auf seine Waffe, während seine Knie nachgaben und er langsam zu Boden sackte. Er fiel auf den Boden, röchelte ein paarmal und lag dann still. Beißender Pulverdampf erfüllte den Raum. Gil Fuller erhob sich vom Boden. Während er auf die drei toten Brüder blickte, warf er die leeren Patronenhülsen aus der Trommel. Aus der Gurtschlaufe zog er frische Patronen und munitionierte seinen Revolver auf, ließ die Waffe einmal um den Zeigefinger drehen. Dann verschwand die Waffe im Halfter. Das alles geschah rein instinktiv und ohne großartige Überlegung. Nolan fragte: »Eine unbezahlte Rechnung aus der Vergangenheit?« Er deutete mit einem leichten Kopfnicken auf die leblosen Körper am Boden.

Fuller nickte. »Ja. Die hatte sich schon ganz vergessen.«

»Diese Hombres aber allen Anschein nach nicht. Mann, Fuller; ich habe noch nie einen Mann so schnell ziehen und schießen sehen wie Sie. Das grenzte beinahe an Zauberei.«

Fuller kratzte sich nachdenklich am Hinterkopf. »Trotzdem, Nolan – wenn Sie da nicht plötzlich in der Tür gestanden und den Tanz mitgetanzt hätten, würde ich wahrscheinlich auch auf den Brettern liegen.«

Der einzelne Gast, der sich während des kurzen, aber heftigen Feuergefechts ängstlich an die Wand gedrängt hatte, schob sich plötzlich mit kalkweißem Gesicht an Nolan vorbei und hastete aus dem Restaurant. Hinter dem Tresen lugten nacheinander die Köpfe von Hugo St. Marrs und Sadie Riordan hervor.

»Die Hombres hatten Ihnen mächtig zugesetzt und es war meine verdammte Pflicht, Ihnen beizustehen, Fuller. Es geht mich nichts an, aber wer waren diese Gents?«

»Die McGillen-Brüder. Der reinste Abschaum«, antwortete Fuller. Er verzog angewidert das Gesicht, während er mit dem Stiefelabsatz den toten Alec McGillen anhob und ihn auf den Rücken drehte. »Hätte nie gedacht, dass ich diese Burschen noch einmal wiedersehe.«

Nolan wollte noch einige Fragen stellen, entschied sich aber, es nicht zu tun. Schließlich, so sagte er sich, ging es ihn wirklich nichts an. Nolan lud seinen Revolver ebenfalls neu auf und beförderte die Waffe zurück in den Halfter.

Sadie rief: »Ich habe endgültig die Nase voll. Das ertrage ich nicht länger. Diese Stadt ist das reinste Tollhaus. Jeden Abend Krawalle über Krawalle.« War sie vor wenigen Minuten noch äußerlich eine gefasst und kühl wirkende Frau, so bröckelte die Fassade nun von ihr ab. Ihr Gesicht war weiß und bebte vor Zorn. Sie sah mit glühenden Augen auf Gil Fuller, strich sich eine dunkle Locke aus der Stirn und sagte: »Wenn Sie hier nicht aufgetaucht wären, Mister, dann...«

»...dann hätte sich das Trio mit Ihrem Koch vergnügt«, unterbrach sie Fuller rau.

»Ich soll Ihnen wohl auch noch dankbar sein, dass durch Sie und Ihrem Freund da – »sie wies mit dem Zeigefinger auf Jed Nolan – »drei Tote auf dem Fußboden meines Restaurants liegen?«

»Lady«, sagte Fuller, schob seinen schwarzen Stetson aus der Stirn und lehnte sich, auf beide Handflächen gestützt, über die Theke, »es ist mir völlig egal, wie Sie's ansehen. Gibt's hier noch was zu essen?«

Sadie Riordan sah Gil Fuller entgeistert an. Dieser Mann besaß wirklich die Kaltblütigkeit, Hunger zu verspüren, nachdem er gerade getötet hatte. Das war für sie einfach zu viel. Sie warf ihre Schürze auf die Theke und rief: »Mister. Es reicht mir. Ich hatte schon längst vor, diesen Laden zu schließen. Jetzt werde ich es tun. Ich ziehe aus dieser Stadt, die von

Mord und Terror beherrscht wird. Es war ein Fehler, nach San Antonio zu kommen, um ausgerechnet hier mein Restaurant zu eröffnen. In New Orleans hat es so etwas nie gegeben – und wird es auch nicht. Da hatte man noch Respekt vor einer Dame. Ich gehe sofort dahin zurück.«

Sie schlug mehrmals mit den Händen als Unterstützung ihrer energisch sprudelnden Worte auf die Theke.

»Das ist doch nicht Ihr Ernst, Miss Sadie«, stieß St. Marrs nun hervor. »Sie können doch nicht einfach Ihren Laden schließen. Was soll aus den Gästen werden – und aus mir?«

»Hugo St. Marrs, das ist mir vollkommen gleichgültig. Du kannst mit nach New Orleans kommen, oder du kannst es lassen. Das liegt bei dir. Wenn es darauf ankommt, so bekomme ich schon noch einen anderen Koch. Vielleicht sogar einen, der nicht jeden Gast mit seinem ständigen Genörgel auf die Nerven geht.«

Hugo St. Marrs Mund klappte auf und wieder zu. Er sah Sadie aus großen Augen an. Sein dünner Hals schwoll an. Diese heftige Maßregelung setzte ihm so zu, dass er keinen Ton heraus brachte.

Jed Nolan und Fuller wechselten einen vielsagenden Seitenblick. Nolan stemmte seinen Ellenbogen auf den Tresen. Seine lassonarbige Rechte legte sich um sein unrasiertes Kinn und in dieser aufgestützten Haltung blickte er den Koch mit abschätzenden Augen an.

»Mein Freund«, sagte er, »schätze, die Lady hat wohl keine Verwendung mehr für Sie – ich aber umso mehr.«

»Mister«, bellte St. Marrs Nolan an, »wollen Sie sich etwa über mich lustig machen?«

»Im Gegenteil. Mein Name ist Jedrow Nolan und ich treibe eine tausendköpfige Herde nach New Orleans. Unterwegs hat sich unser Trailkoch schwer verletzt. Er liegt beim Arzt und kann nicht mehr weiter. Wir brauchen also dringend einen Trailkoch bis nach New Orleans.«

Sadie sah abwechselnd zu Jed Nolan und zu St. Marrs. Sie stemmte ihre Hände in die Hüften und rief: »Hugo St. Marrs! Du wirst doch wohl nicht so verrückt sein, dich auf ein solches Angebot einzulassen?«

St. Marrs strich sich über seinen mit Silber durchzogenen Bart, wandte sich an Sadie und sagte mit zuckersüßer Stimme: »Liebe Miss Sadie – warum denn nicht? Schließlich haben Sie mir eben klargemacht, dass Sie mich nicht mehr brauchen.«

Ohne eine Antwort von Sadie Riordan abzuwarten, wandte sich St. Marrs an Nolan und sagte: »Bis nach New Orleans? Und wie geht es dann weiter?«

Nolan zog die Stirn in Falten. Er wusste, was der Mann meinte. Nolan dachte an Chico Morales, der kein richtiger Koch war, sondern nur durch Zufall in diese Rolle geschlüpft war. Es gab keinen aus der Mannschaft – weder Luis, Pecos, Diego, Gonzales und Nolan eingeschlossen – der imstande gewesen wäre, ein halbwegs genießbares Essen für hungrige Mäuler zu zaubern. Chico war der einzige, dem dies gelang. Keiner der Männer konnte sich ernsthaft über die Kochkünste Chicos beschweren. Und so kam es, dass Chico Morales in stummer Übereinkunft zum Trailkoch ernannt worden war. Chico hatte es ohne Murren hingenommen, aber Jed Nolan wusste, dass er sich lieber als Reiter verdingt hätte – so wie die anderen auch. Nolan hoffte, dass Chico seine Verletzungen wieder auskurieren würde, damit er als Cowboy eingesetzt werden konnte. Und er wusste nur allzu gut, dass Chico dankbar wäre, nicht mehr die Pfannen schwenken zu müssen.

»Wenn Sie es schaffen, meine Männer bis nach New Orleans nicht zu vergiften, dann dürfte die Zeit auch bis weiter reichen.«

»Sie bieten eine Dauerstellung?«

»Fünfzig Dollar im Monat«, antwortete Nolan.

St Marrs schürzte die Lippen, legte ein schiefes Lächeln in sein bärtiges Gesicht, wandte sich an Sadie Riordan, die ihn entgeistert anstarrte und meinte: »Good bye, Sadie Riordan.«

Sadie Riordan stampfte wütend mit dem rechten Fuß auf. Ihr herbes, hübsches Gesicht wechselte von Kalkweiß auf Dunkelrot und ihre Augen sprühten vor Zorn. Nolan und Fuller betrachteten sie grinsend. Offenbar war sie eine Frau, die unter heftigen Gefühlsschwankungen litt. Vielleicht war ihre Maßregelung, die wie der Zorn Gottes auf den armen Koch niedergeprasselt war, nicht ernst gemeint gewesen. Doch ihren Koch war sie los. Im gleichen Augenblick wurde die Tür zum Restaurant nach innen geschlagen und vier blau uniformierte Männer traten ein. Jeder hielt einen Revolver in den Händen. Allen voran trat ein Lieutenant in das Restaurant. Sein erster Blick fiel auf die drei leblosen Körper am Boden, der zweite auf Nolan und Fuller. Anschließend sah er zu Sadie Riordan und dem Koch. Seine Haltung straffte sich und er fragte mit schneidender Stimme: »Was war hier los?« Seine Blicke blieben bei Sadie Riordan haften.

»Lieutenant Andrews, diese drei Männer dort« – Sadie wies auf die toten McGillen-Brüder am Boden – »kamen hier herein und fingen Streit an. Zuerst mit meinem Koch, dann mit einem der beiden Gentlemen.« Sie zeigte auf Gil Fuller. Jed Nolan sah sie erstaunt an. Er war überrascht, wie schnell sich diese Frau plötzlich gewandelt hatte. Vor wenigen Augenblicken noch eine keifende, anmaßend wirkende Furie, trat sie nun sachlich und reserviert dem Unions-Offizier entgegen. Sie sah den Lieutenant dabei fest an und fuhr fort und schilderte in knappen, präzisen Worten den Hergang des Kampfes. Dabei war keine Spur von irgendwelcher Wut in ihrer Stimme zu hören. Jed Nolan schüttelte leicht den Kopf und unterdrückte ein Grinsen. Ganz im Gegenteil: Sadie Riordan lobte buchstäblich das schnelle Eingreifen der beiden fremden Texaner und schloss mit den Worten: »Ich weiß, Lieutenant Andrews, dass es sich für eine Frau nicht ziemt, so etwas zu sagen: aber diese drei Brüder waren wirklich äußerst gemeingefährliche Zeitgenossen. Und es ist nicht schade um sie.«

Lieutenant Andrews hob seine buschigen Augenbrauen. Dann trat ein leichtes Lächeln in sein strenges Gesicht, das ein sauber gestutzter Oberlippenbart zierte. »Ich pflichte Ihnen bei, Miss Sadie. Die McGillen-Brüder waren bekannt als Unruhestifter und üble Zeitgenossen. Die Armee hatte schon lange ein Auge auf sie geworfen.« Er wandte sich an Nolan und Fuller, räusperte sich und seine Stimme nahm einen militärischen Klang an, als er sagte: »Offensichtlich haben Sie uns einen großen Dienst erwiesen, Gentlemen. Aber ich muss Sie warnen: Die Armee der Union hat die Aufgabe, für Ruhe und Ordnung in San Antonio zu sorgen. Mit Männern, denen die Schießeisen allzu locker im Gurt sitzen, fackeln wir nicht lange. Haben Sie einen längeren Aufenthalt in der Stadt geplant?«

Jed Nolan spürte, wie der Zorn in ihm zu kochen begann. Am liebsten hätte er dem Lieutenant deutlich seine Meinung über die Unionssoldaten ins Gesicht gebrüllt, aber sein nüchterner Verstand sagte ihm ganz deutlich, dass dies nur sinnlos und töricht wäre. So beherrschte sich Jed und sagte knapp: »Sind nur auf der Durchreise.«

Der Lieutenant nickte zufrieden, wandte sich an einen seiner Männer und befahl: »Corporal Hennings, sorgen Sie dafür, dass die Toten augenblicklich aus dem Restaurant entfernt werden.«

Der angesprochene Corporal salutierte zackig.

Die Soldaten schleppten die toten McGillen-Brüder aus dem Restaurant. Lieutenant Andrews warf noch einmal einen seltsamen Blick auf Nolan und Fuller, lächelte Sadie flüchtig zu, während er an die Krempe seines Hutes tippte und ging dann hinter seinen Soldaten hinaus.

»Verdammte Yankees«, brummte Nolan ungehalten, nachdem die Soldaten verschwunden waren. »Hätte nicht viel gefehlt...« Er winkte ab und ließ seinen Satz unvollendet. Stattdessen wandte er sich an Sadie Riordan und meinte: »Lady, aus Ihnen werde ich nicht ganz schlau. Sie haben da vor diesem Yankee-Lieutenant eine mächtig imponierende Schau abgezogen. Nur ist mir der Grund nicht ganz klar.«

»Mir allerdings auch nicht«, wandte Fuller ein, während er durch das Fenster beobachtete, wie die Soldaten im Laternenlicht draußen mit ihrer Last die Straße überquerten.

Sadie Riordan lächelte zuckersüß. »Gehen Sie einfach einmal davon aus, dass ich dafür meine Gründe hatte, Cowboy«, sagte Sadie. Sie schien wie umgewandelt. Nolan hatte für einen kurzen Augenblick sogar das Gefühl, dass er sie sympathisch finden könnte.

»Wie dem auch sei«, sagte Nolan, »Sie haben uns durch Ihren Auftritt möglicherweise vor mächtigen Schwierigkeiten bewahrt. Yankees und Texaner – das verträgt sich nun einmal nicht. Und so, wie uns dieser aufgeblasene Lieutenant angesehen hatte, hätte er uns beide am liebsten in Haft genommen.«

»Davon können Sie ausgehen, Cowboy«, sagte Sadie und ihr honigsüßes Lächeln wurde noch breiter.

»Was mich betrifft, Mister Nolan; ich stehe Ihnen zur Verfügung«, mischte sich Hugo St. Marrs ins Gespräch. Sadie maß ihn mit einem seltsamen Blick, den der Koch geflissentlich übersah.

»In ein, oder zwei Tagen wird meine Herde am Stadtrand sein, St. Marrs. Bis dahin werde ich mich noch um Proviant und ein paar zusätzliche Treiber kümmern. Seien Sie dann also bereit.«

Hugo St. Marrs grinste breit. »Sie können sich auf mich verlassen, Mister Nolan.«

Nolan nickte, dann verließ er mit Gil Fuller das Restaurant, ohne, dass die beiden noch etwas gegessen hatten. Ihnen war durch die ganze Sache der Appetit entschwunden.

Draußen reichte Fuller Nolan die Hand.

»Wofür?«, fragte Nolan.

»Sie haben mir schon das zweite Mal beigestanden, Boss. Stecke mächtig in Ihrer Schuld.«

Nolan ergriff die von Fuller dargebotene Hand.

»Sie mögen ein mächtig verwegener Bursche mit einer ziemlich düsteren Vergangenheit sein, Gil«, sagte Nolan und benutzte dabei zum ersten Mal Fullers Vornamen, »aber ich weiß, dass Sie ein verdammt guter Mann sind, auf den ich mich verlassen kann. Und umgekehrt soll es auch so sein.«

»Freut mich, dass Sie's so ansehen, Boss«, antwortete Fuller.

Sie überquerten die Straße, als Fuller plötzlich stehenblieb.

»Was ist?«, fragte Nolan.

»Dieses Weibsbild ist schon eine komische Person, finden Sie nicht, Boss?«

»Ja. Das habe ich auch gedacht.«

»Sie führt irgendetwas im Schilde, meinen Sie nicht?«

»Möglich. Aber was geht's uns an, Fuller? Wir haben Glück, dass wir Ersatz für Chico gefunden haben. Über alles andere zerbreche ich mir nicht den Kopf.«

»Wissen Sie, was ich denke, Nolan?«

Nolan sah Fuller fragend an.

»Ich denke, Sie haben Recht, Nolan. Was halten Sie von einem Schlummertrunk?«

»Verdammt gute Idee, Fuller.«

Sie lachten beide und gingen geradewegs auf den »Gillespie-Saloon« zu, aus dem Stimmengewirr, Klaviermusik und ab und an das laute und unechte Lachen einer Frau auf die Straße drang.

Zweiter Teil: DIE NOLAN-BRÜDER

Erstes Kapitel

Ihre Kleidung war staubig und abgetragen, wies an vielen Stellen schon Löcher auf – ihre Gesichter waren hager und bärtig. Die drei Burschen waren völlig abgerissen und abgebrannt und hatten einen langen Trail hinter sich.

Matt Lemmons schob seinen verbeulten Stetson aus der Stirn, wobei ein Büschel blondes Haar sichtbar wurde. Er rieb sich sein unrasiertes Kinn, stemmte die narbigen Hände zu Fäusten geballt auf die Theke und sah den Barkeeper aus wilden, von Staub und Sonne geröteten Augen an.

»Was soll dass heißen, das du uns nichts zu trinken geben willst, Barmixer?« zischte er dem Barmann entgegen. Dieser, ein bulliger Mann mit einem rötlichen Seehundbart und einer Halbglatze, die wie poliertes Wachs im dämmrigen Licht des Saloons glänzte, maß Lemmons kalten Blickes.

»Das hier ist ein Saloon und kein Wohltätigkeitsverein, Mister«, kam es von seinen fleischigen Lippen. Mit Nachdruck presste er die massigen Fäuste gegen die Hüften. Seine kleinen, runden Augen wanderten von Matt Lemmons zu den beiden anderen Männern, die, ebenso wie ihr Sprecher, an der Theke standen, hungrig und durstig waren und nicht begreifen konnten, abgewiesen zu werden.

In Matt Lemmons Augen glühte der blanke Zorn. Seine Lippen bebten. Nach einer kurzen Weile holte er Luft und stieß gepresst hervor: »Mister, was ist das für eine verdammte Stadt, in der ein Texaner nichts zu trinken bekommt? Wir haben uns für dieses Land mächtig den Hintern aufgerissen. Ja, wir sind für dieses Land in den Krieg gezogen, haben unsere Leute krepieren sehen wie die Fliegen. Wir haben Staub und Dreck gefressen und alles verloren, was wir hatten. Und du verdammter Glatzkopf willst uns nichts zu trinken geben?«

Beharrlich schüttelte der Barmann seinen bulligen Kahlkopf. Ein verächtliches Grinsen zeigte sich in seinem Gesicht.

»Ganz recht. Und nun verschwindet aus dem Saloon!«

Dabei machte er eine Bewegung unter die Theke. Als er sich wieder aufrichtete, hielt er einen Knüppel in seinen massigen Händen. Matt Lemmons registrierte das mit unbändiger Wut. Gerade als der Barmann den Knüppel hochschwingen wollte, holte Lemmons zu einem harten Schwinger aus und traf den Mann hinter der Theke mit voller Wucht gegen das Kinn. Der Barmann stolperte nach hinten, verlor die Balance und landete im Flaschenregal. Gläser und Flaschen polterten klirrend zu Boden. Mit einem Satz sprang Matt Lemmons über die Theke und zog den Barmann unsanft hoch.

Einer der beiden anderen Männer rief: »Mach ihn fertig, Matt. Schlag das Schwein zu Brei!«

Lemmons Linke schmetterte mit voller Wucht mitten in das Gesicht des Barkeepers. Der bullige Kopf ruckte nach hinten. Der Knüppel, den er die ganze Zeit über festgehalten hatte, glitt aus den Händen. Die Theke zitterte unter dem Anprall des massigen Körpers, als der Barmann dagegen stieß.

Von einem der hinteren Tische her setzte plötzlich Bewegung ein. Die sechs Männer, die dort die ganze Zeit über gesessen und wachsam die Szenerie am Tresen beobachtet hatten, sprangen wie auf Kommando auf. Stühle kippten nach hinten und polterten auf die schmutzigen Holzplanken des Saloons. Ein Barmädchen stieß einen heiseren Schrei aus.

Jed Nolan und Gil Fuller hatten die ganze Zeit teilnahmslos am Ende des Tresens gestanden, ihren Whisky getrunken und sich ab und zu gegenseitig Blicke zugeworfen. Sie sahen nun, wie die sechs Männer, die offensichtlich zum Saloon gehörten, zielstrebig in geschlossener Formation auf die Theke zusteuerten. In ihren Gesichtern lungerte grimmige Entschlossenheit.

Nolan stieß Fuller leicht an die Schulter. Dieser nickte nur, während Matt Lemmons den Barkeeper mit einem harten, gezielten Fausthieb den Barmann auf die Bretter schickte. Lemmons strich sich sein Haar zurück und setzte seinen Stetson zurecht. Erst jetzt bemerkte er die Gruppe, die sich vom Tisch erhoben hatte und drohend vor seinen beiden Kumpanen aufbaute.

Einer aus der Gruppe löste sich und trat einen Schritt vor. Es war ein massiger, hochgewachsener Bursche mit einer schiefen Nase und dem typischen Gesicht eines Straßenschlägers. Seine Worte drangen drohend zu den drei Männern herüber, als seine dröhnende Stimme verlauten ließ: »Ihr verdammten Sattelstrolche wollt es wohl auf die raue Art haben?«

Jed Nolans Blicke hefteten sich auf die Gruppe der sechs Männer. Jeder von ihnen war ein kampferprobter Schläger. Das erkannte er sofort. Er schätzte auch die drei Satteltramps als hager und zäh ein – aber gegen diese sechs Gorillas würden sie kaum eine Chance haben. Man würde sie nach allen Regeln der Kunst zusammenschlagen und sie dann nach draußen in den Straßenstaub befördern.

In Jed Nolan brannte der Zorn. Er hatte die Worte des hageren Blonden vorhin gehört, die dieser zum Barkeeper sprach, bevor er über die Theke sprang und dem anmaßenden, bulligen Kerl die Faust gab. Das war ein Augenblick, den Jed Nolan mit grimmiger Zufriedenheit genoss. Er stieß sich leicht von der Theke ab und sein tiefer Bariton drang durch den Saloon: »Einen Augenblick, Männer! Diese Hombres wollen lediglich etwas zu trinken und zu essen. Weshalb soviel Aufhebens davon machen?«

Sofort richteten sich alle Blicke auf den hageren, hochgewachsenen Mann in der staubigen, abgetragenen Kleidung eines Weidereiters.

»Misch dich hier nicht ein, Freundchen!«, bellte der bullige Kerl mit der gebrochenen Nase und stierte Nolan mit wilden, kampflustigen Augen an. »Diese Figuren wollen Ärger. Ja, sie sind Schmarotzer, die obendrein auch noch mächtig frech werden. Und so etwas dulden wir in diesem Saloon nicht.« Ein grausames Grinsen spielte um seine feisten Lippen. Nolan erkannte, dass dieser Mann es unbedingt auf einen Kampf anlegte. Er war ein Mann aus dem Norden, das hatte Nolan bereits an seinem Dialekt erkannt. Für ihn und sein Gefolge schien der Krieg noch nicht beendet zu sein.

»Es wird keine Vorstellung geben, Freund«, sagte Nolan freundlich, aber bestimmt. Er neigte den Kopf leicht zur Seite und den Sattelpartnern zu, zu denen sich bereits auch der hagere Blonde wieder gesellt hatte. Dessen Augen waren abschätzend auf Nolan gerichtet. »Die Gentlemen da sind meine Gäste. Wenn sich der Barmann hinter der Theke wieder erholt hat, dann bekommen Sie Whisky und etwas zu essen. Und damit dürfte dieser Fall erledigt sein.«

Der bullige Bursche schüttelte leicht den Kopf: »Dieser Hombre da« – er wies mit dem Zeigefinger auf Matt Hammond – »hat ein zu schnelles Fäustchen. Milt, der Barkeeper, ist mein Bruder. Und wer sich mit Milt anlegt, der legt sich auch mit mir, Piney Whit, an.« Er tippte zur Unterstreichung seiner Worte gegen seine mächtige Brust und machte einen Schritt näher auf Matt Hammond zu. Im gleichen Augenblick allerdings erstarrte er mitten in der Bewegung, als er in die Mündung von Gil Fullers Army-Colt stierte.

Fullers Daumen legte den Abzugshahn nach hinten. Das metallische Klicken drang unnatürlich laut durch den Raum.

»Du hast wohl nicht richtig gehört, Compadre?«, stieß Fuller durch die Zähne gepresst hervor. »Mein Boss sagte, dass die Vorstellung zu Ende ist. Also setz dich wieder auf deinen fetten Hintern und verhalte dich ruhig. Hast du's jetzt kapiert, mein Junge?«

Piney Whit presste die fleischigen Lippen aufeinander und maß Gil Fuller mit bösem Blick. Für einen kurzen Moment schien der bullige Mann unschlüssig. aber dann besann er sich, nickte nur und sagte: »Schätze, du hast das bessere Argument, Freundchen.«

Fuller nickte und sagte grinsend: »Freut mich, dass du's so ansiehst, amigo.« Mit seiner langläufigen Waffe machte er eine Bewegung zu dem Tisch, an dem die sechs Männer vorhin noch gesessen hatten. »Setzt euch, Jungs und tut so, als wäre nichts gewesen.«

Piney Whit fuhr sich mit dem Handrücken übers Gesicht, wandte sich den anderen Fünfen zu und grollte: »Tun wir, was er sagt, Jungs.«

Widerstrebend gingen die sechs Männer zurück an ihren Platz, stellten die umgefallenen Stühle wieder auf und setzten sich. Gil Fuller wartete einen Augenblick, bis er ganz sicher sein konnte, dass sich die Männer ruhig verhalten würden, ließ seinen .51er einmal geschickt um den Zeigefinger drehen und beförderte die Waffe dann mit einer einzigen, geschmeidigen Bewegung zurück in den Holster.

Diese Aktion blieb den Sechsen dort am Tisch nicht verborgen und sie wussten sehr wohl, dass der hagere Bursche nicht nur Viehtreiber war. Dafür schien er zu gut mit dem Revolver umzugehen.

Der Barkeeper kam mit schmerzvollem Stöhnen hinter der Theke hervor. Sein von den Schlägen gezeichnetes Gesicht lugte über den Rand der Theke, spähte zuerst in die Richtung der sechs Männer, dann zu der anderen Gruppe. Seine Beine schienen noch nicht richtig funktionieren zu wollen, denn er musste sich mit aller Kraft an der Theke hochziehen. Bevor er etwas sagen konnte, wandte sich Jed Nolan ihm zu und sagte: »Geben Sie den drei Männern was sie zu speisen und trinken wünschen, Mister. Und ohne Aufhebens, verstanden? Ich werde für sie bezahlen.«

Milt Piney, der Barkeeper, betastete vorsichtig sein lädiertes Kinn und stierte Jed Nolan aus dumpfen Augen an. Er schüttelte seinen kahlköpfigen Schädel, um Klarheit in sein Hirn zu bekommen. Sein Mund klappte auf und gleichzeitig wieder zu. Er hatte etwas sagen wollen, aber in den Augen dieses hochgewachsenen Mannes ihm gegenüber lag etwas, was ihn verstummen ließ. Wieder wanderten Milts Blicke herüber zu dem Tisch, an dem sein Bruder mit den anderen Männern saß.

Verständnislos schüttelte er erneut den Kopf.

Es würde keine Unterstützung für ihn geben, das erkannte er klar und deutlich.

Jed Nolan beachtete den Mann hinter der Theke nicht weiter. Er wies mit ausgestrecktem Arm auf einen freien Platz in der Ecke des Saloons und sagte: »Setzen wir uns dorthin. Schätze, da lässt es sich besser plaudern.«

Matt Lemmons fuhr sich mit der Rechten über sein stoppeliges Kinn.

Er wirkte verlegen, als er vor Nolan trat.

Er räusperte sich und meinte: »Mister, das war verdammt anständig von Ihnen.« Er reichte Nolan die Hand und fuhr fort: »Mein Name ist Lemmons. Matt Lemmons. Und die beiden Vogelscheuchen da sind Clint Travis und Lee Sutton.«

Nolan ergriff die dargebotene Hand, nickte Travis und Sutton mit leichtem Grinsen zu und sagte knapp: »Jed Nolan.« Er wies auf Fuller und stellte ihn ebenso knapp vor und Fuller tippte lässig an die Krempe des Stetsons.

Gierig fielen die drei Männer über die Platte der Brote her, die Milt, der Barkeeper, ihnen mit widerwilligem Gesicht zusammen mit einer Flasche Whisky und Gläsern an den Tisch gebracht hatte. Diese Männer schienen in der Tat schon lange nichts mehr in die Mägen bekommen zu haben.

Jed Nolan und Gil Fuller beobachten sie schweigend.

Später sagte Matt Lemmons: »Wir hatten in der letzten Zeit ein bisschen Pech, Nolan.«

Nolan konnte an der Stimme des blonden Mannes erkennen, dass ihm die Situation peinlich war. Lemmons und auch die beiden anderen waren Texaner. Texaner waren von Grund auf stolz. Nolan wusste das, ohne dass er das Trio kannte.

Schließlich war es bei ihm ja auch nicht anders.

Lemmons fuhr fort: »Lee, Clint und ich sind seit 1863 zusammen. Und unsere letzte Schlacht schlugen wir im Mai, als Colonel Theo Barrett bei Palmita Rancho den Yankees noch einmal mächtig die Hölle heiß macht. Das war im Mai. Verdammt, ein mächtiger Spaß war das. Aber als die Meldung aus Appomattox kam, ging's für uns bergab. Der Krieg war aus. Clint, Lee und ich blieben zusammen, denn während der Kriegsjahre hatten wir gehört, dass unsere Familien verstreut oder tot waren. Nichts war von dem übrig geblieben, wo wir einst zu Hause gewesen waren. Lee und Clint stammen aus dem Norden von Texas. Ich wurde in der Nähe von Laredo geboren, Nolan. Verdammt schwer für einen Texaner, wieder Fuß zu fassen. Schätze, das wissen Sie selbst, nicht wahr?«

Nolan, der bisher schweigend den Worten Matt Lemmons zugehört hatte, nickte stumm.

Er wusste nur zu gut, dass dieses Trio an dem schmalen Grat angelangt war, der sie von Gut und Böse trennte.

»Seit Mai versuchen wir, wieder Fuß zu fassen, Nolan«, sprach Lemmons in Nolans Gedanken hinein. »Aber anscheinend will niemand mehr mit Männern unseres Schlages etwas zu tun haben. Vor dem Krieg waren wir Cowboys, aber man weist uns ab. Arbeit gibt es keine. Wir sind keine Banditen, Nolan, das können Sie uns glauben. Aber wenn sich die Situation nicht bald ändert, dann mag ich für nichts mehr garantieren.«

Die letzten Worte waren grimmig und mit Resignation erfüllt. Nolan selbst wusste nur zu gut, wie schwer es in diesen Zeiten war. Wie so oft dachte er an seine Eltern, die bereits tot waren und an seine Brüder, von denen er lange nichts gehört hatte und nicht wusste, ob sie noch lebten.

Er warf Gil Fuller, der neben ihm rittlings auf einem Stuhl saß und ebenfalls stumm den Worten Lemmons gelauscht hatte, einen Seitenblick zu. Dieser drehte sich bedächtig eine dünne Zigarette und schob den Tabaksbeutel den drei Männern zu. Mit dankbaren Blicken in ihren Augen begannen sie sich, nacheinander Zigaretten zu drehen. Ein Streichholz ratschte, als Fuller es an der Tischkante entfachte. Nolan füllte sein Whiskyglas und stellte die Flasche in die Mitte des Tisches, die dann von Lemmons ergriffen wurde. Dabei beobachtete Nolan, dass der blonde Texaner erst die Gläser seiner Compadres füllte, bevor er sich selbst bediente. Das war für Jed Nolan ein unausgesprochenes Zeichen der Zusammengehörigkeit dieser drei Männer.

Er spürte deutlich, dass diese Männer nichts zu trennen vermochte – nur der Tod. Und auch Gil Fuller schien es zu spüren, denn er hatte die Augenbrauen zu einer stummen

Anerkennung erhoben und nickte ganz leicht mit dem Kopf, als Nolans Blicke ihn berührten.

Nolan setzte sein Glas an und trank es in einem Zug leer. Er stellte es auf den Tisch, drehte es mit den Fingern, wobei er seine Augen auf Matt Lemmons und den anderen beiden richtete und sagte: »Ich kann eure Situation nachvollziehen, Männer. Texas ist völlig am Boden. Der verdammte Krieg hat das Land ausgeblutet bis auf den letzten Tropfen. Und dennoch werden wir nicht aufgeben. Es ist nicht alles verloren. Und das, was zerstört ist, schreit danach, wieder aufgebaut zu werden.«

Sowohl Lemmons als auch Clint Travis und Lee Sutton sahen ihn stirnrunzelnd an. Sie sagten nichts und Nolan fuhr fort: »Meine Männer und ich treiben eine Herde von über tausendfünfhundert Rindern nach New Orleans. Ich bin dabei, mir mein Land, das enteignet und nun von einem gewissenlosen Schurken als sein Eigen betrachtet wird, zurückzuholen. Dieser Bursche sitzt darauf wie eine fette Kröte, hat eine Mannschaft von Revolverschwingern um sich geschart und ist dabei, immer größer und mächtiger zu werden – größer als sein Schatten eigentlich ist und viel größer, als es ihm zusteht.«

Deutlich konnten Lemmons und die beiden anderen die unverhohlene Wut aus Jed Nolans Worten heraushören.

»Ein Yankee?« stellte Matt Lemmons unvermittelt die Frage.

Nolan grinste schief. »Ein waschechter Yankee – und ein verdammt übler dazu.«

Mit geschickten Fingern fertige Matt Lemmons eine dünne Zigarette ohne dabei seinen Blick von Jed Nolan zu nehmen. Als er die fertig gerollte Zigarette zwischen die Lippen steckte, fragte er: »Wo liegt denn diese Ranch, Mister Nolan?«

»Etwa dreißig Meilen südlich von Spanish Crossing, in der Nähe des Nueces.«

»Durch dieses Gebiet sind wir geritten«, sagte Lemmons. »Ist mächtig viel los dort. Wir haben gehört, dass mexikanische Banditen dort einen Trupp von Yankee-Soldaten niedergemacht haben.«

Nolan hob überraschend die Augenbrauen. »So?«, fragte er.

»Ja. Wir hörten davon, dass diese Yankees einen Mann verfolgten, der ihnen durch die Lappen gegangen war. Nahe der Grenze geriet dieser Trupp dann in einen Hinterhalt der Mexikaner und wurde vollständig aufgemischt.« Lemmons verzog sein Gesicht zu einem schiefen Grinsen und fügte hinzu: »Verdammtes Pech für die Yankees, würde ich sagen.«

»Und verdammtes Glück für unseren Freund Jim Harland, würde *ich* sagen«, schaltete sich Gil Fuller ein, während er einen Blick mit Jed Nolan, der offensichtlich den gleichen Gedanken hegte, tauschte.

Nolan nickte. »Wenn's so ist, dann hat unser Freund Jim eine Sorge weniger am Hals«, setzte Jed Nolan hinzu.

»Ich bin mir nicht ganz sicher, Mister Nolan, aber irgendwie klingt dieser Name Jim Harland bekannt in meinen Ohren. Mag sein, dass ich diesen in dem Zusammenhang mit dem Yankee-Überfall gehört habe.«

»Bestimmt. Mir kommt der Name auch mächtig bekannt vor«, sagte Clint Travis und nickte dabei eifrig mit dem Kopf. Lee Sutton nickte ebenfalls.

»Ist dieser Harland bei Ihrer Mannschaft?« wollte Matt Lemmons wissen.

Nolan nickte. »Yeah. Wir sind uns zufällig bci ciner Pferderanch begegnet. Harland wollte nach Mexiko fliehen, entschied sich dann aber, unserer Mannschaft beizutreten.«

»Na, vor diesen Yankees braucht er jedenfalls wohl nicht mehr davonzulaufen«, meinte Clint Travis, während er ein paar Rauchringe zur Decke blies.

»Jim wird sich mächtig darüber freuen«, meinte Fuller und beobachtete, wie sich Travis Rauchringe ineinander vermischten und als gekräuselte Rauchwolke langsam nach oben stieg.

Lemmons wechselte das Thema: »Sie brauchen Männer, Mister Nolan?«

»Genau darum geht's, Lemmons. Männer, die sich nicht nur mit Rindern auskennen, sondern auch bereit sind, mit der Waffe zu kämpfen. Ich sagte bereits, dass Stuart Conroy eine üble Revolvermannschaft um sich geschart hat.«

Lemmons wechselte einen stummen, vielsagenden Blick mit seinen beiden Freunden. Sowohl der dunkelhäutige Clint Travis als auch der dünnlippige Lee Sutton nickten daraufhin stumm.

Sie waren sich einig, und das ohne Worte.

Lemmons wandte sich an Nolan.

»Wir sind dabei, Mister Nolan.«

Nolan schob seinen Hut aus dem Gesicht, streckte seine Beine aus und kippelte mit seinem Stuhl nach hinten. Ein zufriedenes Grinsen huschte über sein wettergebräuntes, scharfgeschnittenes Gesicht.

»Das wollte ich hören, Lemmons«, sagte er mit rauer Stimme. »Morgen oder übermorgen wird meine Mannschaft mit der Herde hier sein. Dann brechen wir sofort auf.«

Zweites Kapitel

Nahe der Stadtgrenze von San Antonio hatte Luis Santero die Herde zum Stehen gebracht. Die Herde wurde in einer kleinen Talsenke, durch die sich ein kleiner Bach schlängelte, zusammengetrieben und das Lager aufgeschlagen.

Unterwegs hatten sie bei einer kleinen Handelsstation notdürftigen Proviant eingekauft und Gonzales schickte sich an, vorrübergehend die Rolle des Trailkochs zu übernehmen.

Obwohl er sich dabei alle Mühe gab, schaffte er es nicht, die Männer zufriedenstellen zu können. Der Kaffee war schlecht und das Essen ließ zu wünschen übrig. Umso mehr war jeder einzelne Mann geneigt, so schnell wie möglich San Antonio zu erreichen. Hier wollten sie sich schließlich mit Jed Nolan und Gil Fuller treffen. Das bedeutete einen neuen Chuckwagen, Proviant und hoffentlich einen Trailkoch, der es verstand, die hungrigen Mägen der Männer befriedigen zu können.

Keiner der Mannschaft glaubte daran, dass der schwer verletzte Chico Morales den Trail fortsetzen konnte. Dafür hatte es Chico zu schwer erwischt.

Spät am Nachmittag saßen die Männer mit mürrischen Gesichtern am Lagerfeuer. Sie starrten auf ihre Teller und betrachteten angewidert das, was Ihnen als Speise vorgesetzt wurde. Gonzales stand etwas abseits der Männer vor einem großen, dampfenden Kessel, der über einem Feuer hing. Dabei hatte er die Fäuste gegen die Hüften gestemmt und sah mit bösen Augen zu den Cowboys herüber.

Der kleine Pecos erhob sich mit säuerlichem Gesicht vom Lagerfeuer und schüttete den Inhalt seines Blechtellers auf den sandigen Boden und brummte: »Ich weiß nicht, was wir Gonzales getan haben, Männer; aber der Hombre will uns anscheinend vergiften. Der Dreck reißt einem ja die Magenwände auseinander.«

Jim Harland, der gerade einen Schluck Kaffee getrunken hatte, spuckte ihn sogleich wieder aus und fluchte mit verzerrtem Gesichtsausdruck: »Tod und Teufel! Dann solltest du mal das Zeug probieren, das Gonzales uns als Kaffee gekocht hat. Das reinste Gift!«

»Undankbares Pack!«, rief Gonzales zu den Männern am Lagerfeuer herüber, »es zwingt euch keiner dazu, meine Mahlzeiten zu essen. Das gleiche gilt auch für den Kaffee. Kocht's euch gefälligst selbst, wenn ihr der Meinung seid, es besser zu machen.«

Er bedachte die Mannschaft mit einer Anzahl von wilden, mexikanischen Flüchen und stieß wütend gegen einen herumliegenden Stein.

»Man sollte den Burschen zwingen, diesen Fraß selbst zu essen«, bemerkte Pecos mit angewidertem Gesichtsausdruck, »vielleicht ändert das dann seine Einstellung zur Kochkunst.«

»Ja, und zum Nachspülen soll er dann eine ganze Kanne von seinem verdammten Kaffee in sich schütten«, erwiderte Harland. Er schüttete den Inhalt seines Bechers auf den Boden und schüttelte sich. Er stellte den leeren Becher auf den Boden und begann, sich eine Zigarette zu drehen.

»Wahrscheinlich zwecklos«, meinte Pecos und setzte ein breites Grinsen in sein Gesicht. »Wahrscheinlich hat Gonzales einen Kuhmagen und würde das alles sogar noch bestens vertragen und sich sogar noch einen Nachschlag gönnen.«

»Ich weiß nicht«, brummte Harland, während er das Papier mit der Zunge befeuchtete und die Zigarette zusammenfügte, »selbst ein Kuhmagen würde explodieren. Schätze, bei Gonzales sieht die Sache so aus, dass er gar keinen Magen hat und das ganze verdammte Zeug in einem Rutsch durchsaust.«

Er entfachte ein Streichholz an dem Stein, auf dem er saß und hielt es an die Zigarette. Dann schnippte er es ins Feuer.

Pecos lachte kehlig und streckte sich und sah dabei zu Gonzales herüber. Dieser sandte ihm und Harland gallige Blicke zu.

»Tenajos!«, stieß Gonzales wütend hervor und es klang dabei wie ein Fluch. »Ihr habt nur ein loses Maul und könnt den ganzen Tag nichts anderes, als nur quaken, quaken und nochmals quaken. Verfluchte Bande!«

Luis Santero erhob sich von seinem Platz und ging auf seinen Bruder zu. Er war der einzige, der die Mahlzeit vollständig aufgegessen und den Kaffee ausgetrunken hatte. Er legte sein Geschirr in die Spülwanne neben dem Kochfeuer, klopfte Gonzales auf die Schulter und meinte: »Mach dir nichts draus, Amigo. Ich für meinen Teil finde, dass du das ganz gut gekocht hast. Diese Tejanos sind Eisenfresser, muchacho. Vielleicht sollte man es damit mal versuchen.«

»Du hast recht, Bruder«, pflichtete ihm Gonzales bei und zeigte grinsend seine tadellos weißen Zähne, die einen harten Kontrast zu seiner dunklen Haut bildeten. Er zeigte Pecos drohend die Faust. »Und dir werde ich Schießpulver beimischen, compadre. Das hält dich davon ab, dein loses Maul so weit aufzureißen.«

Pecos lachte kehlig. »Ja, das würde ich dir ohne weiteres zutrauen, du giftmischender Mexikaner.«

Jim Harland rief: »Jungs, möglicherweise hat sich unser kleines Problem mit dem Essen gerade erledigt. Schaut mal, wer da kommt!«

Die Männer drehten sich um und sahen Reiter und einen Wagen über die Ebene auf das Lager zukommen. An der Spitze zeichnete sich die hagere Gestalt Jed Nolans im Sattel ab.

Gonzales bekreuzigte sich hastig und rief: »Por nada! Der Boss. Und er bringt einen neuen Chuckwagen mit.«

»Hoffentlich auch einen Trailkoch, der uns nicht vergiften will«, stieß Pecos brummig hervor.

»Jungs, das ist Hugo St. Marrs. Er wird für uns als Trailkoch arbeiten. Wenn er seine Sache gut macht, bleibt er ganz bei uns – nicht nur bis New Orleans.«

»Und was ist mit Chico?«, fragte Luis Santero, dessen dunkle Augen skeptisch auf die dünne Gestalt St. Marrs sah, die auf dem Bock des Chuckwagens saß.

»Bevor wir die Stadt verließen, haben Fuller und ich Chico einen Besuch abgestattet. Dieser unverbesserliche Shorty Rounds wollte unbedingt wieder mit uns kommen, statt seine Verletzungen auszukurieren.« Mit einem Kopfnicken wies er auf Shorty Rounds, der neben Hugo St. Marrs auf dem Küchenwagen saß und fuhr dann fort: »Chico wird in San Antonio bleiben, bis wir ihn auf dem Rückweg wieder abholen. Als ich ihm von dem neuen Trailkoch berichtete, hat er nur breit gegrinst und gekrächzt, dass er froh sei, die verdammten Pfannen und Töpfe wieder gegen einen Sattel tauschen zu können.«

»Wie ernst ist es mit Chico, Boss?« wollte Gonzales wissen, der sich sofort nach der Ankunft von Nolan und den Männern die schmutzige Schürze vom Leibe gerissen und auf den Boden geworfen hatte.

»Den hat's mächtig erwischt, allerdings wird er wohl in drei oder vier Wochen wieder im Sattel sitzen können«, sagte Nolan zuversichtlich.«

»Na, hoffentlich ist er in guten Händen«, bemerkte Pecos skeptisch und wischte sich die Hände an seinen Chaparajos ab.

»Ist 'n komischer Kauz, dieser Doc in San Antonio«, bemerkte Gil Fuller, der neben Jed Nolan im Sattel seines Pferdes saß und sich den Stetson aus der Stirn schob. »Aber er scheint sein Handwerk zu verstehen, stimmt's, Boss?«

Nolan nickte. Er wandte sich im Sattel um und wies auf die drei Reiter, die ihre Pferde neben dem Chuckwagen zum Stehen gebracht hatten und bislang stumm geblieben waren.

Nolan sagte: »Jungs, das sind Matt Lemmons, Clint Travis und Lee Sutton. Die drei werden mit uns nach New Orleans treiben.«

Alle drei tippten wie auf Kommando zur Begrüßung an ihre Hüte.«

»Texaner?« frage Pecos vorlaut.

Matt Lemmons grinste vom Sattel zu dem kleinen Burschen herunter und sagte: »Sehen wir etwa wie Yankees aus, Freund?«

Ein breites Grinsen war Pecos Antwort.

Jim Harland trat an den neuen Chuckwagen heran, den Jed Nolan in San Antonio gekauft hatte, stützte sich lässig mit einer Hand an die Deichsel und sah zu St. Marrs empor.

»Na hoffentlich bist du nicht so ein Giftmischer wie Gonzales, Amigo. Hast ne ganze Menge aufzuholen. Seit Tagen haben wir uns hier von Schlangenfraß ernähren müssen und eine schwarze, undefinierbare Brühe trinken müssen, die unser Compadre Gonzales Kaffee genannt hat.«

Hugo St. Marrs rümpfte empfindlich die Nase und rieb sich seinen grauen Bart. Er sah zu Jim Harland herunter und brummte bissig: »Ich habe noch jedes hungrige Maul satt bekommen, Cowboy. Und alle haben es überlebt. Ich habe die feinsten Speisen kreiert, als du noch in den Windeln gelegen hast.«

Ein lautes Gelächter machte sich breit und Harland kratzte sich an den Hinterkopf.

»Okay, Oldtimer«, sagte er etwas kleinlaut, »wollt ja nur auf Nummer sicher gehen.«

»Lass gut sein, Jim«, sagte Fuller, »der Bursche versteht sein Handwerk. Und schlagfertig ist er obendrein. Schätze, wird noch eine mächtig lustige Zeit geben.«

Nolan wechselte das Thema. Er rief Harland zu: »Übrigens Jim: Matt Lemmons und seine beiden Freunde haben etwas berichtet, das dich mächtig interessieren dürfte.«

Harland hob überraschend den Kopf und blickte fragend zu Nolan empor.

»So?«

In knappen Worten berichtete Nolan von dem erwähnten Überfall mexikanischer Banditen auf eine Gruppe von Unionssoldaten nahe der mexikanischen Grenze. Er endete mit den Worten, dass die Soldaten hinter einem flüchtigen Südstaatler her gewesen waren und in einen Hinterhalt gerieten.

»Keiner hat's überlebt?«, fragte Harland unsicher und wischte sich über den Mund.

Matt Lemmons sagte: »Als wir durch das Gebiet geritten waren, wurde berichtet, dass sämtliche Yankees den Tod fanden.«

»Sind Namen gefallen?«, fragte Harland. »Etwa ein Lieutenant MacAllister?«

Lemmons schüttelte den Kopf.

»Keine Namen«, sagte er. »Aber es sollen zehn Yankeesoldaten gewesen sein.«

»Um MacAllister und seine Männer wäre es nicht schade«, sagte Harland. »Waren üble Burschen.«

»Ja. Und für dich bedeutet das eine verdammte Sorge weniger, Jim«, meinte Nolan.

Harland nickte. »Und ob, Boss.«

Die Gespräche der Männer verstummten, als sie einen Conestoga-Wagen auf das Lager zufahren sahen. In diesem

Conestoga-Wagen saß eine Frau und als Jed Nolan sie erkannte, wechselte er einen schnellen Seitenblick mit Gil Fuller. Dieser verzog sein Gesicht, als er ebenfalls die Frau erkannte.

»Was, in aller Welt will die denn hier?«, fragte Nolan laut. Der Conestoga-Wagen erreichte das Camp und hielt auf die Männer zu. Sadie Riordan zog an den Zügeln und brachte die Pferde vor Jed Nolan zum Stehen. Sadies lebhafte Augen wanderten in die Runde und als sie die verdutzten Gesichter der Männer sah, formte sich ihr roter Mund zu einem spöttischen Lächeln. Mit übertriebener Höflichkeit rief sie Nolan zu: »Guten Morgen, Trailboss. Ich sehe, Sie und Ihre Männer sind wohlauf.«

Nolans Haltung versteifte sich im Sattel. Linkisch tippte er an die Krempe seines Stetsons und fragte: »Miss Riordan, darf ich nach dem Grund Ihres überraschenden Besuches fragen?«

Hugo St. Marrs zog geräuschvoll die Luft in die Lungen, als er seine ehemalige Chefin und Restaurantbesitzerin erkannte. Jedoch beachtete ihn keiner, denn alle Blicke waren auf Sadie Riordan gerichtet, die ihre schwarzen Reithandschuhe auszog und sie neben sich auf den Bock legte.

Sie hob den Kopf und sah direkt zu Jed Nolan hoch.

»Ich habe mein Restaurant verkauft und mich entschlossen, mit Ihnen nach New Orleans zu reisen, Trailboss«, sagte sie mit einem Tonfall in der Stimme, der keinen Widerspruch duldete.

Nolan schüttelte energisch den Kopf.

»Lady«, brummte er verdrossen, »das kommt überhaupt nicht in Frage. Eine Frau hat auf einen Trail nichts zu suchen. Und überhaupt: wie kommen Sie auf diese Schnapsidee?«

»Ich hatte Ihnen ja bereits gesagt, dass mir San Antonio als eine wilde und unkultivierte Stadt erscheint und ich deshalb mein Geschäft dort aufgeben werde. Und ich sagte Ihnen ebenfalls, dass ich ein neues Restaurant in New Orleans eröffnen werde. Folglich werde ich mit Ihnen dorthin reisen.«

»Einen Dreck werden Sie!«, bellte Nolan ungehalten. Die Köpfe der Männer ruckten in seine Richtung. Jeder sah ihn erstaunt an, denn sie waren es nicht gewohnt, dass er in solch rauem Ton zu einer Frau sprach. Nolan kümmerte sich nicht um die Blicke seiner entrüsteten Männer, sondern fuhr etwas gedämpfter fort: »Hören Sie, Miss; ein Viehtrieb ist keine Spazierfahrt ins Blaue. Ich habe die Verantwortung für meine Männer und über eine fünfzehnhundertköpfige Herde. Ich kann mich beim besten Willen nicht auch noch um eine Frau kümmern, die es sich gerade in den Kopf gesetzt hat, nach New Orleans zu reisen. Wenn Sie dorthin wollen – meinetwegen! Aber suchen Sie sich dafür die passende Reisegesellschaft aus. Ein Viehtrail jedenfalls dürfte das auf keinen Fall sein.«

»Mister Nolan«, stieß Sadie Riordan heftig hervor und ihre glühenden Augen schienen ihn durchbohren zu wollen, »es sollte Ihnen nicht entgangen sein, dass, wenn ich mir etwas in den Kopf gesetzt habe, dies auch bedingungslos durchzusetzen pflege.«

»Sie können sich meinetwegen in den Kopf setzen, was Sie wollen, Lady!«, brummte Nolan, »ich werde Sie jedenfalls nicht bis nach New Orleans mitschleppen. Damit das klar ist!«

Wenn Jed Nolan geglaubt hatte, Sadie Riordan durch diese Worte einschüchtern zu können, war er auf dem Holzweg. Sadie lächelte nur bittersüß, bedachte ihn mit einem Augenaufschlag und antwortete: »Sie verkennen offenbar die Situation, Trailboss. Sehen Sie: Ich habe in San Antonio sehr viele Freunde unter den blauuniformierten Soldaten. Ja, und ganz besonders der schneidige Lieutenant Andrews, den Sie an dem Abend kennenlernten, als Sie und Ihr Freund mein Restaurant zusammengeschossen hatten, hat einen Narren an mir gefressen.«

»Das ist schön für Sie, Lady!«, stieß Nolan bissig hervor. Die Männer sahen deutlich, wie sehr sich ihr Boss von dieser hübschen, energischen Frau dort in dem Conestoga-Wagen genervt fühlte und fragten sich insgeheim, wie lange es noch dauern konnte, bis er explodieren würde.

»Ich brauche nur die Situation im Restaurant anders schildern, Mister Nolan, und Lieutenant Andrews würde alle Hebel in Bewegung setzen, Sie und Ihrem Freund da« – sie wies mit dem Zeigefinger auf Gil Fuller – »die Hölle heiß zu machen. Sie wissen doch, dass das Militär in San Antonio das uneingeschränkte Gesetz vertritt. Und dann, mein lieber Trailboss, hätten Sie ganz andere Sorgen, als Ihre Herde nach New Orleans zu treiben.«

»Zur Hölle mit Ihnen!«, herrschte Nolan sie an. »Die Schießerei in Ihrem verdammten Restaurant geschah aus Notwehr – das wissen Sie ganz genau.«

Sadies Lächeln wurde breiter und eine Spur süffisanter. »Das wissen Sie, und das weiß ich. Aber der Lieutenant wird glauben, was *ich* ihm sage. Das ist der entscheidende Punkt, Mister Nolan.«

Einige der Männer stießen laut die Luft aus den Lungen. Diese dunkelhaarige Frau setzte ihrem Boss gehörig zu und sie wussten alle – ob Frau oder nicht – dass Jed Nolan nicht der Mann war, der so etwas hinnahm. Das Gesicht des Herdenbosses lief dunkelrot vor Wut an. Regelrechte Zornesblitze schossen aus seinen grauen Augen in Sadie Riordans Richtung. Er gab seinem Pferd einen leichten Schenkeldruck und trieb das Tier ganz nahe an den Conestoga-Wagen heran. Nicht einmal einen Meter trennten den Reiter und die Frau, die mit erhobenem Kopf zu ihm empor sah.

Nolan atmete tief ein und geräuschvoll wieder aus. Die Männer waren mucksmäuschenstill. Keiner regte sich. Alle sahen gespannt zu ihrem Boss und Sadie Riordan herüber und warteten förmlich auf die anstehende Explosion.

Jed Nolan rieb sich übers Kinn und sagte mit ganz ruhigen Worten: »Verschwinden Sie, Miss Riordan. Verschwinden Sie aus dem Camp, bevor ich Sie vom Wagen herunterhole und Ihnen höllisch den Hintern versohlen werde.«

»Das würden Sie nicht wagen, Trailboss. Nicht hier – und nicht vor Ihren Männern.«

Es lag eindeutig an dem arroganten Lächeln, das sie Jed Nolan entgegenbrachte, als er langsam die Zügel seines Pferdes fallen ließ und ebenso langsam aus dem Sattel glitt. Und als er ganz dicht vor ihr an ihrem Wagen stand, erstarb das Lächeln in Sadie Riordans Gesicht.

»Boss!«, mischte sich Gil Fuller plötzlich ein. Er lenkte sein Pferd dicht an Nolan heran. »Die ist zu allem fähig und wird uns wirklich noch die verdammten Yankees auf den Hals hetzen. Das würde für uns nur unnötige Probleme bedeuten. Lassen Sie ihr doch den Spaß. Verdammt, soll sie doch ruhig Staub schlucken, wenn sie will.«

Nolan sah Fuller aus zornigen Augen an, doch bevor er etwas sagen konnte, schaltete sich Hugo St. Marrs, der immer noch auf dem Chuckwagen saß, ein: »Er hat recht, Mister Nolan. Es ist zwecklos, sich mit Sadie Riordan zu streiten. Man zieht dabei den Kürzeren. Glauben Sie es mir, ich spreche aus Erfahrung.«

Nolan sah wütend zu ihm auf. »Haben Sie etwa davon gewusst, Trailkoch? Haben Sie gewusst, was dieses Weibsbild im Schilde führt?«

St. Marrs schüttelte heftig seinen bärtigen Kopf und hob beschwichtigend seine dünnen Arme. »Nein, nein. Um Gottes willen! Ich habe davon nichts gewusst. Aber Sadie Riordan ist so unbeständig wie das Wetter. Man weiß nie, was sie im nächsten Augenblick tun wird.«

Jed Nolans zornrotes Gesicht nahm einen überlegenden Ausdruck an. Er nickte ein paarmal leicht mit dem Kopf, rieb sich mit der rechten Hand übers Kinn und unterdrückte einige unflätige Flüche, die er am liebsten in Sadie Riordans Richtung gesandt hätte.

Diese Frau hatte ihn da, wo sie ihn hinhaben wollte. Sicherlich hätte er sie mitsamt ihrem albernen Conestoga-Wagen zurück nach San Antonio schicken können. Er wusste allerdings nur zu gut, dass Sadie Riordan mit ihrem impulsiven Charakter imstande war, die gesamten Yankees, die in der Stadt stationiert waren, gegen ihn aufzuhetzen.

In jener Nacht in Sadies Restaurant, als er und Fuller die McGillen-Brüder erschossen hatten, war es nur Sadie zu verdanken, dass dieser arrogante Lieutenant Andrews ihn und Fuller nicht verhaftet hatte. Für den Yankee wäre es eine innere Genugtuung gewesen, zwei schießwütige Texaner hinter Schloss und Riegel zu bringen.

Aber Sadie Riordan wäre genauso gut imstande, eine andere Geschichte zu präsentieren, die es Lieutenant Andrews möglich machen würde, seiner inneren Genugtuung Geltung zu verschaffen.

Gil Fuller hatte Recht, gestand sich Nolan grimmig ein, eine solche Situation würde nur unnötige Probleme herbeiführen - Probleme, die sein Vorhaben stark gefährden konnten.

Die Herde musste so schnell wie möglich nach New Orleans, damit sie gewinnbringend verkauft werden konnte. Das alleine zählte, alles andere war unwichtig.

Zum Teufel mit Sadie Riordan und ihren Launen. Ihm würde schon etwas einfallen, damit sie diesen Trail sobald nicht vergessen würde.

Er wandte sich an Sadie und sagte barsch: »Okay, Miss Riordan. Sie haben Ihren Willen. Aber Sie tun gut daran, mir bis New Orleans aus dem Weg zu gehen.« Sadie ignorierte seinen barschen Tonfall und antwortete mit zuckersüßer Stimme und einem breiten Lächeln auf ihren roten Lippen: »Ich habe gewusst, dass Sie trotz Ihrer rauen Schale ein richtiger Gentleman sind, Mister Jed Nolan. Und nun seien Sie so gut und helfen mir vom Wagen abzusteigen.«

Letzteres tat Jed Nolan natürlich nicht. Er wandte sich brüsk ab.

Spät am Abend trat Jim Harland an Gil Fuller heran, der etwas abseits des Lagerfeuers eine Zigarette rauchte und fragte: »Was, zur Hölle, war eigentlich los an jenem Abend in diesem Restaurant?«

»Hat dir's der Boss nicht erzählt?«

»Den anzusprechen käme einem Todesurteil gleich, Freund Gil. Also?«

Fuller klemmte sich die dünne Zigarette zwischen die Lippen und sagte: »Hatte drei alte Bekannte wiedergetroffen, die scharf auf meinem Skalp waren. War ne ziemlich brenzlige Situation. Der Boss kam mir zur Hilfe und wir schickten die Coyoten auf die Bretter.«

Harland stieß einen leisen Pfiff aus und fragte: »Und was war mit dieser Frau und den Yankee-Soldaten?«

»Die Soldaten stürmten in den Laden, nachdem's dort ein bisschen laut und pulvrig geworden war. Sadie Riordan hat denen dann erklärt, was geschehen war und dabei ein paarmal diesem arroganten Lieutenant zugelächelt. Der wurde dann zahm und pfiff seine blauuniformierten Hombres zurück, obwohl er am liebsten an uns beiden Texanern ein Exempel statuiert hätte.«

Harland kratzte sich am Kinn und meinte: »Na, dann war es doch all right, oder nicht? Diese Miss Riordan hat euch doch aus der Patsche geholfen, nicht wahr? Ich verstehe nicht, weshalb der Boss auf diese Frau so wütend ist.«

Fuller lachte und klopfte Harland auf die Schulter.

»Na, dann wart's mal ab, amigo«, sagte er, warf seinen Zigarettenstummel ins Gras, trat ihn mit der Stiefelspitze aus und schlenderte zurück zum Lagerfeuer.

Drittes Kapitel

Stuart Conroy war keineswegs der Mann, der gewillt war, eine Niederlage einzustecken. Mit düsterer Miene und zusammengepressten Lippen saß er hinter dem Schreibtisch seines Büros und hatte die Worte der Männer gehört, die der Falle am Atascosa-River entkommen konnten.

Conroys Gesicht bekam eine zornesrote Farbe und er trommelte nervös mit den Fingern auf die Schreibtischplatte. Es war ihm unbegreiflich, dass Les Pandero in einen solchen Hinterhalt geraten konnte. Er glaubte, sich auf diesen Mann verlassen zu können. »Wir waren gerade dabei, diesen verdammten Fluss zu durchqueren, als vom anderen Ufer das Feuer eröffnet wurde, Mister Conroy. Es ging alles verdammt schnell. Dieser Nolan musste gewusst haben, dass wir kommen.«

Slick Meadows fuhr sich bei diesen Worten unbehaglich über sein fast weißes, zerzaustes Haar. Er war ein mittelgroßer, dürrer Bursche mit einer auffallenden Narbe im Gesicht, die sich vom rechten Wangenknochen bis zum Kinn zog.

Conroy starrte ihn mit glühenden Augen an.

»Ihr habt euch übertölpeln lassen wie Schuljungen!«, herrschte er ihn an.

»Boss«, schaltete sich Early Warren ein, der ebenfalls mit heiler Haut der Schießerei am Fluss entkommen konnte. Er war ein kleiner, drahtiger Mann mit rotblondem Haar und unnatürlich gelblichen Augen, die an eine giftige Schlange erinnerten. »So kann man die Sache nicht ansehen. Wir waren die ganze Zeit über in großem Abstand der Herde gefolgt. Nolan konnte nichts von uns und unserem Vorhaben wissen.«

»Das ist ja sehr interessant«, stieß Conroy zischend hervor. Er erhob sich aus seinem Stuhl und starrte über dem Schreibtisch gebeugt, auf die kleine Gestalt Warrens herab und schlug mit der Faust auf die Tischplatte. »Dann möchte ich verdammt noch mal wissen, wieso es dazu kommen konnte, dass Nolan euch einen Hinterhalt gelegt hat. Er muss gewusst haben, dass ihr ihm und seiner Herde folgt. Deshalb hat er auch die Rinder über den Fluss getrieben und dort am anderen Ufer in aller Seelenruhe auf euch gewartet. Und ihr Narren seid ihm dann auf den Leim gegangen.« Conroy schüttelte wütend den Kopf. Verächtlich setzte er hinzu: »Ein paar mexikanische Viehhirten schaffen es, eine elfköpfige Mannschaft angeblich erstklassiger Revolvermänner zusammenzuschießen. Wofür bezahle ich euch eigentlich so hohen Kämpferlohn?«

»Von ein paar mexikanischen Viehhirten kann nicht die Rede sein, Mister Conroy«, sagte Meadows. Sein Tonfall nahm einen energischen Klang an. »Da waren ein paar höllisch gute Scharfschützen am Werk. Mindestens fünf oder sechs.«

»Erzähle mir keinen Unsinn, Meadows!«, bellte Conroy. Er ließ sich wieder in seinen Sessel fallen.

»Ich bleibe dabei, Mister Conroy; diese Burschen hatten verdammt scharf auf uns geschossen. Es waren Männer, die den Umgang mit Waffen beherrschten. Ich weiß, wovon ich spreche.« Zur Unterstützung seiner Worte nickten Early Warren und die beiden anderen Überlebenden.

Der Vormann Phil Jordan hatte die ganze Zeit über stumm mit ineinander verschränkten Armen im Türrahmen gestanden und zugehört. Sein habichtartiges Gesicht verriet eine überlegende Anspannung, seine dunklen Augen waren düster auf die Männer gerichtet, die in einer Reihe vor dem prunkvollen Schreibtisch standen. Jordan zog die Stirn in Falten, er löste sich vom Türrahmen und machte einen Schritt auf den Schreibtisch zu. Dabei legte er eine Hand auf die Tischplatte und schob sich mit der anderen den Hut aus dem Gesicht. Seine Augen wanderten von einem Mann zum anderen, bis er sich schließlich an Stuart Conroy wandte.

»Ich persönlich würde mir durchaus vorstellen können, dass sich ein paar Männer dem Viehtrieb Nolans angeschlossen haben, die durchaus in der Lage sind, mit Waffen umzugehen, Mister Conroy. Möglich, dass das stimmt, was die Männer sagen.«

Stuart Conroy biss sich auf die fleischigen Lippen und seine unruhigen Augen blieben auf der hageren Gestalt des Vormannes haften. Zuerst wollte er mit barscher Unüberlegtheit erwidern, entsann sich aber, dass Phil Jordan ihn des Öfteren vor Jed Nolan gewarnt hatte. Die Vorhersagen des kaltblütigen Vormannes waren in vielen Fällen eingetroffen.

Stuart Conroy hatte Jed Nolan schon einmal unterschätzt, obwohl ihn Jordan gewarnt hatte. Conroys Hände umfassten die Lehnen des schweren Ledersessels, in dem er saß. Mit einem Kopfnicken deutete er den vier Männern an, das Büro zu verlassen. Sie schienen darüber sehr erleichtert zu sein, denn mit schnellen Schritten eilten sie aus dem Büro. Als der letzte Mann die Tür hinter sich ins Schloss gezogen hatte, sagte Conroy: »Sie denken, dass ich diesen Jed Nolan wieder unterschätzt habe, nicht wahr, Jordan? Sagen Sie es, Jordan.«

Phil Jordan nickte düster. »Ich glaube, dass Sie sich bezüglich dieses Mannes zu wenig Gedanken machen, Mister Conroy. Sie haben sich das Nolan-Anwesen unter den Nagel gerissen und zudem noch die Frau geheiratet, die früher Jed Nolans Mädel war. Das nimmt kein Mann so einfach hin.«

Conroy hieb mit der Faust durch die Luft.

»Das Anwesen wurde enteignet, Jordan. Es gehörte Nolan schon gar nicht mehr. Und was sein Mädel betrifft. Nun, June ist meine Frau geworden. Sie hat sich für mich entschieden. Und sie tat es aus freien Stücken. Bitter für den Mann, aber es ist nun einmal so. Nolan hat keine Ansprüche, weder auf das eine, noch auf das andere.«

Ein leichtes Grinsen zog sich Jordans vogelartiges Gesicht. »So sehen Sie es an. Nolan betrachtet das wohl etwas anders. Ich habe mich herumgehört, Mister Conroy. Diese Nolan-Sippe ist vom ganz harten Schlag. Der alte Dan Nolan kam nach dem mexikanischen Krieg 1848 in das Land. Er baute die Ranch aus dem Nichts auf und machte sie zu einem großen Anwesen, zusammen mit seinen drei Söhnen, seiner Frau und einer Mannschaft. Er galt bis Ausbruch des Bürgerkrieges 1861 als mächtiger und geachteter Mann. Der alte Dan und seine Frau sind tot, Mister Conroy, und zwei der Söhne sind im Krieg verschollen. Jed Nolan ist als einziger aus dem Krieg heimgekehrt. Aber man sagt, dass er ganz nach dem alten Dan kommt und eine ziemlich harte Nummer sei.«

Conroy winkte ab. »Das alles weiß ich bereits, Jordan. Was wollen Sie mir damit sagen?«

»Sie hatten mächtiges Glück, dass Sie sich diese Ranch aneignen konnten, Mister Conroy. Sicher, die Nordarmee hat sie Ihnen zugespielt. Das wäre sicherlich nicht so leicht gewesen, wenn es Dan Nolan noch gegeben hätte und andere Umstände auch nicht so gewesen wären, wie sie halt gekommen sind. Von den Nolans scheint nur noch Jed Nolan übrig zu sein.

Sie glaubten bisweilen, ein leichtes Spiel gegen diesen einen Mann zu haben. Doch Sie irren sich Mister Conroy, wenn Sie weiterhin diese Auffassung beibehalten wollen.«

Stuart Conroy ließ die Worte des Vormannes auf sich einwirken. Er griff in die Holzschatulle mit den Zigarren auf seinem Schreibtisch, nahm eine Zigarre heraus, biss die Spitze ab und zündete sie sich gemächlich an. Während er sich paffend in seinem Sessel zurücksinken ließ, wies er Jordan mit einer einladenden Handbewegung an, sich ebenfalls eine Zigarre zu nehmen. Dieser schüttelte nur mit dem Kopf.

»Es scheint«, so sagte Conroy während ein paar paffenden Zügen, »dass ich wieder einen Fehler gemacht habe. Offensichtlich habe ich erneut diesen Mann unterschätzt. Les Pandero hat versagt. Mag sein, dass es nicht seine Schuld gewesen ist. Tatsache ist, dass er und weitere sechs Männer auf dem Grund des Flusses liegen. Das schreit nach einem Krieg, Jordan. Ich bin nicht gewillt, so etwas hinzunehmen. Dieser Jed Nolan leistet einen Widerstand, von dem ich tatsächlich nicht glaubte, dass er ihn tun würde. Gut, er will einen Krieg, den er aber nicht gewinnen wird. Ich gebe zu, dass ich meine Taktik hinsichtlich dieses Mannes etwas ändern werden muss.«

Der Vormann nickte nur leicht und Conroy sah ihn aus harten Augen an.

»Wie weit sind Sie mit den kleinen Ranchern und Farmern in der Gegend?«, fragte er.

Jordan wischte sich mit der rechten Hand über die Lippen, wobei er sie zu einem bösen Lächeln verzog. »Ich hätte nicht gedacht, dass die alle so leicht das Handtuch werfen würden. Scheint so, dass sie mächtig die Nase voll haben von der herrschenden Armut hier im Lande. Alle, bis auf einen.«

»Nun?«

»Der alte Santero bleibt stur. Ich habe dem Burschen dreitausend Dollar geboten, wenn er sein Anwesen an uns verkauft. Dieser alte Sturkopf hat mir dabei nur ins Gesicht gelacht und mich mit den Männern des Hofes verwiesen.«

Stuart Conroy legte die Stirn in Falten.

Santero!

»Ich hätte es wissen müssen. Nolans Freunde, nicht wahr?«

»Seit eh und je«, gab Jordan zur Antwort. Er griff dabei in die Brusttasche seines Hemdes, angelte seinen Tabak hervor und rollte sich gemächlich eine dünne Zigarette. Ein Streichholz ratschte auf, als er es an seinem Revolvergurt entfachte. Er hielt es an die Zigarette und zündete sie an, ohne dabei den Blick von Conroy zu nehmen, dessen Gesichtsausdruck wieder seine gewohnt arrogante Selbstsicherheit verriet. Jordan erkannte deutlich, dass dieser Mann bereits wieder Pläne schmiedete, um sein Imperium zu vergrößern. Stuart Conroy, das wusste Phil Jordan, war ein durch und durch von Macht besessener Mann. Er kannte ihn lange genug, um zu wissen, dass sein gesamtes Handeln und Denken auf diesen Punkt ausgerichtet war.

Stuart Conroy brauchte das Land vom alten Rafaelo Santero, dem Vater von Luis, Gonzales und Diego, nicht, das etwas weiter südlich am Nueces lag. Dadurch, dass sämtliche Kleinrancher ihr Land im Umkreis verlassen wollten, besaß er mittlerweile mehr als genug. Doch Stuart Conroys ausgeprägte Gier nach mehr erforderte es, dass er Santero ebenfalls vom Landstrich haben wollte.

Doch da war noch mehr. Die Familie Santero war mit der Nolan-Familie seit ewigen Zeiten befreundet. Diese Freundschaft dauerte über Generationen hinweg an. Und Stuart Conroy wusste das. Deshalb waren die Santeros für ihn genauso ein Dorn im Auge wie Jed Nolan.

»Sie werden sich intensiv mit der Santero-Sippe befassen, Jordan«, sagte Conroy nach einer Weile. Phil Jordan nickte nur stumm. Genau diese Worte hatte er erwartet.

Als Jordan sich zum Gehen anschickte, hielt ihn Conroys scharfe Stimme an der Tür zurück: »Sie wissen ja, was zu tun ist. Ich weiß, dass ich mich auf Sie verlassen kann, Jordan.«

Der Vormann tippte lässig an seine Hutkrempe, nickte und ging hinaus. In seinem vogelartigen Kopf legte er sich bereits einige Pläne zurecht, als er die Bürotür hinter sich ins Schloss fallen ließ.

Wenn Conroy für ein paar Tage verreisen wollte, dann tat er dies nicht ohne Grund. Jordan mutmaßte, dass er sich langsam mehr Sorgen um diesen Jed Nolan machte, als bisher. Daher lag es nahe, dass sich Conroy um Zuwachs seiner Mannschaft kümmern würde, die durch jenen Zwischenfall am Atascosa-River um sechs Mann dezimiert worden war.

Zum Teufel mit Les Pandero!, dachte Jordan grimmig, *ich hätte mir denken können, dass der die Sache versaut!*

Auf dem Flur begegnete er June Conroy. Ihr Auftauchen riss ihn aus seinen Gedanken. Sie schien gerade von einem ihrer täglichen Ausritte gekommen zu sein. Sie steckte in der typischen Kleidung der Weidereiter und Jordan fand, wenn auch widerstrebend, dass ihr das ausgezeichnet stand. June Conroy war eher eine Frau, die elegante Kleider statt Hosen bevorzugte. Von jeher ein verwöhntes, junges Ding, schien es Jordan doch, dass eine Veränderung in ihr vorgegangen sein musste. Sie wurde immer häufiger in Männerkleidung gesehen, ritt oft aus und – sehr zur Verärgerung des Vormannes – schien sie sich wieder mit ihrem Mann versöhnt zu haben. Letzteres fiel dadurch auf, dass die gespannte Haltung, dic von June ausgegangen war, nicht mehr existierte. June hatte ihren Hut, einen breitkrempigen Stetson, weit aus der Stirn geschoben. Ihr Gesicht war von der Sonne tief gerötet und rotblondes Haar fiel lose an den schmalen Schultern herab.

Junes und Jordans Blicke trafen sich kurz und Jordan spürte förmlich ihre ablehnende Haltung ihm gegenüber. Er tippte an die Krempe seines Hutes und sagte beiläufig: »Guten Tag, Miss Conroy. Ich sehe, Sie sind wieder ausgeritten.«

Es klang eher wie eine Feststellung, als eine Frage und Jordan sagte diese Worte nur mit dem zwanghaften Gefühl, etwas sagen zu müssen. In seiner Stimme lag keine Freundlichkeit. Hier trafen sich zwei Menschen, die nichts miteinander gemeinsam hatten. Sie hatten füreinander nichts anderes übrig, als gegenseitige Verachtung.

June sah zu Jordan empor und sagte kühl: »Ich wüsste nicht, was Sie das angeht, Mister Jordan.«

»Ich wollte nur freundlich sein, Ma'am«, antwortete Jordan. Ihre kalte Antwort ärgerte ihn und er spürte eine aufkeimende Wut. Dennoch beherrschte er sich. June sah die Veränderung in Jordans Gesicht. Für einen kurzen Moment dachte sie daran, einfach weiterzugehen, doch irgendetwas in ihr zwang sie, dem Vormann einen weiteren Stich zu verpassen.

»Das wäre mir neu«, sagte sie.

Er bedachte June mit einem Stirnrunzeln.

»Was?«, fragte er.

»Dass Sie freundlich sein können, Mister Jordan.«

Ein böses Lächeln huschte über seine Lippen. Er sah mit verächtlichen Blicken zu ihr herab und sagte: »Sie können mich nicht leiden, June Conroy. Aber das beruht auf Gegenseitigkeit. Sie tragen Ihren hübschen Kopf mächtig weit oben und werfen einen großen Schatten. Aber mich täuschen Sie nicht, Lady. Ich weiß Bescheid über Sie.«

June stemmte ihre Hände in die Hüften und blickte ihm trotzig entgegen. Von Anfang an hatte sie sich vor diesem Mann gefürchtet, ihn sogar gehasst. Sie kannte seinen Ruf aber sie wusste genauso gut, dass sie bei ihrem Mann auf taube Ohren stieß, wenn das Thema auf Phil Jordan fiel.

»So?« June schob trotzig ihr Kinn. »Was wollen *Sie* denn schon über mich wissen, Mister Jordan?«

Der Vormann stand in Begriff, einfach weiterzugehen und June zu ignorieren. Aber er blieb stehen, lehnte sich lässig an die Wand und sagte, während er die Arme ineinander verschränkte: »Sie tun groß, dabei sind Sie's gar nicht. Ihre Hochzeit mit Stuart Conroy war doch nur eine Farce. So, wie viele Dinge, die Sie betreffen, ebenfalls. Sie haben nur aus reiner Geldgier geheiratet. Und dann mussten Sie plötzlich feststellen, dass einiges ganz anders abläuft, als Sie es sich in ihrem hübschen Köpfen zusammengereimt haben. Mir machen Sie wirklich nichts vor, Miss Conroy.« Sein bösartiges Lächeln wurde immer breiter, und als er sah, dass seine Worte eine Wirkung in June Conroys Gesicht zeigten, stieß er ein höhnisches Lachen aus. »Ja, June Conroy! Von meinetwegen spielen Sie hier nur die große Lady. Aber eines Tages wird Ihr jämmerliches Kartenhaus zusammenbrechen und Sie werden Farbe bekennen müssen.«

»Sie haben kein Recht, so mit mir zu sprechen, Phil Jordan«, zischte June ihm zu. Ihr hübsches, ebenmäßiges Gesicht war vor Zorn verzerrt. Ihre Blicke, hasserfüllt, schienen Phil Jordan zu durchbohren. Aber das berührte den Vormann nicht sonderlich, denn er hatte erreicht, was er wollte. Seine Haltung löste sich. Er stieß sich lässig von der Wand ab, drehte sich um und ging hinaus. Dabei pfiff er eine Melodie vor sich hin, die den Eindruck von Unbefangenheit ausdrücken sollte.

Junes Atem ging stoßweise. Ihre Brüste hoben und senkten sich. Mit geballten Fäusten stand sie da und sah ihm nach, bis er über den Patio hinaus nach draußen ging.

»Das wirst du eines Tages bitter bereuen«, zischte sie hasserfüllt.

Kein Mann hatte es bisher gewagt, so mit ihr zu sprechen.

Als June in das Büro trat, saß Stuart Conroy im Sessel seines Schreibtisches und sah gedankenverloren aus dem Fenster.

Erst als sich June durch ein leichtes Räuspern bemerkbar machte, wandte er sich ihr zu. In seinem bleichen Gesicht erschien ein leichtes Lächeln, das allerdings seine Augen nicht erreichte.

»Hallo, June«, sagte er.

Sie nickte und antwortete: »Es hat Ärger gegeben, Stuart, nicht wahr?«

Conroy machte eine lapidare Handbewegung.

»Nichts von Bedeutung, June.«

Sie schüttelte den Kopf.

»Stuart, du machst mir nichts vor. Du weißt, dass ich einen ausgeprägten Sinn für Empfindsamkeit habe. Also...«

Conroy stieß ein leichtes Seufzen aus, nahm einen Zug aus der Zigarre und drückte sie angewidert im Aschenbecher auf dem Schreibtisch aus. Er rieb sich angespannt über die Stirn und sagte: »Nein, June. Ich kann dir nichts vormachen. Also gut: Les Pandero und fünf weitere Männer liegen tot auf dem Grund des Atascosa-River. Jed Nolan hat ihnen eine Falle gestellt und...«

June schüttelte erneut ihren Kopf.

»Nein, Stuart. Du hattest Les Pandero und zehn weitere Reiter beauftragt, auf Jed Nolan Jagd zu machen. Ich weiß darüber Bescheid. Aber offenbar hat wohl Nolan den Spieß umgedreht, nicht wahr?«

Conroy verschränkte seine Arme vor der Brust, sah zu June herüber und sagte: »Ja. Dieser Mann ist klüger, als ich dachte.«

»Warum lässt du diesen Mann nicht in Ruhe, Stuart? Weshalb musstest du auch Pandero und die Männer auf ihn loshetzen?«

Eine leichte Zornesröte trat in Junes Gesicht.

Conroy hob beschwichtigend die Hände und antwortete:

»June, Liebes! Das haben wir doch schon x-mal durchgesprochen. Nicht ich will den Krieg, sondern Jed Nolan! Der Mann ist voller Hass gegen mich. Aus seiner Sicht ja auch verständlich, schließlich leben wir auf der Ranch, die einst seiner Familie gehörte. Zudem habe ich dich geheiratet, das Mädel, welches er für sich...«

»Das war vor dem Krieg, Stuart. Und es ist lange her.«

Conroy schüttelte den Kopf.

»Für dich mag es vielleicht sogar so sein, aber ich glaube, dieser Nolan denkt anders darüber. Er will mich vernichten, June. Und das werde ich nicht zulassen.«

»Er hatte bisher noch nichts unternommen, Stuart, was dir hätte schaden können. Du hast ihm Pandero und die Männer auf den Hals gehetzt. Bitte verdrehe jetzt nicht die Tatsachen.«

»June, mache es mir doch bitte nicht immer so schwer«, rief er aus, »ist dir denn nicht klar, was dieser Nolan vorhat? Weshalb treibt er denn eine Herde nach New Orleans? Der Mann wäre schon längst gegen mich losgegangen, wenn er die passenden Mittel gehabt hätte. In New Orleans würde man ihm ungefähr zehn bis fünfzehn Dollar pro Rind bezahlen. Das ist weit mehr, als er in ganz Texas bekommen könntc. Er treibt über tausend Stiere dorthin. Du kannst dir also ausrechnen, mit welch einer Summe er zurückkehren würde.«

»Na, und? Ich finde es großartig, dass Jed Nolan den Kopf nicht hängen lässt und trotz der Niederlagen, die er erlitt, versucht, etwas aufzubauen. Was ist daran so verkehrt, Stuart?«

»Spiele doch bitte nicht die Ahnungslose, liebe June! Mit dem Geld wäre Jed Nolan imstande, sich eine tüchtige Revolvermannschaft aufzubauen, um dann gegen mich loszuschlagen. Ist das immer noch so großartig?«

»Das hat dir dein lieber Vormann Phil Jordan in den Kopf gesetzt, nicht wahr?« begehrte June heftig auf. »Ja, diese Worte könnten aus seinem Munde stammen.«

»Liebling«, versuchte Conroy beschwichtigend einzulenken. Ein Streit mit June lag ihm fern, zumal sich beide in der letzten Zeit wieder etwas nähergekommen waren. »Ich weiß, dass du Phil Jordan nicht leiden kannst. Aber er ist der Circle-C treu ergeben. Er ist ein guter Vormann. Auf ihn kann ich mich verlassen. Auch wenn du das nicht hören möchtest.«

»Phil Jordan ist ein eiskalter Revolverheld. Ein Killer«, stieß sie hervor. In diesem Augenblick dachte sie an die Begegnung mit Jordan vorhin auf dem Flur und das trieb ihren Zorn gegen den Mann empor. »Er ist dir treu, weil du ihn gut bezahlst, Stuart. Du bezahlst ihn für Revolverdienste.«

Mit einem Seufzer ließ sich Conroy nach hinten in den Sessel fallen. Er verschränkte die Arme hinter seinem Kopf und blickte June lange an.

Damals hatte er geglaubt, ein leichtes Spiel mit ihr zu haben. Er hielt sie für ein kokettes, verwöhntes und junges Ding, das ihn unentwegt anhimmelte. Doch nach und nach erkannte Conroy, dass in June Charaktereigenschaften verborgen lagen, mit denen er nicht gerechnet hatte, so auch jene, unnachgiebige Sturheit. Das komplizierte die Dinge für ihn. Er hatte June zur Frau genommen des Besitzes wegen. Er begehrte sie und wollte sie besitzen, wie auch all die anderen elementaren Dinge, die ihn umgaben. Er wusste nicht, ob er June liebte. Liebe war etwas, was nicht in Stuart Conroys Wörterbuch stand. Und gerade die erste Zeit nach der Hochzeit war von zahlreichen Meinungsverschiedenheiten zwischen ihm und ihr geprägt, die dazu führten, dass sich June ihm immer mehr entzog.

In letzter Zeit jedoch waren sie sich wieder etwas näher gekommen. Daher lag es Conroy fern, dass es jetzt wieder zu Meinungsverschiedenheiten zwischen ihm und June kommen würde. Fieberhaft suchte er in diesem Augenblick nach Möglichkeiten, um das Band der Versöhnung aufrecht zu erhalten.

June hatte die Hände in die Hüften gestemmt und sah ihn erwartungsvoll an. Sie wusste, dass sie ihn mit ihren Aussagen in die Enge getrieben hatte. Das machte sie nicht glücklich, aber sie würde auch nicht aufhören. Dessen war sich Conroy bewusst. Und so sagte er: »Wir haben die gleichen Ziele, June. Aber die Auffassungen zwischen Mann und Frau sind nicht immer dieselben. Ich kann deinen Zorn verstehen. Ich kann auch verstehen, dass du Phil Jordan nicht magst. Aber gewisse Dinge sind nun einmal notwendig, wenn man seine Ziele erreichen will.«

Er erhob sich plötzlich aus seinem Sessel und ging auf sie zu. Seine Arme schlossen sich um ihre schmale Taille und er zog June dicht an sich heran. Als June zu ihm emporblickte, zeigte sich in seinem Gesicht ein versöhnliches Lächeln, das diesmal auch seine Augen erreichte.

»Keinen Streit, June«, sagte er.

June hielt ihren Kopf etwas geneigt, während sie in seine Augen sah. Stuart Conroys Augen waren oft unergründlich, doch diesmal las June ein ungezügeltes Verlangen darin.

Sie öffnete leicht ihre Lippen.

Conroy zog sie fester an sich heran und küsste sie – wild, leidenschaftlich und hungrig.

Die Dämmerung legte sich über das Land. Phil Jordan lehnte lässig an einem Balken, der die Veranda des Ranchhauses stütze, rauchte eine Zigarette und blickte auf den fernen Horizont, der sich in purpurnen und blauen Farben abzeichnete. Die Sonne verschwand als feurigroter Glutball hinter den Ausläufern einer Hügelkette. Ein leichter Wind trug den würzigen Duft aus dem fernen Buschland herüber und wehte Jordan angenehm entgegen.

Doch von alledem nahm Phil Jordan kaum Notiz. Er war alles andere als ein romantisch angehauchter Mann. Vielmehr setzten sich in seinem Kopf die Gedanken fest, wie er seine weiteren Ziele erreichen sollte. Stuart Conroy hatte ihm unmissverständlich klargemacht, wie er sich in Bezug auf seinem nächsten Feldzug zu verhalten hatte. Und er würde bedingungslos handeln, so, wie er es immer tat.

Der Vormann der Circle-C zog kräftig an der Zigarette, inhalierte tief und warf den Stummel achtlos zu Boden. Er rückte seinen Revolvergurt mit den Zwillings-Holstern zurecht und ging sporenklingelnd herüber zum Bunkhouse.

Mit einem Ruck riss er die Tür auf und der Geruch von Schweiß, Tabak und Leder strömte ihm entgegen. Er rief hinein:

»Ich brauche sofort sechs Mann. Warren, Ogrum, Meadows! Macht euch sattelfertig.« Sein Blick glitt in die Runde. Einige Männer saßen zusammen bei einem Pokerspiel, einige lümmelten auf den Pritschen. Zwei Cowboys ölten ihre Waffen, während ein anderer seine Stiefel putzte.

Allesamt hörten sie mit ihren Tätigkeiten auf, als seine hagere Gestalt im Türrahmen stand. Jordans Augen blieben auf drei weiteren Cowboys haften, die sich an einem Pokerspiel beteiligten. »Stan, Penny und Lonesome! Ihr drei auch. Wird Zeit, dass ihr euren Kampfsold verdient.«

Ogrum, Meadows und Warren erhoben sich übellaunig von ihren Pritschen.

»Was ist denn los, Jordan?« brummte der rotblonde Bursche mit den giftigen Augen.

»Das erfahrt ihr später. In zwanzig Minuten seid ihr alle bewaffnet und im Sattel. Nehmt euch jeder ein paar geteerte Fackeln mit. Wir treffen uns im Hof.«

Die Blicke der genannten Männer zeigten keine Sympathien, als sie sich ihre Stiefel anzogen und ihre Revolver umschnallten.

Aber alle hatten sie eines gemeinsam; einen Heidenrespekt vor Phil Jordan.

Und wirklich, kaum zwanzig Minuten später saßen die sechs Männer in einer Reihe in den Sätteln ihrer Pferde. Die Gebissketten klirrten und die Tiere schnaubten. Die Gewehre steckten geladen in den Scabbards und jeder ahnte, dass es kein gewöhnlicher Ausritt werden würde, zu dem sie aufgerufen worden waren.

Phil Jordans schwarzer Rappe trabte ihnen entgegen. Vor den sechs Reitern zügelte er sein Pferd. Er sagte mit barscher Stimme: »Wir werden heute Abend dem alten Rafaelo Santero einen kleinen Besuch abstatten, Jungs.«

Ein leichtes Raunen ging durch die Menge.

»Deshalb auch die geteerten Fackeln?« rief Stagg Ogrum aus der Gruppe heraus.

Phil Jordan zog sich mit der Rechten den Hut tiefer ins Gesicht.

»Du hast es haarscharf erfasst, mein Junge. Und jetzt vorwärts!«

In schnellem Galopp verließen sie das Conroy-Anwesen und schlugen die Richtung nach Westen ein – geradewegs in das ausgedehnte Buschland nahe des Nueces Rivers.

Viertes Kapitel

Noch einmal sah sich Grant Hatchens nach dem kleinen, verwitterten Haus um, in dem er und seine Familie so lange gelebt hatten. Mit einem Seufzer tiefen Bedauerns ging er zu dem vollbeladenen Wagen, der all das Hab und Gut der Familie trug und auch Hatchens beide Kinder. Myra saß ungeduldig auf dem Bock. Ihr Blick war stur geradeaus gerichtet. Sie vermied es ganz bewusst, noch einmal zurück zu schauen.

Als Grant Hatchens auf den Fahrerbock kletterte, sah er die Tränen im Gesicht seiner Frau und schluckte mühsam. Er legte die Zügel seines Vierergespanns in die rechte Hand, während seine raue Linke sanft über die Wangen von Myra strich. Er räusperte sich stark, als er sagte: »Glaube mir, Myra; es ist besser so. Diese Farm hätten wir nie wieder hochbekommen. Mit dem Geld, das wir von Conroy bekommen haben, können wir woanders völlig neu anfangen.«

»Texas ist meine Heimat, Grant«, antwortete Myra mit einem wehleidigen Schluchzen in der Stimme. »Ich habe mein ganzes Leben hier verbracht, und nun...«

Sie brach ab und schlug die Hände vor ihr Gesicht. Ein stummer Weinkrampf schüttelte sie und Grant Hatchens presste die Lippen aufeinander. Am liebsten wäre er zu Stuart Conroy geritten und hätte ihm das Geld wieder zurückgegeben. Aber er wusste, dass dies keinen Sinn hatte. Die Hatchens waren ruiniert. Vor dem Krieg sah das anders aus. Da konnten sie sich mit dem, was die Farm hergab, recht gut über Wasser halten.

Aber das war vor dem Krieg...

»Du wirst sehen, Myra; in Kalifornien wird es uns besser ergehen. Dort ist das Land noch nicht ausgeblutet. Dort haben wir eine Chance.«

Myra gab keine Antwort. Ihr Weinen hörte nicht auf. Die beiden Kinder, die hinten auf dem Wagen saßen, sagten nichts. Stumm blickten sie auf das verlassene Haus, das jahrelang ihr Zuhause gewesen war.

Gerade als die Hatchens ihr Heim verlassen wollten, tauchten drei Reiter auf. Sie ritten auf Hatchens zu und brachten ihre Pferde dicht vor dem vollbeladenen Wagen zum Stehen. Hatchens sah zu ihnen auf und blickte in drei staubbedeckte, hagere und unrasierte Gesichter. Die Männer sahen sattelmüde aus, hungrig und erschöpft von einem langen Ritt. Ihre Kleidungen waren verschlissen. Sie trugen ausgeblichene Hosen der Südstaatenarmee. Es waren Heimkehrer aus dem Krieg, so wie viele andere auch.

Der Mann in der Mitte tippte an die Krempe seines verbeulten Hutes und sagte: »Hallo, Hatchens. Erkennen Sie uns noch?«

Hatchens blickte entgeistert zu dem Mann hoch und sah in sein bärtiges Gesicht. Er schüttelte leicht den Kopf und sagte: »Tut mir leid, Mister.«

»Wir sind es! Die Nolan-Brüder, Mister Hatchens. Erkennen Sie uns wirklich nicht mehr? Ich bin Amos, das sind Tom und Johnny.«

Hatchens Augen weiteten sich und stierten Amos Nolan entgeistert an. Er erinnerte sich nur vage an ihn und an seine beiden Brüder. Das letzte Mal hatte er sie vor Kriegsausbruch gesehen. Sie galten als verschollen und kein Mensch hätte gedacht, dass sie aus dem Krieg zurückkehren würden. Amos Nolan war ein recht großer, schwerer Mann mit einem eckigen Gesicht, das von hellen Bartstoppeln überwuchert war. Die rauchgrauen Augen erinnerten Hatchens an die des alten Dan Nolans, den er recht gut gekannt hatte. Unter dem verbeulten Hut trat ein Büschel unordentliches, blondes Haar hervor, das längere Zeit nicht mehr geschnitten worden war.

Tom Nolan hatte ein schmales Gesicht, braune Augen und ähnelte sehr der Mutter. Sein Haar war rostbraun und ebenfalls ungepflegt. Er war schlank und mittelgroß und hatte kaum Ähnlichkeit mit Amos, gegen den er beinahe schmächtig wirkte. Johnny Nolan war der jüngste der Brüder. Er besaß eine ähnliche Statur wie Tom und hatte ein auffallend hübsches, scharfgeschnittenes Gesicht, in dem sowohl Vater Dan als auch die Mutter zu erkennen war. In seinen blauen Augen lag der rebellischer Trotz eines jungen Mannes, der mit sich und der Welt nicht in Einklang zu stehen schien. Seine Haare waren von einem tiefen Braun, fast schwarz. Er hatte seinen Hut, der, wie bei den anderen beiden Nolans auch, ziemlich verbeult war, weit in den Nacken geschoben. Dichtes, schwarzes Haar fiel ihm keck in die Stirn. Der rechte Ärmel seiner Jacke war aufgerissen und der Stoff wies an einigen Stellen getrocknetes Blut auf. Er saß trotz der Müdigkeit, die ihm wie auch den anderen beiden deutlich im Gesicht geschrieben stand, in lässiger Haltung im Sattel.

»Wenn ich es nicht mit eigenen Augen sehen würde, Mister Nolan, so würde ich es nicht glauben. Sie sind tatsächlich zurückgekehrt. Sie und Ihre Brüder! Ich habe Sie tatsächlich nicht erkannt. Ist ja auch sehr lange her! Und ein wahres Wunder. Jedermann hielt euch für tot«, stieß Hatchens hervor. In seiner Leidensmiene setzte sich ein erfreutes, dankbares Lächeln fest. »Dem Herrn sei gepriesen.«

Amos Nolan wischte sich über seine blonden Bartstoppeln. »Ja, wir haben einen verdammt langen Weg hinter uns, Mister Hatchens«, sagte er gedehnt und sah dabei zu seinen Brüdern. »Aber nun sind wir wieder zu Hause und das, was wir bislang gehört haben, klingt bitter und schaurig in unseren Ohren.«

Hatchens senkte den Blick. »Sie haben es also bereits erfahren, nicht wahr?«

Amos Nolan nickte grimmig.

»Ja. Auf unserer Ranch sitzt ein Mann namens Conroy – dick und fett wie eine Kröte. Die verdammten Yankees haben uns Nolans einfach das Land und die Ranch enteignet und diesen verdammten Conroy draufgesetzt. Üble Sache, das.«

Seine Brüder nickten stumm.

»Was werden Sie tun, Mister Nolan?«, fragte Hatchens. »Werden Sie hierbleiben?«

»Auf jeden Fall möchten wir uns mal ein genaues Bild der Lage verschaffen. Ist da etwa was Wahres dran, dass unser ältester Bruder Jed den Krieg ebenfalls überstanden hat und nun mit einer Herde auf dem Weg nach New Orleans ist?«

Hatchens schmale Schultern hoben und senkten sich. »Ich kann nichts Genaues darüber sagen, Mister Nolan. Man munkelt solche Geschichten. Aber es stimmt, dass Jed unversehrt aus dem Krieg heimgekehrt war und eine Zeitlang im Buschland gelebt hat – bei den Santeros.«

Amos Nolan nickte düster. »Die Santeros waren schon immer gute Freunde der Nolans.«

»Die wissen sicherlich noch mehr, als ich es weiß«, sagte Hatchens.

Amos Nolan wies mit ausgestrecktem Arm auf das verlassene Gebäude hin und wiederholte seine Frage von vorhin.

»Sie ziehen fort, Hatchens?«

Hatchens nickte bedauernd. »Ja. Uns bleibt nichts anderes übrig, als von hier fortzugehen. Das Land ist ruiniert und wir sind völlig am Ende. Werden woanders unser Glück versuchen.«

Amos sah wieder zu seinen Brüdern. Tom kratzte sich hinter dem Ohr und meinte: »Das wäre schon die dritte Familie, auf die wir gestoßen sind, die das Land verlassen will. Was ist denn los mit euch Leuten? Habt ihr keinen Mumm mehr in den Knochen?«

»Darum geht es nicht!«, schaltete sich Myra ein. Sie wischte sich mit einem Taschentuch über ihr tränenverschmiertes Gesicht und sah zu Tom auf. »Aber wir sind es leid, nur in Armut zu leben. Mit dem bisschen Geld, das wir für unsere kleine Ranch bekommen haben, können wir woanders einen besseren Start machen. Oh, es fällt uns nicht leicht, das können Sie mir glauben. Aber es geht nicht anders.«

Amos Nolan wischte sich mit dem abgenutzten Ärmel seiner Jacke über die Lippen und sah zu Myra herüber.

»Sie haben Geld für Ihr Anwesen bekommen?«, fragte er.

Myra senkte schuldbewusst ihren Kopf und Hatchens antwortete an ihrer Stelle: »Ja. Mehr, als die Ranch wert gewesen wäre.«

»Etwa von diesem Stuart Conroy?«, rief Johnny schrill zu Hatchens herüber.

»Woher – woher wissen Sie das?«

»Bei den anderen Familien, die wir trafen, war es jedenfalls so«, antwortete Johnny. Ein wütender Klang lag in seiner Stimme. Er wandte sich auf Amos. »Scheint so, als würde dieser verdammte Conroy das ganze Land hier in Beschlag nehmen wollen, was?«

»Hast verdammt recht, Kleiner«, erwiderte Amos durch die Zähne gepresst. »Wirft einen verdammt großen Schatten, dieser Hombre.«

»Und mit diesen verdammten Unionssoldaten versteht der sich wohl prächtig, was?«, begehrte Tom auf.

Hatchens Blicke wanderten von einem Nolan zum anderen. Er sah in ihren ausgemergelten Gesichtern die blanke Wut und konnte es verstehen. Seine Hand fuhr durch seinen grauen Bart, als er sagte: »Spanish Crossing unterliegt den Besatzungsmächten. Im Augenblick ist eine Truppe unter der Leitung eines gewissen Captain Nichols dort stationiert. Mister Conroy ist ebenfalls aus dem Norden und sympathisiert mit den Besatzungsmächten, klarer Fall! Und Mister Conroy hat sehr viel Einfluss. Er kam während der letzten Kriegstage mit sehr viel Geld, Macht und Einfluss hierher, hatte im Nu eine Mannschaft hartgesottener, zwielichtiger Burschen um sich geschart und die Ranch und das Land Ihres Vaters in Beschlag genommen. Diesen Akt hatte er seinem Einfluss bei den Yankees zu verdanken. Das war allerdings, bevor Captain Nichols mit den Soldaten nach Spanish Crossing kam.«

Johnny hieb energisch mit der Rechten durch die Luft und schlug dann mit der Faust auf das Sattelhorn. »Verdammt, Amos. Die Sache wird immer übler, je mehr wir hören!«

Amos richtete sich im Sattel auf.

»Ich schätze, das wird wohl noch nicht alles sein«, sagte er grimmig, »aber wir werden es erfahren.«

»Sie werden bleiben?«, fragte Hatchens.

»Warum nicht?« stieß Amos hervor, »das hier ist unsere Heimat, Mister Hatchens. Und kein Nolan wird sich vertreiben lassen.«

Hatchens schüttelte bedauernd seinen bärtigen Kopf. »Amos!«, sagte er beschwörend, »hier gibt es nichts mehr für Sie und Ihre Brüder. Ihr habt die Armee gegen euch und durch die Enteignung ist Conroy nun der rechtmäßige Besitzer der Ranch, die einst eurem Vater gehörte. Das ist bitter, fürwahr. Aber das ist der Preis für einen verlorengegangenen Krieg. Vielen in Texas ist es so ergangen, und...«

Amos schnitt ihm mit einer resoluten Handbewegung das Wort ab.

»Wenn jeder so denken würde, dann hätte Texas nie die Chance, sich vom Krieg zu erholen, Mister Hatchens. Dann würden immer mehr Unionisten das Land besetzen, immer mehr Parasiten und Beutelschneider eindringen. Und das darf nicht geschehen. Wir sind nicht aus der Kriegsgefangenschaft heimgekehrt, um tatenlos zusehen zu müssen, wie ein Yankee auf unserer Ranch wie die Made im Speck lebt und alles um ihn herum die Zelte abbricht. Wenn Jed noch am Leben ist, und das hört sich ja verdammt danach an, dann sind wir zu viert. Und wie ich meinen großen Bruder Jed kenne, wird er genauso denken. Ich glaube, dass er sich mächtig etwas dabei gedacht hat, eine Herde nach New Orleans zu treiben.«

Hatchens zuckte mutlos mit den Schultern. Er spürte den intensiven Blick, den ihm seine Frau zuwarf. Und er wagte nicht, sich nach seinen beiden Kindern hinten im Wagen umzudrehen.

»Ich wünsche Ihnen alles Gute, Amos Nolan«, sagte er, »möge Ihr Vorhaben gelingen.«

Amos Nolan tippte an die Krempe seines Hutes.

»Leben Sie wohl, Hatchens«, sagte er knapp und blickte gedankenverloren dem davonfahrenden Wagen nach. Die beiden Kinder drehten sich noch einmal zu ihm und seinen beiden Brüdern um, dann war das rumpelnde Gefährt hinter einer Biegung verschwunden.

»Sieht bitter aus, was?«, meinte Tom. »Scheinen alle flügge zu werden in Texas.«

»Ja. Und diese verdammte Yankeebrut mit ihren Beutelschneidern und Landräubern kann sich hier mächtig breit machen. Und das bereitet mir üble Kopfschmerzen«, sagte Amos. Er griff in die Brusttasche seines verschlissenen Hemdes und suchte vergeblich nach Tabak. »Hast du noch was zu rauchen?«, fragte er dann Tom. Dieser zog ein abgegriffenes Päckchen Dime-Durham-Tabak aus der Jackentasche und reichte es dem älteren Bruder. »Dreh dir eine dünne Zigarette, Hombre. Das ist der letzte Rest.«

»Ich habe auch nichts mehr«, schaltete sich Johnny ein.

Amos drehte sich eine dünne Zigarette. Er achtete darauf, dass für Tom und Johnny noch so viel Tabak übrig blieb, dass sie sich ebenfalls noch eine Zigarette fertigen konnten.

»Kein Tabak, keine Vorräte und keinen Cent in der Tasche«, sagte Amos, während er sich die Zigarette zwischen den Mundwinkel klemmte und Tom den Tabaksbeutel zuwarf, der ihn geschickt mit einer Hand auffing. Ergänzend sagte er:: »Das sind wahrlich rosige Zeiten.«

»Pah«, brummte Tom, und schüttete einige Tabakkrumen auf das Papier, »wir leben noch. Alles weitere wird sich ergeben.«

»Was haben wir nun eigentlich vor, Brüder?«, fragte Johnny ungeduldig. »Es dämmert bereits und ich habe schon lange nichts mehr zwischen die Zähne bekommen. Verdammt, ich habe Hunger.«

»Bei dir nichts Neues«, meinte Amos grinsend. »Gut, Jungs, reiten wir zur Santero-Ranch. Dort werden wir sicher ein saftiges Steak bekommen und vom alten Rafaelo noch ein paar Auskünfte mehr.«

Fünftes Kapitel

Der Geruch von Rauch lag in der Luft, je näher sich die drei Brüder dem Santero-Anwesen nahe des Nueces näherten. Es war bereits Nacht, der Himmel sternklar, aber mondlos. Immer tiefer drangen sie in das dichte Buschland ein, und der Weg, den sie ritten, war ein schmaler Pfad durch dorniges Gestrüpp, der vor langen, langen Jahren von den Mexikanern als eine Art Fluchtweg errichtet worden war. Es war die kürzeste Strecke zum Fluss und auch zur Santero-Ranch, die allerdings kaum jemand kannte.

Der eigentliche Weg dorthin führte einige Meilen weiter südlich entlang, dort, wo das dichtgedrängte, dornige Buschwerk aus Chaparrals, Katzenkrallen, Mesquitesträuchern und Stachelbeeren unterbrochen war und sich das Land über eine freie Ebene zog. Dieser Weg allerdings würde einen Umweg von einigen Stunden bedeuten und die drei Reiter waren müde und erschöpft. Sie wollten so schnell wie möglich zur Santero-Ranch. Hunger und Durst trieben sie an.

Rechts und links des Weges türmte sich dichtes Buschwerk auf und nur jemand, der das Land genau kannte, war in der Lage, sich hier zurechtzufinden.

Die Brüder ritten hintereinander, Amos hatte die Spitze übernommen. Er war derjenige, der dieses Land wie seine Westentasche kannte. Wie einst der älteste Nolan, Jed, hatte er einen beträchtlichen Teil seiner Jugend und Kindheit hier verbracht.

Plötzlich stoppte Amos sein Pferd. Die beiden Brüder taten es ihm gleich und Johnny raunte: »Was ist los, Bruderherz. Hast du dich etwa verirrt?«

Amos hob die Hand und sagte: »Blödsinn! Hört mal, Jungs. Da krachen Schüsse!«

»Ich höre nichts«, meinte Johnny. »Ich habe nur diesen verdammten Qualmgeruch in der Nase.«

»Wenn du dein verdammtes Plappermaul halten würdest, könntest du sie hören – da!«

Aus der Ferne drang das vereinzelte Knattern von Gewehrschüssen zu ihnen herüber.

Und Amos spürte, dass der Geruch von Rauch immer heftiger wurde.

»Jungs, die Schüsse kommen aus der südlichen Richtung. Und der Wind auch. Das heißt, dass auch der verfluchte Rauch aus dieser Richtung kommen muss. Und Santeros Rancho liegt im Süden.«

»Das bedeutet...«

»Das bedeutet, dass wir verdammt schnell reiten werden, amigos! Vamonos!«

Das Bild, das sich ihnen bot, war schrecklich und von unglaublicher Grausamkeit geprägt. Das Haupthaus stand in Flammen und brannte bereits lichterloh. Das Feuer hatte auch die anderen Gebäude ergriffen. Gierig fraßen sich die Flammen durch das Holz.

Im Hof lagen zahlreiche tote Tiere und auch einige Menschen am Boden. Überall rannten Männer wie aufgescheuchte Hühner hin und her, versuchten mit Wassereimern das Feuer zu bekämpfen. Vor dem Hauptgebäude, einst ein stolzer Bau mexikanischen Stils, hatte sich eine Kette gebildet. Immer wieder leerten sie die Eimer über die zischenden Flammen.

Frauen schrien, Kinder weinten.

Das Dach eines Schuppens brach zusammen. Funken stoben auseinander. Schreiende und blökende Ziegen und Schafe wurden unter dem Dach begraben, als es krachend niedersauste. Aus dem nebenstehenden Schuppen drang das schrille Wiehern eingesperrter Pferde über den Hof.

Die Brüder warfen sich aus ihren Sätteln. Schreckliches hatte sich hier abgespielt, jedoch war keine Zeit, jetzt darüber nachzudenken. Sie rannten über den Hof und verteilten sich. Amos Nolan eilte auf den Schuppen zu, in dem die Pferde eingesperrt waren. Ihr schrecklich schrilles Wiehern drang zu ihm nach draußen. Immer wieder warfen sich einige Pferdekörper gegen das verriegelte Tor, um ins Freie zu gelangen. Mit einer Bewegung schlug Amos den Riegel zur Seiten, warf den Balken nach oben und riss das Tor auf. Im gleichen Augenblick warf er sich zur Seite, als die ersten Pferde in voller Panik aus dem brennenden Schuppen rannten. Sie rasten über den Hof und preschten davon.

Amos erhob sich und sah, wie das brennende Schuppendach zusammenfiel. Mit ein- zwei Sätzen entfernte er sich von dem Gebäude, das wenige Augenblicke später zusammenfiel wie ein Kartenhaus.

Vier Stunden dauerte der Kampf mit dem Feuer. Der Morgen graute bereits, als eine verzweifelte, völlig erschöpfte Menschengruppe vor den Trümmern der einst stolzen Santero-Ranch stand.

Das Hauptgebäude war bis auf die Grundmauern heruntergebrannt, die Schuppen und Lagerhäuser ebenfalls. Gerettet werden konnte nichts mehr. Zahlreiche Tiere hatten in den Flammen den Tod gefunden – und auch einige Menschen. Es würde eine lange, lange Zeit dauern, bis man alles wieder aufgebaut hatte.

Unter den Toten war auch Rafaelo Santero, der Vater von Luis, Diego und Gonzales, die auf dem Weg nach New Orleans waren.

Eine alte Frau in schwarzer Kleidung beugte sich über den Leichnam Santeros. Amos Nolan ging mit zögernden Schritten auf sie zu. Er hielt seinen verbeulten Hut in den blutigen, rußgeschwärzten Händen und sah mit bitterem Gesichtsausdruck auf sie herab.

»Dona Marguerita«, sagte Amos tonlos, »es tut mir so wahnsinnig leid. Wären wir nur früher gekommen, dann...«

Das schmerzverzerrte Gesicht Marguerita Santeros sah zu dem hochgewachsenen Mann hoch, den sie erst jetzt erkannte.

»Es tut gut, dich lebend zu sehen, Amos Nolan«, sagte sie mit kehliger Stimme. »Und deine Brüder – sie leben auch.«

Sie sah mit feuchten Augen an Amos vorbei auf Tom und Johnny, die näherkamen und dicht hinter Amos stehenblieben. Auch sie hielten ihre Hüte in den Händen und sahen auf den toten Rafaelo herab.

Marguerita bekreuzigte sich, beugte sich über Rafaelos Leichnam und küsste sanft seine weiße Stirn. Nur langsam erhob sie sich und machte einen schwankenden Schritt auf Amos zu. Die alte Frau legte ihren Kopf an seine Brust und begann hemmungslos zu weinen. Amos kräftige Arme umschlossen den zarten Körper von Luis Santeros Mutter. Er schluckte mühsam und brachte kein Wort hervor. Mit stumpfem Augenausdruck blickte er auf den toten Rafaelo, der niemals einer Fliege hätte etwas zuleide tun können.

Er erinnerte sich, wie sie als Kinder oft zusammen gespielt hatten – Luis, Diego, Gonzales, Jed und Amos. Und oft hatte der alte Rafaelo im Schaukelstuhl vor der Veranda gesessen, einen Krug Tequila zu seinen Füßen stehend und Pfeife rauchend. Er sah ihnen beim Spielen zu und hatte stets ein gutes Wort für sie.

Sie waren Freunde gewesen – der alte Dan Nolan und Rafaelo Santero. »Wer hat das getan?« hörte sich Amos nach einer Weile tonlos fragen, als das Schluchzen an seiner Brust verebbte. »Sag, Dona Marguerita, wer hat das getan?«

Sie waren bei Einbruch der Dunkelheit gekommen. Ganz unvorbereitet. Zu sechst waren sie gewesen und jeder einzelne von ihnen schwerbewaffnet.

Ihre Gesichter, so erfuhr Amos Nolan von dem alten Vaquero Esteban, waren die von Wölfen. Und es war klar, als sie den Hof erreichten, dass sie nichts Gutes im Schilde führten. In ihren Händen hielten sie teergetränkte Fackeln.

Der Anführer – ein Mann namens Phil Jordan – rief laut nach Rafaelo. Einige Male rief er laut und seine tönende Stimme klang furchterregend. Als Rafaelo dann auf die Veranda getreten war, befahl ihm dieser Jordan, dass die Zeit zum Überlegen vorüber wäre und er sich jetzt zum Verkauf der Hacienda entschließen müsse.

Don Rafaelo hatte ihm nur ins Gesicht gelacht und ihn des Hofes verwiesen. Es kam zu einem heftigen Wortgefecht, wobei einer der sechs Reiter zur Waffe griff und Don Rafaelo mit zwei Schüssen niederstreckte. Der junge Gregorio hatte neben dem Don gestanden und ein Gewehr in den Händen gehalten. Er schoss mit dem Gewehr auf den Mann, verwundete ihn aber nur. Dann fiel auch Gregorio unter den Schüssen der Reiter.

Als Rafaelo und Gregorio gefallen waren, brach. Chaos aus. Die Reiter jagten Schüsse in die Luft, schrien und brüllten. Bald hatten sich alle Leute verschreckt im Hof versammelt. Die Männer zündeten ihre Fackeln an, warfen sie durch die Fenster und steckten alles in Brand. Einige setzten sich zur Wehr und mussten das teuer mit dem Leben bezahlen. Esteban sah mit traurigen Augen zu Amos Nolan herüber, der auf einem verkohlten Stamm saß und schweigend Kaffee aus einer Blechtasse trank.

Esteban sagte: »Diese Männer haben furchtbar gewütet, Señor Amos. Erst als alles in hellen Flammen stand und einige von uns gefallen waren, ritten sie wie schreiende Teufel auf und davon.«

»Wer waren diese Männer?« wollte Amos wissen. »Und was, zum Teufel, haben sie gewollt?«

»Es waren Stuart Conroys Männer, Señor. Und der, der sie angeführt hat – der Teufel persönlich – ist Stuart Conroys Vormann. Sie hätten es sehen sollen, Señor Amos. Als Rafaelo unter den Kugeln zu Boden ging, hat dieser Jordan laut gelacht. Einige Tage zuvor waren diese Männer schon einmal da. Sie hatten ein Angebot von dreitausend Dollar gemacht, wenn wir an Stuart Conroy verkaufen würden. Aber Rafaelo hatte sie nur ausgelacht. Nie hätte Don Rafaelo verkauft – schon gar nicht an Stuart Conroy.«

»Conroy, Conroy – und nochmals Conroy!«, zischte Johnny heftig hervor. Er kauerte in Cowboymanier auf den Absätzen seiner abgetragenen Stiefel und sah seinen Bruder Amos über den Rand seiner Tasse hinweg an. »Dieser Name wird langsam zu einer gottverfluchten Plage, Amos.«

»Ja«, antwortete Amos, »er scheint Land und Macht haben zu wollen – um jeden Preis.«

»Wir können doch nicht einfach tatenlos hier rumsitzen, Amos. Wir müssen was unternehmen«, rief Johnny wütend. Er federte hoch und hieb mit der rechten Hand durch die Luft, dabei verschüttete er seinen Kaffee aus der Tasse.

»Und wie stellst du dir das vor, mein kleiner hitzköpfiger Bruder? Sollen wir etwa Conroy einen Besuch abstatten und ihm die Leviten lesen?« versuchte Amos den jüngeren Bruder zu beschwichtigen. »Natürlich werden wir etwas unternehmen, kleiner Bruder. Aber es muss wohl überlegt sein.«

»Na klar, großer Bruder!«, bellte Johnny Amos an, »und während wir hier sitzen und darüber nachdenken, was zu tun ist, brennt dieser größenwahnsinnige Conroy noch weitere Ranches in der Umgebung ab. Großartige Idee. Wirklich!«

»Viel abzubrennen wäre da nicht mehr, Señor Johnny«, sagte Esteban zu Johnny gewandt, der wütend mit der Stiefelspitze gegen einen Stein stieß. »Die meisten Rancher und Farmer in der Gegend haben an Conroy verkauft.«

Amos richtete seine grauen Augen auf den alten Vaquero. »Wie lange ist Jed mit der Herde unterwegs nach New Orleans?«, fragte er.

»Ist schon eine Zeit her, Señor Amos. Er wird bestimmt bald wiederkommen. Vielleicht in ein oder zwei Wochen – mag sein in drei. Aber dann bestimmt. Und er wird Männer mitbringen, die für ihn kämpfen werden. Deshalb wollte Ihr Bruder die Herde nach New Orleans treiben.«

»Sind Luis, Diego und Gonzales dabei?«

Esteban nickte eifrig.

»Si«, sagte er, »und Chico Morales ebenfalls.«

Amos Nolan nickte bedächtig mit dem Kopf. Er trank seine Tasse leer und stellte sie auf den sandigen Boden. Dann erhob er sich und wischte mit seinen Händen über das verschlissene Hemd.

»Mir wird allmählich klar, was unser großer Bruder Jed im Schilde führt, amigos«, sagte er zu seinen beiden Brüdern gewandt. »Und wir sollten ihn dabei unterstützen und kräftig mitmischen.« Er sah zu Johnny herüber, dessen Gesicht zornesrot war. »Aber erst einmal müssen wir die Toten bestatten, Männer.«

Dona Marguerita trat an Amos Nolan heran. Ihre zarte Hand legte sich über seine breite Schulter.

»Es tut gut, euch lebend zu wissen, Amos. Du, Tom und auch Johnny galten als verschollen und jedermann glaubte, dass ihr tot wäret. Auch Jed hatte die Hoffnung aufgegeben, dass ihr noch am Leben sein könntet. Was würde ich darum geben, wenn Rafaelo« – sie bekreuzigte sich – »das noch erleben könnte...«

Amos schwielige Hand legte sich an Dona Margueritas Wange und sah in ihre feuchten Augen.

»Sie glauben gar nicht, wie sehr ich es bedaure, Dona Marguerita. Rafaelo war wie ein Vater für uns, Señora. Und Sie stets wie eine Mutter. Das haben wir nie vergessen und werden es nie. Die Männer, die das hier getan haben, werden dafür bezahlen – mit ihrem Blut. Das verspreche ich Ihnen, Señora.«

Er hielt inne und spürte einen schweren Kloß im Hals. Ein paarmal musste er sich räuspern, ehe er weitersprechen konnte. »Die Ranchero werden wir gemeinsam wieder aufbauen. Kein Conroy wird uns daran hindern können. Aber vorerst müsst ihr alle in Sicherheit und in die Stadt gebracht werden.«

Esteban schüttelte seinen Kopf. »Wohin, Señor? Etwa nach Spanish Crossing? Dort regieren die Nordstaatler und wir Mexikaner sind nicht unbedingt gerne gesehen.«

»Was ist mit dem Marshal?«

Wieder schüttelte Esteban den Kopf. »Sie meinen diesen whiskyliebenden Donahue? Señor, der kann doch nicht einmal auf sich selbst aufpassen.«

Amos Nolan zog die Stirn in Falten.

»Was dann?«, fragte er.

Esteban sandte einen entschlossenen Blick herüber zu Dona Marguerita. Sie nickte stumm und der alte Vaquero sagte: »Wir bleiben hier. Und zwar alle.«

Amos nickte.

»Trotzdem sollten wir den Vorfall beim Marshal melden«, sagte er beharrlich.

6. Kapitel

Jed Nolan blickte mit schier düsterer Miene zum Himmel empor, der sich zunehmend verdunkelte. Die Luft war von unsagbarer Spannung erfüllt, die förmlich zu knistern schien.

»Da braut sich mächtig was zusammen«, sagte er. Luis Santero nickte. »Die Herde ist verdammt unruhig, Boss. Das kleinste Geräusch würde ausreichen und sie gehen uns durch.«

Jed Nolan nickte grimmig. »Wir werden die Wachen heute Nacht verdoppeln.«

In dieser Nacht würde es ein heftiges Gewitter geben, das stand außer Frage. Am späten Nachmittag bereits zogen dunkle Wolken auf. Jed Nolan ließ das Lager früher als gewöhnlich aufschlagen und die Rinder in einer weitgedehnten Talsenke weiden. Auch die Mannschaft war nervös. Sie ahnten ebenfalls das drohende Unheil, während Sadie Riordan nichts anzumerken war. Sie benahm sich ungezwungen und fröhlich, was dazu führte, dass Jed Nolans Groll gegen sie noch ärger wurde als zuvor.

Seit San Antonio hatte er jeglichen Kontakt mit der hübschen, energischen Frau vermieden und war seither gereizt wie ein Löwe. Sadie hatte es allerdings erreicht, dass der Rest der Mannschaft sich ungezwungen und freundlich ihr gegenüber verhielt. Eine Ausnahme mochte Gil Fuller bilden, der neutral zu ihr stand. Fuller war weder besonders abweisend noch besonders freundlich. Und das irritierte Sadie, die es gewohnt war, dass man sich entweder mit ihr vertrug oder eben nicht.

Groll hin – Groll her; Jed Nolan konnte nicht umhin, sich einzugestehen, dass Sadie Riordan eine wertvolle Unterstützung des Trailkochs war.

Überhaupt verrichtete sie anfallende Arbeiten ohne zu Murren und das Schlimme für Jed Nolan war daran, dass sie dies auch noch mit Begeisterung zu tun pflegte.

Es war bereits dunkel, als Jed Nolan sich etwas abseits des Lagers in der Nähe des Chuckwagens aufhielt, auf einen Baumstumpf saß und eine Zigarette rauchend zum Lagerfeuer herübersah, an dem einige der Männer saßen und den Worten von Sadie Riordan lauschten, die – wie so oft in späteren Stunden – einige Erzählungen aus ihrer Zeit im Osten zum Besten gab. Die Männer hörten ihr gerne zu. Sadie, auch das musste sich Jed Nolan eingestehen, verstand es ausgezeichnet, sich in den Mittelpunkt zu stellen, ohne dabei aufdringlich zu wirken. Eine ihrer vielschichtigen Eigenschaften war es, sich natürlich und offenherzig zu geben.

Das war etwas, was Jed Nolan sehr irritierte, zumal er sie ja schließlich als kratzbürstig, widerspenstig und herausfordernd empfand.

Drüben beim Feuer erhob sich Gil Fuller und schlenderte in Jed Nolans Richtung. Ohne etwas zu sagen, setzte sich Fuller Jed gegenüber auf den Boden, rollte sich eine dünne Zigarette und zündete sie an. Im Schein des aufflackernden Streichholzes bemerkte Jed Nolan ein leichtes Grinsen in Gil Fullers markantem Gesicht.

»Sie scheinen gute Laune zu haben, Gil«, sagte Jed Nolan mit brummigem Unterton in der Stimme.

Fuller zog an seiner Zigarette und sein Grinsen wurde breiter.

»Ich wundere mich nur, Boss«, sagte er, während er den Rauch geräuschvoll ausblies und zum dunklen, dichtbewölkten Himmel ausstieß.

»Worüber?«

»Sie scheinen der einzige Mann zu sein, der ein Problem mit der liebreizenden Lady dort drüben am Feuer hat.«

»Wundert Sie das etwa, Gil?«

Fuller schüttelte leicht den Kopf.

»Zugegeben Boss, ich war auch nicht sonderlich davon angetan, sie mit auf den Trail zu nehmen. Aber ich muss zugeben, dass sie sich ganz gut entwickelt – besser, als ich es je vermutet hätte.«

»Mag stimmen.«

»Ist wohl doch keine so große Kratzbürste, wie es anfänglich schien, was?«

»Auch das mag stimmen. Trotzdem gehört eine Frau nicht auf einen Rindertrail. Das macht die Männer nur unnötig verrückt und lenkt sie von der Arbeit ab. Frauen stiften unter einer Horde hartbeiniger Burschen stets unnötige Verwirrungen an.«

»Bisher hat's noch keine Probleme gegeben, Boss«, wandte Fuller ein.

»Wir sind ja auch noch nicht am Ziel, Gil«, antwortete Nolan mürrisch.

Sie mögen keine Frauen was?«

»Kommt drauf an.«

Fuller legte die Stirn in Falten.

»Worauf?«

»Na, auf die Frau eben«, erwiderte Jed mürrisch. Fuller merkte, dass der Boss diesem Thema nicht sehr angetan war. Es gab da einen wunden Punkt, denn Jed Nolan war im Allgemeinen sehr zurückhaltend, wenn es um Frauen ging. Fuller wusste, dass Jed Nolan einst die Frau sehr geliebt hatte, die es vorzog, ausgerechnet Stuart Conroy zu heiraten. Und das musste noch sehr an ihm nagen. Ein Blick in das mürrische Gesicht Nolans reichte Fuller aus, um zu wissen, dass es jetzt besser wäre, das Thema zu wechseln.

»Das Gewitter lässt sich mächtig Zeit«, sagte er.

Nolan nickte düster. »Ich warte schon die ganze Zeit darauf, dass es losgeht. Und es wird losgehen.«

»Alle Zeichen deuten daraufhin«, erwiderte Fuller, zog noch einmal an der Zigarette und drückte sie dann im sandigen Boden aus. Sie schmeckte ihm nicht mehr. Und in diesem Augenblick schickte der Himmel einen weißen, zackigen Strahl zur Erde nieder, dem kurz darauf ein heftiger Donnerknall folgte.

»Es geht los!«, stieß Jed Nolan hervor und war mit einem Satz auf den Beinen. Er schleuderte seine Zigarette zur Seite. Die Männer am Feuer waren ebenfalls auf den Beinen und sahen zu ihrem Boss herüber, der aus der Dunkelheit auftauchte und zu ihnen trat. Sadies Gesicht erschien im Schein des Feuers bleich und ein verängstigter Ausdruck trat anstelle der vor wenigen Augenblicken noch vorhandenen Fröhlichkeit. Das Donnern hatte die Männer schlagartig verändert. Sie standen starr und lauschten in die Dunkelheit hinein. Luis Santero, Jim Harland, Pecos und Domingo waren bei der Herde. Und es war einer der Leitstiere, der beim plötzlichen Donnerschlag auf die Hufe sprang und sofort zu rennen begann. So, als wenn sie nur darauf gewartet hätten, taten es dem Stier alle anderen gleich und lösten ein Inferno aus. Die Tiere waren nicht mehr zu halten. Die Masse der gehörnten Flut setzte sich sofort in Bewegung und begann zu laufen. Staub wirbelte auf. Der Boden bebte unter ihren Hufen. Es war, als würde die Erde erzittern.

Santero, der sofort wusste, dass die Tiere außer Kontrolle geraten waren, schrie: »Stampede!«

Harland drängte seinen Schecken an Santero heran und schrie: »Sie rennen auf das Lager zu! Wir müssen sie vom Lager wegtreiben!«

Im Lager rief Nolan seinen Männern zu: »In die Sättel, Männer! Die Herde geht durch!«

Er hätte diesen Befehl nicht zu rufen brauchen. Sie ließen alles stehen und liegen und rannten zu den Pferden, die noch gesattelt waren, da man für diese Nacht einige Überraschungen erwartete.

Im Nu war Jed Nolan bei seinem Braunen, der in der Nähe des Küchenwagens stand und warf sich in den Sattel. Das Dröhnen tausender Hufe kam immer näher und Nolan wusste instinktiv, dass die Herde genau auf das Lager zuraste. Der rollende Donner der heranstürmenden Herde wurde lauter und lauter. Nach einer kurzen Weile hörte er das trockene Krachen zusammenstoßender Rinderhörner.

Nolan brüllte St. Marrs zu: »Bring den verdammten Küchenwagen in Sicherheit!«

Dann achtete er nicht weiter auf den schmächtigen Trailkoch, der mit verzerrtem Gesicht auf den Bock sprang, die Zügel an sich riss und das Gespann zur wilden Hast antrieb.

Luis Santero und Jim Harland pressten ihren Pferden die Schenkel in die Leiber und hetzten sie über den unebenen Boden, vorbei an die tosende und rasende Herde. Sie schrien dabei pausenlos auf die Tiere ein und versuchten, sie nach rechts zu drängen, an dem Lager vorbei.

Nur schemenhaft erkannten sie, dass von vorne Reiter auftauchten, die, wie es anfänglich schien, der Herde entgegenritten. Luis Santero, der dies erkannte, hielt seinen Warnschrei zurück, als er sah, dass die Reiter, die ihnen entgegenkamen, plötzlich ihre Pferde abrupt wendeten und sie dann in die Richtung der Herde, die dicht hinter ihnen heranrauschte, laufen ließen.

Das Ziel war klar; sie wollten die Leitstiere in eine andere Richtung drängen, damit die rauschende Flut der durchgehenden Herde nicht ins Lager geriet. Würde das passieren, dann hätten Sadie mit ihrem Conestoga-Wagen und St. Marrs mit dem Chuckwagen nur geringfügige Chancen, der tosenden Masse zu entkommen.

Es war ein unglaublich riskantes Manöver der Männer, denn sehen konnten sie so gut wie nichts. Der Staub, den die durchgehende Herde aufwirbelte war so dick, dass sie nur ihren Pferden vertrauen konnten und beten, wenn die Zeit dafür blieb. Es gab nicht die allergeringste Chance, einem Präriehundloch auszuweichen, geschweige denn das Pferd um ein plötzlich auftauchendes Hindernis herumzulenken.

Nur einem wagemutigen Reiter, der oft solche Stampeden miterlebt hatte, konnte man ein derartiges Wagnis zumuten.

Es donnerte und blitzte – aber der erwartete Regen blieb aus. Der Staub wurde immer dichter und so manch einer der

Männer hätte sich in diesem Fiasko sehnlichst den Regen gewünscht, der den dichten Staub am Boden gehalten hätte.

Es war Jed Nolan, der Seite an Seite mit den vordersten Leitstieren ritt. Immer wieder feuerte er seinen Revolver in die Luft ab, brüllte auf die Tiere ein und lenkte seinen Braunen gefährlich nahe an sie heran, um sie von ihrer alten Richtung abzudrängen. Sein Gesicht war schweißnass und staubbedeckt und seine Stimme heiser vom ständigen Brüllen. Ein Verlangen, sich nach den anderen Männern umzudrehen, keimte in ihm auf, aber dieses Gefühl unterdrückte er genauso schnell. In solchen Augenblicken war jeder sich selbst überlassen. Gil Fullers Rappe tauchte neben ihm auf, dann zeigten sich Luis Santero und Jim Harland.

Unter den Schlägen der Rinderpeitschen, zusammengerollten Lassos, dem Krachen der Revolverschüsse und den immer wieder gellenden Schreien der Männer ließen sich die Leitstiere endlich abdrängen. Die Masse der rasenden Longhorns begann, einen großen Bogen zu beschreiben. Doch eine kleine Gruppe brach aus der Herde heraus und schnellte in die entgegengesetzte Richtung – Richtung Lager. Eine zweite Gruppe folgte, dann eine dritte.

Fuller wies mit ausgestreckten Arm auf die Ausreißer und Nolan bellte: »Reite hinter ihnen her und treib sie vom Lager weg, Gil! Wir kommen hier klar! Die Hauptmasse halten wir schon zusammen!«

Fuller trieb dem Rappen die Schenkel in die Weichen. Pferd und Reiter hetzten hinter den drei Ausbrecher-Gruppen – etwa fünfzig oder sechzig Tiere – hinterher, die sich zu einer Formation gebildet hatten und nun schnurstracks in Richtung des Lagers liefen. Fullers Rappe setzte sich an die Spitze der Gruppe und versuchte mit heiserem Schreien und Schlagen des Lassos den Leitstier in eine andere Richtung zu drängen.

Plötzlich sah er etwa hundert Yards vor sich den Chuckwagen. Dieser stand schief auf einer Anhöhe und Fuller erkannte schon von weitem, dass ein Rad gebrochen war. Nun fluchte und schrie er immer heftiger auf die Stiere ein, denn die Gruppe raste unweigerlich auf den Chuckwagen zu.

Der Conestoga-Wagen von Sadie Riordan tauchte durch den dichten Staubnebel auf. Sie hielt ihr Gespann genau auf die rasenden Rinder zu, lenkte dann das Gespann scharf herum und trieb das Gespann gefährlich nahe an die Leitstiere heran. Auch sie begann zu schreien und mit ihrer Reitpeitsche auf die vordersten Tiere einzuschlagen, während sie mit der anderen Hand fest die Zügel hielt. Das war ein regelrechtes Bravourstück und Fuller geriet ins Staunen, obgleich er kaum Zeit hatte, darüber nachzudenken. Der Chuckwagen kam immer näher und am Wagen, im Gras, lehnte eine Gestalt, die sich nicht regte – Hugo St. Marrs.

Sadies Schreie wurden immer heftiger und auch Fuller schrie sich die Kehle heiser. Seine und Sadies Peitschen sausten unaufhörlich auf die vordersten Leitstiere nieder und schließlich – und wirklich im allerletzten Augenblick – änderten die vordersten Tiere ihre Richtung und zogen den Rest mit.

Nur zehn oder elf Yards weiter wäre es um den Chuckwagen und die Gestalt am Boden geschehen gewesen.

Fuller brachte den flockenüberschäumten Rappen dicht vor dem Küchenwagen zum Stehen, beugte sich tief im Sattel vor und atmete tief ein und aus. Neben ihm hielt Sadie Riordan den Conestoga-Wagen. Auch sie war völlig außer Atem. Sie legte ihre Peitsche auf den Bock und kletterte vom Wagen herunter.

Fuller, der sie dabei beobachtete, sah, dass sie am ganzen Körper zitterte. Sie hastete auf Hugo St. Marrs zu, der am Wagen lehnte und laut stöhnte.

»Lady«, stieß Fuller hervor, »das war Arbeit für einen ganzen Mann. Wenn Sie nicht aufgetaucht wären, dann...«

»Dann hätten diese Biester Hugo mitsamt dem Küchenwagen unter ihren Hufen zermalmt«, vervollständigte Sadie Fullers Satz.

»Wieso haben Sie sich nicht aus dem Staub gemacht, als die Rinder auf das Lager zugerast kamen? Verdammt, Sie hätten doch...«

»Mein Bein«, stöhnte Hugo St. Marrs mit schmerzverzerrtem Gesicht, »das Wagenrad brach, der Wagen kippte und ich sauste vom Bock. Dabei habe ich mir mein Bein verstaucht. Ich kann nicht laufen, Fuller. Oder glauben Sie etwa, ich liege hier zum Spaß?«

Fuller glitt aus dem Sattel und ging auf St. Marrs zu.

»Wo, zum Teufel, steckt denn Shorty Rounds?«

»Der hat sich gleich zu Anfang einen Gaul aus der Remuda genommen und ist mit den Männern hinter der Herde her. Hast du ihn nicht gesehen, Fuller?«

Der unverbesserliche Rounds! Der Boss hatte ihn in San Antonio doch genau angewiesen, beim Chuckwagen zu bleiben...

»Zum Teufel nein, bei diesem verdammten Staubnebel konnte man ja nicht mal die Hand vor Augen sehen«, brummte Fuller.

Sadie hatte inzwischen die Hose des verletzten Beines aufgerissen.

Fuller schob sich den Hut in den Nacken und wischte sich Staub und Schweiß aus der Stirn.

»Schlimm?«, fragte er.

»Ich kann es nicht genau erkennen, dafür ist es zu dunkel«, sagte Sadie. Sie warf Fuller einen raschen Blick zu. »Aber ich glaube nicht, dass es gebrochen ist. Wahrscheinlich nur verstaucht.«

»Es tut höllisch weh«, jammerte Hugo St. Marrs.

»Das ist gar nichts zum Vergleich mit dem, was geschehen wäre, wenn Miss Riordan und ich die verdammten Biester nicht in die andere Richtung manövriert hätten, Pfannenschwenker.« Fuller sah zu Sadie nieder. »Das war wirklich eine prächtige Leistung, Ma'am. Das macht Ihnen so schnell keiner nach.«

»Danke, Mister Fuller«, entgegnete Sadie und legte sogleich ein honigsüßes Lächeln um ihre Lippen. »Ich darf wohl annehmen, dass Sie das als ehrliches Kompliment gemeint haben, nicht wahr?«

»Darauf können Sie wetten.«

Sadie widmete sich wieder dem Trailkoch und berührte nicht gerade sanft eine Stelle an dem verwundeten Bein.

»Tut das weh?«, fragte sie.

Die Antwort war ein klägliches Aufheulen von St. Marrs.

»Es tut weh«, meinte Fuller lakonisch und grinste breit.

Nach einer Weile stieg er wieder in den Sattel, warf den Rappen herum und folgte der Hauptherde.

Niemand vermag die Auswirkungen einer in Stampede geratenen Herde vorauszusehen, geschweige denn wissen, wo sie endet. Mit viel Pech hatten sich dann die Rinder irgendwo weitläufig verstreut, und es dauerte Tage, bis man sie wieder zusammengetrieben hatte. Oftmals musste dabei ein Verlust einkalkuliert werden.

In diesem Falle hatten Jed Nolan und seine Männer Glück.

Es gelang ihnen, die Herde zum Drehen zu bewegen. Allmählich, und mit verbissener Wut, pressten sie aus einem weiten Bogen einen immer enger werdenden Kreis. In diesem Augenblick waren Nolan und die Männer von allen Seiten auf die stampfende Masse eingedrungen und hatten sie immer enger zusammengedrängt, bis die ganze Herde aus einem lebenden Strudel stampfender, brüllender und stoßender

Rinder bestand. Wie ein riesiges Rad kreiste die Herde dann um sich selbst und das Tempo verlangsamte sich mehr und mehr.

Ein leichter purpurner Schimmer zeigte sich im Osten, als sie die langsam werdende Herde zu den alten Schlafplätzen zurückgetrieben hatten.

Dichte Staubschwaden hingen immer noch in der Luft, als ein unverkennbares Zeichen der vorangegangenen Panik. Das Gewitter hatte längst aufgehört und seltsamerweise war der Regenfall ausgeblieben.

Im Lager versammelten sich die verstaubten Männer um den Küchenwagen, dessen rechtes Hinterrad gebrochen war. Sie waren völlig erschöpft, todmüde und ausgepumpt wie ihre Pferde, um die sich Diego sofort kümmerte.

Über einem Feuer hing ein Kessel mit heißem Kaffee, den Sadie Riordan gekocht hatte, während die Rinder zusammengetrieben worden waren. Sie hatte auch das verletzte Bein von Hugo St. Marrs versorgt. Der Trailkoch saß, das Bein weit von sich gestreckt, auf einem Holzstumpf und sah mit übler Leidensmiene zu den erschöpften Männern, die sich gierig an den Kaffee machten. Hunger verspürte keiner von ihnen, dazu waren sie viel zu übermüdet. Mit hängenden Köpfen saßen sie am Feuer und tranken den Kaffee, um den Staub aus ihren Kehlen und die Erschöpfung aus ihren Gliedern zu bekommen.

Jed Nolan betrachtete düster das gebrochene Rad des Küchenwagens und wusste sofort, dass es nicht mehr reparabel war. Er zerbiss einen heftigen Fluch auf seinen Lippen, sah zum Trailkoch, dessen Leidensmiene sich zu verstärken schien und brummte: »Was ist mir dir, Trailkoch?«

»Sein Bein ist verstaucht«, antwortete Sadie anstelle von St. Marrs.

»Ich habe ihn gefragt, Miss – nicht sie«, herrschte Jed Nolan sie an. Das tat gewiss nicht nötig und die Köpfe der Männer flogen zu ihm herum. Sadies Lippen pressten sich wütend aufeinander. Zornesblitze schossen in Jed Nolans Richtung. Aber sie beherrschte sich und sagte nichts.

Jed Nolan tat es in diesem Augenblick leid, aber sein Stolz zwang ihn dazu, eine Entschuldigung für sich zu behalten. Stattdessen wandte er sich wieder an St. Marrs. Eine Spur freundlicher waren dann seine Worte, als er sagte: »Ist es schlimm?«

»Tut höllisch weh, Mister Nolan«, antwortete der Trailkoch.

»Na, dann lass mal seh'n«, meinte Nolan in weitaus versöhnlicherem Tonfall als der vorhin gegen Sadie gerichtete. Er beugte sich zu St. Marrs herab und dieser meinte: »Ist nicht nötig, Boss. Miss Sadie hat es schon versorgt. Das Bein ist verstaucht, aber es ist nichts Ernstes. Ich glaube, dass ich bald wieder laufen kann.«

Jed Nolan brummte etwas Unverständliches, kam nicht umhin, Sadie Riordan mit einem Seitenblick zu streifen und erhob sich wieder. Er wischte sich seine Hände an den ledernen Chaparajos ab und wirkte recht verlegen. Er spürte, wie die Blicke der erschöpften Männer auf ihn gerichtet waren und immer noch tat es ihm leid, Sadie Riordan vorhin so heftig angefahren zu haben. Jed ergriff sich eine Blechtasse und füllte sie mit heißem Kaffee aus dem Kessel über dem Feuer. Er trank schweigend ein paar Schlucke, sagte dann: »Das Rad vom Küchenwagen ist hin. Luis, wie weit ist es bis zur nächsten Stadt?«

Luis Santero rieb sich überlegend sein dunkles Gesicht. »Die nächstliegende Stadt wäre Bridge City, Boss. Etwa noch zehn Meilen von hier.«

Jed Nolan nickte. »Okay, Luis. Du reitest nach Bridge City und versuchst, in der Stadt ein neues Rad für den Küchenwagen zu bekommen. Wir können ohnehin nicht weiter, also legen wir einen Tag Pause ein. Schaffst du es, morgen wieder zurück zu sein?«

Santero grinste, wobei seine weißen, ebenmäßigen Zähne sichtbar wurden. »Du solltest mich kennen, Boss.«

»Na, dann schnappe dir das kaputte Rad und hau ab.«

Obwohl Luis Santero sicherlich dringend Ruhe gebraucht hätte, erhob er sich steifbeinig und machte sich daran, das defekte Wagenrad vom Chuckwagen zu lösen. Später ritt er dann, das Wagenrad vor sich auf dem Sattel liegend, aus dem Camp. Als Shorty Rounds später verstohlen an Jed Nolan vorbeigehen wollte, hielt ihn dieser am Ärmel fest und zog ihn etwas abseits von den anderen. »Wir hatten doch eine Abmachung getroffen, Rounds. Schon vergessen?«

»Zum Teufel, Boss«, stieß Rounds hervor, »ich konnte doch nicht tatenlos rumsitzen, während ihr euch alle um die verdammte Stampede gekümmert habt.«

»Du bist unverbesserlich, Rounds«, brummte Nolan. »Aber trotzdem: verdammt gute Arbeit.«

»Danke, Boss«, antwortete Rounds, erleichtert darüber, dass die erwartete Standpauke ausgeblieben war.

»Was macht dein Rücken?«

»Wird von Tag zu Tag besser, Mister Nolan – aber was bleibt, sind die Wunden in der Seele. Die sind schlimmer als alles andere.«

Jed Nolan nickte düster. Das Auspeitschen und der Tod des Bruders – Shorty Rounds würde das niemals vergessen können. »Trotzdem, Rounds: es bleibt weiterhin bei unserer Absprache. Bis nach New Orleans will ich dich nur auf dem Küchenwagen als Beifahrer sehen – nirgends woanders, klar?«

»Klar, Boss.«

Siebtes Kapitel

Die Männer lagen in ihren Decken gehüllt und schliefen. Das Schnarchen Vereinzelter durchdrang die Stille, die im Camp herrschte. Drüben bei der Herde wehte leise der Gesang der Nachtwache herüber, das in unregelmäßigen Abständen von einem Muhen der erschöpften Rinder beantwortet wurde.

Sadie Riordan stand etwas abseits des Lagers und lauschte den Geräuschen der Nacht. Das Land war in ein unwirkliches, silbriges Licht gehüllt, das vom Schein des Mondes reflektiert wurde. Der Himmel war sternklar. Sadie hing ihren Gedanken nach und fuhr plötzlich herum, als sie ein Geräusch neben sich hörte. Im Schein des fahlen Mondscheines sah sie, wie sich die hochgewachsene Gestalt Jed Nolans ihr näherte.

In seinen Händen hielt er zwei Becher dampfend heißen Kaffees. Er streckte stumm den linken Arm aus und reichte ihr einen Becher. Sadie bedachte ihn mit einem heftigen Stirnrunzeln, nahm wortlos den Becher in die Hand und sah ihn dann fragend an.

Jed Nolan schob etwas linkisch seinen Hut aus dem Gesicht, räusperte sich und sagte verlegen: »Dachte mir, ein Becher von St. Marrs Gebräu würde Ihnen guttun, Ma'am.«

Sadie schüttelte verwundert ihren hübschen Kopf, schob sich eine Strähne ihres dunklen Haares aus dem Gesicht und starrte Jed Nolan an, als wäre er nicht von dieser Welt. Den Becher in beiden Händen haltend, setzte sie sich auf einen großen Felsstein und schüttelte ihren Kopf, ohne den Blick von ihm zu nehmen.

»Etwas nicht in Ordnung mit Ihnen, Trailboss?«, fragte sie nach einer Weile in gewohnt schnippischem Tonfall, den sie ihm gegenüber nie ganz abzulegen vermochte. »Etwas nicht in Ordnung mit Ihnen?«

Die Antwort Jed Nolans war ein heftiges Räuspern. Er trank ein paar Schlucke und stellte seinen Becher neben Sadie auf den Felsbrocken, auf dem sie saß. Er war nervös und rieb seine Hände ineinander, bis er schließlich in die Brusttasche seiner Weste griff und seinen ledernen Tabaksbeutel hervorzog. Er begann, sich eine Zigarette zu drehen, mehr aus Verlegenheit, als aus Verlangen, rauchen zu wollen. Als er sie gefertigt und angezündet hatte, nahm er ein paar heftige Züge und meinte: »Hörte von Gil Fuller, dass Sie sich mächtig ins Zeug gelegt haben, Ma'am. Ohne Ihr Eingreifen hätte die Sache mit Hugo und dem Küchenwagen ein mächtig bitteres Ende nehmen können.«

Sadie lächelte amüsiert zu ihm auf. Jed Nolan war durch und durch ein raubeiniger Bursche und schon längst hatte sie erkannt, dass er Frauen gegenüber besonders rau auftrat. Und in ihrem Falle sie sogar mit einer scharfen Ignoranz strafte. Sie glaubte, den Grund dafür zu kennen, zumal Luis Santero einmal an einem späten Abend an sie herangetreten war und ihr von June erzählte, die einst Nolans Mädchen war und die Jed nicht überwunden hatte. Das geschah, nachdem Jed Nolan wieder einmal mit barschen Worten gegen Sadie losgegangen war.

Sadie Riordan war alles andere als ein zartbesaitetes Gemüt, aber an jenem Tage standen ihr die Tränen in den Augen.

»Sie sind gekommen, um mir das zu sagen, Trailboss?« wieder lag der schnippische Unterton in ihrer Stimme.

»Unter anderem«, antworte Jed Nolan.

Eine Weile schwiegen sie, dann sagte Sadie: »Na, dann schießen Sie mal los. Ich bin ganz Ohr.«

Jed Nolan rieb sich über sein unrasiertes Kinn. Viele Worte zu machen, lag ihm nicht. Er war ein Mann der Tat, nicht der Worte. Bevor er zu sprechen begann, räusperte er sich noch einmal ausgiebig, legte seinen Fuß auf den Felsen und stützte sich mit den Ellenbogen auf den Oberschenkel. In dieser Haltung blickte er Sadie entgegen und meinte dann schließlich:

»Schätze, ich war in letzter Zeit etwas rau zu Ihnen, Miss. Ich glaube, dass ich in Zukunft meine Zunge etwas im Zaume halten werde.« Als Sadie ihn nur ansah, aber nichts darauf erwiderte, fügte er in gewohnt gereizter Manier hinzu: »Aber glauben Sie nicht, dass ich mich für irgendetwas entschuldigen werde. Das tue ich nämlich nicht.«

Sadie legte ihre Hand unters Kinn, lächelte und sagte: »Seltsam, Trailboss. Aus Ihrem Munde klingt das sogar irgendwie nett.«

Jed Nolan runzelte die Stirn.

»Wie meinen Sie das?«, fragte er barsch.

»Es gibt Männer, die können einfach nicht höflich sein. Jedenfalls nicht zu Frauen. Sie, mein lieber Jed Nolan, gehören zu dieser Sorte. Sie würden eher mit einem Ihrer Rinder ein nettes Wort wechseln, als es bei einer Frau zu versuchen. Einen Gentleman könnten Sie niemals abgeben, Trailboss.«

»Würd's auch gar nicht erst versuchen«, antwortete er und ein leichtes Grinsen überschattete sein markantes, stoppelbärtiges Gesicht.

»Es würde Ihnen auch gar nicht stehen«, erwiderte Sadie lächelnd. Ihre Stimme klang sanft und leise zu ihm herüber und sie bedachte ihn mit einem Augenausdruck, der ihm eine Gänsehaut über den Rücken jagte. Dabei war es in dieser Nacht recht warm. Ihm war plötzlich nicht wohl in seiner Haut und er sagte hastig:

»Okay, Miss. Schön, dass wir das nun geklärt haben. Schätze, es ist schon spät und wir sollten...«

»Du verstehst gart nichts, du holzköpfiger Bulle von einem Trailboss«, unterbrach sie seine Worte.

Sadie stellte ihren Kaffeebecher auf den steinigen Boden und erhob sich langsam. Sie hatte ihr Gesicht zu Jed Nolan erhoben und im Schein des Mondes wirkte es liebreizend und schön. Sie hatte ihre Lippen halb geöffnet und sah ihm fest und gerade in die Augen.

»Was soll das geben, wenn's fertig ist?« stieß er hervor. Da hatte Sadie schon ihre Arme um seinen Hals geschlungen und ihren wohlgerundeten Körper an ihn geschmiegt. Sie zog Jeds Kopf zu sich herunter und küsste ihn. Ihre süßen, sanften Lippen brannten auf den seinen. Sadie hatte ihre Augen geschlossen und ihre Hände strichen über seinen Nacken. Jed Nolan legte seine Arme um sie, zog sie noch fester zu sich heran und erwiderte den Kuss mit einer Leidenschaft, die er selbst nie für möglich gehalten hätte.

Achtes Kapitel

Das Streichholz flammte auf, als Phil Jordan es an seinem Revolvergurt entfachte. Er führte es in der hohlen Hand an seine Zigarette, schüttelte es aus und warf es achtlos auf die Planken der Veranda. Dabei sah er unentwegt zu seinem Boss, der am Balken gelehnt, ihm gegenüber stand und ihn aus scharfen Augen musterte.

»Sie hätten mir sagen sollen, dass da ein ganzer Haufen von Menschen auf der Santero-Ranch lebt, Jordan«, sagte Conroy mit vorwurfsvollem Ton.

Jordan machte einen tiefen Zug aus der Zigarette und zuckte nur gleichmütig mit den Schultern.

»Dachte, Sie hätten das gewusst, Mister Conroy«, entgegnete der Vormann.

»Zum Teufel, wenn ich es gewusst hätte, dann hätte ich andere Maßnahmen ergriffen, als einen solchen Übergriff. Nas gut, geschehen ist geschehen.«

»Das sehe ich genauso«, waren die knappen Worte Jordans, während er seine Zigarette aus dem Mund nahm und sie spielerisch zwischen Daumen und Zeigefinger drehte. »Aber es soll diesen mexikanischen Bauern eine Lehre gewesen sein, sich Ihnen zu widersetzen, Boss.«

»Das ist schon richtig, Jordan. Aber es gibt zu viele Zeugen in der Sache.«

»Und wenn schon, Boss«, erwiderte der Vormann kalt, »was sollen diese Bauern denn großartig unternehmen? Das sind alles keine Kämpfer. Sie werden jammernd zu Donahue reiten und ihm ihre Geschichte auftischen. Und ich habe dem versoffenen Marshal schon erklärt, dass wir in Notwehr gehandelt haben, zumal Santero zuerst zum Eisen griff.«

Das war natürlich eine glatte Lüge und Conroy wusste das.

Conroy nickte. Ihm genügte, was Jordan sagte. Die Mexikaner waren wirklich keine Kämpfer. Sie lebten zwar schon sehr lange in diesem Lande, aber sie hatten sich stets damit begnügt, sich um ihre Angelegenheiten zu kümmern. Außerdem, dachte Conroy grimmig, hatte er durch die Aktion des Übergriffes auf die Santero-Ranch Jed Nolan einen erheblichen Hieb verpasst.

Dennoch sagte er: »Sie haben wohl recht, Jordan. Schätze, dass es keine großartigen Schwierigkeiten mit den mexikanischen Bauern geben wird. Der versoffene Marshal wird schließlich dafür bezahlt, mit den Burschen fertig zu werden.«

Conroys Haltung versteifte sich, als er sah, dass ein Trupp Soldaten in den Hof geritten kam. An der Spitze ritt Captain Andrew Nichols mit ernster Miene.

Einige Meilen südlich von Spanish Crossing befand sich das Camp der Unionssoldaten, das von Captain Andrew Nichols befehligt wurde, einer Truppe Soldaten, die als Besatzungsmacht eingesetzt worden war und aus einer Stärke von zwanzig Mann bestand.

Im Zelt von Captain Nichols befanden sich Amos Nolan und der alte Esteban, der alte Vaquero. Neben dem Captain, der in militärisch korrekter Haltung auf einem Klappstuhl hinter seinem Schreibtisch saß, hatte sich der schwammige Marshal Wayne Donahue postiert. Sein schweißnasses Gesicht mit den geröteten Augen deuteten auf eine durchzechte Nacht hin.

Captain Nichols war ein mittelgroßer Mann und Soldat vom Scheitel bis zur Sohle. Seit zwanzig Jahren war er in der Armee und dieses Leben hatte ihn geprägt. Es war unvorstellbar für ihn, je eine andere Tätigkeit auszuüben.

Die Stimmung im Zelt des Captain stand nicht zum Besten. Estebans Gesicht war vor Zorn gerötet und Amos Nolan hatte stark mit sich zu kämpfen, seine unverhohlene Abneigung gegen die Unionssoldaten im Zaume zu halten.

Captain Nichols Gesicht, das wie aus Stein gemeißelt schien, und das ein sauber gestutzter, grauer Schnurrbart zierte, war auf Amos Nolan gerichtet, als er sagte: »Sie beschuldigen einen Mann, der hohes Ansehen und Respekt verdient, Mister Nolan. Und darüber hinaus: Mister Conroys Version der Geschichte hat einen ganz anderen Klang.«

»Zum Teufel!«, brummte Amos ungehalten. »Das ist doch ganz klar. Glauben Sie etwa, dass der Mann zugeben wird, bei Nacht die Ranch von Rafaelo dem Erdboden gleichzumachen, einige Männer, zahlreiche Tiere zu töten und sämtliche Gebäude in Brand zu setzen? Mit Sicherheit nicht!«

Der Captain hieb daraufhin mit der Faust auf seinen provisorischen Schreibtisch und sagte energisch:

»Mister Conroy hat mir versichert, dass seine Männer lediglich damit beauftragt wurden, mit Santero Verhandlungen über den Verkauf dessen Ranch anzustreben. Mehr nicht. Und Santero hat daraufhin das Feuer auf Mister Conroys Männer eröffnet.«

»Völliger Blödsinn«, schrie Esteban dem Captain aufgebracht ins Gesicht, während sich Marshal Wayne Donahue zum zehnten Male mit einem Tuch über sein schweißnasses Gesicht wischte.

Dieser war am frühen Morgen von Amos und dem alten Esteban in seinem Office aufgesucht und höllisch unter Druck gesetzt worden, so dass er sich nicht anders helfen konnte, als geradewegs mit den beiden Männern zum Camp der Soldaten zu reiten. Auch Wayne Donahue hatte Amos und Esteban versichert, dass zuerst auf die Conroy-Männer geschossen worden war.

»Aus Ihren Worten schließe ich, dass Sie nichts in dieser Sache unternehmen werden, richtig, Captain?«

Amos sah den Captain fordernd ins Gesicht. Dieser räusperte sich und lehnte sich in seinem Klappstuhl zurück. Dabei spielte er mit dem Bleistift in seinen schlanken Fingern, ohne den Blick von Amos Nolan zu nehmen.

»Es steht Aussage gegen Aussage«, sagte er nach einer Weile, »Stuart Conroy ist hierzulande ein energischer Mann, der es zu Wohlstand bringen will. Das ist auch für das Land von Vorteil. Aber er ist kein Mörder, Mister. Es ist nicht verboten, Ranches aufzukaufen. Mit diesem Ziel – und ich wiederhole mich – haben seine Männer die Ranch von Santero aufgesucht.«

Amos verzog sein Gesicht zu einem verächtlichen Grinsen. »Na klar, und infolgedessen auch gleich ihre Gewehre und ein paar Fackeln mitgebracht, was? Captain, das stinkt bis zum Himmel.«

»Nennen Sie es, wie Sie wollen, Nolan«, gab Nichols barsch zurück, »Übrigens: was haben Sie eigentlich mit der Sache zu tun?«

Amos verspürte nicht das geringste Interesse, dem Captain seine Geschichte zu erzählen. Es hätte ohnehin kaum etwas genutzt. Und so sagte er nur knapp: »Meine Brüder und ich sind mit den Santeros seit langer Zeit befreundet.«

Nichols nickte. »Conroy hat mir gestern versichert, dass er bereit ist, für den entstandenen Schaden eine Entschädigung zu zahlen, obwohl man zuerst das Feuer auf seine Männer eröffnet hatte. Er sieht es schlichtweg als einen schrecklichen Unglücksfall an, der nicht vorhersehbar gewesen war und dessen Folgen ihm aufrichtig leidtun. »

Amos lachte rau auf. »Blutgeld, was? Plagt den Mann ein schlechtes Gewissen, Captain?«

Nichols schüttelte energisch seinen Kopf.

»Nein, aber es liegt dem Mann fern, einen Krieg vom Zaume zu brechen, den auch ich unter keinen Umständen billigen würde.«

Amos wechselte einen Seitenblick mit dem alten Esteban. Dieser schüttelte nur seinen Kopf und sagte: »Capitano, die unmissverständliche Antwort darauf ist, dass kein Geld der Welt die getöteten Männer wieder lebendig machten. Gebäude kann man wieder aufbauen – einen Toten aber nicht wieder zurück ins Leben rufen. Sagen Sie das diesem Conroy. Und sagen Sie ihm auch, dass die Mörder zur Rechenschaft gezogen werden.«

Wieder hieb der Captain mit der Faust auf den Tisch. Zornesröte trat in sein Gesicht, als er schrie: »Zum Teufel, was wollt ihr Mexikaner? Etwa Krieg? Ihr wollt euch gegen einen mächtigen Mann stellen? Noch mehr Blut vergießen? Ich an Ihrer Stelle würde das Angebot Mister Conroys annehmen, Señor, und mich glücklich schätzen, dass er von einer Anzeige absieht.«

»Anzeige? Soll das ein Witz sein, Captain?« zischte Amos böse hervor.

»Sehe ich etwa aus, als würde ich Witze machen?«

Wieder wechselten Amos und Esteban einen Blick miteinander.

Amos nickte leicht.

Es war sinnlos, noch etwas zu sagen. Beide Männer sahen das ein. Es war ein abgekartetes Spiel und die Armee würde einen Teufel tun, sich gegen Stuart Conroy zu stellen.

Donahue wischte sich wieder mit seinem Tuch das verschwitzte Gesicht ab. Auch von ihm war keineswegs Hilfe zu erwarten.

Stuart Conroy hatte auch ihn in der Tasche.

»Komm, Esteban«, sagte Amos mit grimmiger Stimme und legte dem alten Vaquero die Hand auf die Schulter. »Jedes weitere Wort ist nur unnötige Zeitvergeudung. Reiten wir zurück.«

Amos wandte sich zum Gehen, als ihn Captain Nichols scharfe Stimme am Zelteingang zurückhielt: »Einen Augenblick, Mister Nolan!«

Amos drehte sich zum Captain herum.

»Sie sollten sich das Angebot von Mister Conroy noch einmal genau überlegen. Die Armee wird weiteres Blutvergießen zu verhindern wissen.«

Amos nickte düster.

»So ungefähr habe ich mir das gedacht, Captain Nichols. Damit legen Sie Männern den Weg frei, die sich mit Gewalt alles nehmen, was sie wollen. Wenn das Ihre Auffassung von

Rechtsprechung sein sollte, Captain, kann ich für nichts garantieren.«

Mit diesen Worten verschwand Amos aus dem Zelt und Esteban folgte ihm mit bitterböser Miene.

Draußen auf dem Exerzierplatz des Camps drillte ein Sergeant mit bellender Stimme eine Gruppe Soldaten, während die beiden Männer stumm zu ihren Pferden gingen, aufsaßen und mit hasserfüllten Herzen aus dem Camp des Besatzungstrupps ritten.

Als Amos und Esteban das Camp verlassen hatten, legte sich ein grimmiger Ausdruck in das Gesicht des Captain. Marshal Wayne Donahue stand unschlüssig neben dem Schreibtisch, musste sich wieder das schweißtriefende Gesicht wischen und sagte mit belegter Stimme: »Stuart Conroy hätte die Mexikaner in Frieden lassen sollen, Captain. Es war ein Fehler, gegen sie vorzugehen.«

»Hängen Sie das bloß nicht an die grosse Glocke, Donahue!«, herrschte Nichols den Marshal an. »Die Sache ist schlimm genug.«

Donahue nickte heftig. »Das sehe ich ebenso.«

Nichols strich sich über seinen grauen, sauber gestutzten Schnurrbart.

»In drei Tagen rücken meine Soldaten und ich aus Spanish Crossing ab. Wir sind nach Fort Junction abkommandiert worden. Dort in dem Gebiet gibt es heftige Apachen-Aufstände und die Armee zieht ihre Soldaten aus vielen Teilen Texas ein, um die Krisengebiete stärker zu besetzen, weil bisweilen nicht genügend Soldaten dort zur Verfügung stehen.«

»Das würde bedeuten, dass Spanish Crossing nicht mehr unter der Obhut der Besatzungsmacht steht, richtig?«

Nichols nickte. »Für den Augenblick sieht es so aus. Wie es sich zu einem späteren Zeitpunkt entwickelt, steht in den Sternen.«

»Ist Stuart Conroy schon unterrichtet worden?«

»Ich habe gestern mit ihm darüber gesprochen und ihn dringlich zur äußersten Vorsicht ermahnt, seine Vorgehensweisen in Zukunft wesentlich sorgfältiger zu überdenken.«

»Diese Mexikaner sind sehr aufgebracht, Captain«, meinte Donahue.

»Stuart Conroy verfügt über eine gute Mannschaft, die sich gegen Übergriffe sehr gut zur Wehr setzen kann, Donahue«, sagte der Captain, »aber es ist nicht im Sinne der Union, dass hier im Lande Privatkriege ausbrechen.«

»Die Mexikaner, die auf dem Anwesen von Santero leben, sind keine Kämpfer. Es sind Bauern. Ich glaube, dass sie einer Entschädigung Conroys zustimmen werden und sich dann aus dem Land verziehen. Vorausgesetzt, die Entschädigung ist angemessen.«

Der Captain sah skeptisch zu Donahue herüber.

»So sicher wäre ich mir da nicht. Dieser Nolan ist einer von der ganz anderen Sorte. Der lässt sich nicht so leicht überzeugen«, sagte Nichols.

»Die Nolans waren früher einmal ganz grosse Nummern, Captain Nichols«, wandte Donahue ein und legte ein breites Grinsen in sein feistes, verschwitztes Gesicht. »Das war vor dem Krieg. Jetzt ist das anders, da die Nordarmee ihnen das Land enteignet hat, auf dem Stuart Conroy jetzt sitzt.«

»Davon habe ich gehört«, sagte Nichols und nahm wieder den Bleistift in beide Hände. Er drehte ihn in den Fingerspitzen, ohne sich dessen besonders bewusst zu werden. »Die Armee hat ihr Bestes getan, um Stuart Conroy in den Sattel zu heben. Er ist ein Mann des Nordens und vertritt auch die Interessen des Nordens, wobei es natürlich auch um sein eigenes Wohlbefinden geht. Er hat hier bereits eine große Machtstellung erreicht. Dennoch würde ich es lieber sehen, dass es zu keinem Privatkrieg aufgebrachter Leute kommt.«

»Sie können sich auf Stuart Conroy verlassen«, sagte Donahue mit übertriebener Zuversicht. »Der Mann weiß, was er tut. Zugegeben, der Angriff auf die Santero-Ranch war kein sonderlich kluger Schachzug. Aber das lässt sich problemlos wieder geraderücken.«

Nichols nickte. Das waren die Worte, die er von Marshal Wayne Donahue hören wollte. Ein Lächeln, das allerdings nicht bis in seine Augen reichte, zog sich über den schmallippigen Mund. »Marshal Donahue, ich sehe, Sie wissen, auf welcher Seite Ihr Brot bestrichen wird.«

»Selbstverständlich, Captain«, antwortete Donahue nicht ohne Stolz. »Mister Conroy zahlt ein gutes Gehalt."

Ein lauernder Unterton lag in Nichols Stimme, als er fragte: »Sie sind in Texas geboren, Marshal?«

Donahue wusste, was der Captain mit der Frage bezwecken wollte und antwortete: »Ja. Ich bin hier geboren, Captain Nichols. Aber ich bin nicht so starrköpfig wie viele andere um an dem Texaner-Stolz festzuhalten. Der Süden hat den Krieg verloren. Das ist bitter. Aber das Leben geht weiter. Und ich bin nicht der Mann, der es sich schwermachen will.«

»Verstehe, Marshal.«

»Mister Conroy ist ein Mann mit Macht und Geld. Weshalb sich gegen ihn stellen, wenn man nicht für ihn Partei ergreifen kann? Das ist mein Standpunkt.«

»Ich bin froh, dass Sie das so ansehen, Marshal. Halten Sie diesen Nolan im Auge. Männer wie er sind leicht reizbar und scheuen nicht, sich zu wehren.«

»Sicher, Captain, sicher. Aber was soll ein solcher Mann im Einzelnen unternehmen? Sein Bruder Jed kam kurz nach dem Krieg zurück, lebte einige Zeit bei den Santeros und ist seit einiger Zeit wieder verschwunden. Er wird offensichtlich eingesehen haben, dass er dieses Spiel hier nicht gewinnen kann und ist woanders hingegangen. Lange Zeit hieß es auch, dass die Nolan-Brüder im Krieg verschollen waren. Jeder hielt sie für tot.«

»Nun, offensichtlich sind ja zwei von ihnen noch am Leben«, sagte der Captain.

Als Marshal Walt Donahue später das Zelt des Captains verlassen hatte, blieb dieser noch eine Zeitlang auf seinem Klappstuhl sitzen, nagte an seinem Bleistift und dachte nach.

Seinen Beziehungen zur Nordarmee hatte Stuart Conroy es zu verdanken, dass er in eine Machtstellung hineinmanövriert wurde. Bisweilen hatte man auch alles gebilligt, was für Conroy wichtig war. Und Captain Andrew hatte sogar von oberster Stelle den Befehl erhalten, Conroy beim Aufbau nicht im Wege zu stehen. Nichols kannte nicht die Verbindungen, die Stuart Conroy zur Nordarmee hatte. Das war ihm auch egal.

Befehl war Befehl. Captain Andrew war Soldat und hatte diesem Befehl Folge zu leisten. Er persönlich hielt nicht sehr viel von Stuart Conroy, noch weniger von dessen Männern. Er hielt ihn für einen skrupellosen, machtzerfressenen und habgierigen Beutelschneider, dem jedes Mittel recht war, um seine Ziele zu erlangen.

Ein leichtes Lächeln huschte über das markante Gesicht von Andrew Nichols.

Bei seinen Überlegungen kam er letzten Endes zu der Erkenntnis, dass ihn die ganze Sache nichts mehr anginge.

In drei Tagen hatten seine Soldaten abmarschbereit zu sein und neue Aufgaben warteten in Fort Junction auf ihn und seine Männer.

Zum Teufel mit Stuart Conroy, dieser Stadt und den Mexikanern – und auch die Sache mit diesen Nolan-Brüdern – das war nicht mehr seine Sache.

Sollte sich dieser versoffene Marshal darum kümmern.

Neuntes Kapitel

Auf der Main-Street von Spanish Crossing war um die Mittagszeit nicht viel los, als Amos Nolan und der alte Esteban in die Stadt ritten.

Es herrschte eine unerträgliche Hitze, und die Menschen zogen es vor, in ihren Häusern zu verweilen. Nur ein paar wenige Gestalten zeigten sich auf den Gehsteigen. Vor dem *Chronicle* standen vier Pferde und als Nolan das Brandzeichen erkannte, brachte er seinen Grauen zum Stehen. Esteban sah ihn stirnrunzelnd an.

»Warum hältst du an, amigo?«, fragte er.

Amos wies mit ausgestrecktem Arm zu den Pferden hin. Kommt dir das Brandzeichen nicht bekannt vor, Esteban?«, fragte er grimmig.

»Si. Es ist Conroys Brandzeichen«, nickte Esteban und stieß eine Reihe Flüche auf Mexikanisch aus.

»Schon gut, alter Junge«, beruhigte Amos ihn. »Komm wieder zu dir. Ist mächtig heiß heute, mein Freund. Und ich habe höllischen Durst. Du nicht auch?«

Esteban maß Amos mit fragendem Blick. Dann zuckte er plötzlich mit seinen schmalen Schultern und meinte: »Warum nicht, amigo?«

Amos nickte grimmig und lenkte seinen Grauen auf den *Chronicle* zu und Estebans Muli folgte ihm. Amos glitt aus dem Sattel, band sein Pferd neben einem der Conroy-Tiere an und rückte seinen Revolvergurt zurecht. Als Esteban sich vom Muli schwang, deutete Amos auf das Schrotgewehr, das im Sattelschuh des Mulis steckte.

»Nimm das Ding vorsichtshalber mit, amigo. Sicher ist sicher«, meinte Amos. Esteban nickte und zog die Waffe heraus, überprüfte grimmig beide Ladungen und folgte Amos durch die Schwingtür in den Saloon.

Amos Blick glitt prüfend durch die Runde, während er auf die Theke zusteuerte. An einem Tisch saßen die vier Männer, deren Pferde draußen vor dem Saloon standen. Sie sahen sofort auf und maßen ihn mit abschätzenden Blicken. An einem weiteren Tisch saßen zwei Mädchen, die sich offensichtlich langweilten. Dem Barkeeper hinter der Theke schien es ähnlich zu ergehen. Seine augenblickliche Tätigkeit bestand darin, mit einem Tuch über die Theke zu wischen. Aber als er die beiden Männer hereinkommen sah, hörte er sofort auf. Ganz plötzlich hatte nämlich die Stimmung im Raum zu knistern begonnen, als man in der Begleitung des Fremden den Mexikaner Esteban erkannte. Phil Jordan schob seinen Stuhl zurück. Seine Augen in seinem vogelartigen Gesicht nahmen ganz plötzlich einen verschlagenen Ausdruck an. Early Warren, der sich ein Glas Whisky einschenken wollte, ließ plötzlich die Flasche stehen und verzog sein Gesicht zu einem wölfischen Grinsen. Slick Meadows und Stagg Ogrum stierten ungläubig zu Esteban herüber, so, als könnten sie es nicht glauben, den Mexikaner ausgerechnet hier in dem Saloon zu sehen.

Während Amos seine Hände auf die Theke legte, spürte er deutlich die Blicke des Quartetts in seinem Nacken. Der alte Esteban rieb sich mit der linken Hand über seinen mächtigen, von Grau durchzogenen Schnurrbart, während seine Rechte die Schrotflinte fest umklammert hielt. Dem alten Mann war unbehaglich zumute. Am liebsten hätte er sich zu den Conroy-Reitern umgedreht. Aber das tat er nicht. Er stellte sich neben Amos an die Theke.

Der Barkeeper hatte inzwischen aufgehört, den Tresen mit dem Tuch zu bearbeiten. Sein unfreundlicher, verächtlicher Blick war auf Esteban gerichtet und Amos Nolan sagte: »Haben Sie Probleme mit meinem Freund, Mister?«

Er sprach die Worte bewusst laut und deutlich, so dass jeder im Saloon sie hören konnte.

Der Barkeeper zuckte etwas zusammen. Er kannte Amos Nolan nicht. Aber es lag etwas in dessen Art, was ihn vorsichtig werden ließ. Seine Hände knüllten nervös das Tuch zusammen, das er in seinen Händen hielt. Mit nervösem Klang in der Stimme antwortete er: »Nein, das nicht. Aber in diesem Hause verkehren normalerweise keine mexikanischen Gäste.«

»Das hat sich ab heute geändert, Freund. Whisky für mich und meinem compadre.«

Esteban schüttelte den Kopf. »Ich trinke lieber Tequila.«

»Du hast es gehört, Barkeeper«, sagte Nolan. Der Barmann blickte von Nolan zu den vier Conroy-Reitern herüber, so, als würde er auf ein Eingreifen hoffen.

In diesem Augenblick vernahm Amos deutlich das Scharren eines zurückgeschobenen Stuhles und anschließend das sporenklingende Geräusch eines näherkommenden Mannes.

»Mister«, hörte Amos die Stimme in seinem Rücken, »es ist in diesem Saloon nicht üblich, dass Mexikaner bedient werden.«

Langsam drehte Amos sich zu dem Sprecher um.

»Sagt wer?«, fragte er gedehnt.

Phil Jordan stand vor ihm. Seine Haltung war gespannt. Er hatte seine Daumen hinter den Revolvergurt gehakt. Ein Lächeln umspielte seine dünnen Lippen, als er Amos herausfordernd ansah.

»Sage ich«, antwortete Jordan lauernd.

Auf der Treppe erschien ein Mann in schwarzem Anzug, der zu Amos herunter rief: »Mister Jordan hat Recht, Nolan. In meinem Saloon werden keine mexikanischen Gäste empfangen.«

Amos sah zur Treppe herauf und sah Charles Blaisdell dort stehen.

»Hallo, Charley«, sagte Amos, grinste breit und fügte hinzu: »Nett, Sie wieder zu sehen. Wusste gar nicht, das der Laden hier Ihnen gehört.«

Charles Blaisdell kam langsam die Stufen herunter. »Und ich dachte, Sie wären nicht mehr am Leben, Amos Nolan«, erwiderte Blaisdell überrascht, aber ohne die geringste Spur Freundlichkeit in der Stimme.

»Charley, Sie sollten doch wissen, dass wir Nolans unverwüstlicher Natur sind. So eine Kleinigkeit wie der Krieg kann uns nicht umhauen.«

Phil Jordan wich instinktiv einen kleinen Schritt zurück und seine Rechte schwebte nahe des Revolverkolbens.

»Nolan?«, stieß er hervor.

Amos wandte sich ihm zu. »Ganz recht. Und Sie müssen Phil Jordan sein. Der Mann, der Rafaelo Santeros Ranch überfallen, den alten Santero getötet und dann das ganze Anwesen in Brand gesteckt hat.«

»Augenblick, Nolan, das...«

»Raushalten, Charley«, sagte Nolan eisig, ohne den Blick von Jordan abzuwenden. Er hob seine rechte Hand gegen Blaisdell, der inzwischen auf der vorletzten Stufe stand. Blaisdell blieb wie angewurzelt stehen und Phil Jordans Augen blitzten tückisch. Am Tisch der Conroy-Männer setzte Bewegung ein. Stühle polterten zu Boden, als sich das Trio dort von ihren Plätzen erhob. Im gleichen Augenblick hatte der alte Esteban die Zwillingshähne seiner doppelläufigen Schrotflinte gespannt und die Waffe auf den Tisch gerichtet.

Wie erstarrt blickten die drei Conroy-Männer in die drohenden Mündungen.

»Das Ding ist mit Rehposten geladen! Ihr wisst, was das Zeug aus dieser Entfernung anrichten kann. Verhaltet euch ruhig, amigos, und setzt euch wieder hin. Ich habe einen verdammt nervösen Zeigefinger. Pronto«, zischte der alte Esteban ihnen entgegen. Nur widerwillig hoben sie ihre Stühle auf und nahmen wieder Platz.

Esteban sagte: »Ich halte euch im Auge, Freunde! Eine dumme Bewegung und beide Ladungen fetzen euch auseinander! Und du, Barmann, komm hinter der Theke hervor und stell dich da rüber zu dem Tisch.«

Der Barmann sah zur Treppe herüber. Charles Blaisdell gab ihm durch ein leichtes Kopfnicken zu verstehen, Estebans Anweisung Folge zu leisten.

Amos und Jordan standen sich drohend gegenüber. In Jordans Augen setzte ein nervöses Flackern ein. Mit dieser Wendung hatte er nicht gerechnet. Jordan war es gewohnt, sämtliche Vorteile auf seiner Seite zu haben. Und das war jetzt nicht der Fall.

»Was haben Sie dazu zu sagen, Jordan?« schleuderte Amos dem Vormann ins Gesicht.

Jordans Lippen pressten sich zusammen. Seine Rechte berührte leicht den Kolben des Revolvers, aber er wagte nicht, die Waffe zu ziehen.

»Ich sage, dass es eine verdammte Lüge ist«, rief er Nolan entgegen. »Santero hat zuerst auf einen meiner Männer geschossen.«

»Hast du das gehört, Esteban?«

»Si, amigo Amos«, antwortete Esteban, dessen Gesicht stur auf die drei Conroy-Männer und den Barmann drüben am Tisch gerichtet war. »Laut und deutlich.«

In diesem Augenblick tat Amos Nolan etwas Außergewöhnliches. Seine Linke umfasste die Schnalle seines Revolvergurtes und öffnete ihn. Mit lautem Poltern fiel der Gurt samt Revolver auf die Saloon-Bretter. Ungläubig stierte Phil Jordan ihm entgegen.

Im Raum war es so still, dass man eine Stecknadel hätte fallen hören können.

»Und ich sage, dass Sie ein verdammter Lügner sind, Jordan. Ich sage es hier ganz laut und deutlich vor Ihren Männern.«

Um Phil Jordans Mundwinkel begann es heftig zu zucken. Mit einer derartigen Reaktion hatte er nicht gerechnet.

»Wenn Sie jetzt zur Waffe greifen, wäre das Mord, Jordan«, drangen ihm Amos Nolans Worte höhnend ins Gesicht. »Es bleiben Ihnen also nur Ihre Fäuste, um sich zu verteidigen.«

Von der Treppe her rief Blaisdell zu Nolan herüber: »Zum Teufel, Nolan, was haben Sie vor?«

Amos beachtete den Saloonbesitzer nicht. Seine Augen waren stur auf Phil Jordan gerichtet und die folgenden Worte schlugen wie Peitschenhiebe auf Jordan ein, als er sagte: »Was ist, Jordan? Reicht Ihr Mut nur, wenn Sie einen Revolver benutzen oder wehrlose Mexikaner abknallen können?«

Er hatte den Vormann der Circle-C-Ranch in die Enge getrieben. Phil Jordan war kein Mann, der mit den Fäusten kämpfte. Jedem im Saloon war das klar. Aber ebenso klar war es, dass sich Jordan nicht aus der Affäre ziehen konnte. Er musste gegen Amos antreten, sonst war er bei der Mannschaft und auch im Land erledigt.

Widerwillig löste sich Jordans Rechte vom Revolverkolben und glitt zur Schnalle des Holsters. Noch während er sie löste, stürmte er überraschend schnell vor.

Amos Nolan hatte so etwas erwartet. Er empfing den vorstürmenden Jordan mit einem Fausthieb mitten ins Gesicht.

Der Vormann schleuderte gegen die Theke. Der Revolvergurt fiel zu Boden. Jordan schüttelte den Kopf und stierte Amos Nolan hasserfüllt an. Blut sickerte von seiner Lippe herab zum Kinn. Der Schlag hatte ihn zwar schwer getroffen, aber er hatte auch so etwas wie Kampfwut in ihm entfacht.

»Okay, Nolan«, zischte Jordan. »Sie wollen es so haben.«

Im gleichen Augenblick stürmte er vor, setzte mit der Rechten eine Finte und schlug mit der Linken zu. Der Schlag traf Amos an die rechte Wange und er machte unweigerlich einen Schritt zurück. Überraschung lag in seinem Gesicht. Das hätte er Jordan nicht zugetraut. Der Vormann wurde siegessicherer und schickte seinem linken Haken eine rechte Gerade hinterher, die Amos am Kinn erwischte. Amos schwerer Körper krachte gegen die Theke.

Vom Tisch her hörte er einen der Conroy-Reiter rufen: »So ist es recht, Mister Jordan. Schlagen Sie das Großmaul zu Brei!«

Amos schüttelte sich und sah für einen kurzen Moment zu Charles Blaisdell herüber, der sich gegen das Treppengeländer gelehnt hatte und den Kampf mit überheblicher Arroganz verfolgte, nachdem Amos von Jordan zweimal getroffen worden war.

Jordan stürmte auf Amos ein und empfing einen harten Schlag gegen die Schläfe. Der Vormann taumelte zurück. Amos stieß sich von der Theke ab und setzte mit einem harten Schwinger nach, der den zurücktaumelnden Jordan in die Magengrube traf. Jordans Mund klappte auf und sein Körper bäumte sich nach vorne. Im gleichen Augenblick landete eine schmetternde Gerade mitten in sein Gesicht. Jordans Kopf ruckte nach hinten. Er stolperte über einen Stuhl und landete krachend auf den Brettern des Saloons.

Ein heftiges Raunen ging durch den Raum.

Amos wischte sich übers Gesicht und wartete, bis Jordan sich vom Boden erhob. Der Vormann blutete aus Mund und Nase. Seine bösen, blutunterlaufenen Augen stierten hasserfüllt in Amos Richtung. Er kam keuchend auf die Beine. Seine Hände krallten sich an dem Stuhl fest, über den er gestolpert war. Plötzlich riss er ihn hoch und stürmte vorwärts. Instinktiv warf Amos beide Hände nach oben, als der Stuhl auf ihn niedersauste. Dadurch bremste er den gewaltigen Hieb ab. Holz splitterte, der Stuhl brach auseinander und ein Splitter fuhr Amos ins linke Handgelenk. Im gleichen Moment rammte Jordan ihm sein Knie in den Unterleib. Ein stechender Schmerz raubte Amos die Luft und er sackte unweigerlich zu Boden. Jordan warf den zerbrochenen Stuhl durch den Raum und holte zu einem gemeinen Fußtritt aus, um Amos Gesicht zu zerschmettern. Amos rollte sich blitzschnell zur Seite. Der Tritt, dessen Wucht sein Gesicht auf Lebzeiten entstellt hätte, ging fehl. Jordan setzte nach. Amos Hände erwischten den Stiefel und mit einer ruckartigen Bewegung verdrehte er ihn zur Seite. Der Vormann stieß einen schrillen Schrei aus und schlug der Länge nach hin. Amos erhob sich keuchend vom Boden. Seine linke Hand war gefühllos. Mit der Rechten packte er Jordan am Kragen und zog ihn hoch. Er stieß ihn gegen die Theke, ließ ihn los, ballte die Rechte zur Faust und schmetterte sie krachend gegen Jordans Kinn.

Der Kopf des Vormannes sauste nach hinten, sein Augenausdruck wurde glasig. Im gleichen Augenblick traf ihn Nolans Faust gegen die Schläfe.

Jordans Beine gaben zitternd nach und er stützte sich auf die Theke, um nicht zu stürzen. Amos packte ihn beim Haarschopf und zog ihn brutal zu sich heran. Kurz darauf ruckte Amos Kopf vor und landete in Jordans blutigem Gesicht. Es ertönte ein hässliches, knirschendes Geräusch, als Jordans Nasenbein brach.

Jordans Glieder erschlafften und er sackte mit den Knien zuerst auf den Bretterboden. Sämtliche Gesichtszüge glitten aus dem blutüberströmten Gesicht. Er kippte zur Seite und blieb regungslos liegen.

Mitleidlos blickte Amos auf den bewusstlosen Jordan nieder und sah anschließend durch den Raum. Keiner regte sich. Alle starrten wie erstarrt zu ihm und dem niedergeschlagenen Vormann am Boden herüber.

Ein zufriedenes Lächeln huschte über das zerfurchte, schnauzbärtige Gesicht des alten Esteban, der immer noch die Schrotflinte auf die Männer am Tisch gerichtet hielt.

»Gracias, amigo!«, dröhnten seine Worte begeistert durch den Raum, »das war ein wunderbarer Kampf.«

Meadows, Warren und Ogrum sahen ihn hasserfüllt an. Sicherlich wären sie sofort auf ihn losgegangen, aber eine doppelläufige Schrotflinte hielt sie davon ab. Ogrum sagte: »Heute magst du vielleicht noch ein verdammtes Grinsen im Gesicht haben, Mex. Aber das wird dir noch schnell vergehen.«

Amos Nolan wischte sich mit der rechten Hand das Blut aus dem Gesicht, hob seinen Revolvergurt vom Boden auf und schnallte ihn mit der rechten Hand um. In seiner linken Hand pulsierte ein heftiger, stechender Schmerz. Der Splitter vom Stuhl steckte immer noch im Handgelenk, warmes Blut lief an der Hand herunter und tropfte auf den Boden.

»Nehmt euren Vormann und verschwindet aus der Stadt. Sagt Conroy, dass dies hier erst der Anfang war.«

Early Warrens gelbe, giftige Augen richteten sich auf Amos, als er sagte: »Wir werden es ihm ausrichten, Mister. Aber es dürfte heute schon klar sein, dass Ihre Gebeine und auch die der verdammten Mexikaner bald in der Sonne bleichen werden.«

Sie schleppten den bewusstlosen Phil Jordan aus dem Saloon und legten ihn draußen quer über sein Pferd. Dann stiegen sie in ihre Sättel und ritten schweigend aus der Stadt.

Amos Nolan blickte ihnen eine Zeitlang finsteren Blickes hinterher, dann schlenderte er zurück an die Theke. Er schüttelte den Kopf ein paarmal, um wieder Klarheit zu bekommen.

»Imposanter Auftritt, Nolan, das muss ich Ihnen lassen. Als Sie einfach Ihren Revolvergurt fallen ließen, stockte selbst mir der Atem. Aber Sie glauben doch wohl nicht, dass ein Mann wie Stuart Conroy das so einfach hinnehmen wird, oder?«

Charles Blaisdell war näher gekommen und blieb am Ende der Theke stehen. Er entfachte ein Streichholz an der Thekenkante und hielt es an seine lange, dünne Zigarre. Er machte ein paar paffende Züge, ohne den Blick dabei von Amos Nolan abzuwenden, schüttelte das Streichholz aus und warf es achtlos auf den Boden. Amos zog sich mit einem Ruck den Splitter aus dem Handgelenk und warf ihn dann in den Spucknapf neben der Theke. Er presste einige Male hintereinander mit schmerzverzerrtem Gesicht die Finger zusammen, um die Taubheit aus seiner Hand zu bekommen.

Esteban entsicherte seine Schrotflinte und legte sie auf den Tresen. Dann winkte er dem Barkeeper zu, sich wieder an seinen gewohnten Platz zu stellen. Der gehorchte nur zögernd.

Nolan wandte sich an Charles Blaisdell.

»Mir ist es völlig egal, ob dieser Conroy es schlucken wird oder nicht, Charley. Und im Übrigen: Tom und Johnny können Sie auch wieder auf die Liste der Lebenden setzen, mein Freund. Sie erfreuen sich der besten Gesundheit.«

Das war ein Hieb für den Saloon- und Hotelbesitzer, der die Nolans seit Jahren hasste. Charles Blaisdell rieb sich über seinen schwarzen, sauber gestutzten Bart.

Er setzte keine Regung in sein Gesicht, aber in seinen Augen flackerte ein trügerisches Feuer. Er wusste zu gut, was Amos Nolans Aussage bedeutete.

Dennoch sagte er: »Freut mich zu hören, Nolan. Willkommen in Spanish Crossing.«

Zehntes Kapitel

Jim Harland wischte die Wagenschmiere mit einem Lappen von den Händen, während Matt Lemmons und seine beiden Freunde mit einem lauten Stöhnen den Balken unter dem Küchenwagen wegschoben, mit dem dieser hochgehoben worden war, damit das Rad gewechselt werden konnte.

Harland verstaute den schmutzigen Lappen in der Hosentasche und wandte sich an Jed Nolan.

»Fertig, Boss.«

Jed Nolan bedachte ihn mit einem kurzen, zufriedenem Nicken und wandte sich an die Mannschaft: »Ihr habt es gehört, Männer. Wir haben genug gerastet. In die Sättel und treibt die Rinder zusammen! Es geht weiter!«

Ein Murren ging durch die Mannschaft. Sie wunderten sich, dass Jed Nolan es plötzlich mit dem Aufbruch sehr eilig hatte. Das jedoch hatte seinen Grund. Luis Santero war bereits am frühen Morgen mit einem neuen Wagenrad zurückgekehrt. Aber seine Miene war besorgniserregend gewesen und er hatte berichtet, dass ein paar seltsam aussehende Gestalten in der Stadt ebenso seltsame, neugierige Fragen bezüglich des Wagenrades gestellt hatten. Zuerst hatte sich Luis nichts dabei gedacht, aber auf dem Rückweg stellte er fest, dass ihm jemand in sicherem Abstand gefolgt war.

Jed Nolan hatte den Bericht des Freundes schweigsam zur Kenntnis genommen. Auf die Frage hin, ob Luis einen dieser neugierigen Burschen gekannt hätte, schüttelte dieser nur den Kopf.

Jed Nolan wusste, dass Luis kein Mann war, der sich schnell aus der Ruhe bringen ließ. Möglicherweise war mit Verdruss zu rechnen. Demzufolge hielt Jed es für ratsam, die Herde so schnell wie möglich in Marsch zu setzen und dabei Augen und Ohren nach allen Seiten offenzuhalten.

Bevor sie weiterzogen, schärfte Nolan es jedem Einzelnen noch einmal eindringlich ein, besonders wachsam zu sein.

Die Herde geriet in Bewegung.

Jed Nolan, Jim Harland und Gil Fuller übernahmen die Spitze, während Luis Santero, Pecos, Matt Lemmons und Clint Travis die Flanken sicherten. Sadies Conestoga-Wagen blieb dicht hinter dem Küchenwagen mit Hugo St. Marrs und Shorty Rounds. Den Schluss der Herde bildeten Gonzales und Lee Sutton, während Diego mit der Pferderemuda dicht neben ihnen blieb.

Nach einigen Meilen änderte das flache, ebene Land sein Aussehen in ein unebenes, hügeliges Gelände, das von zahllosen Geröllsteinen übersät war. Zudem stieg das Gelände an. Sie waren daher gezwungen, das Treiben zu verlangsamen. Rechts und links zeichneten sich auf beiden Seiten langgedehnte Hügelketten ab, die im gleißenden Sonnenlicht in ein helles Blau gefärbt wurden.

Hinter diesen Hügelketten, das wusste Jed Nolan, würden sie hauptsächlich nur noch bewaldetes Gebiet mit zahlreichen Seen durchqueren und in einigen Tagen New Orleans erreichen.

Jed Nolan, Gil Fuller und Jim Harland waren der Herde ein weites Stück vorausgeritten, als ihnen am späten Nachmittag sechs Reiter aus südwestlicher Richtung entgegenkamen. Zuerst ritten sie hintereinander, aber als sie sich den drei Männern näherten, änderte sich ihre Formation und sie hielten nebeneinander auf Nolan, Gil Fuller und Jim Harland zu.

Aber Nolan, Fuller Harland erkannten sofort das Manöver. Fuller und Harland schlossen zu Jed Nolan auf, so dass auch sie nebeneinander in den Sätteln saßen. Die sechs Reiter kamen gemächlich näher. Ihr Kommen verhieß nichts Gutes, das war sofort klar. Drei der Männer hatten ihre Gewehre vor sich quer über die Sättel gelegt. Einer von ihnen löste sich aus der Formierung und ritt vorweg auf die drei Trailmänner zu, die inzwischen ihre Pferde zum Stehen gebracht hatten und mit abwartender Haltung in ihren Sätteln saßen.

»Das ist nahe genug, Mister!«, rief Nolan dem Mann zu, der langsam näherkam und keine Anstalten machte, sein Pferd zu halten.

Einige Yards vor ihnen zügelte er sein Pferd. Etwas Lauerndes lag in seinem dunkelhäutigen Gesicht. Er hatte einen schwarzen, dichten und ungepflegt wirkenden Schnurrbart. Nolan fielen sofort die Zwillingsrevolver auf, die der Mann in einem schwarzen Kreuzgurt trug. Seine Hände waren mit schwarzen Handschuhen überzogen.

Zwei starre Fischaugen blickten zu den drei Cowboys herüber, ohne Freundlichkeit und kalt.

Er tippte lässig an den Sombrero.

»Buenos tardes, Amigos«, grüßte der Mann auf mexikanisch, obwohl er kein Mexikaner war. »Verdammt schöne Herde, die Sie da haben, Amigos. Wer ist denn der Boss?«

»Wer will das wissen?« stellte Nolan die Gegenfrage.

Die fünf anderen hielten ihre Pferde dicht hinter dem fischäugigen Burschen, der dann sagte: »Mein Name ist Willard Skeeter, Mister«. Ein überhebliches Lächeln folgte seinen Worten und er fuhr fort: »Meine Jungens und ich – wir reiten für Mister Cargo. Und dem gehört das ganze Land hier, müssen Sie wissen.«

Nolan nickte. »Mein Name ist Jed Nolan. Ich bin der Herdenboss. Sind Sie gekommen, um mir das zu erzählen, Skeeter?«

Skeeters Lächeln wurde immer breiter, bis es zu einer grotesken Grimasse in seinem Gesicht wirkte.

Er schüttelte den Kopf.

»Mister Cargo schätzt es nicht, wenn jemand einfach so sein Land überquert – vor allem dann nicht, wenn es sich dabei um eine große Herde handelt. Aber Mister Cargo ist kein Unmensch. Für eine Gebühr von einem Dollar pro Rind wäre er damit einverstanden, dass die Herde weiter durch sein Land ziehen darf.«

Harland und Fuller sahen aus den Augenwinkeln zu Nolan herüber. Dieser presste die Lippen aufeinander, nickte leicht mit dem Kopf und meinte dann:

»Stolzer Preis.«

»Nur der Tod ist umsonst, compadre«, entgegnete Skeeter, dessen starre Fischaugen von Nolan zu Fuller und Harland wanderten. Insgeheim schätzte er die drei Männer ab und hielt wohl Gil Fuller für den Mann, der am gefährlichsten zu sein schien, denn an ihm blieb der unstete Blick am längsten haften.

Aber auch Nolan, Fuller und Harland musterten die fünf Männer scharf. Es waren keineswegs normale Cowboys. Das war ihnen sofort klar. In den finsteren Gesichtern dieser sechs erkannten sie sofort, dass es sich um üble Gesellen handelte, die nur allzu schnell mit der Hand am Colt waren. Dieser Willard Skeeter war ihr Anführer und der gefährlichste Mann unter diesen Wölfen.

Nolan wechselte einen kurzen Blick mit Fuller, dessen Haltung sich im Sattel spannte. Nolan sah in seinen Augen die tödliche Bereitschaft. Er kannte den Mann mittlerweile sehr gut, um zu wissen, dass Gil Fuller zu einem Kampf bereit war und nur auf ein Signal wartete.

Auch Jim Harlands Haltung spannte sich etwas. Wie zufällig löste sich seine Rechte vom Sattelhorn und zog sich langsam zum Revolvergurt. Das erkannte Jed Nolan aus den Augenwinkeln und wusste somit, dass auch er bereit war, sofort loszuschlagen.

Die Gesichter der fünf Männer hinter Willard Skeeter blickten lauernd zu ihnen herüber. Auch sie warteten nur auf ein Signal ihres Anführers.

Nolan sagte: »Keine Chance, Mister.«

Das Grinsen verschwand aus Skeeters fleischigem Gesicht. Seine Fischaugen starrten funkelnd zu Nolan herüber.

»Was soll das heißen, Freund?«

»Das heißt, dass ihr kein Geld von uns bekommen werdet. Weder du noch dein Boss werdet auch nur einen müden Cent von uns sehen.«

»Ihr seid drei – wir sind zu sechst, Hombre. Du solltest klüger sein! Entweder du rückst das Geld raus, oder...«

»Oder?«

»Oder wir nehmen uns die ganze Herde!«

Nolan wagte nicht, sich nach hinten zur restlichen Mannschaft und der Herde umzudrehen, die etwa gut anderthalb Meilen hinter ihnen lagen.

Nolan wog die Chancen ab. Er dachte an seine Männer und er dachte an Sadie Riordan.

Wenn er, Fuller und Harland im Kampf mit diesen Burschen da vorne fielen, dann würden Skeeter und seine Männer wie Geier über die Mannschaft und die Herde herfallen.

Das sah Nolan deutlich in Skeeters starren Fischaugen, die sich zu engen Schlitzen zusammengezogen hatten.

Um Skeeters Mundwinkel begann es merklich zu zucken.

Es kam jetzt einzig und alleine auf Nolan, Fuller und Harland an.

Wenn sie fallen sollten, dann...

In diesem Augenblick handelte Nolan.

Mit einem plötzlichen Ruck stieß er seinem Pferd brutal die Stiefel in die Weichen und drückte es auf der Hinterhand. Das Tier wieherte entsetzt auf und stieg mit den Vorderhufen in die Höhe. Im gleichen Augenblick hatte Jed Nolan seinen Revolver aus dem Holster gerissen. Darauf war Skeeter nicht gefaßt. Erschrocken wich sein Pferd vor dem plötzlich aufbäumenden Tier Nolans zurück.

Damit vergeudete er kostbare Zeit – Zeit, die über Leben und Tod entschied.

Bevor Skeeter reagieren konnte, starrte er in das Mündungsfeuer aus Nolans Waffe. Das Geschoss schlug ihm mitten ins Gesicht und er wurde aus dem Sattel katapultiert. Er war bereits tot, als er mit dem Kopf zuerst auf den Boden schlug und sich sein rechter Fuß im Steigbügel verfing.

Neben Nolan bellte Gil Fullers .51er Navy mehrmals in rascher Folge hintereinander auf und holte zwei Männer fast gleichzeitig aus den Sätteln, während sich Jim Harland einfach vom Pferd fallen ließ, im Fallen zog und gleichzeitig feuerte. Seine Geschosse pflügten eine Furche in die Reiterfront und trieb die drei noch Lebenden weiter auseinander.

Fuller trieb sein Pferd an und das Tier stürmte mit einem Satz auf sie los, während der .51er in Fullers Rechter mehrmals hintereinander aufflammte und Blei spuckte.

Zwei weitere Sättel leerten sich.

Der letzte der sechs Männer sah seine Kameraden fallen, konnte noch seine Waffe ziehen, wurde dann aber von mehreren Kugeln gleichzeitig getroffen. Sein Körper zuckte unter dem Aufprall der Geschosse mehrmals zusammen. Sein Pferd beschrieb tänzelnd einen Halbkreis, während der Bursche mit einem Stöhnen vornüber mit dem Kopf auf das Sattelhorn fiel und dann seitlich aus dem Sattel kippte.

Am Boden zuckte sein Körper noch einmal im Todeskampf, dann blieb er regungslos liegen.

Das ganze Szenario hatte sich in nicht einmal zehn Sekunden abgespielt und als der Pulverrauch vom Wind fortgetragen wurde, lagen sechs tote Männer am Boden.

Jed Nolan stieß geräuschvoll den Atem aus. Gil Fuller warf die leeren Hülsen aus den Kammern des .51er und ersetzte sie mit neuen Patronen aus der Gurtschlaufe seines Revolvergurtes. Mit einer geschickten Bewegung wanderte die Waffe zurück ins Holster und mit grimmiger Miene blickte er hinunter auf die Toten.

Auch Jim Harland lud seinen Revolver und stieg dann wieder in den Sattel.

»Das war verdammt knapp, Boss!«, meinte er und rückte seinen Hut zurecht.

Fuller setzte ein schiefes Grinsen in sein markantes Gesicht. »Den Trick mit dem Gaul kannte ich noch nicht, Mister Nolan. Hat mir jedenfalls sehr gefallen. Vor allen Dingen hat uns das vor dem Schlimmsten bewahrt.«

Nolan nickte finster.

»Ja. Mit diesen Burschen war nicht zu spaßen. Die hätten uns ohne zu zögern über den Haufen geschossen.«

»Die kassieren jedenfalls kein Wegzoll mehr«, meinte Harland und nahm die Zügel auf.

»Wir sollten zusehen, dass wir aus diesem verdammten Landstrich so schnell wie möglich wieder rauskommen«, brummte Jed Nolan, der seinen frisch aufmunitonierten Revolver in den Holster stieß. »Würde mich nicht wundern, wenn es von dieser Sorte noch mehr gibt.«

Jed Nolan wandte sich nach hinten und sah, dass Luis Santero die Herde weitertreiben ließ. St. Marrs Chuckwagen und Sadie Riordans Conestoga-Wagen fuhren fast gleichzeitig an. In jedem der Gesichter erkannte Jed Nolan Erleichterung.

Luis Santero hielt sein Pferd neben Nolans Grauen und meinte: »Das hätte auch mächtig ins Auge gehen können, Boss.«

»Ist es aber nicht, amigo«, antwortete Jed Nolan. Als Luis stumm auf die Toten sah, bekreuzigte er sich und sagte: »Zwei der Burschen waren in der Stadt, Boss. Ich erkenne ihre Gesichter wieder.«

»Dank deiner Warnung waren wir auf sowas vorbereitet, Luis. Trotzdem müssen wir weiterhin höllisch die Augen offenhalten. Möglich, dass es noch mehr von deren Sorte gibt«, meinte Nolan und fragte dann: »Sag mal, Luis: sagt dir der Name Cargo etwas?«

Luis Santero schüttelte den Kopf.

»Nicht, das ich wüsste. Weshalb fragst du?«

Jed Nolan deutete mit ausgestreckter Hand auf den toten Skeeter.

»Der Hombre hatte behauptet, er reite für einen gewissen Mister Cargo und in dessen Auftrag wollte er mit seinen Kumpanen Wegegeld kassieren. Diesem Cargo soll bis das gesamte Land hier gehören.«

Wieder schüttelte Luis den Kopf.

»Nie gehört, den Namen.«

Jed Nolan zuckte mit den Schultern.

»Wollen wir die da so liegen lassen und den Geiern überlassen?«, fragte Harland.

Nolan schüttelte den Kopf. »Nein, wir bringen sie unter die Erde und ziehen dann schleunigst weiter. Verdient haben die's sicherlich nicht, aber wenn wir sie einfach liegen lassen, könnten andere auf ihre Leichen stoßen und die sind dann gewarnt.«

Fuller rieb sich grinsend übers Kinn. »Der Boss denkt wie immer praktisch«, meinte er. »Machen wir uns an die Arbeit.«

Die Toten wurden begraben und die Herde zog weiter Richtung Südwest, New Orleans entgegen. Unterwegs stießen sie auf ein paar vereinzelte Ranches und Farmen. Ein Maultiertreiber kam ihnen entgegen, der bei Jed Nolans Frage nach einem gewissen Cargo nur seinen graubärtigen Kopf schüttelte, einen Strahl Kautabaksaft zu Boden spie und versicherte, dass es weit und breit keinen Rancher mit Namen Cargo im Umland geben würde. Er wisse das genau, zumal er schon ewig hier lebte und Land und Leute kannte wie seine Westentasche.

Nolan mutmaßte, dass der Name Cargo nur eine Erfindung des jüngst verstorbenen Banditen Skeeter gewesen war. Dem Dialekt nach stammte Skeeter auch nicht aus dieser Gegend, vielmehr aus dem südlichen Texas. Also der Heimat von Jed Nolan und den meisten seiner Männer. Umso bedauerlicher war es, dass Texaner gegen Texaner kämpfen mussten. Der Maultiertreiber zog weiter und gegen Abend schlugen sie ihr Lager auf, wo bereits Hugo St. Marrs und Sadie mit heißem Kaffee und einem duftenden Abendmahl auf die Mannschaft warteten. Jed Nolan hatte für die letzte Wegstrecke des Tages den Trailkoch und Sadie vorfahren lassen und Jim Harland und Luis begleiteten sie.

Es rechnete keiner mehr mit weiteren Übergriffen, dennoch beharrte Jed Nolan darauf, die Nachtwachen zu verdoppeln. Sadie saß abseits des Lagerfeuers vor ihrem Conestoga-Wagen. Sie hatte sich in eine Decke gehüllt, hielt den Becher dampfenden Kaffees in ihren Händen und sah mit düsterer Miene gedankenverloren in die sternklare Nacht. Die ganze Zeit nach dem Zwischenfall mit den Banditen hatte sie kaum ein Wort gesprochen und das war ungewöhnlich für sie. Als Gil Fuller auf sie zutrat, sah sie mit bleichem Gesicht zu ihm empor.

»Alles in Ordnung, Ma'am?«, fragte er und der Klang seiner dunklen Stimme drang angenehm zu ihr herab. »Warum nicht?«, fragte sie nur.

Fuller zuckte mit den Schultern und kauerte sich neben Sadie auf den Boden. Auch er hielt einen Becher Kaffee in den Händen, trank einen Schluck und stellte die Tasse vor sich auf den Boden, um sich eine Zigarette zu drehen.

»Sie sind mächtig still, Ma'am. Schätze, Sie bedrückt doch irgendetwas, nicht wahr?«

»Und wenn es so wäre, Fuller«, antwortete sie und wollte ihrer Stimme den gewohnt schnippischen Klang verleihen, was ihr aber nicht so recht gelang, »was würde das ändern?«

Fuller zog seine Stirn in Falten, biss sich auf die Unterlippe und meinte dann: »Vermutlich nichts, Ma'am. Aber manchmal reichen ein paar Worte, um seinem Herzen Luft zu machen.«

»Gil Fuller«, sagte sie, »ich wundere mich über euch Texaner.«

»Weshalb?«, fragte er verwundert, während er das Papier mit der Zunge befeuchtete, Papier und Tabak zusammenfügte und die dünne Zigarette in den Mund steckte.

»Vor wenigen Stunden habt ihr sechs Männer kaltblütig von den Pferden geschossen. Keiner davon hat es überlebt. Es war grausam, wie ihr drei dabei zu Werke gegangen seid; so mechanisch, kalt und völlig berechnend. Und wenig später tut ihr so, als wenn nichts gewesen wäre. Ihr treibt eure

Scherze miteinander, seid fröhlich und guter Dinge, und – ich kann es einfach nicht verstehen.«

Fuller riss ein Streichholz am Daumennagel an und hielt es an die Zigarette. Das Aufflackern der Flamme erhellte kurzen Augenblicks sein markantes Gesicht und Sadie glaubte darin so etwas wie ein verstehendes Lächeln zu erkennen. Fuller zog an der Zigarette und blies das Streichholz mit dem ausstoßenden Rauch aus. Er zerrieb es zwischen Daumen und Zeigefinger und ließ es dann zu Boden gleiten. Diese Bewegungen waren mechanisch, ohne, dass er sie sich bewusst gemacht hätte. Seine Augen waren auf Sadie gerichtet, durch deren Körper, trotz der Decke, ein leichter Schauer ging.

Fuller sagte: »Ma'am, wir leben in einem rauen Land und in rauen Zeiten. Der Krieg hat mit unvorstellbarer Grausamkeit gewütet und vielen Menschen alles genommen, was sie hatten. Es ist viel Hass, Verzweiflung, Wut und Trauer in ihnen. Oft vermag nur ein Funke genügen, und sie gehen aufeinander los wie Hyänen.«

»Da, wo ich herkomme, ist vieles anders. Kultivierter, wenn Sie es so wollen, Fuller.«

Fuller schüttelte den Kopf. »Aus Ihnen werde einer schlau, Sadie Riordan!«

»Wie soll ich das nun wieder verstehen?«

Fuller rieb sich über sein unrasiertes Kinn, sah zu ihr herüber und meinte: »Sie geben sich oft rau, sind schnippisch und weiß Gott alles andere als auf den Mund gefallen, Lady. Und bei näherer Betrachtung stellt man fest, wie empfindsam und sensibel Sie doch in Wirklichkeit sind. Wissen Sie, was ich denke?«

Sadie sah ihn mit großen Augen an, überrascht über die Worte, die er ihr entgegenbrachte und schüttelte nur mit dem

Kopf. »Ich glaube, dass Sie Ihre raue Schale nur als Schutz gebrauchen vor dem, was Sie wirklich sind, Lady.«

»Na, und was bin ich wirklich, Sie großer Menschenkenner?« stieß sie schnippisch hervor. Fuller legte ein breites Grinsen in sein markantes und doch jugendlich wirkendes Gesicht. »Na, ist doch klar: Sie sind mächtig in unseren Boss verliebt.«

Elftes Kapitel

Für Stuart Conroy hatte es in der vergangenen Zeit einige Fehlschläge gegeben, die er nicht so einfach hinnehmen konnte. Zwar hatte er es erreicht, dass die meisten Kleinrancher und Siedler ihm ihr Land für einige Dollar überlassen hatten, und auch in Spanish Crossing hatte er größeren Einfluss und Macht gewonnen. Aber der Übergriff auf die Santero-Ranch hatte keinen Erfolg gebracht – im Gegenteil. Die Mexikaner hatten das Land nicht verlassen. Sie hatten stattdessen bei den Ruinen der Santero-Ranch ein Lager errichtet und blieben stur auf ihrem Fleck.

Dieser Übergriff trug auch die Schuld daran, dass sich das Verhältnis zwischen ihm und June wieder etwas abgekühlt hatte. Seitdem war June ihm mehr oder weniger aus dem Weg gegangen, nachdem es zwischen ihnen wieder einmal zu einem heftigen Streit gekommen war.

June liebte Geld, Luxus und Macht, aber sie billigte nicht seine Methoden, zur Durchsetzung genannter Ziele. Zudem war dieser Amos Nolan aufgetaucht, was die ganze Sache um ein Erhebliches für Stuart Conroy komplizierte.

Er musste sich bitter eingestehen, auf Grenzen gestoßen zu sein, die seine weiteren Pläne in ernsthafte Schwierigkeiten brachte, zumal sein wichtigster Mann, Phil Jordan, übel zusammengeschlagen worden war und für einige Zeit außer Gefecht gesetzt bleiben würde. Und das ausgerechnet vor den Augen einiger Männer aus der Mannschaft.

Amos Nolan hatte Phil Jordan aussehen lassen wie einen dummen Schuljungen, als er vor ihm voller Hohn den Revolvergurt fallen ließ, um es mit Jordan durch Fäuste austragen zu lassen.

Dadurch hatte er Jordan in die Enge getrieben.

Die Männer hatten ihm, Conroy, zwar berichtet, dass Phil Jordan während des Kampfes sich gut halten konnte, aber gegen den stämmigen Amos Nolan keine Chance gehabt hatte.

Verdammt sei diese Nolan-Brut!, dachte Stuart Conroy voller Wut. Anfänglich hatte er für Jed Nolan nur ein geringschätziges Lächeln übrig gehabt, bis er eines Besseren belehrt worden war.

Und nun war auch noch der totgeglaubte Bruder wieder aufgetaucht. Möglicherweise, so mutmaßte Conroy mit zusammengepressten Lippen hinter seinem Schreibtisch, waren die anderen verschollenen Brüder ebenfalls noch am Leben.

Stuart Conroy erhob sich aus seinem schweren Ledersessel und ging durch den Raum. Er hielt seine Arme im Rücken verschränkt und schritt auf und ab in der Manier eines Feldherrn vor einer entscheidenden Schlacht.

Sein Büro, an deren weißgetünchten Wänden eine repräsentative Auswahl alter Antiquitäten und Kunstgegenstände wie Teppiche, Indianerlanzen, Kriegskeulen, mexikanische Messingsteigbügel, alte Vorderlader, Büffelgewehre und Reitpeitschen hingen, war sein persönliches Domizil, wenn er sich zurückziehen wollte. Hier hatte er bereits zahlreiche Stunden verbracht und Pläne geschmiedet.

Schließlich blieb er vor dem großen Fenster stehen und sah hinaus in das Land, vorbei an den Corrals und der Windmühle, die in ununterbrochener Bewegung Wasser in die Viehtränken pumpte.

Die Armee hatte inzwischen ihren Stützpunkt nahe der Stadt aufgegeben und war nach Fort Junction gezogen. Hier war vorläufig keine Unterstützung zu erwarten, jedenfalls keine, die eine Kampfbereitschaft erforderte. Das war für Stuart Conroy nicht weiter tragisch, zumal er wusste, dass von oberster Stelle aus San Antonio sein Tun und Handeln seitens der Unionsarmee stillschweigend geduldet wurde. Er war Nordstaatler im südlichen Texas und repräsentierte durch sein Handeln einen Aufbau des Landes – dem Land der Rebellen! Unterschwellig schwelte immer noch der Hass zwischen Nord und Süd. Und dem Norden war es eine Genugtuung, das geschlagene Land weiter ausbluten zu lassen.

Männer wie Stuart Conroy, die sich hierzulande eine Machtstellung erobern wollten, waren dabei natürlich sehr willkommen. Doch wie stark war das bisher geschaffene Imperium wirklich? Nagten bereits die ersten Zeichen der Zeit an seiner Machtstellung und konnte es dem Druck äußerer Elemente weiterhin erfolgreich standhalten?

Das waren Fragen, die er sich insgeheim immer wieder stellte, während seine Blicke aus dem Fenster glitten und an einem fernen Punkt im Horizont haften blieben, der, in eine Staubwolke gehüllt, sich dem Anwesen langsam näherte. Es gab für Stuart Conroy nur eine Möglichkeit: er musste seine Mannschaft verstärken. Er brauchte noch mehr hartgesottene Revolvermänner, die für Kämpferlohn arbeiteten. Er wusste genau, dass er damit bei June auf Ablehnung stoßen würde. Aber darauf konnte und wollte er keine Rücksicht nehmen.

June musste lernen, dass sich Dinge wie Luxus, Anerkennung und Macht nicht einfach in die Wiege legen lassen würden. Nur eine starke und straffe Hand mit energischen Methoden konnten sie zu einem dauerhaften Erfolg bringen.

Und Stuart Conroy war bereit, zum äußersten zu gehen.

Noch einmal würde er die Nolan-Sippe nicht unterschätzen. Und was die Mexikaner betraf, so wusste Conroy, dass auch sie eine Gefahr darstellten, die nicht zu unterschätzen war.

Feuer bekämpft man bekanntlich mit Feuer, und Stuart Conroy war stets ein Mann gewesen, der sich nie davor gescheut hatte, Brände zu legen.

Draußen war die Staubwolke deutlicher zu sehen und die Konturen eines sich der Ranch nähernden Zweispänners zeichneten sich ab. Wenig später sah Conroy Junes Vater Mortimer Walsh in dem Zweispänner sitzen, der ziemlich schnell in den Hof gefahren kam.

Conroy zog verächtlich seine breiten Lippen nach unten. Mortimer Walsh war ein schwacher Mann, keine Kämpfernatur. Früher einmal, so wurde gesagt, war das anders gewesen. Der Krieg und dessen Folgen hatte ihn in den Ruin getrieben und es war Conroy zu verdanken, dass Walsh mit seiner Frau wieder ein normales, wenngleich auch bescheidenes Leben führen konnte. Natürlich war die Unterstützung des alten Narren für Conroy nicht ohne Hintergrund geblieben. Zum einen wollte er June für sich gewinnen – und zum anderen das Land, auf dem Junes Eltern lebten.

Schließlich lebten diese nicht ewig und mit Gwyns Gesundheit stand es nicht zum Besten.

Conroy beobachtete durch das Fenster, wie Mort Walsh in gebückter Haltung aus dem Zweispänner stieg. Ein Cowboy kümmerte sich um die Pferde des Wagens und June kam aus dem Haus gestürmt, um ihren Vater zu begrüßen.

Conroy fragte sich, weshalb Gwyn nicht mitgekommen war. Es kam selten vor, dass Junes Eltern der Circle-C einen Besuch abstatteten. Aber noch niemals waren sie einzeln gekommen, stets zu zweit.

Er sah, wie June auf die gebeugte Gestalt Mort Walsh zulief, plötzlich aber mitten in der Bewegung erstarrte. Conroy konnte nicht hören, was dort draußen im Hof besprochen wurde. Er sah nur, dass Mort Walsh eine hilflose Geste machte und June plötzlich die Hände vors Gesicht schlug.

In diesem Augenblick wusste Stuart Conroy, dass etwas Tragisches geschehen war.

Mort Walsh Gesicht war eingefallen und die Trauer um Gwyns plötzlichen Tod ließen ihn noch älter erscheinen, als er war. Sie war am frühen Morgen sanft eingeschlafen.

Junes Vater saß Stuart Conroy gegenüber im Wohnraum, hatte seinen schwarzen Hut auf die Tischplatte gelegt und sah mit geröteten Augen zu Conroy herüber, der tiefe Anteilnahme zur Schau stellte. June stand am Kamin und weinte.

Mort Walsh, bereits gezeichnet durch die vergangenen, harten Jahre, war nur noch ein Schatten seiner selbst. Er hatte seine Frau Gwyn über alles geliebt und für Conroy schien es, dass sich der Mann nicht mehr erholen würde.

»Was wirst du jetzt tun, Mort?«, fragte Conroy und versuchte, seiner Stimme einen besonders mitfühlenden Klang zu verleihen.

Mort Walsh schüttelte mutlos den weißhaarigen Kopf.

»Ich weiß es nicht, Stuart«, antwortete er tonlos. »Ich denke, ich werde in die Stadt ziehen und die Ranch verkaufen. Conroy nickte mit zusammengepressten Lippen. Insgeheim hatte er gehofft, dass Mort Conroy das sagen würde. Am liebsten hätte er laut gejubelt, aber das tat er natürlich nicht. Stattdessen sagte er: »Vielleicht ist es das Beste, Mort. Aber ich möchte dir anbieten, hier auf der Circle-C zu leben. Du wärst nicht alleine, und...«

Mort Walsh wehrte mit schwacher Geste ab.

»Nein, Stuart. Ich will euch hier nicht zur Last fallen.«

June wandte sich mit einer heftigen Kopfbewegung an ihren Vater. Sie sah ihn aus großen, nassen Augen an und rief: »Dad, so etwas darfst du nicht sagen. Du würdest uns nie zur Last fallen.«

»Lass gut sein, Kind.« Walsh schüttelte den Kopf. »Glaube mir, für mich ist es das Beste, wenn ich in der Stadt lebe.«

June wandte sich hilfesuchend an ihren Mann, der kurz zu ihr herübersah, dann aber sofort den Blick von ihr nahm. Er legte seine Hand auf Mort Walsh Arm und sagte: »Mort, überlege es dir gut und lasse dir Zeit dabei. Wir werden uns erst einmal um die Beerdigung kümmern.«

Mort Walsh nickte. Seine Lippen bebten. Er senkte den Kopf und verfiel in hemmungsloses Schluchzen.

Am Sonntag, drei Tage, nachdem Mortimer Walsh mit der traurigen Nachricht zur Circle-C-Ranch gekommen war, fand in Spanish Crossing die Beerdigung statt. An diesem Tage wurde Stuart Conroy schmerzlich gewahr, dass nicht nur Amos Nolan aus dem Krieg heimgekehrt war – sondern auch die Brüder Tom und Johnny.

Die Nolan-Brüder nahmen ebenfalls an der Beerdigung teil. Sie standen etwas abseits und blickten mit stummer Miene auf das Zeremoniell, während ab und an ihre Augen zu Stuart Conroy, der im schwarzen Anzug neben June stand, wanderten. Conroy hatte seine gesamte Mannschaft um sich versammelt. Alle waren allerdings waffenlos in die Stadt zur Trauerfeier gekommen.

Auch Phil Jordan war anwesend. In seinem düsteren, hasserfüllten Gesicht standen deutlich die Spuren des Kampfes mit Amos Nolan. Einige Spuren davon würde er sein Leben lang als Andenken an diesen Kampf beibehalten. Es wirkte so, als könne sich Phil Jordan nur mühsam auf den Beinen halten. Aber in seinen Augen glühte der unbändige Hass, als ab und zu seine Blicke zu Amos herüberwanderten. Auch Amos, Tom und Johnny waren ohne ihre Waffen gekommen. Sie hörten durch Zufall von dem Tod Gwyn Walshs und hielten es für ihre Pflicht, der Beerdigung beizuwohnen – alter Zeiten wegen, die längst nicht mehr existierte, aber in ihren Köpfen noch vorhanden war.

Auch June hatte die Brüder wiedererkannt. Immer wieder warf sie ihre Blicke verstohlen zu den Nolans herüber und Amos sah in ihrem traurigen Gesicht etwas wie Zweifel und Unsicherheit aufkeimen.

Die lauten und tiefbewegten Worte Reverend Nightingales drangen laut über den Friedhof zu den zahlreichen Trauergästen. Ab und zu wurde seine Rede durch das laute Schnaufen in ein Taschentuch begleitet.

Stuart Conroys Gesicht war verhärtet und das lag nicht nur daran, dass man Gwyn Walsh zu Grabe getragen hatte. Auch seine unruhigen Augen wanderten immerfort zu den drei Nolan-Brüdern hin. Nun wusste er, dass er es statt mit zwei nun mit vier Brüdern zu tun hatte. Und diese Tatsache ließ seine Sorgenfalte um einiges tiefer in seine Stirn schneiden.

Sowohl Amos als auch Tom und Johnny erwiderten die Blicke mit stoischer Düsterheit. Nach der Beerdigung löste sich die Traube der Menschen langsam auf. Amos warf seinen beiden Brüdern einen Blick zu. Er zog seinen Hut tiefer ins Gesicht und deutete ihnen mit einem kurzen Kopfnicken an, ihm zu folgen. Tom und Johnny nickten daraufhin in stummer Einvernehmung und folgten Amos zum Grab. Dort standen Stuart Conroy, neben ihm June und Mortimer Walsh, der in gebückter, kränklicher Haltung auf das Grab seiner

Frau starrte. Alle drei wandten sofort ihre Köpfe den drei näherkommenden Nolans zu.

Conroy drehte sich zu seinen Männern und sagte zu Jordan: »Geht schon mal vor. Wir kommen gleich nach.«

Jordan sah Conroy fragend an. »Sind Sie sicher, Mister Conroy, dass...«

»Tun Sie, was ich gesagt habe, Jordan«, sagte Conroy in barschem Tonfall.

Jordans hasserfüllte Augen sahen für einen kurzen Moment zu Amos Nolan, dann nickte er düster und deutete der Mannschaft an, den Friedhof zu verlassen.

Dicht vor June blieb Amos stehen, bedachte Mort Walsh mit einem kurzen Kopfnicken und wandte sich an June. Er nahm seinen Hut ab und sagte: »Mein Beileid, June. Gwyn war eine prächtige Frau.«

Tom und Johnny blieben schräg hinter Amos. Auch sie hatten ihre Hüte abgenommen und nickten June stumm zu. Junes Blicke wanderten von Amos zu Tom und Johnny, dann wieder zurück zu Amos.

»Es ist sehr freundlich von euch, dass ihr zu Mutters Beerdigung gekommen seid, Amos.«

Amos sah zu dem Grab, dann zu June. »Ich erinnere mich noch gut an sie«, sagte er und wiederholte seine Worte: »Sie war wirklich eine prächtige Frau.«

»Danke, Amos.« In Junes verweinten Augen erschien ein Aufflackern von Wärme, das sich sowohl an ihn, als auch an Tom und Johnny richtete. »Ich bin froh, dass ihr noch am Leben seid.«

»Unkraut vergeht nicht, June«, sagte Amos. Seine Blicke trafen sich mit denen Stuart Conroys. Und sofort verengten sich Amos Augen. Conroy hatte in demonstrativer Geste den Arm um June gelegt. Ohne die Augen von Amos zu nehmen, sagte er drängend: »Komm, June. Wir fahren heim.«

Sie sträubte sich etwas gegen seinen Griff und instinktiv zog Conroy sie fester an sich heran. Mort Walsh, der die ganze Zeit über stumm und teilnahmslos dagestanden hatte, sagte mit gebrochener Stimme: »Wir hatten nicht mehr damit gerechnet, euch jemals wiederzusehen, Amos, Tom und Johnny. Es ist schön, dass ihr lebt, wenngleich die Zeit eine bessere sein sollte.«

Er wandte sich ab und folgte Conroy und seiner Tochter.

Als sie an der Eingangspforte des Friedhofes angekommen war, drehte sich June noch einmal zu den drei Nolan-Brüdern um und Amos hatte das Gefühl, als läge ein stummes Flehen in ihrem Gesicht.

Eine Zeitlang verweilten Amos, Tom und Johnny noch am Grab von Gwyn.

Dann wiederholte Amos gedankenversunken die Worte Mort Walshs: »Wenngleich die Zeit eine bessere sein sollte.«

Seine Brüder sahen ihn fragend an und Amos sagte: »Schätze, das wird sich Stuart Conroy auch gedacht haben, als er uns hier sah.«

»June sieht nicht glücklich aus«, bemerkte Tom.

»Sie hat ihre Wahl getroffen«, antwortete Amos und setzte hinzu: »und Ich glaube, dass Jed das genauso sehen wird.«

»Muss hart für Jed gewesen sein. Schließlich hing er sehr an June«, meinte Johnny und fügte mit einem Grinsen hinzu: »Ist eine verdammt hübsche Frau geworden.«

»Ja, das ist sie – in der Tat. Aber Jed ist genauso ein Nolan wie wir, Jungs«, brummte Amos. »Er wird darüber hinwegkommen.«

Tom und Johnny bedachten seine Worte mit einem stummen Kopfnicken.

Gemeinsam verließen sie den Friedhof.

An der Eingangspforte drehten sie sich noch einmal zu dem stillen, mit Blumen geschmückten Grab um.

Zwölftes Kapitel

Sie erreichten New Orleans ohne weitere Zwischenfälle. Einige Meilen vor der Stadt, die in diesem Jahr 1865 wieder zur Hauptstadt von Louisiana geworden war, ließ Jed Nolan seine Herde in einer riesigen Talsenke mit kniehohem Gras weiden. Sie schlugen in unmittelbarer Nähe ihr Lager auf und Jed Nolan sagte: »Wir werden hier einige Tage bleiben, bis sich das Vieh wieder genügend Fett angefressen hat. Das steigert den Preis. So wie die Biester im Moment aussehen, brauchen wir gar nicht erst versuchen, sie an den Mann zu bringen.«

Durch den langen Trail hatten die Rinder erheblich an Gewicht verloren und die Männer sahen ein, dass Jed Nolans Theorie stimmen würde. In New Orleans konnte man derzeit bis zu 20 Dollar pro Rind bekommen, vorausgesetzt, man fand einen Käufer. Um letzteren Punkt machte sich Jed Nolan weniger Sorgen.

Zwar war New Orleans derzeit wirtschaftlich stark angeschlagen, aber seltsamerweise wuchsen die Zahlen der Zuwanderer stetig in die Höhe. Zudem, so wusste Jed Nolan mit befriedigender Miene einzuschätzen, lag er sehr gut in der Zeit, um seine Herde gewinnbringend zu verkaufen.

Die Männer waren größtenteils unruhig. Sie witterten den Duft der Stadt, die süße Lockung von Whisky, Glückspiel und Frauen. All die Gespräche, die sie führten, drehten sich um diese Dinge.

Schließlich gab Jed Nolan dem Drängen der Männer nach und beschloss, ihnen gruppenweise frei zu geben, damit sie sich ein wenig austoben konnten. Sie hatten alle eine lange Zeit der Entbehrungen hinter sich. Insgeheim dachte Nolan daran, dass sie kaum größeren Schaden anrichten würden. Gil

Fuller hatte von seinem Geld jedem der Männer ein paar Dollar gegeben. Es reichte für ein paar Whisky, vielleicht ein Spiel oder für ein paar nette Stunden mit einer Saloon-Schönheit – für mehr allerdings nicht.

Matt Lemmons, Clint Travis und Lee Sutton verließen gemeinsam das Camp. Jim Harland schloss sich ihnen an, obwohl er kaum Interesse verspürte, sich auszutoben. Er hatte ein paar Besorgungen zu machen und ritt deshalb mit. Harland war kein Mann, der sich viel aus Whisky und leichten Mädchen machte. Der Rest der Mannschaft blieb im Camp bei der Herde und sah sehnsüchtig den Männern nach, die das Camp verließen und Richtung New Orleans ritten.

Nolan sagte: »Glotzt nicht so traurig, Jungs. Ihr kommt auch noch an die Reihe.«

Seine Augen suchten dabei nach Sadie Riordan, die nicht bei der Mannschaft zu finden war.

Sadie hatte sich abseits der Herde und des Lagers auf einen Baumstumpf gesetzt, ihre schmalen Hände unter das Kinn gelegt und sah gedankenverloren hinunter in das Tal der weidenden Rinder.

Sie waren am Ziel ihrer Reise angekommen. Jetzt galt es, Abschied zu nehmen. Hier in New Orleans wollte Sadie einen Neuanfang von dem Geld beginnen, das sie für ihr Restaurant in San Antonio bekommen hatte. Ein wehmütiges Lächeln umspielte ihre vollen Lippen.

So schnell, wie in San Antonio, hatte sie noch nie ein gutes Geschäft gemacht. Binnen vierundzwanzig Stunden war ihr Restaurant an einen Geschäftsmann aus Frankreich verkauft worden. Der war begeistert und Sadie um einen erheblichen Batzen Geld reicher.

Das war in San Antonio und Sadie heilfroh, diesem Tollhaus einer wilden Stadt entrungen zu sein.

Aber jetzt?

Nun, jetzt lagen die Dinge für Sadie Riordan in einem ganz anderen Licht.

Sie verspürte, je näher sie New Orleans kamen, immer weniger Interesse daran, ihren heißersehnten Neuanfang zu machen.

Sie hatte eine hartbeinige Mannschaft auf dem Weg hierher begleitet, hatte mit den Männern gelacht, gebangt und gezittert. Diese raubeinigen Burschen waren ihr ans Herz gewachsen.

Aber war es nur das?

Sie drehte erschrocken den Kopf herum, als eine Stimme hinter ihr sagte: »Alles all right, Lady?«

Jed Nolan stand plötzlich hinter ihr. Sie hatte ihn weder kommen sehen, noch gehört.

Er hatte sich angeschlichen wie ein Indianer.

»Jed Nolan!«, stieß Sadie hervor und bemühte sich, ihrem Ton einen scharfen Klang zu geben, »musst du mich so erschrecken?«

Nolan grinste breit. »Lag nicht in meiner Absicht«, erklärte er und fügte hinzu: »Was soll nun werden?«

Sadie zuckte müde ihre Schultern und wischte sich eine Strähne dunklen Haares aus dem Gesicht. »In ein paar Tagen wirst du deine Herde verkauft haben und mit den Männern nach Texas zurückkehren, Trailboss«, sagte sie, »und ich werde hier ein neues Restaurant eröffnen. So, wie es geplant war.«

Nolan nickte eine Spur düster.

»Ja«, meinte er und griff nach seinem Rauchzeug, »So wird es wohl sein.«

Eine Zeitlang schwiegen sie, während sich Jed Nolan eine Zigarette fertigte. Sadie hatte ihren Blick von ihm abgewandt und sah hinunter in das Tal. Ohne den Blick zu lösen, sagte sie: »Dreh mir bitte auch eine, Jed.«

Jed Nolan fertigte eine weitere Zigarette, zündete sich beide gleichzeitig an und steckte eine in den Mund.

»Gracias«, sagte sie und Jed Nolan lachte kurz auf.

»Du nimmst schnell unseren Umgangston an«, sagte er. Sein breites Lächeln nahm ihm jegliche Härte aus seinem Gesicht.

»Nicht nur das«, antwortete Sadie.

»Sondern?«

»Der Mensch ist ein Gewohnheitstier, Jed Nolan, falls du das noch nicht gewusst haben solltest«, meinte sie altklug, »ich mache da keine Ausnahme. Ich habe eine intensive Zeit mit euch texanischen Raubeinen verbracht.«

»Soll heißen?«

Eine leichte Zornesfalte zeigte sich auf Sadies Stirn, als ihr Kopf zu ihm herumfuhr.

»Meine Güte, du begriffsstutziger Esel von einem Trailboss«, herrschte sie ihn an, »hast du denn immer noch nicht gemerkt, dass ich mich in dich verliebt habe?«

Jed Nolan stand unschlüssig vor ihr, so wie ein Schuljunge, der soeben bei einer Dummheit erwischt worden war und nicht wusste, wie er sich zu verhalten hatte.

Er räusperte sich, rieb sich übers Kinn und wünschte sich, er wäre jetzt ganz woanders. Er erinnerte sich, dass er stets zornig auf sie gewesen war und auch daran, dass er sie oft unfair behandelt hatte. Sadie hatte ihn mit ihrer Art rasend gemacht und dennoch wusste er, dass er sich von Anfang an irgendwie zu ihr hingezogen gefühlt hatte.

Jed Nolan wäre aber nicht Jed Nolan, wenn er dies zugegeben hätte. Er tat sich schwer, Gefühle einzugestehen und sie zuzugeben. Nach jener Nacht, als sie sich zum ersten Mal nahegekommen waren, war er zwar fortan wesentlich freundlicher zu ihr gewesen. Aber er brachte es einfach nicht fertig, ihr zu sagen, dass auch er sie liebte. Am nächsten Morgen brach Sadie zu einer Zeit auf, in der alle Mann noch in ihren Decken lagen und schliefen. Der Morgen hatte noch nicht zu dämmern begonnen und es war noch dunkel, als der Conestoga-Wagen aus dem Lager rollte.

Das weitgedehnte Tal, in dem die Rinder grasten, lag in der anderen Richtung, so dass selbst die Nachtwachen nicht auf Sadie aufmerksam wurden. So blieb ihr Verschwinden vorerst unbemerkt.

Als sich Hugo St. Marrs gähnend aus seinen Decken rollte, um das Frühstück für die Mannschaft vorzubereiten, war sie schon weg. Ihm fiel das natürlich sofort auf und er lief zum schlafenden Jed Nolan und rüttelte unsanft an dessen Schulter.

»Mister Nolan«, raunte der Koch ihm ins Ohr, »Mister Nolan, wachen Sie auf. Sie ist fort.«

Jed Nolan blinzelte zu ihm hoch und brummte Schlaftrunken: »Was faselst du da? Wer ist weg?«

»Miss Sadie«, antwortete der Koch. »Sie ist auf und davon.«

Schlaftrunken richtete sich Jed Nolan auf, zog seinen Hut tiefer in die Stirn und schüttelte seinen Kopf. Er blinzelte in die Richtung, in der vor wenigen Stunden noch Sadie Riordans Conestoga-Wagen gestanden hatte. Der Platz war leer. Jed Nolan warf die Decke von sich und erhob sich mühsam.

»Wieso ist sie fort?«, fragte er barsch. »Sie hat sich noch nicht einmal von uns verabschiedet. Und mir...«

Er unterbrach sich, aber Hugo St. Marrs wusste auch so, was Nolan sagen wollte:

Und mir nicht einmal Lebewohl gesagt - sollten seine Worte bedeuten.

»Wieso hast du sie nicht aufgehalten?« fuhr Jed den Trailkoch an, während er in die Stiefel fuhr und seinen Revolvergurt zurechtrückte.

»Wieso?« zürnte der Trailkoch beleidigt zurück, »ich habe es doch auch eben erst bemerkt, Boss.«

»Zum Teufel mit den Weibern«, brummte Nolan grimmig. »Sie hätte sich wenigstens verabschieden können.«

Jed Nolan kratzte sich am Hinterkopf, während er immer noch auf den leeren Platz stierte, wo vorher noch Sadies Conestoga-Wagen gestanden hatte.

Die anderen Männer lagen noch in ihren Decken und das Schnarchen Vereinzelter drang zu ihm herüber.

Hugo St. Marrs beobachtete ihn verstohlen von der Seite, kratzte sich den grauen Bart, grinste und meinte dann: »Bei allem Respekt, Boss: Sie mögen viel von Rindern verstehen, und auch, wie man eine harte Mannschaft führt. Aber von Frauen verstehen Sie nicht sehr viel.«

»Wer hat dich um deinen verdammten Rat gefragt, Pfannenschwenker? Und überhaupt: warum ist der Kaffee noch nicht fertig? Wo bleibt das Frühstück? Tod und Teufel, wofür bezahle ich dich eigentlich? Dafür, dass du mir dumme Ratschläge gibst, bestimmt nicht. Scher dich zum Wagen und mach das Frühstück fertig!«

Die ersten Gebäude von New Orleans tauchten vor Sadie auf, als sie hinter sich das Geräusch von trommelnden Hufen eines schnell näherkommenden Pferdes vernahm. Sadie drehte sich nach hinten und sah den Reiter, der in scharfem Galopp angeritten kam.

Sie hielt ihren Wagen an.

Es war Jed Nolan, der wenig später sein keuchendes Pferd neben Sadies Wagen hielt. Er schob den Hut in den Nacken und wischte sich über die Stirn, sah zu ihr auf und sagte in wütendem Tonfall: »Was ist das für eine Art, einfach so sang- und klanglos aus dem Lager zu verschwinden?«

Sadies Antwort war das honigsüße Lächeln, das ihn in der Vergangenheit schon so oft zum Rasen gebracht hatte und dem er ebenso oft hilflos gegenüberstand.

»Was grinst du so?« giftete er sie an.

»Ich freue mich«, gab sie zurück, sah ihm fest in die Augen und blies dabei eine Haarsträhne aus ihrem Gesicht. Ihr warmes Lächeln berührte ihn, die tiefe Zornesfalte, die sich in Jed Nolans Stirn gegraben hatte, entschwand. Langsam legte sich ein Grinsen um seine Mundwinkel. Er nickte, wischte sich über den Mund und meinte mit leiser Stimme, die ungewohnt sanft zu ihr herüberdrang: »Ich hätte mir verdammt gewünscht, dass du dich von uns – von mir verabschiedet hättest, Sadie.«

»Jed Nolan, das klingt aus deinem Munde wirklich unheimlich lieb«, antwortete sie.

Nolan brummte: »Rutsch beiseite. Ich fahre dich in die Stadt.«

Ohne eine Antwort abzuwarten, glitt Jed Nolan aus dem Sattel des Grauen, führte das Tier hinter den Wagen und band es dort lose an. Sadie war inzwischen auf die andere Seite gerückt. Nolan stieg zu ihr auf den Bock, nahm die Zügel auf und sah zu Sadie herüber. Sie legte sanft ihre Hand auf seine Schulter und sagte leise: »Ich hatte gehofft, dass du mir nachreiten würdest, Jed.«

»Verdammtes Biest«, brummte Nolan und zog sie zu sich heran.

Sie schlang ihre Arme um seinen Nacken und hauchte: »Du machst es einem nicht leicht, Trailboss...«

Bereits zur frühen Morgenstunde herrschte in der Stadt, die einst das größte Sklavenhandelszentrum des Südens gewesen war und am Mississippi-Delta lag, reger Betrieb. Menschen tummelten sich rege auf den Gehsteigen, Wagen fuhren über die Straße. Reihenweise Frachtwagen standen an den Straßenrändern und wurden be- und entladen. Überall sah Jed Nolan mit grimmiger Miene blauuniformierte Soldaten inmitten des Treibens. New Orleans war bereits zu Beginn des Krieges von den Unionstruppen unter der Führung von Admiral David G. Farragut eingenommen worden. In einer dramatischen Schlacht gelang es seiner Flotte von 17 Schiffen, eine Flussblockade der Konföderierten zu durchbrechen. Zwei Tage später war New Orleans die erste konföderierte Stadt, die von den Nordstaatlern erobert worden war. Es kam damals zu keinen weiteren Kampfhandlungen, und so blieben die meisten Gebäude der Stadt in unversehrter Erhaltung.

Jed Nolan wusste, dass die Stadt dem Kommando von Unions-General Benjamin Butler unterlag, dessen strenge Regeln es waren, die Rekonstruktionspolitik Lincolns einzuhalten, deren Ziele es waren, den Antikriegsstatus zwischen Nord und Süd wieder herzustellen und ferner für die Abschaffung der Sklaverei und Entschädigung ehemaliger Sklavenhalter zu sorgen.

Dennoch ließ sich nicht verhindern, dass genau wie in Texas Beutelschneider und Kriegsgewinnler einfielen, um wie die Blutsauger über das Land herzufallen.

Vor einem dreistöckigen Haus, dessen Fassaden aus Holz bestanden und in gelber Farbe gestrichen waren, hielt Jed Nolan den Conestoga-Wagen. Er zog den Bremshebel an und sah schweigend zu Sadie, die mit gespannter Haltung neben ihm auf dem Bock saß. Ihr hübsches Gesicht hatte etwas an Farbe verloren und der Ausdruck ihrer Augen an Glanz.

»Das ist die Stadt, der du also San Antonio vorgezogen hast?«, fragte er.

Sadie schürzte ihre Lippen, atmete tief ein und geräuschvoll wieder aus und sagte leise: »Ich bin hier geboren, Jed. Aber ich war seit einigen Jahren nicht mehr hier. Es hat sich viel verändert, und...«

»Auch hier hat der Krieg Einzug gehalten«, antwortete Jed Nolan nüchtern. »Es wird keine größere Stadt geben, die unmittelbar mit dem Krieg konfrontiert wurde, die sich nicht irgendwie verändert hat, Sadie. Was hattest du denn erwartet?«

Sadie schüttelte resigniert ihren Kopf.

»Ich weiß es nicht«, sagte sie. »Ich weiß nur, dass ich mich unendlich müde fühle – und enttäuscht.«

Schon beim Einfahren in die Stadt waren Sadies Augen nach allen Seiten gewandert und hatten die Geschehnisse rings herum wie ein Schwamm aufgesogen. Sie hatte nichts gesagt, aber Nolan erkannte an ihrem Gesicht, dass sie eine unbändige Enttäuschung übermannte, je tiefer sie in die Stadt drangen. Sie hatte in San Antonio aufgegeben, um einem Hexenkessel zu entrinnen. Doch hier schien es nicht anders zu sein.

Sadie wies auf das Haus mit dem gelbem Anstrich und sagte: »In diesem Haus leben meine Tante Nan und Onkel Bruce. Ich habe ja oft von ihnen erzählt.«

Nolan nickte und ein leichtes Grinsen huschte über sein Gesicht. »Ja, und von dem Hund und deiner Cousine Sarah. Ich weiß, Sadie.«

Sadie umfasste seine lassonarbige Hand.

»Kommst du noch mit hinein, Jed?«

Bevor Jed Nolan sich eine Antwort von den Lippen ringen konnte, ging die große Haustür auf und eine weißhaarige Frau erschien auf der Schwelle. Sie hatte ein herbes, fast männliches Gesicht und trug ein dunkelblaues, schlichtes Hauskleid. Zwei altkluge Augen spähten zum Conestoga-Wagen hinüber, zuerst skeptisch, dann mit dem freudigen Ausdruck des Erkennens.

Sadie rief: »Tante Nan!«

Und Tante Nan schlug die Hände zusammen, schüttelte ungläubig den Kopf und eilte zu dem Conestoga-Wagen auf Sadie zu.

»Sadie! Mein Gott, Kind, du bist es wirklich«, rief Tante Nan, sichtlich überrascht und gleichermaßen erfreut.

Jed Nolan war vom Bock gesprungen, ging schnellen Schrittes auf Sadies Seite und half ihr beim Absteigen. Das war eine Geste, die sie nicht an ihm kannte und daher maß sie ihn kurz mit einem überraschten Blick, bevor sie sich ihrer Tante widmete. Die schloss sie sogleich in die Arme.

»Sadie. Welch eine Freude, dich zu sehen. Lass dich anschauen, Kind.«

Ein korpulenter Mann mit einer Halbglatze und einem grauen Backenbart erschien in der Haustür.

»Wir haben Besuch, Nan?« rief er herüber. Tante Nan rief über die Schulter zurück: »Es ist Sadie, Bruce. Komm schnell her.«

Erst jetzt schien sie die hagere Gestalt Jed Nolans zu bemerken, der sich dem Ganzen gegenüber etwas deplatziert vorkam und sich wieder bei seiner Herde in gewohnter Umgebung wünschte.

»Wer ist dieser Gentleman, Sadie?«, fragte Tante Nan und musterte Nolan, als wäre er jemand aus einer anderen Welt. Sadie fasste Jed am Arm und sagte: »Tante Nan, das ist Jed Nolan. Er und seine Mannschaft haben eine Herde Rinder nach New Orleans getrieben und mich unterwegs mitgenommen.«

»Eine Rinderherde? Und eine Cowboymannschaft. Und du mittendrin?« stieß Tante Nan erregt hervor, ohne ihren Blick von Jed Nolan zu nehmen. Dieser grinste nur, tippte an die Hutkrempe und sagte: »Sie hat sich prima gemacht, Ma'am. Ich schätze, wenn sie noch länger bei uns geblieben wäre, hätte sie einen mächtig guten Cowboy abgegeben.«

»Sie – soweit kommt das noch«, stieß Tante Nan entrüstet hervor, dann lächelte sie und schüttelte Nolan die Hand. »Aber es ist eine wahre Freude, einen waschechten Rindermann wieder zu sehen. Woher kommen Sie? Etwa aus Texas?«

»Yeah, Ma'am. Süd-Texas, in der Nähe vom Nueces.«

Onkel Bruce war inzwischen nähergekommen und schob seinen dicken Bauch durch das Gartentor. Neben seiner Frau blieb er stehen, sah zuerst auf Sadie, dann fielen seine Blicke auf Jed Nolan, den er mit einem heftigen Kopfnicken bedachte.

Nolan tippte zur Begrüßung erneut an die Krempe seines Stetsons. Die Begrüßung von Onkel Bruce Sadie gegenüber fiel wesentlich förmlicher aus. Er reichte ihr seine weiße, schwammige Hand und sagte: »Es freut mich, dich zu sehen, Sadie – nach so langer Zeit. Wie geht es dir?«

»Mir geht es gut, Onkel Bruce«, antwortete Sadie genauso förmlich und an ihrem Tonfall erkannte Jed Nolan, dass sie ein wärmeres Verhältnis zur Tante, statt zum Onkel hegen musste.

»Sag, Sadie, wirst du länger bleiben?«

Sadie wechselte einen schnellen Blick mit Jed Nolan, sah zu ihrer Tante und sagte: »Ich habe mein Restaurant in San Antonio aufgegeben, Tante Nan. Ich möchte mir hier in New Orleans ein neues eröffnen. Kann ich einige Zeit bei euch wohnen, bis ich alles geregelt habe?«

Tante Nan rief aus: »Natürlich, Kind, welch eine Frage. Aber komm doch mit ins Haus. Wir haben so viel zu besprechen.« Sie sah zu Jed Nolan und meinte: Sie auch, junger Mann. Um das Gepäck können wir uns später kümmern.«

Jed Nolan kratzte sich unbehaglich das Kinn. Am liebsten hätte er den Augenblick ausgenutzt, um einen schnellen Abschied herbeizuführen. Aber er sah ein, dass dies nicht ging, also folgte er der Einladung der resoluten Tante Nan, und es war abends, als er an der Gartenpforte stand, den Hut in beiden Händen hielt und zu Sadie hinunterblickte. Ein leichter Wind wehte durch die Straße und brachte den Geruch des naheliegenden Wassers vom Mississippi mit sich.

Sadie lächelte tapfer und fragte leise, mit unsicherer Stimme: »Werde ich dich wiedersehen, Trailboss?«

»Wird nicht die letzte Herde gewesen sein, die wir nach New Orleans trailen, kleine Lady«, antwortete er ohne auch nur die geringste Spur seiner gewohnten Rauheit.

»Versprochen?«

Nolan nickte. Er räusperte sich. Ein Kloß schien ihm im Hals zu sitzen.

»Der Tag wird kommen«, sagte er und das jungenhafte Lächeln erhellte sein Gesicht – jenes Lächeln, das fernab seiner rauen Schale lag und ihn zu einem ganz anderen Mann machte, als der er war. Sadie schlang ihre Arme um seinen Hals und Nolan presste ihren schlanken Körper fest an sich.

»Jed«, flüsterte sie und bedeckte sein Gesicht mit Küssen. Er spürte ihre Tränen auf seiner Wange. »Was würde ich dafür geben, mit dir zu gehen...«

»Du weißt, dass ich dich nicht mitnehmen kann, Sadie«, sagte er ernst. »Es wäre zu gefährlich und ich werde dich nicht dieser Gefahr aussetzen.«

»Muss es denn sein?«

Jed Nolan nickte.

»Ja.«

»Texaner-Stolz«, sagte sie und sah ihm fest in die Augen. »Ist der denn so wichtig?«

»Schätze, du würdest es nicht verstehen, auch wenn ich es dir tausendmal aus meiner Sicht erklären würde, Sadie. Es gibt Dinge, die ein Mann tun muss.«

Sie löste sich aus seiner Umarmung und sah traurig zu ihm auf. »Ich verstehe das schon, Jed Nolan. Aber es ergibt für mich keinen Sinn. Du kehrst mit deinen Männern zurück und willst dir die Ranch zurückholen, die man dir gestohlen hat. Es wird einen bitteren Kampf geben und Männer werden sterben – vielleicht auch du, Jed. Hast du niemals darüber nachgedacht.«

»Jeden Tag«, sagte er rau.

»Ich bitte dich nur um eines, Jed Nolan«, drangen ihre leisen, zarten Worte zu ihm herüber. »Bitte, vergiss mich nicht – niemals.«

Er zog sie noch einmal zu sich heran, strich über ihr dunkles Haar und küsste sie. Dann setzte er seinen Hut auf und ging zu seinem Grauen, der geduldig am Conestoga-Wagen wartete. Mit einer geschmeidigen Bewegung glitt er in den Sattel, drehte das Tier auf der Hinterhand und sah zu Sadie, die mit gefalteten Händen am Gartentor stand und zu ihm emporblickte.

Er beugte sich im Sattel zu ihr herab und sagte: »Ich komme wieder, Sadie Riordan. *Das* verspreche ich dir.«

Sie lächelte tapfer. »Ich nehme dich beim Wort, Trailboss. Grüße bitte die Mannschaft von mir. Sag den Jungens, dass ich – dass mir der Abschied – sag Ihnen, dass ich sie schrecklich vermissen werde, Jed.«

Nolan nickte, tippte an die Krempe seines Hutes, gab seinem Grauen einen Schenkeldruck und ritt aus der Stadt.

»Leb wohl, Trailboss«, sagte Sadie traurig, als er sie nicht mehr hören konnte. Sie stand noch lange am Gartenzaun und erst, als Pferd und Reiter um eine Biegung der Straße zwischen den Häusern verschwunden waren, wandte sie sich ab und ging mit gesenktem Kopf zurück ins Haus, in dem Tante Nan und Onkel Bruce warteten.

Dreizehntes Kapitel

Als Jed Nolan spät am Abend das Lager erreichte, waren Matt Lemmons, Clint Travis, Lee Sutton und Jim Harland schon lange zurückgekehrt. Aber sie waren nicht alleine gekommen. Ein nobel aussehender, schwarzer Zweispänner stand etwas abseits neben dem Küchenwagen und am Lagerfeuer hockte gemeinsam mit den Männern ein Mann in schwarzem Anzug.

Jed glitt aus dem Sattel und reichte Diego die Zügel des Grauen, während er auf das Lagerfeuer zuschritt.

»Besuch?«, fragte er und seine Augen richteten sich auf den Fremden.

Matt Lemmons erhob sich und sagte:

»Boss, das ist Mister Eugine Draper. Wir haben ihn in einem Saloon in der Stadt kennengelernt. Und als Mister Draper erfuhr, dass wir mit einer Herde hierher unterwegs sind, wich er keine Sekunde mehr von unserer Seite.«

Eugene Draper erhob sich ebenfalls, zupfte seinen schwarzen Anzug zurecht und reichte Nolan über das Feuer hinweg die Hand.

»Freut mich, Sie kennenzulernen, Mister Nolan«, sagte Draper und kam ohne Umschweife zur Sache: »Ich habe mir Ihre Herde angesehen, Mister Nolan und möchte Sie kaufen.«

Der Mann gefiel Nolan auf Anhieb. Er sah aus wie ein Städter, sein Gesicht war schmal und ein gepflegter, grauer Schnurrbart zierte seine Oberlippe. Der Duft eines französischen Rasierwassers strömte von ihm aus und sein Handschlag war geradlinig und fest.

»Nennen Sie mir Ihren Preis, Mister Draper.«

Draper schlug die Jacke seines Anzuges zurück und hakte beide Daumen in die Westentaschen. Über den Schein des Lagerfeuers hinweg war sein Blick gerade und fest auf Jed Nolan gerichtet und er antwortete: »Mister Nolan, ich rede nicht lange um den heißen Brei herum. Eine Laune des Schicksals trieb mich nach New Orleans. Ursprünglich komme ich aus Chicago. Dort herrscht reges Interesse an Rindfleisch. Ich suche nach Absatzmärkten. Nun, Mister Nolan, ich mache es kurz: ich hörte im Saloon davon, wie Ihre Cowboys davon sprachen, dass sie eine Herde vom Nueces rauf bis nach New Orleans getrieben haben. Das machte mich sehr neugierig, also bat ich darum, mir diese Herde einmal ansehen zu dürfen. Ihre Cowboys waren so freundlich, mich hierherzuführen. Ich sah die Rinder und bin hellauf begeistert. Deshalb bin ich bereit, einen Stückpreis von 25 Dollar zu bezahlen, bei Abnahme der gesamten Herde.«

Nolan stieß ein überraschendes Pfeifen aus.

»Mister Draper«, sagte er mit einem breiten Grinsen im Gesicht, »ich akzeptiere.«

Nolan sah zu seinen Männern, die allesamt mit breitem Grinsen um das Lagerfeuer versammelt waren.

»Ihr habt es gehört, Jungs?«, sagte Nolan erfreut, »Mister Eugene Draper ist gerade Besitzer einer Herde von fast tausendfünfhundert texanischen Longhorn-Rindern geworden.«

Nolan wandte sich an Draper: »Aber wie wollen Sie die ganze Herde nach Chicago bringen?«

Draper stieß ein amüsiertes Lachen aus. »Nichts leichter als das, mein lieber Mister Nolan; es werden Schiffe in einigen Tagen im Hafen von New Orleans bereit sein.«

Als er sah, dass Jed Nolan ungläubig die Stirn runzelte, setzte Draper schnell hinzu: »Keine Angst, ich kenne die Kapitäne der Schiffe sehr gut. Es wird keine Schwierigkeiten geben.«

Nolan nickte anerkennend. Für ihn klangen Eugene Drapers Worte wie ein Märchen und er fragte sich insgeheim, wie man es anstellen wollte, über fünfzehnhundert Longhorn-Rinder auf jeweils zwei Schiffe zu verteilen.

Aber das sollte nicht sein Problem sein. Drapers Worte hatten den Klang von unbedingter Zuversicht. Der Mann würde wissen, auf was er sich einließ.

Wenn nur alle Dinge so einfach und unkompliziert laufen würden... dachte Nolan und zu Draper gewandt sagte er: »Sie waren darauf aus, Rinder zu kaufen, Mister Draper?«

»Unbedingt«, antwortete Draper mit einem verschmitzten Lächeln. Er griff in seine Anzugjacke und angelte eine Zigarre hervor, die er über dem Lagerfeuer anzündete. Er machte ein paar paffende Züge.

»Beabsichtigen Sie, weitere Herden von Texas nach New Orleans zu treiben, Mister Nolan?«, fragte er nach einer Weile.

Nolan goss sich einen Becher heißen Kaffee ein.

»Möglich. Warum?«

Draper sagte: »Sehen Sie, Mister Nolan: Die Eisenbahn ist bis nach Sedalia in Missouri vorgedrungen. Wenn es möglich wäre – und davon gehe ich aus – eine Herde von Texas hinauf dorthin zu treiben, könnte man die Tiere von dort aus weiter nach dem Osten mit der Eisenbahn transportieren. Ich will ehrlich zu Ihnen sein, Mister Nolan: im Osten finden sich zahlreiche Abnehmer für Rinder, die bis zu 40, ja, sogar 50 Dollar pro Rind bezahlen würden. Ich habe mich herumgehört und weiß, das Texas derzeit überflutet ist mit herumstreunenden Rindern, die dortzulande kaum einen Penny wert sind.«

»Vierzig Dollar?« stieß Nolan überrascht aus, »das wäre ja ein Vermögen, wenn man eine große Herde zusammenbekäme und sie dorthin treiben würde – vorausgesetzt man würde die Strecke von über tausend Meilen schaffen.«

»Das ist der Punkt, Mister Nolan«, meinte Draper und drehte seine Zigarre spielerisch in den Händen. Die Männer rings um das Lagerfeuer lauschten gebannt den gesprochenen Worten. Für sie schien es unvorstellbar, dass ein Rind, welches in Texas kaum zwei Dollar wert war, woanders ein Vermögen bringen könnte.

Draper fuhr fort: »New Orleans ist wirtschaftlich ziemlich am Ende, genau wie Texas. Weitere Herden hierher zu treiben, würde ein finanzielles Wagnis bedeuten.«

Nolan schüttelte den Kopf. »Der derzeitige Marktpreis in New Orleans liegt in etwa bei 15 Dollar pro Rind.«

Draper nickte eifrig. »Das ist richtig, Mister Nolan – sofern Sie einen Käufer finden, der gewillt ist, diese Summe zu bezahlen. Sie haben Glück gehabt, dass ich auf Sie gestoßen bin. Ein anderer Käufer wäre vielleicht nicht so freizügig gewesen.«

Ein breites Lächeln huschte über sein Gesicht, während er nach den Worten die Zigarre zwischen die Zähne klemmte und erneut seine Daumen in die Westentasche hakte. So sah er zu Nolan herüber, dessen Gesicht im Widerschein des Feuers einen nachdenklichen Ausdruck angenommen hatte. Mit seiner Stiefelspitze kickte er einen kleinen Stein in die Flammen.

Drapers Worte klangen plausibel. Sadies Onkel Bruce hatte darüber berichtet, dass Rinderhäute und Talg hierzulande mehr wert waren, als das Fleisch der Rinder, die von New Orleans aus oftmals nach Kuba verschifft wurden.

Nun, als er anfänglich diese Herde zusammen mit seinen Freunden aus dem Buschland heraus zusammentrieb, galt sein Ziel, die Herde zu verkaufen, um sich von dem Erlös eine starke Mannschaft zusammenzustellen. So wollte er gegen Stuart Conroy vorgehen, der widerrechtlich wie eine fette Kröte auf dem Nolan-Besitz hauste.

Weiter hatte er nicht gedacht, zumindest nicht in intensiver Weise.

Nolan rieb sich mit der rechten Hand übers Kinn und Eugene Draper erkannte, dass es in diesem Mann zu arbeiten begann.

»Denken Sie an meine Worte, Mister Nolan. Sicher würde es bedeuten, eine Herde über tausend Meilen zu treiben, durch unwegsames Gelände, Hitze, Staub und durch Indianergebiete. Aber ich bin davon überzeugt, dass sich so etwas durchziehen lassen würde, vorausgesetzt man hat eine starke Mannschaft und den Willen, es zu schaffen.«

Nolan nippte an dem heißen Kaffee und sah Draper über den Rand der Blechtasse hinweg an.

Der Mann sah wohlhabend aus, aber er trug die gewisse Härte in seinem Gesicht, die besagte, dass er seinen Wohlstand durch harte Arbeit, erfüllt von Wagemut und Tatendrang, erreicht hatte.

Draper schien ein Mann zu sein, der nichts dem Zufall überließ, sondern sich selbst um die Dinge kümmerte, die zum Erfolg seiner Ziele führen sollten. Er schien in seinem Leben weit herumgekommen zu sein und wusste daher über viele Dinge gut Bescheid.

Nolan sagte: »Es ist schon sehr spät. Seien Sie für diese Nacht unser Gast, Mister Draper. Morgen regeln wir das Geschäftliche.«

Draper nickte lächelnd. »Ich nehme Ihr Angebot gerne an, Mister Nolan. Ich würde es sehr begrüßen, eine Nacht unter freiem Himmel schlafen zu können, statt in dem muffigen Hotelzimmer, das ich derzeit in der Stadt bewohne. Außerdem bin ich begeistert von dem Kaffee, den Ihr Koch zubereitet.«

Draper sah zum Trailkoch, dessen schmale Schultern sich strafften. Ein breites Schmunzeln zeigte sich unter dem grauen Bart, als er den Kopf nach vorne streckte und meinte: »Mister Draper, das klingt wie Musik in meinen Ohren. Nicht jeder weiß das zu würdigen.« Sogleich ernteten die Männer am Feuer Hugo St. Marrs sträfliche Blicke.

Drei Tage später war die Herde verkauft, Jed Nolan hatte sein Geld von Eugine Draper bekommen, die Mannschaft ausgezahlt und ihnen einen Tag in der Stadt gewährt. Jed Nolan selbst war mit Luis Santero und Hugo St. Marrs zu jener Stelle zurückgekehrt, an der sie vorher ihr Lager bezogen hatten.

In Jed Nolan brannte der Wunsch, noch einmal zu Sadie Riordan zu reiten. Aber diesen Gedanken verwarf er, wenngleich auch mit Mühe. Er hatte sich bereits von ihr verabschiedet. Und damit wollte er es belassen. Dennoch musste er stets an sie denken – mehr, als er sich selbst eingestand.

Gil Fuller war der erste, der aus der Stadt zurückkehrte und das Lager erreichte und er war vollkommen nüchtern. Er gehörte nicht zu den Männern, die übermäßig Whisky tranken.

Eine Zeitlang später folgte der Rest der Mannschaft. Jed erkannte deutlich die Spuren einer wilden, durchzechten

Nacht und Pecos konnte sich kaum im Sattel halten. Mit ihnen kamen drei Männer, die Jed Nolan nicht kannte. Matt Lemmons hatte sie mitgebracht und sie als Dean Owen, Clement Hardin und Colorado vorgestellt. Letzterer war in der Nähe des Colorado aufgewachsen und wurde deshalb nach dem Fluss benannt. Einen anderen Namen schien er nicht zu besitzen, jedenfalls nannte er keinen. Er war ein kleiner, drahtiger Bursche mit einem Schnurrbart und einem schiefen Mund und ein Auge war durch eine Augenklappe verschlossen. Dies, so berichtete er mit einem schiefen Grinsen, sei ein Andenken aus Fredericksburg im Januar 1863. Dean Owen und Clement Hardin waren hagere Burschen und gewohnt, ihr Leben im Sattel zu verbringen. Sie hatten beide harte Gesichter, wirkten eher verschlossen, wobei Owen dunkelhaarig war und sich bei Hardin bereits das erste Grau an den Schläfen abzeichnete. Hardin war älter, er hatte die Vierzig deutlich überschritten und befand sich in der Herbstblüte seines Lebens – ein stiller, besonnener Mann, dessen unruhige Augen allerdings auf ein ereignisreiches Leben deuteten.

Alle drei hatten eines gemeinsam: sie waren Texaner und vor dem Krieg Cowboys, Owen war sogar Rancher gewesen, der seine Besitzung im Krieg verloren hatte. Keiner der drei Männer machte einen betrunkenen Eindruck. Offensichtlich hatten sie dem Whisky nicht allzu sehr zugesprochen.

Lemmons sagte: »Die Jungs hier würden mächtig gerne bei unserem Verein mitmischen, Mister Nolan.«

Jed Nolan sah von Owen hinüber zu Hardin und sein Blick blieb auf dem einäugigen Colorado haften.

»Ihr wisst, worum es geht?«

Dean Owen nickte, spie einen Strahl Kautabaksaft auf den Boden und meinte: »Ihre Jungens haben uns das bereits in allen Einzelheiten dargelegt, Mister Nolan. Wir haben das

Von-der-Hand-in-den-Mund-Leben deutlich satt und wären verdammt froh, wieder in einem festen Sattel sitzen zu können.«

Nolan nickte. »Es wird zu Kämpfen kommen«, sagte er. »Ich will mein Land wiederhaben und Stuart Conroy zum Teufel jagen. Das solltet ihr wissen, bevor ihr euch entschließt, mit uns zu reiten.«

Der grauhaarige Clement Hardin nickte grimmig. Er wies auf Matt Lemmons, der gewohnt neben Clint Travis und Lee Sutton im Sattel seines Pferdes saß und meinte: »Die Jungs haben mir erzählt, dass Sie ein fairer Mann sind, Nolan. Und sie haben berichtet, was mit Ihrer Ranch passiert ist. Ich kenne das. Ich habe meine Ranch auch verloren. Im Gegensatz zu Ihnen hatte ich keine Chance, sie wiederzubekommen. Ein Grund für mich, mich Ihnen anzuschließen.«

Dean Owen und der einäugige Colorado nickten in stummem Einvernehmen und sahen Jed Nolan erwartungsvoll an.

Mit diesen drei Männern bestand seine Mannschaft nunmehr aus vierzehn Mann, Nolan selbst eingeschlossen und Chico Morales, der noch in San Antonio war und darauf wartete, von ihnen mitgenommen zu werden.

Es war eine Mannschaft, auf die er sich verlassen konnte. Owen, Hardin und Colorado kannte er natürlich nicht. Aber sie schienen es ehrlich zu meinen. Auch sie waren durch harte Jahre gegangen und standen vor dem Nichts – harte Männer, die sowohl mit dem Lasso, als auch mit dem Colt umzugehen verstanden. Das erkannte Nolan deutlich. Und auch sie waren bereit, ihm zu folgen. Nolan war sich seiner Verantwortung bewusst. Er wusste, dass er sie in Kämpfe führen würde, deren Ausgang im Unklaren lag.

Im Falle eines Sieges konnte er sich mit diesen Männern eine Zukunft aufbauen – eine Zukunft für ihn genauso wie für sie.

Jed Nolan sagte: »Wir werden entweder siegen oder untergehen, Jungs. Ich möchte, dass ihr euch das in eure Köpfe setzt. Ich für meinen Teil werde alles daran setzten, mir das zurückzuholen, was mir genommen wurde. Und ich will die Nolan-Ranch wieder zu dem machen, was sie einst war. Dafür brauche ich euch, Männer, denn nur mit euch zusammen kann ich meine Ziele erreichen. Gemeinsam werden wir uns wieder etwas aufbauen, was durch den Krieg zerstört oder genommen wurde. Im Gegenzug erhaltet ihr von mir das Wort, dass jeder von euch ebenfalls eine Zukunft hat – die Zukunft auf der Nolan-Ranch. Wer mich kennt, der weiß, dass ich stets mein Wort halte.«

Der grauhaarige Hardin lenkte sein Pferd dichter an Nolan heran, legte beide Hände aufs Sattelhorn und sagte: »Und ich sage Ihnen, wenn ich mich für etwas entschlossen habe, dann bleibe ich dabei. Ich habe mich entschlossen, den Weg mit Ihnen zu gehen. Und auch ich mache keine Versprechungen, die ich nicht einhalte.«

Er drehte seinen Kopf zu Owen und Colorado herum, die lange Zeit seine Weggefährten waren. Sie nickten nur, und damit war alles gesagt.

»Trailkoch«, rief Nolan zu St. Marrs herüber, »mach uns ein ordentliches Frühstück und koche starken Kaffee. In zwei Stunden brechen wir auf und kehren zurück nach Texas.«

Vierzehntes Kapitel

Es war die sogenannte Ruhe vor dem Sturm, die über dem Gebiet am Nueces lastete. Es war zu keinen Ausschreitungen mehr gekommen. Die Armee war bereits aus Spanish Crossing abgerückt und auf der Santero-Ranch wurden mühsam die völlig zerstörten Gebäude wieder hergerichtet.

Phil Jordan hatte die Prügel nicht vergessen, die er von Amos Nolan verabreicht bekommen hatte, genauso wenig wie Stuart Conroy immerzu daran dachte, dass es Elemente im Lande gab, die seinem Imperium gefährlich werden konnten.

Sicherlich besaß er die uneingeschränkte Macht über das Land und auch in Spanish Crossing. Doch er sah deutlich die Gefahr, sie bröckeln zu sehen.

Wenn Jed Nolan es tatsächlich geschafft hatte, seine Herde nach New Orleans zu treiben, um sie dort zu verkaufen, dann würde er bald wieder hier im Land auftauchen. Auf Gwyn Walshs Beerdigung hatte er mit Schrecken festgestellt, dass nicht nur der totgeglaubte Amos Nolan unversehrt aus dem Krieg heimgekehrt war. Seine Brüder Tom und Johnny waren es ebenfalls. Und somit waren alle Nolan-Brüder noch am Leben! Von ihnen die größte Gefahr für Stuart Conroy aus.

Nach der Begegnung auf dem Friedhof, bei der June offen mit den Nolan-Brüdern gesprochen hatte, war es zwischen Conroy und seiner Frau zu heftigen Zerwürfnissen gekommen.

In der Folge hatte Stuart Conroy die Ranch verlassen und war ausgezogen, um neue Revolvermänner anzuwerben.

Dies geschah, als der Jed Nolan mit seiner Mannschaft bereits Louisiana verlassen hatte und wieder auf texanischem Boden war.

Am Morgen waren Amos, Tom und Johnny zusammen mit den alten Esteban nach Spanish Crossing aufgebrochen, um einige Einkäufe zu erledigen. Esteban fuhr den alten Conestoga-Wagen, Johnny saß neben ihm auf dem Bock, während Amos und Tom rechts und links neben dem Wagen ritten. Gegen Mittag erreichten sie die Stadt. Die Main-Street war menschenleer. Nirgends war etwas los. Amos wachsame Augen glitten nach links und rechts, während er den Store von Ben Curwood ansteuerte.

Etwas stimmte nicht. Zu dieser Tageszeit war es zu ruhig. Nicht ein einziger Mensch zeigte sich auf den Gehsteigen oder auf der Straße. Amos sah zum Marshal-Office herüber. Dort waren die Fenster zugezogen. Auch das war ungewöhnlich. Es wirkte, als wäre Spanish Crossing über Nacht zu einer Geisterstadt geworden.

Vor dem *Chronicle* standen eine Reihe von Pferden. Mit zusammengepressten Lippen registrierte Amos das Circle-C-Brandzeichen der Tiere.

Stuart Conroys Männer waren in der Stadt.

War dies der Grund, weshalb Spanish Crossing wie ausgefegt wirkte? fragte sich Amos.

Wohl kaum, denn an anderen Tagen waren Conroy-Reiter auch in der Stadt gewesen, ohne dass es Einfluss auf die Bewohner genommen hätte.

Dennoch war diese außergewöhnliche Stille merkwürdig. Etwas Bedrohliches lag in der Luft, das sowohl Amos, seine beiden Brüder als auch der alte Esteban deutlich spürten. Immer wieder wanderten ihre Blicke nach allen Seiten, während Esteban den Conestoga-Wagen vor dem Store hielt, die Bremse festzog und vom Bock heruntersprang. Johnny blieb noch einen Augenblick auf dem Bock sitzen, schob seinen Stetson aus dem Gesicht und schirmte seine Augen gegen das gleißende Sonnenlicht ab. Als er nach einiger Zeit ebenfalls mit einer katzenhaften Gewandtheit vom Wagen sprang, lag seine Rechte dicht neben dem Kolben seines Colts. Amos und Tom hatten ihre Pferde lose an den Haltebalken vor dem Store gebunden und stampften ein paarmal mit den Füßen auf den Boden auf, um die Steifheit des Rittes aus ihren Gliedern zu vertreiben.

»Mir gefällt diese verdammte Stille nicht«, brummte Amos und sah mit zusammengekniffenen Augen über die Straße. Tom, der es ihm gleichtat, antwortete: »Mir auch nicht, Bruderherz. Irgendwas ist hier faul in der Stadt. So verdammt ruhig war's hier noch nie.«

Amos nickte düster, rückte seinen Revolvergurt zurecht und brummte: »Lasst uns schnell die Einkäufe erledigen und dann aus der Stadt verschwinden.«

Mit diesen Worten zog er die Tür zum Store auf und trat ein. Der Geruch von Waren aller Art schlug ihm entgegen. Bei Ben Curwood konnte man alles kaufen, von Lebensmitteln bis hin zu Lederwaren und Waffen. Als Nolan eintrat, sah er nur Ben Curwood hinter der Ladentheke stehen. Ansonsten war niemand drinnen.

Curwood, ein schmächtiger Mann mit kalkweißem Gesicht und einer Halbglatze, zuckte merklich zusammen, als Amos Nolan eintrat. Seine langen Finger spielten nervös mit einem Tuch.

Amos fiel die Nervosität Curwoods sofort auf und sagte: »Was ist los, Ben? Schreckhaft heute?«

Ben Curwood nagte an seiner Unterlippe, sah mit flackernden Augen an Amos vorbei zu Tom, Johnny und dem alten Esteban, der als letzter in den Store kam, die Tür hinter sich zufallen ließ und sich gegen den Türrahmen lehnte.

All ihre Blicke wanderten durch den Laden und Tom sagte: »Hier drinnen ist's ja genauso tot wie in der gesamten, verdammten Stadt. Das musst du uns mal genau erklären, Ben.«

Obwohl es in dem Store angenehm kühl war, zeigten sich dicke Schweißperlen in Ben Curwoods aschfahlem Gesicht. Er wischte sich mit seinem Tuch über die Stirn und sagte: »Ihr solltet schnell die Stadt verlassen.«

Amos hakte die Daumen hinter den Revolvergurt und meinte: »Das werden wir auch tun, wenn wir unsere Einkäufe bei dir erledigt haben, Ben. Esteban, gib ihm die Liste.«

Esteban stellte sich neben Amos an den Tresen und legte einen handgeschrieben Einkaufszettel vor Curwood auf die Holzplatte.

Nur zögernd warf Curwood einen Blick auf den Zettel, dann schob er ihn mit schneller Handbewegung zurück zu Esteban. Er schüttelte mit dem Kopf, sah zu Amos auf, räusperte sich und sagte mit zittriger Stimme: »Es tut mir leid, Mister Nolan. Aber ich kann Ihnen die Sachen nicht verkaufen.«

Amos maß den nervösen Mann mit gerunzelter Stirn.

»Willst du uns auf den Arm nehmen, Ben?«

Curwood schüttelte eifrig mit dem Kopf und wischte sich erneut mit dem Tuch über die Stirn.

»Ich habe Anweisungen von Mister Conroy, dass ich Ihnen nichts verkaufen darf, Amos. Es – es tut mir leid, aber...«

Amos wechselte einen Blick mit Esteban, sah dann zu seinen Brüdern und wandte sich wieder Curwood zu, der aussah, als würde er jeden Augenblick zusammenbrechen. Der Mann hatte eine Heidenangst. Amos wusste, das Ben Curwood nie zu den mutigsten Männern gehörte, aber so hatte er diesen Mann noch nie erlebt.

»Hör zu, Ben«, sagte Amos und bemühte sich, einen freundlichen Ton anzuschlagen, »du nimmst jetzt diesen Zettel in die Hand und suchst all das zusammen, was da draufsteht. Haben wir uns verstanden?«

Curwood schluckte und seine Antwort war nur ein Krächzen, als er von sich gab: »Meine Güte, Amos! So versteh doch! Conroys Mannschaft ist hier in der Stadt. Sie haben nur darauf gewartet, bis ihr in die Stadt kommen würdet. Sie wollen euch eine Falle stellen.«

Das war es also.

Deshalb war Spanish Crossing wie ausgestorben. Amos zerbiss einen heftigen Fluch auf den Lippen. Tom und Johnny spähten aus dem schmutzigen Fenster auf die Straße. Noch schien alles friedlich. Nichts regte sich.

»Wo ist die Bande?« herrschte Amos den verängstigten Storebesitzer an.

»Jordan ist mit den meisten Männern im *Chronicle*«, antwortete Curwood zögernd.

»Und die anderen?«

Curwooods schmale Schultern hoben und senkten sich.

»Die stecken irgendwo.«

»Und warten, bis wir hier wieder rauskommen, was? Ist Conroy bei ihnen?«

Curwood schüttelte den Kopf.

»Nein. Es heißt, dass er geschäftlich unterwegs ist für ein paar Tage.«

Amos nickte düster, zog seinen Colt aus dem Holster prüfte die Ladung und schob die Waffe wieder zurück.

»Das haben die sich ja fein ausgedacht«, brummte er. Er sah zu Johnny und Tom herüber. »Könnt ihr schon was sehen?«

Johnny hatte sich näher an das schmutzige Fenster gedrängt und spähte über die menschenleere Main-Street.

»Der Tanz geht los, Amos! Drüben kommen sie gerade aus dem *Chronicle*.«

Tom hatte das andere Fenster im Visier und rief im gleichen Augenblick: »Zum Teufel, Amos! Von der anderen Seite kommen sie auch zwischen den Häusern über die Straße. Wir sitzen in einer üblen Falle!«

Plötzlich hatte jeder der drei Nolan-Brüder seine Waffe in der Hand. Der alte Esteban fluchte auf Mexikanisch, drängte sich neben Tom ans Fenster und stieß hervor: »Und ich habe meine Schrotflinte auf dem Wagen gelassen.«

»Was wollen wir jetzt machen?«, fragte Johnny, der am Fenster in Kauerstellung gegangen war. Amos stand neben ihm und starrte düster in Richtung des *Chronicle*. Dort hatten sich fünf Männer auf den Gehsteigen postiert, während von der anderen Seite des Saloons ebenfalls ein paar Männer auf den Gehsteigen standen. Sie alle blickten in die Richtung des Store und waren schwer bewaffnet.

Sie hatten sie in der Zange.

Amos dachte fieberhaft nach. Für einen Ausfall wäre es zu spät. Sie würden nicht einmal bis zu ihren Pferden kommen.

Im gleichen Augenblick ertönte hinter Amos die nasale Stimme von Early Warren: »Okay, ihr Nolan-Brüder. Lasst hübsch die Waffen fallen und nehmt die Hände hoch.«

Langsam, mit erhobenen Händen, drehte sich Amos herum. Hinter dem Tresen standen plötzlich zwei Männer mit ihren Revolvern im Anschlag. Sie hatten Ben Curwood in die Mitte genommen. Amos erfasste, dass diese beiden Burschen die ganze Zeit hinter dem Vorhang, der den hinteren Teil des Ladens abdeckte, gestanden haben mussten.

Langsam drehten sich auch Tom, Johnny und Esteban mit erhobenen Händen zu ihnen herum, hielten dabei ihre Waffen nach oben gerichtet und blickten in zwei hämisch grinsende Gesichter und zugleich in die drohenden Mündungen zweier Revolver.

»Überraschung!«, jubelte der kleine Early Warren und seine gelben, giftigen Augen blinzelten vergnügt zu Amos Nolan herüber, während Stagg Ogrum mit ausdrucksloser Miene die anderen in Schach hielt. Er sagte keinen Ton, während er den Abzugshahn seines fünfschüssigen Single Action mit dem Daumen zurückzog und die Mündung seiner Waffe in Brusthöhe von Tom Nolan wandern ließ.

»Das wäre euch im Traume nicht eingefallen, was?« trällerte Warren grinsend und seine gelben Augen stierten triumphierend in Amos Richtung. Plötzlich erstarb sein Grinsen und er zischte: »Nun lasst endlich eure Kanonen auf den Boden fallen! Wird's bald!«

Amos und Toms Blicke begegneten sich aus den Augenwinkeln.

Plötzlich stieß Ben Curwood, der zwischen den beiden Conroy-Männern stand, einen schluchzenden Laut aus. Seine Hände hielten krampfhaft den Lappen fest, als er schrie: »Macht es draußen miteinander aus. Nicht in meinem Laden. Oh, Gott, ich habe Frau und Kinder und...«

»Halt dein verdammtes Schandmaul, feiges Schwein!«, herrschte ihn Early Warren an. Er maß ihn mit einem kurzen, verächtlichen Blick. Plötzlich riss er seinen Revolver hoch und hieb ihn mit dem Lauf über Curwoods kahlem Schädel. Curwood stieß einen erstickten Laut aus, verdrehte die Augen und sackte in die Knie.

Das geschah binnen eines Bruchteils von einer Sekunde, aber diese Unachtsamkeit nutzte Johnny Nolan sofort aus. Zu spät erkannte Early Warren seinen Fehler. Johnnys Rechte mit der Waffe sauste herunter und in Early Warrens Richtung. Und im gleichen Augenblick spie der Revolver Feuer. Warrens Kopf ruckte nach hinten und ein kleines Loch zeigte sich auf seiner Stirn. Sein Revolver entglitt der schlaffen Hand und polterte auf den Bretterboden. Dann kippte er wie ein gefällter Baum nach hinten.

Im selben Moment, als der Schuss krachte, hatte sich Tom Nolan zur Seite geworfen. Noch im Fallen raste seine Linke über den Abzugshahn seiner Waffe. Mündungsblitze fraßen sich durch Stagg Ogrums Brust. Ogrum taumelte nach hinten. Sein Single Action dröhnte auf. Das Geschoss jaulte dicht über Tom Nolans Kopf hinweg und durchschlug die Fensterscheibe, die klirrend zersprang. Glas splitterte.

Aber zu einem weiteren Schuss kam Stagg Ogrum nicht mehr. Amos Nolans Kugel fuhr ihm mitten ins Gesicht und löschte sein Leben aus. Ogrum fiel nach hinten. Im Todeskrampf umfasste seine linke Hand den Vorhang zum hinteren Lagerraum und riss diesen mit sich zu Boden. Ein letztes Zucken ging durch seinen Körper, dann lag er still und regungslos mit dem Gesicht nach unten auf dem schmutzigen Bretterboden.

Beißender Pulverrauch vermischte sich mit den Gerüchen von Waren und Leder. Mit dem rauchenden Revolver erhob sich Tom vom Boden.

Vom *Chronicle* drang Phil Jordans schneidende Stimme zu ihnen in den Store: »Stagg! Early! Was, zum Teufel treibt ihr da drinnen?«

Johnnys Kopf zeigte sich am kaputten Fenster. Er rief über die Straße hinweg: »Deine beiden Compadres liegen hier mit ein paar Löchern im Leib auf den Brettern, Jordan! Komm, und hol sie heraus!«

Für einen kurzen Augenblick herrschte tödliches Schweigen. Dann krachte ein Schuss, der dicht neben dem Fenster ins Holz klatschte. Johnny zog seinen Kopf zurück.

»Zum Teufel mit euch Nolans!«, schrie Jordan vom Saloon herüber, »wir haben euch in der Falle! Kommt mit erhobenen Händen raus!«

»Und was ist, wenn wir es nicht tun?«, schrie Johnny zurück. Einige Augenblicke später pflügte eine Salve mehrerer Schüsse als Antwort von zwei Seiten zu den Nolan-Brüdern herüber. Die Geschosse klatschten dumpf ins Holz, das zweite Fenster flog auseinander. Glassplitter flogen durch den Raum.

»Runter!«, rief Nolan seinen Brüdern und Esteban zu. »Jetzt beginnt der verdammte Tanz!«

Tom kroch zum zweiten Fenster und brummte Amos zu: »Na, wenigstens sind wir an der Quelle – Munition haben wir ja reichlich.«

»Ja!«, zischte Amos grimmig, während er in geduckter Haltung zum anderen Fenster glitt, »die Frage ist nur, ob wir auch die Gelegenheit haben, sie zu verballern!«

Wieder donnerte eine Salve zu ihnen heran. Kugeln sausten an ihren Köpfen vorbei und jaulten als Querschläger durch den Store. Eine Porzellanfigur, die eben noch auf dem Tresen stand, flog auseinander. Und hinter dem Tresen am Boden wimmerte die verzweifelte Stimme Ben Curwoods: »Lasst mich hier raus!«

Von draußen drang erneut die laute Stimme Phil Jordans zu ihnen: »Nolan! Wir haben euch da fest! Ihr habt keine Chance! Kommt endlich mit erhobenen Händen raus!«

Amos spähte vorsichtig durch das zerschossene Fenster über die Straße. Er sah die hagere Gestalt Phil Jordans vor dem *Chronicle* stehen. In beiden Händen hielt er einen Revolver. Sein vogelartiges Gesicht zeigte einen siegessicheren Ausdruck. Andere Circle-C-Reiter hatten sich verteilt. Ihre Köpfe lugten teilweise hinter Fässern, Haltebalken oder Frachtwagen hervor, die sie als Deckungen nutzten. Einige hatten sich auch in gegenüberliegende Häuser verschanzt. Die Mündungen von zahlreichen Waffen zeigten drohend zu Ben Curwoods Store. Amos erblickte einen Burschen auf dem gegenüberliegenden Dach, der sich hinter einem Holzschild mit der Aufschrift *Spanish Crossing Bank* verschanzte, und sofort von der dortigen Position aus sein Gewehr in Anschlag brachte.

Amos fluchte leise in sich hinein. Es war unmöglich, mit heiler Haut davonzukommen. Er fragte sich, wie lange sie hier im Store standhalten und sich gegen die Überzahl da draußen behaupten konnten.

Nolan rief: »Das hättest du gerne, was, Jordan? Sobald wir uns in der Tür zeigen, würden deine Leute uns sofort niedermähen!«

Eine Zeitlang blieb es still, dann drang Jordans Stimme an Amos Ohren: »Wenn ihr euch ergebt, habt ihr freies Geleit und verschwindet sofort aus der Gegend. Ansonsten machen wir euch die Hölle verdammt heiß da drinnen! Ich gebe euch eine Minute Bedenkzeit. Hast du verstanden, Nolan?«

Amos Antwort war ein lautes, rasselndes Lachen.

»Laut und deutlich, Jordan!«

Amos sah auf seine Brüder und zu Esteban, der in fieberhafter Eile hinter dem Ladentisch aus dem Waffensortiment eine passenden Waffe und Munition aus Curwoods Sortiment suchte. Tom und Johnny gaben Amos ein nickendes Zeichen, das bedeuten sollte, den Worten Jordans keinesfalls Vertrauen zu schenken.

»Nolan«, hörte Amos die wimmernden Worte von Ben Curwood, der langsam hinter dem Ladentisch hervorkroch. Sein kahlköpfiger Schädel wies eine blutige Schramme auf, die durch den Hieb von Warrens Revolverlauf entstanden war. Ängstlich lugte sein Kopf nun hinter dem Tresen hervor und stierte in Amos Richtung. »Hören Sie, um Gottes Willen. Ich habe nichts mit dieser Sache zu tun. Ich kenne Jordan! Er ist imstande und schießt den ganzen Laden zusammen. Tun Sie doch, was er verlangt. Nolan, ich habe Frau und Kinder.«

»Zum Teufel damit!«, stieß Nolan wütend hervor. »Du hast doch mitgemacht, damit sie uns eine Falle stellen konnten, du verdammter Narr!«

»Was hätten Sie denn an meiner Stelle getan?«, kreischten Curwoods Worte ihm entgegen. »Warren und Ogrum haben mich im Laden überrumpelt. Ich hatte gar keine andere Wahl!«

Amos Nolan biss die Zähne zusammen. Mochte Curwood sein, wie er wollte – er hatte wirklich nichts mit dieser Sache hier zu tun.

»Wo sind deine Frau und die Kinder?«

»Sie sind nicht hier. Mrs. Colporge hat sie zu einer Party am Ende der Stadt eingeladen, und...«

»Dann bist du also ganz alleine im Laden – mit uns zusammen?« zischte Amos zu ihm herüber. Er war erleichtert, dass zumindest Curwoods Frau und die Kinder nicht mit in diese Sache gezogen worden waren. Im anderen Falle wäre die Situation wesentlich schwieriger für die Nolans und dem alten Esteban gewesen.

»Aber ich habe nichts damit zu tun!«, schrie Curwood mit schriller Stimme.

Tom wandte sich an seinen älteren Bruder: »Amos, wir sollten uns mächtig schnell entscheiden.«

»Teufel, das weiß ich auch.«

Johnny sagte: »Eine Zeitlang können wir uns gegen sie stellen, Amos. Vielleicht haben wir eine Chance zu entfliehen, wenn es dunkel wird.«

»Das ist in zwei oder drei Stunden der Fall«, gab Amos zurück. »Du meinst also...«

»Glaubst du denn, dass Jordan und die Männer da draußen ihr Versprechen halten? Zum Donner, Amos! Der wartet doch nur darauf, dass wir unsere Nasenspitzen zeigen, um uns dann in Seelenruhe über den Haufen zu schießen.«

»Johnny hat recht, Amos«, schaltete sich Tom ein. »Darauf wartet der Hundesohn bloß.«

Amos nickte düster. »Esteban?«

Der alte Vaquero bestückte einen .51er Navy-Colt mit den.36er-Kaliber-Patronen und ließ prüfend die Trommel rotieren. Er sah von der Waffe auf zu Amos herüber, der am Fenster kauerte und brummte: »Si, Señor Amos. Jordan ist ein übler Hombre. Wir würden nicht einmal bis auf den Gehsteig kommen.«

Sie waren sich alle einig. So oder so, sie würden es austragen müssen. Vier Männer gegen eine Übermacht von Revolverschwingern.

Erneut wandte sich Amos an Curwood. »Gibt es hier einen Hinterausgang?«

Curwood schüttelte den Kopf.

Amos strich mit dem kalten Lauf seines Revolvers über die Wange. Die Möglichkeit, durch einen Hinterausgang entkommen zu können, existierte also nicht. Dafür konnte man sie aber auch nicht von hinten überraschen.

»Über dem Wohnraum führt eine Treppe zum Dachgeschoss. Durch eine Luke kann man auf das Dach«, sagte Curwood mit zittriger Stimme.

Amos nickte: »Johnny und Esteban – ihr klettert da rauf und nehmt die Burschen von dort aus unter Feuer.«

Johnny schob sich zu Esteban am Tresen herüber.

»Und nehmt diesen Jammerlappen mit. Vielleicht fällt ihm noch etwas ein, was uns zu einen Vorteil verhilft«, brummte Amos und Johnny grinste. Er deutete Curwood mit dem Revolver an, vorauszugehen. Esteban lud sich einige Schachteln Patronen auf und folgte den beiden in geduckter Haltung. Dabei wäre er beinahe über den toten Ogrum gestolpert, der am Boden lag und halb vom heruntergerissenen Vorhang zugedeckt war.

»Nolan! Die Zeit ist um!«, schrie Jordan.

»Wir trauen dir nicht, Jordan!«, rief Amos durch das zerschossene Fenster dem Vormann entgegen. »Komm, und hol uns!«

Und im gleichen Augenblick stieß er seinen Revolver durch die zerbrochene Fensterscheibe und gab einen Schuss ab. Auch Tom eröffnete das Feuer, indem er in rasender Schnelle Schuss um Schuss aus dem Fenster jagte.

Sie trafen natürlich nicht, zwangen aber Jordan, sich in Deckung zu werfen. Amos richtete seinen Revolver auf das Dach des gegenüberliegenden Bankgebäudes. Er sah einen Burschen hinter dem Schild auftauchen. Amos feuerte dreimal hintereinander. Zwei der Geschosse knallten in das Schild, fetzten Holzspäne heraus. Die dritte Kugel traf den Mann auf dem Dach genau in dem Augenblick, als er abdrücken wollte. Ein Zucken ging durch seinen Körper, er ließ das Gewehr fallen und machte eine Drehung. Sein schwerer Körper krachte gegen das Schild, das unter seinem Gewicht nachgab. Der Bursche sauste mit einem langgezogenen, gequälten Schrei vom Dach und schlug hart mit dem Kopf zuerst auf dem Gehsteig auf.

Von oben hörten Amos und Tom schnelle Revolverschüsse aufpeitschen. Johnny und Esteban hatten offensichtlich das Dach des Stores erreicht und eröffneten das Feuer von dort aus.

Im gleichen Augenblick zuckten von verschiedenen Seiten Mündungsblitze auf, deren Salven den Store bestrichen. Die Pferde, die lose am Haltebalken angebunden waren, rissen sich panikartig los und sausten im Galopp über die Main-Street.

Die Nolans antworteten ihrerseits mit feuernden Colts und das wütende Feuer hielt die gesamte Stadt in Atem.

Fünfzehntes Kapitel

Marshal Wayne Donahue brachte sein verschwitztes Pferd im Hof der Circle-C-Ranch zum Stehen. Er wischte sich mit einem Taschentuch über sein schwammiges, schweißnasses Gesicht und sah June Stuart auf die Veranda des Ranchhauses treten. Sie trug ein blaues Kleid und hatte die Hände gefaltet in den Schoß gelegt. Sie blickte Donahue mit kalten Augen an, der sich mit lautem Stöhnen aus dem Sattel schob und sich ihr schwerfälligen Schrittes näherte. Dabei fiel ihm auf, als er seine Blicke über den verlassen wirkenden Ranchhof gleiten ließ, dass außer June niemand in der Nähe war.

»Mein Mann ist nicht da«, sagte June mit kalter, verächtlicher Stimme, als Donahue vor der Veranda stehenblieb und den Hut lüftete.

Donahue räusperte sich und sagte: »Deswegen bin ich nicht gekommen, Miss June.«

June hob ihre Augenbrauen. »Sondern?«

»Es geht um Phil Jordan und seine Männer, Miss June. Er hat in der Stadt den Nolan-Brüdern mit seiner Mannschaft eine Falle gestellt. Die Brüder haben sich in Ben Curwoods Store verschanzt und liefern sich ein heftiges Feuergefecht in der Stadt.«

»Und Sie haben nichts unternommen, um das zu verhindern?«, schrie June ihn an. Sie stemmte ihre Hände in die Hüften und Donahue sah hilflos zu ihr hoch. Dabei fiel ihr die bläuliche Verfärbung an ihrer Wange auf und er schrak etwas zusammen.

»Was hätte ich denn tun sollen? Mich etwa den Wölfen vorwerfen sollen? Miss June, ich bin nie ein besonders mutiger Mann gewesen. Und ich habe immer zu Stuart Conroy gehalten.«

»Mein Mann hat Sie schließlich auch dafür bezahlt«, stieß sie ihm verächtlich ins Gesicht. »Und trotzdem hätten Sie einschreiten müssen. Phil Jordan hat kein Recht, so etwas zu tun – und mein Mann auch nicht.«

»Das mag stimmen«, gab Donahue kleinlaut zurück und drehte den Hut in seinen fetten Fingern. »Deswegen bin ich zu Ihnen gekommen, Miss June. Ich habe vieles erduldet und über alles bislang hinweggesehen, was Ihr Mann getan hat. Aber diese Sache hat den Bogen weit überspannt. Jordan maßt sich die Befehlsgewalt in der Stadt an und was er vorhat, ist glatter Mord.«

»Ist es nicht die Aufgabe des Marshals, das zu verhindern?«, fragte June und legte sämtliche Verachtung, die sie für den fetten, schwammigen Mann, der stets von einer Dunstwolke billigem Whiskys eingehüllt war, hatte, in ihre Stimme.

»Ich habe den Stern abgenommen und bin auf mein Pferd gestiegen, um die Stadt zu verlassen – und auch das Land, Miss June.«

June zog die Augenbrauen hoch. Es gehörte wahrlich eine gehörige Portion Mut dazu, sich so seiner eigenen Feigheit offen zu bekennen. Und dennoch empfand sie in diesem Augenblick so etwas wie Mitleid für den fettleibigen Mann, den Stuart Conroy als Marionette seiner Machtspiele für sich eingesetzt hatte. Donahue räusperte sich, wobei seine Hände die Krempe des Hutes zusammendrückten und fuhr mit belegter Stimme fort: »Aber bevor ich das tue, hielt ich es für richtig, Sie darüber in Kenntnis zu setzen, was in der Stadt passiert.«

»Ich habe es nicht gewusst, Donahue«, sagte June, diesmal etwas freundlicher. »Ich habe in der Tat nicht gewusst, was Jordan für Pläne hatte, als er vor zwei Tagen die Ranch mit der Hälfte der Mannschaft verlassen hatte.«

»Ihr Mann...«

June schüttelte den Kopf.

»Auch er hat die Ranch verlassen, ohne mir den Grund dafür zu nennen.«

Unbewusst strich sie sich über ihre bläulich gefärbte Wange und Donahue ahnte, woher diese Verfärbung rühren mochte.

Aber er sagte nichts.

»Miss June«, kam Donahues Stimme, erfüllt von dem säuerlichen Geruch von Alkohol, drängend zu ihr herüber. »Sie müssen in die Stadt, um Phil Jordan aufzuhalten. Es darf kein Blut mehr vergossen werden. Miss June, nur auf Sie würde Jordan hören, und...«

»Nein!«, unterbrach June ihn scharf. »Phil Jordan verachtet und hasst mich, so, wie ich ihn hasse. Er würde nicht auf mich hören. Mein Mann wird Jordan dazu angestiftet haben, in der Stadt auf die Gelegenheit zu warten, bis die Nolan-Brüder dort auftauchen würden. Ja, das ist eindeutig die Handschrift meines Mannes. Er hasst die Nolans mittlerweile so sehr, dass er zu einer solchen Tat fähig wäre. Und er hat Angst vor ihnen. Denn sie werden sich das zurückholen, was man ihnen einst nahm. Ich kenne Jed. Ich kenne Amos, Tom und auch Johnny – oh, was war ich für eine Närrin!«

Junes Lippen bebten und Donahue sah sie mit großen Augen an.

Donahue machte eine hilflose Geste.

»Aber – was kann man tun?«, rief er mit fast schriller Stimme.

Durch Junes Körper drang ein Schauer, dann hatte sie sich wieder in der Gewalt. Ihre Stimme nahm einen festen, entschlossenen Klang an, als sie sagte: »Die Sache mit Jordan und den Männern in der Stadt hat das Fass zum Überlaufen gebracht. Ich werde nicht tatenlos zusehen, dass die Machtgier meines Mannes weiteres Blutvergießen mit sich bringt.«

Donahue sah sie fragend an und June schlug mit der rechten Faust in die linke, offene Handfläche.

»Ich werde zu den Santeros reiten und die Mexikaner um Hilfe bitten«, sagte sie mit entschlossener Leidenschaft und ihre Augen blickten Marshal Donahue durchdringend an. Donahue konnte ihrem Blick nicht standhalten und sah zur Seite. Er stülpte sich den mittlerweile zerknautschten Stetson auf den massigen Schädel, atmete tief durch und blickte dann zögernd zu June.

»Halten Sie das für eine gute Idee, Miss June?«, fragte er.

»Wissen Sie eine bessere, Marshal Donahue?«, stieß sie ihm heftig entgegen.

Donahue schüttelte den Kopf.

»Ich glaube nicht«, antwortete er kleinlaut und biss sich auf die fleischige Unterlippe.

June strich sich eine widerspenstige Strähne ihres kupferfarbenen Haares aus dem Gesicht. Der Marshal sah ihre Erregung aufsteigen, Junes Brüste hoben und senkten sich deutlich unter ihrem Kleid. Ihr war bewusst, dass sie sich gegen ihren Mann stellen würde, wenn sie zu den Santeros ritt. Es wäre eine Entscheidung mit bitterer Konsequenz. Doch was hatte sie schon zu verlieren?

Sie liebte Conroy nicht – jedenfalls nicht mehr. Viel zu tief saßen die heftigen Zerwürfnisse vergangener Tage. Sie hatte ihn durchschaut, vielleicht sogar früher, als sie glauben wollte. Nach der Begegnung mit den drei Nolan-Brüdern auf dem Friedhof zeigte Stuart Conroy dann eine Seite, für die sie ihn hassen lernte. Ihre Blicke wanderten über den Ranchhof, der wie verlassen vor ihr lag. Die Hälfte der Mannschaft war in der Stadt. Die andere Hälfte befand sich auf den Weiden bei den Rindern. Nur Washington, der Koch und Groot, der Stallknecht waren auf der Ranch geblieben.

Wieder jagte ein Schauer durch Junes Körper und ließ sie zusammenzucken. Sie sah in Donahues schwammiges Gesicht, wandte sich brüsk ab und ging zur Tür des Ranchhauses. Dort verweilte sie für einen Moment, drehte sich noch einmal zu Donahue um und sagte mit fester Stimme: »Ich werde mich umziehen, ein Pferd satteln und zur Santero-Ranch reiten, Marshal Donahue.«

Dann verschwand sie im Haus und ließ den Marshal einfach stehen. Donahue schüttelte seinen Kopf, zerbiss einen Fluch auf den Lippen und trat unsicher von einem Bein aufs andere. Er sah zu seinem Pferd herüber, das mit hängenden Zügeln mitten im Hof stand. Schweren Schrittes ging der Marshal auf das Tier zu, ergriff die Zügel, sah noch einmal unschlüssig auf das Ranchhaus und ließ die Zügel wieder fallen.

Und als June später aus der Tür trat, stand er neben seinem Pferd. June sah erstaunt zu ihm herüber und Donahue sagte: »Ich werde Sie nicht alleine reiten lassen, Miss June. Ich komme mit Ihnen.«

Seine sonst so unsichere Stimme hatte plötzlich einen festen Klang angenommen und June nickte, wobei sich ein leichtes Lächeln in ihrem schönen Gesicht zeigte.

Jed Nolan hielt seinen Grauen auf der kleinen Anhöhe und spähte mit zusammengepressten Lippen hinunter in die Senke. Was er dort sah, versetzte ihm einen schweren Schlag. Die einst so stolze Ranch von Rafaelo Santero bestand nur noch aus einem Haufen schwarzgefärbter Ruinen. Etwas Schreckliches war hier geschehen und Nolan schluckte ein paar Male, bevor er das Bild, das er vor sich sah, verinnerlichen konnte.

Zwar schien es so, als würden einige der Gebäude wieder langsam neu aufgebaut werden, aber es blieb die Tatsache bestehen, dass hier mit unvorstellbarer Grausamkeit gewütet worden war. Zelte standen in kreisförmiger Formation auf dem Hof. Und Nolan vermutete, dass in diesen Zelten die Vaqueros mit ihren Frauen und Kindern lebten, bis man die Ranch wieder aufgebaut hatte.

Neben Nolan hielt Luis Santero sein Pferd. Er starrte mit offenem Mund auf die zerstörten Gebäude, die einst sein Zuhause gewesen waren. Er ballte die Hände zu Fäusten und schlug mit verzweifelter Wut auf das Sattelhorn.

Nacheinander kamen die anderen näher und ihre Mienen, vor wenigen Minuten noch voller Zuversicht und Fröhlichkeit, verdüsterten sich zu einer schweigenden, grimmigen Einheit.

»Das hat der Teufel getan«, hörte Jed Nolan neben sich die verzweifelte Stimme Luis Santeros.

»Von einem Sturm wird das nicht gekommen sein«, meinte Jed Nolan tonlos, ohne seine Augen von den Ruinen zu nehmen, die schwarz und böse zu den Männern auf der Anhöhe hochzublicken schienen.

Jed Nolan gab seinem Grauen einen leichten Schenkeldruck und trieb das Tier den Hang hinunter. Die Männer folgten ihm.

Später stand Luis Santero am Grab seines Vaters, hatte die Hände zu Fäusten geballt und den Kopf gesenkt. Jed Nolan hatte seinen Freund noch nie weinen sehen – jetzt tat er es. Es war das Weinen eines Mannes, der von unsagbarer Trauer und hilfloser Wut zugleich erfasst worden war. Ein Zittern ging durch den schlanken Körper des Mexikaners und Jed Nolan legte ihm die Hand auf die Schulter.

Diego, Gonzales und Chico Morales, der sich inzwischen erstaunlich gut von den Verletzungen des Unfalles im Atascosa-River erholt hatte, standen neben Luis. Auch in ihren Gesichtern zeigte sich die verzweifelte Trauer um Rafaelo Santero, der bei dem Überfall auf die Ranch sein Leben verloren hatte. Die Mannschaft stand hinter ihnen, Gil Fuller hatte seinen schwarzen Stetson in den Nacken geschoben und blickte düster zu den Trauernden herüber.

Die Vaqueros, die hauptsächlich mit dem Wiederaufbau beschäftigt waren, hatten ihre Werkzeuge niedergelegt und sahen stumm und mit gesenkten Häuptern zu den Männern am Grab hinüber. Sie hielten ihre Sombreros in den Händen. Auch ihre Frauen, die sich bei den Zelten befanden, hatten aufgehört zu arbeiten. Von die Kinder war keines im Augenblick zu sehen.

Keiner sprach ein Wort, bis sich Dona Marguerita aus der Traube löste und zwischen Luis und Jed Nolan drängte. Ihr weißhaariger Kopf war in ein Kopftuch gehüllt und die großen braunen Augen, die von roten Äderchen überzogen waren, blickten auf ihre Söhne Luis, Chico und Gonzales. Sie strich jedem von ihnen mit sanfter, mütterlicher Geste übers Haupt und wandte sich an Jed Nolan. Sie zog ihn beiseite und sagte: »Es tut gut zu wissen, dass ihr wieder bei uns seid, Jed.«

Jed Nolan sah auf das Grab Rafaelos nieder und dann wieder in Dona Margueritas Gesicht. Er schüttelte grimmig den Kopf.

»So hatten wir uns die Heimkehr nicht erhofft, Dona Marguerita. Die Rechnungen Conroys steigern sich ins Unermessliche«, sagte Jed Nolan bitter. Unbewusst berührte er dabei den Kolben seines Revolvers, der im Holster steckte.

»Du bist mit einer harten Mannschaft zurückgekehrt, Jed Nolan«, sagte Dona Marguerita und legte ihre Hand aufs Jeds Schulter. »Und deine Brüder sind auch unversehrt aus dem Krieg heimgekommen. Die Tage Stuart Conroys sind gezählt – es werden nicht mehr viele sein.«

Sie sprach voller Hass. Aber es lag auch Erleichterung in ihren Worten – Erleichterung, dass ihre Söhne und auch Jed wieder zurückgekommen waren.

Obwohl ihn der Tod des alten Rafaelo zutiefst getroffen hatte, so war er doch glücklich darüber zu hören, dass seine Brüder lebten und wieder zurückgekommen waren. Amos, Tom und Johnny, der jüngste – wie lange hatte er sie nicht mehr gesehen! Nie hätte er noch daran gedacht, dass sie noch leben würden. Im Geiste sah er verschwommen ihre Gesichter vor sich.

Sie waren lange in Kriegsgefangenschaft gewesen, hatte Dona Marguerita Jed sofort nach seiner Ankunft mit den Männern berichtet. Das war in Benton, Missouri, gewesen. Dort lag das Gefangenenlager der Yankees. Und eines Nachts war es Amos, Tom und Johnny gelungen, einen Wachtposten zu überrumpeln und zu entfliehen.

»Amos hatte gemeint, dass es Zeit wäre, sich nach freundlicherer Umgebung umzusehen, diese Yankees wären doch ziemlich unfreundlich gewesen«, hatte Dona Marguerita zum Schluss gesagt. Dabei hatte sie das einzige Mal gelächelt.

»Wo sind meine Brüder jetzt?«, fragte Jed Nolan.

»Sie sind mit dem alten Esteban in die Stadt gefahren. Etwa eine Stunde bevor ihr eingetroffen seid. Wenn ihr etwas früher gekommen wäret, dann hättet ihr euch noch gesehen.«

Nolan nickte. Er fühlte sich plötzlich unendlich müde. Gil Fuller löste sich aus der Traube am Grab und schlenderte auf ihn zu. Jed sah ein seltsames Funkeln in den Augen des ehemaligen Revolvermannes, das er zuvor bei ihm noch nie gesehen hatte. Neben Jed blieb Fuller stehen, schob sich den Hut aus dem Gesicht und sagte: »Wir haben es da mit einem mächtig üblen Hombre zu tun, Boss.«

»Wenn du Conroy meinst – ja!«

Fuller nickte und sah zu Dona Marguerita. »Um Ihren Mann tut es mir aufrichtig leid, Señora. Den ganzen Trail über wurde mir nur Gutes über den Patron berichtet.«

»Gracias für Ihre aufrechten Worte, Señor Fuller. Er war ein muy hombre«, antwortete Dona Marguerita und hob stolz ihren Kopf zu Fuller empor, der plötzlich über sie hinwegsah und seine Augen auf einen Punkt in der Ferne fixierte. Jed Nolan folgte seinem Blick und sah zwei Reiter in schnellem Galopp über die Talwinde genau auf das Santero-Anwesen zureiten. Und einige Augenblicke später erkannte Jed die beiden Reiter.

Es waren June Conroy und Marshal Wayne Donahue. Auch die anderen waren auf die beiden herannahenden Reiter aufmerksam geworden, und als sie sahen, um wen es sich handelte, zeigte sich der blanke Hass in den meisten Gesichtern. Mitten im Hof brachten June und Donahue ihre ausgepumpten Pferde zum Stehen und June rief aufgeregt: »Dona Marguerita Santero! Wo ist Dona Marguerita? Ich muss sie sofort sprechen!«

Die beiden Reiter wurden sofort von den Mexikanern umringt. In ihren Gesichtern lag nichts Gutes, als die Traube sie langsam einschloss. Einige der Vaqueros hoben drohend die Faust gegen sie und jemand schrie aus der Menge: »Verdammte Puta von einem mörderischen Rascal! Was willst du hier, Botin der Verdammnis!«

»Sie wagt es, an den Ort des Verbrechens zu kommen!«, schrie eine andere Stimme.

Die Menge schlossen June und Donahue immer enger in den Kreis und immer böser wurden ihre Gesichter.

Junes Pferd scheute zurück und sie hatte alle Mühe, das Tier wieder in die Gewalt zu bekommen.

»Hört mich an, ihr Leute von der Santero-Ranch. Ich bin gekommen, um etwas Wichtiges mitzuteilen!«, rief June laut in die Menge. Jed sah, dass ihr Gesicht stark gerötet war und in ihren Augen zeigte sich ein Anflug von Panik. Immer heftiger wurden die Drohgebärden der mexikanischen Vaqueros und ihrer Frauen, die sich unter die aufgebrachte Menge gemischt hatten. Dona Marguerita wandte sich abrupt von Jed Nolan und Gil Fuller ab, rief laut in die Menge hinein: »Wartet! Ich will hören, was sie zu sagen hat!«

Sie brach sich Bahn durch die aufgebrachte Menge und blieb dicht vor June stehen.

»Was wollen Sie, Miss Conroy?«, fragte sie mit eisiger Stimme. Ihre Augen loderten feindselig zu June empor. Wayne Donahues feistes Gesicht troff vor Schweiß und er musste sich wieder mal mit einem Taschentuch behelfen. Dona Marguerita beachtete den schwammigen Marshal nicht. Sie sah nur zu June empor, die krampfhaft die Zügel ihres Pferdes in beiden Händen hielt und mit Mühe versuchte, den eisigen Blick Dona Margueritas standzuhalten.

»Phil Jordan ist mit seinen Männern in Spanish Crossing und hat den Brüder Nolan eine Falle gestellt. Der Marshal kam auf die Ranch und hat es mir gesagt. Ich hatte davon nichts gewusst und...«

»Das sagen Sie!«, stieß Dona Marguerita zornig hervor, »ausgerechnet Sie, die Frau eines gewissenlosen Mörders und Brandstifters?«

»Es ist die Wahrheit!«, rief Wayne Donahue. »Jordans Männer haben die Brüder Nolan in Ben Curwoods Store festgenagelt!«

Dona Marguerita maß ihn mit einem verächtlichen Blick. »Und Sie sind nicht in der Stadt, um das zu verhindern, Marshal Wayne Donahue?«

»Bitte, Sie müssen uns glauben, Señora«, versuchte es June mit beschwichtigender Stimme. »Wäre ich zu Ihnen gekommen, wenn es nicht der Wahrheit entspräche? Ihre Leute müssen unbedingt in die Stadt, um Amos, Tom und Johnny zu helfen!«

Jed Nolan und Gil Fuller drängten sich durch die Menge und blieben neben Dona Marguerita stehen.

Jed blickte mit harten Augen zu June empor.

»Wann ist das passiert, June?«

Sie erkannte ihn sofort und ein Schauer durchlief ihren Körper. Ein schmerzlicher Ausdruck, der Jed seltsam berührte, zeigte sich in ihrem schönen Gesicht und er erkannte etwas wie Erleichterung in ihren Augen, als sie zu ihm sah.

»Jed«, sagte sie in sanftem Ton, »du bist wieder zurückgekommen.«

»Ja«, stieß er rau hervor, rauer, als er es wollte, »und für so manch eine Kreatur hier im Lande wird das von keiner großen Freude sein, June!«

June schüttelte den Kopf.

»Ich habe Stuart Conroy verlassen. Jed«, sagte sie und senkte den Blick etwas, »ich konnte es nicht mehr ertragen, dass immerzu Blut fließen muss, nur damit er mehr und mehr an Macht an sich reißen kann. Deine Brüder, Jed – sie brauchen dringend Hilfe. Phil Jordan drängt darauf, sie umzubringen.«

Erst jetzt sah Jed Nolan die bläuliche Verfärbung auf Junes rechter Wange. Er brauchte nicht zu fragen, woher diese stammte. Er wusste es auch so. Aber seltsamerweise konnte er kein Mitleid mit ihr empfinden. Jed sah zu Donahue herüber, der immer noch mit seinem Schweißtuch beschäftigt war.

»Was ist mit Ihnen, Donahue? Etwa auch plötzlich die Fronten gewechselt?«

»Hören Sie, Nolan«, sagte der Marshal mit kehliger Stimme, »wahrscheinlich hätte ich in der Stadt bleiben und Jordan Einhalt gebieten müssen. Ein halb so feiger Mann wie ich hätte das vielleicht getan und wäre von Jordan oder einem seiner Revolverhelden erschossen worden. Nolan, dieser Mann ist besessen von seinem Vorhaben. Er hatte von Amos höllische Prügel bezogen, und das vergisst er nicht. Ich hätte ihn nicht aufhalten können.«

Ein trockenes Lachen entrang sich Jed Nolans Kehle: »Das sieht dem guten Amos verdammt ähnlich. Mit den Fäusten ist der nicht zu schlagen. War die Falle Conroys Idee oder die von Jordan?«

»Was macht das noch für einen Unterschied, Nolan?«, stellte Donahue die Gegenfrage. »Es ist beiden zuzutrauen. Conroy ist zwar auf einer Geschäftsreise, aber – schreiben Sie es auf beide Konten.«

Sie sind doch Conroys Mann gewesen, Donahue«, stellte Jed Nolan trocken fest.

Donahue schüttelte den Kopf.

»Nicht mehr, Nolan. Zuviel Blut klebt an Stuart Conroys Hände, als dass ich noch länger hinsehen hätte können. Nein, auch ein Mann wie ich hat seine Grenzen.«

Während der Gespräche war die Menge verstummt. Keiner sagte etwas. Alle sahen sie gebannt zu ihnen herüber – zu June, Donahue, Dona Marguerita, Jed Nolan und Gil Fuller, der etwas abseits von Jed stand und die Arme ineinander verschränkt hielt. Dabei hielt sein stetiger Blick an June fest und er fragte sich wohl, wie dieser Frau zumute sein musste, die Jed Nolan so lange Zeit nicht aus dem Sinn bekommen hatte.

Jed Nolan blickte in die stummen Gesichter der Vaqueros. Und er sah auch seine Männer zwischen ihnen stehen. Einige nickten ihm stumm zu.

»Männer!«, pflügte Jed Nolans dröhnende Stimme über ihre Köpfe hinweg, »es ist nun an der Zeit, Stuart Conroy und seinen Reitern den langen Schatten, den sie werfen, gehörig zu kürzen. Ihr habt gehört, was sie mit meinen Brüdern in der Stadt vorhaben. Ich bete zum Allmächtigen, dass sie noch am Leben sind! Seid ihr bereit, mir in die Stadt zu folgen?«

Aus der Menge heraus ertönte Jim Harlands Stimme: »Zur Hölle, Boss, deswegen haben wir die verdammten Strapazen doch auf uns genommen!«

»Mir juckt's verdammt im Zeigefinger«, dröhnte von weiter rechts die Stimme von Shorty Rounds. Auch er hatte noch einige Rechnungen zu begleichen. Die Striemen am Rücken würden ihn für sein Leben zeichnen.

»Señor Nolan«, rief einer der Vaqueros, »wir sind zwar alles nur einfache, mexikanische Bauern – aber das, was man uns angetan hat, schreit jetzt nach Sühne!"

Nolan sah zu Fuller. »Bereit, Gil?«

Fuller zuckte nur mit den Schultern, legte ein breites Grinsen in sein hübsches, verwegenes Gesicht und sagte: »Jederzeit, Boss!«

Jed Nolan legte beide Hände an den Mund und schrie in die Menge: »In die Sättel, compadres! Wir werden in Spanish Crossing erwartet!«

Es kam Regung in die Masse. Jeder stürmte sofort los. Da rief Donahue mit seiner kehligen Stimme: »Einen Augenblick, Nolan!«

Jed Nolan drehte sich zu ihm um.

Donahue atmete tief ein und geräuschvoll wieder aus. Er stopfte sein Schweißtuch in die Brusttasche und legte beide Hände über das Sattelhorn, als er sprach: »Ich habe in meinem Leben immer nur den Weg des geringsten Widerstandes gewählt, Nolan. Ich bin stets gut damit gefahren. Aber irgendwann kommt ein Mann an den Punkt, an dem er sich entscheiden muss.« Er sah scheu zu June herüber und fuhr fort: »Ich wollte mich aus dem Land schleichen, wie ein feiger

Coyote. Aber das werde ich nicht tun. Ich reite mit Ihnen zurück in die Stadt.«

June rief: »Ich komme auch mit.«

Jed Nolan schüttelte energisch den Kopf.

»Nein, June. Du bleibst besser hier, bis alles vorbei ist. Dona Marguerita, willst du dich um June kümmern?«

Dona Margueritas Augen blickten zu June im Sattel hoch. Der anfängliche Hass gegen sie war entwichen und sie nickte mit einem zaghaften Lächeln. June blickte unschlüssig von ihr zu Jed Nolan herüber.

»Jed«, sagte sie nur.

Nolan presste die Lippen aufeinander, wandte sich abrupt um und ging zu seinem Pferd.

Wenig später folgte ihm eine entschlossene Mannschaft auf den Weg nach Spanish Crossing.

June, die inzwischen von ihrem Pferd gestiegen war, blickte der Kavalkade hinterher und sagte leise: »Sei vorsichtig, Jed.«

Sechzehntes Kapitel

Die Dämmerung hatte bereits eingesetzt. Totenstille herrschte im Augenblick über der Stadt. Nach mehreren heftigen Feuergefechten hatten sich Phil Jordan und seine Männer in ihre Deckungen zurückgezogen, von denen aus sie Ben Curwoods Store unter ständiger Beobachtung hielten.

Jordan sagte: »Diesen verdammten Hunden ist nicht beizukommen!«

Slick Meadows war dicht neben dem Vormann der Circle-C in Stellung gegangen. Auf seinem weißhaarigen Haupt zeichnete sich eine blutige Schramme ab, die von einer Kugel aus Johnny Nolans Revolver stammte, der im Dachgeschoss des Stores auf Lauer lag.

Er zischte zu Jordan herüber: »Die sind zäher, als ich dachte, Mister Jordan. Drei von uns haben sie bereits erwischt. Und keiner von denen hat bislang auch nur einen einzigen Kratzer abbekommen.«

»Die Nolans haben des Teufels Glück!«, stieß Jordan zwischen den Zähnen hindurch hervor. »Aber das wird sich bald ändern. Sehr bald!«

Jordan fluchte bitter, während er mit zusammengekniffenen Augen zum Store hinübersah. Die Nolans konnten ihre Stellungen noch lange Zeit halten, zumal dort genügend Proviant und auch Munition gelagert war. Zwei Übergriffe der Circle-C-Mannschaft waren fehlgeschlagen, wobei zwei der Männer ihr Leben lassen mussten. Dabei hatte Phil Jordan anfangs an ein leichtes Spiel geglaubt. Für ihn waren die Nolan-Brüder schon so gut wie geliefert, als sie gegen Mittag ahnungslos den Store betreten hatten.

Es hätte nichts schiefgehen können. Und doch hatten Early Warren und Stagg Ogrum die Sache – aus welchen Gründen auch immer – versaut.

Phil Jordan verfluchte sie bis zum jüngsten Tag – Stagg Ogrum, Early Warren und die drei Nolans zusammen.

Die ganze Sache schien ihm aus dem Ruder zu gleiten. Bald würde es dunkel sein und dadurch erhöhte sich die Chance, dass die Brüder entwischen konnten.

Und das wollte der Vormann der Circle-C-Ranch nicht zulassen – um keinen Preis.

Die Gedanken jagten fieberhaft durch sein Hirn. Seine Augen spähten suchend über die menschenleere Straße.

Der Conestoga-Wagen!

In Phil Jordans vogelartigem Gesicht zeigte sich ein teuflisches Grinsen. Er rieb sich mit dem kalten Lauf seines Revolvers über die Wange, während Slick Meadows ihn mit gerunzelter Stirn von der Seite her ansah.

Er kannte das teuflisch verschlagene Grinsen seines Vormannes nur zu gut, um zu wissen, dass der Mann etwas Bösartiges im Schilde führte.

»Slick«, brummte ihm Jordan zu, »siehst du den verdammten Conestoga-Wagen da vorne beim *Chronicle* stehen?« Er wies mit dem Lauf des Revolvers in die genannte Richtung.

»Natürlich«, gab Meadows zurück. »Das ist der Karren, den dieser alte Esteban vorhin gefahren hat. Bei der ganzen Knallerei sind die Mulis schreckhaft geworden und mit dem alten Karren zum Saloon gelaufen. Da stehen sie halt. Und was ist daran so besonders?"

»Streng deinen Grips an, Hombre!«, zischte Jordan. »So ein Wagen ist doch leicht zum Brennen zu bringen, oder etwa nicht?«

»Vorausgesetzt, man schafft es, ihn zu erreichen und ihn dann anzuzünden. Du meinst doch nicht etwa...«

»Genau das meine ich!«, antwortete Jordan und sein gehässiges Grinsen wurde immer breiter. Meadows lachte leise und nickte. Jordan wandte sich ihm zu und sagte: »Die Sache läuft wie folgt. Hör genau zu, was ich dir jetzt sage.«

Meadows rückte näher an Jordan heran und dieser unterbreitete ihm seinen Plan.

»Die Ruhe macht mich nervös«, sagte Amos Nolan, während seine Augen über die Straße spähten. Draußen hatte sich seit geraumer Zeit nichts mehr gerührt. Es herrschte eine Totenstille über der gesamten Stadt.

»Die werden sich doch wohl nicht verzogen haben?«, wandte sich Tom fragend an seinen älteren Bruder Amos, der ebenfalls mit wachsamen Augen über die Straße spähte. Die Gebäude auf der anderen Seite zeichneten sich bereits als dunkle Silhouetten gegen den schwarzblauen Himmel ab.

Amos schüttelte düster den Kopf.

»Den Gefallen werden die Burschen uns nicht getan haben«, brummte er. »Die hecken irgendwas Teuflisches aus.«

»Schätze ich auch«, sagte Tom, »möchte verdammt wissen, was.«

»Das werden wir bald erfahren. Viel Zeit bleibt denen nicht mehr. Schließlich können sie uns ja nicht tagelang belagern.«

Tom grinste düster. »Die Burschen werden sich ihre Sache etwas anders vorgestellt haben.«

»Wie auch immer – wenn die Dunkelheit vollständig eingebrochen ist, sollten wir es wagen, von hier zu verschwinden«, sagte Amos.

Im gleichen Augenblick krachten von drüben mehrere Schüsse. Mündungslichter blitzten an verschiedenen Stellen aus der Dunkelheit auf und ein regelrechter Kugelhagel prasselte auf sie zu.

»Verdammt!«, stieß Amos hervor und duckte sich unter dem Fenster weg, »jetzt geht's wieder los!«

Tom feuerte einige rasche Schüsse hintereinander in die Richtung aufblitzender Mündungslichter und vernahm plötzlich einen dumpfen Schrei. Das Feuer von drüben wurde immer heftiger und zwang ihn, ebenfalls für einen kurzen Moment unter das zerschossene Fenster hinweg zu tauchen. Laute Rufe und Schreie ertönten plötzlich aus der Richtung des *Chronicle*. Tom spähte vorsichtig durch das Fenster. Ein heller Lichtschein näherte sich plötzlich in rasender Geschwindigkeit dem Store.

Sofort wusste Tom, was das zu bedeuten hatte.

Feuer!

Einige Männer hetzten die aufgeschreckten Mulis mit lauten Schreien und Revolverschüssen, die sie unablässig in die Luft feuerten, auf den Store zu. Und die Mulis zogen den bereits lichterloh brennenden Conestoga-Wagen hinter sich her. Sie rannten in wilder Panik genau auf das Store-Gebäude zu, getrieben von den wilden Rufen der antreibenden Circle-C-Männer, die dicht hinter dem Wagen herliefen um vor dem Revolverfeuer der Nolan-Brüder sicher zu sein.

Amos stieß einen wilden Schrei aus: »Tom! Die Schweine wollen uns ausräuchern.«

Das Revolver- und Gewehrfeuer auf der gegenüberliegenden Seite wurde immer heftiger, je näher die Mulis mit dem brennenden Wagen an den Store herankamen. Die Geschosse jaulten, zischten und kreischten an Tom und Amos vorbei und über ihre Köpfe hinweg, knallten ins Holz der Bretterwände, zersplitterten Glas, schlugen sich hinten am Tresen platt und demolierten den Warenbestand. Holzspäne und Glassplitter flogen Tom und Amos buchstäblich um die Ohren.

Für einen kurzen Moment zeigte sich Tom am Fenster. Voller Zorn getrieben raste seine Linke über den Abzugshahn des Revolvers und schickte heißes Blei auf die heranrasenden Mulis.

Er tat es widerwillig. Doch er wollte verhindern, dass der brennende Wagen gegen den Store raste.

Eines der Tiere brüllte getroffen auf, stolperte und stürzte. Dennoch konnte das unheilbringende Gefährt nicht zum Stoppen gebracht werden. Der Schwung war bereits zu groß, mit dem der Conestoga herangerast kam. Das Gefährt machte einen Satz über das getroffene Muli hinweg.

Amos Revolver spie Feuer und die Kugel erwischte einen der Männer, die den brennenden Wagen auf den Store zu gelenkt hatten. Der Bursche stieß einen gellenden Schrei aus und stürzte in den Staub der Main-Street. Das allerdings registrierte Amos nur am Rande, denn er war bereits aufgesprungen und schrie Tom zu: »Weg hier!«

Sie warfen sich beide zugleich nach hinten in den Raum. Im gleichen Augenblick krachte der Wagen gegen das Store-Gebäude. Funken spritzten auseinander, brennende Teile flogen wie Geschosse durch die zersplitterten Fenster, begleitet von Rauschwaden und dem hemmungslosen Kugelhagel der Circle-C-Mannschaft. Das Feuer fraß sich im Nu an den kugeldurchlöcherten Vorhängen der Fenster hoch und breitete sich in Windeseile aus.

»Wir müssen aufs Dach«, rief Amos seinem Bruder zu.

Toms Antwort war ein langgezogener Seufzer, mit dem er gegen den Tresen fiel. Seine Hand umfasste die Seite und als er sie vom Körper nahm, war sie voller Blut.

Mit schmerzverzerrtem Gesicht blickte er zu Amos herüber.

»Verdammt«, stöhnte er, »ich bin getroffen.«

Amos umfasste seinen Bruder und zog ihn mit sich am Tresen vorbei zum hinteren Lagerraum, von dem aus die Treppe zum oberen Geschoss führte. Vom Dachboden ertönte das trommelnde Revolverfeuer aus den Waffen von Johnny und dem alten Esteban, die sich gegen den Ansturm des Kugelhagels von der anderen Straßenseite zur Wehr setzten.

»Schlimm getroffen?«, fragte Amos, als er Tom die gewundene Treppe nach oben hinaufzerrte.

Toms Gesicht war bleich und schmerzverzerrt. Dennoch gelang ihm ein hartes Grinsen, als er antwortete: »Tut höllisch weh, aber es ist nicht so schlimm, dass es mich umhaut.«

Die beiden Brüder erreichten den Dachboden. Esteban wandte sich ihnen zu und half dem verletzten Tom über die Dachbodenschwelle.

»Die Schweine räuchern uns aus!«, rief Amos.

Johnny antwortete, ohne sich umzudrehen: »Die Hunde hatten uns mit ihrem Gewehrfeuer mächtig hübsch bestrichen und uns gezwungen unsere Köpfe einzuziehen. Als wir dann gemerkt hatten, worauf sie's wirklich abgezielt hatten, war der verdammte, brennende Wagen schon zu dicht ans Haus rangekommen. Diese verfluchte Bande!«

Amos kroch in gebückter Haltung zu Johnny herüber, der hinter einer Dachluke in Deckung lag und rief über die Schulter hinweg: »Esteban, kümmere dich um Toms Wunde.«

Das Gewehrfeuer ebbte von der anderen Seite allmählich ab. Das Knistern des Feuers im unteren Stock wurde dagegen immer heftiger. Rauschwaden zogen zu ihnen bis zum Dachboden hoch. Ben Curwood lag in grotesker Haltung zusammengekauert in einer Ecke.

Johnny drehte sich für einen Augenblick mit besorgter Miene zu Tom, der gegen einen Dachbalken gelehnt am Boden lag und mit schmerzverzerrtem Gesicht eine Grimasse zog.

Esteban hatte ihm das Hemd aufgerissen und besah sich die blutende Wunde.

»Schlimm?«, fragte Johnny.

Esteban schüttelte leicht den Kopf. »Es ist eine Fleischwunde. Sie blutet stark. Aber nicht allzu gefährlich.«

»Kannst du laufen, Tom?«, fragte Amos.

»Mir wird wohl nichts anderes übrig bleiben, großer Bruder«, stieß Tom gepresst zwischen die Zähne hervor. »Fragt sich bloß, wohin.«

Amos nickte düster.

»Wir müssen uns wirklich rasch was einfallen lassen!«, sagte er rau und blickte sich gehetzt nach allen Seiten um.

In einer Ecke lag Ben Curwood. Esteban, dessen Augen Amos Blicke gefolgt waren, sagte mit müdem Achselzucken:

»Den hat gleich zu Anfang ein Querschläger erwischt. Mitten in die Stirn.«

»Bitter für seine Frau und die Kinder. War schließlich nicht sein Kampf«, sagte Amos düster.

Johnny meinte: »Amos, der einzige Weg, der uns noch bleibt, ist übers Dach zu den anderen Gebäuden hin.«

Amos spähte vorsichtig durch die Dachluke über die Straße. Sie saßen jetzt wirklich in einer üblen Falle. Die Situation war ungeheuer brenzlig für sie.

Das Gewehrfeuer von drüben war eingestellt. Amos wusste, dass Jordan und seine Männer in ihren Deckungen nur darauf warteten, dass sich einer von ihnen zeigen würde.

Das untere Stockwerk des Stores brannte bereits lichterloh und es war nur eine Frage der Zeit, wann bis das gesamte Gebäude in Flammen stand.

In einigen Fenstern der umliegenden Gebäude zeigten sich schattenhafte Umrisse. Lichter gingen an. Eine schrille Stimme schrie von einem erleuchteten Fenster: »Feuer! Feuer! Ben Curwoods Store steht in Flammen!«

Die Stadt erschien plötzlich wieder zum Leben erwacht zu sein.

Aus einer anderen Richtung hörte Amos eine Frauenstimme kreischen: »Das Feuer wird auf die anderen Gebäude übergreifen! So tut doch jemand etwas! Die ganze Stadt wird brennen!«

»Aus den Häusern! Wir müssen löschen!«

Phil Jordans Stimme brüllte über die Straße hinweg: »Bleibt drinnen, ihr Narren! Oder wollt ihr euch eine Kugel einfangen?«

»Jordan! Ihr verdammter Privatkrieg geht uns nichts an! Hört auf mit dem Kampf. Die Stadt brennt sonst lichterloh!«

Schüsse krachten und wieder ertönte Jordans Stimme: »Der erste, der seine Nasenspitze aus einem der Häuser wagt, kriegt ne Kugel verpasst!«

Der Mann schien dem Wahnsinn nahe und Amos fragte sich, wie groß der Hass in ihm toben musste. War es wirklich nur der verletzte Stolz, der Phil Jordan zu dieser Wahnsinnstat hier trieb, weil er seinerzeit von Amos Nolan heftige Prügel bezogen hatte?

In stummer Übereinkunft luden die Nolan ihre Revolver nach. Amos drehte sich nach Tom um, der von sich von Esteban gestützt, langsam mit schmerzverzerrtem Gesicht erhob.

»Tom?«, fragte Amos zögernd.

»Kann losgehen, großer Bruder«, antwortete Tom und nickte Amos tapfer zu.

Das Aufpeitschen mehrerer Schüsse drang plötzlich vom Stadteingang über die Main-Street. Das Stakkato vieler Hufe vermischte sich dröhnend mit lauten Rufen und Schreien. Der Boden schien plötzlich zu Beben, als eine Kavalkade reiterloser Pferde wiehernd und in wilder Panik über die Main-Street raste. Immer deutlicher wurden die Schüsse und laute Schreie spornten die wildgewordenen Tiere zu heftigerem Tempo an.

Das alles geschah so schnell und unvorbereitet, dass Phil Jordans Männer aus ihren Deckungen emporsprangen wie von Taranteln gestochen und wie gelähmt auf die hereinbrechende Kavalkade der reiterlosen Pferde starrten, die in wilder Stampede über den Boden pflügten. Staub wallte auf.

»Stampede!«, schrie jemand mit schriller Stimme.

Johnny Nolans Revolver bellte von der Dachluke auf. Das Geschoss erwischte einen Circle-C-Mann mitten in die Brust und schleuderte ihn gegen die Bretterwand des hinteren Gebäudeflügels.

Die allgemeine Verwirrung ausnutzend, schoben sich die Nolan-Brüder mit feuernden Revolvern aus der Dachluke und kletterten über den Dachsims ins Freie, wobei Johnny sich breitbeinig auf die Holzplanken oben am Dach stellte und unaufhörlich Blei auf die gegenüberliegende Seite spritzen ließ. Amos hatte seinen Arm um Tom gelegt. Sie pressten sich eng an das Dach und schoben sich über die Holzplanken vorwärts. Das nächste Gebäude war ungefähr einen Meter vom Store entfernt.

Die vorbeirauschende Kavalkade der Pferde und der aufwallende Staub, der wie Nebel wirkte, nahmen Jordans Männern teilweise die Sicht. Und vom Stadteingang tauchten die Silhouetten mehrerer Männer auf, die feuernd über die Straße rannten.

Jemand schrie: »Die Mexikaner! Es sind Santeros Männer!«

Ein riesiger Tumult entstand auf der Main Street, als auch einige Bürger aus ihren Häusern liefen. Manche hatten Waffen in der Hand.

»Mister Jordan!«, schrie Slick Meadows, »wir sollten verschwinden! Es sind zu viele!«

Immer mehr Männer drangen zu Fuß in die Stadt ein und stürmten energisch mit feuernden Waffen auf Phil Jordan und seine Männer zu, die inzwischen völlig außer Kontrolle geraten waren. Sie sahen sich plötzlich einer Übermacht gegenüber, mit der keiner auch nur im Geringsten gerechnet hatte. Einige der Circle-C-Reiter ließen bereits ihre Waffen fallen und hoben die Hände. Phil Jordan drehte sich wie ein gehetztes, übellauniges Tier nach allen Seiten um. Überall sah er sich Männern entgegen, die plötzlich auf der Straße waren und Waffen in den Händen hielten.

Sheriff Wayne Donahues unförmige Gestalt tauchte auf und Jordan hörte den Marshal rufen: »Ergebt euch, Männer!

Werft die Waffen weg! Hört auf mit dem sinnlosen Blutvergießen! Ihr habt keine Chance!«

Slick Meadows stieß einen wilden Schrei aus. Er rannte in wilder Hast an Donahue vorbei, während er drei Schüsse auf den Marshal abfeuerte. Die Kugeln schlugen dumpf in Donahues unförmigen Körper. Der Marshal zuckte unter dem Aufprall der Geschosse zusammen, verdrehte die Augen und sackte mit einem Stöhnen in den Staub der Straße.

Doch auch Slick Meadows wurde von mehreren Kugeln gleichzeitig getroffen. Jordan sah, wie der Mann noch im Laufen seine Waffe fallen ließ, sich einmal um seine eigene Achse drehte, mit einem dumpfen Aufschlag in einen Pferdetrog fiel und dort sein Leben aushauchte.

Jordan erkannte im Schein der Flammen die hochgewachsene Gestalt Jed Nolans auf der gegenüberliegenden Seite. In jeder Hand hielt er einen rauchenden Revolver. Mit einem Schlag wurde dem Vormann der Circle-C-Ranch alles klar. Jed Nolan war aus New Orleans zurückgekommen – gerade rechtzeitig, um seinen Brüdern zur Hilfe eilen zu können.

Und Jed Nolan war nicht allein!

Eine Schar entschlossener Männer war rings um ihn herum, nahm immer mehr Gestalt in der Dunkelheit an und formierte sich zu einer drohenden Gruppe, gegen die jeglicher Widerstand zwecklos war.

Üble Bitterkeit stieg in Phil Jordan auf. Sie hatten ihre Pferde in die Stadt gehetzt, um eine Verwirrung zu schaffen. Das nutzten sie dann aus, um zu Fuß in die Stadt einzudringen.

Das ging alles so schnell und traf die siegessicheren Circle-C-Reiter wie ein Schlag.

Nicht Phil Jordan war es, der eine Falle gestellt hatte – sondern ausgerechnet Jed Nolan, mit dem der Vormann der Circle-C zur Stunde nicht gerechnet hatte.

Jed Nolan erkannte ihn und rief: »Lassen Sie die Waffe fallen, Jordan! Das Spiel ist zu Ende!«

Mit glühenden Augen stierte er in Nolans Richtung. Er sah ihn langsam auf sich zukommen, beide Revolver im Anschlag.

Jordan zerbiss einen Fluch auf den Lippen. Er hielt seinen Revolverarm nach unten, dabei immer noch seinen Revolver in der Hand, während seine Männer um ihn herum allesamt nach und nach die Waffen niederlegten. Und da wusste Phil Jordan, dass das Spiel verloren war. Aber eines unterschied ihn von den anderen Reitern der Circle-C-Ranch: sie waren gekaufte Revolvermänner, während er mit einer unbedingten Treue zu Stuart Conroy behaftet war, die über Jahre zurückreichte.

Er hatte seine Revolverhand gesenkt. Der Daumen spannte den Hahn. Nolan machte einen weiteren Schritt auf ihn zu.

In diesem Augenblick riss Phil Jordan seinen Revolver hoch und schoss.

Aber er war sich seiner zu sicher. Seine Revolverhand verriss den Schuss, die Kugel sauste nur einige Millimeter an Jed Nolans Kopf vorbei und schlug sich an einer Häuserwand platt.

Jed Nolans Revolver flammten gleichzeitig auf. Die Mündungslichter fraßen sich in Phil Jordans Brust und der Vormann taumelte mit rudernden Armen nach hinten. Sein Körper prallte an ein Hitchrail, das seinen Sturz abfing und ihn nach vorne federn ließ. Seine Rechte hatte immer noch den Revolver umklammert. Er biss sich auf die Unterlippe, bis sie blutete.

Ein heftiges Zittern ging durch seinen Körper. Wie durch einen Schleier sah er die Gestalt Jed Nolans vor sich. Und in dieser Sekunde nahm Phil Jordan all seine Kämpferinstinkte noch einmal zusammen. Sein Revolverarm fuhr hoch und er spürte den Rückschlag seiner Waffe. Wieder verfehlte er und

Jed Nolans nächste Kugel schlug ihm mitten in die Stirn. Der Revolver glitt Jordan aus der schlaffen Hand.

Er sackte in die Knie, den Mund zu einem erstaunten Ausruf weit aufgerissen. Aber er würde nie wieder einen Ton herausbringen können.

Als er nach vorne fiel und mit dem Gesicht nach unten den Staub der Main-Street berührte, war er bereits schon tot.

Jed Nolans Arme mit den beiden Revolvern sanken herab. Mit düsteren Augen starrte er auf die reglose Gestalt Phil Jordans herab.

Gil Fuller tauchte neben ihm auf und seine Stimme riss Jed aus seiner Lethargie: »Schätze, Boss, das wäre erledigt.«

Er blickte von Jordan auf zu Fuller, sah dessen breites Grinsen, das auch eine gehörige Portion Erleichterung zeigte und brummte: »Fast – nicht ganz!«

Fuller zog seine Stirn in Falten. »Verstehe ich nicht.«

Nolan verstaute seine beiden Waffen; die eine in den Holster, die andere verschwand hinter dem Gürtel seines Hosenbundes. Er legte Fuller seine rechte Hand auf die Schulter.

»Stuart Conroy war nicht in der Stadt, Freund Gil.«

»Macht Ihnen das etwa noch Sorgen, Boss?«

»Ja.«

Er wandte sich von Fuller ab, der ihm kopfschüttelnd nachblickte und ging langsam über die Straße zur anderen Seite. Er blickte auf das völlig zerstörte Store-Gebäude, das nur noch aus schwelenden Trümmern bestand. Hier und da leckten noch Flammenzungen aus dem Inneren des Stores hervor, aber das Feuer war größtenteils unter Kontrolle gebracht worden.

Dank des unermüdlichen Einsatzes zahlreicher Männer konnte auch ein Übergreifen der Flammen auf andere Gebäude verhindert werden.

Die drei Burschen auf dem Gehsteig blickten Jed Nolan grinsend an.

Amos stand links, Tom stützte sich auf ihn und Johnny hatte beide Hände in die Hüften gestemmt. Die dürre Gestalt des alten Esteban lehnte an einem Holzbalken.

»Ist ja beinahe wie früher!«, hörte Jed die dröhnende Stimme von Amos zu ihm herüber wehen. »Wir drei sitzen mächtig in der Klemme und unser großer Bruder boxt uns wieder raus!«

Ein Kichern von Tom und Johnny begleiteten seine Worte, während Jed schnellen Schrittes zu ihnen herüber eilte. »Wahrhaftig!«, rief er lachend, »ihr drei seid es wirklich – und hässlicher denn je!«

Und dann fielen sich die Nolan-Brüder in die Arme, klopften sich gegenseitig auf die Schultern, brüllten, lachten und schluchzten zugleich.

Dritter Teil: DIE SAAT DES ZORNS

1. Kapitel

Eben noch hatte er den einsamen Reiter gesehen, der zwischen den Felsen verschwunden war, um in wenigen Augenblicken unter ihm auf dem schmalen Pfad aufzutauchen.

Watt Rules knochige Hände schlossen sich fester um den Karabiner, den er auf die heiße Steinplatte gelegt hatte. Sein Puls ging schneller in Erwartung auf den lange ersehnten Augenblick. Seine rissigen Lippen umspielte ein leichtes Grinsen. Es war das Grinsen eines Mannes, der sich seiner Sache sicher war.

Das Schlagen von Hufen auf losem Gestein wurde deutlicher – Watt Rules Grinsen breiter. Er hob seinen Karabiner und presste seinen Körper gegen den Stein, hinter dem er lag. Er visierte einen festen Punkt an. Sein Zeigefinger legte sich um den Abzug und nahm Druckpunkt. Rule atmete tief ein. Gleich würde der Reiter unter ihm auftauchen. Rule zwang sich mit aller Gewalt zur Ruhe. Von hier aus konnte er nicht danebenschießen. Das war unmöglich.

Als der Kopf des Pferdes zwischen den Felsen dort unten auftauchte, hielt Rule den Atem an und erlebte eine böse Überraschung, die ihm beinahe das Herz stillstehen ließ!

Das Tier trabte mit hängenden Zügeln den schmalen Pfad entlang. Und der Sattel war – leer!

Zu spät erkannte Watt Rule, dass er genarrt wurde. Hinter ihm löste sich lockeres Gestein. Rules Haltung verkrampfte sich, als eine sonore Stimme von hinten zu ihm drang: »Du hast nicht ernsthaft geglaubt, ich würde dir wie ein dummes Schaf vor die Flinte laufen, was?«

Das Geräusch eines gespannten Revolverhahns drang unnatürlich laut an Rules Ohren. Er spürte, wie dicke Schweißperlen über sein aufgedunsenes Gesicht herunterliefen, das über und über mit dunklen Bartstoppeln übersät war. Er fühlte auf einmal einen galligen Geschmack in seinem Mund. Den Karabiner hielt er mit beiden Händen umschlossen. Eine unbändige Wut keimte in ihm auf. Er war sich seiner Sache sicher gewesen – zu sicher!

»Lass dein Gewehr fallen und dreh dich zu mir um, damit ich deine dreckige Visage sehen kann, Rule!«

Watt Rule presste seine Lippen fest aufeinander. Er saß in der Falle. Das Scharren der Stiefel auf den Steinen sagte ihm, dass der Mann jetzt direkt hinter ihm stehen musste. Es trennten sie etwa zwei oder drei Meter voneinander.

Zeit gewinnen, dachte Rule fieberhaft, *ich muss Zeit gewinnen. Vielleicht kann ich...*

Sein Blick glitt auf den Karabiner, von dem er hoffte, ihn herumreißen und mit einem schnellen Schuss den Mann hinter seinem Rücken treffen zu können.

Eine andere Chance hatte er nicht!

Rules Zähne mahlten geräuschvoll aufeinander.

Der gallige Geschmack auf der Zunge wurde stärker. Das Herz raste bis zum Hals.

Immer fester wurde der Griff um sein Gewehr. Er zwang sich zu einem schiefen Grinsen, als er sagte: »Bist ein gerissener Hund, Monroe! Und dabei sah's für mich doch so aus, als würdest du mir hier in die Falle laufen!«

Der Mann hinter ihm lachte trocken auf.

»Das hätte dir so passen können, was? Ich sage es nicht nochmal, Rule: Lass deine Knarre fallen und dreh dich um!«

Daran dachte Watt Rule nicht.

Er wusste, weshalb Kyle Monroe hier war. Er wollte ihn – und er wollte ihn tot.

Und da setzte Watt Rule alles auf eine Karte.

Mit einem lauten Aufschrei wirbelte er herum. Er brachte den Lauf seines Karabiners in Monroes Höhe.

Aber er hatte keine Chance.

Entsetzen ließ sein Gesicht zu einer grotesken Maske werden, als er den dumpfen Aufprall von zwei schnell abgefeuerten Revolverkugeln in seiner Brust spürte. Zuerst gab es keinen Schmerz. Nur eine seltsame Lähmung. Sie schien sich über seinen gesamten Körper auszubreiten. Seine Hände wollten ihm nicht mehr gehorchen, dabei zeigte doch der Lauf des Karabiners in Kyle Monroes Richtung.

Abdrücken, fuhr es Watt Rule durch den vernebelten Kopf, *ich muss doch nur noch abdrücken. Verdammt, warum steht das Schwein da immer noch. Alles dreht sich! Warum kann ich es nicht...*

Der Karabiner glitt ihm aus den Händen und landete polternd auf den steinigen Boden. Er hörte sich seltsam stöhnen, als sein Körper zurückfiel und gegen die Steinplatte schlug. Wie durch einen Schleier sah er die hochgewachsene Gestalt in dem staubbedeckten, schwarzen Anzug näherkommen, den Revolver dabei noch in der Rechten haltend.

Rules Atem ging rasselnd. Zu dem galligen Geschmack in seinem Mund gesellte sich ein anderer – der Geschmack von Blut.

Ich muss jetzt sterben, dachte er und fühlte weder Panik noch Schmerz dabei, nur eine seltsame Enttäuschung darüber, dass es ihm nicht gelungen war, Monroe eine Kugel in den Leib zu jagen.

Und dann dachte er paradoxerweise in den letzten Sekunden daran, dass es doch so etwas wie Gerechtigkeit auf Gottes Erden zu geben schien.

Wie aus weiter Ferne drangen Kyle Monroes Worte zu ihm herüber, als dieser sagte: »Wir beide sind jetzt all right, Rule. Aber bevor du in die Ewigen Jagdgründe wanderst, will ich noch etwas von dir wissen.«

Rule hatte seinen Kopf zur Seite geneigt und stierte Monroe aus halbgeöffneten, glasigen Augen an. Er hustete und ein heller Blutstrahl floss aus seinem offenen Mund, lief das stoppelbärtige Kinn herunter und tropfte auf den felsigen Boden.

»Fahr zur Hölle!«, stieß er röchelnd hervor. Verschwommen sah er, wie Monroe zwei neue Patronen in die Trommel des Revolvers schob, diese rotieren ließ und die Waffe mit einer einzigen, gleitenden Bewegung in den Holster schob.

Monroe kniete sich zu ihm herunter und sagte kalt: »Du zuerst. Aber es würde dein Gewissen erleichtern, wenn du mir sagst, was ich wissen will. Die Zeit rennt dir davon.«

»Ja, du hast mich doch noch erwischt. Hast lange gebraucht dafür.« Rule machte eine Pause. Sein Atem ging rasselnd und sein Mund füllte sich wieder mit rosafarbenem Schaum. Einer der beiden Schüsse hatte glatt weg die rechte Lunge durchbohrt. Er wusste, dass er nur noch wenige Augenblicke zu leben hatte.

»Wo ist Finn Corcoran, Rule? Und wo ist meine Tochter?«

Ein fürchterlicher Hustenanfall war die Antwort. Ein regelrechter Blutstrom quoll aus dem Mund des Sterbenden. Dann ein heftiges Aufbäumen und die krächzenden Worte: »Lass mich hier nicht liegen, Monroe. Die Geier... ich will nicht... Spanish Crossing!«

Während sein Kopf zur Seite fiel, flüsterte er noch einmal die letzten Worte: »Spanish Crossing«, dann war er tot.

Kyle Monroe erhob sich, schob den breitkrempigen, schwarzen Hut aus der Stirn und wischte sich mit dem Handrücken den Schweiß ab.

Er empfand weder Mitleid noch Bedauern für den Mann, den er soeben erschossen hatte. In seinem Ermessen hatte Watt Rule genau das bekommen, was er verdient hatte – den Tod.

Wie einige andere zuvor, die er, Monroe, erbarmungslos gejagt und zur Strecke gebracht hatte.

Im Laufe der Jahre war sein Leben danach ausgerichtet und es hatte ihn zu dem Mann geformt, der er jetzt war.

»Spanish Crossing«, murmelte Monroe vor sich hin. Dann wandte er sich ab, um den felsigen Hang, den er vorhin erklommen hatte, wieder hinabzusteigen. Er fand sein Pferd einige hundert Yards weiter am steinigen Pfad stehen.

Der Braune hatte sich ein schattiges Plätzchen unter einem hervorspringenden Felseinschnitt gesucht und zupfte ein paar spärlich wachsende Grashalme aus dem Boden. Geduldig schien das Tier auf die Rückkehr seines Herrn zu warten, so, als wäre es das Selbstverständlichste auf der Welt.

Als Kyle Monroe den Braunen erreichte, strich er ihm über den kräftigen Hals und über die Nüstern.

Ein heftiges Nicken war die Antwort des Tieres.

Monroe nahm die losen Zügel auf und führte das Pferd den Weg zurück. Er bedeckte den Toten mit einigen großen Felssteinen, um den Leichnam vor Geiern und anderem Getier zu schützen.

Mehr tat er nicht.

Nach getaner Arbeit glitt er in den Sattel und ritt in die Richtung, aus der er gekommen war.

Er blickte nicht ein einziges Mal zurück.

Zweites Kapitel

Der Geruch von frischer Farbe, vermischt mit den Düften der verschiedensten Lebensmittel, Leder- und Eisenwaren, stieg Jed Nolan in die Nase, als er den Store betrat. Er sah June hinter dem Tresen einige Warenartikel sortieren. Bei seinem Eintreten sah sie zu ihm auf. Ein scheues Lächeln umspielte ihre vollen Lippen. Jed Nolan nahm instinktiv seinen Stetson ab und schlug ihn leicht gegen die ledernen Chaparajos, die ein fester Bestandteil an ihm geworden zu sein schienen.

Ohne sie wäre er sich wohl nackt vorgekommen.

Jed Nolan, ein Rindermann durch und durch, groß und muskulös, gab der Tür einen leichten Stoß, so dass sie ins Schloss fiel. Seine lebhaften Augen inspizierten den neu eingerichteten Store. Er nickte anerkennend.

»Vor kurzer Zeit lag dieses Gebäude in Schutt und Asche. Alle Achtung, June – es ist alles wieder wie vorher.« Er korrigierte sich und fügte hinzu: »Es ist noch viel besser als vorher.«

»Danke, Jed. Ich hatte schließlich prächtige Hilfe.«

Er trat näher an den Tresen heran. Seine lassonarbige Rechte umfasste eine goldene Spieluhr. Er nahm sie auf und drehte sie in seinen Fingern.

»Mrs. Curwood ist vor wenigen Tagen mit den Kindern abgereist, nicht wahr?« Er stellte die kleine Spieluhr wieder zurück auf den Platz und sah June an.

Sie nickte. »Ja. Und ich habe ihr tausend Dollar gegeben, damit sie in einer anderen Stadt einen Neuanfang machen kann.«

»Das war sehr anständig von dir.«

June winkte ab. »Es war gar nichts. Es waren Stuarts Männer, die für Ben Curwoods Tod verantwortlich waren und die den Store bis auf die Grundmauern niedergebrannt hatten. Was in aller Welt bedeuten da schon tausend Dollar, Jed?«

Die Erinnerung an Vergangenes trieb ihr eine steile Zornesfalte zwischen die geschwungenen Augenbrauen.

Jed Nolan nickte. »Da gebe ich dir Recht. Sind harte Zeiten. Kommst du zurecht?«

»Bleibt mir eine Wahl?«

Er zog die Stirn in Falten. »Wohl kaum.«

»Und was ist mit dir, Jed – und deinen Brüdern? Wie geht es Tom?«

Jetzt zeigte sich ein Lächeln in seinem wettergebräunten Gesicht.

»Prächtig. Doc Mahoon war gestern auf der Ranch. Er sagte, er hätte noch nie einen so quirligen Patienten wie Tom gehabt. Heute holen wir ihn nach Hause.« Er lachte auf und fuhr fort: »Wenn's nach Tom gegangen wäre – er hätte sich nie und nimmer breitschlagen lassen, so lange in Docs Praxis zu bleiben.«

Jetzt lächelte June. »Ja, Doc Mahoon ist ein sehr resoluter Mann, nicht wahr.«

Jed Nolan schüttelte den Kopf.

»Lag wohl nicht unbedingt am Doc.«

»Sondern?«

»Nun, diese brünette Krankenschwester, die Doc Mahoon eingestellt hat – Miss Hazelwood heißt sie wohl – ist doch eine recht attraktive, junge Dame, findest du nicht?«

»Oh!«, stieß June nur erstaunt aus. »Du meinst...«

Jed Nolan schüttelte den Kopf, griff in die Brusttasche seines verschlissenen Arbeitshemdes und angelte ein gefaltetes Stück Papier heraus. Er legte es auf den Tresen und sagte dabei: »Ich meine, dass ich mich langsam um meine Vorratsbestellung kümmern muss, June. Fuller wartet draußen und wir müssen zurück zur Ranch. Unsere Vorräte sind so gut wie aufgebraucht und die Mannschaft hat hungrige Mägen.«

June nahm das Stück Papier auf, faltete es auseinander und überflog die Liste der gewünschten Artikel.

»Du meine Güte. Das ist ja unser halber Warenbestand, Jed.«

Nolan zuckte nur gleichmütig mit den Schultern. Er langte in ein Glas mit Lakritzstangen auf dem Tresen, angelte sich einige davon heraus und steckte sie in die Brusttasche seines verschlissenen Arbeitshemdes.

June sah ihn überrascht an.

Mit einem leichten Grinsen erklärte er: »Für Fuller. Der kaut die Dinger liebend gerne. Beruhigt die Nerven, meint er. Schreibe es mit auf die Rechnung, June.«

»Und ich dachte, das wäre eher etwas für kleine Kinder«, antwortete June kopfschüttelnd. Sie legte die Einkaufsliste auf den Tresen und sah ihn mit ernsten Blicken an.

»Jed. Meinst du nicht, wir beide könnten ganz von vorne anfangen? Das, was war – können wir es nicht vergessen?«

Jed Nolan saß plötzlich ein Kloß im Hals.

Er schluckte mühsam. Er kannte June sehr lange. Er hatte sie geliebt. Als er damals erfuhr, dass ihre Wahl auf Stuart Conroy gefallen war, hatte er schwer damit zu kämpfen. Einsam waren die Nächte, sehnsuchtsvoll und schwer. Immer wieder tauchte ihr Gesicht vor ihm auf und er hatte seine liebe Not damit, es einfach zu verdrängen. Er wollte vergessen. Das war ihm nie ganz gelungen. Jetzt sah er sie lange und prüfend an. Sie war eine schöne Frau, ihr Blick hoffnungsvoll auf ihn gerichtet. Ihre Augen zeigten jene Sehnsucht, die er einst verspürt hatte, als er an sie dachte. Und nur ein einziges Wort von ihm würde genügen, das zerrissene Glied der Kette wieder zusammenzufügen.

Doch war es wirklich so?

Vieles hatte sich verändert, und Zeit war ins Land gegangen. Er sah Sadie und nicht June.

Sadie, die er auf den Trail nach New Orleans mitgenommen hatte und die dort bei ihrer Tante und ihrem Onkel lebte.

Und das machte den Unterschied zu damals aus.

Jed Nolan wandte den Blick von ihr und sah auf den Boden.

»Ich trage dir nichts nach, June. Was geschehen ist, das ist nun mal geschehen. Dabei wollen wir es belassen.«

Seine Worte schienen sie wie Peitschenhiebe zu treffen, denn sie zuckte merklich zusammen. Jeglicher Hoffnungsschimmer wich aus ihrem Gesicht und ließ es plötzlich zu einer starren Maske erscheinen. Die Wärme erlosch aus ihren Augen. Doch bevor sie etwas antworten konnte, tauchte Mort Walsh in der Tür auf, die den Verkaufsraum vom Lagerraum trennte. Er wirkte blass, das Haar war schütter geworden und beinahe weiß. Tiefe Ringe zeichneten sich unter den Augen ab, die einmal vor Kraft und Lebensmut gestrahlt hatten. Die Wangen eingefallen, mit tiefen Kerben um die Mundwinkel versehen, zeigten Jed Nolan, dass Mort Walsh lange nicht mehr der Mann war, den er vor Jahren gekannt hatte.

Junes Vater erkannte Jed und hob grüßend die Hand.

»Wie geht es dir, Jed? Habe dich lange nicht mehr gesehen.«

Jed Nolan nickte ihm zu. »Ich bin all right, Mort. Freut mich, dich zu sehen.«

Im Stillen war Jed Nolan sehr froh über das Auftauchen des alten Mannes.

June schien ihre Fassung wieder gewonnen zu haben. Es gelang ihr sogar ein Lächeln, als sie sagte: »Ich werde mich am besten gleich um deine Bestellung kümmern, Jed.«

Sie zeigte ihrem Vater die lange Liste der Einkäufe und fügte mit einer Stimme, die Jed Nolan unnatürlich schrill vorkam, hinzu: »Sieh mal, Vater! Jed beabsichtigt, unseren ganzen Store leerkaufen zu wollen.«

Sie wartete die Antwort des alten Mannes gar nicht ab, sondern verschwand eilig durch die Tür zum Lagerraum.

Die hartnäckige Fliege raubte ihm den letzten Nerv. Zuerst hatte sich Gil Fuller damit begnügt, das Tierchen durch Pusten fortzujagen. Doch das schien das kleine Insekt nicht zu stören. Auch als Fuller anfing es mit raschen Handbewegungen zu verscheuchen, kam es immer wieder zu ihm zurück, mit dem Ziel, sich auf Fullers Nasenspitze zu platzieren. Das lästige Insekt schien sich einen derben Spaß daraus zu machen, seine Geduld zu strapazieren. Erst, als er sich eine Zigarette drehte und diese anzündete, gab die Fliege auf. Sie zog ab und schwirrte davon.

»Mistviech«, brummte Fuller und grinste zufrieden. Dann erregte plötzlich etwas ganz anderes seine Aufmerksamkeit.

Eine Kutsche, deren einstige rote Farbe von der Sonne stark ausgeblichen war, rollte von Norden her über die staubige Main-Street. An den Flanken rechts und links ritten jeweils zwei schwerbewaffnete Männer. Sie hatten ihre Gewehre über die Sättel gelegt und ihre Hüte tief in die Gesichter gezogen, als Schutz vor dem grellen Sonnenlicht. Auch die beiden Männer auf dem Kutschbock hatten ihre Gewehre in Reichweite und blickten ziemlich düster drein.

Reiter und Kutsche passierten Fuller, der am Conestoga-Wagen lehnte und neugierig ihren Zug durch die Main-Street beobachtete.

Sicherlich war nichts Außergewöhnliches daran. Jeden Tag fuhren Kutschen über die Main Street von Spanish Crossing und es kamen Reiter in die Stadt.

Aber interessant waren für Fuller nicht nur diese vier Reiter, sondern eher der Inhalt der Kutsche. Die Köpfe zweier junger Damen lugten aus den offenen Fenstern heraus und ihre bleichen Gesichter wirkten auf ihn sehr angespannt.

Kutsche und Reiter hielten direkt vor Charles Blaisdells *Chronicle*. Fuller trat seine aufgerauchte Zigarette in den Staub und beobachtete, wie die Schwingtür aufflog und Blaisdell aus dem Saloon kam. Es sah so aus, als hätte der Saloonbesitzer bereits auf die Truppe gewartet.

Blaisdell umklammerte seine Rockaufschläge mit beiden Händen. Eine Zigarre klemmte zwischen den Lippen, als er breitbeinig auf den Stepwalk trat.

Die Reiter glitten aus den Sätteln und gingen auf Blaisdell zu. Fuller sah, dass Charles Blaisdell einen zufriedenen Eindruck machte. Er grinste breit.

Einer der Reiter trat auf Blaisdell zu und reichte ihm schwungvoll die Hand. Dieser Bursche, ziemlich hager und krummbeinig, gebärdete sich in ausladenden Gesten, nachdem er und Blaisdell einen festen Händedruck gewechselt hatten. Er wies dabei auf die Kutsche und Blaisdell nickte ein paarmal heftig mit dem Kopf.

Fullers Interesse steigerte sich, als er sah, wie einer der Männer die Kutschentür aufriss und mit lauter, kehliger Stimme rief: »Raus, Ladies. Ein bisschen dalli! Hier ist eure Reise zu Ende.«

Das klang alles andere als freundlich und Fuller verzog angewidert das Gesicht.

So redete man nicht mit Frauen, schon gar nicht hier in Süd-Texas.

Das da drüben vor dem *Chronicle* war keineswegs eine feine Gesellschaft. Und als nacheinander sechs Frauen in schrillen, bunten Kleidern aus der Kutsche stiegen, wusste Fuller, um was für eine Art von Frauen es sich handelte.

Dennoch war dies für ihn kein Grund, so rau mit ihnen zu reden.

Keine der jungen Frauen machte einen glücklichen Eindruck. Sie wirkten verschüchtert, so wie sie nacheinander auf die Straße traten und sich allesamt nach allen Richtungen umsahen.

Wie gehetzt glitten ihre Blicke umher.

Freiwillig sind die bestimmt nicht hierhergekommen, dachte Fuller. Jetzt konnte er deutlich Blaisdells Stimme hören, als dieser rief: »Hereinspaziert, meine Damen! Nur nicht so schüchtern! Treten Sie ein!«

Nur zögernd folgten sie seiner Aufforderung. Mit gesenkten Häuptern gingen die jungen Frauen hintereinander durch die Schwingtür in Blaisdells Saloon.

Wie im Gänsemarsch.

Die vier Reiter folgten ihnen, nur die beiden Männer auf dem Kutschbock blieben dort oben sitzen.

Es war nichts weiter geschehen, als dass Charles Blaisdell neuen Zuwachs an jungen Mädchen für seinen Saloon bekommen hatte. Das ganze Szenario gefiel Gil Fuller nicht. Die Mädchen waren nicht freiwillig hier. Dessen war er sich sicher.

Aber was ging es ihn an?

Fuller schüttelte leicht den Kopf.

Gar nichts, sagte er sich.

Aber ganz zufrieden war er damit nicht.

Jed Nolan trat aus dem Store. Er zog seinen Stetson mit der linken Hand tiefer ins Gesicht, um die Augen vor dem grellen Sonnenlicht zu schützen. In der Rechten hielt er einen prall gefüllten Jutesack. Hinter ihm folgten zwei Angestellte, die sich mit einer schweren Holzkiste abmühten, in der sich der gesamte Vorratseinkauf befand.

Nolan wies mit einem Kopfnicken auf den Conestoga-Wagen. Mit hochroten Köpfen schleppten die beiden Angestellten die Vorratskiste dorthin.

Fuller zog lässig die Plane auseinander und half, das schwere Ding auf die Ladefläche zu schieben.

Die beiden Angestellten wischten sich den Schweiß von den Händen an ihren schmutzigen Schürzen ab und verschwanden eiligst wieder im Store.

Nolan hievte den Jutesack durch die geöffnete Plane und wandte sich Fuller zu. Dabei griff er in die Brusttasche und zog die Lakritzstangen heraus.

»Sie haben an mich gedacht, Boss. Das ich finde ich großartig.«

»June meint, sowas essen nur kleine Kinder.«

Fuller winkte grinsend ab, während er die Lakritzstangen in seine Jackentasche verstaute und eine in der Hand behielt.

»Das Zeug haben schon die alten Griechen gegessen.«

»Und türkische Soldaten haben sie als Marschverpflegung in ihren Feldtaschen mitbekommen.«

Fuller zog überrascht die Augenbrauen hoch.

»Woher haben Sie das denn?«

Er biss ein Stück von der Stange ab und begann, genussvoll darauf herumzukauen.

Nolan zuckte grinsend mit den Schultern. »Hab's mal irgendwo gelesen.«

»In einem von Toms Büchern, nehme ich an.«

»Das weiß ich nicht mehr so genau. Schätze, so muss es gewesen sein..«

Nolans Blicke hefteten sich auf die Kutsche, die immer noch vor dem *Chronicle* stand. Dabei fielen ihm die beiden mürrisch dreinblickenden Männer auf dem Kutschbock auf.

»Die Kutsche ist gerade vor einigen Minuten angekommen, Boss«, meinte Fuller. »Sechs Ladies, begleitet von einer

Eskorte von vier schwerbewaffneten Männern. Blaisdell schien auf sie gewartet zu haben. Sind alle geschlossen in den *Chronicle* marschiert. Und glauben Sie mir: diese Männer sahen nicht gerade sehr vertrauenserweckend aus.«

»Na, die beiden Hombres da auf dem Kutschbock auch nicht«, bemerkte Jed Nolan argwöhnisch. »Bei Blaisdell tummelt sich in letzter Zeit allerhand zwielichtiges Gesindel herum. Möchte wissen, was dieser aalglatte Kerl im Schilde führt.«

Fuller biss herzhaft noch ein Stück von der Lakritzstange ab und fragte kauend: »Dieser Blaisdell – sicher kein Freund von Ihnen, nicht wahr?«

»Noch nie gewesen. Ist eine lange Geschichte. Dem Burschen waren wir Nolans schon ewig ein Dorn im Auge. Im Augenblick herrscht so etwas wie ein Waffenstillstand. Man sollte sich vor dem guten Charley in Acht nehmen. Der spritzt Gift. So lange er sich ruhig verhält, tun wir das auch.« Er klopfte Fuller auf die Schulter. »Und jetzt sollten wir uns schleunigst darum kümmern, Tom aus den Klauen des Arztes zu befreien.«

Sie schlenderten lässig nebeneinander über die Main-Street und waren sich dabei nicht der düsteren Blicke bewusst, die ihnen von den beiden Männern auf dem Kutschbock zugeworfen wurden.

»Ich mache mir Sorgen um Tom.«

Doc Mahoon sah von seinem Buch *»Anatomie des menschlichen Körpers«* auf und blickte zu Rita Hazelwood herüber. Erst jetzt war ihm bewusst, dass die Frau eine ganze Zeitlang am Fenster gestanden haben musste. Das überraschte ihn nicht. Er hatte schon längst gemerkt, dass die attraktiven Witwe sich außergewöhnlich fürsorglich dem widerspenstigen Patienten gewidmet hatte, der vor etwa zehn Minuten von seinem älteren Bruder und dem hochgewachsenen Texaner, der ihm als Fuller vorgestellt worden war, abgeholt wurde. Sie hatte Tom ein Buch zum Abschied in die Hand gedrückt. Und den kleinen, listigen Augen des Docs, verborgen hinter der silbernen Nickelbrille, waren nicht der sanftmütige Gesichtsausdruck entgangen, mit dem sie den jüngeren Nolan bedachte. Rita Hazelwood kam nach Kriegsende nach Spanish Crossing. Eine gelernte Krankenschwester, deren Mann bei Appomattox gefallen war und dessen Familie durch die Kriegswirren überall im ganzen Lande versprengt wurde.

Mutterseelenallein war sie damals aus der Kutsche gestiegen. Eine junge Frau, deren einzige Habe aus einer schwarzen Reisetasche bestand, in der sie ihre Habseligkeiten untergebracht hatte.

Mahoon nahm sich seinerzeit ihrer an. Er brauchte zu der Zeit dringend Hilfe. Und da Rita Hazelwood nicht einen Cent besaß, bot er ihr ein kleines Zimmer in seiner Praxis an.

Er selbst bewohnte einen Anbau nebenan.

So etwas war nicht ungewöhnlich, sodass sich dies moralisch nach außen hin vertreten ließ. So waren beide nicht dem Gerede der Stadt ausgesetzt. Zudem zählte der Arzt deutlich mehr an Jahren als Rita.

Sie hätte seine Tochter sein können...

»Sorgen? Warum, meine Liebe? Der Junge ist doch jetzt wieder völlig genesen. Die Schusswunde...«

»Das meine ich nicht, Doc«, sagte Rita Hazelwood, wandte sich dem Arzt zu und strich ihre Schürze glatt.

Mahoon zog seine Stirn in Falten. »Sondern?«

»Ich sorge mich eher über seine schrecklichen Träume. So manches Mal hat er nachts im Schlaf fantasiert und laut geschrien. Ich konnte es von meinem Zimmer aus deutlich hören. Manchmal fand ich ihn dann schweißgebadet in seinem Bett. Etwas lässt ihn nicht los und quält ihn.«

»Hat er mit Ihnen darüber gesprochen?«

Rita schüttelte den Kopf. »Nein. Als er mich an seinem Bett stehen sah, kam meistens nur ein entschuldigendes Lächeln und er schlief dann wieder ein.«

»Hat er nie mit Ihnen darüber gesprochen?«

Rita schüttelte den Kopf. »Ich habe ihn ein paar Male auf diese Träume angesprochen. Er tat es nur lapidar ab und meinte, er hätte schlecht geträumt. Das war alles.«

Mahoon legte ein Lesezeichen in sein Buch und schlug es zu. Er rückte seinen Stuhl in Ritas Richtung, schlug die kurzen Beine übereinander und sah die Frau über den Rand seiner Nickelbrille an. Ein kurzes Räuspern, dann: »Der schreckliche Krieg ist an keinem spurlos vorübergegangen. Jeder verarbeitet so etwas auf seine Weise. Und egal wie; Narben bleiben immer. Ich kenne die Nolans schon sehr lange. Jed und Amos sind harte Burschen, die stecken so einiges weg. Johnny, der jüngste, ist wild, temperamentvoll und verwegen. Tom kam nach seiner Mutter, einer stillen, ruhigen Frau, die kaum etwas nach außen dringen ließ. Sie war sehr empfindsam. Machte alles mit sich selber ab. So auch Tom. Während die Jungens früher das Buschland erkundeten und unsicher machten, las er zu Hause auf der Ranch in einem Buch. Ich bin mir sicher, dass Tom am meisten unter dem Krieg gelitten hat und es ihm schwerfällt, es zu verarbeiten. Jed und Amos sind in dieser Hinsicht wesentlich robuster. Tom wirkt nur nach außen hin hart. Im Inneren ist er es nicht.«

»Ihm muss geholfen werden.«

Mahoon nickte ernst und strich sich durch den grauen Bart, der sein breites Gesicht umrahmte.

»In solch einem Fall muss so ein geschulter Seelenklempner her. Ich persönlich verstehe nicht sonderlich viel von diesen Dingen. Ich weiß von guten Spezialisten im Osten, die in der Lage sind, angeknackste Seelen wieder in Ordnung zu bringen, wenn ich das mal so salopp sagen darf. Möglich, dass Tom sich auf eine solche Hilfe einlassen würde. Dazu muss er erst einmal bereit sein, meine Liebe.«

»Tom gehört nicht in dieses Land. Sie haben Recht: er ist ein feinsinniger Mann und sehr sensibel. Er ist intelligent und belesen. Er liebt Bücher und ich kann mir ihn nicht in der Rolle als Rancher vorstellen. Er ist jung. Warum geht er nicht in eine große Stadt und studiert? Aus ihm würde ein guter Rechtsanwalt werden – oder gar ein hervorragender Mediziner. In diesem Punkt verstehe ich ihn nicht, Doktor.«

Mahoon zog die Stirn in Falten. »Haben Sie ihm das auch so gesagt?«

Rita seufzte und winkte ab.

»Ja. Es schien, als wolle er davon nichts wissen. Seine einzige Sorge galt dem Aufbau der Nolan-Ranch. Er fühlt sich ihr und seinen Brüdern zu sehr verpflichtet, als dass er auch nur im Geringsten daran denken mag, seine Belange in den Vordergrund zu stellen. Ich konnte nicht zu ihm durchdringen. Und das stimmt mich traurig.«

Mahoon erhob sich von seinem Stuhl und ging auf sie zu. Ein kleiner Mann mit massiger Fülle, die seinem Körper einen fassähnlichen Ausdruck verlieh. Er war kleiner als sie und musste zu ihr aufsehen.

Behutsam legte er seine rechte Hand auf ihre Schulter und sagte: »Sie mögen ihn sehr, was?«

»Man kann es merken, nicht wahr«

Doc Mahoon nickte.

»Ja, und wie.«

Drittes Kapitel

Im *Chronicle* war es fast leer. Der letzte Gast, ein betrunkener Handelsreisender, hatte soeben den Weg in die obere Etage zu seinem Zimmer gefunden.

Charles Blaisdell saß an einem Tisch. Vor ihm standen eine halbvolle Flasche und ein leeres Glas. Er legte eine Patience ohne sonderliches Interesse.

Nur noch Brick Wilson, der Barkeeper und Lilly Gant befanden sich außer ihm noch im Saal.

Der massige Wilson spülte die letzten Gläser, während Lilly die Tische säuberte. Als sich Lilly Blaisdells Tisch näherte, sah dieser zu ihr auf und sagte: »Hol dir ein Glas und setz dich einen Moment zu mir, Lilly.«

Sie nickte nur kurz und ging mit betont schwingenden Hüften zur Theke, um sich ein Glas zu holen. Blaisdells Blicke hingen gierig an ihrem Körper. Lilly war ein Vollweib und sich ihrer Wirkung durch und durch bewusst. Sie trug ihr glänzendes Samtkleid, was Charles Blaisdell besonders an ihr mochte. Dieses Kleid, so fand er, brachte ihren vollen Busen und den runden Hintern in nahezu vollendete Geltung.

Als Lilly zurück an seinen Tisch kam, wies er mit einer Handbewegung an, sich zu setzen. Er füllte ihr Glas, schenkte sich selbst ein und trieb den Korken mit dem Handballen zurück in die Flasche. Er hob sein Glas, prostete ihr zu und trank es in einem Zug leer.

Lilly nippte nur höflich an dem Whisky. Sie machte sich nicht viel aus Alkohol und trank nur, wenn es nötig war.

Blaisdell sagte: »Ich habe die Mädchen beobachtet, Lilly. Sie zeigen nicht den nötigen Einsatz.«

Lilly stieß ein kehliges Lachen aus.

»Was erwartest du, Charles? Keines dieser Mädchen ist freiwillig hierhergekommen.«

Blaisdell zog eine dünne Zigarre aus der Brusttasche, biss die Spitze ab und zündete sie an. Er lehnte sich zurück und paffte ein paar dicke Qualmwolken, die sich spiralförmig zur Decke zogen. Lilly verzog angewidert das Gesicht. Sie konnte den Geruch dieser Zigarren nicht ausstehen. Blaisdell wusste das, aber er scherte sich keinen Dreck darum. Er kümmerte sich im Allgemeinen nicht um die Belange anderer Menschen. Nur dann, wenn er sich einen Vorteil davon versprach.

»Ich gebe diesen Mädchen die Chance, Geld zu verdienen. Schau doch an, woher sie gekommen sind. Was erwarten diese dummen Gänse? Die meisten ihrer Familien sind tot, im Krieg gefallen oder verschollen. Die meisten von ihnen stehen ganz alleine da, ohne Geld, ohne ein festes Zuhause.«

»Was du ihnen schließlich gibst«, antwortete Lilly, nicht ganz ohne Spott.

»Je früher diese Mädchen erkennen, wie es im Leben läuft, desto besser für sie. Sie werden dafür bezahlt, dass sie mit den Männern flirten und ihnen schöne Augen machen. Ob ihnen das passt oder nicht. Und je eher sie das begreifen, Lilly, desto besser ist es für sie. Sie müssen erkennen, dass es gar keine andere Alternative gibt. Texas ist ausgeblutet. Viele Chancen stehen ihnen nicht offen. So ist das nun mal.«

Lillys dunkelrote Lippen formten sich zu einem Lächeln, das ihre Augen nicht erreichte. Sie sah Blaisdell an, der wie selbstgefällig in seinem Stuhl saß, die Zigarre zwischen den Fingern hielt und mit gönnerhafter Miene ihren Blick erwiderte.

Die Ironie dabei war, dass Blaisdell gar nicht mal so Unrecht hatte. Sie selbst war lange genug im Geschäft. Ihr machte es nichts aus. Sie verdiente gut. Bei Blaisdell sogar einen Spitzenlohn. Sie hatte nichts auszustehen und ihr Ruf war ihr egal. Auch sie war damals völlig mittellos gewesen und musste überleben.

Auch für sie gab es einst keine Wahl.

Sie fing in einem Saloon zu arbeiten an, kam dann irgendwann zu Blaisdell und war geblieben.

Sie hatte die Mädchen beobachtet, die am heutigen Tag hierhergebracht wurden. Allesamt waren verängstigt. Und Lilly kannte die Männer, die sie gebracht hatten. Üble Burschen, die der Krieg als Abschaum ausgespuckt hatte. Skrupellose Kerle, die vor nichts zurückschreckten, um irgendwie Geld zu verdienen.

Mit keiner Silbe war erwähnt worden, wie diese Mädchen in ihre Hände gerieten. Lilly brauchte nicht lange zu überlegen. Sie kannte den Ruf dieser Burschen und zählte nur Eins und Eins zusammen, um auf ein Ergebnis zu kommen.

Lilly war hart im Nehmen.

Das Leben hatte ihr nichts geschenkt.

Ihr taten diese Mädchen leid. Keines der jungen Dinger war dafür geschaffen, als Saloon-Dame zu enden.

Das hatte ihr geschultes Auge sofort erkannt.

Keine dieser sechs dürfte jemals zuvor einen Saloon von innen gesehen haben.

Blaisdells nasale Stimme drang an ihre Ohren. »Kümmere dich um diese Mädchen. Forme sie zu dem, was sie werden sollen. Du weißt, wie man sowas macht. Ich verlasse mich auf dich.«

»Ja, Charles. Das weiß ich«, gab sie müde zur Antwort. Ein galliger Geschmack machte sich in ihrem Mund breit. Deshalb führte sie das Glas an die Lippen und trank den scharfen Whisky. Sie verzog leicht das Gesicht. Aber der Alkohol vertrieb den üblen Geschmack. Blaisdell grinste zufrieden. Er griff nach der Flasche, um die Gläser zu füllen.

Lilly legte die Hand auf ihr Glas und schüttelte den Kopf. So schenkte er nur sich einen Drink ein, kippte ihn und wischte sich mit dem Handrücken über den Mund.

»Ich sehe, Lilly. Wir verstehen uns«, sagte er. »Ich habe noch einiges vor, mein Täubchen. Wirst sehen. Wenn du weiterhin zu mir hältst, wirst du's nie bereuen. Du verstehst, was ich meine?«

Natürlich verstand sie. Die Anzüglichkeit seiner Worte waren schließlich deutlich genug. Und was blieb ihr anderes übrig, als das zu tun, was sie am besten konnte? Sie zauberte ein verführerisches Lächeln auf ihre Lippen und Charles Blaisdell klemmte genießerisch seine Zigarre zwischen die Zähne.

Als er mitten in der Nacht die kleine Stadt Round Rock erreichte, war kaum ein Fenster erleuchtet. Nur wenige Laternen an den Straßenrändern brannten.

Der Regen peitschte ihm unaufhörlich entgegen. Der Wind zerrte an seiner Kleidung. Er hatte den Hut tief ins Gesicht gezogen. Der Regenumhang flatterte im Wind.

Große Pfützen bildeten sich auf der Straße, bereits tief genug, um ein klatschendes Geräusch zu verursachen, wenn die Hufe des Braunen in sie eintauchten.

Der Regen kümmerte ihn nicht. Und auch nicht der Wind.

Mit stoischer Gleichmütigkeit lenkte er den Braunen auf den Mietstall zu. Er übergab dem Stallmann die Obhut des Braunen, der ihn sogleich wortlos in eine Box führte, trockenrieb und für Futter sorgte. Er gab dem Mann ein paar Silbermünzen im Voraus. Vor dem Hotel auf der gegenüberliegenden Seite blieb er stehen, schüttelte seinen Umhang aus und trat ein. Die Dochte der Lampen waren weit heruntergedreht und hüllten den muffig riechenden Empfangsraum in ein mattes Licht. Auf den ersten Stufen der Treppe schlief ein

Mann. Er schnarchte laut. Den Kopf hatte er dabei gegen das Treppengeländer gelehnt. Der Hut hing ihm schräg auf seinem Kopf. Eine zusammengesunkene Gestalt döste hinter dem Empfangspult.

Kyle Monroe schlug die Eingangstür absichtlich laut zu. Der Mann hinter dem Pult schreckte hoch und rieb sich verstört übers Gesicht. Er blinzelte Monroe entgegen und als er diesen erkannte, krächzte er: »Sie sind es, Mister Monroe. Habe Sie so spät nicht erwartet.«

»Ist sie oben?«

Der Portier nickte. »Sie wissen ja; Zimmer 18. Hat die ganze Zeit auf Sie gewartet und...«

Kyle Monroe ließ den Portier einfach stehen. Er stieg über den schnarchenden Mann hinweg die schmutzige Treppe nach oben zu den Zimmern, die in einem engen Gang befanden. Auch hier roch es abgestanden und muffig.

An der Zimmertür Nr. 18 klopfte er an und wartete.

Erst als eine müde klingende Frauenstimme von innen rief, öffnete er die Tür und trat ein.

Kate lag auf dem Bett und hatte sich halb aufgerichtet. In dem Zimmer war lange nicht gelüftet worden und es stank nach Alkohol und Körperausdünstung. Kates Haare hingen wirr in die Stirn. Im matten Licht der Tischlampe wirkte ihr Gesicht eingefallen und bleich.

Kyle Monroe rümpfte die Nase und gab der Tür einen Tritt mit dem Stiefelabsatz, so dass sie ins Schloss fiel. Wortlos nahm er seinen Hut ab und warf ihn auf den Tisch. Den nassen Regenumhang legte über eine Stuhllehne. Mit beiden Händen fuhr er sich durchs Haar und strich es nach hinten. Dann griff er nach der Ginflasche auf dem Tisch, setzte sie an und trank einen großzügigen Schluck, um den bitteren Geschmack aus seiner Kehle zu vertreiben. Der Alkohol breitete sich in seinem Magen aus und eine wohlige Wärme durchfloss seinen Körper. Er stellte die Flasche zurück auf den Tisch. Mit dem Handrücken wischte er sich über den Mund und sah zu Kate herüber. Sie hatte sich inzwischen aufgesetzt und fuhr sich mit zittrigen Fingern durchs zerzauste Haar. Ihre Augen waren glasig, als sie zu ihm aufsah und Monroe sagte nur: »Siehst mächtig beschissen aus, Kate.«

»Du warst lange fort«, entgegnete sie mit belegter Stimme. Monroe hörte deutlich den übermäßigen Genuss von Alkohol heraus. Und nicht nur von Alkohol. Auf dem schmutzigen Boden lag eine kleine braune Flasche mit Laudanum[1]. Kate hatte sich eine doppelte Dröhnung verpasst.

Und so, wie sie auf ihn wirkte, nicht nur an diesem Abend.

Ungerührt wies er mit dem ausgestreckten Zeigefinger auf das Fläschlein am Boden.

»Du hast den verdammten Arzt wieder rumgekriegt, was, Kate?«

Kates Antwort war ein heftiger Hustenanfall.

Monroe ließ sich rittlings auf einen Stuhl nieder und wartete, bis sich Kate wieder beruhigt hatte. Mit fahrigen Bewegungen zog sie ein zerknülltes Taschentuch hervor und schnäuzte die Nase. Das Geräusch drang unnatürlich laut zu Monroe herüber und zerrte an seinen Nerven. Aber er sagte nichts.

Kate richtete sich auf, näherte sich mit unsicheren Schritten und ließ sich auf einen Stuhl ihm gegenüber nieder. Sie stierte mit ihren glasigen Augen auf die Ginflasche.

Monroe sah, wie es in Kates Gesicht heftig zu zucken begann. Sie schien einen inneren Kampf mit sich zu führen. Schließlich legten sich ihre zittrigen Hände um den Flaschen-

---

[1] Heilmittel gegen Magen-Darm-Krämpfe und Diarrhoe angewandt. Das hohe Suchtpotential des Opiums führte zur körperlichen Abhängigkeit.

hals. Monroe schüttelte leicht den Kopf, als Kate den scharfen Alkohol durch ihre Kehle laufen ließ, als wäre es Wasser. Sie ließ die leere Flasche achtlos zu Boden fallen.

Ein heftiges Schütteln durchfuhr ihren Körper.

»Bist weit gekommen, Kate.«

Sie winkte mit einer fahrigen Handbewegung ab.

»Was macht's noch aus? Gib mir eine Zigarette.«

Kyle Monroe zuckte nur mit den Schultern. Kate war nicht mehr zu helfen. Sie hatte bereits ein kritisches Stadium erreicht. Vielleicht sogar das Endstadium.

Nach einer Weile fragte sie: »Du warst lange fort, Kyle. Hast du ihn erwischt?«

»Ja. Ich habe ihn gestellt.«

Seine feingliedrigen Hände formten eine Zigarette aus Papier und Tabak. Er entfachte ein Streichholz, zündete die Zigarette an und reichte sie zu Kate herüber. Sie zog heftig daran und inhalierte tief. Nur mühsam unterdrückte sie einen Hustenanfall, als sie den Rauch ausstieß.

Nach einigen Augenblicken drang ihre kehlige Stimme zu ihm herüber: »Konnte er noch etwas sagen? Hat das Schwein reden können? Spuck's aus, Kyle. Ich will es endlich wissen.«

Monroe erhob sich von seinem Stuhl und nahm Hut und Regenjacke auf.

Er wollte ihren Anblick nicht länger ertragen.

»Kyle!«, rief sie drängend, als er auf die Tür zuging. Er drehte sich noch einmal zu ihr herum und sah in ihr wächsernes, krankes Gesicht, was einmal schön gewesen war.

»Morgen früh reisen wir hier ab, Kate. Sei nüchtern. Wir reiten nach Spanish Crossing. Das jedenfalls war es, was Rule noch sagen konnte, bevor er starb.«

»Süd-Texas also«, sagte Kate und schüttelte den Kopf. Kyle Monroe nickte düster und verschwand wortlos aus dem muffigen Hotelzimmer.

Ein gequälter Aufschrei drang durch die Tür hinaus auf den Gang, gefolgt von einem bitteren Schluchzen. Er wollte das Hotel so schnell wie möglich verlassen. Ein Gefühl von Ekel begleitete ihn, als er die Stufen hinabstieg.

Mitten auf der Treppe blieb er plötzlich abrupt stehen.

Unten in der Empfangshalle standen zwei Männer.

Sie warteten auf ihn.

Das wusste er sofort.

Einer der beiden lehnte am Empfangspult, ein gedrungener Bursche mit breitem Gesicht und zwei tiefgeschnallten Revolvern. Langes, fast weißes Haar lugte unordentlich unter seinem breitkrempigen Stetson hervor. Der andere hatte sich etwa zwei Meter weiter in Position gebracht. Ein baumlanger, dürrer Kerl mit schmalem Gesicht und dichtem Schnurrbart, dessen Enden an den Seiten herunterhingen. Eine dünne Zigarette hing in seinem Mundwinkel.

Ihre Haltungen waren lauernd.

Der Schläfer auf der Treppe war verschwunden.

Der kleine Portier hatte sich ängstlich in die Ecke gedrückt.

Monroe nahm eine Stufe weiter nach unten. Seine Augen fixierten das Duo. Er ließ den Regenumhang, den er unter dem Arm trug, achtlos fallen.

»Ihr wartet auf mich, hm?«

Das Breitgesicht nickte heftig. »Wir wussten, dass du Jagd auf Rule machen wolltest, Hombre. Und als du heute Nacht alleine zurückkamst, da war uns klar, dass du Rule gestellt und in die ewigen Jagdgründe befördert hast. Rule war ein Freund von uns – ein verdammt guter.«

»Komische Freunde habt ihr«, bemerkte Monroe trocken. Er entschied, dass der Breitgesichtige der gefährlichere Mann war. Der Dürre mit dem Schnurrbart war nervös. Seine Finger trommelten leicht gegen den Kolben seines Colts. Breitgesicht hingegen wirkte ruhig. Gelassen. Er schien von sich überzeugt zu sein.

Er stieß sich leicht vom Tresen ab und zischte: »Bei uns gibt es sowas wie'n Ehrenkodex, Mister! Niemand knallt ungestraft unsere Freunde ab.«

Damit war alles gesagt.

Der Breitkopf zog.

In rasender Geschwindigkeit hatte er seine Waffe aus dem Leder gerissen. Doch er kam nicht zum Schuss. Im gleichen Augenblick, als der Daumen den Hahn zurückriss, traf ihn Monroes erster Schuss in den Bauch. Der Breitköpfige konnte noch einen Schuss abgeben. Aber er verriss. Das Geschoss des .44er Kalibers krachte in das Treppengeländer und schlug sich dort platt. Monroes zweiter Schuss drang ihm zwischen die Augen und löschte sein Lebenslicht aus.

Breitkopf war schon tot, als sein Körper auf die schmutzigen Dielenbretter krachte.

Monroe wirbelte zu dem Dürren herum. Noch ehe dieser seine Waffe aus dem Leder hatte, erwischte ihn eine Kugel. Mit einem heiseren Aufschrei stolperte er nach hinten und stieß gegen die Eingangstür. Es gelang ihm, den Colt zu ziehen. Er brachte die Waffe in Anschlag. Er starb, als ihn zwei Kugeln durch die Brust schlugen. Die Waffe entglitt seiner schlaffen Hand und landete auf den Boden. Ein Schuss entlud sich und klatschte in die unterste Treppenstufe.

Ätzender Pulvergestank breitete sich aus. Kyle Monroe verzog keine Miene, als er auf die Toten heruntersah. Seelenruhig warf er die leeren Hülsen aus den Kammern seines 1863er Army Colts. Eine langläufige Waffe mit .44er Kaliber, die Monroe vor einigen Jahren einem toten Soldaten abgenommen hatte und die seither oft zum Einsatz gekommen war.

Die Griffschalen aus Perlmutt waren abgenutzt und stumpf, die Goldgravur verblasst.

Er ersetzte die verschossenen Patronen und ließ den .44er mit gleitender Bewegung zurück ins Leder gleiten.

Hinter sich hörte er Kate schreien: »Kyle!«

Über die Schulter hinweg sah er sie im Flur stehen, ihr Mund war weit geöffnet, die glasigen Augen aufgerissen.

»Es ist in Ordnung, Kate. Geh zurück ins Zimmer.«

Er sah den Portier hinter dem Tresen hervorkommen. Seine Beine zitterten. Sein Mund klappte auf und zu. Er schüttelte den kahlköpfigen Kopf, als er zu den Toten stierte. Dann blickte er zu ihm hinauf. Monroe kam langsam die Treppe herunter. Mit der Linken ergriff er den Regenumhang.

Hinter ihm schrie Kate irgendwas Zusammenhangloses. Doch Monroe beachtete sie nicht. Seine eisgrauen Augen richteten sich auf den Portier: »Gibt es noch mehr Freunde von Watt Rule in der Stadt?«

»Ich... ich denke nicht, Mister Monroe.«

»Fein. Dann kann ich jetzt endlich schlafen gehen.«

Er stieg über den toten Breitkopf hinweg und verließ das Hotel, ohne sich noch einmal umzudrehen.

Draußen hatte es aufgehört zu regnen. Nur der Wind war stärker geworden. Er schlug Monroe heftig ins Gesicht, als er durch die Pfützen über die Main Street ging.

Der Gang des beleibten Gesetzeshüters wirkte wie der einer watschelnden Ente. Marshal August Dunlap hatte die Angewohnheit, beim Laufen seine Füße weit nach außen spreizen zu lassen. Seine Daumen hatte er hinter den abgetragenen Revolvergurt gehakt, den grauen Hut weit aus dem Nacken geschoben.

Er blieb neben dem Zweispänner stehen, der vor dem schäbigen Hotel geparkt hatte. Kate saß im Wagen. Der Marshal sah zu ihr auf und tippte grüßend an den Hut. Er sah ihr kalkweißes Gesicht unter dem schwarzen Damenhut und die blutunterlaufenen Augen. Um die Augenränder setzte sich eine ungesunde, gelbliche Färbung ab. Tiefe Furchen hatten sich um Kates Mundwinkel gegraben.

Dunlap war erschrocken über das Aussehen der einst so hübschen Frau. Er hütete sich, Sie darauf anzusprechen. Schließlich ging es ihn nichts an.

Stattdessen sagte er: »Morgen, Miss Kate. Sie wollen uns verlassen?«

Kate nickte. »Ja, Marshal.«

»Miss Kate, die Sache mit der Schießerei heute Nacht - da hätte ich noch ein paar Fragen. Der Portier sagte aus, dass Mister Monroe in der Nacht...«

»Zwei von Watt Rules Freunde haben mich zu einem kleinen Stelldichein eingeladen, Marshal. Sie haben's beide nicht überlebt.«

Dunlap drehte sich um und sah Kyle Monroe in der Eingangstür des schäbigen Hotels stehen. Er trug einen schwarzen Anzug und in beiden Händen hielt er jeweils eine Reisetasche.

Dunlap strich sich über seinen eisgrauen Schnurrbart. »So hatte es mir der Portier vorhin auch berichtet.«

Er beobachtete, wie Monroe die Reisetaschen auf die kleine Ladefläche hinter dem Sitz des Zweispänners verfrachtete. Dann wandte dieser sich dem Marshal zu.

»Es war Notwehr, Marshal.«

Dunlap nickte düster. »Sie wissen, wie ich über Schießereien denke, Monroe. Ich kannte die beiden Burschen, die Sie erschossen haben. Die taugten nichts. Und ich kannte auch Watt Rule. Der taugte noch viel weniger. Die Zeugenaussage von Nichols, dem Portier genügt mir, um mir ein Bild von der Sache zu machen. Ja, ich bin davon überzeugt, dass Sie in

Notwehr gehandelt haben, Monroe. Bleibt nur noch die Sache mit Watt Rule zu klären.«

»Sie wissen, dass ich die ganze Zeit über hinter Rule her war, Marshal», antwortete Monroe und berichtete ihm, wie es zum Tod von Watt Rule gekommen war, weit draußen in den Hügeln.

»Und dort liegt er noch, was?«

»Ich habe den Leichnam unter ein paar Steinen vergraben.«

»Hm. Die wenigsten wären so rücksichtsvoll gewesenen. Sie waren schon sehr lange hinter dem Burschen her, richtig?« Der Marshal blickte in zwei kalte, eisgraue Augen. Das harte Gesicht Monroes wirkte auf ihn wie eine steinerne Maske. Kyle Monroe antwortete nicht sofort. Erst nach einer Weile. Er sagte: »Viel zu lange. Jetzt bleibt nur noch einer auf der Liste.«

Dunlap kratzte sich am Hinterkopf. »Sie werden sicherlich Ihre Gründe haben, Monroe. Und so lange es außerhalb meines Zuständigkeitsbereiches fällt, hat es mich nicht zu interessieren.«

Dunlaps Blicke wechselten von Monroe zu Kate, die stumm auf dem Wagen saß. Ein leichtes Nicken war ihre Antwort. Der Marshal hörte Monroe sagen: »Es freut mich, dass Sie es so sehen, Marshal.«

Dunlap wandte sich ihm zu. »Wissen Sie, Monroe: im Grunde genommen haben Sie mir einen großen Dienst erwiesen. Sie haben wirklich drei ganz üble Burschen auf den langen Trail geschickt. Mir waren die schon lange ein Dorn im Auge. Ihr schlechter Ruf war ihnen vorausgeeilt und ich habe bestimmt nicht »Hurra« geschrien, als sie in diese Gegend kamen. Aber sie hatten hier nichts angestellt, dass ich ihrer habhaft werden konnte.«

»Dafür woanders umso mehr – was Rule betrifft«, sagte Monroe.

Der Marshal reichte ihm die Hand. »Ich halte Sie für einen fairen Mann und wünsche Ihnen Glück.« Er sah nochmals zu Kate auf, tippte an den Hut und sagte: »Ihnen auch, Miss Kate. Achten Sie auf Ihre Gesundheit.«

Über Kates Lippen huschte ein flüchtiges Lächeln. »Danke, Marshal.«

Der Marshal wartete, bis der Zweispänner um eine Biegung fuhr und somit aus seinem Blickfeld verschwand. Dann wandte er sich ab.

Viertes Kapitel

Johnny Nolans Gesicht war vor Anstrengung schweißüberströmt und gerötet.

Einige Male bereits hatte ihn der schwarze Teufel aus dem Sattel gefegt und dabei vor Freude laut gewiehert. Immer wieder war Johnny fluchend auf dem staubigen Boden gelandet, den stampfenden Hufen des Mustangs ausgewichen und mit akrobatischen Hechtsprüngen den Angriffen entkommen.

Shorty Rounds befand sich stets in der Nähe, um den wilden Burschen von Johnny abzulenken. Doch Johnny war zäh. Unter den jubelnden Anfeuerungsrufen der Männer am Gatter war er schneller wieder im Sattel, als dem bösen Mustang lieb war.

Der Schwarze bockte was das Zeug hielt und Johnnys Körper sauste auf und nieder wie ein Punchingball. Aber er blieb oben. Es mochte nicht gelingen, den lästigen Reiter wieder in den Staub zu schicken.

Endlich senkte das Tier den Kopf. Für diesen Moment sah es für die Männer, die wie gebannt am Gatter standen, so aus, als würde der wilde Teufel endlich aufgeben.

»Seht her, Jungs!«, rief Johnny Nolan den Männern zu, »jetzt habe ich ihn! Zahm wie'n Lamm!«

Er hielt dabei siegessicher die Zügel locker in der Rechten, während er mit der Linken den Männern am Corralzaun zuwinkte.

Shorty, der sprungbereit auf einer Corralstange saß, schüttelte heftig den Kopf: »Johnny! Pass auf! Halt die verdammten Zügel fest. Das Vieh verarscht dich!«

Kaum hatte Shorty Rounds die Worte Johnny zugerufen, rollte der Mustang auch schon mit den Augen.

Und in der Tat. Das Teufelspferd hatte nicht einen einzigen Augenblick daran gedacht sich geschlagen zu geben. Genau in dem Augenblick in dem sich Johnny siegessicher glaubte, stieg der teuflische Bursche mit den Vorderhufen steil nach oben.

Johnny stieß einen überraschten Schrei aus und wurde aus dem Sattel katapultiert. Dabei verfing sich sein rechter Fuß im Steigbügel. Der Schwarze begann, sich zu drehen. Die Hufe keilten aus. Für Johnny war es kein Spaß mehr. Er wand sich am Boden, um den Huftritten zu entgehen. Staub wallte auf. Gleichzeitig versuchte er verzweifelt, den Fuß aus dem Steigbügel zu zerren. Der hatte sich hoffnungslos verfangen.

Der Schwarze stieg wiehernd hoch. Johnny wurde mitgerissen.

Shorty war mit einem Satz vom Gatter gesprungen. Er rannte mit lauten Schreien dem tobenden Mustang entgegen, um die Aufmerksamkeit des Tieres auf sich zu lenken, während Amos Nolan auf Johnny zulief, den der tobende Schwarze erbarmungslos über den Boden schleifte. Amos gelang es, Johnnys Fuß aus dem Steigbügel zu ziehen. Dabei sauste der rechte Hinterhuf dicht an seinem Kopf vorbei. Er konnte ihn rechtzeitig zur Seite ziehen. Der Huf streifte die Krempe seines Hutes und riss ihn herunter. Amos umklammerte Johnnys Oberkörper und zog ihn aus der Gefahrenzone.

Es wurden ihnen Hände gereicht, die ihnen über das rettende Gatter halfen. Der tobende Mustang hatte inzwischen seine Konzentration auf Shorty Rounds verlagert und hetzte im Galopp hinter ihm her. Shorty erreichte das Gatter. Er packte die Balken und sprang mit einem Satz hinüber. Im gleichen Augenblick ertönte ein lautes Krachen, als der schwere Körper des Mustangs gegen die Bretter knallte. Wäre Shorty nur eine Sekunde später übers Gatter gehechtet, hätte ihn das Pferd mit der Flanke erwischt. Shorty landete auf allen Vieren auf der anderen Seite. Er zuckte heftig zusammen, als es hinter ihm krachte und stieß einen keuchenden Laut aus.

Verdammt, das war knapp!

Der Mustang stieß ein böses Schnauben aus. Der schwarze Kopf mit der weißen Blesse ging auf und ab. Er bedachte die Männer, die hastig vom Gatter gewichen waren, mit bösen, rollenden Augen und drehte ein paar Ehrenrunden in der Koppel. Wohl wissend, dass er diesen Kampf für sich bestreiten konnte.

Amos half seinem Bruder auf die Beine. Der war ganz benommen, das Gesicht blass und von einigen Abschürfungen gezeichnet. Sein Hemd war völlig zerrissen, seine Arme blutig.

Hätte Johnny keine Chaparajos[1] getragen, so wie es Jed ständig tat, dann hätte er jetzt wohl keine Hose mehr am Körper gehabt.

Er schüttelte sich ein paarmal um die Benommenheit aus dem Kopf zu bekommen, blickte zu seinem Bruder auf und grinste. »Verdammt, was für ein teuflischer Hundesohn von einem Gaul, was, Amos?«

Amos nickte. »An dem Satan werden wir uns noch die Zähne ausbeißen, wie's mir scheint.«

Er fuhr sich durch sein dunkles Haar. Erst jetzt merkte er, dass sein Hut nicht mehr auf dem Kopf saß und er blickte in Richtung Koppel.

Dort lag sein Hut, von den Hufen in den Staub getreten und etwas verformt. Skeptisch sah Amos zu dem Schwarzen herüber, der seelenruhig auf der Koppel stand. So, als wäre nichts gewesen. Aber in den Augen des Mustangs lag etwas Lauerndes. Etwas, das Amos davon abhielt, seinen Hut zu holen.

»Willst du's heute noch mal versuchen, Johnny?«, fragte Shorty Rounds.

Johnny schüttelte den Kopf. Für heute hatte er genug.

»Das war eine mächtig gute Schau, junger Mann!«

Die Köpfe der Männer ruckten herum und sahen einen eleganten Zweispänner im Hof stehen. Ein Mann im schwarzen Anzug saß darin und nickte ihnen freundlich zu. Offensichtlich verweilte dieser schon eine geraume Zeit dort. Keiner der Männer hatte davon Notiz genommen. Ihre Aufmerksamkeit hatte schließlich einer ganz anderen Sache gegolten.

---

[1] Chaparajos=mexikanischer Ausdruck für Chaps. Bedeutet so viel wie »Beinschutz« oder »Beinwehr«. Vorzugsweise wurden sie eingesetzt in Dornbuschregionen, um vor Verletzungen zu schützen

»Mein Name ist John Wellinghaus, Gentlemen«, stellte sich der Mann im Zweispänner vor. »Ist das hier die Nolan-Ranch?«

Er war ein rundlicher Mann von eher kleiner Statur. Auf seinem runden Kopf thronte ein Bowlerhut, der ausgezeichnet zu seinem Aussehen passte. Zwischen den wulstigen Lippen klemmte eine Zigarre und seine Hände steckten in schwarzen Fingerhandschuhen aus Leder. Er wirkte wie ein Handelsreisender, der nicht in dieses Land zu passen schien.

Amos hakte die Daumen seiner wuchtigen Hände hinter den Revolvergurt. »Ja. Das ist die Nolan-Ranch. Ich bin Amos Nolan und der junge Draufgänger hier ist mein Bruder Johnny. Was können wir für Sie tun?«

Wellinghaus kletterte umständlich vom Wagen und ging mit ausgestreckter Hand auf die Männer zu. Er reichte den Nolans die Hand.

»Es freut mich, Sie kennenzulernen, Mister Nolan.« Er wandte sich an Johnny, der sein zerfetztes Hemd in die Hose stopfte. »Hat mir mächtig imponiert, junger Mann, wie Sie mit dem schwarzen Satan da gekämpft haben. Das war richtig toll. Vom Zureiten verstehen Sie was, das muss ich sagen.«

Ein breites Grinsen flog über Johnnys zerschundenes Gesicht. »Danke, Mister. Irgendwann werden wir Buster schon noch zähmen – verlassen Sie sich drauf.«

»Davon bin ich überzeugt.«

Wellinghaus umfasste die Aufschläge seiner schwarzen Anzugjacke. Sein Blick aus kleinen, schwarzen Augen wanderte von Amos zu Johnny und wieder zurück. So, als wollte er sich ein Bild von den beiden Brüdern einprägen. Dann fuhr er fort: »Ich will nicht lange um den heißen Brei herumreden, Gents. Ich habe mir weiter südlich Land gekauft und eine Ranch aufgebaut. Ich besitze an die tausend Rinder. Gute Tiere. Longhorns, die im besten Futter stehen. Die will ich auf den Markt bringen. Hierzulande sind die Tiere kaum zwei oder drei Dollar pro Stück wert. In Kansas oder Missouri zahlt man bis zu dreißig oder gar vierzig Dollar pro Rind.«

Amos und Johnny wechselten einen Blick miteinander. Jed hatte einige Male darüber gesprochen.

Wellinghaus fuhr fort: »In Sedalia, Missouri, gibt es eine Bahnlinie der Missouri Pacific. Von da aus werden die Rinder in den Osten und Norden verfrachtet, wo dringender Bedarf an Rindfleisch herrscht. Der Krieg hinterließ dort ein Nahrungsmitteldefizit. Der Rinderbestand ist aufgebraucht worden, um die Unionsarmee zu ernähren.«

Wellinghaus hatte so laut gesprochen, dass die anderen Cowboys, die eben noch am Gatter standen, einen Halbkreis um Amos und Johnny bildeten und interessiert zuhörten.

»Ist ein weiter Weg bis nach Missouri«, bemerkte Amos und kratzte sich am Hinterkopf. »Und verdammt gefährlich obendrein. Angefangen von kriegerischen Comanchen über bösartige Farmer bis hin zum Treibsand von vertrockneten Flüssen, durch die eine Herde getrieben werden muss. Nun, von Wind und Wetter ganz zu schweigen.«

Wellinghaus nickte. »Dennoch haben es bislang zwei große Herden geschafft. Und dabei richtig gutes Geld verdient.«

»Die erste Herde hat unser ältester Bruder Jed vor kurzem nach New Orleans getrieben. Die Hälfte der Strecke – und etwas ungefährlicher.«

Wellinghaus schüttelte den Kopf. »Das ist sicherlich eine Variante, Mister Nolan. Bitte bedenken Sie, dass New Orleans ebenso vom Krieg ausgeblutet ist wie Texas. Dort sind die Preise für Rinder sehr instabil. Mit viel Glück lassen sich in New Orleans Preise von zehn bis fünfzehn Dollar pro Rind erzielen – keinesfalls mehr. Es geht da mehr um die Häute, als um das eigentliche Fleisch.«

Der Mann war sehr gut informiert, das musste Amos ihm lassen.

»Nun, Wellinghaus, schätze, Sie sind nicht hergekommen, um mir das zu sagen, nicht wahr?«

»Durchaus nicht, Mister Nolan. Wie ich bereits erwähnte, möchte ich meine Rinder mit dem größtmöglichen Gewinn verkaufen. Und das kann ich nur in Missouri erreichen. Mein Problem ist, dass ich weder eine Mannschaft, noch die geeigneten Mittel habe, um einen Trail durchzuführen. Die Männer, die ich zur Verfügung habe, weigern sich, ein solches Wagnis auf sich zu nehmen. Es ist zu riskant für sie. Und keiner von ihnen ist Trail-erfahren. Ich selbst stamme aus dem Osten und bin mit der Rinderarbeit nicht sonderlich vertraut. Aus gesundheitlichen Gründen hat es mich nach Texas verschlagen. Meine Lunge ist nicht ganz gesund. Und das Klima hier verspricht Linderung.«

Lungenkrank!

Amos sah argwöhnisch auf die dicke Zigarre, die Wellinghaus in seiner behandschuhten Rechten hielt. Er sagte aber nichts.

Wellinghaus ignorierte Amos skeptischen Blick und fuhr fort: »Ich habe gehört, dass sie bald eine große Herde zum Markt bringen wollen. Nun, ich würde Sie bitten, meine tausend Tiere Ihren Rindern anzuschließen. Vorausgesetzt, dass Sie mit Sedalia einverstanden wären, Mister Nolan.«

Wieder wechselten Amos und Johnny einen Blick miteinander. Amos wandte sich an Wellinghaus: »Ihre Informationen sind richtig. Derzeit treibt Jed mit einem Teil der Mannschaft wieder Rinder aus dem Buschland der Brasada. Sie haben in der Nähe vom Nueces ein Tal gefunden, wo die Rinder zusammengetrieben und gebrandmarkt werden. Dort ist auch das Camp. Mittlerweile sind's an die tausendfünfhundert Tiere. Jed hat die Absicht, zweitausend Rinder auf den

Markt bringen. Bisher wurde allerdings nur von New Orleans gesprochen.«

»Mir persönlich liegt sehr daran, mit Ihrem Bruder zu sprechen, Mister Nolan. Wäre das möglich?«

Amos nickte. »Natürlich. Das Camp ist nicht sehr weit von hier entfernt. Johnny und ich würden Sie dorthin begleiten. Aber ich möchte nicht, dass es heißt, wir Nolans wären schlechte Gastgeber, Mister Wellinghaus. Kommen Sie mit ins Haus und trinken eine Tasse Kaffee mit uns.«

Wellinghaus lächelte über sein breites Gesicht. Trotz des Sonneneinflusses im hiesigen Land wirkte es weiß und kalkig. Der Mann hielt sich nicht sehr oft im Freien auf. Eine Tasse Kaffee nahm er dankbar an.

Gil Fuller wischte sich den Schweiß von der Stirn und drückte sich den breitkrempigen Stetson tiefer ins Gesicht, um es vor der gleißenden Sonne zu schützen. Er nahm einen großzügigen Schluck aus der Wasserflasche, trieb den Korken mit der Handfläche hinein und hängte sie zurück. Vor ihm knackte es laut im Gebüsch und kaum zwei Sekunden später raste ein riesenhafter, schwarzer Stier aus dem dornenüberwucherten Busch, getrieben von Jim Harland und dessen wilden Rufen. Harlands Pinto hetzte hinter dem fliehenden Stier her.

Das rindererfahrene Pferd trieb den massigen Burschen auf eine Gruppe Männer zu, die ihn sogleich in Empfang nahm. Wurfseile sausten durch die Luft und binnen kürzester Zeit war der wilde Bursche an Vorder- und Hinterhufen gefesselt und lag brüllend auf der Seite. Pecos kam mit seinem Brandeisen heran und drückte dem Stier den »Nolan-Brand« auf. Das Tier wurde von den Seilen befreit. Harland trieb es in die Talsenke zu den anderen Rindern.

Das Spiel hatte sich zum x-ten Male wiederholt. Erfahrene Männer, darunter Jim Harland, Matt Lemmons mit seinen beiden Freunden und Luis Santero trieben die wilden Rinder aus dem Busch zu den Stellen, an denen sie gebrannt werden sollten. Und gerade die Buschreiter hatten dabei den schwierigsten Teil der Arbeit zu verrichten. Sie waren nicht nur den langen Dornen des dichten Buschwerks ausgesetzt. Oftmals konnten die wilden Rinder bösartig und gemein werden. Die Hörner, deren Spannweite bis zu zwei Meter betrug, hatte schon so mach eines der Rinderpferde tödlich verletzt – und nicht nur die Pferde. Es war daher oberstes Gebot, dass kein einziger der Reiter ohne seine dickledrigen Chaparajos zu Werke ging. Fuller zog ein Stück Lakritz aus der Brusttasche seines schweißnassen Hemdes und biss ein Stück ab. Gerade wollte er seinen Rappen antreiben, als er einen Zweispänner sah, der von zwei Reitern begleitet wurde. Er erkannte Amos und Johnny und lenkte seinen Rappen auf sie zu.

Amos sagte: »Mister Wellinghaus, das ist Gil Fuller, der Vormann dieser Truppe.«

Fuller tippte grüßend an die Hut. Ihm fielen sofort die Schürfungen in Johnnys Gesicht auf.

»Haben wir neuerdings eine Wildkatze auf der Ranch, Johnny?«

Johnny nickte. »Ja. Eine schwarze mit vier Hufen.«

»Buster?«

»Yep.«

Fuller fuhr sich übers Gesicht und konnte sich ein Grinsen nicht verkneifen. Seit Tagen schon versuchte Johnny vergeblich, den wilden Mustang zu zähmen. Diesmal schien es heftiger gewesen zu sein, als die Male davor.

Vorher sah Johnny nicht so verbeult aus.

Amos sagte: »Mister Wellinghaus wollte dringend mit uns hierher zum Camp. Hat mit Jed einiges zu besprechen, Gil.«

Fuller nickte und sah auf den Mann im Zweispänner. Er bemerkte die auffallende Blässe in dessen Gesicht. Der Mann schwitzte ungewöhnlich stark. Bevor Fuller etwas sagen konnte, tauchte Jed Nolan auf seinem Braunen auf. Er brachte das Pferd dicht neben Fuller zum Stehen.

»Hallo, Jungs«, grüßte er seine Brüder und bedachte Johnny mit leichtem Grinsen, das den Schürfungen in dessen Gesicht galt. Er sagte nichts. Und brauchte es auch nicht. Er kannte seinen Bruder. Daher wusste er, was vorgefallen war. Er maß den Mann im Zweispänner mit fragenden Blicken. Diesmal stellte sich Wellinghaus selber vor und sagte anschließend: »Es ist mir wichtig, dass wir uns unterhalten, Mister Nolan, und mein Anliegen Ihr Gehör erreicht.«

Jed Nolan hatte sich einen alten Baumstumpf ausgesucht, auf den er sich setzte, um sein spätes Abendessen einzunehmen. Während er schweigend aß, schweiften seine Blicke zum Lager.

Die Männer saßen müde um das Lagerfeuer herum. Ihre gedämpften Stimmen drangen zu ihm herüber.

Beim Chuckwagen machte sich der kauzige St. Marrs an irgendwelchen Kochgeräten zu schaffen.

Nolan spülte den letzten Bissen Rindfleisch mit einem Schluck Kaffee herunter und drehte sich eine Zigarette. Ein Blick zum sternklaren Himmel sagte ihm, dass der morgige Tag wieder heiß werden würde. Auch jetzt, zu später Stunde, rührte sich kein Lüftchen.

Amos und Tom waren mit Wellinghaus wieder zur Ranch zurückgekehrt. Während des Zusammentreibens und Markierens zog Jed es vor, hier draußen bei der Treibmannschaft zu bleiben. Er zog diese Arbeit augenblicklich der Rancharbeit vor. Hier hatte er die nötige Ablenkung, die er brauchte. Seine Brüder hingegen dachten anders. Vor allem Tom. Tom hatte sich sofort nach seiner Ankunft über die Buchhaltung gemacht. Das war sein Part. Darin ging er auf. Und Jed war froh darüber. Er hasste jegliche Form von Schriftkram.

Er dachte oft über seine Brüder nach. Amos und Johnny liebten die Rancharbeit. Für sie gab es nichts anderes. Sicherlich hatten auch sie schwer an den Folgen des Krieges zu kauen. Aber sie waren harte Burschen und kamen damit klar. Tom war der sensibelste unter den Nolan-Brüdern. Und Jed fragte sich, ob Tom auf der Ranch bleiben oder letzten Endes in den Osten gehen würde, um zu studieren. Er war zweiundzwanzig Jahre alt, der zweitjüngste im Bunde.

Nun, das würde die Zeit mit sich bringen.

Für Tom war es wichtig, dass er die harte Zeit des Krieges vergessen konnte. Und eine hübsche Miss Hazelwood schien da eine recht gute Medizin zu sein.

Jed grinste ein wenig. Ein paarmal war sie schon auf der Ranch gewesen und hatte sich nach Tom erkundigt. Einige Male waren sie zusammen ausgeritten. Eine nette Frau, fand Jed, die gut zu Tom passte. Eine stille Frau, die zudem Toms Neigungen zu Büchern teilte.

Gil Fuller löste sich vom Feuer und kam auf ihn zu.

»Schöne Nacht«, meinte er, »fast wie im Bilderbuch. Stör ich?«

Nolan schüttelte den Kopf. Fuller setzte sich neben seinem Boss auf einen Stein und biss in seine Lakritzstange.

»Das schwarze Zeug hat's Ihnen angetan, was, Gil?«

»Schwer, davon wegzukommen, Boss«, meinte Fuller grinsend. »Muss mir bald bei Gelegenheit neuen Proviant verschaffen.« Dann wurde er ernst. »Was halten Sie von der Sache?«

»Wellinghaus?«

Fuller nickte kauend. Nolan zog an seiner Zigarette und schnippte den Stummel fort. »Habe schon viel von dieser

Sache mit Sedalia gehört, Gil. Ist ein langer Weg und gefährlich obendrein. Aber es ist zu schaffen.«

»Wenn wir die Herde von Wellinghaus mitnehmen, gehen über dreitausend Rinder auf den Trail – vorausgesetzt, dass wir noch fünfhundert aus dem Busch jagen.«

Jed Nolan nickte zustimmend. »Und das werden wir. Im Gegensatz zum ersten Trail sind wir sehr gut ausgerüstet. Wir haben genügend Pferde für die Remuda und eine erstklassige Mannschaft, die zudem noch kampferprobt ist, wenn's drauf ankommt.«

»Ja. Und in Sedalia zahlt man weitaus mehr pro Rind als in New Orleans.« Fuller steckte sich das letzte Stück Lakritz in den Mund und rieb sich die Hände. »Das Doppelte, wenn man Wellinghaus Glauben schenken darf.«

»Davon ist auszugehen.«

»Na, dann dürfte unserem Trail nach Sedalia wohl nichts mehr im Wege stehen.«

»Sehe ich auch so, Gil.« Jed Nolans Gesicht zeigte einen düsteren Ausdruck, der Fuller trotz Dunkelheit nicht verborgen blieb.

»Boss?«

»Ja?«

»Etwas frisst an Ihnen. Das kann ich merken.«

»So? Und was?«

»Weiß nicht genau. Ich komme schon dahinter.«

Fuller erhob sich. Jed Nolan war nicht in der Stimmung über seine Sorgen zu sprechen. Das spürte er. Er rieb sich die Hände an seinen Hosenbeinen. »Werde mich in meine Decken rollen. Schätze, morgen wird wieder ein harter Tag.«

Nolan grinste und tippte lässig an die Hutkrempe.

»Schöne Träume, Gil.«

Fuller drehte sich noch einmal um.

»Apropos Träume, Boss: Miss Sadie ist 'ne feine Lady. Auch wenn sie manchmal ein bisschen starrköpfig war.«

»Legen Sie sich schlafen, Gil. Morgen geht es früh los.«

Der barsche Ton in Jed Nolans Stimme verriet Fuller deutlich, dass er einen wunden Punkt getroffen hatte. Absichtlich. Er hob die Hand und ließ Jed Nolan alleine an seinem Platz zurück.

Dieser verdammte Fuller! Dem entgeht auch nichts! Hat den Nagel wieder mal auf den Kopf getroffen, dachte Jed Nolan und grinste grimmig.

Und er dachte wieder mal an Sadie Riordan aus New Orleans, die schuld daran war, dass er nachts oft nicht schlafen konnte.

Fünftes Kapitel

Jed Nolan nahm sich eine Auszeit und ritt zusammen mit seinem Freund Luis zur Santero-Ranch, die mittlerweile mühselig wieder hergerichtet wurde, nachdem sie von Phil Jordan und dessen Männern dem Erdboden gleichgemacht worden war.

Luis war wieder zu Jed gestoßen, nachdem er beim Aufbau geholfen hatte. Das gleiche galt für drei Männer die Jed aus seiner Mannschaft zur Verfügung gestellt hatte.

Dona Marguerita richtete ein herzhaftes Mahl für Jed und ihren Sohn her. Auch der alte Esteban war da.

»Hier sieht's fast so aus wie früher, Dona Marguerita«, sagte Jed, als er den letzten Bissen verschlungen hatte und sich satt in seinem Stuhl zurücklehnte.

»Die Männer haben geschuftet – Tag und Nacht. Ja, Jed, es sieht aus wie früher – beinahe.« Das Gesicht der alten Frau verfinsterte sich. »Stuart Conroy hat nicht für seine Taten gebüßt.«

»Keiner weiß, wo der Mann abgeblieben ist«, sagte Jed. »Auch June weiß es nicht.«

»Vielleicht wird er zurückkommen.« Dona Marguerita füllte die Tassen mit heißem Kaffee.

Jed Nolan zuckte mit den Schultern. »Daran habe ich auch gedacht – oft sogar. Es dürfte ihm schwerfallen, sich das zurückzuholen, was wir ihm genommen haben. Viele seiner Männer sind gefallen, die anderen haben das Land verlassen.«

»Ich denke, dass er nicht zurückkommen wird, Jed«, sagte Luis und strich über seinen dünnen Schnurrbart. »Warum sollte er auch? Hier hat er nichts mehr.«

»June ist immerhin noch seine Frau«, gab Jed zu bedenken.

»Die hat ihn verlassen, Jed. Du weißt das.«

»Ja, das weiß ich, Amigo. Und ich weiß auch, dass sie es zutiefst bereut, ihn geheiratet zu haben.«

»Trägst du es ihr nach?«

Jed schüttelte den Kopf. »Nein. Das ist vorbei.«

Luis nickte. Er trank einen Schluck vom heißen Kaffee. Dona Marguerita nahm den Männern gegenüber am Tisch Platz und faltete die Hände ineinander. »Er war ein böser Mann. Und er verdient seine Strafe.«

»Die hat er schon bekommen, Madre«, sagte Luis und strich seiner Mutter sanft über die gefalteten Hände. »Er regierte hier wie ein König. Jetzt hat er nichts mehr. Falls er noch leben sollte, wird das wie eine Säure in ihm fressen. Einen machtbesessen Mann macht das fertig und er wird daran zerbrechen.«

Jed Nolan zog die Stirn in Falten. »Oder auch nicht.«

»Du meinst, er wird zurückkommen?«

»Viele denken wie du, Luis. Fuller denkt so, meine Brüder ebenso. Nur Harland und ich sind uns da nicht sicher. Wie auch immer, alter Freund. Wenn Stuart Conroy jemals wieder seinen Fuß in das Gebiet des Nueces setzen will – wird es für ihn das letzte Mal gewesen sein.«

Luis nickte eifrig. »Si.«

Der alte Esteban stopfte in Seelenruhe seine Maiskolbenpfeife und zündete sie an. Während er sie paffend in Gang setzte, sagte er: »Ich war vor einigen Tagen in der Stadt. Es tummeln sich sehr viele Männer da herum, die mir nicht gefallen. Fremde, die hart aussehen und das Tageslicht scheuen. Ich mag mich täuschen, amigos. Aber die sind nicht zufällig hier.«

»Bekannte Gesichter?«, fragte Jed.

»Die tragen alle die gleichen Visagen, Jed. Ein bekanntes Gesicht habe ich nicht gesehen. Ich weiß auch keine Namen. Sie scheinen sich alle irgendwie in Blaisdells Saloon herumzutreiben. Irgendetwas ist da im Gange, was mir nicht gefällt. Derzeit kommen viele Menschen ins Land. Aber diese Typen gefallen mir nicht.«

Jed nickte. »Danke, Esteban. Es schadet nichts, Augen und Ohren offenzuhalten.«

Esteban paffte an seiner Pfeife. Dicke Qualmwolken zogen an die Decke. »Ich denke genauso, Jed.«

Jed und Luis verabschiedeten sich und als sie am späten Nachmittag das Camp erreichten, war Gil Fuller nicht da. Hugo St. Marrs berichtete ihnen, dass der kleine Pecos von einem Stier verletzt wurde. Das Biest hatte ihm mit seinen Hörnern übel das rechte Bein aufgerissen. Fuller hatte Pecos daraufhin in die Stadt zum Doc gebracht.

»Sie haben mir nicht gesagt, dass Gil Fuller bei dieser Nolan-Mannschaft ist, Blaisdell.«

Charles Blaisdell blickte von seiner gelegten Patience auf und sah zu dem Mann herüber, der dort am Fenster stand und die ganze Zeit hinausstarrte. Finn Corcoran drehte spielerisch ein Glas Whisky zwischen seinen langen Fingern.

Blaisdell rückte seine Krawatte zurecht, erhob sich und stellte sich neben Corcoran, um einen Blick aus dem Fenster des Saloons zu werfen. Vor der Arztpraxis parkte ein Wagen. Er erkannte die hochgewachsene, schlanke Gestalt Gil Fullers, der einem offensichtlich verwundeten Mann vom Wagen half.

Blaisdell wandte sich an Corcoran.

»Kennen Sie ihn etwa?«

Corcoran grinste schief, ohne den Blick vom Fenster zu nehmen. »Seinen Ruf, Blaisdell. Und der genügt.«

»Etwa Angst vor dem Mann?« Die Frage kam lauernd und Corcoran maß ihn mit böse funkelnden Augen.

»Ich habe vor niemanden Angst, Blaisdell. Schreiben Sie sich das hinter Ihre Ohren.«

Blaisdell hob beschwichtigend die Hände. »Nur mit der Ruhe. Ich wollte Ihnen nicht zu nahe treten.«

Aus Corcorans Kehle ertönte ein Brummen. Er schlug mit den Handballen gegen die Kolben seiner beiden 1861er Navys[2], die tiefgeschnallt im Halfter steckten. »Bis jetzt habe ich's noch mit jedem aufgenommen«, stieß er gepresst zwischen den Zähnen hervor.

Blaisdell nickte. Er setzte sein gewinnendes Lächeln auf die Lippen.

»Das ist einer der Gründe, weshalb Sie für mich arbeiten.«

---

[21] Colt Revolvermodell mit Kaliber 38, wurde vorzugsweise von der Armee eingesetzt

Corcoran kippte seinen Drink. Dabei hatte er seine zu Schlitzen geformten Augen wieder auf die gegenüberliegende Straße gerichtet. Er war ein mittelgroßer, schlanker Mann mit einem dichten, schwarzen Schnurrbart und langen Koteletten, durch die sich das erste Grau abzeichnete. Sein jähzorniges Temperament spiegelte sich in seinem Gesicht wider. Es war schmal, die Mundwinkel heruntergezogen. Tiefe Furchen zeichneten sich an den Nasen- und Mundwinkeln ab. Ein unberechenbarer Mann, der in einem Augenblick lachen, im nächsten töten konnte.

Und Corcoran hatte getötet.

Sehr oft.

Sein Ruf eilte ihm voraus.

Charles Blaisdell zum Beispiel wusste von mindestens sechs Männern, die von Finn Corcorans 1861er Navys in den Staub geschickt worden waren und nun nicht mehr lebten. Andere berichteten von acht Männern. Wieder andere wussten es noch besser und glaubten an zehn Tote, die auf Corcorans Konto gingen. Für Charles Blaisdell spielte dies letzten Endes keine Rolle.

Er hasste diesen Mann. Und er fürchtete ihn. Doch er brauchte Corcoran und seine Männer. Sie waren wichtig für seine Zukunftspläne.

Charles Blaisdell hatte große Pläne.

Er hörte Corcoran sagen: »Sind noch mehr von Fullers Sorte bei dieser verdammten Mannschaft, Blaisdell? Noch mehr, von denen Sie noch nichts gesagt haben?«

Blaisdell zuckte gleichmütig mit den Schultern. »Spielt das eine Rolle?«

Corcoran zeigte ihm sein tadelloses Gebiss. »Und was für eine Rolle das spielt, mein Freund! Sie hatten von Cowboys gesprochen, die zwar kämpfen können, aber keine großartigen Revolverhelden sind. Der da -« er wies aus dem Fenster -

»kann verdammt gut mit seinem Sechsschüsser umgehen. Fuller ist kein gewöhnlicher Cowboy.«

Blaisdell runzelte die Stirn.

Hatte Corcoran doch etwa Angst vor Gil Fuller?

»Zum Teufel. Ich kenne nicht jeden einzelnen Mann aus der Mannschaft. Ich habe Ihnen von Anfang an gesagt, dass es harte Männer sind, die für den Nolan-Brand reiten. Und ich habe Ihnen ebenfalls gesagt, dass diese verdammten Nolans nicht einfach zu nehmen sind.«

Corcoran tippte mit dem Zeigefinger gegen Blaisdells Brust. »Freund Blaisdell«, sagte er beinahe freundlich, »Typen wie Gil Fuller erhöhen das Risiko. Und in diesem Falle kosten sie auch etwas mehr. Ansonsten ist mir so ein Typ scheißegal. Damit das klar ausgedrückt ist.«

Das war es also.

Es ging um die Bezahlung.

Am liebsten hätte Blaisdell diesen aufgeblasenen Pistolero vor ihm zum Teufel gejagt. Das konnte er nicht. Und Corcoran wusste das sehr wohl. Und so musste Blaisdell klein beigeben. Er sagte: »Okay, ich lege noch Fünfhundert obendrauf.«

Corcoran schüttelte den Kopf. »Tausend!«

»Fünfhundert. Und keinen Cent mehr. Sie verdienen ohnehin schon eine verdammte Stange Geld bei mir.«

»Ich sagte: Tausend!«

Schwarze Augen, eben noch zu Schlitzen zusammengezogen, blickten nun kalt in Blaisdells Gesicht. Ein regelrechter Schauer fuhr durch Blaisdells Körper. Es gelang ihm nicht, den grausamen Augen Stand zu halten. Er senkte den Blick und hasste sich dafür. Und er hasste Corcoran noch mehr wegen dessen Unverschämtheiten.

Doch was hätte er tun sollen?

Charles Blaisdell war Geschäftsmann – kein Revolverheld. Er spürte deutlich, dass er dem Mann nicht gewachsen war. Ein unbehagliches Gefühl. Nur widerwillig sagte er: »Also gut. Tausend Dollar obendrauf. Dabei bleibt es!«

Corcorans Antwort war ein höhnisches Lachen.

Die beachtliche Gruppe kleiner Zinnsoldaten, die ordentlich im Regal seines Büros aufgereiht war, konnte ihn nicht über seine maßlose Wut hinweg trösten. Blaisdell saß wie so oft, wenn er alleine war, vor den Figuren, drehte die eine oder andere spielerisch in seinen Händen und stellte sie vorsichtig wieder zurück an den vorgesehenen Platz, um eine andere in die Hand zu nehmen.

Eine Sammlung, die ihm bereits ein kleines Vermögen gekostet hatte. Und ein Hobby, das ihn seit seiner Kindheit begleitete – Zinnsoldaten aus verschiedensten Kriegen und Nationen. Kleinere und größere, Infanteristen und Reiter.

Charles Blaisdells kleiner, heimlicher Stolz. Das Kind im Manne sozusagen, von dem er sich nicht freimachen konnte – und wollte. Manchmal kam es sogar vor, dass er mit ihnen regelrechte Schlachten nachstellte. Natürlich nur, wenn er sich völlig unbeobachtet fühlen konnte.

Die Sache mit Finn Corcoran war ihm außer Kontrolle geraten.

Wer war der Boss – er, Blaisdell, oder Corcoran? Was hatte dieser Pistolero mit den kalten, schwarzen Augen wirklich im Sinn?

Am Anfang schien alles klar und ganz einfach zu sein. Doch jetzt? Lilly hatte ihn gewarnt. Mehrmals. Und er hatte ihre Warnung in den Wind gestrichen. Verhöhnt hatte er sie sogar. Und doch...

Lilly war eine kluge Frau. Darüber hinaus eine talentierte Geschäftsfrau. Sie besaß eine hervorragende Menschenkenntnis.

Auch sie hatte er unterschätzt.

Hatte er sich überschätzt?

Gedanken, die durch sein Hirn fluteten, während er liebevoll über den Captain aus dem Napoleonischen Krieg strich, den er gerade in den Händen hielt. Eine Reiterfigur. Seine Lieblingsfigur.

Blaisdell gestand sich ein, dass es ein grober Fehler war, sich mit einem Burschen vom Kaliber eines Finn Corcoran einzulassen. Doch nun war es zu spät. So einfach wurde man ihn nicht mehr los. Und das Wissen versetzte ihn in panische Angst.

Corcoran hatte ihn ausgelacht. Mehr noch.

Er hatte ihn verhöhnt.

Verdammt, dabei bin ich der Boss, schoss es ihm durch den Kopf. *Ich sage, wo der Hase langläuft. Ich, Charles Blaisdell!*

Er konnte es drehen, wie er wollte – die Fakten lagen auf dem Tisch. Er hatte sich den Wolf im Schafsfell ins Boot gezogen.

Was man sich holt, kann man auch wieder weggeben!

Aber wie?

Corcoran würde keine formelle Kündigung akzeptieren.

Er musste sich also etwas einfallen lassen.

Aber was?

Seine Hände zitterten, als er die Reiterfigur zurück ins Regal stellte. Er brauchte dringend einen Drink. Daher griff er eine der Flaschen auf dem Glastisch und machte sich nicht die Mühe, ein Glas zu benutzen.

Er zog den Korken heraus und trank aus der Flasche.

»Denken Sie nicht daran, junger Mann. Vergessen Sie es. Sie sind nicht transportfähig. Sie haben sich da eine schreckliche Wunde zugezogen. Ihr Bein braucht Ruhe. Und vor allen Dingen Pflege, wenn Sie es jemals wieder gebrauchen wollen. Sie bleiben hübsch hier.«

Doc Mahoon nahm ein Handtuch vom Haken und trocknete seine Hände sorgfältig ab. Dabei sahen seine Augen durch die Nickelbrille mit besorgter Miene zu Pecos herüber. Der saß auf dem Krankenbett und war recht bleich im Gesicht. Bis zum Schluss hatte er geglaubt, der Doc würde ihm etwas Salbe auf die Wunde schmieren und er könnte zusammen mit Fuller wieder zum Camp zurück.

Fehlanzeige. Der Stier hatte das Bein am Oberschenkel mit den Hörnern regelrecht aufgeschlitzt. Mahoon konnte beim Nähen schon auf den Knochen schauen.

Fuller lehnte im Türrahmen und rieb sich übers Kinn. »Schätze, ich werde für eine Weile deinen Job übernehmen, Pecos.«

»Fuller, du willst mich doch nicht allen Ernstes hier alleine lassen?«

»Na, soll ich dir hier tagelang Händchen halten? Wirst seh'n, Pecos. Wenn du dich daran hältst, was der Doc dir sagt, können wir dich in ein paar Tagen wieder holen, richtig, Doc?«

Mahoon schüttelte den Kopf. Er hängte das Handtuch sorgfältig an den Haken und strich es glatt. »Mit ein paar Tagen ist es nicht getan. Hier ist richtige Pflege oberstes Gebot. Die Wunde ist nicht ungefährlich. Und dabei hatte Ihr Mann richtig Glück.« Doc Mahoon sah zu Pecos herüber. »Sagen Sie mal, junger Freund; haben Sie bei der Arbeit keine von diesen Chaparajos getragen? Ich dachte, Ihr Boss legt da peinlichen Wert drauf.«

Pecos wurde rot.

»Nun, Doc. Ich war bei der Brennmannschaft. Es war heiß und ich hatte mir die Dinger vorher abgelegt. Nur für einen Moment. Wollte sie auch wieder überziehen. Aber da war's schon passiert. Verdammt, sagen Sie bloß Jed Nolan nichts davon. Der reißt mich in tausend Stücke. Reicht schon, dass ich mir von Fuller den ganzen Weg über Standpauken anhören lassen musste.«

Fuller presste die Lippen zusammen. Ihn traf gewissermaßen einen Teil der Schuld. Er hätte besser aufpassen müssen. Er selbst hatte sich auch angewöhnt, die schwerledrigen Chaparajos zu tragen.

Nun, ein zweites Mal würde es nicht geben. Das hatte er sich geschworen.

Fuller wandte sich zum Gehen. »Hör auf den Doc, Shorty. Die Geschichte soll eine Lehre für uns sein. Kurier dein Bein. Hast ja hier ne hübsche Pflege. Apropos. Wo ist sie eigentlich – Miss Hazelwood, meine ich.«

»Oh, sie hat heute ihren freien Tag und ist ausgeritten.«

Fuller grinste breit. »Richtung Nolan-Ranch, nehme ich an.«

Der Doc sagte nichts, erwiderte aber Fullers Grinsen mit einem wissenden Lächeln. Das sagte alles. Fuller hob die Hand zum Abschied und trat hinaus auf die Straße. Reger Betrieb herrschte auf der Main-Street, als er sie überquerte. Er wollte die Stadt nicht verlassen, bevor er sich einen gehörigen Vorrat an Lakritzstangen aus dem Store besorgt hatte.

Vor dem *Chronicle* lungerten müßig ein paar hartgesichtige Gestalten herum, die ihm nicht gefielen.

Überhaupt, dachte er, sind in letzter Zeit sehr viele Kerle in die Stadt gekommen, denen man nicht im Dunkeln begegnen sollte. Und seltsamerweise waren die immer in der Nähe des *Chronicle* anzutreffen, stellte er fest.

Fuller spürte, dass eine lastende Spannung über der Stadt lag. Ein Gefühl. Sonst nichts. Bislang konnte er sich auf seine Gefühle verlassen. Und auf seine Instinkte.

Er hörte eine ältere Frau schimpfen: »Unmöglich, das Verhalten. Früher hätte es das nicht gegeben. Da hat man einer Dame noch Platz gemacht.«

Fuller trat auf den Stepwalk vor dem Store. Ein Mann im abgetragenen Anzug lehnte dort am Pfeiler. Der sah nicht sehr glücklich aus. Sein Gesicht war gerötet und seine Augen blickten zornig in die Richtung des *Chronicle*. Fuller hörte den Mann sagen: »Wir brauchen einen Marshal, der mal wieder für Ordnung sorgt.«

Fullers Blicke wanderten nun ebenfalls zum *Chronicle*. Ein paar Burschen hatten dort mittlerweile den ganzen Platz belagert, so dass Passanten, die an ihnen vorbeigehen wollten, auf die Straße ausweichen mussten.

»Was sind das für Burschen?«, fragte er den Mann.

Dieser zuckte mit den Schultern. »Übles Gesindel, wie unschwer zu erkennen ist. Scheinen neuerdings für Blaisdell zu arbeiten. Ihr Anführer heißt Finn Corcoran.«

Fuller schürzte die Lippen und stieß einen leichten Pfiff aus.

»Kennen Sie den Mann, Mister?«

Fuller nickte. »Schon von ihm gehört.«

Finn Corcoran!

Ein Name, der Fuller nicht gefiel. Und dessen Ruf noch viel weniger. Er hätte jetzt zahlreiche Delikte aufzählen können, für die die Anzahl seiner Finger nicht gereicht hätte.

Wenn Corcoran also in der Stadt war, konnte das nur eins bedeuten: höllischen Ärger.

Es lag Fuller auf der Zunge, aber er sagte nichts. Er ließ den verärgerten Mann stehen und ging in den Store.

Zwei Männer lümmelten drinnen vor dem Tresen. Fuller sah sofort, dass sie unter Alkoholeinfluss standen. June stand hinter dem Tresen. Ihre Wangen waren gerötet. Die Augen blickten zornig.

Als Fuller eintrat, glaubte er so etwas wie Erleichterung in ihrem Gesicht zu erkennen. Eine Welle von spannungsgeladener Stimmung schlug ihm entgegen. Fuller hatte einen der beiden Männer schon einmal gesehen. An dem Tag, als die Kutsche mit den Mädchen in die Stadt kam und vor dem *Chronicle* gehalten hatte. Ein gedrungener Bursche mit schmalem Gesicht und eingefallenen Wangen, einer spitzen Nase und fast gelblichen Augen, die im Augenblick glasig zu ihm herüberstierten. Fuller konnte sich noch deutlich an ihn erinnern, weil er es war, der die Mädchen schroff behandelt hatte. Den anderen Mann kannte Fuller nicht. Der war größer als sein Nebenmann und stämmig gebaut. Er hatte eine außergewöhnlich spitze Nase und abstehende Ohren. Sein grauer Stetson war aus der Stirn geschoben und weißes, lockiges Haar lugte darunter hervor. Er trug eine hellbraune Weste mit zahlreichen Stickereien als Verzierungen.

Beide hatten zwei Colts in tiefgeschnallten Zwillingshalftern. Der Weißhaarige mit den Kolben nach vorne.

Sie musterten ihn unverschämt und grinsten.

»Hallo, Gil. Ich bin sehr erfreut, Sie mal wieder zu sehen«, rief June laut aus. Zu laut, wie Fuller fand. Er tippte lässig an die Krempe seines Stetsons.

»Hallo, Miss June«, grüßte er und trat näher an den Tresen heran. Keiner der beiden Männer machte Anstalten, Platz zu machen. Fuller schob sich dicht an den Weißhaarigen heran, der ihm am nächsten stand. Übler Whiskyatem schlug ihm von der Seite entgegen.

»Was kann ich für Sie tun, Gil?«

Fuller entging nicht das leichte Flackern in ihren Augen. Ein Warnzeichen. Das hatte er verstanden.

Fuller tippte mit dem Zeigefinger gegen das Glas mit Lakritzstangen auf dem Tresen. »Die hätte ich gerne, Miss June. Und zwar – alle.«

June brachte ein zaghaftes Lächeln zustande. »Alle für Sie, Gil, oder hat die Mannschaft bereits Gefallen daran gefunden?«

»Die Jungs machen sich nichts daraus. Gott sei Dank«, antwortete Fuller und grinste breit. Nach außen hin gab er sich gelassen. Innerlich war er bis zur letzten Faser angespannt.

»Chick, findest du nicht auch, dass es plötzlich hier mächtig stinkt«, sagte der Weißhaarige plötzlich. Aus den Augenwinkeln sah Fuller, wie Chick heftig nickte. Mit einer Stimme, die an einen piepsenden Vogel erinnerte, erwiderte Chick: »Ja, Grogg. Es stinkt hier nach einem Kleinkind, das mit Kühen spielt. Nur ein Kleinkind frisst solch einen Mist.«

Fuller angelte eine Lakritzstange aus dem Glas und drehte sich zu den beiden um. Er sah in Groggs Gesicht. Der lachte und riss dabei seinen Mund sehr weit auf. Eine Reihe lückenhafter Zähne strahlte Fuller entgegen. Chick, der kleinere, fing ebenfalls an zu lachen. Das klang wie bei einer Hyäne.

Fuller fand das alles andere als spaßig. Und so rammte er mit der Linken die Lakritzstange in Groggs offenen Mund. Im gleichen Moment zuckte seine Rechte vor und langte nach einem von Groggs Revolvern. Noch ehe der Bursche reagieren konnte, hatte Fuller den Revolver in der Faust und drückte den Lauf unter das Kinn des anderen. Mit einem lauten Klicken spannte er den Abzugshahn.

Grogg erstarrte mitten in der Bewegung. Ein Röcheln entrang sich seiner Kehle. Es sah wirklich komisch aus, wie er in starrer Haltung vor Fuller stand und die lange Lakritzstange aus seinem verzerrten Mund herausragte.

Chicks Hände langten zu den Colts. Im gleichen Augenblick beschrieb Fullers Rechte einen Bogen. Der Lauf von Groggs Waffe krachte gegen Chicks Schädel. Der verdrehte die gelblichen Augen und sackte wie ein nasser Sack zu Boden. Fuller drückte den Revolver wieder unter Groggs Kinn.

»Grogg und Chick. Das klingt richtig dämlich. Ja, ehrlich; das hört sich nach zwei Idioten an, die nicht mehr alle Latten am Zaun haben.«

Fuller drückte den Lauf noch fester gegen Groggs Kinn. Der hatte immer noch die Lakritzstange im Mund. Und zitterte. Seine Augen schielten auf den Revolverlauf, der fest unter sein Kinn gedrückt wurde.

Ohne den Blick von Grogg zu nehmen, sagte Fuller: »Haben diese beiden Vögel Sie belästigt, Miss June?«

»Es... es war nicht der Rede wert, Gil. Sie sind betrunken und haben nur etwas dummes Zeug geredet, aber...«

»Miss June!«

»Nein, Gil.«

Fuller nickte. »Da hast du mächtig großes Glück gehabt, Freund Grogg. Denn wenn die Lady jetzt etwas anderes gesagt hätte, hätte ich dir jetzt deinen verdammten Revolver zum Fressen gegeben. Stattdessen darfst du die Lakritzstange aufessen, die dir in deinem Maul klebt. Wie war das eben? Nur Kleinkinder fressen solch einen Mist?«

»Mister, ich...«

»Esse sie!«

Grogg biss ein Stück ab und begann widerwillig zu kauen. Fuller packte ihn am Arm und riss ihn heftig herum, so dass er plötzlich in Richtung Tür stand. Er drückte ihm die Revolvermündung in den Rücken. Mit der Linken zog er Groggs zweiten Revolver aus dem Halfter und verstaute ihn in seinem eigenen Hosenbund.

»Tür auf«, herrschte er ihn an. Grogg gehorchte. Fuller versetzte ihm einen derben Fußtritt in den Hintern. Grogg sauste nach draußen, stolperte und fiel über den Stepwalk auf die staubige Straße. Fuller packte den bewusstlosen Chick am Hosenbund und Kragen und warf ihn wie einen Sack hinter Grogg her. Chick landete neben seinem Kumpan im Staub der Main-Street.

Grogg erhob sich stöhnend.

Passanten waren stehengeblieben und sahen neugierig auf das Schauspiel. Fuller trat aus dem Store. Er nahm die Patronen aus der Kammer von Groggs Revolver und warf ihn vor dessen Füße.

Grogg blickte ihn aus stumpfen Augen an. Seine Blicke wanderten zum *Chronicle* herüber. Dort befand sich immer noch eine Gruppe von Männern. Die starrten herüber. Keiner von denen machte Anstalten, etwas zu unternehmen. Sie standen einfach nur da und sahen zu. Wenn Grogg auf Unterstützung gehofft hatte, so wurde er in diesem Augenblick enttäuscht.

Das zeigte auch sein Gesichtsausdruck. Mit einer seltsamen Mischung aus Furcht und Hass sah er wieder zu Fuller. Der hatte inzwischen die Patronen aus Groggs zweitem Revolver entnommen. Die Waffe landete ebenfalls vor Groggs Füßen.

Fuller steckte die Patronen in die Westentasche.

»Nimm deinen Partner und verschwinde, Grogg, oder wie immer du heißen magst. Und lass dir ja nicht einfallen, mir noch mal unter die Augen zu kommen.«

Grogg wollte etwas erwidern. Sein breiter Mund klappte auf und wieder zu. Dieser Mann in der Tracht der Weidereiter war spielerisch mit zwei Mann fertig geworden. Das ließ ihn vorsichtig werden. So half er dem benommenen Chick auf die Beine.

Fuller blickte zum *Chronicle* herüber.

Die Männer vor dem Saloon stierten in seine Richtung. Noch immer machte keiner Anstalten, einzugreifen. Dennoch sah Fuller deutlich die lauernden Haltungen der Männer. Ihm war klar, dass Grogg und Chick zu dieser Gruppe gehörten. Aber sie hielten sich zurück.

Fuller erkannte Finn Corcoran unter den Männern. Er erkannte ihn wieder, obwohl es lange her war, seit er ihn das letzte Mal sah. Die schlanke Gestalt des Gesetzlosen lehnte lässig am Stützpfeiler. Keine Miene regte sich in seinem Gesicht. Ein leichtes Nicken mit dem Kopf deutete darauf hin, dass er Fuller erkannt hatte.

Grogg, der seinen benommenen Kumpan über die Straße geschleift hatte, erreichte nun den *Chronicle*. Die Männer sprachen etwas. Ihre Worte konnte Fuller nicht verstehen. Alle Blicke waren auf ihn gerichtet. Und Fuller war klar, dass nur ein einziges Wort von Finn Corcoran genügen würde, um sie auf ihn loszulassen.

Aber es kam nichts.

Stattdessen gingen sie nacheinander in den Saloon. Finn Corcoran als Letzter. Dabei sah er die ganze Zeit in Fullers Richtung, bis er durch die Schwingtür gegangen war.

Die Traube schaulustiger Passanten löste sich auf. Fuller ging in den Store zurück. June war hinter dem Tresen hervorgekommen. Ihr Gesicht war blass, als sie zu ihm aufsah.

»Tut mir leid, Miss June, dass ich so rau werden musste«, sagte Fuller. June wischte sich eine widerspenstige Locke aus dem Gesicht und winkte ab.

Sie sagte: »Ich denke, sie haben es verdient. Gil, in letzter Zeit tauchen immer mehr solcher seltsamen Männer in der

Stadt auf. Sie scheinen sich alle bei Blaisdell zu treffen. Der Mann hat irgendetwas vor, was mir nicht gefällt.«

»Hat das etwas mit Jed Nolan zu tun?«

June zuckte mit den Schultern.

»Blaisdell hat Jed schon immer gehasst. Ihn, und alles was mit der Nolan-Familie zu tun hat. Es kam immer wieder zu Sticheleien. Aber Blaisdell konnte ihnen niemals das Wasser reichen. Es ist möglich, dass er etwas plant, um Jed zu schaden – und seinen Brüdern.«

»Finn Corcoran ist unter diesen Männern. Scheint ihr Anführer zu sein. Ein ziemlich übler Bursche.«

»Sie kennen den Mann?«

»Ich bin ihm vor Jahren einmal begegnet. Ich kenne seinen Ruf. Wie dem auch sei. Wir werden auf der Hut sein.«

Fuller langte nach dem Glas mit den Lakritzstangen. »Was bin ich Ihnen schuldig?«

»Lassen Sie nur, Gil. Ein Dankeschön für Ihr Eingreifen.«

Er nickte und erwiderte ihr Lächeln.

Sie ist schön, wenn sie lächelt, dachte Fuller. *Ja, eine regelrecht schöne Frau! Zu schade nur, dass sie...*

Er tippte mit dem Zeigefinger an die Hutkrempe. »Auf Wiedersehen, Miss June.«

Fuller wandte sich zum Gehen, als ihre Stimme ihn noch mal umdrehen ließ.

»Gil?«

»Miss June?«

»Sie sind Jed sehr ähnlich.«

Fuller hob überrascht die Augenbrauen. Das hatte er nicht erwartet.

June lehnte am Tresen und hatte die Arme ineinander verschränkt. Ihr prüfender Blick verunsicherte ihn. Er räusperte sich. »Wie kommen Sie darauf?«

»Vorhin, als Sie sich die beiden Männer vorgenommen hatten... ich weiß nicht, Jed hätte genauso gehandelt. Jed gibt sich oft sehr rau. Sie sind feiner in Ihrer Art. Trotzdem sind Sie einander sehr ähnlich.«

»Nur hätte Jed wahrscheinlich keine Lakritzstange in die Hand genommen«, antwortete Fuller grinsend.

June lachte herzlich auf. Sie schüttelte den Kopf.

»Nein, das hätte er bestimmt nicht. »Sie wurde plötzlich wieder ernst. »Passen Sie auf sich auf, Gil.«

»Klar. Wiedersehen, Miss June.«

Er verschwand mit dem Glas Lakritzstangen unterm Arm aus dem Store. Beim Überqueren der Straße sah er zum *Chronicle* herüber.

Es stand keiner mehr vor dem Saloon.

Eine verdammt schöne Frau!, dachte er, als er mit dem Wagen aus der Stadt fuhr.

Sechstes Kapitel

Grogg blickte Corcoran wütend an. »Und ihr habt alle nur dumm dagestanden und geglotzt.«

Finn Corcoran lehnte lässig an der Theke. Er schenkte sich einen Whisky ein und grinste Grogg hohnvoll entgegen.

»Hat doch keiner gesagt, dass ihr euch unbedingt mit Gil Fuller anlegen sollt, oder?«

»Fuller?«, stieß Grogg überrascht hervor. »Du meinst, dieser Hombre in der Cowboymontur war...«

»Ja, du Held. Gil Fuller höchstpersönlich. Und der hätte es auch mit drei von eurem Kaliber aufgenommen.«

Grogg winkte ab. »Was soll's, Finn! Ihr standet mindestens mit vier Mann herum. Außerdem: wer sagt dir denn, dass das wirklich Fuller war? Dachte, den hätte man in Mexiko erledigt.«

»Mit dem Denken ist's bei dir weit her, mein lieber Grogg. Verlass dich drauf. Das war Fuller. Den Burschen erkenne ich sofort wieder.«

»So, du kennst ihn, was, Finn? Hast womöglich Angst vor ihm.«

Das Grinsen verschwand aus Finn Corcorans Gesicht. Seine schwarzen Augen blickten Grogg zornig entgegen. Er knallte das Glas auf den Tisch und stieß sich von der Theke ab. Sein Körper nahm eine drohende Haltung an. Mit lauter Stimme sagte er: »Ich sag's nur einmal, Grogg: Ich habe vor niemandem Angst. Krieg das in deinen verdammten Schädel.«

Es war auf einmal ganz still im Saloon. Charles Blaisdell, der an einem Tisch saß und bislang stumm zugehört hatte, blickte auf. Grogg, der oft den Jähzorn Corcorans miterlebt hatte, hob beschwichtigend die Hände: »Schon gut, reg dich ab. Hab's nicht so gemeint. Aber ich verstehe nicht...«

Corcorans Haltung lockerte sich. Er lehnte sich wieder an die Theke und nahm sein Glas auf. Seine Stimme war plötzlich sanft, fast freundlich. »Fuller ist ein besonderes Kaliber, Grogg. Dem ist mit einer Kugel nicht so schnell beizukommen. Alles zu seiner Zeit. Die Sache mit ihm müssen wir anders erledigen. Im Augenblick ist nicht die Zeit dafür. Wir haben wichtigere Dinge zu tun - vorerst.«

Corcoran sah zu Chick herüber, der wie ein nasser Sack auf einem Stuhl saß. Lilly hatte ihm einen Verband um den Kopf gewickelt. Der Schlag mit dem Revolver hatte ihm ziemlich zugesetzt. Chick stöhnte und war ganz blass im Gesicht.

»Hör auf zu stöhnen«, hörte Corcoran Lilly sagen. Er beobachtete, wie sie mit schnellen Bewegungen die restlichen

Verbandsutensilien in eine Tasche verstaute. Dabei blieb sein Blick unweigerlich auf ihre vollen Brüste haften, deren Konturen einladend unter dem engen Kleid zur Geltung kamen. Lilly trug ein tiefausgeschnittenes Seidenkleid und es entblößte mehr, als für Corcorans Augen gut war. Es waren nicht nur Lillys wohlgeformten Rundungen, die seine Erregung entfachte. Sie ließ sich nichts gefallen. Ihr konnte man so schnell nichts vormachen. Sie verstand ihr Geschäft.

Sie war anders, als die anderen Saloonmädchen.

Corcoran grinste, während seine schwarzen Augen gierig jede Bewegung von ihr verfolgten.

Ja, die hat Haare auf den Zähnen – die ist richtig!

Instinktiv befühlte er seine rechte Wange, die schon einmal mit Lillys flacher Hand Kontakt aufgenommen hatte. Da hatte Finn Corcoran noch geglaubt, mit einer billigen Tour bei ihr durchzukommen. Er wurde schnell eines Besseren belehrt.

Fortan gestand er sich ein, dass man eine Frau wie Lilly anders behandeln müsse, wenn man bei ihr landen wollte.

Und das wollte er.

Lilly Gant reizte ihn bis aufs Blut.

Und irgendwann würde er sie schon zähmen.

Das hatte er sich fest vorgenommen. Sie würde ihm schon noch aus der Hand fressen. Das konnte natürlich nicht auf eine billige Tour funktionieren.

Für einen Moment trafen sich ihre Blicke. Lilly streckte das Kinn vor und zog die Mundwinkel ihrer vollen Lippen nach unten. Sie warf verächtlich den Kopf zur Seite.

Warte nur, dachte Corcoran. *Mit dir werde ich schon fertig.*

Er sah zu Charles Blaisdell herüber. Und er sah den hasserfüllten Blick des Saloon-Besitzers. Corcoran grinste zu ihm herüber und Blaisdell wandte den Blick ab. Er begann, eine Patience zu legen.

Corcoran kippte seinen Drink. Er war zufrieden. In seinen Augen hatte Blaisdell schon lange die Oberhand verloren.

Verloren?

Er hatte sie noch nie gehabt.

Blaisdell, so entschied Corcoran, war ein aufgeblasener Schwächling. Hinter der Fassade des aufgeputzten, wichtigtuerischen Geschäftsmannes steckte ein Nichts.

Er füllte sein Glas, trank und dachte dabei: *Erst werde ich dir Lilly nehmen und dann deinen verdammten Laden. Und am Ende trete ich dich in den Dreck. Doch vorher werden wir unseren Job erledigen, für den du uns so großzügig bezahlt hast, alter Freund. Alles zu seiner Zeit...*

Tom Nolan griff in das Körbchen, welches Rita für das Picknick mitgenommen hatte und brachte ein gekochtes Ei zum Vorschein.

Sie saßen beide auf einer ausgebreiten Decke inmitten einer ausgedehnten Graslandschaft, die sich, von zahlreichen Buschgruppen und einigen Felsgruppierungen unterbrochen, bis zu den Ausläufern einer Hügelkette erstreckte. Die Sonne stand bereits im Westen. Ein roter Feuerball, der das Land in ein orangefarbenes Licht tauchte. Am Himmel zeigten sich kleine Wolkengruppen, die langsam vorüberzogen.

Ein warmer Wind strich über das Land.

Es herrschte eine harmonische Stille, die ab und zu durch das Zwitschern der Vögel unterbrochen wurde und von dem gelegentlichen Schnauben der beiden Pferde, die am Zweispänner angeschirrt waren und geduldig auf den Aufbruch warteten. Daran dachten weder Tom noch Rita. Tom legte zaghaft einen Arm um ihre schmalen Schultern, während er sich das gekochte Ei in den Mund schob. Rita lehnte ihren Kopf an seine Schulter. Tom sog den Duft ihres weichen Haares durch die Nase.

Rita sagte nach einer Weile: »Ich habe viel über dich nachgedacht Tom. Es ist schön, in deiner Nähe zu sein. Du bist anders als die Männer hier. Es ist ein raues Land und die Menschen, die hier leben, sind es auch. Auch deine Brüder sind anders als du. Du passt hier nicht hin.«

»Ich bin hier aufgewachsen, Rita. Hier sind meine Wurzeln, hier ist unser Zuhause. Meine Brüder brauchen mich.«

Rita schüttelte leicht den Kopf. »Deine Brüder? Denkst du dabei nur an sie?«

Er strich ihr sanft durchs Haar. »Nein. Manche Dinge kann man sich nicht aussuchen, Rita. Das solltest du wissen. Außerdem... warum sollte ich anders sein?«

»Hast du dir denn nie Gedanken über deine Zukunft gemacht, Tom? Du bist jung. Du bist klug und gebildet. Du bist alles andere als ein Rindermann. Du beschäftigst dich mit Büchern und liebst es, hinter einem Schreibtisch zu arbeiten. Dinge, die ich mir nie von deinen Brüdern vorstellen könnte.«

Ein leichtes Lächeln zog sich durch Toms Gesicht.

»Natürlich habe ich oft an ein anderes Leben gedacht. Vor Jahren schon. Dann kam der Krieg und löschte viele Illusionen aus. Im Krieg habe ich überleben gelernt. Zusammen mit meinen Brüdern Amos und Johnny. Da war kein Platz für Zukunftsvisionen und Träume. Und jetzt, da wir alle wieder auf der Ranch leben... nun...«

Er sprach nicht weiter, sondern blickte fragend in Ritas Gesicht. Sie hatte sich ihm zugewandt. Eine attraktive, junge Frau, dunkelhaarig und mit schmalen Lippen. Warmherzig und doch zurückhaltend, leidenschaftlich und auch kühl. Tom wusste, dass sie, wenn sie einmal liebte, dies mit aller Leidenschaft tat, die in ihr steckte. Und davon gab es viel.

Sie strich sanft über Toms Wange.

»Seit dem Tod meines Mannes habe ich mich noch nie zu jemand so hingezogen gefühlt, wie zu dir, Tom. Wir sind einander sehr ähnlich. Ich bin sensibel und du bist es auch. Du verstehst es, dich in Menschen hineinzudenken und zu erkennen, wie sie fühlen. Tom – ich würde gerne mit dir fortgehen, wenn du nur dazu bereit wärest.«

Ihre Worte berührten ihn. Sie brachten etwas zum Vorschein, was tief in ihm verborgen lag. Etwas, was ihn quälte. Sein Gesicht zeigte, was ihre Worte in ihm auslösten. Und Ritas Stimme wurde drängender, als sie fortfuhr: »Du bist nicht glücklich in diesem Land rauer Männer. Du magst im Krieg das Kämpfen gelernt haben, Tom. Aber dir ist die Gewalt verhasst. Deine Zukunft liegt nicht hier. Sie ist woanders. Du weißt es, und das quält dich. Ich habe oft gehört, wie du im Schlaf fantasiert hattest. Du hattest vom Krieg gesprochen. Vom Töten und...«

»Du... du hast es mitbekommen?«

Die Pferde beim Zweiergespann wurden plötzlich unruhig. Der Braune begann zu schnauben, während der Schwarzgefleckte ein paarmal mit den Hufen auf den Boden stampfte und ein Wiehern ausstieß, das wie eine Warnung klang.

Eine Warnung, die für Tom und Rita zu spät kam. Das metallische Klicken eines Revolvers drang unnatürlich laut in die Stille herein, in der sie umgeben waren. Tom sprang von der Decke auf und wirbelte herum. Seine Rechte sauste unweigerlich dorthin, wo normalerweise sein Revolver im Halfter saß.

Normalerweise...

Er hatte den Waffengurt abgenommen. Der lag zusammen mit dem Gewehr in Ritas Buggy. Ein Picknick mit Waffen, das war für Tom nicht schicklich.

Eine Entscheidung, die er in dieser Sekunde bitter bereute.

Denn vor ihm standen vier Männer. Und die sahen alles andere als einladend aus.

Rita stieß einen erstickten Schrei aus.

Tom lag ein wilder Fluch auf den Lippen. Die vier hatten sich von hinten angeschlichen, während er und Rita nichtsahnend beim romantischen Picknick saßen.

Sie saßen hoffnungslos in der Falle.

Zwei der Männer hatten ihre langläufigen Revolver gezogen und sie auf ihn und Rita gerichtet. Ihre Gesichter waren hart, unrasiert und staubig. So wie ihre Kleidung, die sie trugen. Zwei von ihnen hatten lange sandfarbene Staubmäntel an, die ihnen bis zu den Stiefelschäften reichten. Einer war ein Mexikaner mit dichtem Schnurrbart. Ein Auge wurde durch eine schwarze Augenklappe verschlossen. Er trug einem Kreuzgurt über sein Hemd am Oberkörper. Ein langes Messer steckte in einer Scheide an der Seite.

»Ich wusste, dass wir uns wiedersehen würden, Nolan.«

Der Sprecher, einer der Staubmantelträger, war groß und dünn. Sein ungepflegter Schnurrbart war mit braunen Tabakflecken durchzogen. Er hatte Lippen so schmal wie Rasierklingen. Langes, graues Haar wehte im Wind.

Und Tom fuhr es mit heißem Schrecken durch den Kopf:

Pronto Hardesty!

Er hatte es verdrängt – das verdammte Gefangenenlager der Nordstaatler in Benton, Missouri! Nur in seinen Träumen erschienen noch diese Bilder. Die Schreie der Gefangenen drangen an seine Ohren. Und der Mann mit der Peitsche, der sie immer wieder schlug. Er hatte dabei immer gelacht.

Laut, höhnisch und grausam!

»Ich sehe es dir an, dass du dich gut an mich erinnerst, Freund. Ja. Ist ein Weilchen her.«

Toms Augen hingen wie gebannt an dem Mann mit dem wehenden Haar. Dem Mann mit der Peitsche aus Benton, Missouri.

»Der Krieg ist vorbei, Hardesty. Vergessen und vergraben.«

Hardesty lachte. Und es klang wie damals im Lager.

»Der Krieg schon – ihr Nolans nicht!«

»Zum Teufel! Was willst du«, schrie Tom zu ihm herüber.

»Eigentlich war's bloß Zufall, dass wir hier auf dich gestoßen sind. Auf dich und deine süße Braut da neben dir. Ein herrliches Frauenzimmer. Gefällt mir gut. Nun, dazu komme ich später.« Er schnalzte anzüglich mit der Zunge und fuhr fort: »Wir haben momentan geschäftlich in Spanish Crossing zu tun, musst du wissen, Nolan. Und welch Freude, siehe da: bei einem kleinen Spazierritt durch das herrliche Land in Richtung Stadt stoßen wir auf dich. Das trifft sich natürlich gut, haben wir uns gedacht, unsere Gäule da hinten angepflockt und uns ganz leise angeschlichen, um eine kleine Überraschung zu inszenieren. Erinnerst du dich, Nolan? Ich war schon immer für kleine Überraschungen zu haben.« Er kicherte. Das Kichern eines Verrückten.

Und Tom dachte insgeheim, dass Pronto Hardesty noch viel irrer geworden sein musste, als damals im Lager, als er noch Aufseher war.

Tom wagte einen Blick zu Rita. Die war weiß wie eine Wand. Er konnte nichts tun und fühlte sich hilflos wie ein kleines Kind. Es war völlig klar, was diese Männer vorhatten. Dazu bedurfte es keine großen Worte. Das stand deutlich in ihren Gesichtern.

»Als du und deine beiden Brüder so mir-nichts-dir-nichts das Lager verlassen hattet, da habt ihr drei gute Männer zurückgelassen. Tot waren sie. Und es waren meine Kameraden. Gute Nordstaatler, solide und ehrenhaft. Ihr habt sie bei eurer Flucht einfach erledigt. Nolan, das habe ich nicht vergessen.«

Das Grinsen, welches Hardesty in sein hageres, faltiges Gesicht legte, wirkte wölfisch. In seinen Augen blitzte es tückisch. Der Lauf des langläufigen Revolvers zeigte auf Toms Bauch.

»Ich habe keine Waffe, Hardesty.«

Hardesty zuckte mit den Schultern.

»Stört mich nicht.«

»Das Mädchen hat nichts mit uns zu tun. Lass sie laufen.«

»Vielleicht – wenn wir mit ihr fertig sind. Erst werden wir uns mit dir beschäftigen Nolan. Du zuerst, dann das Mädel. Und später suchen wir deine Brüderchen auf. Wird ein Mordsspaß.«

Tom ballte die Fäuste. Er sah in vier hämisch grinsende Gesichter. Eines gemeiner als das andere.

June ging ihm nicht aus dem Kopf. Während der Rückfahrt zum Camp sah er sie immer wieder vor sich – ein liebreizendes Lächeln um ihren vollen Mund, mit klaren, großen Augen und langes, wallendes Haar.

Zum Teufel, sie ist Jed Nolans Mädel! Schlag sie dir aus dem Kopf!, durchfuhr es ihn. Aber das wollte nicht klappen.

Gil Fuller trieb das Zweiergespann zu schnellerer Gangart an. Das half zwar, vertrödelte Zeit aufzuholen, aber nicht, um seine Gedanken zu vertreiben.

Es gibt Tausende von hübschen Mädels – warum gerade sie? Dieses Lächeln...

Fuller nahm die Zügel in die linke Hand, während seine rechte in die Brusttasche seines Hemdes glitt. Dort befand sich ein kleiner Vorrat der heißgeliebten Lakritzstangen. Das Glas mit dem Rest hatte er neben sich auf dem Sitz verfrachtet. Er brauchte etwas zur Beruhigung, schob sich eine Stange in den Mund und lutschte lustlos darauf herum.

June, dachte er, *hätte nicht so lächeln dürfen.*

Und dann fiel ihm ihre Warnung ein. Etwas war gegen die Nolan-Ranch im Gange. Das klang deutlich aus ihren Worten heraus. Finn Corcoran kam nicht ohne Grund mit einer Gruppe hartgesottener Männer nach Spanish Crossing. Corcoran war weit von seinem Einzugsgebiet entfernt. Sicherlich mochte ihm der Boden in Westtexas zu heiß geworden sein und er brauchte daher dringend Luftveränderung. Einer wie er tauchte nur auf, wenn eine lohnende Sache auf ihn wartete.

Jed Nolan dürfte inzwischen längst mit Luis Santero wieder im Camp sein, überlegte Fuller. Natürlich hatten ihm die Männer von Pecos Unfall berichtet. Und so, wie er seinen Boss kannte, würde dieser nun ungeduldig auf die Nachricht aus der Stadt warten. Wenn der Boss erfährt, dass Pecos seine Chaps nicht umgeschnallt hatte, ist ein höllisches Donnerwetter zu erwarten.

Fuller kannte seinen Boss und die Einstellung zum Tragen der Arbeitskleidung sehr gut. Da verstand Jed Nolan keinen Spaß.

Am Wegrand sah Fuller vier gesattelte, reiterlose Pferde stehen. Sie waren lose an einem Busch angepflockt. Die Scabbards, in denen gewöhnlich Gewehre steckten, waren leer. Fuller brachte den Wagen zum Stehen. Seine Augen suchten die Gegend ab.

Da hörte er einen Schrei. Den Schrei einer Frau. Ganz aus der Nähe war er gekommen. Fuller langte nach seinem Henry und sprang vom Wagen. Er spähte nach links und rechts des Weges, während er sich in geduckter Haltung den vier Pferden näherte. Wieder ertönte der Schrei einer Frau. Er schob sich an den Tieren vorbei und spähte durch das dichte Gebüsch. Sein Gewehr hielt er in beiden Händen. Gedämpfte Stimmen drangen zu ihm herüber, schmerzvolles Stöhnen, vermischt mit dem Schreien einer Frau.

Noch konnte er nichts erkennen. Das Gebüsch, das ihn umgab, war zu dicht. Er arbeitete sich durch das dornige Buschwerk hindurch und fluchte leise, als sich ein paar Dornen ins Fleisch bohrten. Mit dem Kolben des Gewehres schob er ein paar Zweige und Blätter zur Seite. Er hatte nun freie Sicht hinunter in eine Talsenke mit hohem Grasbestand.

Dann bekam er etwas zu sehen, das eine heftige Zorneswelle in ihm hochsteigen ließ.

Jemand war dort unten in eine üble Situation geraten. Und dieser Jemand war kein anderer als Tom Nolan. Vier Männer hatten ihn in der Bredouille. Genau gesagt drei. Zwei hielten ihn an den Armen fest, während ein dritter sich einen Spaß daraus machte, auf den Wehrlosen einzuschlagen. Der vierte Mann zerrte eine Frau in Richtung des Zweispänners, der dort unten stand. Sie wehrte sich mit Händen und Füssen gegen ihn. Sie hatte Fuller den Rücken zugewandt, so dass er ihr Gesicht nicht sehen konnte. Er wusste auch so, wer diese Frau war.

Die Schläge, die Tom verabreicht wurden, drangen bis zu Fuller herüber. Tom hatte keine Chance. Und für Fuller sah es so aus, als würden sie ihn totschlagen wollen. Nicht nur das; der Vierte hatte auch nichts Gutes mit Rita im Sinn. Der Kerl da unten – ein Mexikaner – packte sie am Haarschopf und zog sie hoch.

Viel Zeit zum Überlegen blieb Fuller nicht.

Er musste schnell reagieren und lud die Henry durch. Seine Blicke wanderten nach einer möglichen Deckung umher. Hinter ihm befand sich das dichte Dorngebüsch. Er hätte sich wieder dorthin zurückziehen können. Das Problem war nur, dass durch das dichtgedrängte Durcheinander von Geäst und Blättern ein sicherer Schuss kaum möglich war.

Weder rechts noch links gab es ausreichende Deckungsmöglichkeiten. Und nach vorne hin den abschüssigen Hang hinunter erst recht nicht. Aus dieser ungedeckten Position hatte er die Chance, besser zu treffen. Noch hatte man ihn nicht gesehen. Das war sein Vorteil. Und den nutzte er nun aus.

Sein Kopf schien zu explodieren, als ihn wieder ein wuchtiger Schlag mitten ins Gesicht traf. Tom spürte den salzigen Geschmack von Blut auf der Zunge. Mit unbändiger Wut versuchte er seine Arme freizubekommen.

Doch die beiden Männer hatten ihn fest am Wickel. Mit aller Gewalt hielten sie ihn fest, während Pronto Hardesty ihn mit gemeinen Schlägen attackierte. Er tat es langsam. So, als würde er jeden einzelnen Schlag genießen, den er Tom verabreichte.

Immer wieder drangen Ritas Schreie an sein Ohr. Er musste ihr helfen. Irgendwie. Doch es ging nicht. Toms blutige Lippen formten sich zu einem hilflosen Schrei. Doch er schrie nicht.

Wieder holte Hardesty zu einem Schlag aus. Er grinste böse. Er hatte die Absicht, Tom zu töten.

Es sollte nicht schnell gehen.

Ein Schuss krachte.

Hardesty verhielt mitten in der Bewegung. Ein Röcheln entrang sich seiner Kehle. Tom sah, wie seine Augen glasig wurden. Blut lief aus seinem verzerrten Mund. Ein Zucken durchlief seinen Körper. Hardestys Arm sackte herunter. Er verdrehte die Augen und sackte auf die Knie.

Plötzlich wurde Tom losgelassen. Er machte einen taumelnden Schritt und sah zum Hang hinauf, wo der Schuss gefallen war.

Sein Herz raste. Ein stöhnendes Aufatmen entrang sich seinen blutigen Lippen.

Fuller!

Als Hardesty in die Knie ging, hatten die drei anderen Männer nicht so schnell begreifen können, was passierte.

Doch dann kam Bewegung in jeden einzelnen von ihnen. Sie schnellten herum. Tom sah, wie der Mexikaner von Rita abließ, deren Kleid in Fetzen vom Körper hing. Seine Rechte glitt zum Halfter. Auch die anderen beiden hatten sich schnell in Position gebracht. Sie hatten sich schnell von ihrem Schock erholt.

Was nun geschah, passierte in rasend schneller Zeitfolge.

Tom sah Gil Fuller breitbeinig dort oben am Hang stehen. Das Gewehr visierte den Mexikaner an. Der hatte gerade seine Waffe gezogen, als die Kugel mitten in sein Gesicht klatschte und ihn zu Boden schickte. Toms Blicke hasteten zu den beiden Männern hin, die ihn vor wenigen Augenblicken noch fest umklammert hielten. Sie hatten ihm den Rücken zugedreht und sich dem Mann oben auf dem Hang zugewandt. Ihre Revolver sausten aus den Holstern.

Tom, durch die harten Schläge geschwächt, stolperte nach vorne und fiel auf die Knie. Genau neben einen Stein. Instinktiv ergriff er diesen. Mit einem Aufschrei voller Wut wuchtete er ihn hoch.

Der Bursche mit dem Staubmantel war ihm am nächsten. Tom ließ den Stein mit voller Wucht gegen seinen Hinterkopf krachen. Der Mann machte einen Satz nach vorne und wurde gleichzeitig von zwei Geschossen aus Fullers Henry getroffen. Wie ein gefällter Baum kippte er zur Seite, sein Kopf eine einzig blutige Masse. Der andere ließ seine Linke über den Abzugshahn seines.36ers rasen. Tom sah, wie Fuller plötzlich das Gleichgewicht verlor. Er stolperte. Die Henry fiel ihm aus der Hand und polterte den Hang herunter. Eine Kugel riss ihm den Hut vom Kopf. Tom hörte Fuller fluchen, während er stürzte und hinter seinem Gewehr den Hang herunterkullerte. Die Geschosse aus dem.36er des Banditen pflügten dicht neben dem heruntersausenden Fuller in den Dreck und warfen Fontänen aus schwarzer Erde hoch. Tom warf sich neben den Toten im Staubmantel. Er riss ihm den Revolver aus der schlaffen Hand und schoss dem noch stehenden Desperado zweimal durch den Kopf, ehe dieser noch einen Schuss auf Fuller abgeben konnte. Der Mann starb noch im Stehen.

Pulverdampf stieg Tom in die Nase und der Geruch des Todes breitete sich aus. Toms Atem ging keuchend. Es gab keine Stelle in seinem Körper, die nicht schmerzte. Er senkte den Revolver. Sein Blick fiel auf Rita, die mit bebenden Lippen am Buggy hockte und mit zitternden Händen ihren halbentblößten Körper bedeckte. Tom sah, wie ihre Augen weit aufgerissen auf die Toten am Boden starrten. So, als könnte sie nicht fassen, was sich da gerade abgespielt hatte.

Tom hörte Fuller fluchen und sah, wie dieser sich vom Boden erhob. Er schlug sich mit der linken Hand den Dreck von der Kleidung, während er in der Rechten seinen .51er Navy hielt.

Er brauchte die Waffe nicht mehr.

Vier Männer lagen tot am Boden. Fullers .51er vollzog eine Drehung über dem Zeigefinger und wanderte zurück in das Holster. Er bückte sich nach seiner Henry und hob sie vom Boden auf.

Tom bemerkte, dass er unverletzt geblieben war.

»Keine Sekunde zu früh, wie mir scheint«, sagte Fuller trocken, blickte zuerst auf Tom, dann zu dem Mädchen herüber.

»Nein, Gil. Wahrhaftig nicht.« Tom wischte sich das Blut von den Lippen. Er wollte lächeln, doch es wurde nur eine schmerzverzerrte Grimasse daraus. Mit lautem Stöhnen erhob er sich aus dem Gras. Die Waffe warf er achtlos zu dem Toten im Staubmantel herüber. Er ging unbeholfen zu Rita, nahm sie behutsam in die Arme und half ihr hoch.

Fuller drehte den toten Hardesty mit der Stiefelspitze auf den Rücken. Zwei tote Augen starrten zu ihm auf.

»Die Visage habe ich noch nie gesehen«, sagte er.

»Pronto Hardesty«, antwortete Tom, während er die Decke vom Boden aufhob, sie ausschüttelte und anschließend um Ritas zitternden Körper legte.

»Du kennst ihn?«, fragte Fuller.

Tom nickte.

»Er war einer dieser sadistischen Wärter im Kriegsgefangenenlager von Benton, aus dem Amos, Johnny und ich fliehen konnten. Ein verdammt übler Bursche. Der Teufel weiß, weshalb er hier aufgetaucht ist. Er und diese anderen Schweine da.« Er machte eine abwerfende Handbewegung in die Richtung der anderen Toten.

Fuller fuhr sich durch sein dichtes, braunes Haar.

»Scheint sich ja eine wirklich liebreizende Truppe zusammengefunden zu haben.« Sein Blick ruhte auf dem toten Hardesty. »Ich befand mich auf dem Rückweg zum Camp, Tom. Hatte Pecos in die Stadt gefahren, der von einem Stier angegriffen wurde. Es hat ihn böse am Bein erwischt. Ist beim Doc untergebracht. Wird auch noch ein paar Tage dort bleiben müssen, schätze ich. Nun, oben am Wegesrand sah ich die vier reiterlosen Gäule stehen, die am Buschwerk angebunden waren. Dachte mir schon, dass da irgendetwas nicht stimmt. Und kurz darauf« - er wandte sich an Rita - »hörte ich auch schon den Schrei. Ich bin wohl im rechten Augenblick gekommen, wie's scheint.«

»Wenn du nicht vorbeigekommen wärest, Gil, dann... nun, unser beider Leben wäre keinen Pfifferling mehr wert gewesen. Das werde ich nie vergessen.«

»Und wenn du nicht den Hombre erledigt hättest, als ich stolperte, hätte der mich glattweg ins Jenseits befördert.«

»Das Mindeste, was ich tun konnte.« Wieder versuchte Tom ein Grinsen. Und wieder wurde eine Grimasse daraus. Sein Gesicht war übersät mit Abschürfungen, Rissen und Beulen. Seine Lippen angeschwollen, das rechte Auge blau und fast geschlossen. Er sah schrecklich aus.

Rita Hazelwoods Gesicht war weiß. Sie zitterte am ganzen Körper. In ihren Augen spiegelten sich der Schrecken der vergangenen Minuten wieder.

Mit heiserer Stimme sagte sie: »In was für einem Land leben wir eigentlich? Ein Land, in dem sich Menschen wie blutrünstige Tiere aufführen? Was macht dieses Land so lebenswert? Für Sie, Mister Fuller? Für dich, Tom?« Sie schüttelte dabei immer wieder den Kopf.

Tom strich ihr behutsam durchs zerzauste Haar.

»Am besten, wir bringen dich zur Ranch, Rita. Dort bleibst du über Nacht. Morgen fahre ich dich zurück in die Stadt – Gil?«

Fuller nickte.

»Ich komme mit euch, Tom.« Seine Blicke suchten das Umfeld ab und blieben bei den Toten haften. »Vorher sollten wir diesen Abschaum mit ein paar Steinen bedecken, bevor sich irgendwelche Tiere daran zu schaffen macht.«

Siebtes Kapitel

Einige Meilen westlich von Spanish Crossing befand sich eine alte, verwitterte Hütte mit zwei danebenstehenden Ställen. Früher einmal gehörte die Hütte einem alten Mexikaner, der einsam lebte und ein paar Schafe gezüchtet hatte. Der Mexikaner war lange fort. Und die Schafe auch.

Das unscheinbare Anwesen lag auf einer kleinen, leicht erhobenen Lichtung mitten in einem Waldgebiet. Ein sehr gutes Versteck, denn es führte nur ein schmaler Pfad mitten durch dichtgewachsene Baumgruppen, unzähliges Dornengestrüpp und losen Felsformationen zu ihr hin.

Finn Corcoran war bei einem seiner Erkundungsritte auf den Pfad gestoßen und hatte das verlassene Anwesen entdeckt. Dort hielt er sich auf, wenn er nicht im *Chronicle* war. Ein Zufluchtsort und Treffpunkt seiner Mannschaft zugleich. Während Corcoran in Zeiten seines hiesigen Aufenthaltes die Hütte in Beschlag nahm, hausten seine Männer in den Ställen.

Sicherlich keine Nobelunterkunft. Aber hier würde niemand sie vermuten. Der Ort galt als sicher.

Doch nicht nur Corcoran und seine Männer hatten hier ihren Unterschlupf.

Die Tür ging auf und quietschte dabei laut in den Angeln. Die junge Frau trat aus der Hütte und schüttete einen Eimer voll schmutziges Wasser aus. Sie war sehr jung und auffallend hübsch. Mit gesenktem Kopf ging sie zu dem Brunnen, um frisches Wasser in den Eimer zu pumpen. Dabei sah sie zu Angus Hook, der die ganze Zeit über auf der alten Holzbank vor dem maroden Schuppen saß und an einer Holzfigur schnitzte. Er hatte seinen Stetson weit aus dem Gesicht geschoben. Lockiges, feuerrotes Haar trat ihm in die Stirn. Aus seinen blassgrauen Augen beobachtete er sie, während sein scharfes Messer schabend über die Holzfigur strich. Er grinste, als sich ihre Blicke trafen.

Angelina wandte angewidert ihren Kopf von ihm ab und blickte zum anderen Schuppen herüber. Dort lehnte der hässliche Boston-Gregg und ließ in stoischer Monotonie sein Jo-Jo auf- und niedersausen. Er zeigte seine lückenhaften Zähne, als er zu ihr herübergrinste.

Beim Anblick von Boston-Gregg presste sie ihre Lippen fest aufeinander. Hin und wieder war es ihr gelungen, mit Angus Hook ein paar Worte zu wechseln, aus denen sie eine leichte Spur von Freundlichkeit entnehmen konnte. Das war bei Boston-Gregg nicht möglich. Sein Wortschatz schien nur aus einer einsilbigen, vulgären Sprache zu bestehen, wenn er den Mund aufmachte. Das tat er allerdings selten – sehr zu ihrer Erleichterung.

Angelina ersparte sich den Blick zu dem dritten Mann, der einige Meter weiter links neben Boston-Gregg Posten bezog, um sie zu bewachen.

Linus Cahill.

Der saß mitten im hohen Gras und polierte sein Messer auf Hochglanz. Es war ein langes, zweischneidiges Werkzeug mit einem verzierten Griff aus Messing. Mit akribischer Genauigkeit vollzog sich diese Reinigung.

Cahill machte sich nicht die Mühe, zu Angelina aufzusehen. Er schien auch so zu wissen, dass sie beim Brunnen stand.

Cahill war ein Halbblut, halb Mescalero-Apache, halb Weißer. Ihn hatte sie noch nie lachen gesehen. Das konnte er wahrscheinlich auch nicht.

Sein Gesicht war wie das einer starren Maske.

Unbeweglich, ohne Regungen.

Vor ihm hatte Angelina am meisten Angst.

Was hatte Corcoran einmal über ihn berichtet? Er hatte gesagt, es gäbe keinen Menschen, der mit so viel Hingabe und Freude beim Töten ist, wie Linus Cahill. Als man daraufhin die Frage stellte, woran man das bei dieser unbeweglichen, maskenhaften Visage erkennen könne, hatte Corcoran geantwortet, man sähe es an den gleichmäßigen und rhythmischen Bewegungen, die er ausführt, wenn er das Messer immer wieder in sein Opfer treibt. Das Messer wird mit äußerster

Sorgfalt wieder gereinigt, während das Opfer am Boden liegt und qualvoll stirbt.

Corcoran hatte bei seiner Erzählung laut und kehlig gelacht. Angelina fand das alles andere als zum Lachen. Sie war aus der Hütte hinaus in den Hof gelaufen, und hatte sich dort erbrochen.

Zwei Reiter tauchten zwischen den Bäumen und Felsen auf und ritten in den Hof.

Angelina blieb stehen. Mit der freien Hand schirmte sie ihr Gesicht gegen die Sonne ab und blinzelte den Reitern entgegen.

Es waren Cash Noakes und ein Mann, den alle Sunshine-Holly nannten – ein kleiner, gedrungener Mann mit einem rosigen Vollmondgesicht, das von einem schwarzen Bart umrahmt wurde. Seine fleischigen Lippen schienen stets zu lächeln. Seine schmalen Augen erreichte das Lächeln nie.

Cash Noakes war mittelgroß und hager. Er unterschied sich kaum von einem der zahlreichen Buschreiter hier im Land. Sein Gesicht war feingeschnitten und fast hübsch. Sein sandfarbenes Haar quoll dicht unter dem breitkrempigen Texashut hervor und reichte über den Kragen seines Hemdes hinaus.

Die beiden Reiter waren über und über mit Staub bedeckt. Sie sandten Angelina gleichgültige Blicke zu, als sie aus den Sätteln stiegen. Und sie sah ihnen ebenso gleichgültig entgegen. Sie bemerkte, wie Boston-Gregg den Lauf des Jo-Jos geschickt stoppte und es in der Hosentasche verstaute. Seine bucklige Gestalt löste sich von der Wand des Schuppens. Mit gemächlichen Schritten ging er Noakes und Sunshine entgegen. Angelina hörte ihn sagen: »Seid mächtig spät dran, Boys. Der Boss wartet schon ungeduldig auf euch.«

»Ist er in der Hütte?«, fragte Noakes.

»Hält gerade seine Siesta.«

Die beiden Männer überreichten Boston-Gregg die Zügel ihrer Pferde. Auch sie waren staubbedeckt. Und ihre Leiber schwitzten.

»Kümmere dich um sie, Boston. Striegle sie sauber und gib ihnen eine Extraportion Hafer. Haben's sich verdient.«

Cash Noakes hatte gleichmütig gesprochen. Angelina erkannte aber den lauernden Ausdruck in seinen Augen. Sie bemerkte, wie Cahill kurz aufsah und Angus Hook aufhörte, an seiner Holzfigur zu schnitzen. Auch er blickte mit unverhohlener Neugier zu den Männern herüber.

Angelina wusste genau, dass es Boston-Gregg zuwider war, die aufgetragene Arbeit zu erledigen. Er war sich zu fein dafür, anderer Leute Arbeit zu verrichten. Einmal hatte es bereits deswegen Ärger gegeben. Und Finn Corcoran hatte für klare Verhältnisse gesorgt, indem er den Schädel des Buckligen auf die Tischkante schmetterte. Fortan gab es keine Probleme mit der Rollenverteilung in der Mannschaft.

Angelina erschauerte leicht, als sie sich daran erinnerte. Wortlos nahm Boston-Gregg die Zügel der beiden Pferde und führte sie fort. Noakes und Sunshine gingen an Angelina vorbei und traten in die Hütte.

Angelina rief hinter ihnen her: »Putzt euch eure verdammten Stiefel ab, ihr zwei Idioten. Ich habe gerade den Boden gewischt.«

Ein dreckiges Lachen von Cash Noakes war die Antwort.

Finn Corcoran erschien aus einem Hinterzimmer. Sein verschlafenes Gesicht wies den Abdruck eines Kissens auf. Er gähnte laut und beobachte mit missbilligenden Blicken, wie Angelina den Wassereimer auf den Boden knallte. Wasser spritzte heraus. Mit zornigem Gesicht griff sie nach einem Putzlappen.

»Lass das!«, herrschte er sie an. »Koch uns Kaffee.« Er wandte sich an Cash Noakes und Sunshine-Holly. »Habt lange auf euch warten lassen. Was gibt's Neues?«

Noakes ließ sich auf einen Stuhl fallen und legte seine schmutzigen Stiefel auf den Tisch. Er grinste dabei unverschämt in Angelinas Richtung.

»Nimm deine verdammten Füße da runter, Noakes!«, herrschte Corcoran ihn an. »Ich will's hier sauber haben. Wo sind deine Manieren?«

Widerwillig gehorchte Noakes. Er zog ein zerknülltes Päckchen Tabak aus der Brusttasche und drehte sich eine Zigarette. Sunshine-Hiolly lehnte an der Wand. Er verschränkte seine Arme ineinander. Sein Vollmondgesicht sah teilnahmslos von einer Person zur anderen. Er war ein Mann, der zwar viel grinste, aber wenig redete. Und so überließ er es Cash zu antworten.

Der sagte: »Dieser Nolan hat bisher ne hübsche Anzahl von Rindern zusammengetrieben und den Viechern sein Brandzeichen aufgedrückt. Schätze, es sind so an die tausendfünfhundert Rinder. So, wie's aussieht, wollen die noch ein paar Viecher aus dem Busch treiben und auf den Trail gehen. Nach Missouri. Außerdem tauchte im Nolan-Camp so'n komischer Vogel auf. Sah aus wie ein Handelsvertreter. Ein kleiner Dicker. Hatte so eine blöde Melone auf dem Kopf. Na, jedenfalls wollte der, dass seine Herde mit auf den Trail nach Missouri wandert. Sollen wohl an die tausend Tiere sein, die dieser Dicke auf den Markt bringen will. Doch er scheint nicht die richtigen Leute zu haben und hat sich daher an die Nolans gewandt.«

Corcoran nickte. »Von dem Dicken habe ich gehört. Heißt Wellinghaus. Hat weiter südlich von hier eine Ranch gekauft. Der hat in der Stadt ein paarmal im *Chronicle* gesessen und nach Cowboys gefragt, die bereit wären, eine kleine Herde zu treiben. Hat aber nichts von tausend Rindern gesagt. Ist natürlich mächtig interessant, das zu wissen.«

»Das haben wir so gehört. Die Cowboys im Camp quatschen ja ziemlich viel. Und vor allen Dingen versteht man gerade nachts jedes Wort.«

»Dann wart ihr ja ziemlich nahe am Camp, was? Hat euch keiner gesehen?«

»Natürlich nicht. Sonst wären wir nicht hier.«

Corcoran rieb sich über das unrasierte Kinn. »Dieses kleine Nebengeschäft sollten wir unbedingt noch mitnehmen«, sagte er grinsend. »Schließlich bezahlt uns dieser Idiot von Blaisdell dafür, dass wir den Nolans eins auswischen.«

»So einfach wird das nicht werden, Finn«, sagte Cash Noakes. »Das ist eine ziemlich raue Mannschaft, die Nolan um sich hat.«

»Das weiß ich auch, du Schlaumeier. Gil Fuller gehört auch zu denen.«

»Fuller? Dachte, den hätte es in Mexiko erwischt.«

Corcoran schüttelte den Kopf. »Fehlanzeige. Der ist quicklebendig. Habe ihn gestern noch in der Stadt gesehen. Grogg und Chick hatten im Store die Gelegenheit, ihn kennenzulernen.« Knapp berichtete er von dem Zwischenfall.

Noakes und Sunshine-Holly wechselten einen Blick miteinander. Erst grinsten beide breit. Dann fingen sie an zu lachen.

»Hätte zu gerne das Bild gesehen, wie dieser blöde Affe von Grogg mit der Lakritzstange im Maul herumläuft.« Cash schlug sich lachend auf die Oberschenkel.

»Sind die beiden Schwachköpfe in der Stadt geblieben?«, fragte Sunshine.

»Ja. Ich will die Idioten hier nicht haben. Außerdem sollen die ein bisschen auf Blaisdell aufpassen.«

Cash hatte sich beruhigt. Er sah fragend zu Corcoran herüber.

»Wieso?«

»Freund Blaisdell ist mächtig pikiert darüber, dass er etwas an Oberwasser verloren hat. Das schmeckt ihm nicht. Ich will nicht, dass er wankelmütig wird und Dummheiten macht. Bislang hat er sich für den Boss gehalten..«

»Du hast ihm natürlich klargemacht, dass dem nicht so ist, nicht wahr?«, schaltete sich Angelina gehässig ein.

Corcoran bedachte sie mit einer abwehrenden Handbewegung, die jemand macht, um eine lästige Fliege zu vertreiben. »Kümmer dich um den Kaffee.«

Angelina bedachte ihn mit einem hasserfüllten Blick. Den sah er allerdings nicht, weil er ihr bereits wieder den Rücken zugewandt hatte.

»Der *Chronicle* ist eine verdammt gute Einnahmequelle«, bemerkte Corcoran. »So einen Laden habe ich mir schon immer gewünscht. Den werde ich mir unter den Nagel reißen.«

Und natürlich Lilly, kam ihm der Gedanke. Den behielt er für sich.

»Du?«, war die lauernde Frage von Cash Noakes. »Du etwa alleine?«

Corcoran winkte barsch ab. »Blödsinn. Natürlich seid ihr mit dabei. Mit dieser Nolan-Geschichte schlagen wir zwei Fliegen mit einer Klappe. Und dann sind wir die uneingeschränkten Herren in dieser Gegend. Und wir können in Ruhe unseren Geschäften nachgehen. In der verdammten Stadt gibt es kein Gesetz. Und das Militär ist abgezogen und macht Jagd auf Apachen irgendwo im Westen. Wir haben also mächtig freie Bahn, Jungs. Wobei Blaisdell das geringere Problem darstellen wird. Aber – alles zu seiner Zeit.«

»Hast du schon einen Plan, Finn?«, fragte Cash Noakes.

Corcoran nickte. »Pronto Hardesty und seine Jungs werden heute oder morgen hier eintreffen. Dann gebe ich genaue Instruktionen.«

Cash wies mit ausgestrecktem Zeigefinger in Angelinas Richtung.

»Was machen wir mit ihr?«

Corcoran drehte sich zu Angelina um, die am Herd stand und heißen Kaffee in drei Tassen füllte. Er schlug mit der flachen Hand auf ihr Hinterteil. »Wenn sie brav ist, kann sie unseren Aufstieg hier in diesem verdammten Landstrich noch erleben – wenn sie überdrüssig wird, verkaufe ich sie an die Mexikaner. So einfach ist das.« Er fiel in ein kehliges Lachen.

Da Angelina ihm den Rücken zugewandt hatte, konnte er nicht den mörderischen Ausdruck in ihrem hübschen Gesicht erkennen. Ihre Augen waren zu Schlitzen geformt. Purer Hass loderte in ihnen.

Sie war dieser Bande hilflos ausgeliefert. Finn Corcoran hielt sie wie eine Gefangene.

Angelina war außergewöhnlich hübsch. Hübscher als die Mädchen, die er »verkauft« hatte. Und sie war jung.

Deshalb behielt Corcoran sie noch hier.

Finn Corcorans persönliches Spielzeug.

Ich werde noch eine Gelegenheit bekommen, es dir heimzuzahlen, du verdammtes Schwein. Wirst sehen, irgendwann kann ich von hier abhauen. Und dann...

Diese Gedanken gingen ihr von morgens bis abends durch den Kopf. Und jetzt, als sie sich umdrehte und die Tassen mit dampfenden Kaffee auf den Tisch stellte, waren sie intensiver denn je zuvor.

Ja, sie hasste jeden einzelnen von ihnen. Und sie sah das wölfische Grinsen in ihren Gesichtern. Am liebsten hätte sie jedem von ihnen den heißen Kaffee ins Gesicht geschüttet.

Angelina wusste genau, was sie dachten.

Doch keiner hatte bislang gewagt, Hand an sie zu legen.

Dafür sorgte Finn Corcoran.

Und vor dem hatten alle einen Heidenrespekt.

Doch Corcoran war launisch.

Was wäre, wenn er plötzlich das Interesse an ihr verlöre?

Angelina ließ es sich nicht anmerken, aber sie erschauerte zutiefst bei diesem Gedanken.

Achtes Kapitel

Es war dunkel, als die beiden Wagen auf den Hof der Nolan-Ranch fuhren. Im Haupthaus brannte noch Licht, ebenso im Bunkhouse. Fuller parkte seinen Zweispänner direkt vor dem Pferdestall. Ein Mann trat heraus. Sein Name war Crowley. Ein alter Mann mit verkrüppeltem Bein, der einst für Stuart Conroy gearbeitet hatte. Durch sein kaputtes Bein hatte er nur die Aufgabe, den Stalldienst zu verrichten, froh darüber, überhaupt noch arbeiten zu können.

Fuller schwang sich vom Bock. »Kannst die Pferde abschirren, Crowley. Die Wagen werden heute nicht mehr gebraucht. Sattle ein Pferd für mich. Ich will heute Nacht noch ins Camp zurück. Mit dem Wagen bin ich zu langsam.«

Crowley nickte. Er blickte auf Fuller, dann zu dem Buggy mit Tom und Rita. Er murmelte einen Gruß und begann, die Pferde abzuschirren.

Fuller trat ein paarmal auf den festgestampften Boden, um die Steifheit aus seinen Gliedern zu vertreiben, während Tom Rita vom Wagen half. Gemeinsam näherten sie sich dem Haupthaus. Fuller schlenderte hinterher.

Amos Nolan trat auf die Veranda. Er hob grüßend die Hand und nickte Fuller kameradschaftlich zu.

Tom sagte: »Hallo, Amos. Rita wird heute auf der Ranch übernachten. Ich bringe sie morgen in die Stadt.«

Amos blickte in das zerschlagene Gesicht seines Bruders und fuhr sich durchs Haar.

»Bist du in eine Stampede geraten, Bruderherz? Du siehst ja höllisch übel aus.« Er sah zu Rita. Sie war immer noch bleich und zitterte. Die Decke verhüllte ihr zerrissenes Kleid.

Tom berichtete, was sich zugetragen hatte. Amos hörte mit zusammengepressten Lippen zu. Fuller bemerkte, wie sich das Gesicht des älteren Bruders verfinsterte. Als Tom seinen Bericht beendet hatte, nickte Amos düster.

»Ihr hattet mehr Glück als Verstand«, sagte er und wandte sich an Fuller: »Wenn Sie nicht dazwischengeraten wären, hätte Hardesty kurzen Prozess gemacht. Diesen verdammten Hundesohn kenne ich schließlich. Benton war kein Erholungsort und Hardesty war der Schlimmste. Wie gerne hätte ich das Schwein in die Finger bekommen. Wir hätten ihm damals bei der Flucht schon ein paar heiße Kugeln aufbrennen sollen.«

Amos ballte seine mächtige Hand zur Faust. Fuller sah, wie Rita unter den heftigen Worten zusammenzuckte. Auch Amos bemerkte es. Er räusperte sich und meinte etwas ruhiger: »Sorry, Ma'am. Die Geschichte macht mich rasend.«

Ein zaghaftes Lächeln erschien in ihrem bleichen Gesicht. »Es ist in Ordnung, Amos. Ich verstehe Sie.«

Tom sagte: »Komm mit ins Haus, Rita. Du brauchst unbedingt eine Stärkung und Ruhe.« Er drehte sich zu Fuller. »Gil... nochmals danke.«

Tom nickte Amos zu, nahm Rita beim Arm und führte sie ins Haus.

Als sie drinnen waren, meinte Amos: »Verdammt, Fuller, ich kann nicht sagen, wie froh ich bin, dass Sie...«

Fuller winkte ab.

»Ist ja noch mal gutgegangen, Amos.«

»Ausgerechnet Tom, Fuller. Der Junge hat's eh am schwersten. Von uns Nolans, meine ich. Wir haben alle eine Menge abgekriegt in dem verdammten Krieg. Tom kann's irgendwie nicht so recht verdauen. Und die Geschichte jetzt...«

Amos sprach den Satz nicht zu Ende. Er holte tief Luft und atmete geräuschvoll wieder aus. Seine Worte hinterließen bei Fuller den Eindruck, als müsse man Tom besonders beschützen. Er dachte kurz darüber nach und sagte zu Amos: »Er hat sich bei der Vorstellung mit den Hardesty-Männern sehr gut ins Zeug gelegt. Wenn er nicht mit in das Feuergefecht eingegriffen hätte, läge ich womöglich neben den anderen.«

Amos sah ihn überrascht an.

»Wie kann ich das verstehen?«

»Tom mag ein sensibler Bursche sein, Amos. Aber er kann kämpfen. Und bei der Schießerei hat er einen der Bursche mit zwei Schüssen sauber gefällt, als dieser auf mich geschossen hat. Ich will damit sagen: Er hat verdammt schnell reagiert.«

»Ich hab ja auch nie behauptet, dass er ein Feigling ist. Er ist genauso Nolan wie ich. Oder Jed und Johnny. Halt nur etwas sensibel.«

Fuller sah zu ihm auf, wie er da breitbeinig auf der Veranda stand. Amos kratzte sich erneut am Hinterkopf. Ein Grinsen huschte über sein breites Gesicht. Er war ein stämmig gebauter Mann, hünenhaft und schwer. Aber es gab keine Unze Fett an ihm. Das Leben hatte ihn mit einer unbändigen Kraft ausgestattet. Und es hatte ihn gestählt.

Amos ähnelte seinem Bruder Jed. Nicht so sehr äußerlich. Jed war eher hager und zäh. Auch von ihm ging diese vitale, unbändige Kraft aus.

Jed war der Kopf, Amos der Mann fürs Grobe. Und Fuller fragte sich insgeheim, was passiert wäre, wenn dieser gewichtige Hüne an Toms Stelle gewesen wäre.

Er erschauerte leicht bei diesem Gedanken.

Fuller wandte sich zum Gehen, als Amos ihn anrief: »Fuller. Warten Sie. Wollen Sie etwa heute Nacht noch ins Camp zurückreiten?«

Fuller nickte. »Ja. Muss noch ein paar Sachen mit Jed besprechen. Außerdem werde ich wohl langsam schon erwartet.«

Amos schüttelte den Kopf. »Ich denke, das hat Zeit bis morgen, mein Freund. Warten Sie einen Augenblick. Ich habe da noch eine kleine Überraschung für Sie.«

Fuller runzelte die Stirn.

Was war denn nun? Wieso grinste der plötzlich so geheimnisvoll?

Amos drehte sich um und ging ins Haus.

Einige Minuten später kam er zurück. Aber nicht allein. Eine Frau war an seiner Seite. Fullers Mund klappte auf und wieder zu.

Sadie Riordan!

Fuller war auf alles gefasst. Nur nicht auf sie. Mit großen Augen starrte er zu ihr herüber. Ihre schlanke Gestalt löste sich von der Veranda und trat auf ihn zu.

Sadies dunkle Stimme wehte ihm sanft entgegen: »Nun starre mich nicht so an, als wäre ich ein Geist, Gil Fuller. Ich habe doch gesagt, dass wir uns wiedersehen.«

Wenn Jed Nolan Zeit zum Nachdenken brauchte, hielt er es gewöhnlich so, dass er sich zurückzog. In solchen Momenten wollte er alleine sein. So, wie jetzt. Es gab zu viele Dinge, die er erst einmal verdauen musste. Fullers Ankunft am Morgen warf Probleme auf. Da war vieles nicht in Ordnung. Pecos fiel erst einmal aus. Für einen längeren Zeitraum, wie Fuller berichtete. Ein Mann, den er hier dringend brauchte. Es scharrten sich ein Rudel Hartgesottener um den *Chronicle*. Nichts Außergewöhnliches. Nolan hätte dieser Sache vielleicht weniger Bedeutung beigemessen. Wäre da nicht der Name Finn Corcoran gefallen. Der Ruf des Mannes war Jed wohlbekannt. Setzte er diesen mit Blaisdell in Verbindung, konnte das nur eines bedeuten: Ärger. In welcher Form, bliebe abzuwarten. Tom war übel zugerichtet worden. Das nagte an ihm und ließ eine maßlose Wut in ihm aufsteigen.

Und dann Sadie!

Mutterseelenallein war sie hier aufgetaucht. Es gab keinen Brief, keine Nachricht. Sie hatte es sich in den Kopf gesetzt, New Orleans zu verlassen. Sie nahm eine weite, beschwerliche und nicht ungefährliche Reise in Kauf, um hierher zu kommen. Zu ihm.

Verdammt, und das in einer solchen Zeit, dachte Jed grimmig. Was hat sich das Mädchen denn dabei gedacht?

Das alles machte ihn nervös. Er rieb sich über sein unrasiertes Kinn und strich über den Nacken. Am Boden lag ein kleiner Stein. Den hob er auf, drehte ihn in seiner lassonarbigen Hand und warf ihn gegen einen nahestehenden Baum. Mit dem rechten Fuß scharrte er ungeduldig im Sand herum.

Verdammte Sadie...

Es hatte in der ganzen Zeit nicht einen Moment gegeben, wo sie nicht in seinem Geiste aufgetaucht war. Seit New Orleans, als er sie dorthin gebracht hatte, damit sie dort einen Neuanfang beginnen konnte.

Und oft dachte er daran, sie wäre nicht dort gelandet. Und jetzt war sie plötzlich hier.

Beim Knacken einiger Zweige drehte er sich herum. Er sah, wie Sadie sich durch ein paar Büsche hindurch auf ihn zu bewegte. Dicht vor ihm blieb sie stehen. Ihre schlanken Hände spielten mit einem Blatt, das sie von einem Busch gezupft hatte. Sie blies sich eine widerspenstige Locke aus der Stirn. Ein Lächeln tauchte in ihrem hübschen Gesicht auf, das bei Jed nicht ohne Wirkung blieb. Einer seiner vielen, rauen Sprüche lag ihm auf der Zunge. Aber der kam nicht von seinen Lippen. Viel zu hübsch war sie, wie sie in ihrer Cowboytracht vor ihm stand.

Und dieses Lächeln...

Jed räusperte sich, um den Kloß im Hals loszuwerden.

»Mädel, was ist nur in dich gefahren? So mir-nichts-dirnichts hier aufzutauchen? Warum hast du nicht geschrieben? Verdammt, wir sind doch überhaupt nicht vorbereitet gewesen, und...«

Er hob und senkte resignierend die Schultern und hörte sie sagen: »Hätte ich das getan, mein Lieber, wären dir sicherlich tausend Gründe eingefallen, um mich an einer Reise zu dir zu hindern. Ich kenne dich, Jed. Oh, und wie ich dich kenne.«

Sie hatte Recht.

Und dennoch gab es stets die einsamen Nächte, in denen er sich in ihre Nähe gewünscht hätte.

Jeds Augen registrierten jede Bewegung von ihr. Sadie zerrieb das kleine Blatt zwischen den Händen und setzte sich ihm gegenüber auf einen Baumstumpf. Sie schlug ihre Beine übereinander und legte ihre Hände unters Kinn. Ihre abwartenden Blicke ruhten auf seinem Gesicht. Das Lächeln war von ihren Lippen verschwunden.

Jed sagte: »Natürlich freue ich mich, dich zu sehen. Und wie ich mich freue. Es ist...«

»Oh!«, unterbrach sie ihn scharf, »ich kann es genau sehen, Jed Nolan. Dein verkniffenes Gesicht sagt mir tausend Worte. Ich erwarte ja nicht, dass du meinetwegen einen Freudentanz aufführst, aber...«

Sie machte eine resignierte Handbewegung. Jed erhob sich und fasste sie an den Schultern.

»Nun hör mir doch mal zu, Sadie«, brummte er, »du weißt, dass ich es nicht so mit Gefühlen habe. Wir haben hier noch 'ne Menge Ärger zu bewältigen. Wir stecken mitten in einem Auftrieb. Die Herde, die du dort weiden siehst, soll nach Missouri getrieben werden. Diese und noch tausend Rinder eines benachbarten Ranchers. Du hättest wenigstens schreiben können. Ich... ich... hätte dir schon zurückgeschrieben und dich geholt, wenn das alles vorüber wäre. Ja, Sadie. Das hätte ich getan. Denn... verdammt, Mädchen, es hat nicht einen gottverdammten Tag gegeben, an dem ich dich nicht bei mir gewünscht hätte, seit wir New Orleans verlassen hatten.«

»Ist das wirklich wahr, Jed?«

»Zur Hölle – *ja!*«, stieß er rau hervor. Er zog sie zu sich hoch und küsste sie. Sadie legte ihren Arm um seine Schultern und erwiderte den Kuss – wild und voller Hingabe.

Später saßen sie Arm im Arm im Gras und blickten die Senke hinunter zum Camp und zu den Rindern herüber. Sadie legte ihren Kopf an seine Schulter und sagte: »Sicherlich hätte ich dir schreiben können. Ich habe es ja auch getan. Bestimmt tausend Mal. Jedes Mal ist der Brief zerknüllt im Papierkorb gelandet. Ich bin nicht sehr gut im Schreiben, Jed. An dem Tag, als du fortgeritten warst, hätte ich dir noch so viel zu sagen gehabt. Ich war zu stolz, um zuzugeben, dass mir der Neuanfang in New Orleans vollkommen gleichgültig geworden war. Ich wollte bei dir sein, Jed. Doch du warst nur mit deinen Rindern beschäftigt und damit, dir die Ranch zurückzuerobern. Es tat weh, als du fortgeritten bist. Und ich habe mir geschworen, zu dir zu kommen, wenn die Zeit soweit ist.«

»Woher wusstest du denn, dass die Zeit jetzt soweit ist?« Jed strich ihr sanft durchs Haar und ließ dabei eine Locke spielerisch durch seine Finger gleiten.

»Vergiss nicht, dass ich ein Restaurant geführt habe, mein Lieber. Viele Fremde geben sich die Klinke in die Hand. Und da sprechen sich viele Dinge herum. Zum Beispiel von einem wilden Kampf in Süd-Texas, der in einer Stadt namens Spanish Crossing ausgeführt worden war. Dein Name war gefallen, Jed. Und der von Gil und deinen Brüdern, die unerwartet heimgekehrt waren. Männer sprachen von der harten Nolan-Mannschaft, die das Land zurückerobert hatten und die bösen Yankees zum Teufel jagten. Sie sprachen in Ehrfurcht darüber.«

»Tatsächlich?«

Sie knuffte ihm verspielt in die Seite. »So ein Restaurant ist wie eine Zeitung. Eine riesige Fülle von Informationen werden ausgetauscht.«

»Trotzdem, Sadie. Der Kampf ist noch nicht vorbei.«

»Der Kampf wird das ganze Leben beherrschen, Jed. Leben heißt kämpfen. Dachte, das wüsstest du«

Der Satz hätte von mir stammen können, dachte Jed und grinste. Für eine Weile schwiegen sie. Dann fragte Jed: »Wie geht's nun weiter, Sadie? Was willst du tun?«

»Meinst du denn, ich habe die verdammte Reise gemacht, um dir Guten Tag zu sagen? Ich will hierbleiben, Jed. Hier bei dir. Ich liebe dich und gehöre an deine Seite. Und je eher du dir das in deinen verdammten Dickschädel rammst, desto besser ist es.« Etwas zaghafter fügte sie hinzu: »Es sei denn, du magst mich nicht und willst, das ich gehe.«

Jed Nolan schüttelte den Kopf.

Nein. Das wollte er nicht. Deshalb zog er sie zu sich heran und hielt sie fest in seinen Armen. Und dann geschah etwas, mit dem er nicht gerechnet hatte. Sadies Körper begann heftig zu zucken. Sie weinte.

»Sie ist schon ein Teufelsweib, diese Miss Sadie.«

Jim Harland kaute an einem Grashalm herum und blickte in die prasselnden Flammen des Lagerfeuers.

»Da ist was dran, Jim. Der Boss hat sich den ganzen Tag nicht blicken lassen«, meinte Matt Lemmons grinsend, der lässig am Wagenrad des Chuckwagens lehnte und sich aus der heißen Blechkanne Kaffee in eine Tasse goss. Harland streckte sich geräuschvoll und spuckte seinen Grashalm auf den Boden. »Und Mut hat die Lady, Jungs. Das muss man ihr lassen. So mutterseelenallein von New Orleans hierherzukommen, ohne vorher Bescheid zu sagen – dazu gehört schon eine verdammte Menge. Der Boss ist ein richtiger Glückspilz. Yeah, er kann sich glücklich schätzen. So eine Frau, die gibt's nur einmal unter Tausend.«

Die Männer am Lagerfeuer nickten stumm.

»Man muss schon Jed Nolan heißen, um solch ein Schwein zu haben. Mir würde kein Mädchen über hunderte von Meilen nachreisen«, brummte Clint Travis. Der hielt seinen Blechbecher in beiden Händen und schlürfte verdrießlich den heißen Kaffee. Lee Sutton, der neben ihm saß, stieß ihm freundschaftlich in die Seite. »Na, bei deinem Galgenvogelgesicht ist das ja auch kein Wunder.«

»Galgenvogelgesicht? Ich werde dir gleich was, von wegen Galgenvogelgesicht. Wenn deine Visage in Mode kommen sollte, würde ich mir gleich zwei Ohren an meinen Hintern nageln.«

»Nimm's locker hin, amigo«, grinste Sutton seinen Freund an, »gib mir lieber etwas Tabak, damit ich mir eine Zigarette drehen kann.«

Die krächzende Stimme des kauzigen Hugo St. Marrs drang zu den Männern herüber: »Sadie Riordan hat Haare auf den Zähnen, Jungs. Das könnt ihr mir glauben. Da wird sich der Boss noch die Zähne dran ausbeißen. Die ist härter als ne Schuhsohle. Und starrköpfig wie ein alter Maulesel. Wenn die sich erst was in den Kopf gesetzt hat, zieht die es auch durch. Fragt mich ruhig, Jungs. Ich kenne die Dame schon seit Jahren. Möchte noch jemand etwas von dem Stew?«

Des Trailkochs Blick glitt durch die Runde und blieb auf Fuller haften, der abseits in einer Ecke stand und düster zum sternklaren Himmel hinaufschaute.

»Was ist mir dir, Vormann?« rief der Trailkoch zu ihm herüber. »Du hast noch nicht viel gegessen. Willst du noch von dem Stew?«

Fuller schüttelte den Kopf.

»Nein, keinen Hunger. Heb's mir auf.«

Das klang nicht sonderlich fröhlich.

St. Marrs schüttelte den Kopf und zuckte mit den Schultern.

Was ist denn mit dem? So kennt man ihn gar nicht...

Der Trailkoch runzelte die Stirn als er beobachtete, wie Fuller seine Lakritzstange aus dem Mund nahm und sie angewidert auf den Boden warf, sich abwandte und in der Dunkelheit aus dem Camp verschwand.

Die Auskünfte, die ihm dieser Doc Mahoon gegeben hatte, erfüllten ihn mit einer grimmigen Freude.

Finn Corcoran war also hier! Der Arzt hatte es ihm bestätigt.

Im Augenblick war er nicht in der Stadt. Und der Arzt konnte nicht sagen, wann er zurückkommen würde. Doch dass er zurückkommen würde, dessen war sich Doc Mahoon wohl ziemlich sicher. Und es sind einige Mädchen vor kurzem in die Stadt gebracht worden, die nun im *Chronicle* arbeiten würden. Namen wusste der Arzt keine. Und seine Beschreibungen waren dürftig. Er habe die Mädchen nur einmal gesehen, hatte Mahoon erklärt. Das war an jenem Tag, als die Kutsche vor dem *Chronicle* hielt.

Doc Mahoon mochte den *Chronicle* nicht. Und Charles Blaisdell noch viel weniger. Daher war es ganz verständlich, dass sich Mahoon dort nie aufhielt. Er war ohnehin kein Saloongänger, hatte er Monroe erklärt.

Die bereitwilligen Auskünfte hatten Kyle Monroe vorerst einmal gereicht. Der sterbende Watt Rule hatte damals also nicht gelogen!

Doch was war aus *ihr* geworden?

War sie unter den Mädchen, die dort drüben im *Chronicle* als Barmädchen arbeiteten?

Diese Fragen brannten in Kyle Monroe, während er aus dem schmutzigen Fenster des Hotels hinaus auf den *Chronicle* blickte, der sich schräg gegenüber auf der anderen Seite befand. Das Gebäude war hell erleuchtet. Und auch die Straßenlaternen an den Gehsteigen schirmten das Treiben auf der Straße gegen die Dunkelheit ab. Monroe konnte genau beobachten, was dort drüben vor sich ging. Auch das Pulsieren auf der Main-Street, was zu dieser Stunde – es mochte gegen Mitternacht sein – herrschte. An den Straßenrändern parkten zahlreiche Fracht- und Fuhrwagen, Menschen schlenderten über die Gehsteige. Zwei Betrunkene stolperten aus dem *Chronicle*. Arm in Arm torkelten sie den Gehsteig entlang und grölten laut. Das drang bis zu Monroe herüber. Passanten wichen entsetzt zur Seite. Reiter kamen und verließen die Stadt. Und dies alles saugten Kyle Monroes Augen mit gierigem Interesse auf.

»Er wird nicht alleine sein«, hörte er Kate sprechen, die auf dem Bett lag. Er biss sich auf die Unterlippe. Eine Zeitlang sagte er nichts. Er wandte sich vom Fenster ab und blickte zu ihr herüber. Durch den Schein der Petroleumlampe auf dem Tisch wirkte ihr Gesicht noch wächserner und eingefallener, als es ohnehin schon war. Ihre Augen lagen tief und glasig in den Höhlen. Tiefe Schatten hatten sich um ihre Augenränder gebildet. Es kam Monroe so vor, als blickte ein Totenschädel zu ihm herüber. In Kates rechter Hand ruhte eine halbvolle Flasche Gin, aus der sie sich regelmäßig bediente. Sie trank aus der Flasche. Ein Glas benutzte sie schon lange nicht mehr.

Kyle Monroe hatte genügend Gründe, sie zu hassen. Doch das tat er nicht. Sie tat ihm leid. Sie war krank. Gesund würde sie nie wieder werden.

Vielleicht waren es nur noch ein paar Wochen, die Kate blieben. Doch daran glaubte Monroe nicht. Eher ein paar Tage. Vielleicht nur noch wenige Stunden...

Doc Mahoon hatte nichts gesagt. Das brauchte er auch nicht. Die Blicke des Mannes hatten ausgereicht. Für Kate war Spanish Crossing die Endstation.

Kyle Monroe setzte sich auf einen Stuhl, schlug die Beine übereinander und zog eine Zigarre aus der Anzugtasche. Er fühlte Kates Blicke auf sich ruhen und wusste, was sie dachte.

»Du gibst mir die Schuld, nicht wahr, Kyle?«, hörte er ihre Alkoholstimme. Monroe biss die Spitze der Zigarre ab. Kate richtete sich ein wenig auf. Sie trank einen Schluck aus der

Flasche. Monroe sagte nichts. Er nahm das Glas der Lampe vom Zylinder und zündete die Zigarre am Docht an. Er paffte ein paar Züge, bis sie richtig brannte. Er schob das Glas wieder über den Zylinder. Dichte Qualmwolken zogen durch den Raum. Er lehnte sich wieder zurück, legte die langen Beine erneut übereinander und sah zu Kate herüber.

Schuld..., dachte er bitter. Kann man davon sprechen?

War es nicht eher der Krieg gewesen, der Menschen zu Dingen trieb, die sie später bitter bereuten?

War es Einsamkeit?

Und wenn Schuld – trug er dazu nicht auch einen gehörigen Anteil bei?

»Ich wünschte, du hättest mich nie in Wichita Falls gefunden, Kyle. Ich wünschte, du hättest mich in deinen Gedanken begraben, und...«

Kate machte eine resignierende Geste.

Wichita Falls...

Ja, dort hatte er sie gefunden. In einer üblen Spelunke. Das war vor einem Jahr, nachdem er bereits zwei Jahre nach ihr gesucht hatte. Nach ihr – und seiner Tochter. In Wichita Falls arbeitete sie als heruntergekommene Hure. Etwas anderes war Kate nicht mehr geblieben. Und da zeichnete sich schon ihre Krankheit ab, der übermäßige Alkoholkonsum in Verbindung mit dem Opium, das sie jeden Abend einsetzen musste.

»Hattest du denn jemals im Traum daran gedacht, dass es dir und Angie bei einem Mann wie Finn Corcoran besser gehen würde, Kate? Sag mir: hast du wirklich an diesen Mann geglaubt?«

Kates Gesicht nahm einen gequälten Ausdruck an. »Kyle, du warst fort – im Krieg. Niemand wusste, ob du jemals wieder heimkehren würdest. Corcoran hatte uns ein gutes Leben versprochen. Er sprach von all den schönen Dingen, die es gibt. Wir verzehrten uns nach Geborgenheit – Angie und ich. Wir waren einsam, Kyle. Einsam auf der Ranch inmitten dieser schrecklichen Einöde.«

Monroe nickte düster.

Doch er war zurückgekehrt, aus dem Krieg, zurück zur Ranch, die er verlassen vorgefunden hatte. Er kam zurück als ein gezeichneter Mann, der tiefe Spuren aus dem Krieg mit heimbrachte. Er wollte vergessen und wieder das sein, was er vorher war – ein Rancher, der eine Familie hatte, um die er sich kümmern konnte.

Aber Kate und Angie waren fort.

Er brauchte lange Zeit, um zu begreifen, was geschehen war. Männer waren gekommen. Sie hatten die beiden Frauen einfach mitgenommen. Keine Gewalt, denn es geschah freiwillig.

Viel später erfuhr Monroe, was passierte.

Man hatte aus Kate eine alkoholsüchtige Hure gemacht und sie alleine in einer fremden Stadt zurückgelassen. Sie waren weitergezogen. Angie wurde mitgenommen, während Kate sinnlos betrunken in einem schäbigen Hotelzimmer ihren Rausch ausschlief.

Irgendwann hatten sich diese Männer getrennt.

Kyle Monroe spürte sie fast alle auf. Sie starben im Pulverdampf. Kate hatte er irgendwann gefunden. Zu mindestens das, was von ihr übrig geblieben war.

So gab es nur noch die Hoffnung für ihn, dass Angie noch lebte. Und er betete, dass nicht das aus ihr geworden war, was aus Kate wurde. Kate hatte für ihre Leichtgläubigkeit bitter bezahlen müssen. Die Zigarre wollte ihm nicht mehr schmecken. Angewidert drückte er sie im Aschenbecher aus. Eine Unruhe überfiel ihn. Er musste raus aus diesem Hotelzimmer. Seine Gedanken übermannten ihn und drohten, ihn allmählich zu ersticken. Er musste fort von Kate, deren Anblick er nicht länger ertragen konnte.

Monroe erhob sich und rückte seinen Revolvergurt zurecht.

»Du willst noch fort? Etwa in diesen *Chronicle*?«

Monroe nahm den Hut vom Haken. Er nickte düster.

»Lass mich nicht alleine, Kyle, bitte...«

Er sah auf sie herab.

Einst war sie eine hübsche Frau gewesen und lebenslustig.

Doch jetzt...

»Ich kann es hier drinnen nicht mehr aushalten«, sagte er grob. Er trat aus dem Zimmer und schlug die Tür hinter sich zu.

Doc Mahoon machte einen nächtlichen Spaziergang, um seine düsteren Gedanken zu vertreiben. Die Luft war angenehm. Ein leichter Wind wehte von Norden her und trug den Duft von Salbei in die Stadt. Doch das besserte seine Laune nicht sonderlich. Die Entwicklungen der letzten Tage gefielen ihm überhaupt nicht und bereiteten ihm große Sorgen. Der Doc war ein Mann, der Arzt aus Überzeugung geworden war. Für ihn war es nicht nur ein Beruf, sondern Berufung. Ihm war dieser Unterschied von großer Bedeutung. Leben retten war seine Devise. Als junger Mann war er in den Westen gekommen, voller Optimismus und Tatendrang. Der Krieg brach aus und wütete über das Land. Er erlebte die kurze Zeit danach und fragte sich oftmals, was wohl schlimmer war – der Krieg oder das, was jetzt das Land beherrschte. Alles schien aus den Zügeln zu geraten.

Doc Mahoon spürte den aufwallenden Druck in der Magengegend. Vor wenigen Stunden hatte er erfahren, was mit Rita passiert war – und mit Tom. Das hatte ihn zutiefst erschüttert. Und immer wieder stellte er sich die Frage, was noch alles geschehen würde, wenn sogar Frauen nicht mehr sicher waren.

Es gab kein Gesetz in Spanish Crossing.

Das war schlimm.

Dort drüben im *Chronicle* braute sich etwas zusammen. Und immer mehr Müßiggänger kamen in die Stadt.

Ja, es musste etwas passieren. Es musste ein Marshal her, der Manns genug war, aus Spanish Crossing wieder eine ruhige Stadt zu machen. Auf die Armee konnte man nicht zählen. Die hatte derzeit andere Sorgen. Und möglicherweise, dachte Mahoon, war das auch ganz gut so. Kein Mensch in Spanish Crossing hatte je gerne einen blauuniformierten Yankee in der Nähe gesehen.

Jedermann hatte damals mit Freuden zugesehen, als die Soldaten abrückten.

Aber besser ein Blauuniformierter, als das ganze Gesocks, das sich derzeit hier einschleicht, dachte er bitter. Er schnäuzte sich mit einem Taschentuch geräuschvoll die Nase, während seine Blicke zum *Chronicle* herüberwanderten. Charles Blaisdell hatte es über all die Jahre immer wieder verstanden, mit diesem Laden dort Geld zu verdienen. Selbst jetzt, da Bargeld in Texas knapp war.

Blaisdell hatte seine Nase immer nach dem Wind gedreht. *Irgendwie ist dieser windige und heuchlerische Bursche gut damit klargekommen,* überlegte Mahoon. *Verdammt gut sogar!*

Er blieb auf den schmutzigen Planken des Gehsteiges stehen und verstaute das Taschentuch in die Hosentasche.

Doch etwas stimmte da drüben nicht.

Böse Zungen behaupteten sogar, dass sich Blaisdell allmählich das Zepter aus der Hand nehmen ließe. Finn Corcoran und seine Männer kamen und gingen, wie es ihnen passte. Und für den Doc sah es so aus, als würden sie den Laden regieren – und nicht mehr Charles Blaisdell.

Im Augenblick schien Corcoran nicht da zu sein. Sein auffälliges Pferd – ein Schwarzer mit einer weißen Blässe und weißen Fesseln – stand nicht vor dem Saloon.

Das bedeutete jedoch nicht, dass nicht einige andere Männer der Mannschaft dort drüben waren. Im *Chronicle* herrschte noch reges Treiben.

Laute Musik drang auf die Straße.

Gläser klirrten.

Eine Frau lachte – laut und schrill.

Finn Corcoran war dem Doc ein Dorn im Auge. Der Mann hatte etwas vor. Und egal, was es war – für Doc Mahoon konnte es nichts Gutes bedeuten. Und nicht nur Doc Mahoon war dieser Auffassung. Durch die vielen Gespräche, die der Arzt führte, konnte er deutlich den Unmut der ansässigen Bürger vernehmen.

»Ja«, sagte er laut zu sich selbst, »ein Marshal muss her. Ein Mann, der für Gesetz und Ordnung sorgt. Ansonsten, liebe Stadt, sehe ich hier mächtig, mächtig schwarz.«

Kaum hatte er diesen Satz ausgesprochen, als er die hochgewachsene Gestalt des Mannes in einem schwarzen Anzug erblickte, der soeben aus dem kleinen Hotel trat.

Mahoon erkannte in ihm den Mann, der heute Nachmittag mit der schwerkranken Frau in seine Praxis gekommen war und sich auffällig nach Finn Corcoran erkundigt hatte.

Ein gefährlicher und düsterer Mann, dachte Mahoon. Was mag er hier nur wollen. Und diese Frau, die wie eine ganze Schnapsfabrik gerochen hatte – seine Frau...

Sie war todkrank, dessen war sich Mahoon sicher, obwohl er sie nicht einmal gründlich untersucht hatte.

Ihre gelben Augenränder und das eingefallene Gesicht hatten ihm schon alles gesagt.

Laudanum.

Die Frau hatte Laudanum haben wollen – gegen die Schmerzen.

Zum Teufel!, dachte Mahoon bitter, *die Frau ist hochgradig abhängig.*

Und sie wollte überhaupt nicht zu diesem Mann dort passen, der auf dem Gehsteig stehenblieb, sich eine Zigarre anzündete und zum *Chronicle* herübersah. Während sich Doc Mahoon sich schlendernden Schrittes dem Mann näherte, studierte er dessen Profil. Ein hageres Gesicht mit zwei kalten, grauen Augen, die im Moment im Schatten verborgen lagen. Und da war der auffallend schmallippige Mund, der selten zu lächeln schien.

Mahoon blieb neben dem Mann stehen und sagte im beiläufigen Plauderton: »Gute Luft, um sich noch kurz die Beine zu vertreten, nicht wahr?« Und mit lauerndem Unterton fügte er hinzu: »Oder auf die Jagd?«

Monroe sah auf den kleinen Arzt nieder und runzelte die Stirn dabei.

»Oh, verstehen Sie mich nicht falsch, Mister Monroe«, Mahoon hob in entschuldigender Geste beide Hände vor die Brust. »Es sieht für mich so aus, als wären Sie nicht ohne Grund nach Spanish Crossing gekommen.«

»Möglich.« Monroes Zigarre glimmte auf. Er nickte kurz, aber er sah den Doc dabei nicht mehr an. Seine Blicke hingen wie gebannt am gegenüberliegenden *Chronicle*. Monroe schob seinen Waffengurt zurecht und ging zielstrebigen Schrittes über die Straße – geradewegs auf den *Chronicle* zu.

Mahoon lehnte sich an einen Stützpfeiler und schob seinen Bowlerhut aus dem Gesicht.

Dieser Mann, dachte er, trägt Hass in seinem Herzen. Eine Saat des Zorns! Und ich will verdammt sein, wenn der nicht die pure Hölle loslassen wird...

Ein leichtes Frösteln zog sich durch seinen Körper. Und das kam nicht vom Nachtwind.

Neuntes Kapitel

Getrieben von einer inneren Gespanntheit, wanderten seine Augen suchend hin und her, während er langsam auf die Theke zuging.

Junge Mädchen liefen emsig zwischen den Tischen umher.

Im Laufe der Jahre seiner Jagd entwickelte Kyle Monroe ein Gespür für gewisse Dinge, auch wenn diese scheinbar im Verborgenen lagen. Und so bemerkte er, dass etwas mit diesen Mädchen nicht stimmte. Sie wirkten angespannt. Das Lächeln auf ihren Gesichtern sah aus wie eine Maskerade. Es war unecht. Ihre Bewegungen machten auf ihn einen eher gehetzten Eindruck.

Er erkannte keine von ihnen.

Das enttäuschte ihn sehr. Einige Männer saßen an den Tischen, tranken und redeten. An einem Tisch weiter hinten war ein Pokerspiel im Gang. Ein schmächtiger, älterer Bursche mit Halbglatze saß am Klavier. Monroe fielen die langen Finger auf, die der Kleine zum Einsatz brachte, um einige klangvolle Töne aus dem Klavier zu holen. An der Theke lümmelten sich zwei Männer, ein größerer und ein etwas kleinerer Bursche. Etwas abseits vom Tresen hielt sich ein mittelgroßer Mann mit schwarzem Bart und einem tadellos sitzenden Anzug auf.

Das musste dieser Charles Blaisdell sein, von dem der Arzt gesprochen hatte, kam es ihm in den Sinn.

Blaisdell sah zu ihm auf und ein seltsames Leuchten zeigte sich in seinen Augen, das Monroe nicht entging. Und noch etwas bemerkte Monroe: der Ausdruck des Mannes wirkte verzerrt. Auch in der Haltung des Mannes lag etwas, das verkrampft erschien. Monroe sah zu den beiden Männern an der Theke. Sie musterten ihn unverhohlenen Blickes. Beide grinsten überheblich.

Finn Corcorans Männer...

Sie wechselten vielsagende Blicke miteinander, die Monroe nicht entgingen.

Der Schwarzbärtige – Blaisdell – wurde nicht mit einbezogen.

Offenbar gehörte er nicht in dieses Spiel. Nach außen hin war er hier wohl der Boss. Aber er hatte hier nicht das Sagen. Kyle Monroe spürte es ganz deutlich.

Hier im Saloon waren also zwei Männer, die zu Corcoran gehörten. Wo, zum Teufel, war der Rest? Corcoran selbst war nicht hier, obwohl Monroe es gehofft hatte. Auch das enttäuschte ihn. Aber der Arzt hatte es ihm ja gesagt.

Blaisdells Haltung verriet Unsicherheit. Vielleicht wäre das einem anderen kaum aufgefallen. Kyle Monroe hatte ein geschultes Auge für jene gewissen Dinge.

Wie würde sich Blaisdell verhalten, sollte es zu einem Kampf kommen?

Stand er auf der Seite der Corcoran-Männer? Oder hoffte er insgeheim, sie loswerden zu können?

Ein Mädchen mit feuerrotem Haar ging auf Blaisdell zu. Sie legte kurz die Hand auf dessen Schulter und sagte etwas, das er mit einem verzerrten Grinsen erwiderte. Sie sah zu Monroe herüber und unterzog ihn einer kurzen, für ihn allerdings vielsagenden Musterung. Ein einladendes Lächeln erschien um ihren roten Mund.

Die ist ganz anders, als die anderen Mädchen, entschied Monroe, während er das Lächeln erwiderte. Die versteht etwas von ihrem Geschäft. Ganz klar!

Er stellte sich an die Theke. Rechts von ihm befanden sich der Große und der Kleine. Die musterten ihn unverschämt. Doch Monroe reagierte nicht darauf. Die Rothaarige trat an seine Seite.

»Hallo, Fremder«, begrüßte sie ihn mit ihrem aufreizenden Lächeln. Monroe wandte sich ihr zu. Er tippte an die Krempe seines schwarzen Hutes.

»Ma'am.«

»Ich bin Lilly«, stellte sie sich vor. »Und Sie sehen so aus, als könnten Sie etwas Gesellschaft vertragen.« Sie deutete mit einem vielsagenden Kopfnicken zu einem leer stehenden Tisch herüber.

Monroe lächelte breit über die anzügliche Offenheit dieser Rothaarigen. Sie war wirklich verdammt hübsch.

Kaum möglich, sich ihrer Wirkung entziehen zu können, dachte er.

Zu Lilly sagte er: »Es ist mir ein Vergnügen, Ma 'am.«

»Lilly«, verbesserte sie lächelnd. »Ich heiße Lilly. Das Ma'am wollen wir doch lassen, hm?«

»Einverstanden.«

Sie hakte sich bei ihm ein und führte ihn zu dem Tisch. In höflicher Manier rückte er ihr einen Stuhl zurecht und Lilly nahm Platz. Sie nickte ihm anerkennend zu. Offensichtlich war sie es nicht gewohnt, in Gentleman-Manier behandelt zu werden.

Monroe setzte sich Lilly gegenüber auf den Stuhl. Er hatte die Platzierung bewusst gewählt, denn er wollte den gesamten Saal im Augenschein behalten. Vor allen Dingen die beiden Corcoran-Männer dort am Tresen.

»Sie kommen nicht von hier«, sagte Lilly, »das merkt man gleich, Mister.«

Monroe legte seinen Hut auf die Tischkante. Er strich sich durch das dunkle Haar, das an den Seiten bereits graue Strähnen aufwies.

»Ich heiße Kyle Monroe», stellte er sich vor, »Kyle für meine Freunde. Was möchten Sie trinken?«

Monroe sah an Lilly vorbei in Blaisdells Richtung. Der Mann stand an einem Pfeiler gelehnt und sah mit düsteren Blicken zu ihnen herüber. Kyle Monroe ahnte, dass diesem Mann etwas nicht passte.

»Ich trinke einen Kaffee – schwarz, wenn es Ihnen nichts ausmachen sollte – Kyle«, antwortete Lilly. Dabei legte sie eine ganz besondere Betonung in seinen Namen.

Monroe nickte. Er reagierte nicht auf die Betonung, nahm sie aber zur Kenntnis.

»Kaffee? Nun, warum nicht.« Er zuckte gleichmütig mit den Schultern, während seine Augen immerfort suchend durch den Saal glitten. Monroe sah, wie Lilly ihn interessiert musterte. Diese Frau, so schätzte er sie folgerichtig ein, war durchs Ohr gebrannt. Ihr entging so schnell nichts. Und sicherlich fragte sie sich gerade, weshalb er hier war. Das verrieten ihm ihre Augen.

Monroe winkte den Mann hinter der Theke heran und bestellte den gewünschten Kaffee.

Der Mann am Klavier änderte die Musik. Er begann, ein schnelleres Stück zu spielen. Laut, falsch, aber stimmungsvoll. Monroe hörte jemand rufen: »Das wurde langsam Zeit! Diese verdammte Trauermusik kannst du in der Kirche spielen, Grandpa!«

Jemand fiel in ein gackerndes Lachen ein.

Eine Frau kreischte schrill.

Monroe wandte sich Lilly zu, deren Augen immer noch interessiert an ihm hingen.

»Mächtig netter Laden hier«, meinte er. Es klang ironisch.

»Sie sind sicherlich etwas ganz anderes gewohnt, nicht wahr, Kyle«

Wieder diese Betonung seines Namens...

»Schlimmeres und Besseres. Wie man's nimmt.«

Plötzlich schob sie ihren Kopf näher heran. »Wen oder was suchen Sie hier, Kyle?«

Monroe zog die Stirn in Falten.

»Wer sagt denn, *dass* ich was suche?«

Lillys Lächeln wurde geheimnisvoller. »Verkaufen Sie mich nicht für dumm, Mann. Ich hab doch sofort gemerkt, als Sie hier hereinspaziert kamen, dass Sie auf Jagd sind. Also?«

Monroe nickte. Lächelnd sagte er: »Schätze, Sie sind gewiss nicht auf den Kopf gefallen. Ihnen macht man nichts vor, was?«

»Bin lange im Geschäft, Kyle.«

»Was ist mit Ihrem Boss, Lilly? Hat der die Hosen voll? Oder hat Finn Corcoran diesen Laden schon übernommen?«

Das saß. Die Überraschung war auf seiner Seite. Nun war es an Lilly, die Stirn in Falten zu ziehen.

Der Barmann kam und servierte zwei Tassen Kaffee. Als er wieder gegangen war, sagte Lilly: »Ziemlich direkte Fragen für einen Fremden, der gerade erst in die Stadt gekommen ist. Was sind Sie, Kyle? Ein Hellseher? Oder gar – ein Marshal?«

Monroe schüttelte den Kopf.

»Weder noch. Bin halt auch lange im Geschäft. Und ich habe Augen, die sehen können.«

Lilly befeuchtete ihre roten Lippen und sah ihn für eine Zeitlang nachdenklich an. Schließlich nickte sie und sagte: »Ich denke, dass ich Sie richtig eingeschätzt haben, Kyle. Und vormachen kann man *Ihnen* auch nichts.« Sie blickte zur Seite. Monroes Blicke folgten den ihren.

Blaisdell stand immer noch am Pfeiler und sah zu ihnen herüber. Das ungleiche Duo lehnte am Tresen. Der Große hielt eine Flasche an die Lippen und trank gierig. Der Kleine stierte mit glasigen Augen zu Lilly herüber. Und dann zu Monroe. Ein lauernder Ausdruck erschien in seinem Gesicht.

Lilly wandte sich Monroe zu.

»Wir werden beobachtet«, sagte sie.

»Ich weiß. Wer sind die beiden Kerle dort am Tresen?«

»Corcoran-Männer. Zwei miese Typen. Sie heißen Grogg und Chick. Hören Sie, Kyle: Hier haben die Wände Ohren. Oben in meinem Zimmer können wir uns besser unterhalten.«

»Sonst noch jemand von Corcorans Männern hier?«, fragte Monroe.

Lilly schüttelte den Kopf.

»Im Augenblick nicht, aber...«

Sie sprach den Satz nicht zu Ende. Monroe sah die plötzliche Veränderung in ihrem Gesicht. Lilly lächelte nicht mehr. Sie war ernst. Ein dunkler Schatten hatte sich über ihre Augen gelegt. Monroe nahm die Tasse mit der Linken beim Henkel und führte sie an den Mund. Über den Tassenrand hinweg sah er Lilly direkt an.

»In Ordnung«, sagte er, nickte und stellte die Tasse auf die Tischplatte.

Charles Blaisdell gefiel das nicht. Es entsprach nicht Lillys Art, sich gleich so vertrauenswürdig einem Fremden zu geben. Sie machte ihren Job. Und den machte sie verdammt gut. Das stand außer Frage. Aber so, wie das hier für Blaisdell aussah, hatte es nichts mit Lillys Job zu tun.

Was war das für ein Kerl? fragte er sich, während er die Zigarre zwischen den Lippen hin und her rollen ließ.

Spielte Lilly jetzt auch noch nach ihren eigenen Regeln?

Mit zusammengezogenen Augenbrauen beobachtete er, wie Lilly mit dem Fremden in Richtung Treppe zu den oberen Etagen ging. Lilly hatte den hochgewachsenen Mann im schwarzen Anzug dabei an die Hand genommen und zog ihn fast hinter sich her. Dabei lachte sie laut und scheinbar unbeschwert.

Was war das für ein verdammtes Spiel?

Blaisdells Finger spielten nervös mit dem Knopf seiner Anzugjacke. Sein rechtes Auge begann zu zucken. Das tat es immer, wenn für ihn etwas nicht in Ordnung war.

Als Lilly mit dem Kerl mitten auf der Treppe stand, trafen sich kurz ihre Blicke. Sie lächelte nicht mehr.

Irrte er sich, oder hatte sie ihm gerade zugezwinkert?

Fast kam es Blaisdell so vor. Doch bevor er sich weitere Gedanken darüber machen konnte, hörte er die stark alkoholisierte Stimme Groggs durch den Saloon brüllen: »He, du Schönling da auf der Treppe! Wer sagt dir eigentlich, dass du dich mit der Schönen da an deiner Seite vergnügen darfst, he? Komm da wieder runter und setz dich wieder an den Tisch.«

Blaisdell zuckte zusammen. Grogg war betrunken und wollte unbedingt Streit provozieren. Sein Kopf machte eine schnelle Drehung zu dem grobschlächtigen Kerl. Der hatte sich von der Theke abgestoßen und stand breitbeinig auf den Planken des Saloons. Die Flasche in der Rechten beschrieb einen Halbkreis. Whisky tropfte auf die Bretter. Chick lehnte lässig am Tresen und grinste breit. Es war ein giftiges Grinsen. Auf der Stirn zeichnete sich das breite Andenken ab, das ihm vor wenigen Tagen Gil Fuller im Store verabreicht hatte. Blaisdell war alles andere als ein Freund der Nolans und deren Mannschaft. Als dieser Giftzwerg Chick seine Lektion erhalten hatte, konnte er nicht umhin, sich diebisch darüber zu freuen.

Doch diese kleingeratene Bestie in Menschengestalt schien nichts daraus gelernt zu haben.

Jetzt sah es für Charles Blaisdell so aus, als hätten er und Grogg ein neues Opfer gefunden.

Verdammt sei diese Brut von Finn Corcoran, dachte er zornig und hilflos zugleich, *verdammt sei Finn Corcoran. Wäre ich doch nie...*

Er führte seinen Gedanken nicht zu Ende.

Im Saloon war es plötzlich sehr ruhig geworden.

Der Alte am Klavier hatte aufgehört zu spielen. Ein Glas fiel auf den Boden und kollerte gegen ein Tischbein. Und in diese Ruhe hinein dröhnte abermals Groggs Whiskystimme: »Bist du taub auf den Ohren, Mann? Du sollst dich wieder auf den Stuhl da setzen. Die Lady habe ich für mich reserviert.«

Blaisdells Gesicht lief rot an vor Wut. Er nahm seinen ganzen Mut zusammen und ging auf Grogg los.

»Lass den Quatsch!«, schrie er ihn an. »Trink in Ruhe deinen Whisky und hör auf, hier Streit anzufangen.«

Grogg stierte Blaisdell aus stupiden Augen entgegen.

»Du hast hier gar nichts zu melden, Stutzer!«

Im gleichen Augenblick knallte die halbvolle Whiskyflasche gegen Blaisdells Schädel. Blaisdell verdrehte die Augen. Wie ein gefällter Baum landete er auf dem Boden. Einige der Mädchen schrien entsetzt auf. Grogg lachte dreckig auf und ließ die Flasche achtlos neben Blaisdell auf die Bretter fallen. Er brachte sich in Position.

Chick stieß sich ebenfalls von der Theke ab.

Kyle Monroe verharrte auf der Treppenstufe. Aus den Augenwinkeln sah er, wie Lilly die Hände vors Gesicht schlug, als Blaisdell fiel.

Diese Burschen da unten hatten es von Anfang an auf ihn abgesehen. Das hatte Monroe deutlich gespürt. Es war ihm nur recht.

Zwei Corcoran-Männer weniger, um die ich mir Sorgen machen muss, dachte er grimmig.

Er schob langsam die Rockaufschläge zurück, so dass der Kolben seines 1863er Army Colts sichtbar wurde.

Mit tödlicher Sanftheit wehte seine Stimme zu Grogg und Chick herunter, als er sagte: »Bevor du den Mund so weit aufreißt, solltest du lieber die Lady fragen, ob sie sich mit dir einlassen würde.«

Groggs Augen verengten sich. Sein stumpfsinniges Gesicht schien zuerst die Worte nicht verstanden zu haben, die ihm Kyle Monroe zugeworfen hatte. Sein Mund klappte auf, und wieder zu. Er wechselte einen kurzen Seitenblick mit seinem Partner. Chick stellte sich breitbeinig neben Grogg. Die Finger seiner Rechten trommelten nervös gegen die Perlmuttschalen seines Colts.

Blaisdell lag immer noch reglos auf dem Boden – dicht vor Chicks Stiefelspitzen.

»Einen Dreck werde ich!«, rief Grogg zu Monroe hoch. »Ich will mich mit der Puppe amüsieren. Und da frage ich nicht lange nach. Hast du das kapiert?«

»Na, dann hole sie dir doch, du Schlaukopf«, höhnte Monroe.

»Okay, Grogg, der will seine Medizin schlucken – tun wir ihm den Gefallen«, kam es zischend aus Chicks Munde. In seinen gelblichen Augen blitzte es tückisch auf.

Ohne Lilly anzusehen, sagte Monroe: »Lilly, bitte seien Sie so freundlich und bewegen sich bitte ganz schnell nach oben in Deckung.«

»Hören Sie, Kyle, das alles...«

»Verdammt, diskutieren können wir später! Tun Sie, was ich Ihnen sage.«

Sie sah ihn erschrocken von der Seite an. Eben noch war er ein Mann mit den feinsten Manieren eines Gentleman –

jetzt hatte sich ein Wandel vollzogen, der ihn an einen Wolf erinnerte. Lilly hob den Saum ihres Samtkleides an und huschte die Treppe hinauf zur ersten Etage.

Doch das beachtete Monroe nur am Rande. Seine kalten Augen hielt er auf Grogg und Chick gerichtet. Und der Instinkt eines Kämpfers sagte ihm, dass der kleine Giftzwerg da unten gefährlicher war, als der Große mit dem losen Mundwerk.

Und richtig!

Während Grogg für den Bruchteil einer Sekunde noch zögerte, sprang Chick plötzlich vor und riss seinen Revolver aus dem Leder. Doch da fraßen sich schon die ersten Mündungsblitze von Monroes 1863er durch seinen Körper. Die dumpfen Einschläge der Geschosse ließen Chick mitten in der Bewegung erstarren. Mit fassungslosem, stupiden Gesichtsausdruck stierte er zu Monroe hoch. Der Revolver fiel ihm aus der Hand und polterte auf die Bretter des Saloons.

Chick machte eine seitliche Drehung und war schon tot, als sein Körper dicht neben dem bewusstlosen Blaisdell aufschlug.

Stille!

Grogg stand wie angewurzelt da, seine Rechte schwebte über dem Kolben seines Colts. Ungläubig starrte er in die rauchende Mündung des 1863ers, der soeben seinen Kumpan getötet hatte und nun auf ihn gerichtet war.

Das metallische Klicken drang unnatürlich laut durch den Saal, als Monroe den Abzugshahn nach hinten zog. Seine Augen sahen kalt zu Grogg herunter, dem der Schweiß von der Stirn lief.

»Zieh deine Kanone aus dem Leder oder mach, dass du verschwindest, Großmaul!«

Sämtliche Kampflust war aus Groggs Gesicht entschwunden. Er stand plötzlich ganz alleine da. Alle im Saal hielten gebannt den Atem an. Jegliche Augenpaare waren auf das Geschehen gerichtet.

Doch keiner dachte daran, sich einzumischen, geschweige denn ihm helfen zu wollen. Das schien Grogg zu erkennen. Und er wusste auch allzu gut, dass er gegen diesen hochgewachsenen Mann im schwarzen Anzug keine Chance haben würde. Seine roten Augen blickten auf den toten Chick am Boden, dann wieder zu Monroe hoch.

Der hatte immer noch seine Waffe auf ihn gerichtet.

Und da passierte etwas, das dieser Szenerie eine Wendung gab. Ein stechender Schmerz durchzuckte plötzlich Kyle Monroes Körper. Er kam jäh und versetzte seinen rechten Arm in eine vollständige Lähmung. Monroes Gesicht wurde kalkweiß. Er stolperte nach hinten gegen die Wand.

Panik erfüllte ihn. Denn er wusste, was das bedeutete.

Ein Raunen ging durch die Menge im Saloon.

Monroes Gesicht verzerrte sich. Er sah, wie es in Groggs stupidem Gesicht dort unten zu arbeiten begann.

Er hörte Lilly rufen: »Kyle! Was ist mit Ihnen?«

Monroe achtete nicht auf sie. Er hatte genug mit sich zu tun. Dieser bullige Bursche dort unten schien die neue Situation erkannt zu haben. Ein höhnisches Grinsen zog sich über das feiste Gesicht.

Monroe griff mit der Linken seinen 1863er. Genau in dem Augenblick stürmte Grogg mit einem tierischen Aufschrei nach vorne, hatte seine Waffe aus dem Revolvergurt gerissen und feuerte. Doch er reagierte zu hastig. Das Geschoss donnerte in das Holz des Treppengeländers. Späne flogen Monroe ins Gesicht. Die Lähmung setzte ihm arg zu. Er konnte nicht so reagieren, wie es sonst der Fall war. Außerdem musste er mit der linken Hand schießen. Das war ebenfalls ungewohnt für ihn.

Doch er hatte keine andere Wahl. Der Finger krümmte sich um den Abzug. So schnell es ihm gelingen mochte. Er verfehlte. Grogg war inzwischen an der unteren Treppenstufe angekommen. Sein Colt bellte auf. Die Kugel raste dicht an Monroe vorbei und schlug sich in der Kalkwand dicht neben ihm platt. Kalk rieselte Monroe entgegen. Er ließ sich fallen, entging somit einer zweiten Kugel, die haarscharf an seinem Kopf vorbeijaulte. Noch im Fallen zog er durch. Er sah Grogg taumeln. Ein roter Fleck breitete sich auf dessen Brust aus. Grogg stieß einen heiseren Seufzer aus. Er stolperte. Monroe wollte noch einmal abdrücken. Der Hammer schlug auf eine leere Patrone. Grogg sackte auf dem Treppenabsatz zusammen. In seiner Rechten hielt er verkrampft die Waffe. Er brachte sie in Anschlag. Doch er schaffte es nicht mehr. Der Revolver polterte auf die Treppenstufe. Ein Zucken ging durch Groggs Körper. Dann brach er endgültig zusammen.

Monroe lehnte sich erschöpft gegen das Treppengeländer. Von oben hörte er Lilly laut seufzen. Die Schwingtür flog auf und die Gestalt des kleinen Docs betrat den Saloon.

»Wann haben diese Lähmungen erstmals eingesetzt?« Doc Mahoon wischte sich seine Hände mit einem Handtuch ab. Er sah kurz von Monroe zu Charles Blaisdell herüber, dessen Platzwunde am Schädel von Rita verbunden wurde. Der Saloonbesitzer stöhnte dabei die ganze Zeit wehleidig auf. Und das ging dem Arzt mächtig auf die Nerven.

Lilly hatte sich Blaisdell gegenüber rittlings auf einen Stuhl gesetzt und blickte skeptisch auf Ritas Wirken. Es war ihr deutlich anzusehen, dass sie die junge Arzthelferin nicht leiden konnte.

Kyle Monroe ballte immer wieder die rechte Hand zur Faust. Die Lähmung war genauso schnell verschwunden, wie sie gekommen war. Dennoch hätte dieser Vorfall ihm beinahe in einem entscheidenden Moment das Leben gekostet.

»Ist schon eine Weile her, Doc. Genau weiß ich es nicht mehr. Vielleicht vor einem Jahr etwa. Sie traten ein paarmal auf und verschwanden auch wieder.«

Doc Mahoon nickte düster.

Er sagte: »In Ihrem Rücken steckt eine Kugel, Monroe. Die sorgt dafür, dass diese Lähmungen von Zeit zu Zeit auftreten. Wenn Sie nicht sehr bald dafür sorgen, dass die Kugel entfernt wird, werden diese Lähmungen immer häufiger auftreten und dabei wahrscheinlich länger andauern als die Male davor. Und die Gefahr besteht, dass sie sogar irgendwann vollständig gelähmt bleiben. Frage mich wirklich, wieso Sie nicht schon längst dafür gesorgt haben, dass man Ihnen die Kugel da rausholt, Mann.«

Monroes Antwort ließ dem Arzt die Stirn in Falten ziehen.

»Hatte noch keine Gelegenheit gehabt, mich darum zu kümmern, Doc.«

Mahoon schüttelte den Kopf. »Mister, das ist Ihre Gesundheit. Ich kann meinen Rat nur wiederholen: Die Kugel muss dringend raus. Am besten wäre es, wenn wir gleich...«

Monroe schnitt ihm mit einer energischen Handbewegung das Wort ab. »Nein, Doc. Dafür ist jetzt keine Zeit. Ich werde mich darum kümmern. Aber da gibt es etwas, was ich noch zu erledigen habe. Und das kann nicht warten.«

Der Arzt verstand diesen Mann nicht. Aber es war zwecklos, noch etwas dagegen zu sagen. Monroe musste schließlich wissen, was er tat.

»Wie kam es überhaupt dazu, dass Sie diese Kugel da im Rücken mit sich rumschleppen?«

Monroe grinste freudlos. »Ein Andenken aus vergangenen Tagen«, sagte er.

Monroe erinnerte sich genau. Es war, als er anfing, die Bande aufzuspüren, die ihm seine Familie geraubt hatte. In Trinidad war er auf Angry Adams gestoßen. Das war der erste Mann gewesen. Mit Angry hatte er abgerechnet. Aber er rechnete nicht mit Angrys jähzorniger Freundin, die ihm kurzerhand mit einer kleinen Derringer-Pistole eine Kugel in den Rücken schoss. Monroe kam zwar aus Trinidad heraus, aber keine zehn Meilen hinter der Stadt war er bewusstlos vom Pferd gefallen. Ein beherzter Farmer fand ihn, der einiges über medizinische Dinge zu wissen schien. Er konnte zwar nicht das Projektil aus dem Rücken entfernen, sorgte aber dafür, dass Kyle Monroe am Leben blieb und einige Wochen später wieder im Sattel saß.

Auch der Farmer hatte ihm seinerzeit dringend dazu geraten, sich an einen Arzt zu wenden, um die Kugel zu entfernen.

Darüber schwieg Monroe beharrlich.

Mahoon wandte sich an Blaisdell: »Ich hoffe, Sie sehen jetzt langsam ein, dass Sie sich mit diesen Corcoran-Männern mächtig übernommen haben, Blaisdell.«

Der Saloonbesitzer sah Mahoon mit einer übertriebenen Leidesmiene an. »Ich konnte nicht ahnen, dass sich die Dinge so entwickeln würden», sagte er barsch. »Wollen Sie mir das etwa zum Vorwurf machen, Mahoon?«

»Ja«, war die knappe Antwort, die Blaisdell merklich zusammenzucken ließ. Der Doc packte seine Utensilien zusammen und verstaute sie in seinen schwarzen Koffer. Als er und Rita das Büro von Blaisdell verlassen hatten, sahen Lilly und Blaisdell stumm auf Kyle Monroe. Der hatte sich inzwischen seine Anzugjacke wieder übergestreift und war ebenfalls in Begriff, zu gehen.

Blaisdell räusperte sich. Etwas verlegen drangen seine Worte an Kyle Monroes Ohren: »Einen Augenblick, Mister. Bitte, warten Sie einen Augenblick.«

Monroes Hand hatte bereits den Türgriff umschlossen. Seine Hand senkte sich herab und seine Augen blieben fragend an Blaisdell haften.

»Mir sind in vergangener Zeit ein paar gravierende Fehler unterlaufen«, sagte Blaisdell. Er atmete tief ein und aus. Dann schien er sich vollständig wieder in der Gewalt zu haben, denn seine Stimme klang plötzlich etwas sicherer. »Ich bin natürlich bereit, diese Fehler wieder zu korrigieren.«

»Kommen Sie auf den Punkt, Mister«, sagte Monroe barsch. »Ich habe nicht sehr viel Zeit.« Er beobachtete dabei Lilly, die ihn aus unergründlichen Augen direkt ins Gesicht sah. Monroe glaubte so etwas wie eine Bitte in ihrem Gesichtsausdruck zu erkennen.

Charles Blaisdell rückte seinen Stuhl in Monroes Richtung.

»Mir scheint, dass Sie nicht nur rein zufällig in der Stadt sind, Mister...«

»Monroe. Mein Name ist Kyle Monroe.«

Blaisdell nickte. Sein oft zur Schau gestellter, selbstsicherer Gesichtsausdruck trat wieder zum Vorschein. »Nun, Mister Monroe, wie ich schon sagte: ich habe da wieder etwas gerade zu stellen.«

»Damit meinen Sie sicherlich Finn Corcoran, richtig?«

Blaisdell nickte heftig, wobei er sich wieder an seine Kopfschmerzen erinnerte und das Gesicht verzog.

»Ich sehe, Sie durchschauen die Sache, Mister Monroe.«

Monroe wechselte einen flüchtigen Blick mit Lilly.

Diese Frau, so entschied er, mochte ein seltsames Verhältnis zu diesem Blaisdell hegen.

In Monroes Augen schien Blaisdell nicht viel zu taugen. Jedenfalls machte er nicht den Eindruck eines Mannes von hoher Standhaftigkeit. Er wirkte eher wankelmütig – ein Mann, der es verstand, die Fahne nach dem Wind zu hängen.

Lilly hingegen wirkte auf ihn ganz anders.

»Sie haben sich da auf etwas eingelassen, was ein paar Nummern zu groß für Sie ist, richtig? Ist es das, worum es geht?«

Monroes harte Frage wühlte in Blaisdell, das konnte er deutlich sehen. Das Gesicht des Saloonbesitzers verdunkelte sich. Es traf seinen Stolz.

Blaisdell schien in einer so prekären Lage, dass er über diesen Punkt hinwegging. Stattdessen nickte er nur.

»Das gebe ich zu. Ja, Finn Corcoran stellt ein großes Problem dar. Ein sehr großes sogar.»

Blaisdell blickte zu Lilly und diese nickte stumm.

Monroe nickte zufrieden. Er sah sich seiner Sache näher, als er jemals war.

Dieser windige Blaisdell war ganz offensichtlich dazu angetan, seinen Widersacher ans Messer zu liefern, dachte er.

Und das konnte und wollte sich Kyle Monroe nicht entgehen lassen.

Er setzte sich zurück auf den Stuhl, auf den er vorhin gesessen hatte und legte seine langen Beine übereinander. Im gemütlichen Plauderton sagte er: »Okay, Blaisdell, legen wir mal unsere Karten auf den Tisch. Und Sie erzählen mir mal alles über unseren gemeinsamen Freund Finn Corcoran...«

Nachdem Kyle Monroe das Büro von Charles Blaisdell verlassen hatte, stand Blaisdell vor dem Regal der zahlreichen Zinnfiguren. Er nahm behutsam einen Reiter heraus und wischte mit einem Tuch über die Figur. Er sah Lilly nicht an.

»Was für eine Wahl hätte ich gehabt, Lilly?«, fragte er, während er die von Staub befreite Figur wieder zurück ins Regal stellte. Eine weitere glitt in seine Hände.

»Ich hatte dich von Anfang an gewarnt, dich mit dieser Bestie Corcoran einzulassen.« Der Tonfall in Lillys Stimme war nicht ohne Vorwurf.

»Ja, das hast du getan.«

Lilly erhob sich von ihrem Stuhl und trat neben Blaisdell ans Regal. Zögernd legte sie ihre schmale Hand auf seine Schulter. »Niemand kennt dich besser als ich, Charles,«, sagte sie mit weicher Stimme. »Das weißt du genau. Du bist nicht der harte Mann, den du ständig zur Schau stellst. Warum blickst du nicht tief in dein Inneres und erkennst dich selbst? Der *Chronicle* läuft sehr gut. Warum lässt du es nicht einfach dabei? Was willst du beweisen? Ist es etwa der krankhafte Hass gegen die Nolans? Du bist nicht der Mann, der hart genug ist, sich gegen sie zu stellen.«

Blaisdell wandte sich ihr zu. In seinen Augen lag ein gequälter Ausdruck, der Lilly erschrak. Dieser Mann litt unter heftigen Selbstzweifeln. Sein ganzes Bestreben lag darin, zu den ganz Großen zu gehören. Er wollte Macht und Anerkennung. Innerlich war er ein schwacher Mann, der sich zu viel vorgenommen hatte. Er erwartete zu viel, als er erreichen konnte.

Eine Tatsache, die ihn leiden ließ wie ein Tier.

Lilly hatte das schon lange gewusst. Sie erkannte den Charles Blaisdell, der er wirklich war.

»Ja Lilly», sagte er mit rostig klingender Stimme, »es ist wahr. Ich bin schwach. Dir kann ich nichts vormachen. Du kennst mich genau. Du hast mich schon lange durchschaut. Ich hätte auf dich hören sollen. Ich habe es nicht getan. Ich hätte erkennen müssen, dass es falsch ist, sich mit einem Mann wie Finn Corcoran einzulassen. Finn Corcoran hält eine Mannschaft von mindestens zwölf Männern zusammen. Du weißt, was das für Männer sind. Diese Schwachköpfe Grogg und Chick waren die schwächsten Glieder in der Crew.

Gerade gut genug dafür, hiergelassen zu werden, um mich unter Kontrolle zu halten, während die anderen ihren sogenannten Coup starten wollen. Und wenn sie damit fertig sind, werden sie zurückkommen. Und dann werden sie sich meinen *Chronicle* nehmen, Lilly. Und Corcoran ist mächtig scharf auf dich. Ich weiß es. Ich hab's erkannt. Zu spät. Ja, du hast Recht. Ich hatte wirklich geglaubt, wenn ich mich mit Corcoran zusammentue, kann ich's mit Jed Nolan aufnehmen. Sieh mich nicht so an, Lilly. Es ist schwer mich für, mir einzugestehen, den Fehler gemacht zu haben, und...«

Er verstummte und sah von ihr weg auf die Staute in seinen Händen.

Lilly sagte: »Das alles darf nicht geschehen, Charles. Ja, ich weiß, dass Finn Corcoran ein Auge auf mich geworfen hat. Und davor fürchte ich mich. Der ganze Mann macht mir Angst. Und du weißt, dass ich nicht die Frau bin, die schnell zu verängstigen ist. Vergiss endlich deinen sinnlosen Hass gegen Jed Nolan und seine Brüder. Das ist längst Geschichte. Und nur dadurch ist alles entstanden! Je eher du das begreifst, desto besser ist es.« Sie hatte den Satz kaum zu Ende gesprochen, als ihr ein Gedanke kam. Ein seltsames Lächeln legte sich um ihre roten Lippen, als sie fortfuhr: »Finn Corcoran ist ein übler Bursche. Wer weiß: möglicherweise war es ausgesprochen dumm von ihm, nur zwei seiner Männer hier in der Stadt zu lassen.«

Blaisdell sah sie fragend an. »Wie meinst du das?«

»Na, denk doch mal nach! Grogg und Chick sind tot. Wer sollte Corcoran denn jetzt warnen, dass Kyle Monroe auf seiner Fährte ist? Und dieser Mann ist ein Bluthund. Der brennt darauf, mit Corcoran abzurechnen. Hast du nicht den Ausdruck in seinen Augen gesehen?«

Blaisdell nickte. Ja, den Ausdruck hatte er deutlich gesehen. Und in Charles Blaisdell keimte ein leichter Hoffnungsschimmer auf.

Als Kyle Monroe ins Hotelzimmer trat, lag Kate auf dem Bett. Im matten Schein der Tischlampe sah er ihr wächsernes Gesicht. Die Augen waren starr auf die Decke gerichtet. Ihrer schlaffen Hand war die halbleere Flasche entglitten und lag jetzt auf dem Boden.

Monroe rümpfte er die Nase. Ein übler Gestank menschlicher Ausdünstung vermischt mit Alkohol stieg ihm in die Nase.

Die Fenster waren verschlossen.

Früher hätte Kate es in einem muffigen Zimmer nie aushalten können. Für sie war es stets wichtig gewesen, frische Luft atmen zu können.

Monroe drehte den Docht der Lampe etwas höher.

Lange blickte er auf die reglose Gestalt dort auf dem Bett. Ein schwerer Seufzer entrang sich seiner Kehle. Nur zögernd nahm er den Hut ab, hielt ihn in beiden Händen.

Ein leichter Schauer fuhr ihm durch den Körper.

Seine Augen brannten. Er fühlte sich leer und ausgebrannt. Mit einer leisen Stimme sagte er: »Wir sind unserem Ziel sehr nahe, Kate. Ja, es ist so, wie ich es dir gesagt habe. Ich hätte dir gerne erzählt, was ich heute Nacht erfahren habe, Kate.«

Kate blieb stumm. Sie hörte ihn nicht.

Sie würde ihn niemals wieder hören.

Kate Monroe war in dieser Nacht gestorben.

Zehntes Kapitel

Es war sehr früh am Morgen, als Amos Nolan gähnend und mit einem vollen Becher Kaffee auf die Veranda trat. Kein Wölkchen zeigte sich am Himmel und es versprach, wieder einmal ein heißer Tag zu werden. Drüben beim Bunkhose war noch alles ruhig. Auch im Ranchgebäude. Nur Groot, der Koch, war in der Küche, um das Frühstück für die Mannschaft vorzubereiten. Amos hatte es sich von Anfang an zur Gewohnheit gemacht, zur gleichen Zeit mit dem alten Koch, der noch aus der Conroy-Zeit übriggeblieben war, aufzustehen.

Er nahm einen Schluck aus dem Kaffeebecher und lehnte sich dabei gegen den Verandapfeiler. Der Kaffee belebte seine Sinne und seine Blicke schweiften über den Ranchhof. Und dann glaubte er, seinen Augen nicht zu trauen. Er sah zur Pferdekoppel herüber, schüttelte den Kopf, sah kurz weg, dann wieder hin.

Nein, da gab es nichts, was seine Sinne hätte trüben können. Er sah richtig. Und er sah Sadie auf dem Rücken des schwarzen Wildhengstes, an dem sich sein Bruder Johnny bereits die Zähne ausgebissen hatte. Das wilde Biest lief brav seine Runden im Gatter und Sadie saß im Sattel dieses Teufels, als wäre sie darin geboren. Der Kaffeebecher glitt Amos aus den Händen und polterte auf den Bretterboden der Veranda. Ungläubig stierte er auf Pferd und Reiterin. Dann brüllte er aus Leibeskräften: »Johnny! Tom!«

Es dauerte nicht lange und ein verschlafener Johnny Nolan tauchte im Türrahmen auf. Hastig stopfte er sich das Hemd in die Hose. Rasierschaum bedeckte sein halbfertig rasiertes Gesicht, den er mit dem Handtuch in der Hand entfernte.

»Was ist los? Gibt's Ärger? Was brüllst du hier am frühen Morgen schon so rum, Bruderherz. Ist etwa der Krieg...«

Amos wies nur mit dem ausgestreckten Arm in Richtung Gatter und Johnny blieb wie angewurzelt im Türrahmen stehen. Seine Augen wurden größer und immer größer. Er fuhr sich durchs zerzauste Haar. Er konnte nicht glauben, was er dort am Gatter sah.

»Amos, kneif mich. Und sag mir, dass ich träume.«

»Wie ist das möglich?,«, fragte Amos kopfschüttelnd. »Sag, wie ist so was möglich?«

»Jeds Lady ist eine Zauberin, Bruderherz. Ich... ich kann's nicht anders erklären. Tod und Teufel, würde ich es nicht sehen, ich tät's nicht glauben.«

Nun trat auch Tom auf die Veranda heraus. Nur in Hose und Stiefeln. Sein Hemd hielt er in der rechten Armbeuge. Allerdings fehlte bei ihm der Rasierschaum im Gesicht. Sein Ausdruck glich den seiner beiden Brüder, als er Sadie im Sattel des schwarzen Wallachs sah. Er fuhr sich mit der Linken über sein zerschundenes Gesicht. Sein Kommentar: »Mich laust der Affe!«

Es fehlte nur noch Jed, um das Bild der Nolans komplett zu machen. Der war die Nacht über draußen im Camp bei der Trailmannschaft geblieben.

Sadie drehte sich im Sattel zu den drei Brüdern um. Ein strahlendes Lächeln zeigte sich in ihrem Gesicht. Und als sie die ungläubigen Blicke des Trios auf sich ruhen sah, lachte sie sogar laut. Langsam setzten sich die Brüder in Bewegung und näherten sich dem Gatter.

»Sadie, wissen Sie, auf *was* Sie da reiten?«, stieß Amos die Frage aus, als er sich an das Gatter lehnte. Sadie lenkte den schwarzen Wallach dicht an die drei Brüder heran, die respektvoll etwas zurückwichen, als der schwarze Kopf von Buster am Gatterzaun auftauchte, und meinte lachend: »Natürlich weiß ich das, Amos. Und ich verstehe nicht, weshalb ihr Nolans so viel Theater mit dem braven Tier hier habt.« Sie strich Buster zärtlich über die schwarze Mähne. Der Teufel hob und senkte den Kopf und stieß ein wohlwollendes Schnauben aus.

Johnny, Tom und Amos wechselten einen kurzen Blick miteinander und sahen zu Sadie zurück. Sie wirkte wirklich so, als gehörte sie auf Busters prächtigem Rücken.

Johnny kratzte sich am Hinterkopf. »Sadie, seien Sie mir nicht böse: was haben Sie dem verrückten Satan ins Futter getan, dass er sich von Ihnen reiten lässt?«

»Gar nichts. Liebe und Zuneigung heißt das Zauberwort – mehr nicht.«

Wieder ein Seitenblick zwischen den Brüdern. Sie nickten sich staunend zu.

»Du hast es gehört, Johnny«, meinte Amos, »Liebe und Zuneigung.«

Inzwischen hatte sich die komplette Ranchmannschaft vor dem Bunkhouse versammelt und näherten sich in geschlossener Formation dem Geschehen am Gatter. Jeder der Männer hatte den gleichen, erstaunten Ausdruck im Gesicht, wie zuvor die Nolans. Und Shorty Rounds fand als erster die Sprache wieder. »Sie haben's tatsächlich wahrgemacht, Miss Sadie. Ich hatte es anfangs für einen Scherz gehalten. Jetzt sehe ich – sehen wir – es mit eigenen Augen.»

Ein anderer, Tommy Logan war sein Name, meinte: »Miss Sadie hat sich oft um den Schwarzen gekümmert, Mister Nolan. Und ich hatte dabei das Gefühl, als würde dieser schwarze Satan ein Narren an der Lady fressen. Für mich ist es kein Wunder, dass das Biest sie in den Sattel lässt.«

Shorty schlug Johnny auf die Schulter. »Ja, Johnny – Frau müsste man sein. Du solltest dich in Zukunft auf das Zureiten von Stuten spezialisieren«

»Quatsch nicht«, brummte Johnny, »Sadie Riordan muss man heißen – das ist das ganze Rezept.«

»Na, Sie sind jedenfalls richtig, Sadie. Bin gespannt, was Jed dazu sagen wird«, fiel Amos ein.

Sadie lachte und sagte: »Ich werde nach dem Frühstück ins Camp reiten. Dann kann ich es ihm ja selber sagen.«

Johnny rieb sich über den Nacken. »Ob er's glauben wird?«

Shorty Rounds, der Sadie auf dem Trail von San Antonio nach New Orleans kennengelernt hatte[1], nickte bedächtig mit dem Kopf und schlug Johnny abermals auf die Schulter. »Das wird er glauben. Bestimmt wird er das, Johnny.«

»Na, wenn du das meinst, Shorty.« Johnny sah zu Sadie herüber. »Dann wird's wohl stimmen.«

Sadie antwortete mit einem strahlenden Lächeln. Sie wusste Shorty Rounds Anspielung richtig zu deuten.

Tom rief plötzlich: »Leute, seht mal – wir bekommen Besuch.«

Aus nördlicher Richtung kam ein Reiter in den Ranchhof geritten. Er schien es ziemlich eilig zu haben, denn er trieb das Tier scharf an. Das Pferd war über und über mit Schaum bedeckt und atmete schwer.

Der Mann im Sattel war kein anderer als Charles Blaisdell. Der sonst so tadellos saubere Anzug war von einer rötlichen Staubschicht bedeckt.

Blaisdell lenkte seinen Grauen direkt auf die Gruppe zu. Er hielt das Tier vor Amos.

Amos kratzte sich am Kinn. »Scheint ein Tag der Überraschungen zu werden. Hallo, Charley. Sie hätte ich hier am allerwenigsten vermutet.« Er sah die bläuliche Verfärbung in Blaisdells Gesicht und den Verband, den er um den Kopf

---

[1] s. Teil 2: *Die Nolan-Brüder*

trug. Lakonisch fügte er hinzu: »Hübsches Andenken haben Sie da in Ihrem Gesicht. Was führt Sie auf die Ranch?«

Blaisdell räusperte sich. Instinktiv befühlte er seine linke Gesichtshälfte. Es war ihm anzusehen, dass er sich unbehaglich fühlte. Und die Brüder ahnten, dass es zwingende Gründe geben musste, weshalb Blaisdell die Nolan-Ranch aufsuchte.

Blaisdells Blicke glitten in die Runde. Er richtete seine unruhigen Augen wieder auf Amos.

»Ich muss dringend mit Jed sprechen«, sagte er.

»Da haben Sie Pech, Charley. Jed ist draußen im Camp. Sie müssen schon mit uns Vorlieb nehmen.«

Blaisdell rieb sich nervös übers Gesicht. Die Situation behagte ihm nicht. Er fasste sich und sprach: »Okay, Amos. Gibt es einen Platz, an dem wir ungestört...«

Amos schnitt ihm mit einer energischen Handbewegung das Wort ab. »Was Sie zu sagen haben, können ruhig alle hier wissen, Charley. Wir haben keine Geheimnisse voreinander. Also: schießen Sie los.«

Das war sicherlich nicht sehr taktvoll, aber zwischen diesen Männern hatte es auch noch nie ein gutes Verhältnis gegeben.

Alle sahen ihn neugierig und erwartungsvoll an. Sadie war inzwischen aus dem Sattel des Hengstes gestiegen und trat nun zwischen die drei Brüder.

Und da begann Charles Blaisdell zögernd zu sprechen. Er berichtete darüber, sich mit Finn Corcoran eingelassen zu haben. Er erzählte, dass Corcoran über die Schritte der Nolans informiert war und auch, was dieser im Schilde führte.

Corcoran, so sagte Blaisdell, würde im Augenblick versuchen, das Vieh von John Wellinghaus zu stehlen. Und dann würde man sich um die große Herde kümmern wollen, die draußen im Camp zusammengetrieben worden war. Als er geendet hatte, fühlte er zwar eine Art Erleichterung, aber die

Gesichter der Nolan-Brüder und die der Mannschaft zeigten deutlich, was sie von seinem Bericht hielten. Jeder hatte schweigend zugehört.

Amos trat einen Schritt vor, dicht an Blaisdell heran. Er sah zu ihm auf. In seinen Augen blitzte es zornig. Mit der Linken ergriff er die Zügel von Blaisdells Pferd. Die Rechte erhob er drohend zur Faust geballt gegen ihn.

»Blaisdell, nennen Sie mir einen Grund, weshalb ich Ihnen nicht in die Fresse schlagen sollte!«

Tom trat auf Amos zu und legte die Hand auf den mächtigen Oberarm seines Bruders.

»Warte Amos. Wir wollen ihm zu mindestens zugutehalten, dass er sich an uns gewandt hat.«

Blaisdell hob abwehrend die Hände. Mit fast schriller Stimme sagte er: »Verdammt, Nolan. Es tut mir leid. Ich habe eine verdammte Dummheit gemacht. Und ich bin bereit, dafür einzustehen.«

Amos nickte grimmig. Es war das erste Mal, dass er so etwas wie Sympathie für diesen Mann aufbringen konnte. Charles Blaisdell hatte niederträchtig gehandelt, als er Finn Corcoran auf die Nolans aufmerksam gemacht hatte. Er besaß immerhin den Schneid, diese Niederträchtigkeit zuzugeben und die Brüder zu warnen. Natürlich war Amos sich bewusst darüber, dass Blaisdell seine eigenen Felle wegschwimmen sah. Denn schließlich gab der Saloonbesitzer mehr oder weniger zu, dass Finn Corcoran ihn ausschalten, und den *Chronicle* übernehmen wollte – und Lilly.

»Okay, Blaisdell», sagte Amos mit schneidender Stimme, »jetzt steigen Sie vom Gaul sagen Sie uns mal ganz genau, welche Schritte Ihr Busenfreund geplant hat, damit wir entsprechend darauf vorbereitet sind.«

Wachsam spähten Gil Fullers Augen durch das Dickicht hinüber zum Wasserloch. Dort hatten sich zu seiner Freude zwei verirrte Rinder eingefunden.

Jetzt brauchte Fuller nur noch warten.

Seit mehreren Stunden war er bereits hinter einem gefährlichen Wolf her, der in der vergangenen Nacht zwei Rinder gerissen hatte. Dabei war er sehr geschickt vorgegangen. Lautlos, schnell und tödlich hatte er zugeschlagen. Die Nachtwachen hatten es nicht bemerkt. Erst, am nächsten Morgen, als sie auf die zerfleischten Kadaver gestoßen waren. Dass es sich nur um einen einzelnen Wolf handelte, verrieten die Spuren.

Sofort hatte sich Fuller in den Sattel geschwungen und war der Fährte gefolgt. Doch es mochte ihm nicht gelingen, den Wolf aufzuspüren und ihn zur Strecke zu bringen. Gil Fuller schien es, als hätte er es mit einem besonders gerissenen Raubtier zu tun. Und zuweilen sah es für ihn so aus, als wollte dieser Wolf ihn an der Nase herumführen. Doch Fuller blieb beharrlich auf seiner Fährte.

Bis zu diesem Wasserloch.

Das Wasserloch war im Umkreis von einigen Meilen die einzige Wasserstelle. Das wusste auch der Wolf. Dessen war sich Fuller sicher. Und auch ein Wolf konnte nicht ohne Wasser leben.

Und diese beiden verirrten, ahnungslosen Rinder dort unten dienten Gil Fuller als Lockmittel. Jetzt brauchte er nur noch zu warten.

Perfekt!

Ein Grinsen huschte über sein verwegenes Gesicht, während er den Lauf seines Karabiners durch das Geäst schob.

Es war nur noch eine Frage der Zeit, dessen war sich Fuller sicher. Der Wolf würde kommen.

Eine lange Zeit des Wartens setzte ein. Warten war nicht unbedingt Fullers Stärke. Er musste sich höllisch zusammenreißen, dass er nicht unruhig wurde. Eine unbedachte Bewegung könnte ihn in seinem Versteck verraten. Und dann würde dieses verdammte Spiel der Jagd wieder von vorne beginnen. Dazu verspürte er keine Lust.

Außerdem musste er bald zurück ins Camp. Da sich John Wellinghaus bislang noch nicht wieder gemeldet hatte, wollte Jed Nolan zu dessen Ranch hinausreiten.

Fuller, Jim Harland und Luis Santero sollten ihn dabei begleiten, um möglicherweise die Herde von Wellinghaus zu den Rindern ins Nolan-Camp zu treiben.

Die beiden Rinder dort unten hegten kein Interesse, das Wasserloch zu verlassen. Das war auch gut so. Beharrlich standen die Tiere dort und hielten ab und zu ihre Mäuler ins Wasser. Ihnen schien es dort zu gefallen.

Wenn nur dieser verdammte Wolf endlich auftauchen würde, dachte Fuller grimmig. Seine Hände pressten sich fester um den Karabiner.

Plötzlich schienen die beiden Rinder unruhig zu werden. Ein nervös klingendes Muhen entrang sich aus der Kehle des einen und drang zu Fuller herüber, während das andere mehrmals mit den Hufen auf den feuchten Boden stampfte.

Witterten sie etwas?

Fullers Augen spähten umher. Und da sah er ihn auch schon auf einer Anhöhe gegenüber zwischen Fels- und Buschgestrüpp auftauchen. Es war ein großer, grauer Wolf. Ungewöhnlich groß für seine Gattung. Langsam und vorsichtig näherte er sich der Wasserstelle.

Er hatte also seine Beute gewittert. Da auch er offensichtlich gemerkt hatte, dass die beiden Tiere am Wasserloch plötzlich unruhig wurden, musste er schnell zuschlagen.

Fuller nahm ihn ins Visier.

Viel Zeit blieb nicht.

Wenn der Wolf witterte, dass sein Feind in der Nähe war, würde er mit schnellen, lautlosen Bewegungen wieder ins Dickicht dort oben flüchten.

Doch das Tier schien sich augenblicklich nur auf die beiden Rinder zu konzentrieren. Er fletschte die Zähne. In geduckter Haltung, bereit zum Sprung, pirschte er sich näher und näher heran.

Jetzt hatte Fuller ihn genau im Visier. Der Zeigefinger nahm Druckpunkt. Langsam atmete Fuller ein. Gleich würde der Wolf auf eines der beiden Rinder springen. Nur noch wenige Augenblicke, dann...

Fuller musste ihn mit dem ersten Schuss erwischen.

Der Wolf setzte zum Sprung an. Er federte hoch. Und in diesem Augenblick zog Fuller den Abzug durch. Der laute Knall durchdrang die Stille. Die Kugel erwischte den Wolf mitten im Sprung und durchschlug den großen, hässlichen Schädel. Die beiden Rinder stoben entsetzt auseinander. Mit aufgerissenem Maul klatschte der Körper des schweren Wolfes ins Wasser.

Fuller atmete geräuschvoll aus. Er strich über den Karabiner, stieß die leere Patronenhülse aus und ersetzte sie durch eine neue. Er erhob sich, klopfte sich Staub und Dreck aus der Kleidung und griff in die Hemdtasche, um sich eine zerdrückte Lakritzstange in den Mund zu stecken.

Der verdammte Wolf würde von nun an keine Rinder mehr reißen.

Fuller schob sich durch das Gebüsch hindurch, legte seinen Karabiner auf einen Stein und watete durch das knietiefe Wasser, um den Leichnam des Wolfes herauszuziehen. Dann nahm er seine Waffe wieder auf, schulterte sie und ging zu seinem Pferd, das er einige Yards weiter hinter einer dichtbewachsenen Felsengruppe an einem Mesquitebusch angebunden hatte. Er strich dem Tier über die Nüstern und schwang sich in den Sattel. Er stieß den Karabiner in den Sattelschuh und gab dem Braunen einen leichten Schenkeldruck, wobei er bemerkte: »Und nun zurück ins Camp, Rosty. Der Boss wartet bestimmt schon sehnsüchtig auf uns.«

Rosty stieß ein leises Wiehern aus, so, als könnte er verstehen, was Fuller gerade gesagt hatte.

Die Fährte die er verfolgt hatte, führte in zickzackähnlichem Kurs durch Busch und Gestrüpp. Das Nolan-Camp lag in südlicher Richtung. Der Weg führte durch steiniges Gelände und dichtes Buschgestrüpp. Nach einer Weile kreuzte der Weg einen schmalen Pfad, der sich durch ein dichtes Waldgebiet schlängelte. Ein Weg, den er noch nicht kannte, der aber nach Süden führte. Er lenkte Rosty auf diesen Pfad und sah am Boden Hufabdrücke mehrerer Pferde. Eine Gruppe von mehreren Reitern musste hier vor nicht allzu langer Zeit entlang geritten sein. Etwas ungewöhnlich für diese verlassene Gegend, aber Fuller maß diesen Hufspuren keine weitere Bedeutung bei.

Immer wieder ertappte er sich dabei, einen kleinen Umweg nach Spanish Crossing machen zu wollen. June Walsh ging ihm seit Tagen nicht mehr aus dem Kopf, und das Verlangen, sie zu sehen, brannte in ihm wie ein heißes Feuer.

»Zum Teufel, Gil Fuller! Schlag sie dir aus dem Kopf. Wenn du mit ihr anbändelst, handelst du dir nur eine höllische Portion Ärger ein. Mehr, als du verdauen kannst«, sagte er laut zu sich selbst. Er schüttelte den Kopf, als wollte er damit die quälenden Gedanken aus seinem Hirn streichen.

»Basta!«, stieß er noch laut zwischen den Zähnen hindurch und trieb Rosty zu einer schnelleren Gangart an.

Der Pfad stieg an und einige Augenblicke später lag ein verwahrlost wirkendes Anwesen inmitten einer Lichtung vor ihm. Auf dem ersten Blick wirkte die Hütte mit den beiden danebenstehenden Corrals verlassen.

Ein ideales Versteck, dachte Fuller, als er sich langsam der Hütte näherte.

Er lenkte Rosty auf das Anwesen zu. Aus dem Kamin kräuselte leichter Rauch. Jemand lebte tatsächlich hier in dieser Hütte. Fuller nickte zufrieden. Gegen eine Tasse Kaffee und eine kleine Mahlzeit gab's nichts einzuwenden. Schließlich hatte er ja noch einen guten Weg bis zum Nolan-Camp zurückzulegen.

»Hallo, Haus!«, rief er.

Keine Antwort.

Auch nach einer Weile nicht. Er rief noch einmal, diesmal etwas lauter. Und wieder blieben seine Rufe unbeantwortet. Fuller runzelte die Stirn. Warum zeigte sich niemand? Der Rauch aus dem Kamin war für ihn offensichtlich, dass jemand da sein musste.

Fuller lenkte Rosty langsam auf den Brunnen mitten im Hof zu. Alles machte hier einen verwahrlosten Eindruck. Und wenn nicht gerade der Rauch aus dem Kamin gestiegen wäre, hätte Fuller sicherlich keine Menschenseele hier vermutet.

Da ihm bislang niemand geantwortet hatte, wurde er wachsam. Seine Augen wanderten von der Hütte herüber zu den verfallenen Corrals.

Alles war ruhig. Nichts rührte sich.

Vor dem Brunnen hielt Fuller das Pferd an.

In diesem Augenblick hörte er einen erstickten Laut aus der Hütte. Etwas fiel drinnen polternd zu Boden.

Es folgte ein klatschendes Geräusch.

Zum Teufel! Hier stimmt was nicht!, fuhr es ihm jäh durch den Kopf. Seine Rechte langte zu seinem .51er Navy.

Eine Fensterscheibe zersprang klirrend und der Lauf eines Gewehres richtete sich auf ihn. Instinktiv ließ sich er aus dem Sattel fallen. Das rettete ihm das Leben. Denn im gleichen Moment zerriss der scharfe Knall die trügerische Stille. Das Geschoss sauste über Fuller hinweg und klatschte in die Bretterwand eines der Corrals. Wäre Fuller noch im Sattel geblieben, hätte ihn die Kugel voll erwischt.

Vom Fenster her dröhnte eine kehlige Stimme zu ihm herüber: »Verfluchter, neugieriger Cowpuncher! Zur Hölle mit dir.«

Es folgte ein weiterer Schuss. Die Kugel pflügte in den Boden, etwa einen Meter von Fuller entfernt. Sie spritzte ihm Dreck und Moos ins Gesicht. Fuller gab zwei schnelle Schüsse in Richtung der zerschlagenen Fensterscheibe ab und warf sich mit einem Satz hinter den Brunnen in Deckung, während Rosty laut wiehernd nach vorne stob und das Schussfeld verließ.

Fuller verstand. Er war keineswegs willkommen. Hier wurde nicht diskutiert, sondern gleich scharf geschossen. Eine fürchterliche Wut keimte in ihm auf. So hatte man ihn noch nie empfangen. Er kam in friedlicher Absicht, mit dem Wunsch nach einer heißen Tasse Kaffee – und nun das!

Der Brunnen, hinter dem Fuller in Deckung lag, wurde nun unter Beschuss genommen. Querschläger kreischten, als sie vom Gestein abprallten und sich plattschlugen. Wer immer in dieser Hütte war – dieser jemand wollte um jeden Preis unerkannt bleiben und war bereit dafür zu töten.

Fuller presste sich dichter an das kalte Gestein der Brunnenwand. Er hatte den Hahn seines .51ers gespannt und wartete, bis das Magazin dort drüben leergeschossen war. Die Wut in ihm wurde immer heftiger. Und dann stieß der Bolzen endlich auf eine leere Patrone. Von der Hütte her drang ein grässliches Fluchen zu ihm herüber. Fuller schnellte hoch, hatte den .51er auf das Fenster gerichtet, als er plötzlich hinter sich das Quietschen einer Tür vernahm. Er wirbelte herum. Am ersten Corral hinter dem halbgeöffneten Scheunentor stand ein buckliger Bursche, die Waffe in Fullers Richtung haltend. Er grinste hämisch. Fuller schnellte herum, ließ sich fallen und feuerte in rasender Geschwindigkeit mehrere Schüsse auf den Buckligen ab. Die ersten Geschosse knallten in das Scheunentor, die anderen trafen den Buckligen, noch bevor dieser einen einzigen Schuss abgeben konnte. Der Bucklige zuckte unter den Einschlägen zusammen und sackte mit schmerzvollem Seufzer am Tor entlang zu Boden. Das registrierte Gil Fuller allerdings nur noch am Rande. Er hatte sich inzwischen herumgeworfen und war wieder hinter dem Brunnen in Deckung gegangen. Der Bursche da drüben in der Hütte hatte genügend Zeit gehabt, sein Gewehr nachzuladen.

Doch es kam keine Regung aus der Hütte.

Vorsichtig spähte Fuller über den Brunnenrand hinweg zur Hütte herüber. Und er staunte. Das Gewehr war aus dem Fenster gefallen und lag nun auf dem Boden vor der Hütte.

Die Tür öffnete sich. Fuller nahm seinen .51er in beide Hände. Eine junge Frau erschien in der Tür. Sie rief mit lauter Stimme: »Sie können aufstehen, Mister. Es ist vorbei! Es ist alles in Ordnung. Kommen Sie hinter dem Brunnen hervor!«

Fuller kam aus dem Staunen nicht mehr heraus. Erst wurde er unter heftiges Feuer genommen, dann tauchte dieser bucklige Bursche aus dem Corral auf, wollte ihn ebenfalls zusammenschießen – und nun stand da eine junge, hübsche Frau in der Tür und erklärte ihm, dass alles in Ordnung sei. Aber er hütete sich, einfach aufzustehen.

Er rief: »Miss, wenn das ein schlechter Scherz sein soll, haben Sie sich verrechnet.«

»Kein Scherz. Der Kerl, der Sie vom Fenster aus unter Beschuss genommen hat, liegt jetzt drinnen. Der wird Ihnen nichts mehr tun.« Und etwas leiser fügte sie hinzu: »Und mir auch nicht mehr.«

Der Klang der Stimme bei ihren letzten Worten veranlasste Fuller, sich langsam hinter dem Brunnen zu erheben. Dennoch hatte er seinen .51er Schussbereit in der Rechten, während seine Augen wachsam nach allen Richtungen wanderten. Diese Frau dort drüben konnte ein Köder sein. Langsam näherte er sich und sah erst jetzt, dass ihr rechtes Auge geschwollen war. Deutlich zeichneten sich die Spuren von Fingerabdrücke auf ihrer Wange ab. Sie war recht bleich.

»Schätze, Sie sind mir eine verdammte Erklärung schuldig, Lady», fuhr Fuller sie zornig an. »Was ist mit dem Hombre da drin in der Hütte?«

»Er ist tot», sagte sie ungerührt und strich eine widerspenstige Haarsträhne aus dem Gesicht. Fuller stellte fest, dass sie trotz ihres blauen Veilchens ein hübsches Mädchen war. Noch ziemlich jung – etwa zwanzig Jahre alt, mittelgroß und sehr schlank. Fuller zog fragend die Stirn in Falten.

»Als das verdammte Schwein von Angus Hook das Gewehr nachladen wollte, hat er mich völlig außer Acht gelassen. Das erste Mal. Und die Chance habe ich ergriffen. Ich bin zum Herd gestürmt, habe ein Messer gegriffen und es dem Schwein in den Rücken gestochen.«

Donnerwetter!, staunte Fuller über die heftigen Worte aus ihrem Munde. Und nicht nur über ihre Worte.

Er ging an ihr vorbei und trat ins Innere der Hütte. Hier drinnen roch es nach Schweiß, billigem Whisky und schalem Tabakrauch, vermischt mit Pulvergestank. Auf dem Boden lag ein Mann, mit dem Gesicht nach unten. Tatsächlich steckte ein breites Küchenmesser bis zum Schaft in seinem Rücken. Fuller kniete sich neben ihm auf den Boden, fühlte den Puls und stellte fest, dass er tot war. Er erhob sich und wandte sich dem Mädchen zu. Während er die leeren Patronenhülsen aus den Kammern stieß und sie mit neuen aus der Gurtschlaufe seines Holsters bestückte, fragte er: »Weshalb waren diese beiden Männer so scharf darauf, mich abzuknallen?«, wollte er wissen.

»Na, das ist doch ganz klar, Mister«, sagte sie und es klang wie in einem gemütlichen Plauderton. »Boston-Gregg und Angus Hook sind zwei aus Finn Corcorans Mannschaft. Und während der widerliche Finn sich mit dem Rest aufgemacht hat, um hier in der Nähe ein paar Rinder zu stehlen, wurden diese beiden Idioten zurückgelassen, um auf mich aufzupassen. Und als Sie hier plötzlich auftauchten, sahen sie das Versteck gefährdet und haben gleich auf Sie geschossen. So einfach ist das.«

Sie sah ihn keck an, während seine Augen durch die Hütte wanderten. Er ließ den .51er ins Holster wandern.

»Corcorans Versteck, wie? Dachte, der hätte sich in der Stadt beim *Chronicle* eingenistet. Was haben Sie hier zu schaffen? Wer sind Sie überhaupt?«

»Ich? Ich bin Angelina Monroe, Mister. Ich bin bestimmt nicht freiwillig hier. Corcoran und seine Bande haben mich hier festgehalten. Haben Sie was zu rauchen?«

Fuller zuckte gleichmütig mit den Schultern. Bei ihrem frechen Mundwerk wunderte ihn nun gar nichts mehr. Er kramte nach einem verschlissenen Tabaksbeutel. Dabei stellte er fest, dass er bereits seit einigen Tagen keine Zigarette mehr geraucht hatte. Stattdessen kaute er stets bei jeder Gelegenheit auf einer Lakritzstange herum.

Es ist auch eine Art, sich das Rauchen abzugewöhnen, dachte er sich und fand den Tabaksbeutel in der Hosentasche, brachte ihn zum Vorschein und warf ihn Angelina zu, die ihn geschickt mit der rechten Hand auffing. Fuller beobachtete, wie sie mit geschickten Fingern Papier und Tabak zusammenfügte und sich eine dünne Zigarette drehte.

Fuller entfachte ein Streichholz an der rauen Tischkante und gab ihr Feuer. Sie reichte ihm den Tabaksbeutel, den er wieder in seine Hosentasche verstaute. Er griff in die Brusttasche und brachte eine Lakritzstange zum Vorschein. Es war die letzte. Er schob sie sich in den Mund und sah, wie Angelina ihn ungläubig anstarrte und hörte sie fragen: »Sagen Sie mal, Mister, was ist das denn? Etwa... eine Lakritzstange?«

Fuller grinste breit.

Angelina schüttelte ihren hübschen Kopf. »Mister, Sie sind ein komischer Vogel. Sowas habe ich ja noch nie gesehen. Ein Kerl, der auf Lakritzstangen herumkaut. Aber wie Sie vorhin mit dem Buckligen fertiggeworden sind – alle Achtung. Sie sind ziemlich fix mit der Kanone, nicht wahr?«

Fuller zuckte gleichmütig mit den Schultern. Die Lakritzstange wanderte von einem Mundwinkel zum anderen. Er sah das Mädchen prüfend an. Offensichtlich war sie in einer recht üblen Lage gewesen, bevor er hier auftauchte. Aber das merkte Fuller ihr nicht an. Sie hatte ihr Kinn trotzig erhoben und erwiderte mit forschen Augen seinen Blick.

Sie war kein Mädchen, das leicht zu verängstigen war. Sie hatte Mut.

Und eine große Klappe, wie er fand.

»Hier draußen bleibt man ständig in Übung.« Er wurde ernst. »Was sollte das übrigens eben heißen – die Sache mit den Rindern?«

Angelina prüfte ihn skeptisch. Nach einer Weile sagte sie: »Bevor ich Ihre Frage beantworte, Mister, sagen Sie mir erst einmal, wer Sie sind und was Sie hier in dieser verlorenen Gegend zu suchen haben. Kein Mensch verirrt sich hier in dieser Gegend – es sei denn, er hat einen triftigen Grund.«

»So wie Mister Corcoran und seine Männer, was?«

Sie nickte leicht. »So ungefähr. Was ist, Mister, wollen Sie mir nun sagen, wer...«

Mit knappen Worten berichtete er, wie er die Hütte gestoßen war, nachdem er den Wolf am Wasserloch erschossen hatte.

Angelina hörte nicht auf, ihn die ganze Zeit über mit skeptischen Blicken zu mustern, während er sprach. Als er erwähnte, dass er der Vormann der Nolan-Ranch wäre, biss sie sich auf die Unterlippe.

»Dann sind Sie also dieser Gil Fuller, von dem Corcoran öfter gesprochen hatte. Kennen Sie Finn überhaupt?«

Fuller nickte.

»Flüchtig. Und das reicht.«

»Cowboy, Finn Corcoran hat es auf Rinder abgesehen. Einige Meilen von hier gibt es eine Ranch, die einem gewissen Wellinghaus oder so ähnlich, gehört. Dorthin sind er und seine verdammte Bande geritten. Und dann will er sich die Rinder von Ihrem Boss holen.«

Das hatte dieser Bursche also die ganze Zeit im Sinn gehabt!

»Ich will verdammt sein!«, stieß Fuller aus. »Da steckt doch dieser verdammte Blaisdell hinter, richtig?«

Angelina machte eine abwertende Handbewegung.

»Blaisdell! Pah! Der wird doch keineswegs für ernst genommen, Cowboy. Mit dem hat Finn Corcoran noch ganz andere Pläne. Der will sich den *Chronicle* unter den Nagel reißen. Dann hat Blaisdell nichts mehr zu melden.«

»Verstehe», brummte Fuller. Er rieb sich über das stoppelige Kinn. Mit drängendem Unterton in der Stimme fragte er: »Wann sind die Männer losgeritten?«

»In der vergangenen Nacht.«

Fuller überlegte.

»Wie viel?«

»Mit Corcoran sind es fünfzehn Mann. Es wären vier mehr gewesen. Die haben Finn im Stich gelassen. Die sind einfach nicht aufgetaucht, Cowboy. Oh, hat Corcoran da getobt.«

Fuller runzelte die Stirn. Ihm fielen plötzlich die vier Burschen ein, die Tom und Rita beim Picknick überrascht hatten. Nun, die würden schließlich nie wieder auftauchen. Und als Fuller das Quartett beschrieb, nickte Angelina eifrig. Sie lachte schadenfroh.

»Da hätte Finn Corcoran ja warten können, bis er schwarz wird. Und der Schweinehund glaubte, dass die vier ihn im Stich gelassen hätten. Na, vier Bastarde, um die sich niemand mehr sorgen braucht. Haben Sie dafür gesorgt, dass die das Zeitliche segnen, Cowboy?«

Das junge Mädchen mit ihrer schnippischen Art ging Fuller allmählich auf die Nerven. Er sagte: »Zu mindestens war ich daran beteiligt, wenn es Sie beruhigt.«

»Natürlich beruhigt mich das. Jeder tote Corcoran-Mann ist ein guter Mann. Und je weniger es davon gibt, desto besser.« Sie lachte hässlich auf. Fuller schenkte dem keine Beachtung, sondern überlegte.

Bis zur Wellinghaus-Ranch waren es vom hiesigen Standpunkt aus etwa fünfzehn, zwanzig Meilen, vielleicht etwas mehr. Er wusste in etwa, wo sich die Ranch von Wellinghaus befand.

Er fuhr sich mit der Rechten über den Hinterkopf. Egal, wie er es anstellen würde; er käme in jedem Fall zu spät. Corcoran hätte schon zehnmal dort sein und die Rinder wegtreiben können – was auch sicherlich geschehen war. Das erklärte auch, weshalb John Wellinghaus nicht zum verabredeten Zeitraum im Nolan-Camp erschienen war.

Wellinghaus hatte seinerzeit im Camp berichtet, dass seine Mannschaft aus fünf Männern bestand; zwei unerfahrenen Kriegsveteranen und drei alten Cowboys, deren Zeit schon längst vorbei war. Mit denen hätte die Corcoran-Mannschaft ein höllisch leichtes Spiel.

Und dennoch hatte dieses Mädchen es bereits gesagt: Corcoran wollte auch die Nolan-Rinder stehlen!

Waren die Banditen möglicherweise schon beim Nolan-Camp?

Fuller mochte sich das kaum vorstellen. Das Nolan-Camp war von erstklassigen Männern besetzt, die es sehr wohl verstanden, nicht nur mit Rindern umzugehen, sondern auch Gebrauch von ihren Waffen zu machen.

Corcoran wusste das. Und außerdem: Tausend Rinder, und das war die Menge, die John Wellinghaus besaß, mussten erst einmal irgendwohin getrieben werden.

Und erst dann...

Was wäre, wenn sich die Mannschaft von Corcoran aufgeteilt hatte?

Ein Teil würde die Wellinghaus Rinder wegtreiben. Der andere würde zum Nolan-Camp reiten.

Fuller zerbiss einen Fluch bei diesem Gedanken. Im Geiste ging er die Anzahl der Männer durch, die Corcoran zur Seite standen. Fünfzehn Mann waren sie insgesamt.

Beachtlich – aber bei einer Trennung würde die Hälfte es kaum schaffen können, das Nolan-Camp zu überfallen, ohne dabei erhebliche Verluste hinnehmen zu müssen. Jedenfalls konnte sich Fuller das nicht vorstellen.

Finn Corcoran galt als verwegen.

Aber so verwegen war er nicht.

Nein, der Bursche würde anders vorgehen.

Angelina sagte: »Corcoran erwähnte ein Gebiet namens Wolf Sink Thicket. Dorthin soll die Rinderherde getrieben werden. Als eine Art Sammelstelle, wie ich es herausgehört habe. Hilft Ihnen das weiter, Cowboy?«

»Na und ob«, brummte Fuller.

Das Wolf Sink Thicket war ein Landstrich südlich von Spanish Crossing. Breitflächig und langgezogen – quer durch das Brasada-Buschland. Dort gab es reichlich Wasser. Mehr auch nicht. Es war derzeit noch unbesiedelt. Vor einigen Wochen hatten Jed Nolan und Fuller dieses Gebiet überquert, um nach versprengten Rindern zu suchen.

Es war ein idealer Platz für eine Sammelstelle, bei der mehr als über Zehntausende von Rinder Platz finden konnten, ohne sich gegenseitig auf die Hufen zu treten. Die mexikanische Grenze war nicht weit entfernt.

Hatte Corcoran etwa vor, die gestohlenen Rinder dort zu sammeln, um sie nach Mexiko zu schaffen?

Sicher, Mexiko konnte Rindfleisch ebenso gut gebrauchen wie die Menschen im Norden der Vereinigten Staaten. Die Frage war allerdings, ob man in Mexiko bereit war, einen guten Preis für Rinder zu bezahlen.

Wie auch immer – Corcoran war alles andere ein Dummkopf. Er würde schon wissen, was er tat. Und für Fuller war es augenblicklich auch nicht so wichtig.

»Okay, Ma'am», sagte Fuller. »Schätze, Sie haben hier ohnehin nicht viel verloren. Packen Sie Ihre Sachen zusammen. Wir müssen schleunigst zum Camp.«

»Sie wollen mich mitnehmen, Cowboy?«

»Haben Sie vielleicht eine bessere Idee?«, kam es barsch von seinen Lippen.

Sie schüttelte den Kopf und bedachte ihn mit einem süffisanten Lächeln. Fuller war viel zu gereizt, um darauf einzugehen.

Er sagte rau: »Abmarsch, Mädchen! Und unterwegs erzählen Sie mir alles, was ich wissen muss.«

Er wartete keine Antwort ab, sondern verließ die muffige Hütte, um draußen Rosty wieder einzufangen.

Elftes Kapitel

Als es dunkel wurde und sie kaum noch den Weg vor ihnen erkennen konnten, beschloss Gil Fuller, ein Lager aufzuschlagen. Es hatte keinen Sinn mehr, weiterzureiten. Die Chance, sich in der Dunkelheit hier in dieser buschbewucherten Gegend zu verirren, war zu groß. Außerdem hatten sie ihre Pferde hart angetrieben. Obwohl es Fuller innerlich drängte, ins Nolan-Camp zu kommen, hielt er es für besser, den Tieren eine Rast zu gönnen.

Fuller sammelte Reisig und trockene Äste zusammen, baute alles zu einer Pyramide auf und entfachte ein Lagerfeuer.

Kaum begann der Kaffee über dem Feuer zu kochen, vernahmen sie näherkommenden Hufschlag mehrerer Pferde.

Eine dunkle Männerstimme, die Fuller sehr wohl bekannt war, rief durch die Dunkelheit zu ihnen herüber: »Hallo, ihr am Lager!«

Es war die Stimme von Jed Nolan!

Fuller, der seinen Karabiner bereits in beiden Händen hielt, entspannte die Waffe und lehnte sie an einen Baumstamm in naher Reichweite.

»Kommen Sie näher, Boss! Der Kaffee ist gleich fertig«, rief Fuller in die Dunkelheit hinein.

Jed Nolans Bariton drang zu Fuller und Angelina herüber: »Ich will verdammt sein! Sind Sie das, Gil?«

Vier Reiter zwängten ihre Pferde durch das dichte Gestrüpp hindurch zum Lagerfeuer.

Jed Nolan ritt voran. Ihm folgten Luis Santero, Shorty Rounds und Jim Harland. Als die vier Fuller und das Mädchen am Lagerfeuer sahen, grinsten sie breit.

Jed Nolan sandte einen Blick zu Angelina herüber, die stumm am Feuer saß und ihren Körper in eine Decke gehüllt hatte. Er schnaubte: »Ich dachte, Sie sind auf Wolfsjagd, Gil.«

»War ich auch, Boss.«

»Mächtig hübscher Wolf«, stellte Jed Nolan trocken fest. Er tippte kurz an die Krempe seines Texashutes.

Die Männer glitten aus den Sätteln, kramten in ihren Satteltaschen nach Kochgeschirr und Proviant und gesellten sich zu den beiden ans Feuer.

Gil Fuller berichtete knapp, was sich zugetragen hatte.

Jed Nolan rieb sich über sein stoppelbärtiges Kinn. Er langte nach der heißen Blechkanne über dem Feuer und schenkte sich dampfenden Kaffee in seinen Becher. Er reichte die Kanne weiter an Luis Santero.

»Wir konnten nicht länger auf Sie warten, Gil«, sagte Jed Nolan. »Wir wurden inzwischen ebenfalls unterrichtet. Sie werden's nicht glauben. Charley Blaisdell persönlich tauchte auf der Ranch auf und berichtete, dass dieser Finn Corcoran mit seinen Männern losgezogen sei, um die Herde von John Wellinghaus zu stehlen. Anschließend wolle dieser Hombre sich unserer bemächtigen. Nun, wir sind vorgewarnt. Auch auf der Ranch ist man mittlerweile auf unerwünschten Besuch vorbereitet. Die Jungs hier und ich haben uns sofort aufgemacht, um zur Wellinghaus-Ranch zu reiten. Ich schätze, die Rinder sind wohl nicht mehr dort. Wer, zum Teufel, ist eigentlich dieser verdammte Finn Corcoran?«

Jed Nolan richtete die Frage direkt an Gil Fuller. Der hatte gerade den Mund geöffnet, um eine Antwort zu geben, als Angelina dazwischen fiel. Sie sagte: »Wer Finn Corcoran ist? Meine Güte, Mister! Leben Sie auf dem Mond? Das ist einer der übelsten Sorte Mensch, die auf Gottes Erdboden herumläuft. Und seine Mannschaft steht dem Bastard in keinster

Weise nach. Übelster Abschaum. Der letzte Dreck. Jähzornig, grausam und...«

Sie verstummte, als sie die erstaunten Blicke der Männer auf sich ruhen sah. Weder Jed Nolan, noch die anderen hatten offensichtlich nicht das heftige Temperament der jungen Frau erwartet. Und nun saßen sie da, starrten sie an und staunten über ihren gewaltigen Wortschwall.

Fuller grinste nur.

Jed Nolan war der erste, der die Sprache wiederfand.

»Lady», sagte er und seine sonore Stimme wehte zu Angelina herüber, »Sie scheinen ihn ja wirklich bestens zu kennen.«

Jed Nolan trank einen Schluck. Der Kaffee war heiß und stark und schmeckte gut. Er stellte den Becher auf den sandigen Boden ab, um sich eine Zigarette zu drehen.

»Darauf können Sie Ihren Allerwertesten verwetten, Mister«, sagte Angelina und zog heftig ihre Decke um ihren Körper.

»Nolan, Ma'am«, antwortete Jed. »Mein Name ist Jed Nolan.«

Jim Harland meinte lachend: »Teufel, Boss. Die Kleine hat Haare auf den Zähnen.«

Luis Santero sagte nichts. Er schüttelte nur den Kopf, während Shorty Rounds sich über sein unrasiertes Kinn strich und einen tüchtigen Bissen von seinem Sandwich nahm, das er in beiden Händen hielt.

Fuller meinte: »Nicht nur das, Jungs. Die ist auch nicht zimperlich. Hat diesem Burschen da in der Hütte einfach ein langes Küchenmesser in den Rücken gesteckt, als er auf mich ballern wollte.«

Ein staunendes Raunen ging durch die Männer am Lagerfeuer. Sogar Shorty hörte auf zu kauen und sah zu Angelina herüber. Angelina warf trotzig ihren Kopf hoch und betrachtete die Gesichter der Einzelnen über den Schein des Lagerfeuers hinweg.

»Natürlich habe ich das getan!«, rief sie heftig. »Und wisst ihr was, ihr Cowpuncher? Ich hätte es schon viel früher getan, wenn ich die Gelegenheit dazu bekommen hätte. Und ich würde es wieder tun – verdammt noch mal!«

Jed Nolan kratzte sich hinterm Ohr und legte die Stirn in Falten.

»Ich überlege, was mir mit dieser Wildkatze machen sollen. Wir können es uns zeitlich nicht leisten, sie in der Stadt abzuliefern. Genauso wenig können wir sie auf die Ranch bringen.«

Fuller schob seinen Hut zurück und lehnte sich gegen den Baumstamm. »Wir müssen sie mitnehmen, Boss. Wenn Corcoran sie in die Finger bekommt, möchte ich für nichts garantieren.«

Jed Nolans Antwort war nur ein unzufriedenes Brummen. Nach einer Weile sagte er grollend: »Schätze, es wird uns nichts anderes übrig bleiben.« Er wandte sich Angelina zu. »Damit eines von vorneherein klar ist, kleine Lady: Ich bin hier der Boss und Sie werden genau das tun, was ich sage. Ich sag's Ihnen, damit erst keinerlei Missverständnisse aufkommen. Ist das klar?«

Angelina sah ihn mit großen Augen an. Ihr hübscher Mund klappte auf und wieder zu. Die Männer grinsten. So kannten sie schließlich ihren Boss.

Fuller meinte nach einer Weile: »Wie kam es dazu, dass ausgerechnet dieser Blaisdell die Fronten gewechselt hat? Für mich sah das so aus, dass Blaisdell mit der Corcoran-Horde unter einer Decke steckte.«

Jed Nolan nahm einen tiefen Zug aus der Zigarette und warf den Stummel ins Feuer. »Amos sagte, dass Blaisdell wohl oder übel die Felle weggeschwommen seien. Dieser Corcoran war ihm eine Nummer zu groß geworden. Und da hat's Blaisdell mit der Angst zu tun bekommen und ist schnurstracks zur Ranch geritten, um uns zu warnen.«

»Das muss dem Windhund eine tüchtige Portion an Überwindung gekostet haben«, stellte Fuller fest.

Jed Nolan nickte und grinste leicht. »Darauf können Sie wetten, Gil. Blaisdell hasst uns Nolans im Grunde wie die Pest. Der muss es wirklich höllisch mit der Angst zu tun bekommen haben. Außerdem soll in der vergangenen Nacht ein Fremder zwei dieser Corcoran-Männer im Saloon zusammengeschossen haben. Wie ich hörte, soll der Mann nicht nur zufällig hier aufgetaucht sein. Schätze, der hat irgendetwas mit der Corcoran-Sippe zu schaffen.«

Fuller zuckte mit den Schultern. »Vielleicht ein US-Marshal?«

»Möglich. Glaub's aber nicht. Ich hörte, dass der Mann mit einer schwerkranken Frau in die Stadt kam. Das wird sich rausfinden lassen. Wie auch immer – jedenfalls bin ich verdammt froh, dass wir auf Sie gestoßen sind, Gil. Morgen werden wir sehen, was John Wellinghaus zu sagen hat.«

John Wellinghaus sagte nichts mehr dazu. Er würde nie wieder etwas sagen können. Als sie das Anwesen gegen Mittag des folgenden Tages erreicht hatten, bot sich ihnen ein grauenhaftes Bild übelster Verwüstung. Die Ranch und auch die umliegenden Gebäude waren bis auf die Grundmauern heruntergebrannt. Aus den Trümmern schwelten vereinzelte Rauchschwaden zum Himmel empor. Der Gestank des Todes stieg ihnen in die Nasen.

John Wellinghaus lag mitten im Hof. Man hatte ihm aus kurzer Entfernung zahlreiche Kugeln durch den Körper und ins Gesicht gejagt. Er war regelrecht zusammengeschossen worden. Auf der Veranda – oder was einmal die Veranda gewesen war – lag der zusammengekrümmte Körper einer Frau. Auch sie war von zahlreichen Kugeln durchlöchert worden.

Selbst vor dem kleinen, schwarzen Hund hatten die Mordbrenner nicht Halt gemacht. Das Tier lag einige Meter von John Wellinghaus Leichnam entfernt auf den sandigen Boden. Eine Kugel hatte den kleinen Schädel durchschlagen.

Jed Nolan und sein Gefolge ritten stumm in den Hof der Verwüstung. Keiner sagte ein Wort.

Es hatte also nicht ausgereicht, nur die Rinder zu stehlen. Alle blickten stumm auf die Toten. Jed Nolan war der erste, der die Worte wiederfand. Mit tonloser Stimme und zusammengepressten Zähnen sagte er: »So etwas bringt nur eine Bestie zustande. Wir müssen sie begraben, Jungs.«

Alle nickten stumm. Alle, bis auf Angelina. Ihre Brüste hoben und senkten sich unter ihrer grünen Bluse, die sie trug. Ein seltsames Stöhnen entrang sich ihrer Kehle. Sie schüttelte mehrmals den Kopf und das wallende Haar unter ihrem Stetson sauste hin und her.

»Jetzt wissen Sie, mit was für Männern Sie es zu tun haben, Mister Nolan!», schrie sie heftig. »Sehen Sie nur genau hin. Denn das ist die Handschrift von Finn Corcoran.«

Jed Nolan sah zu ihr herüber. Er sagte nichts. Seine düsteren Blicke wanderten wieder zu den Toten.

Angelinas kleine Fäuste trommelten in hilflosem Zorn gegen das Sattelhorn. Sie schlug die Hände vors Gesicht und begann zu schluchzen. Es war ein Schluchzen völliger Verzweiflung, dem ein regelrechter Weinkrampf folgte.

Luis Santero hatte sein Pferd neben Angelina zum Stehen gebracht. Seine schlanke, braune Hand legte sich um ihre schmale Schulter.

»Weinen Sie, Señora«, sagte er mit seiner sanften Stimme. »Es ist gut, dass Sie weinen. Ich denke, Sie hätten das schon viel früher machen sollen.«

Angelinas Kopf fiel gegen seine Schulter.

Mit der freien Hand ergriff er die Zügel ihres Pferdes. Er gab seinem Tier einen sanften Schenkeldruck und lenkte es herum, griff nach den Zügeln von Angelinas Pferd und führte das Mädchen somit aus dem Blickfeld der grausigen Szenerie.

Die Männer glitten aus den Sätteln. Sie machten sich in den Trümmern auf die Suche nach Schaufeln, um die Toten zu begraben.

Als sie einige Zeit später auf die Weide gelangten, auf der John Wellinghaus seine Rinder weiden ließ, bot sich ihnen ein weiteres, schreckliches Bild.

Natürlich stand nicht ein einziges Rind mehr auf der Wiese.

Stattdessen lagen fünf Männer verstreut am Boden. Man brauchte nicht lange zu rätseln, was hier passiert war; die Horde der Banditen musste überraschend über sie hergefallen sein. So überraschend, dass keiner der Wellinghaus-Männer, die bei der Herde gewesen waren, auch nur einen einzigen Schuss abgeben konnten.

Jed Nolan presste die Lippen hart aufeinander.

Jetzt verstand er das Mädchen besser – und auch ihre Warnungen, die sie in ihrer heftigen Art und Weise zum Ausdruck gebracht hatte.

Er wusste, mit was für einem Gegner er es jetzt zu tun hatte. Das hier waren keine gewöhnlichen Viehdiebe. Hier waren eiskalte, grausame Mörder am Werk gewesen, denen es offenbar Freude bereitete, zu töten.

Jed Nolan fuhr ein regelrechter Schauer über den Rücken. Er drehte sich im Sattel herum. Luis Santero war mit Angelina weit hinter den anderen geblieben. Die Lippen des Mädchens waren ein einziger, dünner Strich. Ihr Gesicht war weiß. Und selbst aus dieser Entfernung konnte Jed Nolan den brennenden Hass darin erkennen.

Gil Fuller, Shorty Rounds und Jim Harland stiegen fast gleichzeitig aus den Sätteln. Mit langsamen Schritten näherten sie sich den Toten im Gras. Jed Nolan verharrte im Sattel seines Grauen. Seine düsteren Blicke wanderten über das Land. Mit der lassonarbigen Rechten ergriff er die Wasserflasche. Er zog den Verschluss heraus und spülte mit einem Schluck den galligen Geschmack aus dem Mund. Er spie das Wasser ins Gras, trieb mit der Handfläche den Verschluss auf die Flasche und hängte sie zurück an ihren Platz. Er fuhr sich über den Mund und spie abermals aus. Er sah, wie Jim Harland mehrmals den Kopf schüttelte, während er neben einem der Toten im hohen Gras kniete. Gil Fuller ging mit gesenktem Haupt auf ihn zu.

Der Vormann blieb dicht vor Jeds Pferd stehen. Er holte tief Luft und wischte sich über das schweißnasse Gesicht.

»Die Männer hatten nicht den Hauch einer Chance, Boss«, sagte er. »Sie wurden regelrecht zusammengeschossen. So, als hätte man sich einen höllischen Spaß daraus gemacht. Jeder der Toten hat mindestens acht Kugeln im Leib. Ihre Gesichter sind kaum noch zu erkennen. Corcoran und seine Männer haben verdammt gründliche Arbeit geleistet.« Er machte eine kurze Pause. »Wie geht's jetzt weiter, Boss?«

Jed Nolan hielt seinen Blick in die Ferne gerichtet. Er sagte: »Wir haben Wellinghaus versprochen, seine tausend Rinder auf den Markt zu treiben, Gil. Und genau das werden wir auch tun.«

Jed Nolans Stimme klang rau. Seine Worte hatten etwas Endgültiges.

»Wir sind nur fünf, das Mädchen hinzugerechnet. Corcorans Truppe besteht aus fünfzehn Männern, so, wie Angelina berichtete.«

Jed Nolan schüttelte grimmig den Kopf. Er schlug mit der flachen Hand nur gegen den abgenutzten Kolben seines .45ers im Holster.

Und das war für Gil Fuller Antwort genug.

Zwölftes Kapitel

Etwa zur gleichen Zeit erreichte Kyle Monroe die Hütte, die in der Lichtung mitten des dichtbewaldeten Gebietes lag. Charles Blaisdells vage Informationen und sein eigener, untrüglicher Spürsinn des Jägers, der er ja seit langer Zeit war, hatten ihn schließlich auf die Fährte gebracht.

Und die zahlreichen Hufspuren sagten ihm, dass er auf der richtigen Fährte war.

Hier waren in letzter Zeit sehr viele Reiter diesen Weg heraufgekommen. Und ebenso hatten auch zahlreiche Reiter ihn wieder verlassen.

Das konnte Kyle Monroe deutlich erkennen.

Zu den alten Hufspuren entdeckte er frischere, die von einem einzelnen Reiter herrührten.

Monroe band sein Pferd an einen Baumstamm, zog das Gewehr aus dem Sattelschuh und näherte sich in geduckter Haltung dem verlassenen Anwesen. Jeden Baum als Deckung nutzend, huschte er näher heran.

Dort drüben regte sich nichts. Keine Spur von Leben wies darauf hin, dass das Gebäude bewohnt war. Er zwang sich durch das Gestrüpp hindurch. Das Tor eines der beiden Corrals stand halb offen. Und dann sah Monroe den reglosen Körper dort am Boden liegen. Seine Augen wanderten wachsam nach allen Seiten, als er sich aus dem Schatten trat und langsam auf die reglose Gestalt zulief. Er wechselte sein Gewehr von der rechten in die linke Hand. Mit der Rechten zog er seinen.36er aus dem Holster. Das metallische Klicken drang laut durch die gespenstische Stille, als er nach Abzugshahn spannte.

Ein Lächeln gefror auf Kyle Monroes Gesicht.

Es gab nur einen Buckligen in der Mannschaft von Finn Corcoran – Boston Gregg!

Und der lag hier auf dem Boden dicht neben dem Scheunentor und war bereits seit mehreren Stunden tot. Monroe betrachtete die Einschusslöcher am Körper und stellte fest, dass jede einzelne Kugel tödlich gewesen war.

Boston-Gregg hatte also seinen Meister gefunden.

Monroe kannte ihn nicht persönlich – nur seinen Ruf.

Genau wie bei den anderen Männern, die Finn Corcoran um sich versammelt hatte.

Doch wer hatte diesem Buckligen die Kugeln in den Leib gepflanzt, fragte er sich, während seine Blicke das umliegende Gelände in Augenschein nahm.

Gab es da noch jemanden, der Jagd auf Corcoran und seine wilde Meute machte?

Das war nicht unwahrscheinlich.

Als Monroe in die Hütte trat, stieg ihm ein fürchterlicher Gestank entgegen. Er verzog das Gesicht und unterdrückte einen Brechreiz, der sofort in ihm aufkeimte.

Auch hier fand er einen Toten. In dessen Rücken steckte ein Messer. Als Monroe sich dem Toten näherte, stieg ein Schwarm Fliegen nach oben und stob summend auseinander.

Er drehte den Leichnam mit der Stiefelspitze auf den Rücken. Diesen Mann kannte er nicht. Aber er war überzeugt davon, dass es sich ebenfalls um jemanden aus Finn Corcorans Mannschaft handelte.

Zwei Tote – einer starb durch Kugeln, ein anderer durch einen Stich mit dem Messer.

Monroe konnte sich zunächst keinen Reim daraus machen. Offensichtlich mussten es zwei Personen gewesen sein, die für den Tod der beiden Männer in Betracht kamen.

Und dieser hier mit dem Messer im Rücken wurde überrascht. Monroe sah die zerschlagene Fensterscheibe und das Gewehr, das auf dem Sims lag. Wahrscheinlich gab es da draußen jemanden, den er aufs Korn genommen hatte und hatte dabei nicht darauf geachtet, was hinter seinem Rücken geschah.

War etwa...

In Monroe keimte ein Verdacht auf.

Zwei tote Banditen. Der Rest der Mannschaft hatte das Versteck verlassen.

Warum hatte Corcoran zwei Männer zurückgelassen?

Doch nicht etwa, um dieses Versteck hier zu bewachen.

Nein, mit Sicherheit nicht. Das ergäbe keinen Sinn. Er hatte sicher einen ganz anderen Grund gehabt.

Die Sache war für Monroe plötzlich ganz klar. Er hatte zwei Männer zurückgelassen, um jemanden bewachen zu lassen.

Möglicherweise eine Frau!

Ja, dachte Monroe, *so muss es gewesen sein! Schätze, ich werde mich hier mal gründlich umsehen.*

Monroe steckte seinen.36er ins Holster zurück und lehnte sein Gewehr neben das des Toten an den Sims. Er fasste mit beiden Händen die Stiefel des Toten und schleifte ihn aus der Hütte. Da draußen würde der fürchterliche Gestank nichts ausmachen. Hier in der Hütte war er unerträglich. Monroe legte den Leichnam neben den toten Boston-Gregg. Er atmete ein paarmal tief ein und aus und ging zurück in die Hütte.

Jim Harland war den anderen vorausgeritten, um das umliegende Gelände auszukundschaften. Das war eine Vorsichtsmaßnahme, die sich Jed Nolan bereits beim ersten Viehauftrieb nach New Orleans angewöhnt hatte und die er auch für weiterhin zwingend notwendig hielt. Die Männer kannten das Land. Es kam immerhin in Betracht, dass Finn Corcoran mit Verfolgern rechnete und deshalb eine Falle aufgestellt hatte.

Auf einem etwas höher liegenden Felsplateau verhielt Harland seinen Schecken. Er wischte sich mit dem Ärmel den Schweiß von der Stirn und spähte auf das tiefer liegende Terrain herab. Eine Landschaft aus Kratern und wirren Felsformationen lag vor ihm und erstreckte sich über mehrere Meilen. Weit hinten am Horizont endete dieses Terrain und der Weg führte wieder durch dichtes Buschgestrüpp aus Mesquite,- Katzenkrallen- und Chaparrals.

Das vorliegende Gelände war bekannt für Klapperschlangen, die in kraterähnlichen Mulden ihre Nester hatten. Ein gefährliches Terrain, das bei einer Durchquerung mit äußerster Vorsicht zu genießen war.

Die Spuren, welche die Herde hinterlassen hatte, waren zwar schon ein- oder zwei Tage alt. Für Jim Harland noch sehr gut zu erkennen.

Sie führten wirklich geradewegs ins Wolf Sink Sicket, das noch etwa vierzig Meilen vor ihnen lag. In westlicher Richtung, etwa vier oder fünf Meilen, lag die Pferderanch von Cole Manyard, wusste Harland. Ihm war der bärbeißige

Graubart noch in guter Erinnerung, als er damals die verwundeten Rounds-Brüder dorthin gebracht hatte[1].

Jim Harland langte nach seiner Wasserflasche und trank einen großzügigen Schluck, während seine Augen auf einen schwarzen Punkt in der Ferne haften blieben. Auf den ersten Blick war es kaum zu erkennen. Dann sah er, dass sich dort bei jenem Punkt etwas bewegte – leichte Rauchwolken. In der flirrenden Hitze von dieser Entfernung aus kaum zu erkennen.

Harland beförderte die Wasserflasche zurück an ihrem Platz und gab seinem Schecken einen leichten Schenkeldruck. Das Tier trabte an, stieg das treppenförmige Plateau herab und Harland lenkte das Tier auf den schwarzen Punkt zu.

Die Sache wollte er sich etwas genauer ansehen.

Wenig später wusste Jim Harland Bescheid. Der schwarze Punkt erwies sich als verbrannter Conestoga-Wagen, der nur noch aus verkohlten Resten bestand. Leichter Rauch stieg noch aus den Trümmern.

Harland zügelte sein Tier.

Er glitt aus dem Sattel und ging langsam mit gezogenem Revolver auf den Wagen zu. Die zahlreichen Spuren auf dem Boden und dunkle Flecke, die wie Blut aussahen, deuteten auf einen Kampf hin. Er legte den Abzugshahn nach hinten und spähte wachsam in alle Richtungen.

Keine Menschenseele weit und breit.

Und doch stimmte etwas nicht an dieser trügerischen Ruhe. Der Schecke hinter ihm begann nervös zu schnauben und stieß mit dem rechten Vorderhuf auf den felsigen Boden.

Harland wischte sich mit der Linken über seinen trockenen Mund. Ein seltsames Geräusch drang an sein Ohr. Langsam

---

[1] S. Teil 1 1: *Glühende Eisen*

bewegte sich Harland vorwärts. Die Stiefel scharrten über den steinigen Boden.

Wieder dieses Geräusch.

Es drang wie ein Wimmern an seine Ohren.

Was, zum Teufel...

Der Schecke hinter Harland schnaubte nervös auf.

Das Wimmern erstarb. Es setzte ein Röcheln ein.

Harland bewegte sich auf eine kraterähnliche Vertiefung zu, die sich etwa zehn Meter weiter weg vom Conestoga-Wagen vor ihm befand. Aus dieser Richtung drangen die seltsamen Laute zu ihm herüber.

Er erreichte den Rand der Mulde, deren Boden acht bis zehn Meter unter ihm aufragte.

Was er dann sah, ließ ihn das Blut in den Adern gefrieren. Ein Schauer durchfuhr ihn bis ins Mark und er schluckte heftig.

Eine Schlangengrube!

Und die war voller Klapperschlangen!

In den Hängen, zwischen Felsen und Gestrüpp – überall wimmelte es nur so von diesen Reptilien. Und Jim Harland hatte von jeher einen Höllenrespekt vor diesen Bestien gehabt.

Dennoch wäre das nicht das Problem gewesen. Wenn nicht dort unten der Körper einer Frau auf dem Boden gelegen hätte, deren Handgelenke an in den Boden getriebenen Holzpflocken gefesselt waren.

Sie war halbnackt, lag da mit geschlossenen Augen und rang krampfhaft nach Luft. Rechts und links von ihr hatten sich drei riesige Klapperschlangen aufgerichtet. Ihre Köpfe pendelten hin und her und das Rasseln drang schaurig zu Jim Harland empor, der am Rand der Mulde stand und wie erstarrt auf das Geschehen dort unten blickte.

Ein paar Meter entfernt lag der reglose Körper eines Mannes zusammengekrümmt auf dem Boden. Er war über und über mit Blut übersät und einige der Giftschlangen schlängelten über seinen Körper hinweg.

Übelkeit stieg in Jim Harland auf. Er unterdrückte einen Brechreiz.

Der Mann dort war offensichtlich tot. Es sah für Jim Harland so aus, als hätte man den Mann vorher erschossen und ihn einfach in die Grube geworfen. Die Frau lebte noch. Ihr musste mächtig schnell geholfen werden, sonst würde sie das Opfer dieser widerlichen Reptilien werden. Jeden Augenblick konnte eine der Schlangen mit ihren Giftzähnen zustoßen.

Harland richtete seinen Revolver auf eine Schlange, die der Frau am nächsten war. Sein Zeigefinger nahm Druckpunkt. Doch dann senkte er den Lauf. Ein Schuss könnte die anderen Schlangen so erschrecken, dass sie sofort zustoßen würden. Harland grub seine Zähne in die spröden Lippen. Er drehte seinen Kopf nach hinten. Eine aufwallende Staubwolke zeigte ihm, dass Jed Nolan und die anderen bald hier sein würden.

Bald – möglicherweise aber nicht schnell genug!, schoss es ihm durch den Kopf.

Jim Harland war kein Mann, den man so leicht in Panik versetzen konnte. Aber in diesen Augenblicken fühlte er Panik in sich aufkommen. Seine Augen wanderten fieberhaft zu den Hängen herab. Ein Kinderspiel, die Frau dort herauszuholen und an die Oberfläche zu bringen. Wenn da nicht überall diese verdammten Giftschlangen herumgekrochen wären.

Harland suchte den umliegenden Boden ab. Er fand einen abgebrochenen Ast. Genau das, was er brauchte. Er hob ihn auf und nahm in die linke Hand. Seine Handflächen wurden feucht. Das Herz begann zu rasen. Ob er wollte oder nicht, er musste da hinunter, wenn er der Frau nicht ihr Schicksal überlassen wollte. Ein prüfender Blick nach hinten sagte ihm, dass Jed Nolan und die Männer noch gut zwei Meilen zurücklagen.

Ein zischender Laut ließ Harland herumfahren. Hinter einem Stein tauchte plötzlich das aufgerissene Maul einer Klapperschlange auf. Keinen Meter von Harlands rechtem Fuß entfernt. Mit einem Aufschrei riss er den Stiefel hoch. Gerade in dem Moment, als der Kopf des giftigen Reptils nach vorne schoss, um die Giftzähne in sein Bein zu bohren.

Der Angriff der Klapperschlange ging ins Leere. Dafür landete Harlands Stiefel mit voller Wucht auf dem Kopf der Bestie. Das wiederholte er ein paarmal, bis er sicher war, den Schädel völlig zermalmt zu haben. Er schob den Ast unter das Reptil und schleuderte das Tier weit nach hinten. Er schüttelte sich ein paarmal heftig und dachte an sein unmittelbares Vorhaben.

Dort unten in der Grube hatte sich noch nichts verändert. Die Frau lag reglos, die großen Schlangen tänzelten um sie herum. Vorsichtig begann Harland seinen Abstieg nach unten. Der Schweiß lief ihm aus allen Poren. Seine Augen flogen nach links und rechts. Überall lagen Klapperschlangen hinter irgendwelchem Gestrüpp oder Steinen. Und er glitt zwischen ihnen hindurch, Schritt für Schritt nach unten. Das Rasseln drang ihm wie ein Dröhnen in den Ohren. Das Blut rauschte in seinem Kopf. Jim Harland war kein Feigling. Aber das Unterfangen hier zerrte an seinen Nerven. Er atmete schnell und heftig, als seine Stiefel unten den Boden berührten. Schweiß lief ihm übers ganze Gesicht. Er näherte sich der Frau. Sie hatte immer noch die Augen geschlossen, ihre Brust hob und senkte sich in schneller Folge. Entweder stand sie unter Schock oder sie war bewusstlos.

Die Sonne hatte ihr Gesicht verbrannt. Wahrscheinlich lag sie schon sehr lange hier unten.

Die Köpfe der Schlangen schnellten in Harlands Richtung. Als er näher herankam, ließen zwei dieser giftigen Bestien ihre Köpfe sinken und schlängelten davon.

Okay, dachte Harland grimmig, *zwei von diesen Mistviechern sind also feige.*

Zwei blieben noch, denn eine hatte sich inzwischen dazugesellt. Zwei wirklich riesige Viecher, die einem das Mark in den Knochen gefrieren lassen konnten. Ihre hässlichen Köpfe pendelten hin und her. Zuerst in seine Richtung, dann wieder in Richtung der Gefesselten.

Diese Bestien ließen sich von Jim Harland keineswegs aus der Ruhe bringen.

Für einen kurzen Augenblick dachte er daran, seinen Revolver zu gebrauchen. Aus dieser Entfernung den beiden Bestien eine Kugel durch den Kopf zu ballern, wäre ein Leichtes für ihn gewesen. Doch das wollte er nicht riskieren.

Eine könnte er erwischen.

Aber beide gleichzeitig, ohne dass die andere ihre Zähne in den Körper der Frau drücken würde?

Ein zu großes Risiko. Auch für einen schnellen und sicheren Schützen wie Jim Harland. Er hatte noch den Ast. Mit rascher Bewegung hielt er diesen zwischen der Frau und einem der Reptilien. Und im gleichen Augenblick sauste der hässliche Schlangenkopf vor. Die Zähne gruben sich in den Ast. Sofort riss Harland mit angewidertem Gesichtsausdruck das Holzstück hoch. Die Klapperschlange, die Fänge noch im Holz verbissen, sauste durch die Luft und fiel mehrere Meter weit entfernt auf den Boden. Ein schneller Schuss aus Harlands Revolver fuhr dem zweiten Ungetüm mitten in den Rachen. Genau in dem Augenblick, als ihr Kopf nach vorne ruckte.

Harland warf die leere Patronenhülse aus und ersetzte sie in eine neue. Er beförderte die Waffe ins Holster und zog ein Klappmesser aus der Hosentasche. Damit durchtrennte er die Stricke der Frau.

Für einen Augenblick schlug sie die Augen auf. Sie stammelte etwas Zusammenhangloses und starrte Harland mit glasigen Augen an.

Von oben dröhnte eine Stimme: »Zum Teufel, Jim! Wo steckst du?«

Jed Nolan und die Crew war angekommen.

Während Jed Nolan, Luis Santero und Shorty Rounds sich mit ihren Karabinern am oberen Rand der Grube postierten, wagte Gil Fuller den Abstieg zu Jim Harland nach unten.

Jed Nolan rief mit seiner rauen Stimme: »Wenn sich eines dieser Viecher auch nur bewegt, schießt! Zielt immer auf ihre Köpfe.«

Angelina stand hinter den Männern. Mit angewidertem Gesichtsausdruck starrte sie in die Schlangengrube.

Fuller hastete mit gezogenem .51er den Hang hinunter. Als er neben sich das unverkennbare Rascheln vernahm, feuerte er ohne zu zögern. Und er traf einer emporschnellenden Schlange genau in den Kopf.

»Mistvieh!«, brummte er und gelangte zu Jim Harland, der sich über den Körper der Frau gebeugt hatte.

»Lebt sie noch?«

Harland blickte kurz zu Fuller auf.

»Ja. Sie steht mächtig unter Schock. Und am rechten Arm wurde sie gebissen, bevor ich kam.«

Fuller untersuchte den Arm. Die Schwellung hatte eingesetzt und die straffe Haut zeigte eine gelbliche Verfärbung.

»Verdammt, Gil – ich kenne mich mit Schlangenbissen nicht so gut aus. Ist es...«

Fuller schüttelte den Kopf.

»Ist noch nicht allzu lange her. Gib mir mal dein Taschenmesser.«

Harland reichte es ihm. Fuller setzte das Messer an die Haut. Er schnitt tief zwischen die vom Giftzahnbiss liegenden Punkte hinein. Der Frau entrang sich ein Stöhnen. Mehr nicht. Sie war bewusstlos und schien den Schmerz nur im Unterbewusstsein wahrgenommen zu haben. Fuller reichte Harland das Messer, nahm den schlaffen Arm der Frau in beide Hände und begann, den Schnitt auszusaugen. Er spuckte auf den Boden und saugte erneut.

Von oben drang Jed Nolans Stimme zu ihnen herunter: »Alles in Ordnung, Jungs?«

»Ja! Passt ihr nur auf, dass die verdammten Schlangen ruhig bleiben und uns nicht in den Rücken fallen«, schrie Jim Harland zurück. Er wandte sich an Fuller. »Kommt sie durch?«

Fuller zuckte mit den Schultern. »Möglich. Aber sie muss dringend zu einem Doc.«

Er nahm sein Halstuch ab und knotete es oberhalb der Bisswunde fest.

Harland seufzte: »Wir müssen sie jetzt nur noch sicher nach oben schaffen.

»Yeah, und uns auch. Tragen wir sie gemeinsam.«

Harland nickte. Er nahm die Arme, Fuller umfasste die nackten Beine der Frau. Dann machten sie sich an den Aufstieg.

Nolan rief: »Aufgepasst, Jungs. Lasst keine von diesen Biestern in ihre Nähe kommen!«

Vorsichtig begannen die beiden Männer den Aufstieg. Immer wieder glitten ihre Blicke nach allen Seiten. Doch die Klapperschlangen schienen sich nicht in ihre Nähe zu wagen.

So schafften sie den Aufstieg. Sie legten die bewusstlose Frau auf eine Decke, die Shorty Rounds ausgebreitet hatte.

Harland wischte sich den Schweiß aus dem Gesicht, nahm seinen Hut ab und fuhr sich durch sein widerspenstiges, blondes Haar. Er atmete geräuschvoll aus.

»Das war eine höllische Sache, Jim. Ganz alleine da in diese Grube zu wandern. Mit all diesen Bestien. Ich will verdammt sein, wenn ich mir das auch zugetraut hätte«, sagte Shorty Rounds und seine mächtige Pranke landete auf Harlands Schulter.

»Hatte keine andere Wahl, Shorty. Glaube mir – allzu oft würde ich sowas nicht machen. Ich hasse Schlangen.«

Jed Nolan sagte: »Du hättest auf uns warten sollen, Jim. War riskant, da runterzusteigen. Das weißt du.«

»Wenn ich das gemacht hätte, Boss, wäre die Frau nicht mehr am Leben.«

»Was ist mit dem Mann da unten?«

»Der ist tot. Wahrscheinlich wurde er zusammengeschossen und in die Grube geworfen. Die Frau kam später dran.«

Jed Nolan nickte düster. Er hatte seine Vorahnungen, sprach sie aber nicht aus. Stattdessen hörten sie Angelina sagen: »Das war wieder eines von Finn Corcorans Werken.«

Keiner sagte etwas. Alle dachten das gleiche.

Fuller meinte: »Sie muss dringend zu einem Arzt, Boss.«

Jed Nolan kratzte sich am Hinterkopf. Der nächste Arzt war Doc Mahoon. Und der lebte in Spanish Crossing.

Finn Corcoran und seine Horde hatte sicher schon das Wolf Sink Sicket erreicht. Und sicherlich würde er sich zu mindestens mit einem Großteil der Männer baldigst aufmachen, um in das Nolan-Camp zu gelangen.

Die Männer dort waren alle gewarnt. Auch auf der Nolan-Ranch würde man mit unerwartetem Besuch umzugehen wissen.

Aber Jed Nolan wollte Corcoran vorher stellen. Und zwar noch am Wolf Sink Thicket.

Die Frau am Boden begann sich zu regen. Sie warf ihren Kopf hin und her und stammelte eine Reihe unzusammenhängender Wörter. Dann lag sie wieder still. Jed Nolan, der sich zu ihr gebeugt hatte, sah zu Gil Fuller, der ihm am nächsten stand, hoch. »Haben Sie etwas von dem verstanden, was sie da eben gesagt hat, Gil?«

Fuller zuckte mit den Schultern.

»Ehrlich gesagt, nicht sehr viel, Boss. Man hat sie überfallen und als der Mann sich zur Wehr setzen wollte, hat's geknallt. So ähnlich muss es wohl gewesen sein.«

Nolan nickte und erhob sich. »Und dann haben sich diese Banditen über die Frau hergemacht und sie anschließend dort unten in der Grube an den Pflöcken gefesselt.« Er schüttelte angewidert den Kopf. »Klingt verdammt nach Corcoran und seiner Bande.«

»Ja, Boss, so wird's wohl gewesen sein. Und den Burschen, den sie vorher erschossen hatten, warfen sie gleich mit hinein.« Fuller schüttelte den Kopf. »Wir haben es hier wirklich mit ein paar ganz üblen Hombres zu tun.«

»Cowboy, das habe ich dir schon vorher gesagt«, mischte sich Angelina mit lautstarker Stimme ein. »Dachte, das hättest du schon längst kapiert.«

Fuller warf ihr einen verärgerten Blick zu. Er trat etwas näher an sie heran, stemmte die Hände in die Hüften und blickte zu ihr herunter. Er sagte: »Lady, ich kann 'ne ganze Menge vertragen. Aber langsam geht mir Ihr vorlautes Mundwerk mächtig auf die Nerven.«

Angelina schob trotzig ihr Kinn vor.

»So? Ich denke, Sie sind so ein harter Bursche, Mister Vormann Fuller. Sie werden wohl langsam ein bisschen nervös, was? Haben Sie keine von diesen komischen Lakritzstangen mehr, die sich zur Beruhigung in den Mund stecken können?«

Fuller zischte zwischen den Zähnen gepresst: »Wenn ich noch eine hätte, würde ich sie in Ihr loses Mundwerk stopfen.«

»Schluss jetzt!«, dröhnte Jed Nolans Bariton dazwischen. »Hört auf mit diesem Kinderkram. Wir haben ganz andere Probleme. Und Ihnen, Miss, rate ich, Ihr vorlautes Mundwerk etwas zu zügeln.«

Eine steile Zornesfalte erschien zwischen Angelinas Augenbrauen. Ihr Mund klappte auf, aber sie sagte nichts. Der Blick aus Jed Nolans Augen genügte. Sie wandte sich brüsk ab. Fuller sah ihr zornig hinterher, wie sie auf ihr Pferd stieg.

Harland sagte: »Lass gut sein, Gil! Die Kleine hat genug Dreck gefressen.« Er legte Fuller kameradschaftlich die Hand auf die Schulter und wandte sich an Jed Nolan. »Dieser Manyard versteht sich doch auf medizinische Dinge, oder nicht? Die Ranch liegt etwa vier oder fünf Meilen westlicher Richtung von hier.« Er wies mit dem ausgestreckten Arm in die Richtung. »Das würde uns einen weiten Weg in die Stadt ersparen.«

Jed Nolan nickte.

»Du hast recht, Jim. Wir reiten zu Manyard. Das ist eine gute Chance, das Leben dieser Frau zu retten.«

Hinter einer nahegelegenen Felsgruppe befanden sich mehrere Bäume. Die Männer machten sich daran, zwei Stämme für einen Schleppschlitten zu schlagen. Sie wickelten die Frau in eine zusätzliche Decke. Der Schleppschlitten wurde an Luis Santeros Pferd befestigt und die Gruppe machte sich auf den Weg.

Es begann bereits zu dämmern, als sie das Anwesen des Pferdezüchters erreichten.

Jed Nolan richtete sich in den Steigbügeln auf und spähte zum Haus herüber. Dort war alles dunkel. Jed zügelte sein Pferd und hob die rechte Hand als Signal zum Halten.

Er kannte den bärbeißigen Cole Manyard gut genug, um zu wissen, wie dieser mitunter auf unerwarteten Besuch reagierte. Deshalb rief er mit lauter Stimme: »Hallo, Manyard. Ich bin's: Jed Nolan!«

Eine Zeitlang regte sich nichts. Dann trat eine gedrungene Gestalt aus dem Schlagschatten der Veranda hervor, eine Sharps in beiden Händen haltend.

»Mich laust der Affe. Jed Nolan, tatsächlich», rief die whiskybeladene Stimme von der Veranda zu Jed Nolan und den anderen herüber. »Das ist ja mal wirklich ein erfreulicher Besuch. Was ist, Nolan: brauchen Sie wieder ein paar Gäule. Oder treibt Sie die Sehnsucht in mein trautes Heim?«

Ein kehliges Lachen folgte den Worten Manyards und ein gleichzeitig ertönendes Klicken gab Aufschluss darüber, dass er seine Sharps entsichert hatte. Manyard zündete eine Sturmlaterne an und trat den Reitern entgegen. Ein breites Grinsen huschte über sein bärtiges, hässliches Gesicht, als er auch die anderen erkannte. Nur mit Angelina konnte er nichts anfangen. Und als er die reglose Gestalt auf dem Schleppschlitten hinter Luis Santeros Pferd sah, runzelte er die Stirn.

»Was ist mit der Lady da auf der Trage, Nolan? Sieht mächtig blass um die Nase aus, die Gute.«

Jed Nolan sagte nur: »Schlangenbiss. Wir haben sie aus einer Schlangengrube etwa sechs Meilen von hier rausgefischt. Sie braucht dringend Hilfe.«

Manyard kratzte sich den kahlen Schädel. Mit der Laterne leuchtete er auf das Gesicht der Frau. Plötzlich presste er die Lippen aufeinander und fuhr sich durch seinen eisgrauen Bart. Er schüttelte den Kopf und sagte zu Jed Nolan: »Fürchte, Mister Nolan, kein Arzt und kein Gegengift der Welt kann noch helfen – die Frau ist tot!«

Sie standen stumm vor dem frischen Grab mit dem schlichten Holzkreuz. Der Mond brach durch eine Wolkendecke und tauchte das das Zeremoniell in ein silbriges, unwirkliches Licht. Auf dem Holzkreuz waren nur die schlichten Worte eingeschlagen:

Unbekannt
Ermordet von Banditen
April 1866

Mehr konnten sie nicht tun. Sie wussten weder den Namen der Frau, noch hatten sie irgendeinen weiteren Hinweis, den sie auf das Holzkreuz hätten schreiben können. Und somit lagen unter den aufgeschichteten Steinen auf einem Hügel bei einer Piniengruppe die sterblichen Überreste einer Frau, deren Bekannte oder Verwandte sie niemals finden würde.

»Verdammt miese Art, so zu sterben«, bemerkte Shorty Rounds. Er hielt seinen zerbeulten Stetson in beiden Händen.

»In letzter Zeit heben wir verdammt viele Gräber aus«, sagte Gil Fuller. Jed Nolan wischte sich über die Stirn. »Und das hier wird nicht das letzte gewesen sein.«

Er setzte seinen Hut auf und wandte sich ab. Die anderen folgten ihm zögernd. Nur Angelina verweilte noch etwas länger an dem Grab. Dann ging sie mit gesenktem Haupt hinter den Männern her. Manyard wischte seine rauen Hände an der speckigen Lederhose ab. Er war vorausgegangen und wartete am Corralgatter. Er nahm seine Sturmlaterne auf und leuchtete den Herankommenden entgegen.,

»Was wollen Sie jetzt machen, Nolan? Es treibt Sie ja nicht ohne Grund in diese Gegend, richtig?«

Whiskyatem wehte Jed Nolan entgegen, als er dicht vor Manyard stehenblieb.

Nolan nickte. Mit knappen Worten berichtete er dem Pferdezüchter über das Vorhaben der Banditen und verschwieg dabei nicht, mit welcher Brutalität diese Männer vorgegangen waren.

»Es wird immer schlimmer in diesem Land. Erst die Comanchen, dann der verdammte Krieg. Diese verfluchten Beutelschneider sind hier eingefallen und jetzt auch noch Typen wie dieser Corcoran, die einem das Leben schwer machen. Es ist ein Jammer.«

»Ja. Es wird lange dauern, bis dieses Land zur Ruhe kommen wird – falls das jemals eintreffen sollte. Manyard.«

»Kommt erst mal ins Haus, bevor ihr euch auf den Weg macht und stärkt euch. Conchita wird schnell noch etwas zu essen machen. Und Kaffee...«

»Ein anderes Mal, Manyard», schnitt Jed Nolan ihm ungeduldig ins Wort. »Wir müssen sofort aufbrechen. Wir haben ohnehin schon viel Zeit verloren.«

»Es ist Nacht. Warum nicht in der Frühe weiterreiten?«

Jed Nolan schüttelte den Kopf. »Ich will die Bande noch am Wolf Sink Sicket erwischen. Und da zählt jede Minute.«

Er sah dabei von Manyard weg hin zu dem Grab drüben auf dem einsamen Hügel.

Ein heftiger Wind fegte von Süden her über das Land. Ein warmer Wind, der Jed Nolans Stirn jedoch in Falten trieb.

Dreizehntes Kapitel

Seit dem Tod von Kate hatte sich der brennende Hass gegen Finn Corcoran weiter verstärkt. Unermüdlich und schonungslos hatte er die Fährte der Banditen aufgenommen. Mit dem Instinkt des Jägers war es ein Leichtes für Kyle Monroe gewesen, die Spur der Banditen aufzuspüren die ihn geradewegs ins Wolf Sink Thicket führte.

Dabei war er nicht nur stur auf der Fährte der Banditen geblieben. Für einen Mann in seiner Situation hing das Leben davon ab, sich in einem unbekannten Gebiet orientieren zu können. Kyle Monroe hatte sich jeden markanten Punkt genau eingeprägt, der ihm wichtig erschien. So war er oft von der Spur abgewichen, um das umliegende Terrain ausgiebig einzustudieren. Nach solchen Erkundigungen nahm er die Fährte wieder auf. Eine solche Vorgehensweise hatte ihm schon so manches Mal das Leben gerettet.

Eingebettet in zahllosen Felsenformationen und dichten Buschvegetationen war das Wolf Sink Thicket ein idealer Sammelplatz für Tausende von Rindern, die hier ungestört weiden konnten. Das Gras war saftig und hoch. Außerdem gab es hier einige Wasserstellen, die so tief waren, dass selbst in einer Dürreperiode genügend Wasser vorhanden war.

Weiterhin gab es ein gutes Versteck für lichtscheues Gesindel ab. Denn seltsamerweise lebte hier kaum ein Mensch.

Etwa zur gleichen Zeit, als Jed Nolan mit seiner Crew die Pferderanch von Cole Manyard verließ, hatte sich Kyle Monroe auf einer zerklüfteten Felsleiste hinter einem Vorsprung postiert. Er war ringsherum von Felssteinen und Buschgestrüpp umgeben. Dieser Platz schien ihm ideal. Er hatte ihn so ausgewählt, dass er einen hervorragenden Blick auf das unter ihm liegende Terrain erhaschen, man ihn aber von unten nicht sehen konnte. Vor Einbruch der Dunkelheit war es ihm gelungen, Finn Corcorans Lager auszumachen.

Die Rinder weideten an einer der Wasserstellen. Drei Männer hielten Herdenwache, während die restliche Mannschaft etwa zweihundert Meter weiter weg Lager bezog.

Für Kyle Monroe sah es so aus, als würde man dort unten in der Nacht noch aufbrechen wollen.

Und durch seinen Feldstecher[1] hindurch erblickte er die Gestalt des Mannes, dem sein ganzer Hass in den letzten Jahren galt.

Finn Corcoran stand unten am Feuer und wärmte sich die Hände über den Flammen. Für einen Moment konnte Kyle Monroe auch das Gesicht des Mannes erkennen; es erschien ihm im Schein der Flammen diabolisch.

Ihm war, als drückte eine unsichtbare Faust seinen Magen zusammen. Monroe spürte den Herzschlag heftig gegen seine Brust donnern.

Etwas weiter von Corcoran entfernt saß ein junges Mädchen.

Angie!, fuhr es Monroe durch den Kopf.

Doch beim näheren Hinsehen erstarb die Hoffnung.

Angie war dunkelhaarig. Dieses Mädchen dort unten blond. Die Flammen leuchteten in ihr schmales Gesicht.

Ja, sie war noch sehr jung – bestimmt noch keine achtzehn Jahre alt, wie Monroe zu erkennen glaubte.

Doch wo war Angie?

Dort unten im Camp jedenfalls nicht.

Die Enttäuschung breitete sich in ihm aus wie eine brennende Säure. War sie etwa tot?

---

[1] Prismenferngläser, die umgangssprachlich auch **Feldstecher** genannt werden

Irgendetwas in ihm sagte, dass dies nicht sein konnte. Er erinnerte sich an die Hütte und den beiden Toten dort.

Vielleicht war Angie dort gewesen und konnte entkommen. Monroe presste die Lippen hart aufeinander.

Solange er keine Gewissheit hatte, würde er glauben und hoffen.

Monroe nahm noch einmal den Feldstecher auf, dessen Band er um seinen Nacken gelegt hatte. Drüben bei der Herde drang leise der Gesang der Herdenwache zu ihm herauf. Im Lager saßen einige Männer um das Feuer herum, rauchten, aßen und tranken. Einige andere beschäftigten sich mit ihrer Ausrüstung. Ein Bursche ging die ganze Zeit nervös auf und ab. So, als hätte er Hummeln im Hintern. Dabei wechselte sein Gewehr ständig von der linken in die rechte Hand. Etwas weiter hinten hielten sich zwei Männer bei der Pferderemuda auf. Keiner schlief. Das blonde Mädchen saß starr an ihrem Platz und starrte düster in die Flammen des Lagerfeuers.

Alles in allem sah es dort unten wie in einem ganz normalen Camp aus, das Treibherdencowboys für die Nacht bezogen hatten. Aber diese Männer dort unten waren alles andere als das.

Jeder einzelne von ihnen war ein kaltblütiger Mörder und wurde steckbrieflich in verschiedenen Staaten gesucht.

Kyle Monroe hatte genug gesehen – vorerst. Er ließ den Feldstecher an seine Brust zurückgleiten und nahm seine beiden Gewehre – eine langläufige Sharps und ein Henry-Repetiergewehr – auf und überprüfte die Ladungen. Dann legte er sie zurück in eine kleine Felsspalte.

Plötzlich zog er angewidert seine Hand zurück. Aus der Spalte tauchte ein kleiner, giftiger Skorpion auf. Monroe langte nach seinem .36er. Er umfasste den Lauf. Mit einem heftigen Hieb landete der Kolben der Waffe auf dem Skorpion und zermalmte ihn. Mit einer raschen Handbewegung fegte er das zerquetschte Tier beiseite und trat mit dem Stiefelabsatz noch einmal drauf, um ganz sicher zu gehen, dass das giftige Biest auch wirklich tot war.

Er zündete eine Zigarre an, paffte ein paar Züge und griff in die Innentasche seiner schwarzen Anzugsjacke, um einen fünfzehn Zentimeter langen Gegenstand herauszuziehen. Er strich über den Gegenstand und dabei legte sich ein hartes Grinsen in sein stoppelbärtiges Gesicht.

Dunkle Wolken zogen am Himmel entlang. Ein Windstoß ließ die Flammen beim Lagerfeuer tanzen. Kleine Funken stoben durch die Luft und sahen aus wie glühende Würmchen. Cash Noakes hockte auf den Absätzen seiner Stiefel. In beiden Händen hielt er einen Kaffeebecher und blickte mit stumpfen Augen in die Flammen. Ohne jemanden anzusprechen, sagte er mit monoton klingender Stimme: »Ein Sturm kommt auf.«

Sunshine-Holly, dessen rundliches Gesicht über und über mit grauen Bartstoppeln übersät war, grinste. »Ich habe es euch doch schon die ganze Zeit über gesagt, dass sich von Süden her etwas zusammenbraut. Glaubt mir, Jungs. Ich habe so was schon immer in den Knochen gespürt.«

Corcoran lüftete seinen Stetson und fuhr sich durch das dichte Haar. Er nahm ein paar vereinzelte Zweige vom Boden auf und warf sie in die prasselnden Flammen. Er erhob sich plötzlich, von einer inneren Unruhe getrieben. In seinem scharfgeschnittenem Gesicht begann es zu arbeiten, während sein Blick über den mittlerweile wolkenbehangenen Himmel emporglitt. Ein seltsamer Geruch von Schwefel hing in der Luft. Und Finn Corcoran atmete ein paarmal tief durch die Nase ein und aus. Die Pferde bei der Remuda wieherten nervös. Von der Herde klang das Muhen von Rindern zu den Männern am Camp herüber.

Corcoran fluchte laut und fürchterlich.

Ein Sturm stand nicht auf dem Plan.

Und ein Sturm konnte hier im Süden von Texas wahrlich verheerende Ausmaße annehmen.

Finn Corcorans Augen wanderten durch die Dunkelheit zu den Silhouetten der zahlreichen Felsen und Buschgruppen hinweg, die sich durch das Terrain zogen. Es gab genügend Schutz für ihn und seine Männer dort in dem Felsgewirr, in denen es auch Höhlen gab, in die man sich verkriechen konnte.

Die Herde würde ausbrechen. Es dauerte Tage, um sie wieder zusammenzutreiben.

Das kostete Zeit.

Ein Sturm würde auch über das Nolan Camp etwa vierzig Meilen von hier hinwegfegen. Auch dort würde es eine heftige Stampede geben – dessen war sich Finn Corcoran sicher.

Er holte mit dem rechten Fuß aus. Die Stiefelspitze traf einen kleinen Stein, den er mit voller Wucht gegen einen Baumstamm kickte. Das Geräusch drang laut durch die Nacht.

Aber es war nichts im Vergleich zu der heftigen Detonation, die etwa eine Sekunde später erfolgte und in den Ohren der Männer dröhnte.

Ein Lichtblitz erhellte die Dunkelheit.

Der Gestank verbrannten Pulvers zog sich durch die Luft.

Drüben bei der Herde sprangen sofort die Leitstiere auf die Hufe. Tausend Rinder folgten ihnen. Von einer auf die nächste Sekunde geriet die Masse der gehörnten Flut in Bewegung und stob nach vorn. Eine riesige Staubfontäne wirbelte auf und erfüllte die Luft.

Ein gellender Schrei drang ins Camp: »Stampede!«

Die Rinder rasten los. Ihre Augen waren verdreht, ihre Zungen hingen ihnen teilweise aus den Mäulern. Ihre Hörner schlugen aneinander. Nichts konnte sie aufhalten. Sie folgten den Leitstieren – genau auf das Camp zu. Das Stakkato von viertausend Hufen brachte den Boden zum Beben. Ein Dröhnen hallte von den Felswänden wider.

Für die drei Herdenreiter gab es kein Entrinnen. Sie verschwanden mit gellenden Schreien zwischen den rasenden Leibern und wurden unter der Last von tausenden Tonnen einfach in den Boden gestampft.

Männer schrien aufgeregt. Wie von Taranteln gestochen sprangen sie auf. In panischer Hast griff jeder nach seinen Waffen und rannte zu den Pferden.

Von den Felsen auf der gegenüberliegenden Seite blitzte ein Mündungslicht auf.

Ein surrendes Geräusch, dann ein dumpfer Einschlag. Finn Corcoran wirbelte herum. Seine Augen weiteten sich, als er Sunshine-Holly mit blutüberströmtem Gesicht nach vorne ins Feuer fallen sah.

Drüben bei der Remuda wieherten schrill die Pferde. Zu Tode erschrocken wirbelten ihre Hufe durch die Luft. Das Seil der Remuda zerriss und die aufgebrachten Gäule stürmten ins Camp.

Finn Corcoran hielt zwei Colts in seinen Fäusten. Er drehte sich wie ein Brummkreisel. Mit wilden Blicken suchten seine Augen nach den Schützen, die da irgendwo zwischen den Felsen liegen mussten und das Camp unter Beschuss nahmen.

Zumindest glaubte Corcoran, dass es mehrere Schützen waren.

Es blieb ihm keine Zeit, großartig darüber nachzudenken.

Die rasende Herde kam immer näher.

Wieder krachte ein Schuss.

Der Mann, der vor wenigen Augenblicken noch neben Cash Noakes gesessen und Kaffee getrunken hatte, kippte nach hinten. Seine Beine zappelten noch, als er auf dem Rücken lag. Gurgelnde Geräusche entrangen sich seiner Kehle. Dann lag er still – für immer.

Corcoran erwischte eines der Pferde. Er warf sich in den Sattel und stieß dem verängstigten Tier heftig die Sporen in den Leib. Das Pferd wieherte schrill, stieg steil in die Luft und preschte in rasendem Galopp vorwärts. Beinahe wäre Corcoran aus dem Sattel gefallen. Aber er fing sich. Seine zitternden Hände hielten die Zügel krampfhaft umschlungen. Vor ihm tauchte einer der Männer auf. Er lief auf Corcoran zu und schrie: »Finn! Warte, lass mich hinten aufs Pferd steigen.«

Corcoran dachte nicht daran.

Er gab dem Mann einen heftigen Tritt gegen die Brust und er stürzte rücklings zu Boden. Ohne sich auch nur ein einziges Mal nach dem Mann umzudrehen, preschte Corcoran davon.

Er brauchte sich auch nicht umzudrehen, denn der gellende Schrei, vermischt mit dem Dröhnen der heranrasenden Hufe, sagte ihm alles.

Einigen der Männer gelang es ebenfalls, sich in die Sättel der fliehenden Pferde zu werfen und rasten in wildem Galopp vor der heranstürmenden Herde davon.

Doch einige hatten weniger Glück. Sie gerieten unter die zahllosen, stampfenden und malmenden Hufe. Als die Herde über sie hinweggefegt war, hätte man nur noch vermuten können, dass sie einmal Menschen gewesen waren.

Ein Bild völliger Verwüstung bot sich ihm, als er von der Felsleiste heruntergestiegen und unten angelangt war, wo sich vor kurzer Zeit noch das Lager der Banditen befand. In den

Händen trug er seine beiden Gewehre und seine Augen wanderten durch die Dunkelheit.

Eine dichte Wolkendecke verhüllte den Mond am Himmel. Es war stockduster. Der Wind wurde stärker und zerrte an Monroes Kleidung. Auch er wusste, dass sich ein heftiges Unwetter androhte.

Der Staub lag noch in der Luft und hinterließ einen bitteren Geschmack auf seiner Zunge.

Das Überraschungsmoment war auf seiner Seite gewesen. Corcoran und seine Männer hatten nie und nimmer mit einer Verfolgung gerechnet. Erst recht nicht durch einen einzelnen Mann. Er hatte den Banditen einen höllischen Schlag versetzt.

Aber da war etwas, was ihn quälte und ihm keine Ruhe ließ. Natürlich war sich Monroe bewusst gewesen, als er die Dynamitstange, geworfen hatte, dass die Herde in Panik geraten würde.

Er hatte falsch gerechnet.

Aus welchen Gründen auch immer waren die Leitstiere beim erschreckten Aufsprung sofort in Richtung des Lagers gedreht und hatten die nachfolgende Herde mit sich gerissen.

Damit hatte Kyle Monroe nicht gerechnet.

Rein logisch hätte die Stampede genau in die entgegengesetzte Richtung gehen müssen. Denn sie standen mit ihren Rücken in Richtung des Lagers. In gewisser Hinsicht hatte Monroe durch die seltsame Fügung des Schicksals wesentlich mehr erreicht, als er dachte. Dadurch, dass die Rinder durchs das Camp gerast waren, wurde ein erheblicher Teil der Mörderbande Corcorans dezimiert.

Für den Jäger Monroe ein voller Erfolg.

Wenn da nicht dieses Mädchen gewesen wäre!

Und das bereitete ihm Sorgen.

Er hatte oben zwischen den Felsen nicht mehr erkennen können, ob sich das Mädchen retten konnte oder nicht.

Etwas weiter rechts knackte es plötzlich im Gebüsch. Sofort riss Monroe die Läufe beider Gewehre in die Richtung. Ein wimmerndes Geräusch drang an seine Ohren. Erleichtert ließ er beide Läufe sinken.

Dieses Wimmern kam von einer Frau.

Monroe rief in die Dunkelheit hinein: »Kommen Sie hervor, Miss. Es ist alles in Ordnung. Mein Name ist Kyle Monroe und bei mir sind Sie in Sicherheit.«

Eine schmale Gestalt löste aus dem Gebüsch heraus und trat zögernd auf ihn zu. Sie zitterte am ganzen Körper. Ihr bleiches Gesicht war von Schrammen durchzogen, die Kleidung hing in Fetzen von ihrem Leib.

So stand sie vor Kyle Monroe; ein völlig verstörtes Mädchen, nicht älter als siebzehn oder achtzehn Jahre.

Angie wäre jetzt neunzehn.

Etwas lahm fragte er: »Ist alles in Ordnung, Miss?«

»Ich bin weggelaufen, als die vielen Rinder kamen. Einfach weggelaufen. Da waren die vielen Büsche.« Sie sah sich in der Dunkelheit um und schüttelte mehrmals dabei den Kopf. Für Monroe sah es so aus, als könnte sie noch nicht begreifen, was da eben passiert war.

Nach einer Weile sah sie ihn an. »Waren Sie das? Haben Sie das getan?«

Monroe nickte. »Ja.«

»Wo sind denn die anderen – Ihre Freunde?«

»Habe keine – bin allein.«

Mit offenem Mund starrte sie ihn an. Plötzlich fiel sie auf die Knie und schlug ihre Hände vors Gesicht. Ein heftiges Schluchzen erfolgte, das ihren Körper zum Zittern brachte.

Monroe legte seine beiden Gewehre auf den Boden und trat auf sie zu. Behutsam legte er einen Arm um ihre Schulter. Er sagte nichts.

Er ließ sie weinen.

Vierzehntes Kapitel

Jed Nolan und seine Leute erreichten das verwüstete Banditenlager, als bereits die Morgendämmerung eingesetzt hatte. Sie waren die ganze Nacht durchgeritten, mit dem Wissen, dass bald ein heftiges Unwetter aufkommen würde.

Doch das blieb bislang aus.

Aber ein Blick in den Himmel und in die Ferne gab Aufschluss darüber, dass der Sturm nicht mehr lange auf sich warten ließ. Immer heftiger wurden die einzelnen Böen, die über das Land fegten. Kurzer Regen setzte ein, hörte schlagartig wieder auf. Der Himmel zeigte eine gelbliche Färbung. Am Horizont zeichnete sich drohend eine schwarze Front ab, die nichts Gutes verhieß.

Jed Nolan kauerte am Boden. Mit einem abgebrochenen Zweig kratzte er sich am unrasierten Kinn. Die Spuren der Verwüstung sagten ihm deutlich, was hier geschehen sein musste.

»Möchte wissen, was die Biester so aufgebracht haben kann, dass sie in Stampede gerieten.«

»Jedenfalls sind sie fort – die Rinder und die Banditen«, bemerkte Gil Fuller und korrigierte sich gleichzeitig: »Was von den Burschen übrig geblieben ist, meine ich.« Er saß im Sattel und hatte beide Hände über das Sattelhorn gelegt. Seine Blicke waren auf einen unförmigen Körper gerichtet, der tief in den Boden gedrückt war.

Shorty Rounds rief: »Seht euch den mal an, Jungs. Der hier ist noch ganz.«

Er stand vor einem toten Banditen, der nicht unter die Hufe der Rinder geraten war und dessen Beine hinter einem Gebüsch herausragten. Jed Nolan trat auf ihn zu. Die Brust des Toten wies ein Einschussloch auf.

»Der wurde erschossen. Und das bringt kein Rind fertig«, kam es trocken und voller Sarkasmus von seinen Lippen, der Shorty allerdings nicht erreichte.

»Ob es hier einen Streit gegeben hat und dabei Kugeln geflogen sind, Boss? Schüsse können mitunter eine Herde völlig wild machen.«

Jed Nolan dachte eine Weile über Shorty Rounds Vermutung nach. Er schüttelte den Kopf. »Möglich. Aber ich kann's mir nicht vorstellen. Da steckte etwas anderes dahinter. Sinnlos, sich jetzt den Kopf darüber zu zerbrechen.«

Luis Santeros Stimme drang zu ihm herüber: »Wir sollten uns langsam Gedanken darüber machen, uns in Sicherheit zu bringen, Jed. Da hinten zieht gewaltig was auf.«

Jed Nolan nickte. Er sah in die Richtung, aus der das Unwetter zu erwarten war. Der verdunkelte Himmel wurde von Blitzen durchzogen.

Zwecklos, jetzt an die Verfolgung der Banditen zu denken, die es noch geschafft hatten, der Stampede zu entkommen. Und ebenso zwecklos war es im Augenblick, nach der Herde zu suchen.

Möglicherweise hatten sich die Rinder irgendwo gesammelt, als sie wieder zur Besinnung gekommen waren. Ebenso gut konnte es möglich sein, dass sie sich in alle Winde verstreut hatten und mühsam wieder gesucht und zusammengetrieben werden mussten.

Shorty meinte: »Ich weiß, dass es ein paar Meilen westlich von hier zwischen den Felsen eine Höhle gibt. War früher ein paarmal dort. Bestimmt gibt's in dieser Gegend mehr. Aber von der weiß ich es genau. Wenn wir uns beeilen, schaffen wir es dorthin.«

»Na, nichts wie hin«, brummte Jed Nolan. Er schwang sich in den Sattel und warf Angelina einen forschen Blick zu. Das

Mädchen hatte die ganze Zeit über geschwiegen. Und das hielt Jed Nolan für ein bedenkliches Zeichen.

Er rief ihr zu: »Ist mit Ihnen alles all right, Miss?«

Sie sah mit ausdrucksloser Miene zu ihm herüber und nickte stumm.

Dumpfes Donnergrollen ertönte. Schwarze Wolken zogen am Himmel entlang und verdunkelte das Land. Eine heftige Bö fegte mit bösem Heulen durch das Wolf Sink Thicket. Kurz darauf setzte ein heftiger Regen ein. Das waren die Vorboten von dem, was in Kürze zu erwarten war.

Und durch das Peitschen der Regenmassen drang Jed Nolans Bariton: »Shorty! Übernimm die Führung. Wir müssen uns beeilen. Gleich wird die Hölle über uns einbrechen.«

Und genauso war es. Der Wind wurde immer stärker und sauste mit zornigem Getöse über ihre Köpfe hinweg. Riesige Wasserfontänen stürzten vom Himmel herab auf die Erde. Binnen Sekunden bildeten sich am Boden riesige Pfützen, die zu kleinen Seen heranwuchsen.

Das Unwetter hatte sie erwischt.

Mit ungeheurer Gewalt tobte der Hurrikan über das Land. Er riss alles nieder, das nicht genug Widerstand besaß, ihm zu trotzen. Bäume knickten um wie Streichhölzer, sogar Felsgestein wirbelte durch die Luft. Riesige Wassermassen fluteten über das Land. Der Weg, den Jed Nolan mit seinen Leuten eingeschlagen hatte, war binnen weniger Minuten nicht mehr passierbar. Der Boden weichte auf, das Wasser stieg und stand den Pferden bald bis zu den Knöcheln.

Die Gewalt des Sturmes war schon schlimm genug.

Durch den zusätzlichen Druck der Wassermassen konnten sich die Tiere nicht mehr lange halten.

Es gab nur noch eine Möglichkeit: sie mussten den Weg verlassen, wenn sie nicht einfach davongespült werden wollten.

Sie drängten die Pferde durch das immer mehr ansteigende Wasser nach rechts vom Weg über die glitschigen Felsen. Und so begann für Jed Nolan und seine Crew ein gefährlicher Anstieg zwischen den schmalen Felsgruppen.

Doch auch hier drohten die Pferde auszurutschen, als ihre Hufe über das Gestein glitten.

Schließlich waren sie gezwungen, aus den Sätteln zu steigen und die Tiere an den Zügeln zu führen. Das kostete eine Menge Zeit. Die Gewalt des Hurrikans nahm zu. Der Regen peitschte ihnen ins Gesicht und raubte ihnen zeitweise den Atem. Der heftige Wind zerrte an ihren Kleidern. Wütend und zornig war sein Geheul, das sich zwischen den Felsen hindurch brach und als Echo widerhallte.

Hintereinander kletterte die Gruppe mit äußerster Kraftanstrengung den Hang hinauf. Shorty Rounds hatte weiterhin die Führung übernommen. Er kannte sich in dieser Gegend am besten aus. Jed Nolan folgte ihm, dann Gil Fuller, Jim Harland und Angelina.

Den Schluss bildete Luis Santero.

Er war absichtlich hinter Angelina geblieben, weil er fürchtete, dass die Kraft des Mädchens nachlassen würde und sie den Anschluss verlieren könnte. Aber Angelina hielt sich tapfer. Obwohl sie völlig erschöpft war, biss sie die Zähne zusammen. Sie klagte nicht, obgleich das jeder aus der Gruppe vermutet hätte.

Je weiter die Gruppe vordrang, desto stummer wurde sie – und auch verbissener.

Der Anstieg wurde steiler, der Boden unter ihren Füßen rutschiger. Sie hatten bereits etwa hundert Meter an Höhe gewonnen. Zu ihren Seiten türmten sich die Felsen höher, so dass sie etwas geschützter vom Wind waren und doch passierte es: Angelinas Pferd glitt mit dem linken Vorderhuf aus. Das Tier verlor das Gleichgewicht und knickte um. Mit schrillem Wiehern rutschte das Tier den Hang hinunter. Es überschlug sich. Die Hufe zappelten in der Luft. Angelina, die noch die Zügel fest in der Hand hielt, wurde mitgerissen. Sie schrie auf und verlor den Halt.

Luis Santero sprang zur Seite. Instinktiv riss er an den Zügeln seines Pferdes und zog es mit sich. Nur knapp sauste Angelinas Pferd an ihm vorbei in die Tiefe, das schreiende Mädchen mit sich ziehend.

Luis Santero ließ die Zügel seines Pferdes fallen und sprang mit einem Satz hinter dem Mädchen her. Er hatte dabei seine rechte Hand ausgestreckt und bekam Angelina am Kleidsärmel zu fassen. Erst jetzt konnte sich das Mädchen vom Zügel befreien. Santero prallte mit seinem Körper gegen einen Felsen. Der jähe Schmerz raubte ihm fast den Atem. Dennoch gelang es ihm, seinen freien Arm um den Felsen zu legen. Mit der anderen hielt er Angelinas Ärmel. Das Pferd raste weiter den Hang hinunter und überschlug sich ein paar Male. Dann klatschte der schwere Körper des Tieres unten in die tosenden Wassermassen, wo vorher noch ein Pfad gewesen war.

Santero zog Angelina mit aller Kraft zu sich heran. Sie hielt sich krampfhaft an seinem Arm fest. Da war bereits Jim Harland herangekommen. Er rief: »Sind Sie in Ordnung?«

Angelina nickte. Ihr Gesicht war bleich und sie zitterte am ganzen Körper.

»Ja. Aber mein Pferd...«

Sie wagte zaghaft einen Blick nach unten. Dort hatten die Wassermassen bereits das Tier erfasst und weggetrieben. Jim Harland erfasste einen Arm des Mädchens und rief ihr zu: »Vergessen Sie's! Kommen Sie! Wir müssen weiter.«

Santero und Harland nahmen Angelina in die Mitte und der Anstieg begann von neuem.

Im Pott brodelte der Kaffee, eine Dampfwolke stieg auf bis zur Höhlendecke. Kyle Monroe nahm die Kanne vom Feuer und schenkte zwei Becher voll ein. Über das Feuer hinweg reichte er dem blonden Mädchen einen Becher herüber, den sie mit dankbarem Nicken an sich nahm.

Draußen tobte und jaulte der Hurrikan. Aber das störte sie hier drinnen in der weitläufigen Höhle nicht.

Das Mädchen nippte an dem heißen Kaffee und sah Monroe über den Rand des Kaffeebechers prüfend an. Im Schein der Flammen sah sein Gesicht eingefallen aus und war von dunklen Bartstoppeln umrahmt. Es wirkte hart und für sie unergründlich. Seine Augen, tief in den Höhlen liegend, waren vom Schatten verborgen.

Er kam ihr düster vor, irgendwie verloren.

Und dennoch; bei diesem Mann hatte sie das Gefühl, in Sicherheit zu sein. Er war kein Bandit. Er hatte sie beide noch vor Einbruch des Unwetters in diese schützende Höhle geführt und ohne viel Aufhebens alle Vorbereitungen für einen längeren Aufenthalt getroffen.

»So ein Hurrikan kann lange andauern«, hatte er gesagt. »Und so lange müssen wir hier in der Höhle bleiben.«

Mehr hatte er nicht zu ihr gesprochen. Damit war alles gesagt, was zu sagen war. Er war ein schweigsamer Mann. Er hatte ihr keine Fragen gestellt. Er hatte sie nicht bedrängt. Er war einfach da, in sich gekehrt und darauf bedacht, dass sie in Sicherheit vor den Banditen und dem Hurrikan war.

Langsam begann das Feuer sie zu wärmen. Sie zog ihre Decke über den Schultern fester zusammen. Ihre Blicke wanderten an den kahlen Felswänden entlang. Die Höhle war groß und sicherlich hatten hier vor vielen Jahren Menschen gelebt.

»Woher wussten Sie von dieser Höhle?«, fragte sie plötzlich.

»Ich habe sie entdeckt, als ich der Spur der Banditen folgte.«

»Warum haben Sie das getan?«

»Was?«, fragte er.

»Sie haben diese Männer verfolgt und wollten sie töten. Warum?«

»Weil sie es verdient haben.«

»Deshalb?«

Monroe langte in die Innentasche seiner Anzugjacke und zog eine dünne Zigarre hervor. Er biss die Spitze ab und hielt das Ende über die Flammen. Paffend lehnte er sich zurück.

Während draußen der Sturm tobte und wütete, war es hier in der Höhle warm und still. Das Prasseln des Feuers drang angenehm an ihre Ohren und das gelegentliche Schnauben des Pferdes, das Monroe mit in die Höhle hineingenommen hatte. Sie sagte: »Ich stamme aus Boston. Meine Eltern starben sehr früh und ich wuchs bei Tante Charlott und Onkel Henry auf. Charlott und Henry Gault. Onkel Henry war Anwalt. Seine Praxis lief schlecht. Zudem war er krank und der Arzt riet ihm dringend, das Klima zu wechseln. Deshalb brachen wir auf nach Texas.« Sie verstummte einen Augenblick und sah dabei direkt zu Monroe herüber. Dieser hatte sich etwas aufgerichtet und sein Gesicht verriet Neugier. Er sagte nichts. Nur seine Augen forderten sie stumm auf, weiterzusprechen. So fuhr sie fort: »Wir schlossen uns bis San Antonio einer Reisegruppe an. Dort lernte Onkel Henry einen Mann kennen, der davon sprach, dass man in einer kleinen Stadt namens Spanish Crossing sehr gut einen Anwalt gebrauchen könne. Die Stadt sei wild und zügellos, berichtete dieser Mann, und der Einzug des Gesetzes sei dort dringend erforderlich. Zuerst gefiel Onkel Henry diese Idee nicht sonderlich. Dann schien er nachgedacht zu haben und beschloss, mit uns nach Spanish Crossing zu reisen. Wir waren kurz vor dem Ziel, als wir auf die große Herde und den Cowboys stießen. Dass es keine Cowboys waren, erfuhren wir wenig später. Die Männer bedrängten uns, wurden unverschämt. Als Onkel Henry sich zur Wehr setzte, zogen zwei der Männer ihre Waffen und feuerten auf ihn. Ich glaube, Onkel Henry war sofort tot. Und dann...«

Sie verstummte und schluckte. Sie kämpfte mit den Tränen. »Und es wurde schlimm für Ihre Tante und für Sie. Da nur Sie bei den Banditen waren, gehe ich davon aus, dass auch Ihre Tante nicht mehr lebt.«

Es war keine Frage, die er ihr gestellt hatte. Es war eine Feststellung. Sie nickte unter Tränen.

»Es war so grauenvoll. Ich glaube, ich werde nie vergessen, wie diese Kerle über meine Tante hergefallen sind. Ich weiß nicht, weshalb man mir nichts getan hat. Aber das, was Tante Charlott passierte...« Wieder unterbrach sie sich, schüttelte heftig den Kopf. Und unter Tränen stieß sie hervor: »Als sie fertig waren, brannten sie unseren Wagen ab. Tante Charlott wurde in eine Grube gebracht – mehr tot als lebendig. Dort fesselte man sie an Pflöcken und überließ sie ihrem Schicksal. Es war eine Schlangengrube und ich hörte die Männer lachend sagen, dass es nun an der Zeit wäre, den Biestern etwas zu fressen zu geben. Ich höre noch das grauenhafte Lachen. Dann wurde Onkel Henry in die Grube geworfen. Und mich haben sie einfach mitgenommen. Warum – warum haben sie mich nicht auch gleich getötet? Warum musste ich am Leben bleiben?«

Die letzten Worte schrie sie einfach aus sich heraus.

»Die Frage kann ich Ihnen beantworten, Miss. Finn Corcoran hat Abnehmer für junge Mädchen. Das bedeutet, dass er mit Ihnen Handel treibt. Deshalb hat er Sie am Leben gelassen.«

Seine Worte drangen hart zu ihr herüber.

»Sie kennen diesen Mann, nicht wahr?«

Monroe füllte die Kaffeebecher und sprach: »Ich habe ihn nie kennengelernt, Miss. Aber ich weiß wie er ist und was er ist. Ich jage ihn schon eine lange Zeit. Und er ist der Letzte auf meiner Liste«

»Mögen Sie mir nicht sagen, warum Sie ihn jagen? Es muss etwas Schlimmes geschehen sein, nicht wahr? Bitte, sagen Sie mir doch, Mister...«

»Ich heiße Kyle Monroe, Miss. Kyle für meine Freunde. Nennen Sie mich Kyle.«

Es war das erste Mal, dass sie lächelte.

»Ich bin Karen Gault, Mister Mon...ich meine: Kyle.«

Jetzt zog sich auch ein Lächeln über sein Gesicht. Ein Lächeln, das all die Härte von ihm nahm, die ihn die ganze Zeit über begleitet hatte, seit sie ihn das erste Mal sah.

Monroe sagte: »In Ordnung, Karen. Ich werde Ihnen meine Geschichte erzählen.«

In diesem Augenblick fing das Pferd an zu wiehern. Es stampfte nervös mit den Hufen auf den Boden. Karen stieß einen erschreckten Schrei aus.

Am Höhleneingang tauchte plötzlich die dunkle Gestalt eines Mannes auf, dem ein zweiter folgte.

Fünfzehntes Kapitel

Als Jed Nolan sah, wie der Mann am Feuer zur Waffe greifen wollte, rief er laut in die Höhle hinein: »Lassen Sie das, Mister! Wir kommen in friedlicher Absicht.«

»Zum Teufel – wer sind Sie?«

Kyle Monroes Haltung blieb gespannt, als er zu Jed Nolan und Gil Fuller herüberstarrte, die triefendnass am Eingang standen.

»Mein Name ist Jed Nolan. Das hier ist Gil Fuller. Wir wurden vom Sturm überrascht.«

Monroes Haltung entspannte sich und ein leichtes Lächeln zeigte sich in seinem Gesicht. Mit einem Kopfnicken sagte er: »Den Namen habe ich schon gehört. Wenn's so ist, treten Sie ein in die gute Höhle, Nolan.«

Jed Nolans Blicke glitten durch die vom Feuer beleuchtete Höhle. Er wandte sich an Fuller, der dicht neben ihm stand,.

»Gil, sag den anderen Bescheid. Sie sollen auch gleich die Gäule mit reinbringen. Platz genug ist ja vorhanden. Außerdem ist es ja nicht für die Ewigkeit.«

Fuller trat nach draußen in die stürmische Nacht. Jed Nolan trat näher ans Feuer. Die Höhle war so groß, dass er aufrecht stehen konnte, ohne mit dem Kopf an die gewölbte Decke zu stoßen.

Er blickte zu Karen und tippte mit dem Zeigefinger gegen den nassen Hut. Er wandte sich an Monroe.

»Sie haben von mir gehört, Mister. Ihren Namen kenne ich nicht.«

»Kyle Monroe«, stellte sich dieser vor.

Jed Nolan hatte diesen Namen vorher noch nie gehört. Dennoch war er sich sicher, dass vor ihm der Mann war, der ebenfalls ein starkes Interesse an Finn Corcoran besaß. Amos hatte davon gesprochen, nachdem Charles Blaisdell auf der Nolan-Ranch gewesen war. Und offensichtlich hatte Blaisdell Monroe gegenüber auch Jed Nolans Namen erwähnt.

Nacheinander traten nun die anderen in die Höhle und führten die Pferde mit hinein.

»Bisschen stürmisch für ein Picknick zu zweit«, stellte Jed Nolan trocken fest und grinste leicht, als er seine nassen Hände über das wärmende Feuer hielt.

»Nicht ganz, Mister Nolan«, antwortete Monroe und stellte richtig: »Miss Gault ist sicherlich nicht freiwillig in dieser Gegend.«

Jed Nolan zog fragend die Brauen hoch und warf einen Blick auf das blonde Mädchen. Karen sah zu ihm hoch und zu Gil Fuller, der neben Jed Nolan ans Feuer trat. Er schlug seinen nassen Stetson am Hosenbein seiner Lederchaparajos aus und strich anschließend sein nasses Haar nach hinten.

Hinter ihnen sattelten die anderen die Pferde ab. Jed Nolan hörte Jim Harland fluchen und anschließend Shorty Rounds sagen: »Nun stell dich nicht so an, Freund. Hast's ja jetzt warm und trocken.«

Karen sagte: »Tante Charlott, Onkel Henry und ich waren auf dem Weg nach Spanish Crossing, als wir von Banditen überfallen wurden, die eine Rinderherde trieben. Sie töteten meine Tante und Onkel Henry und nahmen mich gefangen.«

Jed Nolan und Gil Fuller wechselten einen Blick miteinander. Und es war Fuller, der sagte: »Sie fuhren in einem Conestoga-Wagen, nicht wahr?«

Das Mädchen nickte. »Ja, Wieso wissen Sie das?«

Fuller räusperte sich, strich sich erneut übers Haar. Er wechselte erneut einen Blick mit Jed Nolan und wandte sich an Karen: »Wir sind auf einen ausgebrannten Conestoga-Wagen gestoßen, Miss. Wir fanden einen Mann und eine Frau in einer Schlangengrube. Die Frau hatte noch gelebt. Wir haben sie dort rausgeholt. Sie verstarb wenige Zeit später.«

Jed Nolan ergänzte: »Wir haben sie bei einer Pferderanch begraben.«

Karen senkte den Blick.

»Ja, diese grausamen Mörder haben Tante Charlott vergewaltigt und sie dann...«

Sie verstummte und schüttelte den Kopf.

Jed Nolan fragte: »Sie sind den Banditen entkommen, Miss? Wie war das möglich?«

Er sah, wie Monroe und das Mädchen sich einen Blick zuwarfen. Das Mädchen nickte stumm und Monroe wandte sich an Jed Nolan. Er schilderte in knappen Worten, was sich zugetragen hatte und endete mit den Worten, wobei er Karen mit einem entschuldigenden Blick bedachte: »Natürlich hatte ich die Absicht, mit dem Dynamit die Herde in Stampede zu versetzen. Ich habe nicht damit gerechnet, dass die verdammten Leitstiere ausgerechnet umschwenken und auf das Lager zurasen würden. Weiß der Teufel, wieso sie das getan haben.«

»Rinder sind in solchen Situationen unberechenbar. Mit solchen Dingen ist einfach zu rechnen«, meinte Jed Nolan. »Wie auch immer. Ihr kleines Schauspiel hat Finn Corcoran heftig getroffen. Mindestens die Hälfte seiner Leute sind unter die Hufe geraten und in den Boden gestampft worden. Laut Ihrer Aussage wissen wir allerdings, dass Corcoran entkommen konnte. Und ich schätze den Mann so ein, dass er nicht aufgeben wird. Außerdem werden wir werden mächtig viel Zeit brauchen, die Viecher wieder zusammenzutreiben.«

»Es war Ihre Herde? Dann sind Sie also auch auf der Jagd nach Finn Corcoran? Hätt es mir denken müssen. Außerdem erinnere ich mich: Dieser seltsame Saloonbesitzer Blaisdell – ja, er hatte erwähnt, dass Corcoran sich um Rinder kümmern wollte. In diesem Zusammenhang fiel auch Ihr Name, Nolan.«

Jed Nolan nickte.

«Ganz genau.«

Inzwischen waren auch Luis Santero, Jim Harland, Shorty Rounds und Angelina ans Feuer getreten. Angelina sah zum ersten Mal bewusst auf die beiden am Feuer sitzenden Gestalten. Sie hatte gehört, was gesprochen worden war und sah das Mädchen mitfühlend an. Sie wechselte ihren Blick zu dem Mann, der Karen gegenübersaß.

Es war lange her, als sie diesen Mann zum letzten Mal gesehen hatte. Eine Spieluhr fiel ihr ein. Eine Spieluhr und ein großer Stoffteddybär, den sie als kleines Mädchen stets in ihren Armen hielt und mit ihm kuschelte. Den hatte ihr Daddy damals aus der Stadt mit nach Hause gebracht. Der Stoff war weich und die runden Knopfaugen aus grünem Glas. Es waren so lustige Augen. Und die Melodie der Spieluhr lag in ihren Ohren. Diese sanft klingende Melodie, die sie immerzu hörte. Auch als ihr Daddy plötzlich nicht mehr da war. Mom hatte gesagt, Daddy würde wiederkommen. Er sei fortgegangen und müsse das Land verteidigen.

Sie wartete jeden Tag geduldig. Denn Daddy würde ja wiederkommen.

Die Tage wurden zu Wochen. Die Wochen zu Monaten. Und schließlich...

»Daddy?«, rief sie dem Mann am Feuer entgegen. Ihre Stimme kam ihr dabei unnatürlich laut und schrill vor. Jeder Blick war auf sie gerichtet. Doch sie sah nur auf den Mann dort am Feuer, dessen Augen sie fragend musterten. Sie sah, wie es in seinem Gesicht zu arbeiten begann. Erst langsam, denn er schien sich der Tragweite der Wirklichkeit nicht bewusst zu sein. Doch mit einem Male, erhob sich die hagere

Gestalt vom Feuer. Zögernd kam der Mann auf sie zu, den sie vor wenigen Augenblicken mit »Daddy« angerufen hatte.

Seine Hände zitterten.

In seinem Gesicht stand die pure Fassungslosigkeit.

Und doch war es so.

Kyle Monroe hatte seine Tochter wiedergefunden.

Mit blutunterlaufenen Augen starrte Finn Corcoran durch die zerbrochene Fensterscheibe nach draußen. Der Hurrikan tobte mit aller Macht und ließ seinen Zorn an all den Dingen aus, die ihm nicht standhalten konnten. Äste, Gezweig, kleine Steine – alles wirbelte durch die Luft und wurde davongetrieben. Auf dem Boden hatten sich knietiefe Pfützen gebildet.

Die beiden schäbigen Corrals waren vom Sturm regelrecht auseinandergenommen und bis auf die Grundmauern zerlegt worden.

Immer wieder wurden vereinzelte, zerfetzte Bretter vom Boden hochkatapultiert und segelten durch die Luft.

In der Hütte ächzte und knarrte das Gebälk. Durch die Ritzen schrie der Wind. Doch sie war solide gebaut und trotzte dem Toben da draußen.

Der Regen hämmerte prasselnd auf das Dach.

Das Pferd wieherte und stampfte mit den Hufen auf dem schmutzigen Lehmboden auf.

Corcoran setzte die Whiskyflasche an und trank in gierigen Zügen. Ein Mann, der in den vergangenen Stunden mehr Niederlagen hinnehmen musste, als ihm lieb war. Sein Gesicht war ausdruckslos, beinahe apathisch. Aber seine blutunterlaufenen Augen glühten. Er war völlig durchnässt. Das Wasser triefte von seiner Kleidung auf den Boden. Das schien ihn nicht zu interessieren.

Auch nicht das Geheul des Sturms und der heftige Regen.

Es hatte doch so gut angefangen. Sie hatten die verdammten Rinder bereits im Wolf Sink Thicket. Und mit ein bisschen Glück dazu hätten sie jetzt auch die Nolan-Herde in Beschlag genommen.

Wer in aller Welt, war dieser Mann, der die Rinder in Stampede versetzt hatte?

Es konnte nur ein Einzelner gewesen sein. Denn die abgefeuerten Schüsse kamen nur aus einer.

Ein Einzelner, der es wagte, sich mit fünfzehn Männern anzulegen.

Und der dazu noch Erfolg damit hatte!

Das alles nagte an Finn Corcoran und ließ ihm keine Ruhe. Es quälte ihn und bereitete ihm üble Magenschmerzen. Auch der Whisky half da nicht.

Der Großteil seiner Mannschaft war von der Stampede überrollt worden. Die anderen hatten sich in alle Winde verstreut, um mit heiler Haut davonzukommen. Er selbst war schnurstracks in Richtung des Versteckes geritten. Noch während der Sturm ihn erwischte, hatte er sich bis hierher durchgeschlagen.

Und hier erlebte er eine weitere, böse Überraschung.

Angie war fort – seine beiden Männer, die er als Bewachung für sie zurückgelassen hatte, lagen tot da draußen im Matsch.

Wo, zum Teufel, waren die anderen, die ebenfalls der Stampede entkommen konnten?

Hatten sie den Sturm nicht überlebt?

Corcoran betrachtete die Flasche in seiner Hand. Er rülpste laut. Er leerte sie in einem Zug und warf sie gegen die Wand, wo sie klirrend zersplitterte.

Mehr Whisky! Ich brauche mehr Whisky. Muss meine verdammten Gedanken ordnen. Zur Hölle, hier muss noch irgendwo 'ne verdammte Pulle sein!

Er erhob sich von seinem Stuhl. Dabei verlor er das Gleichgewicht. Seine Beine gaben nach wie Gummi und er fiel über den Stuhl auf den kalten Lehmboden. Er fluchte laut und trat wütend gegen den Stuhl, der krachend in einer Ecke landete. Fluchend brachte er sich auf die Füße und torkelte durch den muffigen Raum. Das Pferd wich zur Seite, als er sich unkontrolliert darauf zubewegte.

»Verdammter Gaul!«, lallte er und versetzte dem Pferd einen brutalen Faustschlag gegen die Nüstern. Das Tier wieherte schrill auf und drängte weiter zurück.

Der Jähzorn hatte ihn wieder gepackt, der in betrunkenem Zustand schlimmer war, als im nüchternen. Er wankte auf einen Schrank zu, riss die Schuladen auf und warf sie einfach auf den Boden. Er fand, wonach er suchte. Mit der Linken brachte er eine volle Whiskyflasche zum Vorschein. Mit den Zähnen zog er den Korken heraus und spie ihn durch den Raum. Er setzte an und trank. Whisky lief ihm an den Mundwinkeln herunter.

Ein heftiger Windstoß fegte durch den Raum, der Corcoran erfasste und ihn gegen den Schrank stieß. Er wirbelte herum, seine Rechte langte zum Revolver. Mitten in der Bewegung hielt er inne.

Cash Noakes stand breitbeinig in triefendnassem Regenumhang gehüllt im Türrahmen und dahinter sah er die gedrungene Gestalt von Linus Cahill, dem Halbblut, stehen.

Der Wind pfiff jaulend an ihnen vorbei durch den Raum. Gegenstände flogen durch die Hütte, eine Kanne krachte gegen die Wand. Der Hut flog Corcoran vom Kopf und seine Haare wurden nach hinten gerissen.

»Bringt eure Gäule rein und macht die verdammte Tür zu!«, herrschte er die beiden Männern an.

Sie zerrten die Gäule ins Innere und Linus Cahill drückte mit seinem ganzen Körpergewicht gegen die schwere Holztür, damit sie endlich ins Schloss fiel. Wütend donnerte der Sturm dagegen und es sah so aus, als würde er sie aus den Angeln heben. Cahill ergriff mit beiden Händen den schweren Esstisch und schob ihn krachend gegen die Tür.

Er atmete schwer, wischte sich übers nasse Gesicht und stierte durch den Raum.

»Wo ist das Mädchen? Wo sind...«

»Siehst du sie hier irgendwo?«, unterbrach ihn Corcoran barsch und mit schwerer Zunge.

»Du bist betrunken, Finn.«

»Scheiß drauf!«

Noakes und Cahill wechselten einen schnellen Blick miteinander. Und beide wussten: im Augenblick war es angebracht, vorerst keine Fragen mehr zu stellen. Das Mädchen war verschwunden. Boston-Gregg und Angus Hook anscheinend auch. Das nahmen sie vorerst stillschweigend hin.

Sie hoben die schweren Sättel von den triefendnassen Pferden, die mit hängenden Köpfen mitten im Raum standen. Ihre Körper zitterten und dampften. Die Tiere waren völlig am Ende.

Sie legten die Sättel in eine Ecke. Sie streiften sich ihre Regenumhänge ab und warfen sie achtlos zu Boden. Jeder nahm sich einen Stuhl und sie setzten sich rittlings nieder, nass, wie sie waren. Beide blickten stumm in Finn Corcorans Richtung.

Der lehnte am Schrank, hielt die Whiskyflasche in der Rechten und stierte ihnen entgegen. Seine Mundwinkel verzogen sich nach unten.

»Ihr habt's also geschafft. Okay. Was ist mit dem Rest?«

Noakes antwortete: »Keine Ahnung, Finn. Als wir aus dem verdammten Thicket raus waren, setzte auch schon das Unwetter ein. Jeder sah zu, wie er klarkam. Nur Linus und ich sind zusammengeblieben.«

Corcoran sagte nichts. Er wankte zu dem Stuhl, den er vorher in die Ecke getreten hatte, richtete ihn auf und setzte sich. »Jemand muss uns verpfiffen haben«, sagte er nach einer Weile. Er reichte Noakes die Whiskyflasche, die dieser dankbar entgegennahm. Nach einigen Schlucken gab er sie weiter an Cahill.

»Darüber haben wir auch schon nachgedacht», meine Noakes.

»Und – was ist dabei rausgekommen?«

Noakes nahm Cahill die Whiskyflasche ab, trank und wischte sich mit dem Handrücken über den Mund.

»Schätze, dieser Blaisdell steckt dahinter. Mir fällt kein anderer ein. Und Blaisdell...«

»Genau das denke ich auch«, unterbrach ihn Corcoran mit kehliger Stimme. »Blaisdell, diese Ratte. Das wird ihn teuer zu stehen kommen. Ich habe diesem aalglatten Schwein noch nie getraut.« Er ballte die Fäuste und schlug gegen die Oberschenkel. »Wie soll's nun weitergehen, Finn?«

»Nun, dieser Hurrikan wird ja nicht ewig dauern. Und da aus unserer Sache ja nichts mehr wird, werden wir unseren Plan etwas ändern und uns ein bisschen um Spanish Crossing kümmern. Ich dachte da an die verdammte Bank. Vorher werde ich Blaisdell die Haut abziehen. Ich will wissen, wer der Kerl war, der im Thicket die Hölle losgelassen hat. Und ich will wissen, wer mit Angie abgehauen ist und Boston-Gregg und Angus Hook umgelegt hat. Und dann – machen wir Kleinholz!«

Cash Noakes und Linus Cahill sahen sich beide fragend an.

»Boston und Hook sind tot?«

»Habt ihr etwa ihre Leichen da draußen nicht gesehen?«

Sie schüttelten ihre Köpfe. Keiner war bereit, in den Sturm hinauszumarschieren und nachzusehen.

»Die Sache wird ja immer mysteriöser«, stellte Noakes fest.

Corcoran griff nach der Whiskyflasche, trank und rülpste laut. Er nickte ein paarmal und lallte: »Wir werden's schon noch erfahren.«

Der Whisky kreiste in die Runde, während draußen der Hurrikan mit unnachgiebiger Kraft über das Land tobte.

Mit sorgenvoller Miene stand Sadie am Fenster und sah hinaus auf das tosende Inferno, das sich draußen abspielte. Der Hurrikan tobte nunmehr schon zwölf Stunden über das Land.

Hier auf der Ranch, wusste Sadie, war man vor dem Unwetter einigermaßen sicher. Natürlich hatte der Hurrikan auch hier Schäden angerichtet – und tat es noch. Dennoch war das Haus solide gebaut worden und konnte einem heftigen Sturm standhalten.

Der alte Dan Nolan[1] war in diesem Land aufgewachsen und hatte Bescheid gewusst, worauf es ankam.

Amos trat neben Sadie ans Fenster. Er reichte ihr einen Becher mit heißem Kaffee.

»Machen Sie sich keine Sorgen, Sadie. Jed und den Jungs wird schon nichts passiert sein.«

Sie ergriff mit beiden Händen den Becher und sah zu ihm auf. Ein Lächeln erschien in ihrem Gesicht.

»Das versuche ich mir immer wieder einzureden, Amos. Trotzdem...«

»Wir Nolans sind Eisenfresser. Uns kann so leicht nichts umbringen. Und schon gar nicht so ein verdammter Hurrikan. Glauben Sie mir einfach.«

Amos legte seine riesige Hand auf ihre Schulter. Sie stieß ein Seufzen aus, nippte an dem Kaffee und sah erneut zum Fenster hinaus.

---

[1] s. Teil 1: *Glühende Eisen*

»Euer Texas ist schon ein seltsames Land. Einfach wird's hier bestimmt nicht werden.«

Amos lachte.

»Na, nach allem, was ich von Ihnen mitbekommen habe, sind Sie sind eine Frau, die weiß, wie man zurechtkommt, Sadie. Sie sind selbstbewusst und werden's hier schon packen. Wenn ich alleine nur daran denke, wie Sie diesen Satan von Buster gezähmt haben – verdammt, das macht Ihnen so schnell keiner nach. Sie sind wirklich hart im Nehmen. Das muss man Ihnen lassen«

Sadie lächelte.

»Danke Amos. Wenn Sie glauben, ich sei hart, liegen Sie im Irrtum. Das bin ich nämlich keineswegs. Ich tue manchmal nur so.« Sie lächelte scheu und ergänzte: »Sie wissen doch, wie das ist: Raue Schale, weicher Kern.«

Amos schüttelte den Kopf.

»Sie sind all right, Sadie.«

»Meinen Sie das im Ernst?«

»Na, wenn ich's Ihnen sage.«

»Ich wünschte, Jed würde genauso denken wie Sie.« Sie schüttelte zweifelnd ihren Kopf, blies sich eine widerspenstige Locke aus dem Gesicht und blickte abermals zu Amos empor, der sie mindestens um eine ganze Kopflänge überragte.

»Er tut sich so verdammt schwer, seine Gefühle zu offenbaren, dieser raubeinige Holzkopf von Ihrem Bruder. Und ich habe Angst, dass er mich nicht liebt und...«

Amos stemmte seine mächtigen Fäuste in die Hüften und lachte. »Jed ist ein verdammt guter Rindermann. Aber von Frauen versteht der nicht viel. Seien Sie dennoch unbesorgt, Sadie: für Sie würde dieser ungehobelte Klotz sogar durchs Feuer gehen.«

»Wirklich?«

»Klar.«

»Wie können Sie da so sicher sein?«

Amos mächtige Pranke strich über Sadies Arm. »Weil ich meinen Bruder kenne. Deshalb. Er hat oft von Ihnen gesprochen. Er hat's nie zugeben wollen, aber ich bin sicher, dass er sich sehnlichst gewünscht hätte, Sie nicht in New Orleans gelassen zu haben – damals, als sie die erste Herde dorthin getrieben hatten.« Etwas zögernder fuhr er fort: »Außerdem hat Jed nie mehr von June gesprochen.«

Mit diesem Satz sprach er einen wunden Punkt bei Sadie an. Sie wusste von June. Und sie wusste auch, dass Jed Nolan sie einst sehr geliebt hatte. Es war ein schwerer Schlag für ihn gewesen, dass June sich damals für Stuart Conroy entschied.

June Walsh war ein rotes Tuch für Sadie.

Die Zweifel nagten an ihr wie eine Säure.

Stuart Conroy war aus dem Land verschwunden und nie mehr zurückgekehrt. June lebte in Spanish Crossing.

Lag es da nicht nahe, dass alte Gefühle wieder aufkommen würden?

»Für Sie scheint das so klar zu sein. Warum?«

»Weil ich meinen Bruder kenne. Verdammt, sehe ich da etwa Selbstzweifel in Ihrem hübschen Gesicht?«

Bevor Sadie etwas erwidern konnte, vermischte sich von draußen trommelnder Hufschlag mit dem Sturmgeheul und dem niederprasselnden Regen. Sadie und Amos schauten gleichzeitig aus dem Fenster.

Zahlreiter Reiter preschten in heftigem Galopp in den stürmischen Hof. Schlamm spritzte unter den donnernden Hufen davon.

An der Spitze der Reiterschar sah sie Matt Lemmons.

Die Männer hatten also das Camp draußen am Nueces verlassen müssen.

Sadie erkannte einen Mann quer über dem Rücken eines der Pferde liegen.

Eine Stimme – es war die von Matt Lemmons – rief: »Bringt die Gäule in die Corrals. Owen! Hardin! Helft mir, Colorado ins Haus zu bringen. Mister Nolan! Mister Nolan!«

Amos lief zur Tür und Sadie folgte ihm. Er und riss sie auf. Sie wurden beide von einer heftigen Bö erfasst.

Zwei Männer trugen den reglosen Körper eines Mannes an ihnen vorbei ins Haus. Matt Lemmons, gefolgt von seinen beiden Freunden Clint Travis und Lee Sutton, blieb vor Amos und Sadie stehen.

Lemmons wischte sich mit dem triefendnassen Ärmel seiner Jacke über das schmutzige, von Bartstoppeln übersäte Gesicht. Seine Stimme drang schuldbewusst zu Amos herüber: »Wir haben versucht, die Stellung im Camp zu halten. Dann wurde es schlimm. Als der Fluss über die Ufer trat, wurde das ganze Land überflutet. Die Rinder sind hals-überkopf in alle Richtungen geflüchtet. Wir konnten nichts mehr machen, Mister Nolan. Wir haben mitgenommen, was mitzunehmen war und mussten sehen, dass wir mit heiler Haut davonkamen. Colorado wurde von einem Ast schwer an den Kopf getroffen. Ist vom Pferd gestürzt und seitdem ohne Bewusstsein. Wir hatten verdammte Mühe, hierherzukommen. Scoggins und Neill haben's nicht geschafft. Die wurden von den Wassermassen des Nueces einfach davongespült. Dieses verdammte Unwetter hat uns kalt erwischt, Mister Nolan.«

Sadie sah, wie sich Amos Nolans mächtiger Brustkorb hob und senkte und sein Gesicht einen finsteren Ausdruck annahm. Er nickte düster und sie hörte ihn sagen: »Rein mit euch, Jungs. Ich sag dem Koch Bescheid, Er soll schnell etwas zu Essen machen und ein paar warme Decken herbeischaffen. Und jetzt kümmern wir uns erst mal um Colorado. Zum Glück ist ja Miss Rita hier, die etwas von ärztlicher Hilfe versteht.«

Sechzehntes Kapitel

Zwei Tage und zwei Nächte wütete der Hurrikan über das Land und hinterließ eine breite Spur der Verwüstung.

Wind und Regen hatten schlagartig aufgehört. Am frühen Morgen des dritten Tages war alles ruhig.

Kein Dröhnen, Heulen oder Pfeifen.

Kein Niederprasseln der Unmengen von Wassermassen.

Es war alles still und friedlich.

Wie in einem Grab, wäre da nicht langsam das Leben vieler wilder Tiere, Insekten und Vögel zurückgekommen, die vor dem Wüten des Unwetters geflohen waren.

Nach einem ausgiebigen Frühstück brachen sie auf. Shorty Rounds, der sich in der Gegend am besten auskannte, übernahm wieder die Führung. Zunächst führte nur ein schmaler Pfad durch das zerklüftete Felsgestein. Sie nahmen die Pferde an den Zügeln und in hintereinander gereihter Formation zwängten sie sich zu Fuß hindurch. Einige Meilen weiter stießen sie auf offenes Terrain. Riesige Wasserlachen hatten sich gebildet, dort, wo es zur normalen Zeit knochentrocken war. Zahlreiche Äste, Baumstämme und Gestrüpp schwammen an der Wasseroberfläche. Ein Zeichen des wütenden Unwetters der vorangegangenen Tage.

Es war bereits Vormittag, als die Gruppe in den Sätteln ihrer Pferde saß. Der gleißende Glutball am Himmel hüllte das Land bereits wieder in grelles Licht. Zusehends versickerten die vielen Wasserlachen im Boden.

Und weitere zwei oder drei Stunden später gab es nur noch dort Wasser zu sehen, wo es sich sammeln konnte, als das heftige Unwetter es zu regelrechten Seen gebildet hatte.

Jed Nolan und Shorty ritten der Gruppe voran. Jim Harland hatte die schweigsame Karen hinter sich aufs Pferd genommen und Kyle Monroe seine Tochter Angelina. Gil Fuller und Luis Santero ritten am Schluss. So zogen sie wie eine Kette durch das Land, bis schließlich auf das Anwesen von Cole Manyards Pferderanch vor ihnen auftauchte.

Und hier ließ Jed Nolan plötzlich halten.

Shorty sah ihn verwundert an.

»Wieso halten Sie an, Mister Nolan?«

Jed Nolan spähte mit zusammengekniffenen Augen zu dem Anwesen herüber, das etwa hundert Yards vor ihm lag. Sein Gesichtsausdruck wurde plötzlich hart. Er drehte sich im Sattel nach hinten um und rief: »Gil!«

Fuller gab Rosty einen leichten Schenkeldruck und preschte zu Jed Nolan nach vorn. Der wies mit ausgestrecktem Arm zu Manyards Anwesen.

Er sagte: »Da stimmt was nicht.«

Fuller rieb sich das unrasierte Kinn und richtete sich in den Steigbügeln auf. Er schirmte mit der flachen Hand seine Augen ab und spähte zur Pferderanch herüber.

Dort drüben war alles ruhig. Nichts regte sich. Manyards Ranch schien den Sturm recht gut überstanden zu haben. Ein paar entwurzelte Zweige und zerbrochene Dachpfannen lagen auf der Veranda. Bei den geschlossenen Pferdecorrals schien der Hurrikan mehr Erfolg gehabt zu haben. Eines der Dächer war heruntergerissen und lag völlig zerstört auf der Koppel. Der Weidezaun war an mehreren Stellen umgeworfen. Das Gatter stand sperrangelweit offen und die Tore lagen zerstört im Gras. Kein Pferd hielt sich auf der Koppel auf.

Das alleine verwunderte weder Jed Nolan noch Gil Fuller. Cole Manyard würde gewusst haben, dass sich ein Sturm anbahnt und dementsprechend hätte er die wertvollen Tiere in die geschlossenen Corrals getrieben, damit sie sicher vor dem Hurrikan waren.

Aber das sah nicht danach aus.

»Verdammt still da drüben«, bemerkte Fuller. »Zu still.«

Jed Nolan nickte grimmig.

»Das denke ich auch.«

Kyle Monroe verhielt sein Pferd neben Jeds Braunen. Er richtete seine schmalen Augen ebenfalls auf das Anwesen. Er ergriff sein Fernglas und spähte hindurch.

Jed Nolan fragte: »Können Sie etwas erkennen?«

Ohne den Blick abzuwenden, antwortete Monroe: »Scheint verlassen. Wie auf einem Friedhof.«

Die Männer wechselten vielsagende Blicke untereinander und Jed Nolan sagte: »Wir werden uns die Sache mal aus der Nähe betrachten – Gil?«

Fuller nickte und zog seinen Karabiner aus dem Sattelschuh. Er lud durch und glitt aus dem Sattel.

Kyle Monroe drehte sich im Sattel nach seiner Tochter um und wandte sich an Jed Nolan.

»Ich komme mit«, entschied er. Seine Stimme duldete keinen Widerspruch. Dennoch sagte Jed Nolan zu ihm: »Sie sollten besser bei Ihrer Tochter bleiben, Monroe.«

Monroe schüttelte den Kopf. Er zog sein Bein über das Sattelhorn und glitt vom Pferd. Er half Angelina herunter, stellte sie auf die Füße und strich mit seiner rauen Hand sanft über ihre Wange. Doch Angelina schob trotzig ihr Kinn vor. Zornig stieß sie hervor: »Ja, geh nur hin und lass dich erschießen, Dad! Jetzt – da wir uns gerade wiedergefunden haben.«

Er wandte sich abrupt ab, zog seine Henry aus dem Sattelschuh und trat neben Fuller.

Jed Nolans Befehl kam knapp und deutlich: »Okay. Bei Manyard da drüben scheint was nicht zu stimmen. Gehen wir der Sache auf den Grund. Gil, Monroe und ich werden rübergehen. Shorty und Harland – ihr zwei verschwindet hinter den beiden Felsen da links und rechts und gebt Feuerschutz. Luis, du nimmst die beiden Mädchen mit und ziehst dich zur Baumgruppe dort drüben zurück.«

Bewegung kam in die Gruppe, als sie sich auf die ihnen zugewiesenen Posten bewegten. Harland und Shorty banden ihre beiden Pferde lose an einen Mesquitestrauch und verschwanden mit ihren Gewehren in den Händen hinter zwei Felsen, hinter denen sie sehr gut einen Überblick auf das vor ihnen liegende Anwesen hatten.

Während Luis Santero die beiden Mädchen mit sich nahm, näherten Jed Nolan, Gil Fuller und Kyle Monroe sich langsam der ruhig daliegenden Pferderanch.

Ihre Blicke spähten wachsam umher. Jeder trug sein Gewehr fest in den Händen, die Finger am Abzug.

Das Knirschen ihrer Stiefel auf dem steinigen Boden drang unnatürlich laut in die Stille hinein.

Jed Nolan wusste: wenn Cole Manyard sich im Haus befinden würde, wäre er schon längst herausgetreten.

Da stimmte wirklich etwas nicht.

Die drei Männer zogen sich weiter auseinander, während sie sich in gespannter Haltung weiter vorwärtsbewegten – Gil Fuller links außen, Jed Nolan hatte die Mitte übernommen, Kyle Monroe befand sich rechts.

Zwei Dinge geschahen beinahe zeitgleich. Monroes Gesicht verzerrte sich plötzlich. Ein heftiges Zucken ging durch seinen Körper. Er bäumte sich nach hinten auf und sein Gewehr glitt ihm aus den Händen.

Aus einem der Corrals vernahm Gil Fuller eine undeutliche Bewegung – genau in dem Augenblick, als Kyle Monroe zu Boden stürzte. Jed Nolan drehte sich instinktiv zu Kyle Monroe herum, während Fuller rief: »Achtung, Boss – beim Corral!«

Eine Gestalt in rotem Hemd tauchte aus dem Inneren des Corrals auf, das Gesicht zu einer dämonischen Fratze verzerrt. In beiden Händen einen Revolver haltend, stürmte er heraus und begann zu feuern. Instinktiv warf sich Gil Fuller zu Boden. Der Hut fiel ihm vom Kopf. Die Kugeln jaulten haarscharf über ihn hinweg und stoben vor Jed Nolans Stiefel in den Sand. Dreck spritzte zu ihm auf.

Jed Nolan zögerte nicht.

Er packte Monroe am Ärmel der Anzugjacke und schleifte ihn bis zu einem Wassertrog. Dort warf er sich in Deckung, während Gil Fuller im Liegen seine Henry in Anschlag brachte. Orangefarbene Flammen zuckten aus dem Lauf. Die Kugeln klatschten in das Scheunentor.

Weit hinten hörte Fuller Angelina nach ihrem Dad schreien. Das kümmerte ihn nicht, denn der Bursche im roten Hemd stürmte weiter feuernd auf ihn zu. Fuller riss sein Gewehr an die Wange, visierte die herankommende Gestalt an und riss den Abzug durch. Mitten im Laufen erwischte das Geschoss den Kerl, durchschlug seine Stirn und warf ihn auf den Rücken.

Beim Haupthaus zerbarsten die Fensterscheiben. Glassplitter regneten auf die Veranda. Die Läufe von Gewehren zeigten sich in den zerschlagenen Fenstern und spien Feuer. Das Gewehrfeuer deckten Nolan und Monroe hinter dem Wassertrog ein. Die Kugeln jaulten und summten an ihnen vorbei. Sie knallten in das Holz und pflügten in den Boden.

Gil Fuller lief im Zickzackkurs auf eine Mulde zu, vor der sich ein aufgetürmter Stapel Bretter türmte. Die waren seltsamerweise vom Sturm unberührt geblieben. Mit einem Hechtsprung warf er sich in die Vertiefung hinein. Von hier aus hatte er einen guten Überblick auf das Haupthaus und den beiden Corrals zu seiner Rechten.

Aus einem der Corrals drang das Wiehern eines Pferdes zu ihm heraus.

Eines Pferdes?

Fuller hielt den Atem an, obwohl ihm das Herz bis zum Hals schlug.

Nein, dort drinnen mussten sich mehrere Pferde aufhalten.

Ein seltsames, scharrendes Geräusch drang an Fullers Ohren.

Sollte sich etwa dort noch ein Mann versteckt halten?

Jemand, der auf eine günstige Gelegenheit wartete?

Fuller lag in einer recht günstigen Position. Wenn ihn jemand vom Corral aus unter Beschuss nehmen wollte, musste er schon herauskommen. Es sei denn, dieser Jemand würde es auf einen Zufallstreffer ankommen lassen.

Das war unwahrscheinlich und in Fullers Augen obendrein völlig idiotisch.

Er wechselte seine Henry von der Rechten in die Linke, zog seinen .51er Navy aus dem Holster und spähte angestrengt in das dunkle Innere des Corrals. Er spannte mit dem Daumen den Abzugshahn nach hinten.

Das Gewehrfeuer vom Haupthaus begann, sich auch auf ihn zu konzentrieren. Offensichtlich waren im Haus zwei Schützen. Die Geschosse schlugen wirkungslos in den Bretterstapel. Holzspäne sausten durch die Luft und an Fuller vorbei. Er duckte sich tiefer in die Mulde. Seine Augen waren auf den Corral gerichtet, aus dem das Wiehern der Pferde drang.

Fuller hörte, wie Jim Harland und Shorty Rounds das Haus unter heftigen Beschuss nahmen. Dumpf knallten die Geschosse ins Gebälk und zwangen die Burschen da drinnen, eine Feuerpause einzulegen.

Mit einem Male sah Fuller einen Reiter aus dem dunklen Inneren des Corrals herauspreschen. In voller Karriere hielt er auf Fuller zu. In der Rechten hielt der Reiter seinen Colt. Mündungsblitze zuckten Fuller entgegen. Die Kugeln pfiffen haarscharf an seinem Kopf vorbei.

Reiter und Pferd waren jetzt direkt vor ihm. Für einen Sprung zur Seite war es für ihn zu spät. Es blieb nur eine Möglichkeit, um nicht von den Hufen getroffen zu werden. Er presste seinen Körper tief in die Mulde hinein. Und genau in diesem Augenblick machte das Pferd einen Satz und jagte über ihn hinweg,

Staub und Dreck flogen ihm ins Gesicht. Sofort rollte er sich auf den Rücken und spie eine Ladung Sand aus dem Mund.

Der Reiter auf dem davonpreschenden Pferd hatte in etwa die Höhe von Jed Nolan und Kyle Monroe erreicht, die hinter dem Wassertrog in Deckung lagen.

»Boss! Achtung!«, schrie Fuller.

Er sah Jed Nolan herumwirbeln. Gerade, als der Reiter seine Waffe auf Jed Nolan richtete, wurde er von zwei Kugeln aus dem Sattel katapultiert, die aus Jim Harlands Richtung hinter dem Felsen kamen.

Der laute Triumphschrei Harlands drang bis an Fullers Ohren, als der Bursche auf dem Boden aufschlug. Der rechte Fuß verfing sich im Steigbügel und der davonjagende Gaul schleifte den Toten hinterher.

Fuller hörte Jed Nolan fluchen, als er dem reiterlosen Pferd hinterher sah.

Kyle Monroe lag dicht neben ihm. Er schien bei Bewusstsein zu sein, sich aber nicht bewegen zu können.

Das war knapp, dachte Fuller und atmete geräuschvoll aus. *Das war verdammt knapp.*

Jed Nolan spähte über dem Wassertrog zum Ranchgebäude. Das Schießen dort hatte aufgehört. Auch Harland und Shorty hinten bei den Felsen hatten aufgehört, das Haus mit heftigem Gewehrfeuer zu bestreichen.

Kyle Monroe stöhnte am Boden.

Jed Nolan sah zu ihm herab. Sein Gesicht war bleich und um seine schmalen Lippen zuckte es.

»Verdammt, Monroe! Was ist denn mit Ihnen los?«

Bevor Monroe eine Antwort geben konnte, hörte Jed Gil Fuller rufen: »Boss! Die türmen durch den Hinterausgang.«

Das erklärte, weshalb kein Schuss mehr von drinnen auf sie abgegeben wurde.

Mit einem Satz sprang Jed Nolan auf, rannte um das Ranchgebäude und sah gerade noch, wie zwei Männer in die Sättel ihrer Pferde sprangen und davonpreschten.

Die Pferde hatten offensichtlich die ganze Zeit über an der Rückwand bereitgestanden.

Zum Teufel, schoss es Jed Nolan grimmig durch den Kopf, *diese Burschen mussten die ganze Zeit schon gesehen haben, dass wir kommen. Und daher konnten sie in aller Ruhe diese Falle hier für uns vorbereiten! Ha – ist ihnen schlecht gelungen!*

Noch im Laufen riss Jed Nolan sein Gewehr an die Wange. Er visierte den rechten Reiter an, hatte ihn im Ziel und drückte ab. Mit grimmiger Freude sah er, wie der Mann die Hände empor riss, einen schrillen Schrei ausstieß und aus dem Sattel kippte. Für einen zweiten Schuss war der andere Reiter bereits zu weit entfernt.

Gil Fuller kam auf ihn zu gerannt. Seine Stimme überschlug sich fast, als er rief: »Verdammt sauberer Schuss, Boss. Den haben Sie gekonnt aus dem Sattel geholt.«

»Dafür ist der andere getürmt«, brummte Nolan und warf die leere Patronenhülse aus dem Magazin.

»Die haben uns hier eine saubere Falle aufgestellt«, bemerkte Fuller. »Hätte nicht viel gefehlt, und wir würden die Radieschen von unten betrachten. Es waren Corcorans Männer, Boss.«

»Woher weißt du das?«

»Der Hombre im roten Hemd vor dem Scheunentor – den habe ich wiedererkannt. Der lungerte zusammen mit den anderen öfter vor Blaisdells Saloon herum.«

Jed Nolan nickte. Er schulterte sein Gewehr und ging mit langen Schritten auf den Mann zu, den er eben aus dem Sattel geschossen hatte. Fuller folgte ihm.

Der Mann lag auf dem Rücken. Sein Gesicht war schmerzverzerrt. Er lebte noch, als Jed Nolan mit schussbereiter Waffe über ihm stand. Jeds Kugel hatte seinen Rücken durchschlagen und war vorne wieder ausgetreten. Das zeigte ihm deutlich der immer größer werdende Blutfleck auf der Brust des Banditen. Jed Nolans Gesicht war ohne Mitleid, als er zu dem Verletzten heruntersah.

»Kennst du ihn, Gil?«

Fuller betrachtete das Gesicht des am Boden liegenden.

»Ja. Den habe ich auch schon in der Stadt gesehen. Gehört ganz sicher zu Corcoran.«

»Gut«, sagte Jed Nolan nur und hockte sich zu dem Banditen nieder. Er raunte ihm zu: »So, wie ich die Sache ansehe, hast du nicht mehr lange, Freund. Nicht, dass ich das irgendwie bedauern würde. Ihr verdammten Schakale habt eine üble Blutspur durch das Land gezogen. Dreckiges Mörderpack! Und hier wolltet ihr uns eine Falle stellen. Dabei hattet ihr allerdings ein bisschen Pech gehabt, was? Nun gut. Bevor du ins Gras beißt, solltest du mir lieber noch ein paar Fragen beantworten.«

Der Bandit stierte Nolan mit trüben Augen an. Er stieß mit krächzenden Worten hervor: »Fahr zu Hölle, Cowpuncher. Was willst du von mir?«

»Der Bursche, der eben entkommen konnte – war das Finn Corcoran?«

Die blutleeren Lippen des Sterbenden formten sich zu einem leichten Grinsen. Seine Worte waren nur schwach verständlich, als er sprach: »Corcoran? Quatsch, Mann. Den haben wir seit der Stampede am Wolf Sink Sicket nicht mehr gesehen. Das verdammte Schwein hat sich einfach aus dem Staub gemacht. Hat Brady einen Fußtritt verpasst, statt ihn mit sich aufs Pferd zu nehmen. Brady kam unter die Rinder deswegen.«

Das passte haargenau zu dem Bild, das sich Jed Nolan mittlerweile von Finn Corcoran gemacht hatte. Er sah zu Fuller auf. Der schien genau den gleichen Gedanken zu haben. Dann hörte er den Banditen zusammenhanglos stammeln: »Wir vier... die Pferderanch... der Sturm...«

Er schloss die Augen. Und für eine kurze Weile sah es für Jed Nolan und Gil Fuller so aus, als hätte der Bandit den letzten Atemzug getan. Doch dann schlug dieser die Augen wieder auf. Seine Worte waren nur noch ein Hauchen, als er sagte: »Corcoran wurde verraten... bestimmt Blaisdell... Lilly! Die will er haben... Lilly, diese rothaarige Lilly...«

Der Kopf des Banditen fiel zur Seite. Er war tot.

Nolan erhob sich und kratzte sich an der unrasierten Wange.

»Hast du das verstanden, Gil?«

»Schwer zu sagen. Schätze, dass dieser Kerl hier und auch die anderen nicht sehr gut auf ihren Anführer zu sprechen gewesen sind – seit dem Vorfall beim Wolf Sink Sicket. Und was Blaisdell betrifft; nun, ich könnte mir lebhaft vorstellen, dass Corcoran dahintergekommen ist, dass er ihn verraten hat. Und wahrscheinlich ist dieser Hundesohn scharf auf Lilly Gant, so wie ich's raushören konnte.«

»Na, zumindest haben wir einen Anhaltspunkt, wo sich Finn Corcoran aufhalten könnte. Wenn er das Unwetter überlebt haben sollte.«

»Was ist mit diesem Versteck – diese Hütte im Wald?«

Nolan schüttelte den Kopf.

»Möglich, dass er zuerst dorthin geritten ist. Aber da gibt es ja nichts mehr, was ihn länger dort halten dürfte. Nein, Gil. Ich denke, dass wir ihn – wenn überhaupt – in Spanish Crossing antreffen werden.«

»Das denkt Monroe auch. Zumindestens hatte er sowas in der Höhle mal erwähnt. Apropos – was war denn überhaupt mit dem Kerl los? Fällt einfach um, ohne dass ihn irgendetwas getroffen hat?«

Jed Nolan zuckte die Schultern.

»Frag nicht mich – frag ihn.«

Fuller nickte. »Sollten wir tun.«

»Na, dann komm.«

Jed Nolan schulterte sein Gewehr und ging den Weg zurück zur Ranch. Fuller machte auf dem Absatz kehrt und folgte seinem Boss.

Monroe saß mit bleichem Gesicht auf dem Boden beim Wassertrog. Angelina kniete neben ihm.

»Dad! Was ist denn nur mit dir geschehen?«, hörte Jed Nolan sie fragen, als er und Fuller sich den beiden näherten. Jim Harland, Shorty und Luis Santero mit der blonden Karen waren ebenfalls zur Stelle.

Jed Nolan stemmte die Hände in die Hüften und sah zu Monroe nieder.

»Was war denn mit Ihnen los, Monroe? Kleiner Schwächeanfall? Zum Teufel, Mann, da hätten Sie sich besser einen passenderen Augenblick ausgesucht.«

Monroe hob sein bleiches Gesicht zu Nolan auf. »War meine Schuld, Mister Nolan. Diese verdammte Kugel, die ich noch im Rücken habe. Sie macht mir hin und wieder höllische Schwierigkeiten. Irgendwie sorgt sie dafür, dass ein Nerv eingeklemmt wird, und dann setzt eine Lähmung ein. Und jedes Mal dauert es ein bisschen länger, bis diese Lähmung wieder aufhört.«

»Das macht sich natürlich bei Banditenjagd besonders gut, Monroe. Menschenskind, warum haben Sie denn nicht schon längst einen Arzt aufgesucht, der Ihnen das verdammte Ding aus den Rippen schneidet? Das kleine Schauspiel eben hätte mächtig in die Hose gehen können. Das brauche ich Ihnen wohl nicht noch deutlicher zu sagen, oder?«

Monroe senkte den Blick.

Angelina sagte: »Er hat verdammt recht, Dad. Du hättest das schon längst erledigen sollen. Du musst mir versprechen, dass du dich operieren lassen wirst. Und das ganz schnell! Ich kapier das nicht. Seit wann hast du diese Kugel im Rücken?«

Monroe winkte müde ab. »Ist eine lange Geschichte, Angie. Ich erzähle sie dir später einmal. Sobald diese Sache hier vorbei ist, werde ich mich an diesen Doc Mahoon wenden. Der scheint ein guter Spezialist für solche Dinge zu sein.«

Mit verzerrtem Gesicht erhob er sich. Er machte ein paar humpelnde Schritte und drückte immer wieder die Finger zusammen. Die Lähmung war noch nicht ganz verschwunden.

Dieser Vorfall dauerte wesentlich länger an, als beim letzten Mal.

Die Befürchtungen, die Jed Nolan insgeheim hegte, trafen ein. Sie fanden Manyards mexikanische Frau im Hinterzimmer. Sie war durch einen Kopfschuss getötet worden. Cole Manyards Leiche lag in einem der Corrals. Auch er war durch einen Kopfschuss aus nächster Nähe getötet worden.

Offenbar hatten sich die Banditen noch vor Anbruch des Sturms an das Anwesen herangeschlichen. Manyard und seine Frau waren überrumpelt und gnadenlos in den Tod geschickt worden.

Regelrecht hingerichtet.

Und während der Hurrikan die Saat des Zorns über das Land schickte, hatten es sich die Männer hier gemütlich gemacht. Und dabei in Seelenruhe gewartet, bis das Unwetter vorüber war. Zahlreiche leere Whiskyflaschen und überquellende Aschenbecher in Manyards Haus wiesen daraufhin.

Unklar blieb für Jed Nolan, weshalb nur vier Pferde in einem der beiden Corrals standen. Cole Manyard hatte über dreißig Zuchtpferde verfügt. Der Rest war verschwunden. Wahrscheinlich hatten die Tiere während des Sturmes auf der Koppel Reißaus genommen.

Die Stimmung der Gruppe war auf dem Nullpunkt angekommen. Egal, wohin man kam – Finn Corcorans Banditen hinterließen überall eine blutige Spur und zahlreiche Tote. Das zerrte an den Nerven jedes Einzelnen von ihnen und der Zorn der Männer wurde immer heftiger.

Sie begruben Cole Manyard und dessen mexikanische Frau neben dem Grab von Karens Tante.

Jed Nolan brachte dort ein neues Holzkreuz an, auf dem nun stand:

Charlott Gault
In ewigem Frieden
Juni 1829 – April 1866
Getötet durch die Hand gewissenloser Mörder

Karen bestand darauf, dass diese Inschrift auf das Kreuz geschrieben werden sollte.

Sie verweilte noch eine Zeitlang an dem Grab, als sich die Anderen bereits stumm und mit gesenkten Häuptern abgewandt hatten.

Nur Jed Nolan drehte sich noch einmal zu den Gräbern um. Er zögerte einen Moment, dann ging er zurück und blieb neben dem blonden Mädchen stehen.

»Sie war eine gute Frau, Mister Nolan.«

Jed nickte. »Davon bin ich überzeugt.«

»Sie hätte nicht so sterben müssen. Und Onkel Henry auch nicht. Es wird einsam sein hier für sie – ohne Onkel Henry.«

»Wir konnten nichts mehr für Ihren Onkel tun, Miss. Er...«

Nolan verstummte. Er brachte es nicht fertig, ihr zu sagen, dass der Leichnam ihres Onkels mit giftigen Schlangen übersät war, als er in der Grube lag.

»Sie haben Ihr Bestes getan, Mister Nolan. Davon bin ich überzeugt.«

»Danke, Miss.« Er wischte sich verlegen über seine ledernen Chaparajos, räusperte sich und fragte: »Was wollen Sie jetzt machen? Ich meine, Sie sind allein. Zurück nach Boston?«

Karen zuckte mit den Schultern. Sie sah ihn nicht an. Nur das Grab.

»Dieses Land ist schrecklich, Mister Nolan – grausam und hart. Nach Boston will ich auch nicht mehr zurück. Dort habe ich niemanden, den ich... ich weiß es einfach noch nicht.«

»Das Land ist hart. Vielleicht ist es auch zuweilen grausam. Aber es leben auch gute Menschen hier. Menschen, die sich eine Zukunft aufbauen wollen. Mit Ehrlichkeit, Mut und Fleiß. Und Banditen, die...«

»...die gibt es auch in Boston. Das wollten Sie doch sagen, nicht wahr?«

»So ungefähr.«

Karen biss sich auf die Unterlippe.

Sie sah zu ihm auf.

Und Jed Nolan sagte: »Sie haben eine Menge durchgemacht, Miss Karen. Mehr, als so mancher Mensch vertragen kann. Wenn Sie wollen, werde ich Sie mit auf die Nolan-Ranch nehmen. Dort können Sie bleiben und sich in Ruhe über Ihre Zukunft Gedanken machen. Auf der Ranch sind Sie in guten Händen.«

»Das hätten Sie mir nicht sagen brauchen, Mister Nolan. Das weiß ich auch so. Ich danke Ihnen sehr dafür. Und ich werde Ihr Angebot annehmen. Vorausgesetzt, dass Ihre Frau einverstanden sein wird. Sie – Sie sind doch verheiratet, nicht wahr?«

Jed schüttelte den Kopf.

»Aber Sie haben doch sicherlich ein Mädchen, das auf Sie wartet?«

Er dachte an Sadie, die sich sicherlich Sorgen um ihn machte. Die tapfere und mutige Sadie, die hals-über-kopf New Orleans verlassen hatte, um in seine Nähe zu sein.

Ein warmes Gefühl durchflutete seinen Körper, als er sagte: »Ja. Ich habe ein Mädchen. Und glauben Sie mir: Sie werden sich prächtig mit ihr verstehen.«

Siebzehntes Kapitel

Milo Dustin lag ausgestreckt hinter einem Felsvorsprung. Seine Augen brannten vor Müdigkeit. Am liebsten wäre er eingeschlafen.

Das wollte er nicht.

Und er durfte es auch nicht.

Denn schließlich hatte er eine Aufgabe zu erfüllen.

Eine Aufgabe, die er sich selbst auferlegt hatte, nachdem John Wellinghaus gestorben war.

Wellinghaus war ein guter Mann. Milo hatte ihn sehr gerne. Es war mehr noch – Wellinghaus war wie ein Vater zu ihm gewesen.

In seinem jungen Leben – er war vor wenigen Monaten achtzehn Jahre alt geworden – gab es kaum jemanden, der gut zu ihm gewesen war. Milo erinnerte sich oft an die vielen Prügel, die er von seinem Vater verabreicht bekommen hatte. Und meistens gab es kaum einen triftigen Grund dafür. Sein Vater war ein jähzorniger Mann, der auf die Bibel schwor – und auch auf den Whisky.

»Warte noch etwas, Milo. Dann werde ich dich als Cowboy einstellen. Du wirst sehen. Aus dir wird bestimmt ein guter Cowboy«, hatte Wellinghaus zu ihm gesagt.

Milo hatte den Mann und seine füllige, gutmütige Frau oft besucht. Die konnte so herrlichen Apfelkuchen backen. Milo liebte Apfelkuchen über alles.

Doch jetzt war Wellinghaus tot. Und auch die gutmütige Frau. Sie waren ermordet worden.

Milo kannte die Mörder. Er hatte sie oft in der Stadt zuvor gesehen. Und er hasste diese Männer.

Er wusste, dass sie irgendwann zurückkommen würden.

Er brauchte nur zu warten. Seine Augen spähten über das vor ihm liegende, weitreichende Terrain. Und plötzlich sah er die Staubwolke, die sich aus südlicher Richtung auf ihn zubewegte.

Milos Herz begann zu klopfen. Hastig strich er sich die langen, blonden Strähnen aus der Stirn, die ihm unter seinem verbeulten Hut ins fielen. Er griff hastig nach seinem Fernglas und spähte hindurch.

Und wenig später konnte er sie ausmachen – drei Männer, die auf ihren Pferden in raschem Galopp in Richtung Spanish Crossing ritten.

Hastig sprang Milo Dustin auf und eilte zu seinem Pferd, das er einige Meter weiter weg lose an einen Mesquitestrauch angebunden hatte. Mit einem Satz war er im Sattel und gab dem Tier einen heftigen Schenkeldruck.

In schnellem Galopp trieb er das Tier in Richtung Spanish Crossing.

Amos Nolan zog an den Zügeln und brachte das Gespann vor Doc Mahoons Praxis zum Stehen. Die Räder des Conestoga-Wagens waren fast bis zur Hälfte im Wasser versunken. Die Main-Street war völlig überflutet und das Wasser sogar teilweise über die Ränder der Gehsteige gestiegen.

Sadie, die neben Amos auf dem Kutschbock saß, stieß einen heftigen Pfiff der Überraschung aus.

So etwas hatte sie noch nicht erlebt.

Spanish Crossing war nicht verschont worden. Der Einzug des wütenden Hurrikans hatte erheblichen Schaden angerichtet. Zahlreiche Häuser waren abgedeckt, Trümmer lagen verstreut herum oder schwammen auf der Straße. Überall schöpften die Menschen Wassermassen aus ihren Häusern. Säcke lagen vor den Türen, um das Eindringen von Wasser einzudämmen.

Tom und Rita lenkten ihre Pferde an den Conestoga-Wagen heran. Die Pferde versanken dabei bis über die Fesseln hinaus im Wasser.

Tom wandte sich zu Amos, der die Zügel in seinen mächtigen Händen hielt und der seine düsteren Blicke über die Zerstörung gleiten ließ. Er sagte: »Das wird Wochen dauern, bis alles wieder in Ordnung kommt«, stellte Tom fest.

Amos nickte grimmig.

»Ein solches Unwetter hat es hier seit über zwanzig Jahren nicht mehr gegeben.«

Tom glitt aus dem Sattel, wobei er bis zu den Stiefelschäften im Wasser stand. Er half Rita vom Pferd und trug sie auf den Gehsteig. Dabei lächelte sie scheu und sagte: »Das ist schon einmal eine gute Übung für einen späteren Anlass, nicht wahr, Tom?«

Tom Nolan errötete. Er hatte ihre Anspielung deutlich genug verstanden.

Doc Mahoon trat aus der Tür. Als er Rita erblickte, zog sich ein Strahlen über sein sorgenvolles Gesicht.

»Gott sei Dank, Ihnen ist nichts geschehen«, rief er mit lauter Stimme.

Amos grollte: »Wir bringen Ihnen einen Verletzten, Doc. Es ist Colorado, einer unserer Männer. Ihn hat's bös am Kopf erwischt. Hat seit Tagen üble Kopfschmerzen.«

Mahoon nickte. Er sah an Amos vorbei zu Sadie, nickte ihr kurz zu und meinte zu Amos:

»Na, bringen Sie den Mann schnell zu mir herein, Amos. Hier wartet übrigens seit Tagen ein sehr ungeduldiger Patient.«

Damit war Pecos gemeint.

Zur selben Zeit erreichten drei Reiter von der Nordseite her die Stadt. Sie kamen mit der selbstherrlichen Arroganz von Männern, die sich in allen Punkten sehr sicher waren und glaubten, nichts und niemand könne ihnen etwas anhaben.

Finn Corcoran hatte seinen zerbeulten Stetson tief ins Gesicht gezogen. Eine kalte Zigarre klemmte zwischen seinen dünnen Lippen. Sein hageres Gesicht war eingefallen und mit dichten Bartstoppeln übersät.

Cash Noakes und Angus Cahill sahen nicht besser aus. Ihre Kleidung war schmutzig und abgetragen. Und alle drei sahen aus, als würden sie dringend ein Bad benötigen.

Ihre Blicke glitten über die zerstörten Häuser. Sie sahen die vielen Menschen, die sich emsig daran machten, Ordnung in das Chaos zu schaffen, das der Hurrikan hinterlassen hatte.

Das alles amüsierte die drei und sie grinsten, als sie ihre Pferde vor dem *Chronicle* zum Stehen brachten. Sie glitten nacheinander behäbig aus den Sätteln. Auf dem Gehsteig ließ

Corcoran seine Blicke wandern. Niemand schien Notiz von den drei Reitern genommen zu haben. Jedermann war zu sehr mit anderen Dingen beschäftigt. Er nahm den zerkauten Zigarrenstummel aus dem Mund und ließ ihn achtlos auf den nassen Bretterboden fallen, während seine Augen den Conestoga-Wagen anfixierten, der drüben auf der anderen Seite vor der Arztpraxis stand. Doch er verlor schnell das Interesse an dem Gefährt, rückte seinen Zwillingshalfter zurecht und stieß in lässiger Gebärde die Schwingtür nach innen auf.

Noakes und Cahill folgten ihm.

Es war nicht viel los.

Hinter der Theke wischte der massige Brick Wilson lustlos über den Mahagonitresen. Beim Eintreten von Corcoran, Noakes und Cahill sah er auf. Ein leichtes Zucken erschien um seinen fleischigen Lippen, die unter einem dichten Walrossbart lagen. Seine Bewegungen mit dem Putzlappen wurden etwas langsamer. Ansonsten zeigte Wilson keinerlei Regungen.

Ein Betrunkener schlief in einer Ecke seinen Rausch aus.

Lilly Gant und Charles Blaisdell saßen zusammen an einem Tisch. Beim Eintreten der drei Männer wich die Farbe aus Blaisdells Gesicht. Aber er blieb sitzen. Lilly schob ihren Stuhl herum. Als sie Corcoran erkannte, blieb ihr Gesicht ausdruckslos. Nur ihre Augen verengten sich zu schmalen Schlitzen.

Das fiel Finn Corcoran sofort auf, während er mit seinem Gefolge lässig zur Theke marschierte.

Blaisdell war der Mann, der ihn verraten hatte. Da war sich Finn Corcoran sicher.

Und so, wie er den Saloonbesitzer bislang eingeschätzt hatte, war dieser ein Feigling. Ein Feigling mit einer großen

Klappe. Es sah für Corcoran so aus, als würde Blaisdell keine Angst haben.

Das irritierte ihn.

Auch Lilly machte einen eher desinteressierten Eindruck.

Und dieser Fettwanst hinter der Theke grinste auch noch, als seine Stimme zu ihm, Noakes und Cahill herüberdrang: »Lange nicht gesehen, Mister Corcoran. Sie und die Jungs scheinen den Sturm gut überstanden zu haben.«

Corcoran zog die Stirn in Falten.

Eine dämliche Anspielung – was steckte dahinter?

Corcoran änderte seine Richtung. Während Noakes und Cahill sich an die Theke stellten, ging er rüber an den Tisch zu Lilly und Blaisdell.

»Hallo, Blaisdell«, grüßte er mit fast freundlicher Stimme. Aber seine Augen blitzten tückisch. Um Blaisdells rechtes Auge zuckte es nervös. Ansonsten ließ er sich nichts anmerken. Er begegnete Corcorans Gruß mit einem breiten Lächeln.

»Hallo, Finn. Wo sind denn die anderen?«

Corcoran zuckte mit den Schultern. Mit trügerischer Sanftheit sagte er: »Haben sich wohl im Sturm verirrt. Wie geht es Grogg und Chick?«

Blaisdell hob und senkte die Schultern.

»Die haben das Klima hier nicht mehr vertragen.«

»Soll heißen?«

Hinter Corcoran fiel ein Stuhl polternd zu Boden.

Ein Schuss krachte.

Corcoran spürte einen heftigen Einschlag und einen stechenden Schmerz, der sich in Sekundenschnelle ausbreitete. Er warf sich herum.

Der Betrunkene stand plötzlich völlig nüchtern mit beiden Beinen auf dem Bretterboden des Saloons und hielt einen rauchenden .45er in der Hand.

Es war ein Junge.

Corcoran stierte ihm ungläubig und fassungslos entgegen. Verdammt - den hatte er doch schon mal irgendwo gesehen. Er konnte sich seltsamerweise sogar an den Namen erinnern – Milo.

Corcoran ärgerte das hämische Grinsen, das dieser Bursche im Gesicht hatte. Da traf ihn noch einmal etwas hart in die Seite. Sein Gesicht verzerrte sich. Er ging in die Knie und zog dabei seine beiden Colts aus dem Holster. Irgendwie kam ihm dabei das Ziehen der Waffen endlos langsam vor. Der Mann vor ihm drehte sich plötzlich um und hastete zur Schwingtür.

Corcoran feuerte aus beiden Colts. Die Geschosse klatschten in das Holz der Schwingtür, als Milo Dustin bereits den Gehsteig draußen erreicht hatte und mit einem heftigen Jubelschrei verschwand.

Aus den Augenwinkeln sah er, wie Cash Noakes und Angus Cahill sich vom Tresen abstießen und herumwirbelten.

Ein fataler Fehler.

Denn im gleichen Augenblick langte der stämmige Brick Wilson unter die Theke und brachte eine doppelläufige Schrotflinte zum Vorschein.

Corcorans glasige Augen weiteten sich.

Beide Ladungen entluden sich mit einem ohrenbetäubenden Knall. Sie erwischten Noakes und Cahill voll und rissen sie buchstäblich in Stücke.

Finn Corcoran, schwer angeschlagen, brachte sich auf die Beine. Er torkelte schreiend vorwärts. Seine beiden Colts spien Feuer. Die Mündungsblitze fraßen sich durch Brick Wilson hindurch. Bei jedem Einschlag zuckte der Körper des Barmannes zusammen. Die Schrotflinte polterte auf den Tresen. Mit verzerrtem Gesicht und rudernden Armen stolperte Wilson nach hinten. Er stürzte ins Flaschenregal, das unter dem Aufprall kippte, über ihm zusammenbrach und ihn begrub.

Finn Corcoran fletschte die Zähne. Speichel, mit Blut vermischt, lief ihm an den Mundwinkeln herunter. Er verdrehte die Augen. Er zitterte am ganzen Körper. Aus seinen beiden Wunden floss das Blut. Schmerz, Hass und Wut waren eins mit ihm. Er stieß an den Tresen, suchte Halt und stemmte sich dagegen. Und in dieser Position gelang es ihm, sich zu Charles Blaisdell umzudrehen. Dieser schrie ihm mit wildem Haß entgegen: »Warum stirbst du nicht, du Schwein!«

Corcoran schoss ihm zweimal in den Kopf.

Lilly schrie entsetzt auf.

Durch die plötzlichen Schüsse und Schreie aufgeschreckt, stieß Amos Nolan die Tür der Arztpraxis auf und trat auf den Gehsteig. Drüben beim *Chronicle* flog die Schwingtür auf. Amos sah Lilly. Und dann den Mann, der ihr einen Arm um die Taille gelegt hatte und ihr einen Revolver an die Schläfe hielt. Er stieß sie unsanft auf den Gehsteig.

Von drinnen hörte Amos den entsetzten Aufschrei von Rita und den Doc rufen: »Du liebe Güte! Das ist Corcoran! Und er hat Lilly als Geisel.«

Corcoran!, fuhr es Amos durch den Kopf.

Die unsicheren Bewegungen des Mannes drüben auf dem Gehsteig zeigten Amos, dass er verwundet war.

Tom tauchte neben Amos auf. Er hielt dabei seinen Revolver schussbereit in der Hand.

Corcorans schrille Stimme drang über die Straße: »Wenn sich einer rührt, blase ich der Lady hier eine Kugel durch den Schädel. Verschwindet in eure verdammten Häuser!«

Amos presste die Lippen hart aufeinander. Corcoran würde Ernst machen. Klarer Fall. Der Mann war wahnsinnig.

Und er war blutrünstig. Der Abzugshahn der Waffe, die an Lillys Kopf drückte, war gespannt.

Eine zaghafte Bewegung nur, und...

Eine Gruppe Reiter preschte über die überflutete Main-Street. Wasserfontänen flogen nach allen Seiten. An der Spitze ritt Jed Nolan.

Und Amos hörte von drinnen Sadies schrillen Ausruf: »Jed! Es ist Jed!«

Amos und Tom wechselten einen schnellen Blick miteinander atmeten fast gleichzeitig geräuschvoll aus.

Achtzehntes Kapitel

Jed Nolan erfasste mit einem Blick die Situation. Er hob die Hand. Mitten auf der Main-Street brachten die Reiter ihre Pferde zum Stehen.

Eine trügerische Ruhe trat ein, erfüllt von einer knisternden Spannung, die sich über das Geschehen legte wie ein unsichtbares Tuch.

Nur das Schnauben der Pferde, das Knarren des Sattelleders und das Klirren der Gebissketten drang durch die Stille, die jeden Augenblick zu explodieren drohte.

Kyle Monroe gab seinem Pferd einen Schenkeldruck und lenkte es neben Jed Nolans Braunen. Seine hasserfüllten Augen waren auf den Mann gerichtet, der mit der hilflosen Frau vor dem *Chronicle* stand. Und ihr einen Revolver an die Schläfe hielt.

Seine Stimme flutete über die Köpfe zahlloser Schaulustiger hinweg, als er schrie: »Corcoran!«

Es klang wie ein Fluch.

Jed Nolan zischte ihm zu: »Bleiben Sie jetzt vernünftig, Monroe!«

Monroe schien ihn nicht zu hören – oder wollte es nicht. Diesem Mann schien nur eine Sache zu interessieren. Und er schrie Corcoran entgegen: »Corcoran. Lassen Sie das Mädchen laufen und treten Sie auf die Straße. Nur wir beide – Sie und ich!«

Angelina rief von hinten: »Dad! Er ist es nicht wert!«

Corcorans blutunterlaufene Augen stierten ihr entgegen.

Sein Lachen war dreckig und seine Worte bösartig, als er ihr herüberschrie: »Bist nicht weit gekommen, mein Täubchen. Sind das da deine Retter? Ist *das* etwa dein Daddy?« Er deutete mit einem Kopfnicken auf Monroe. »Was ist, Daddy? Bist du böse auf mich, weil deine kleine Tochter so lange bei mir gewesen ist? Ha, bist du der Hombre, der uns im Wolf Sink Thicket eine kleine Überraschung bereitet hat?«

Seine freie Hand krallte sich fest in Lillys Haarschopf und sie stieß einen schmerzvollen Schrei aus.

Monroe antwortete nicht. Sein Gesicht war wie aus Stein gemeißelt. Jede Faser seines Körpers war zum Zerreißen gespannt. Seine Hand berührte den Kolben seines tiefhängenden Revolvers.

Und in diesem Augenblick geschah es.

Lilly Gant stieß ihren Ellenbogen mit aller Gewalt in eine der beiden Schusswunden Corcorans. Der stieß einen schrillen Schrei aus. Unweigerlich ließ der Druck seiner Hand in Lillys Haaren nach.

Lilly ließ sich zu Boden fallen.

Und diesen Moment nutzte Kyle Monroe aus. Sein 18.36er Army flog aus dem Holster. Ziehen und Schießen schien eins zu sein. Das Geschoß klatschte dem ungedeckten Finn Corcoran mitten ins Gesicht, warf ihn nach hinten und löschte sein Leben aus.

Ein Raunen ging durch die angesammelte Menschenmenge.

Jed Nolan hatte den Atem angehalten. Jetzt stieß er ihn geräuschvoll aus.

»Verdammt will ich sein, wenn ich *das* nicht eine schnelle Hand nenne, Monroe«, stieß er hervor.

»Hab sie für diesen einen Zweck trainiert, Nolan.« Kyle Monroe sah Jed Nolan nicht an, sondern stumm auf die reglose Gestalt dort drüben auf dem Gehsteig. »Jetzt ist es vorbei.«

Jed Nolan nickte wortlos. Er war müde und hatte es satt, im Sattel zu sitzen. Vor Doc Mahoons Praxis sah er Sadie. Sie stand zwischen Tom und Amos.

Und als er sich aus dem Sattel schwang, lief sie auf ihn zu.

Es war an einem sonnigen Morgen, als Gil Fuller – frisch rasiert und nach Rosenwasser duftend – über die Main-Street von Spanish Crossing ritt. Nichts deutete mehr daraufhin, dass hier vor wenigen Monaten ein schweres Unwetter getobt hatte. Vor dem Marshal-Office sah er Kyle Monroe stehen. Er lehnte an einem Stützpfeiler und ließ seine Zigarre im Mund hin- und herwandern.

Auf seiner Brust glänzte sein Abzeichen.

Fuller lenkte Rosty auf ihn zu und tippte lässig an die Hutkrempe.

»Ein schöner Morgen, Marshal.«

»Ein sehr schöner Morgen«, gab Marshal Kyle Monroe mit einem freudigen Lächeln zurück. Fullers Blicke glitten über die Main-Street.

»Verdammt friedlich hier – seit Sie das Gesetz vertreten, Marshal. Wie geht's Ihrer Tochter?«

Monroe nahm die Zigarre aus dem Mund. Er legte sie zwischen Daumen- und Zeigefinger und klopfte mit dem Mittelfinger die langgewordene Asche ab.

»Danke der Nachfrage. Sie ist wie jeden Morgen am Grab und bringt Kate frische Blumen. Und wie steht's bei Ihnen? Ich hörte, dass Jed Nolan bald auf den Trail gehen will?«

Fuller nickte. »Ja. Wir haben die Herde wieder beisammen – auch die aus dem Wolf Sink Thicket. Schätze, dass wir nächste Woche aufbrechen werden.«

»Missouri?«

»Ja. Der Boss will sie rauf nach Sedalia bringen – dreitausendachthundert Stück auf dem Huf.«

Monroe nickte anerkennend. »Ist er der Trailboss?«

Fuller schüttelte den Kopf. Etwas verlegen strich er sich über seine glattrasierte Wange. »Schätze, diese Aufgabe hat er mir aufgedrückt.«

»Mister Nolan hat eine gute Entscheidung getroffen. Wenn jemand eine Herde nach Sedalia bringen kann, sind Sie der richtige Mann dafür. Ich gratuliere Ihnen, Mister Fuller.«

Ein breites Grinsen zog sich durch Gil Fullers Gesicht, das nicht ohne Stolz war. Er tippte mit dem Zeigefinger abermals an die Hutkrempe. »Danke, Marshal. Sehe ich als echtes Kompliment an.«

Er gab Rosty einen leichten Schenkeldruck und lenkte ihn in Richtung Store. Der Trail nach Missouri würde hart und lang werden. Da brauchte er natürlich eine gehörige Portion an Lakritzstangen. Sein Herz begann zu klopfen, als er aus dem Sattel glitt und die Gehsteigplanken betrat. Ein Räuspern entrang sich seiner Kehle. Er nahm den Hut ab und strich sich übers Haar. Bevor er schließlich eintrat und auf das strahlende Lächeln June Walshs hoffte, dachte er: *Fuller, du bist doch ein feiger Hund – hab's Mister Nolan immer noch nicht gesagt.*

Dann zuckte er mit den Schultern und trat ein.
Dafür war ja noch Zeit genug...

ENDE

APEX
WESTERN
IM APEX-VERLAG
Gordon D. Shirreffs
DER LETZTE ZUG VON GUN HILL
Clay Fisher
KEINE ÜBERLEBENDEN
Al Conroy
DER MANN IN SCHWARZ
Alan Dean Foster
PALE RIDER
DER NAMENLOSE REITER
Gordon D. Shirreffs
BLUTGELD FÜR BRASADA
Zane Grey
BIS ZUM LETZTEN MANN
...weitere Titel in Vorbereitung!
www.apex-verlag.de

APEX
WWW.APEX-VERLAG.DE
HISTORISCHE WESTERN
VON ALFRED WALLON
IM APEX-VERLAG
ALFRED WALLON
TODESKOMMANDO
CIVIL WAR CHRONICLES I
Roman
ALFRED WALLON
KRIEG AM MISSISSIPPI
CIVIL WAR CHRONICLES II
Roman
ALFRED WALLON
AUF DEM WEG ZU GENERAL LEE
CIVIL WAR CHRONICLES III
Roman
ALFRED WALLON
GEISTERTANZ
Roman
ALFRED WALLON
DIE LETZTEN TAGE VON STONEWALL JACKSON
Roman
ALFRED WALLON
DAS GEWISSEN EINES KILLERS
Roman
...weitere Titel in Vorbereitung!
APEX: DER KULT-VERLAG FÜR E-BOOKS, PAPERBACKS UND HARDCOVERS

ISBN 978-3-7485-8658-6
9 783748 586586 00002
www.epubli.de

Printed in Poland
by Amazon Fulfillment
Poland Sp. z o.o., Wrocław

87209359R00319